SCIENCE FICTION

Herausgegeben
von Wolfgang Jeschke

Von **David Wingrove** erschien in der Reihe
HEYNE SCIENCE FICTION & FANTASY:

DIE CHRONIK DES CHUNG KUO:
1. *Das Reich der Mitte* · 0605251
2. *Die Domäne* · 0605252
3. *Die Kunst des Krieges* · 060253
4. *Schutt und Asche* · 0605254
5. *Das gebrochene Rad* · 0605255
6. *Der weiße Berg* · 0605256
7. *Monster in der Tiefe* · 0605257 (in Vorb.)
8. *Ein Herz aus Stein* · 0605258 (in Vorb.)

Weitere Bände in Vorbereitung

DAVID WINGROVE

CHUNG KUO
Eine Chronik in sechzehn Teilen

SECHSTES BUCH

Der weiße Berg

Roman

Übersetzt, kommentiert
und mit Anmerkungen versehen
von
MICHAEL K. IWOLEIT

Deutsche Erstausgabe

WILHELM HEYNE VERLAG
MÜNCHEN

HEYNE SCIENCE FICTION & FANTASY
Band 06/5256

Titel der englischen Originalausgabe
THE WHITE MOUNTAIN
CHUNG KUO – BOOK THREE
(Zweiter Teil)
Deutsche Übersetzung von Michael K. Iwoleit
Das Umschlagbild ist eine Collage
von Jan Heinecke

Umwelthinweis:
Dieses Buch wurde auf
chlor- und säurefreiem Papier gedruckt.

Redaktion: Wolfgang Jeschke
Copyright © 1991 by David Wingrove
Erstausgabe by New English Library, Hodder and Stoughton, London
Copyright © 1996 des Kommentars und der Anmerkungen
des Übersetzers by Michael K. Iwoleit
Copyright © 1996 der deutschen Ausgabe und der Übersetzung
by Wilhelm Heyne Verlag GmbH & Co. KG, München
Printed in Germany 1996
Umschlaggestaltung: Atelier Ingrid Schütz, München
Technische Betreuung: M. Spinola
Satz: Schaber, Satz- und Datentechnik, Wels
Druck und Bindung: Presse-Druck, Augsburg

ISBN 3-453-09446-8

INHALT

Personenverzeichnis 7

ERSTER TEIL

Herbst 2207 – DAS VERHEERTE LAND 17

1. Das Tigermaul 18
2. Pflaumenweidenkrankheit 51
3. In aller Offenheit 82
4. Das verheerte Land 118

INTERLUDIUM

Winter 2207 – DRACHENZÄHNE 153

ZWEITER TEIL

Frühling 2208 – DER WEISSE BERG 159

5. Zwischen Licht und Schatten 160
6. Libellen 208
7. In einem dunklen Auge 259
8. Der tote Bruder 311
9. Weißer Berg 338
10. Flammen in einem Glas 375

ANHANG

Nachbemerkung des Verfassers 414
Glossar der Mandarin-Begriffe 416
Danksagung des Verfassers 422
Über den Verfasser 423
Kommentar des Übersetzers 424
Anmerkungen 425
Nachbemerkung des Übersetzers 430

PERSONEN-VERZEICHNIS

HAUPTCHARAKTERE

DeVore, Howard – Einst Major in den Sicherheitskräften des T'ang, ist er eine der führenden Gestalten im Kampf gegen die Sieben geworden. Ein hochintelligenter und kühl kalkulierender Mann, der hinter den Kulissen die Fäden zieht, als der Krieg der zwei Richtungen eine neue Wende nimmt.

Ebert, Hans – Sohn von Klaus Ebert und Erbe des mächtigen GenSyn-Konzerns, Major in den Sicherheitskräften des T'ang, ein allseits bewunderter und bei seinen Vorgesetzten als verläßlich geltender Mann. Ebert ist ein komplizierter junger Mann, ein tapferer und intelligenter Offizier, der aber auch einige selbstsüchtige, ausschweifende und grausame Charakterzüge aufweist. Als Anhänger von DeVores Zielen hat er den Ehrgeiz, nicht bloß ein ›Prinz‹ unter seinen Mitmenschen zu sein, sondern ein Herrscher.

Fei Yen [1] – ›Fliegende Schwalbe‹, Tochter von Yin Tsu, einem der Oberhäupter der ›Neunundzwanzig‹, der untergeordneten aristokratischen Familien von Chung Kuo. Einst verheiratet mit Han Ch'in, dem Sohn von Li Shai Tung, hat sie nach dessen Ermordung seinen Bruder Li Yuan geheiratet, der neun Jahre jünger ist als sie. Diese klassisch schöne Frau ist von zerbrechlicher Erscheinung, doch willensstark und leidenschaftlich, wie sie in ihrer heimlichen Affäre mit Tsu Ma, dem T'ang von Westasien, beweist.

Haavikko, Axel – Aufgrund der falschen Anschuldigung eines Offizierskollegen hat Leutnant Haavikko den Großteil eines Jahrzehnts in Ausschweifungen und Selbstverleugnung verbracht. Im Herzen ein guter, ehrlicher Mann, der mit seinem Freund Kao Chen die Entschlossenheit teilt, den Mann bloßzustellen, der vor zehn Jahren sein Ansehen ruiniert hat: Hans Ebert.

Kao Chen – Früher ein *Kwai*, ein gedungener Mörder

aus dem Netz, der untersten Ebene der großen Stadt, hat Chen sich von diesen ärmlichen Anfängen emporgearbeitet und ist jetzt Hauptmann in den Sicherheitskräften des T'ang. Als Freund und Gehilfe von Karr und enger Vertrauter von Haavikko ist Chen einer der Fußsoldaten im Krieg gegen DeVore.

KARR, GREGOR – Major in den Sicherheitskräften des T'ang, von Marschall Tolonen aus der Region unter dem Netz rekrutiert. In seiner Jugend war er ein ›Schlächter‹ – ein Kämpfer auf Leben und Tod. Ein Riese von einem Mann, der ›Falke‹, den Li Shai Tung gegen seinen Widersacher DeVore fliegen lassen will.

LEHMANN, STEFAN – Albino und Sohn von Pietr Lehmann, dem früheren Führer der Dispersionisten, jetzt Leutnant unter DeVore. Ein kühler, unnatürlich leidenschaftsloser Mann, der der Archetyp eines Nihilisten zu sein scheint und dessen einziges Ziel darin besteht, die Sieben und ihre große Stadt zu stürzen.

LI YUAN – Zweiter Sohn von Li Shai Tung und nach der Ermordung seines älteren Bruders und dem Tod seines Vaters T'ang der Stadt Europa. Erscheint älter als er ist, doch seine kühle, nachdenkliche Art verbirgt ein leidenschaftliches Naturell. Er ist verheiratet mit der neun Jahre älteren, heißblütigen Fei Yen, die zuvor die Frau seines Bruders war, der einem Mordanschlag zum Opfer fiel.

MACH, JAN – Ein Wartungsbeamter im Ministerium für Abfallrecycling und vorübergehend Mitglied der Reserve von Li Shai Tungs Sicherheitskräften. Führt ein Doppelleben und ist zugleich Mitglied im Rat der Fünf, der die Politik der revolutionären *Ping Tiao*-Bewegung bestimmt. Aber seine Unzufriedenheit mit ihren Aktionen hat ihn bewogen, seine eigene Gruppierung, die *Yu*, zu gründen, die zu einer neuen und noch dunkleren Macht in den Tiefen der Stadt Europa werden soll.

TOLONEN, JELKA – Tochter von Marschall Tolonen und in

Ermangelung eines mütterlichen Einflusses in einem sehr maskulinen Umfeld aufgewachsen. Doch ihr ehrliches Interesse an Kriegskunst, Waffen und Strategie verhüllt eine andere, weiblichere Seite ihres Wesens; eine Seite, die nach dem mißlungenen Attentat der *Ping Tiao*-Terroristen auf sie zum Vorschein kommt.

TOLONEN, KNUT – Marschall im Rat der Generäle und früherer General unter Li Shai Tung. Ein großer Mann mit kantigem Kinn und der unerschütterlichste Verfechter der Werte und Ideale der Sieben. Von leidenschaftlichem, furchtlosem Naturell, läßt er nichts unversucht, um seine Herren zu beschützen, doch nach langen Jahren des Krieges ist auch sein Glaube an die Notwendigkeit des Stillstands zunehmend erschüttert.

TSU MA – Als T'ang von Westasien und einer der Sieben, dem herrschenden Rat von Chung Kuo, hat Tsu Ma seine zügellose Vergangenheit hinter sich gelassen, um einer der treuesten Anhänger von Li Yuan im Rat zu werden. Ein starker, gutaussehender Mann Mitte dreißig, der sich kürzlich aus seiner heimlichen Affäre mit Fei Yen gelöst hat, die – wäre sie öffentlich bekannt geworden – leicht das Ende der Sieben hätte bedeuten können.

WANG SAU-LEYAN – Der junge T'ang von Afrika. Seit der Ermordung seines Vaters hat er seine früheren Angewohnheiten abgelegt und ist zu einem klugen und geschickten Widersacher der alten Garde unter den Sieben geworden. Eine kratzbürstige, berechnende Gestalt von ausschweifendem Geschmack, der Vorbote der Veränderung im Rat der Sieben.

WARD, KIM – Geboren im Lehm, dem dunklen Brachland unter den Fundamenten der großen Stadt. Kims ungewöhnlich schneller und scharfer Verstand kennzeichnet ihn als einen der potentiell größten Wissenschaftler von Chung Kuo. Seine Vision eines gewaltigen, die Sterne umspannenden Netzes, die er in der Dunkelheit entwickelte, hat ihn ins Licht der oberen Welt getrieben. Jetzt, nach einer langwierigen Persönlichkeits-Rekonstruktion, ist er dem Personal von Li Yuans Verdrahtungsprojekt zugeteilt worden.

DIE SIEBEN UND IHRE FAMILIEN

AN LIANG-CHOU – Prinz einer Untergeordneten Familie
AN SHENG – Oberhaupt der Familie An (eine der ›Neunundzwanzig‹ Untergeordneten Familien)
CHI HSING – T'ang von Australien und Ozeanien
CHUN WU-SHI – Oberhaupt der Familie Chun (eine der ›Neunundzwanzig‹ Untergeordneten Familien)
FANG MING-YU – Kurtisane einer Untergeordneten Familie
FU TI CHANG – Prinzessin einer Untergeordneten Familie
HOU TUNG-PO – T'ang von Südamerika
HSIANG K'AI FAN – Prinz einer Untergeordneten Familie; Erbe der Familie Hsiang (eine der ›Neunundzwanzig‹ Untergeordneten Familien)
HSIANG SHAO-ERH – Oberhaupt der Familie Hsiang (eine der ›Neunundzwanzig‹ Untergeordneten Familien) und Vater von Hsiang K'ai Fan, Hsiang Te-shang und Hsiang Wang
HSIANG TE-SHENG – Prinz einer Untergeordneten Familie und jüngster Sohn von Hsiang Shao-erh
HSIANG WANG – Prinz einer Untergeordneten Familie und zweiter Sohn von Hsiang Shao-erh
LAI SHI – Prinzessin einer Untergeordneten Familie
LI FENG CHUANG – Halbbruder und Berater von Li Shai Tung
LI YUAN – T'ang von Europa
MIEN SHAN – Prinzessin einer Untergeordneten Familie

Pei Ro-hen – Oberhaupt der Familie Pei (eine der
  ›Neunundzwanzig‹ Untergeordneten Familien)
Tsu Ma – T'ang von Westasien
Wang Sau-leyan – T'ang von Afrika
Wei Feng – T'ang von Ostasien
Wu Shih – T'ang von Nordamerika
Yin Fei Yen – ›Fliegende Schwalbe‹; Prinzessin einer
  Untergeordneten Familie und Frau von Li Yuan
Yin Tsu – Oberhaupt der Familie Yin (eine der ›Neun-
  undzwanzig‹ Untergeordneten Familien) und Vater
  von Fei Yen

FREUNDE UND
GEFOLGSLEUTE DER SIEBEN

Chan T'eng – Meister der Inneren Kammer in
  Tongjiang
Chang Li – Erster Mediziner der Stadt Europa
Chang Shih-sen – Persönlicher Sekretär von Li Yuan
Ch'in Tao Fan – Kanzler von Ostasien
Chung Hu-yan – Kanzler von Europa
Ebert, Hans – Major im Sicherheitsdienst und Erbe von
  GenSyn
Ebert, Klaus Stefan – Chef von GenSyn (Genetic
  Synthetics) und Berater von Li Shai Tung
Fen Cho-hsien – Kanzler von Nordamerika
Haavikko, Axel – Leutnant im Sicherheitsdienst
Heng Yu – Transportminister der Stadt Europa
Hung Mien-lo – Kanzler von Afrika
Kao Chen – Hauptmann im Sicherheitsdienst
Karr, Gregor – Major im Sicherheitsdienst
Nan Ho – Meister der Inneren Kammer von Li Yuan
Peng Lu-hsing – Minister der *T'ing Wei*, der Aufsichts-
  behörde für alle Gerichte in Europa
Scott, Anders – Hauptmann im Sicherheitsdienst und
  Freund von Hans Ebert

SHENG PAO – Finanzminister von Ostasien
SHEPHERD, BEN – Sohn von Hal Shepherd
SHEPHERD, BETH – Frau von Hal Shepherd
SHEPHERD, HAL – Oberhaupt der Familie Shepherd
SHOU CHEN-HAI – *Hsien L'ing* oder Chefmagistrat des *Hsien* Hannover
SUN LI HUA – Meister des Kaiserlichen Haushalts in Alexandria
TOLONEN, JELKA – Tochter von Marschall Tolonen
TOLONEN, JON – Bruder von Knut Tolonen
TOLONEN, HELGA – Frau von Jon Tolonen
TOLONEN, KNUT – Marschall im Rat der Generäle und Vater von Jelka Tolonen
WU YEN-LUN – Für den Sicherheitsdienst im *Hsien* Bremen tätiger Arzt
YEN T'UNG – dritter Sekretär des *T'ing Wei*-Ministers
YU – Arzt von Li Yuan

DIE TRIADEN

FENG SHANG-PAO – ›General Feng‹; Big Boss der 14k
HO CHIN – ›Dreifinger-Ho‹; Big Boss der Gelben Banner
HUI TSIN – Roter Pfahl (426er oder Scharfrichter) für den Vereinigten Bambus
LI CH'IN – ›Li, der Lidlose‹; Big Boss der Wo Shih Wo
LU MING-SHAO – ›der Bärtige Lu‹; Big Boss der Kuei Chan (Schwarzer Hund)
MU LI – ›der Eiserne Mu‹; Big Boss des Großen Kreises
WONG YI-SUN – ›der Dicke Wong‹; Big Boss des Vereinigten Bambus
YAO TZU – ›Huldigung an deine Ahnen‹; Roter Pfahl (426er oder Scharfrichter) für den Großen Kreis
YUN YUEH-HUI – ›der Tote Yun‹; Big Boss der Roten Gang

ANDERE CHARAKTERE

BAMBUSFLÖTE – *Mui tsai* (›Sklavenmädchen‹) von Hans Ebert

BEATTIE, DOUGLAS – Deckname von DeVore

CHERKASSY, STEFAN – Sondereinheitenoffizier des Sicherheitsdienstes im Ruhestand und Freund von DeVore

CURVAL, ANDREW – Experimentalgenetiker, der für ImmVac arbeitet

DEBRENCINI, LASLO – Verantwortlicher Administrator der Station Kibwezi

DEVORE, HOWARD – ehemaliger Major in den Sicherheitskräften des T'ang

DRAKE, MICHAEL – Aufseher der Station Kibwezi

EBERT, LUTZ – Halbbruder von Klaus Ebert

ENGE, MARIE – Serviererin im Teehaus Drachenwolke

FAN TSENG-LI – Privatarzt des *Hsien* Bremen

FANG SHUO – Handlanger von Shou Chen-hai

GANZ, JOSEPH – Deckname von DeVore

GOLDHERZ – junge Prostituierte, die von Hans Ebert für seinen Haushalt gekauft wurde

KAO CH'IANG HSIN – Tochter von Kao Chen und Wang Ti

KAO JYAN – ältester Sohn von Kao Chen und Wang Ti

KAO PANG-CHE – Privatsekretär von Minister Heng

KAO WU – zweiter Sohn von Kao Chen und Wang Ti

KUNG LAO – kleiner Junge; Freund von Ywe Hao

KUNG YI-LUN – kleiner Junge; Freund von Ywe Hao

KUSTOW, BRYN – Amerikaner; Freund von Michael Lever

LEHMANN, STEFAN – Albino und Sohn von Pietr Lehmann, dem früheren Anführer der Dispersionisten; Leutnant von DeVore

LEVER, CHARLES – ›der Alte Lever‹, Chef von ImmVac, einem pharmazeutischen Konzern in Nordamerika; Vater von Michael Lever

LEVER, MICHAEL – Amerikaner; Sohn von Charles Lever

LEYDEN, WOLFGANG – Wachmann des Sicherheitsdienstes im *Hsien* Hannover

Lo Wen – Persönlicher Diener von Hans Ebert
Loehr – Deckname von DeVore
Mu Chua – ›Madam‹ des Hauses der Neunten Ekstase, ein Freudenhaus oder Bordell
Novacek, Lubos – Kaufmann; Vertrauter von Minister Heng
Reid, Thomas – Sergeant in DeVores Streitkräften
Reynolds – Deckname von DeVore
Schwarz – Leutnant von DeVore
Stevens, Carl – Amerikaner; Freund von Michael Lever
Su Chen – Frau von Ywe Chang
T'ai Cho – Freund von Kim Ward
Tarrant – Konzernchef
Ts'ui Wei – Bürger des *Hsien* Bremen
Tuan Wen-ch'ang – Kaufmann von den Marskolonien
Turner – Deckname von DeVore
Wang Ti – Frau von Kao Chen
Ward, Kim – Waisenkind aus dem ›Lehm‹ und Wissenschaftler
Wong pao-yi – Haushofmeister von Shou Chen-hai
Ywe Chang – Onkel von Ywe Hao
Ywe Sha – Mutter von Ywe Hao

YU

Chi Li – Deckname von Ywe Hao
Edel, Klaus – Bruder von ›Vassaka‹
Erika – Mitglied von Ywe Haos terroristischer Zelle
Vassaka – Mitglied von Ywe Haos terroristischer Zelle
Veda – Mitglied des ›Rats der Fünf‹ der *Yu*
Ywe Hao – ›Zarter Mond‹; Terroristen von den Mittleren Ebenen

ERSTER TEIL
HERBST 2207

Das verheerte Land

»Über den Schluchten ein Himmelsfaden:
Kaskaden in den Schluchten flechten tausend Schnüre.
Hoch droben Splitter von Sonnenschein und Mondlicht:
tief unten gezügelt das wilde Peitschen der Wellen.
Der Anprall eines Schimmers und noch einer,
In den Tiefen gefrorene Schatten seit Jahrhunderten:
Die Strahlen zwischen den Schluchten stehen auch
  am Mittag nicht still;
Bei den gefährlichen Engen noch mehr hungriger
  Speichel;
Bäume verschließen ihre Wurzeln in verrotteten
  Särgen
Und die verdrehten Skelette hängen kopfüber:
Zweige weinen, wenn der Frost niedersinkt;
Trauervolle Kadenzen, fern und klar.«

        – MENG CHIAO: *Traurigkeit der Schluchten*
               (8. Jahrhundert n. Chr.)

KAPITEL · 1

Das Tigermaul

Ebert sah in die Runde, dann wandte er sich mit einem Lächeln Mu Chua zu.

»Sie haben gute Arbeit geleistet, Mu Chua. Ich habe Ihr Etablissement kaum wiedererkannt. Die Männer müßten jeden Augenblick hier sein, also denken Sie daran, es sind wichtige Geschäftsfreunde, und ich will sie beeindrucken. Sind die Mädchen so angezogen, wie ich es gewünscht habe?«

Mu Chua nickte.

»Gut. Und holen Sie sie erst rein, nachdem ich eingetroffen bin. So etwas muß korrekt ablaufen, verstehen Sie? Man muß erst ihren Appetit anregen, bevor man die Hauptmahlzeit serviert.«

»Natürlich, General. Und lassen Sie mich Ihnen versichern, wie dankbar ich bin, daß Sie mein bescheidenes Haus mit Ihrer Anwesenheit ehren. Es kommt nicht jeden Tag vor, daß so edle Herrschaften bei uns zu Gast sind.«

Ebert nickte. »Ja... aber es steht mehr auf dem Spiel als das, Mutter Chua. Wenn diesen *Ch'un tzu* gefällt, was sie sehen, ist es mehr als wahrscheinlich, daß Sie eine Einladung erhalten.«

»Eine Einladung?«

»Ja. Zu einer *Chao tai hui* – einer Gesellschaft – in einer Villa der ersten Ebene. Wie ich gehört habe, findet heute nachmittag eine Zusammenkunft junger Prinzen statt. Und sie brauchen – wie soll ich's ausdrücken? – eine besondere Betreuung.«

Mu Chua senkte demütig den Kopf. »Was immer Sie wünschen, General. Meine Mädchen sind die besten weit und breit. Es sind *Shen nu*... göttliche Mädchen.«

Ebert nickte, doch diesmal schien er mit den Gedanken anderswo zu sein. »Ist der Wein aus dem Keller meines Vaters eingetroffen?«

»Ja, Exzellenz.«

»Gut. Dann werden Sie dafür sorgen, daß meine Gäste nichts anderes trinken. Sie sollen nur das Beste bekommen.«

»Natürlich, General.«

»Ich möchte nicht betrogen werden, verstehen Sie mich, Mu Chua? Erledigen Sie das für mich, und ich werde Sie großzügig belohnen. Zehntausend *Yuan* für Sie allein. Und tausend für jedes Ihrer Mädchen. Das geht weit über Ihre üblichen Gebühren und Ausgaben hinaus.«

Mu Chua senkte den Blick. »Sie sind zu großzügig, Exzellenz...«

Ebert lachte. »Vielleicht. Aber Sie sind in all den Jahren immer gut zu mir gewesen, Mutter Chua. Und als mir dieser Vorschlag unterbreitet wurde, habe ich sofort an Sie und Ihr vorzügliches Etablissement gedacht. ›Wer kann Gäste besser unterhalten als Mu Chua‹, sagte ich mir.« Er lächelte sie an, und wirkte auf einmal fast sympathisch. »Ich bin sicher, Sie werden mich nicht enttäuschen.«

Mu Chua schaute zu Boden. »Ihre Gäste werden hingerissen sein...«

Er lachte. »Ganz sicher...«

Nachdem Ebert gegangen war, stand sie eine Weile da, förmlich in Trance versetzt von dem Gedanken an die zehntausend *Yuan*, die er versprochen hatte. Mit dem, was die Gesellschaft von heute morgen eingebracht hatte, würde es reichen. Zumindest würde es reichen, um hier rauszukommen, alle ihre Kontaktleute unter den Oberen auszuzahlen und einige Ebenen aufzusteigen.

Ja. Sie hatte schon alles arrangiert. Und jetzt konnte sie endlich hier fortkommen. Fort von dem Bärtigen Lu und der schrecklichen Schäbigkeit dieser Gegend. Jetzt konnte sie irgendwo oben einen Platz für sich suchen und ein kleines, diskretes, gemütliches Etablissement aufmachen. Etwas ganz anderes, mit seiner eigenen handverlesenen Kundschaft und seinen eigenen strikten Vorschriften.

Ein Schauer der Vorfreude durchfuhr sie, dann machte sie sich an die letzten Vorbereitungen, bevor die Gäste eintrafen, ließ von den Mädchen den Wein holen und richtete einen Tisch mit süßsauren Fleischbällchen an.

Sie hatte keine Ahnung, was Ebert vorhatte, aber es gab keinen Zweifel, daß er der Zusammenkunft große Bedeutung zumaß. Erst vor zwei Tagen war aus heiterem Himmel sein Handlanger aufgetaucht und hatte ihr fünfundzwanzigtausend *Yuan* übergeben, um das Haus neu dekorieren zu lassen. Sie hatte deswegen einen Tag lang keine Kundschaft begrüßen können und trotzdem einen Gewinn gemacht. Jetzt sprach einiges dafür, daß sie noch mehr verdienen würde.

Doch auch das konnte ihr Mißtrauen gegenüber Hans Ebert nicht mildern. Wenn er etwas vorhatte, dann sicher nichts Gutes. Aber war das ihre Sorge? Wenn sie dieses letzte Mal genug verdiente, konnte sie Ebert und seinesgleichen aus ihrem Gedächtnis streichen. Dies war ihr Visum in die Freiheit. Wenn dieser Tag vorüber wäre, würde sie nie wieder Kompromisse eingehen müssen. Dann wäre alles wieder so wie vor dem Tod ihres Gönners Feng Chung.

Der Gedanke brachte sie zum Lächeln, hob ihre Laune. Nun, wenn dies das letzte Mal war, sollte es etwas Besonderes werden. Hans Ebert sollte es nie vergessen.

Sie verwendete großen Aufwand darauf, alles perfekt zu arrangieren, und schließlich rief sie die vier

Mädchen herein, die ihre Gäste begrüßen sollten. Junge Mädchen, wie Ebert verlangt hatte; keins war älter als dreizehn.

Sie betrachtete sich im Spiegel und wischte sich einen Puderfleck von der Wange. Als sie aus dem Empfangszimmer die Glocke hörte, drehte sie sich um. Sie waren da.

Sie ging hinaus, sank vor den beiden Männern nieder und berührte mit der Stirn ihre Knie. Die vier jungen Mädchen hinter ihr taten dasselbe und standen im selben Moment auf wie sie. Es war ein kalkulierter Effekt, und Mu Chua sah, wie sehr er die Männer erfreute.

Ebert hatte sie vorher knapp mit allen Informationen über diese Männer versorgt, die sie brauchte, von ihren Geschäftskontakten bis zu ihren sexuellen Vorlieben. Dennoch war sie von dem Gegensatz zwischen den beiden Männern überrascht.

Hsiang K'ai Fan war ein großer, schwabbeliger Mann von fast weibischem Gehabe. Sein Gesicht mit Dreifachkinn und schlaffen Wangen wirkte wie eine fleischige Landschaft, aus der die Augen starr hervorschauten, doch er bewegte sich geschmeidig, und sein Aufzug bewies einen exquisiten Geschmack. Die lavendelfarbenen Seidenkleider folgten der Mode der Untergeordneten Familien – eine Mode, die bewußt vollkommen von den abwich, was von den Oberen sonstwo getragen wurde –: lange, weite Ärmel und ein wallendes Gewand, das bis zu den Stiefeln reichte. Er war schwer parfümiert, trug aber verhältnismäßig wenig Schmuck, das auffälligste Stück davon der breite, rote *Ta lian*, ein Gürtelbeutel, den er um den mächtigen Wanst gebunden trug, festgehalten von zwei mit Rubinen und Smaragden in Form von Schmetterlingen verzierten Schnallen. Er hatte nach Art der Untergeordneten Familien außerordentlich lange Nägel und wedelte sich mit einem Fächer mit Elfenbeingriff träge Luft zu, während er sich umschaute.

An Liang-chou dagegen war ein kleiner, rattenhafter Mann, drahtig gebaut und selbst für den Durchschnitt der Kundschaft, die Mu Chua im Laufe der Jahre bewirtet hatte, außerordentlich häßlich. Er hatte ein flaches Gesicht und Knopfaugen und war so nervös wie Hsiang träge, bewegte sich ruckartig und unbeholfen. Als sie ihm in die Augen sah, lächelte Mu Chua gepreßt und versuchte ihre Abneigung zu verbergen. Den Gerüchten nach hatte er mit jeder seiner sechs Töchter geschlafen – selbst mit der jüngsten, die gerade sechs Jahre alt war. Mu Chua konnte es sich vorstellen. Ihr war gleich aufgefallen, wie seine Augen beim Anblick ihrer Mädchen in einem düsteren, lasziven Licht leuchteten, der Blick eines Raubinsekts auf sein Opfer in dem Moment, bevor es zuschnappt.

Anders als Hsiang schien An Liang-chou, was Kleidung anging, keinen Geschmack zu haben. Sein geckenhaft bunter *Pau* hing lose an ihm herunter, als habe er ihn jemand anderem gestohlen. Wie Hsiang war er schwer parfümiert, doch es war ein unangenehm krankhafter Geruch, mehr sauer als süß, als habe er sich mit seinem Schweiß vermischt. Sie bemerkte, wie seine mit Juwelenringen überkrusteten Finger an seinem kurzen Zeremoniendolch herumfummelten; wie er seine Lippen befeuchtete, als überlege er, welches Mädchen er zuerst besteigen wollte.

»Meine Herren... ich heiße Sie in meinem bescheidenen Haus willkommen«, sagte sie und senkte abermals den Kopf. »Darf ich Ihnen etwas zu trinken anbieten?«

Hsiang schien antworten zu wollen, doch bevor er dazu kam, schob An Liang-chou sich an ihr vorbei, betatschte zwei der Mädchen und entschied sich für das dritte. Er packte sie grob am Arm und zog sie mit sich durch den Perlenvorhang in die Zimmer dahinter.

Mu Chua sah ihm nach, dann wandte sie sich mit einem Lächeln Hsiang zu und blieb ganz freundlich.

Hsiang lächelte gutmütig und ließ sich von ihr

führen. In der Tür zum Himmelszimmer blieb er aber stehen und sah sie an.

»Das ist ja fabelhaft, Madam Chua. Der General hat nicht zuviel versprochen, als er sagte, daß Sie eine Frau mit Geschmack sind. Ich hätte nicht geglaubt, daß man außerhalb der Ersten Ebene ein solches Etablissement finden könnte.«

Sie machte eine tiefe Verbeugung, zutiefst erfreut über sein Lob. »Dies ist ein ganz bescheidenes Haus, Exzellenz.«

»Wie auch immer«, sagte er und betrat das Zimmer. »Ich habe gehofft, hier ... – nun, wir wollen nicht drumherum reden, ja? – hier *besondere* Vergnügungen zu erleben.«

Sein Blick verriet ihr, daß sie ihn völlig falsch eingeschätzt hatte. Seine geschmackvolle Erscheinung verhüllt ein weit abstoßenderes Wesen als An Liang-chous.

»Besondere Vergnügungen, Exzellenz?«

Er drehte sich um, nahm in dem großen, seidengepolsterten Stuhl Platz, den Mu Chua eigens für seine Körpermasse angeschafft hatte, und wedelte sich vielsagend Luft zu.

Die winzigen Augen in seinem feisten Gesicht musterten sie kalt. »Ja«, sagte er sanft. »Ich habe gehört, im Netz kann man für Geld alles haben. Alles, was man will.«

Ihr fröstelte. Ebert hatte nichts davon erwähnt. Nach seinen Auskünften hatte Hsiang keine ausgefalleneren Vorlieben als jeder Durchschnittsmann. Aber das ...

Sie schickte die Mädchen mit einem Wink weg, schob die Tür zu und wandte sich ihm wieder zu, ohne für einen Moment zu vergessen, daß dies ihre Fahrkarte nach oben war, daß sie danach nie wieder mit seinesgleichen zu tun haben würde.

»Was wünschen Sie?« fragte sie und beherrschte ihre Stimme. »Wir haben hier für jeden Geschmack etwas zu bieten, Herr.«

Sein Lächeln entblößte kleine Zähne. Seine Stimme klang seidenweich wie die einer jungen Frau.

»Ich habe ganz einfache Wünsche, Mu Chua. Und der General hat mir versprochen, daß Sie ihnen entsprechen würden.«

Sie kniete sich hin und beugte den Kopf. »Natürlich, Exzellenz. Aber sagen Sie mir doch genau, welche Wünsche das sind.«

Er ließ die Fächer zuschnappen, beugte sich ein Stück vor und winkte sie zu sich heran.

Sie stand auf, trat näher und kniete erneut nieder, ihr Gesicht nur noch eine Handbreit vor seinen Knien. Er beugte sich herunter und verfiel in Flüsterton, einen Hauch Anisaroma im Atem.

»Ich habe gehört, daß eine enge Beziehung zwischen Sex und Tod besteht. Es soll kein größeres Vergnügen geben, als bei einer Frau im Moment ihres Todes zum Höhepunkt zu kommen. Man hat mir gesagt, daß die Todesqualen einer Frau einen so intensiven Orgasmus bringen...«

Sie blickte entsetzt zu ihm auf, aber er sah an ihr vorbei, einen strahlenden Glanz im Blick, als stelle er sich gerade lebhaft vor, was er da schilderte. Sie ließ zu, daß er es aussprach, hörte kaum hin, dann setzte sie sich auf die Fersen und erschauderte.

»Heißt das, Sie wollen eines meiner Mädchen töten, Herr Chiang? Sie wollen ihr die Kehle aufschlitzen, während Sie mit ihr schlafen?«

Er sah sie wieder an und nickte. »Ich werde gut dafür bezahlen.«

»Gut dafür bezahlen...« Sie senkte den Blick. Es geschah nicht zum erstenmal, daß jemand derartige Wünsche äußerte. Schon in den alten Tagen hatte es Männer wie Hsiang gegeben, die ihr Vergnügen aus dem Leid anderer bezogen, aber selbst unter dem Bärtigen Lu hatte sie ihren Kunden Grenzen gesetzt. Noch nie war eines ihrer Mädchen gewollt oder ungewollt durch die

Hand eines Kunden umgekommen, und es lag ihr auf der Zunge, diesem Schwein genau das zu sagen. Ob Prinz oder nicht, er sollte zum Teufel gehen. Aber ...

Sie erschauderte, dann blickte sie wieder zu ihm auf und stellte fest, wie gespannt er auf ihre Antwort wartete. Seinen Wunsch abzulehnen, lief bestenfalls darauf hinaus, sich selbst zu einem weiteren Leben auf dieser Ebene zu verurteilen, schlimmstenfalls darauf, Hans Eberts Unmut zu erregen. Und wer wußte, was er zu tun imstande war, wenn sie ihm alles verdarb? Aber ein Ja bedeutete die Zustimmung zum Mord an einem ihrer Mädchen. Es wäre, als würde sie ihr selbst das Messer durch die Kehle ziehen.

»Was Sie da wünschen ...«, begann sie und zögerte.

»Ja?«

Sie stand auf, wandte sich ab und ging zur Tür, bevor sie sich noch einmal zu ihm umdrehte. »Ich muß mir das erst überlegen, Herr Hsiang. Meine Mädchen ...«

»Natürlich«, sagte er, als verstünde er. »Es muß ein ganz besonderes Mädchen sein.«

Sein Lachen drohte ihr das Blut in den Adern gefrieren zu lassen. Er redete darüber, als ginge es um eine Banalität. Und was das Mädchen anging ... In all den Jahren hatte sie sich immer vor Augen zu halten versucht, daß ihre Kunden nicht ein Mädchen, sondern die Dienste eines Mädchens kauften, so wie jemand einen Buchhalter oder einen Makler für seine Dienste bezahlte. Doch für Männer wie Hsiang gab es diesen Unterschied nicht. Für sie war das Mädchen nur ein Ding, das man nach Belieben benutzte und wegwarf.

Aber wie sollte sie nein sagen? Mit welcher möglichen Entschuldigung konnte sie Hsiang K'ai Fan abweisen? Ihre Gedanken überschlugen sich, suchten verzweifelt nach einem Ausweg, einer Lösung dieses unmöglichen Dilemmas. Dann, endlich, wurde sie wieder ruhig, als ihr eine Idee kam, was sie tun mußte.

Sie lächelte, trat näher, nahm Hsiang zärtlich an den Händen und zog ihn aus dem Stuhl.

»Kommen Sie«, sagte sie, küßte ihn auf den Stiernacken und streichelte mit der Rechten seine aufgedunsene Flanke. »Sie wünschen besondere Vergnügungen, Hsiang K'ai Fan, und die werden Sie auch bekommen. Guten Wein, schöne Musik, vorzügliches Essen...«

»Und danach?« Er starrte sie erwartungsvoll an.

Mu Chua lächelte, ließ ihre Hand kurz auf sein steifes Geschlecht sinken und massierte es durch die Seide. »Danach werden wir Ihren Wunsch erfüllen.«

* * *

Charles Levers Sohn Michael saß an seinem Schreibtisch und sah durch sein riesiges Büro zu Kim hinüber.

»Und? Haben Sie genug gesehen?«

Kim schaute sich um. Rechts und links hingen übergroße Gobelins an den Wänden, breite Panoramen der Rocky Mountains und der großen amerikanischen Ebenen, während an der Stirnwand, hinter Levers großem Eichenschreibtisch und dem ledergepolsterten Drehstuhl eine acht mal zwanzig Monitore messende Bildschirmwand aufragte. Im Mittelpunkt des luxuriös ausstaffierten Raums stand ein großer, flacher Tisch, unter dessen gläserner Tischplatte eine 3D-Karte der Ostküste der Stadt Nordamerika steckte. Kim trat näher und sah sich das genauer an. ImmVacs Anlagen waren mit blauen Markierungen gekennzeichnet.

»Es ist eine ganze Menge.«

Lever lachte. »Allerdings. Aber ich glaube, die interessantesten Teile haben Sie gesehen.«

Kim nickte. Sie hatten einen ganzen Tag mit der Besichtigung vom ImmVacs Anlagen verbracht und doch nur einen Bruchteil des gewaltigen Wirtschaftsimperiums zu Gesicht bekommen, über das der Alte Lever herrschte. Eindrucksvoller denn je zuvor hatte Kim einen Eindruck von den schieren Größenordnungen der Welt bekommen, in die er geraten war. Dort unten im Lehm hatte niemand eine Vorstellung von den gewaltigen Ausmaßen dessen, was *a wartha* – da oben – existierte. Von Zeit zu Zeit fühlte er sich von all dem überwältigt und wünschte sich eine kleine, dunkle, gemütliche Nische, in der er sich verstecken konnte. Aber dieses Gefühl hielt nie lang an. Er hatte die Erfahrung gemacht, daß es eine letzte Regung des dunklen Ichs war, das er abgeschüttelt hatte. Nein, dies hier war jetzt seine Welt. Eine Welt gewaltiger Städte, die ganze Kontinente überspannten, und mächtiger Konzerne, die um ihren Anteil an Chung Kuos Märkten stritten.

Er blickte auf. Lever kramte in einer Schublade seines Schreibtischs. Wenig später brachte er einen dicken Aktenordner zum Vorschein. Er schob die Schublade mit dem Knie zu, kam hinter dem Schreibtisch hervor und knallte die Akte neben Kim auf den Tisch.

»Hier. Das wird Sie interessieren.«

Kim sah zu, wie Lever durchs Zimmer ging und die großen Doppeltüren mit einem altmodischen Schlüssel abschloß.

»Sie mögen alles, was alt ist, stimmt's?«

Lever drehte sich mit einem Lächeln um. »Darüber habe ich eigentlich noch nie nachgedacht. Wir haben das immer so gemacht. Handgeschriebene Forschungsberichte, richtige Schlüssel, hölzerne Schreibtische. Ich denke, das ... das unterscheidet uns einfach von den anderen ... nordamerikanischen Konzernen. Außerdem ist es ganz sinnvoll so. Computer sind unzuverlässig, leicht zugänglich und anfällig für Viren. Dasselbe gilt für elektronische Türschlösser und Erkennungsgeräte. Aber ein guter, altmodischer Schlüssel ist unschlagbar. In einem Zeitalter der Lüge und des Betrugs haben die Leute Hemmungen, Gewalt anzuwenden – und wenn es nur darum ginge, eine Tür oder eine Schublade aufzubrechen. Die Personen, die am meisten an unseren Produkten interessiert sind, haben sich zu sehr daran gewöhnt, an ihrem Schreibtisch zu sitzen, wenn sie ihre Verbrechen begehen. Das Risiko, in eine unserer Anlagen einzubrechen, wäre den meisten von ihnen zu groß.« Er lachte. »Außerdem pflegt mein Vater die Taktik, sie mit einem ständigen Fluß an Fehlinformationen bei Laune zu halten. Gescheiterte Forschungen, Sackgassen, kleine Nebenprojekte größerer Forschungsvorhaben – etwas in der Art. Sie fallen drauf rein und glauben, sie hätten ihre Finger am Puls der Dinge.«

Kim grinste. »Und sie lernen nicht dazu?«

Lever schüttelte amüsiert den Kopf. »Bis jetzt noch nicht.«

Kim sah auf die Akte. »Und das hier?«

»Schauen Sie rein. Lesen Sie an meinem Schreibtisch, wenn Sie wollen.«

Kim schlug den Deckel auf, und kaum hatte er die erste Seite überflogen, riß er den Kopf herum und starrte Lever fassungslos an. »Wo haben Sie das her?«

»Haben Sie's schon mal gesehen?«

Kim warf nochmals einen Blick in die Akte. »Ich... ja, habe ich, aber nicht in dieser Form. Wer...?« Dann erkannte er die Handschrift, dieselbe wie auf den ausgelösten Verträgen mit SimFic, die ihm Li Yuan zugeschickt hatte. »Soren Berdichow...«

Lever sah ihn verdutzt an. »Woher wissen Sie das?«

Kim entfuhr ein Keuchen. »Es ist sechs Jahre her. Da habe ich noch für das Projekt gearbeitet.«

»Haben Sie dort Berdichow kennengelernt?«

»Er hat meinen Vertrag gekauft. Für seine Firma SimFic.«

»Ach ja... Natürlich. Dann wissen Sie, daß er die Akte verfaßt hat?«

Kim lachte nervös. »Sie glauben, *er* hat das geschrieben?«

»Wer sonst?«

Kim sah weg. »So ist das also. Er behauptet, es sei seine Arbeit.«

Lever schüttelte den Kopf. »Wollen Sie damit sagen, er hat sie jemandem gestohlen?«

Mit gedämpfter Stimme rezitierte Kim die Anfangszeilen der Akte: die Geschichte der griechischen Vorsokratiker und die Einführung des aristotelischen Ja/Nein-Denkens. Lever starrte ihn mit wachsender Verblüffung an.

»Soll ich fortfahren?«

Lever lachte. »Dann kennen Sie den Text. Aber woher? Wer hat Ihnen die Akte gezeigt?«

Kim gab ihm den Ordner zurück. »Ich kenne den Text, weil ich ihn selbst verfaßt habe.«

Lever betrachtete die Akte, dann Kim und lachte ungläubig auf. »Nein«, sagte er ruhig. »Sie waren damals noch ein kleiner Junge.«

Kim beobachtete Lever aufmerksam. »Ich habe das Material aus alten Computerdokumenten zusammengestellt, die ich selbst ausgegraben habe. Ich dachte, Berdichow habe die Akte vernichtet. Ich wußte nicht, daß er eine Kopie angefertigt hatte.«

»Und Sie wissen auch nichts über ihre Verbreitung?«

»Ihre Verbreitung?«

»Wollen Sie damit sagen, Sie haben wirklich nichts davon gewußt?« Lever schüttelte verdattert den Kopf. »Dies hier ist das Original, aber drüben in Europa gibt's noch tausend Kopien, jede wie diese handgeschrieben. Jetzt fangen wir auch hier damit an – wir wollen sie an alle verteilen, die der Sache verbunden sind.«

»Welcher Sache?«

»Den Söhnen Benjamin Franklins. Oh, wir haben schon vor einiger Zeit Gerüchte über die Akte und ihren Inhalt gehört, aber bis vor kurzem haben wir sie nicht zu Gesicht bekommen. Aber jetzt...« – er lachte und schüttelte noch mal verwundert den Kopf – »...nun, jetzt ist es wie ein Fieber in unserem Blut. Aber das verstehen

Sie sicher, nicht wahr, Kim? Schließlich haben Sie das verdammte Ding geschrieben!«

Kim nickte, aber innerlich fühlte er sich taub. Er hätte sich nie vorgestellt, daß ...

»Hier, schauen Sie ...« Lever führte Kim zu einem der Wandteppiche. »Den hier habe ich vor einem Jahr anfertigen lassen, als ich die Akte noch nicht kannte. Er beruht auf dem wenigen, was wir über die Vergangenheit wußten. Er zeigt, wie die Welt aussah, bevor die Stadt erbaut wurde.«

Kim betrachtete den Teppich, dann schüttelte er den Kopf. »Das ist verkehrt.«

»Verkehrt?«

»Ja, die Einzelheiten stimmen nicht. Sehen Sie hier.« Er tippte auf eins der Tiere auf den Felsen im Vordergrund. »Das ist ein Löwe. Aber es ist ein afrikanischer Löwe. In Amerika gab es niemals solche Löwen. Und diese Wagen sind von Pferden durch die Ebenen gezogen worden. Der Benzinmotor wurde erst sehr viel später erfunden. Und diese Zelte hier – es sind Zelte im mongolischen Stil. Die Indianerzelte haben ganz anders ausgesehen. Und dann diese Pagoden ...«

»Aber in der Akte steht ...«

»Oh, all das hat es durchaus gegeben, aber nicht zur selben Zeit und am selben Ort. Außerdem gab es damals schon Städte. Hier an der Ostküste ...«

»Städte ... aber ich dachte ...«

»Sie dachten, die Han hätten die Städte erfunden? Nein. Städte gab es schon vom Anbeginn der Menschheit. Die Zentrale des Sicherheitsdienstes in Bremen ist zum Beispiel eine Kopie des großen Zikkurats von Ur, das vor mehr als fünftausend Jahren gebaut wurde.«

Lever war ganz still geworden. Er beobachtete Kim aufmerksam und hatte ein seltsames Feuer in den Augen. Nach einer Weile schüttelte er den Kopf und lachte leise auf.

»Sie haben's wirklich geschrieben, ja?«

Kim nickte und wandte sich nochmals dem Teppich zu. »Und das...« – er bückte sich und zeigte auf eine Inschrift am Fuß des Bildes – »...das ist auch verkehrt.«

Lever beugte sich hinunter und begutachtete die Inschrift. »Wie meinen Sie das?«

»AD. Es bedeutet etwas anderes als das, was hier steht. Das war auch eine von Tsao Ch'uns Lügen. Er war nie mit dem Kaiser Tsao He oder irgend einem anderen verwandt. Deshalb ist auch all das Gerede über Antike Dynastien vollkommener Unsinn. Das gilt auch für Jahreszahlen mit dem Zusatz ›vor der Ankunft des Kranichs‹. Tsao He, der Kranich, angeblich der Begründer der Han-Dynastie und Ahne aller folgenden Dynastien, hat überhaupt niemals existiert. In Wirklichkeit war Liu Chi-tzu, auch bekannt als P'ing ti, zu dieser Zeit Kaiser – und er war der zwölfte große Kaiser der Han-Dynastie. Sie sehen also, die Han haben Teile ihrer eigenen Geschichte ebenso radikal übersteigert, wie sie jene des Westens umgeschrieben haben. Sie haben einfach versucht, alles in einen großen Zusammenhang zu bringen.«

»Und was heißt diese Inschrift wirklich?«

»AD... das steht für *Anno Domini*. Es ist lateinisch – *Ta Ts'in* – und bedeutet ›Im Jahr des Herrn‹.«

»Welcher Herr?«

»Jesus Christus. Sie wissen doch, der Begründer des Christentums.«

»Ach ja...« Aber Lever wirkte verwirrt. »Und ›v. K.‹, vor der Ankunft des Kranichs, bedeutete das ursprünglich auch etwas anderes?«

Kim nickte. »Es wurde von der Abkürzung ›v. Chr.‹ kolportiert, ›vor Christi Geburt‹.«

Lever lachte. »Aber das ergibt doch keinen Sinn. Warum diese Vermischung der Sprachen? Und warum in aller Götter Namen sollten die Han ein christliches Datum für ihren Kalender übernehmen?«

Kim lächelte. Wenn man darüber nachdachte, erschien es wirklich nicht besonders sinnvoll, aber so war es nun einmal – so war es schon vor über hundert Jahren gewesen, als Tsao Ch'un die Macht ergriffen hatte. Die *Ko Ming* – die Kommunisten – hatten den westlichen Kalender eingeführt, und Tsao Ch'un hatte es einfacher gefunden, beim Umschreiben der Geschichte Chung Kuos die alten Daten beizubehalten. Schließlich konnte das bei seinen Historikern ein echtes Gefühl der Kontinuität gewährleisten, besonders nachdem er auf die Idee gekommen war, zu behaupten, daß diese Kontinuität bis zu der *echten* Han-Dynastie zurückreichte, über die angeblich sein Urahn Tsao He, der ›Kranich‹, geherrscht habe.

»Außerdem«, fügte Lever hinzu, »verstehe ich nicht, was an diesem Christus so wichtig sein soll. Ich weiß, Sie haben über die vielen Kriege geschrieben, die in seinem Namen geführt wurden, aber wenn er so wichtig war, warum haben die Han ihn dann nicht in ihr Geschichtsbild einbezogen?«

Kim senkte den Blick und holte tief Luft. So war das also... sie hatten die Akte gelesen, aber nicht verstanden. In gewisser Hinsicht war ihre Interpretation der Akte ebenso abwegig wie Tsao Ch'uns Neuschöpfung der Welt. Wie auf dem Wandteppich fügten sie Bruchstücke der Vergangenheit nach eigenem Gutdünken zusammen, ohne Rücksicht auf die Wahrheit.

Er sah Lever in die Augen. »Sie vergessen eins. Was in der Akte steht, ist nicht meine Erfindung. Es ist wirklich so geschehen. Und Christus...« – er seufzte – »Christus war für den Westen auf eine Weise wichtig, die die Han nicht nachvollziehen konnten. Für die Han war er lediglich ein Ärgernis. So wie die Insekten wollten sie ihn nicht in ihrer Stadt dulden und haben auch eine Art Netz gespannt, um ihn draußen zu halten.«

Lever erschauderte. »Wie bei diesem Begriff, den sie für uns verwenden – *T'e an tsan* – ›unschuldige Westmenschen«. Die ganze Zeit versuchen sie uns zu verunglimpfen, uns vorzuenthalten, was uns rechtmäßig zusteht.«

»Vielleicht...« Aber Kim dachte an Li Yuans Geschenke. Wenigstens er hatte zurückbekommen, was ihm gehörte.

* * *

Ebert schlenderte in das Haus der Neunten Extase, blieb stehen und schaute sich um. Warum war niemand hier, um ihn zu begrüßen? Was, in aller Götter Namen, hatte die Frau vor?

Er rief sie, wobei er versuchte, seine Stimme nicht zornig klingen zu lassen – »Mu Chua! Mu Chua, wo sind Sie?« –, dann durchquerte er das Empfangszimmer und schlüpfte durch den Perlenvorhang.

Er fand ein totales Chaos vor. Überall Blut. Weingläser waren zertrampelt, Fleischbällchen von den Tischen gefegt und in den Boden getreten worden. Am anderen Ende des Zimmers lag mit dem Gesicht nach unten, als sei es betrunken oder schliefe, ein Mädchen auf dem Boden.

Er wirbelte herum und griff nach seinem Messer, als er aus dem Zimmer zu seiner Linken plötzlich ein Kreischen hörte. Wenig später stürzte ein Mann herein. Es war Hsiang K'ai Fan.

Hsiang unterschied sich grundlegend von dem Mann, den Ebert das letzte Mal getroffen hatte. Sein sonst so gelassenes Gesicht strahlte – glühte förmlich – vor Erregung; seine Augen schienen aus der Schwarte hervorzuquellen. Seine sonst tadellose Garderobe war zerzaust, die lavendelfarbene Seide aufgeschlitzt und blutbefleckt. Er hielt die glitschige, feuchtglänzende Klinge seines Zeremoniendolchs vor sich hin, wie eine obszöne Parodie seines steifen, blutverschmierten Penis, der zwischen den Falten seines Gewandes hervorragte.

»Herr Hsiang...«, stotterte Ebert, fassungslos über diese Verwandlung. »Was ist hier geschehen?«

Hsiang lachte; ein sonderbares Gackern, das Ebert frösteln machte. »Oh, es war wundervoll, Hans... Einfach wundervoll! Ich hatte soviel Spaß. Herrlichen Spaß!«

Ebert schluckte und wußte nicht recht, was Hsiang mit ›Spaß‹ meinte, hatte aber keinen Zweifel, daß es ihm gehörigen Ärger einbringen würde.

»Wo ist An Liang-chou? Ihm geht's doch hoffentlich gut?«

Hsiang grinste irr und ließ den Dolch sinken. Seine Augen strahlten unnatürlich, die Pupillen waren eng zusammengezogen. Er atmete unregelmäßig, und seine feiste Brust hob und senkte sich heftig. »An geht es bestens. Er darf mal wieder kleine Mädchen vögeln. Aber Hans... diese Frau... sie war phantastisch. Sie hätten sehen sollen, wie sie gestorben ist. Was für einen Orgasmus ich hatte! Es war genauso, wie man mir erzählt hat. Unglaublich. Es hat überhaupt nicht mehr aufgehört. Und dann...«

Erbert fuhr zusammen. »Sie haben *was* getan?« Er trat einen Schritt vor. »Was sagen Sie da? Mu Chua ist *tot*?«

Hsiang nickte. Seine Erregung hatte inzwischen etwas Fiebriges, und sein Penis, der aus seinem Pau geglitten war, zuckte, wenn er sprach. »Ja, und dann dachte ich mir... warum nicht noch mal. Und noch mal... Schließlich hat sie gesagt, ich könne mich mit dem Bärtigen Lu auf einen Preis einigen, wenn ich fertig bin.«

Ebert schüttelte den Kopf. »Bei allen Göttern...« Unwillkürlich griff er nach seinem Dolch, ließ aber sofort die Hand sinken. Wenn er Hsiang tötete, wäre alles umsonst gewesen. Nein, er mußte das Beste daraus machen. Er mußte den Bärtigen Lu irgendwie ruhigstellen und Hsiang und An so schnell wie möglich hier rausschaffen. Bevor irgend jemand davon erfuhr.

»Wie viele haben Sie getötet?«

Hsiang lachte. »Ich weiß nicht genau. Vier... fünf... vielleicht noch mehr...«

»Bei allen Göttern!«

Ebert trat vor und nahm Hsiang das Messer ab. »Kommen Sie«, sagte er, bestürzt über den Ausdruck hitziger Verwirrung in Hsiangs Gesicht. »Jetzt ist der Spaß vorbei. Holen Sie An und gehen Sie nach Hause.«

Hsiang nickte vage, senkte den Kopf und ließ sich führen.

Im hinteren Teil des Hauses schien auf den ersten Blick alles in Ordnung zu sein. Doch als Ebert sich dem Himmelszimmer näherte und den blutverschmierten Türrahmen sah, ahnte er schon, was dort geschehen war.

Er schob Hsiang hinein und folgte ihm. Auf einer Seite lag mit blutigem Gesicht, aufgeschlitztem Unterleib und hervorquellenden Eingeweiden ein totes Mädchen, während am anderen Ende des Zimmer Mu Chua nackt, mit dem Gesicht nach oben auf dem Bett lag. Jemand hatte ihr von Ohr zu Ohr die Kehle aufgeschlitzt. Ihre Haut war aschfarben, wie ausgebleicht, und die Laken schwarz von ihrem Blut.

Er betrachtete die Szene, dann schüttelte er den Kopf. Der Bärtige Lu würde durchdrehen, wenn er davon erfuhr. Mu Chuas Haus hatte in seinem Imperium eine Schlüsselrolle gespielt und ihm ständig neue Kontakte mit den Oberen eröffnet. Wer würde jetzt noch kommen, da Mu Chua tot war?

Ebert holte tief Luft. Ja, und Lu Ming-shao würde ihm die Schuld geben – weil er die beiden Männer hergebracht hatte. Weil er über Hsiang keine ausführlichen Erkundigungen angestellt hatte, bevor er ihn hier ausrasten ließ. *Wenn er das geahnt hätte...*

Er fuhr herum, und sein Zorn überwältigte ihn. »Sie verfluchter Idiot, Hsiang! Wissen Sie, was Sie hier getan haben?«

Hsiang K'ai Fan glotzte ihn erstaunt an. »Wie ... wie bitte?« stammelte er.

»*Das hier!*« Ebert deutete mit einer ausladenden Geste auf die Leiche auf dem Bett, dann packte er Hsiang am Arm und zog ihn durchs Zimmer. »Warum mußten Sie das tun? Jetzt haben wir einen regelrechten Krieg am Hals! Das heißt, wenn Sie den Mann nicht beschwichtigen können.«

Hsiang schüttelte verwirrt den Kopf. »Wen?«

»Lu Ming-shao. Der Bärtige Lu. Er ist in dieser Gegend der große Triadenboss. Ihm gehört dieses Etablissement. Und jetzt haben Sie seine Madam abgeschlachtet. Er wird durchdrehen, wenn er das sieht. Er wird Killer anheuern, um Sie zu erledigen.«

Als Ebert sah, wie Hsiang daraufhin schluckte und entsetzt die Augen aufriß, war ihm zum Lachen zumute. Aber nein, er konnte sich diese Situation zunutze machen. Ja, vielleicht stand es doch nicht so schlecht für ihn. Vielleicht konnte er dabei etwas für sich herausschlagen.

»Ja, dafür wird er Ihnen die Kehle durchschneiden, außer ...«

Hsiang schob ängstlich den Kopf vor. »Außer ...?«

Ebert sah sich um und überlegte. »Dies war eine seiner Haupteinnahmequellen. Nicht bloß durch Prostitution, auch auf andere Weise – Drogen, illegaler Handel, Erpressung. Das Haus hat ihm jährlich mindestens fünfzehn, vielleicht zwanzig Millionen *Yuan* eingebracht. Und jetzt ist es nichts mehr wert. Sie haben mit ein paar Messerstichen alles vernichtet.«

»Das wußte ich nicht ...« Hsiang schüttelte den Kopf, und seine Hände zitterten. Er plapperte drauflos, verhaspelte sich. »Ich werde ihm alles bezahlen. Was immer es kostet. Meine Familie ist reich. Sehr reich. Das wissen Sie doch, Hans. Sie könnten sich doch mit diesem Bärtigen Lu treffen, ja? Sagen Sie ihm das. Bitte, Hans. Sagen Sie ihm, ich werde alles bezahlen, was er verlangt.«

Ebert nickte bedächtig und kniff die Augen zusammen. »Vielleicht. Aber dann müssen Sie auch etwas für mich tun.«

Hsiang nickte eifrig. »Alles, Hans. Sie brauchen es nur zu sagen.«

Er musterte Hsiang geringschätzig. »Nur eines. Ich möchte, daß Sie Ihre Party – ihr *Chao tai hui* – veranstalten, als sei nichts geschehen. Verstehen Sie? Was immer Sie oder An hier gesagt und getan haben, muß vergessen sein, darf unter keinen Umständen je wieder erwähnt werden. Tun Sie so, als sei es nie geschehen. Denn wenn dieser Vorfall bekannt wird, können Sie damit rechnen, daß jemand Anschuldigungen erhebt. Schwere Anschuldigungen. Verstehen Sie?«

Hsiang nickte, und ein Ausdruck tiefster Erleichterung überflog sein Gesicht.

»Und Hsiang. Heute nachmittag... machen Sie sich keine Gedanken über die Mädchen. *Darum* werde ich mich kümmern. Sorgen Sie einfach dafür, daß Ihre Freunde dort sind.«

Hsiang senkte demütig den Blick, schien nun wieder zur Besinnung gekommen zu sein. »Ja... Das werde ich tun.«

»Gut. Dann suchen Sie Ihre Freunde und verschwinden Sie von hier. Nehmen Sie meine Sänfte, wenn's sein muß, aber verschwinden Sie. Wir bleiben in Verbindung.«

Hsiang wandte sich ab und wollte gehen, aber Ebert rief ihn noch einmal zurück.

»Und, Hsiang...«

Hsiang hielt inne und drehte sich um, mit einer Hand an den blutbefleckten Türrahmen gestützt. »Ja?«

»Wenn Sie so etwas noch einmal machen, töte ich Sie, verstanden?«

Noch einmal flackerten Hsiangs Augen in seinem fleischigen Pfannkuchengesicht, dann ließ er den Kopf sinken und machte sich eilig davon.

Ebert sah ihm nach, dann drehte er sich um und betrachtete Mu Chuas Leiche. Was für eine Schande. Diese Frau war ihm in all den Jahren sehr nützlich gewesen. Aber vorbei war vorbei. Sein größtes Problem bestand jetzt darin, mit dem Bärtigen Lu fertigzuwerden. Und alles für die Party nachher zu arrangieren.

Bei seinem Gespräch mit DeVore hatte alles so einfach ausgesehen, aber Hsiang hatte sein Bestes getan, ihm alles zu verderben. Wo sollte er jetzt Mädchen herbekommen – Mädchen von einer Qualität, wie sie Mu Chua garantiert hatte?

Ebert seufzte und grinste, als er daran dachte, daß das Ganze auch eine komische Seite hatte, Hsiangs Anblick nämlich, wie er dagestanden und sein Penis steif aus den Kleidern geragt hatte, wie eine Miniatur seines rattenhaften Freundes An Liang-chou, die unter Hsiangs fettem Bauch hervorschaute.

Nun, sie würden ihren Preis bezahlen. Sie und all ihre Freunde. Aber diesmal würde er keine Risiken eingehen. Er würde den Mädchen, bevor er sie zu ihnen schickte, erst eine Injektion verabreichen.

Er lächelte. Ja, und dann würde er zusehen, wie einer nach dem anderen verreckte. Prinzen und Vettern und der ganze Rest; Opfer des Krankheitserregers, den DeVore seinem Freund Curval abgekauft hatte.

Ganz schön gerissen, dachte er, sie so zu erledigen. Denn wer würde schon darauf kommen, um was es sich handelte. Syphilis... davon hatte oben schon seit über einem Jahrhundert keiner mehr etwas gehört. Nicht seit Tsao Ch'un seinen eigenen Sohn hingerichtet hatte, weil sich seine Mutter bei ihm damit angesteckt hatte. Nein, und wenn sie es herausfänden, wäre es zu spät. Viel zu spät. Denn bis dahin hätte sich die Krankheit längst über den großen Verwandtschaftsbaum der Untergeordneten Familien ausgebreitet, Wurzeln und Zweige infiziert und das Mark ausgetrocknet. Und dann würde der Baum umstürzen und endlich als das verrottete, stinkende Stück sichtbar werden, das er längst war.

Ebert fröstelte bei dem Gedanken, und er streckte die Hand aus, um der Toten ratlos das Haar aus der Stirn zu streichen.

»Ja. Aber warum hast du das zugelassen, Mutter? Warum hast dir das von ihm antun lassen? Es kann doch nicht wegen des Geldes gewesen sein...«

Ebert zog die Hand zurück und schüttelte den Kopf. Er konnte das nicht verstehen. Wie konnte man daliegen und sich die Kehle durchschneiden lassen. Es ergab keinen Sinn. Und doch...

Genau das tat seinesgleichen schon seit einhundertfünfzig Jahren. Seit den Tagen eines Tsao Ch'un. Aber jetzt war das alles anders. Von jetzt an würde sich einiges ändern.

Er drehte sich um und sah zur Tür. Drei von Mu Chuas Mädchen standen dort verängstigt beisammen und schauten herein.

»Verständige Lu Ming-shao«, sagte er, ging zur Tür und faßte die älteste am Arm. »Sag ihm, er soll sofort kommen, aber verrate sonst nichts. Sag ihm, Hans Ebert möchte mit ihm reden. Über eine geschäftliche Angelegenheit.«

Er wartete, bis sie gegangen war, dann wandte sich den beiden anderen zu und legte ihnen die Arme um die Schultern. »Und nun zu euch, meine Mädchen. Ich kann mir denken, daß ihr jetzt nicht wißt, wie es weitergehen soll, aber ich habe eine besondere Aufgabe für euch, und wenn ihr sie zu meiner Zufriedenheit erledigt...«

* * *

Hsiang Wang beugte seine mächtige Körpermasse über den Boten, der vor ihm kniete, und schnaufte ungehalten.

»Was soll das heißen, mein Bruder ist krank? Heute

morgen war er noch vollkommen gesund. Was ist mit ihm passiert?«

Der Bote blieb geduckt hocken und hielt ihm eine handgeschriebene Nachricht hin. »Er bittet Sie um Verzeihung, Exzellenz, und schickt Ihnen diese Nachricht.«

Hsiang Wang riß ihm die Notiz aus der Hand und faltete sie auseinander. Während er las, schwieg er, dann warf er sie weg, fluchte unterdrückte und ruckte nervös mit dem Kopf hin und her.

»Er sagt, es sei alles arrangiert, Exzellenz«, fuhr der Bote fort, sichtlich eingeschüchtert vom Stampfen der beiden Säulenbeine vor seiner Nase. »Die letzten Mädchen, die besonderen, sind heute morgen engagiert worden.«

Der Bote kannte aus Erfahrung Hsiang K'ai Fans unberechenbares Temperament und rechnete jeden Moment damit, es zu spüren zu bekommen, aber diesmal hielt Hsiang Wang seinen Ärger im Zaum. Vielleicht lag es an dem Umstand, daß seine Gäste nur einige ch'i entfernt standen und hinter der hauchdünnen Wand lauschten, vielleicht auch wegen der Einsicht, daß er bei Abwesenheit seines älteren Bruders allein den Gastgeber spielen konnte. Was auch immer, es schien ihn zu beruhigen, und indem er den Boten mit einer schroffen Geste entließ, wandte er sich ab und ging zu der großen Doppeltür, die in die Halle der Vier Weiden führte.

Hsiang Wang hielt in der Tür inne und nahm die Szene in sich auf. Von dort, wo er stand, führten vier breite, grasbedeckte Terrassen in der Form von Mondsicheln zu dem großen, weidenblattförmigen Teich und den vier alten Bäumen hinunter, denen die Halle ihren Namen verdankte. An diesem Nachmittag waren über hundert männliche Angehörige der Untergeordneten Familien hier versammelt, alt und jung gleichermaßen. Fast alle Neunundzwanzig Familien hatten mindestens einen Vertreter geschickt, und die großen Clans unterschieden sich voneinander durch Abzeichen an den Seidengewändern, die die Prinzen trugen. Die meisten stammten allerdings aus den fünf großen europäischen Familien, den Hsiang und An, den Pei, Yin und Chun. Mädchen schlenderten lächelnd zwischen den Gästen umher und blieben zuweilen stehen, um zu plaudern oder eine sanfte Hand auf einen Arm oder um eine Hüfte zu legen. Die Party hatte noch nicht richtig angefangen, und die Umgangsformen waren daher noch zurückhaltend. Die Klänge von *Erhu* und *K'un ti*[1] – Bogen und Bambusflöte – schwebten durch die Luft und mischten sich mit den Gerüchen von Geißblatt und Pflaumenblüten.

Flache Tischen standen in unregelmäßiger Anordnung über die Terrassen verteilt. Die jungen Prinzen standen drumherum, räkelten sich auf gepolsterten Sofas, unterhielten sich oder spielten *Chou*. Der Raum wurde von hohen Büschen und Pflanzen und lackierten Stellwänden umgrenzt – bemalt mit Berg- und Waldszenen, Frühlingsweiden und mondbeschienenen Flüssen –, was die starre Geometrie der Halle auflockerte und ihr die Atmosphäre einer Waldlichtung verlieh.

Hsiang Wang klatschte in die Hände, zufrieden mit der Wirkung. Sofort öffneten sich beiderseits von ihm die Türen, und Diener, die Tabletts voller Wein, Fleisch und anderer Köstlichkeiten trugen, schwärmten auf die Terrassen aus. Mit einem Lächeln schritt er hinunter und ging auf eine Gruppe junger Männer zu, die sich um Chun Wu-chi versammelt hatten.

Chun Wu-chi war das Oberhaupt der Familien Chun; das einzige Familienoberhaupt, das den Hsiang-Clan an diesem Nachmittag mit seiner Anwesenheit ehrte. Er war ein großer Mann über siebzig, mit hageren Gesicht, einem kahlen, wie eine antike Elfenbeinschnitzerei polierten Schädel und einem spärlichen, zu zwei dünnen Zöpfen geflochtenen Bart. Als er sich ihm näherte, ging Hsiang Wang zu einem *San K'ou* in die

Knie, drückte die Stirn dreimal auf den Boden, bevor er sich wieder aufrichtete.

»Ich heiße Sie herzlich willkommen, Hoheit.«

Chun Wu-chi lächelte. »Danke für die Begrüßung, Hsiang Wang, aber wo ist Ihr älterer Bruder? Ich habe mich darauf gefreut, ihn zu treffen.«

»Verzeihen Sie, Hoheit«, erklärte Hsiang und senkte den Kopf, »aber K'ai Fan ist erkrankt. Er läßt sein tiefstes Bedauern ausrichten und bittet untertänigst um Verzeihung.«

Chun sah in die Runde, suchte den Blick seines engsten Beraters, um Aufschluß darüber zu gewinnen, ob er dies als Kränkung auffassen konnte; dann wandte er sich beruhigt wieder Hsiang Wang zu, lächelte und streckte eine mit Juwelen geschmückte Hand nach ihm aus.

»Tut mir leid, daß Ihr Bruder krank ist, Wang. Richten Sie ihm meine besten Wünsche aus und alles Gute für eine baldige Genesung.«

Hsiang Wang machte eine tiefe Verbeugung. »Das werde ich tun, Hoheit. Ihre Anteilnahme ehrt meine Familie.«

Chun nickte knapp und überflog mit Blicken die unteren Terrassen. »Es sind heute viele neue Mädchen da, Hsiang Wang. Sind einige mit... *besonderen* Talenten darunter?«

Hsiang Wang neigte den Kopf. Er hatte von Chun Wu-chis Lüsternheit gehört. Er hatte einen legendären Ruf in dieser Beziehung. Als er jünger war, hieß es, hatte er einmal für eine Wette in einer Woche mit hundert Frauen hintereinander geschlafen und hinterher fünfzig Stunden lang geschlafen, nur um gleich danach wieder von vorn anzufangen. Jetzt, in seinen Siebzigern, war sein Feuer fast verloschen. Voyeurismus war an die Stelle eigener Aktivitäten getreten.

»Es gibt da ein Mädchen, Hoheit...«, sagte er, als er sich an K'ai Fans Bemerkung erinnerte. »Ich habe gehört, sie beherrscht die ausgefallensten Kunststücke.«

»Wirklich?« Chun Wu-chis Augen glänzten.

Hsiang Wang lächelte. »Ich bring sie her, Hoheit.« Er verbeugte sich vor den jüngeren Männern. »Wenn die *Ch'un tzu* sich bis dahin allein unterhalten möchten...«

Auf ein Handzeichen hin wurden die Lampen unter der Decke abgedunkelt, und die Musik schlug lebhaftere Töne an. Aus Ventilen an der Decke wurden subtile, süß duftende Halluzinogene in die Luft versprüht.

Auf seinem Weg hinunter zum Teich bekam er mit, wie ungeduldig manche Männer, die keine Sekunde verschwenden wollten, Mädchen auf die nächsten Sofas gezogen hatten, während einer – ein Prinz der Familie Pei – sich von einem Mädchen Nacken und Schultern massieren ließ und ein anderes zwischen seinen Beinen kniete.

Hsiang Wang lachte leise. Bis Ende des Tages würde es noch viel mehr Unerhörtes zu sehen geben. Noch sehr viel mehr. Endlich entdeckte er das besagte Mädchen und winkte sie zu sich heran.

Sie lief herbei und verbeugte sich vor ihm. Ein zierliches kleines Geschöpf mit einer schwalbenschwanzartigen Ponyfrisur. Sie blickte zu ihm auf und zeigte ihre perfekten Gesichtszüge und ihre zarten, rosigen Lippen. »Ja, Exzellenz?«

Er griff in die Tasche, zog einen Tausend-*Yuan*-Chip heraus und gab ihn ihr. »Du weißt, was zu tun ist?«

Sie nickte, und ein Lächeln trat auf ihre Lippen.

»Gut... dann geh und stell dich vor. Ich werde meine Diener das Vieh holen lassen.«

Er sah ihr nach und war froh, daß er all das schon vor zwei Tagen mit seinem Bruder abgesprochen hatte.

Krank. Wie konnte sein Bruder an einem solchen Tag krank werden? Wußte er denn nicht, wie wichtig dieses Fest für die Familie war? Hsiang Wang schüttelte seinen Ärger ab. Es war wohl nichts daran zu ändern, dachte er. Und wenn er den alten Chun zufriedenstellte, wer wußte schon, welchen persönlichen Gewinn er daraus ziehen würde?

Er kam gerade rechtzeitig zurück, um zu erleben, wie die Diener das Wesen hereinbrachten. Halb Stier, halb Mensch stand es passiv da, ließ die hufartigen Finger an den Seiten herunterhängen und sah sich nervös um, die fast menschlichen Augen voller Angst. Bei seinem Anblick lachten einige der jüngeren Prinzen und steckten tuschelnd die Köpfe zusammen. Hsiang Wang lächelte und trat an Chuns Seite. Sofort eilte ein weiteres Mädchen herbei, kniete sich an Chuns Seite, lehnte sich an sein Bein und legte sanft eine Hand auf sein Knie.

Chun sah kurz zu Boden und lächelte, dann wandte er seine Aufmerksamkeit dem Mädchen und dem künstlichen Geschöpf zu, indem er mit einer Hand an seinem Bart zupfte, einen interessierten Ausdruck auf dem faltenzerfurchten Gesicht.

Hsiang hob die Hand. Sofort traten die Diener vor, rissen dem Stiermenschen die feine Seide vom Leib und zerrten seine Samthose herunter. Dann traten sie zurück. Für einen Moment stand er verwirrt, mit entblößtem, haarigen Oberkörper da und zitterte. Dann drehte er mit einem tiefen, kuhartigen Stöhnen den großen Kopf, als suche er nach einem Ausweg.

Das Mädchen trat näher und beruhigte ihn, indem sie eine Hand auf seine Brust legte und beruhigende Worte flüsterte. Wieder muhte das Wesen, doch diesmal richtete es seinen Blick auf das Mädchen.

Von den Sofas rings um Chun Wu-chi kam Gelächter. Gelächter und ein gedämpftes, aufgeregtes Flüstern.

Langsam begann sie das Wesen zu streicheln. Ihre Hände glitten über die haarige Brust, den kräftigen Leib und zwischen die muskulösen Beine. Sofort richtete sich sein riesiges Glied auf und ragte feuchtglänzend, lang und rosarot ins Halbdunkel – eine Lanze aus zitternder, lebender Materie.

Als das Mädchen ihr Gewand von den Schultern gleiten ließ, erhob sich anerkennendes Gemurmel. Dann stand sie nackt vor dem Stiermenschen und hielt sein mächtiges Glied mit der einen Hand umfaßt, während sie mit der anderen weiter seine Brust streichelte.

Sein Muhen hatte jetzt etwas Triebhaftes. Er warf den Kopf von einer Seite zur anderen, als litte er Schmerzen, und er zitterte am ganzen Körper. Mit gehobener Hand bewegte er sich auf das Mädchen zu und wich wieder zurück.

Schließlich ging das Mädchen mit einem neckischen Lächeln in Richtung Chun Wu-chi in die Hocke und ließ das Glied tief in den Mund gleiten.

Die Zuschauer ringsum keuchten auf. Hsiang beobachtete, wie das Mädchen, das er Chun zugeteilt hatte, dem Alten unter das Gewand kroch und ihm denselben Liebesdienst erwies. Er lächelte. Nach dem halb schmerzhaften, halb lustvollen Ausdruck im Gesicht des Alten zu urteilen, würde Chun Wu-chi diesen Abend nicht so bald vergessen.

* * *

Es war kurz nach neun, und in der großen Halle des Himmlischen Geschicks im Raumhafen von Nantes wogte eine riesige Menschenmenge. Vor zehn Minuten war das Acht-Uhr-Zwanzig-Shuttle aus Boston gelandet, und die letzten Sicherheitsvorkehrungen wurden getroffen, bevor seine Passagiere in die Halle eingelassen wurden.

Lehmann stand vor dem Sockel der Statue im Zentrum der Halle und wartete. DeVore hatte ihn vor anderthalb Stunden darüber unterrichtet, daß er mit der Acht-Zwanziger eintreffen würde. Er hatte nervös und wütend geklungen, aber auf Lehmanns drängende Fragen hin hatte er sich über die Reise selbst nur enthusiastisch geäußert. Es war also etwas anderes, das ihm die Laune verdorben hatte – etwas, das hier während seiner Abwesenheit passiert war –, und das konnte nur eines sein: das mißglückte Attentat auf Tolonen.

Warum hatte DeVore ihn gebeten, ihn hier zu treffen? Um es noch mal zu versuchen? Es ergab schon einen Sinn, denn trotz aller Vorkehrungen war das letzte, womit der Sicherheitsdienst *wirklich* rechnete, ein sofortiges zweites Attentat.

Er drehte sich um und blickte die riesige Bronzefigur empor. Er wußte, daß die Komposition eine Lüge war, ein Teil der Großen Lüge, die die Han zusammen mit ihrer Stadt errichtet hatten; dennoch enthielt sie eine unterschwellige Wahrheit, denn die Han hatten tatsächlich über die *Ta Ts'in* triumphiert. Kan Ying hatte sich tatsächlich vor Pan Chao verbeugt. Oder jedenfalls seine Nachkommen. Aber wie lang würde sich der Traum der Römer noch unterdrücken lassen?

Für ihn selbst war das unwichtig. Ob Han oder *Hung Mao*, es kam nicht darauf an, wer über den großen Kreis von Chung Kuo herrschte. Die Auseinandersetzungen, die bevorstanden, würden ihm ohnehin zugute kommen. Wer auch triumphierte, die Welt würde nicht mehr dieselbe sein. Vieles von dem, was er haßte, wäre dann zwangsläufig vernichtet, und der Prozeß der Vernichtung – der Reinigung – würde einen neuen Geist freisetzen. Einen neuen und doch ganz alten Geist. Wild und doch rein, wie ein Adler, der in der kühlen Luft über den Bergen kreiste.

Er sah weg. Ein neuer Anfang – das war es, was die Welt brauchte. Ein neuer Anfang, der sie von all dem hier befreite.

Lehmann blickte sich um, musterte die Menschen, die an ihm vorbeidrängten, und war bestürzt über die Leere in ihren Gesichtern. Hier konnte er all die Halbmenschen und Halbfrauen bei den sinnlosen kleinen Geschäften ihres leeren, bedeutungslosen Lebens beobachten. Hier sah er sie auf ihrer kurzen, besinnungslosen Reise zur Tür des Ofenmannes.

Und danach?

Er zitterte und fühlte sich von dem Gedränge, dem schrecklichen Geruch der Menge plötzlich unangenehm bedrängt. Dies hier – dieser kurze Augenblick, bevor es losging – war eine Art Tigermaul; der letzte Zug, bevor man den Stein des Gegners umzingelt und von den anderen abschnitten hatte. Es war die Phase immer beschränkterer Möglichkeiten, die Zeit schneller und verzweifelter Spielzüge.

Es ging ein Gemurmel durch die Halle, als die Anzeigetafeln zu beiden Seiten darauf hinwiesen, daß nun die Passagiere der Acht-Zwanziger aus Bosten eingelassen würden. Lehmann wollte hinübergehen, als ihm zwei Männer auffielen, die sich mit unbewegten Gesichtern und in etwas auffälligerer Manier einen Weg durch die Menge bahnten.

Leute vom Sicherheitsdienst? Nein. Es waren Han. Außerdem hatten ihre Bewegungen etwas Flüssiges, das bei der hart und klassisch ausgebildeten Elite des Sicherheitsdienstes nie vorkam. Nein. Das waren Triadenangehörige. Attentäter. Aber auf wen hatten sie es abgesehen? Wer saß noch in DeVores Rakete? Konzernchefs vielleicht? Oder ging es um einen Bandenkonflikt?

Er folgte ihnen unauffällig.

Das Tor am anderen Ende der Halle stand jetzt offen, und Passagiere strömten herein. Als er an den Männern vorbeisah, entdeckte er DeVore, eine elegante, gepflegte Gestalt, die sich ruhig, aber zügig durch das Gedränge schob. Die Männer standen auf halbem Wege zwischen ihm und DeVore, zwischen zehn und fünfzehn *ch'i* vor ihm, als er seinen Fehler erkannte.

»*Howard!*«

DeVore blickte erschrocken auf und begriff sofort, was vor sich ging. Die beiden Attentäter liefen geradewegs auf ihn zu, waren nur noch zwei Körperlängen entfernt und hieben mit ihren Messern auf jeden ein, der ihnen in den Weg kam, um ihr Opfer unter allen Umständen zu erreichen. Hinter ihnen kämpfte Lehmann sich durch die Menge, schrie die Leute an, sie sollten ihm aus dem Weg gehen, aber er brauchte einige Sekunden, bis er DeVore zu Hilfe kommen konnte.

DeVore knallte dem ersten Angreifer geistesgegenwärtig seinen Aktenkoffer ins Gesicht, als er vor ihm aus der Menge auftauchte. Weil ihn eine Frau neben sich behinderte, konnte der Attentäter nur so eben den Kopf wegreißen. DeVore setzte mit einem Tritt nach und brachte ihn zum Taumeln. Aber in diesem Moment war schon der zweite Attentäter bei ihm und ließ das gekerbte Messer auf seinen Kopf niederfahren.

Die Schnelligkeit, mit der DeVore herumwirbelte, überraschte den Mann. DeVore fing den Hieb mit einem Griff ans Handgelenk ab und drosch dem Mann eine Faust in die Rippen. Mit einem trockenen Laut ging er zu Boden.

DeVore wandte sich wieder dem ersten Angreifer zu und täuschte ein, zwei Faustschläge an, bevor er den Körper verdrehte und zutrat. Der Attentäter wich geschickt aus, aber bevor er kontern konnte, sackte er auf die Knie, Lehmanns Messer im Rücken.

Von allen Seiten tönte Geschrei und Gekreisch.

»Kommen Sie«, sagte Lehmann ruhig und faßte DeVore am Arm. »Bevor der Sicherheitsdienst kommt!« Aber DeVore schüttelte ihn ab und ging zu dem zweiten Mann.

Der Attentäter lag hilflos da, hielt sich die Seite und keuchte vor Schmerz. DeVore hatte ihm den Brustkorb zerschmettert und seine Lunge durchlöchert. Er beugte sich über ihn und setzte eine Hand an seine Kehle.

»Wer hat euch geschickt?«

Der Mann beugte sich auf und spuckte DeVore ins Gesicht.

DeVore wischte sich den blutigen Schleim aus dem Gesicht und langte nach dem Messer des Attentäters. Und während der Mann die Augen weit aufriß, schlitzte er sein Hemd auf und suchte seinen Torso nach Kennzeichen ab.

DeVore drehte sich um und blickte mit finsterer Miene zu Lehmann auf. »Er gehört zu keiner Triade, und vom Sicherheitsdienst ist er auch nicht, also wer, zum Teufel...?«

Der dritte Mann kam von nirgendwo.

DeVore hatte keine Zeit zu reagieren. Nur ein Zufall rettete ihn. Als Lehmann herumfuhr, schob er sich zwischen DeVore und den Mann und streifte den Arm, der das Messer führte. Das Messer, das DeVores Herz getroffen hätte, wurde abgelenkt und verletzte DeVore zwischen Hals und Schulter.

Der Angreifer riß das gezackte Messer gewaltsam aus DeVores Fleisch, doch bevor er nochmals zustechen konnte, hatte Lehmann nachgesetzt und ihm die Nase eingedroschen. Der Mann stürzte hin und blieb bewegungslos liegen.

DeVore sank auf die Knie, preßte eine Hand auf die Wunde und hatte einen erstaunten Ausdruck im Gesicht. Diesmal stellte Lehmann keine Frage. Mit einem einzigen Schlag tötete er den zweiten Mann, drehte sich um und tötete auch den dritten. Dann hievte er DeVore über die Schulter, ignorierte das Geschrei von allen Seiten und trug ihn zum Ausgang und zur Sicherheit des Transitlifts. Er betete, daß ihr Kontaktmann im Sicherheitsdienst seine Kollegen noch einen Moment aufhalten konnte.

Was DeVores Frage anging, hatte er jetzt seine Antwort, denn der letzte Mann war ein *Hung Mao* gewesen, ein Gesicht, das er in der Vergangenheit öfter gesehen hatte: eines der vielen, die sich bei ihren Treffen mit den *Ping Tiao* stets im Hintergrund gehalten hatten. Ein Wachmann. Einer derer, die zu den *Yu* übergelaufen waren.

Es mußte also Mach gewesen sein. Jan Mach hatte versucht, sie umbringen zu lassen.

KAPITEL · 2

Pflaumenweidenkrankheit

Auf der freien, windigen Hügelflanke hatte sich eine kleine Gruppe um das Grab versammelt. Auf der anderen Seite des Tals zogen die Schatten der Wolken eine Trennlinie, die herunterglitt, das Wasser überquerte und rasch über den Hang zu ihnen hinaufkroch.

Ben sah den Schatten auf sich zukriechen und empfand ein plötzliches Frösteln, als die Sonne hinter den Wolken verschwand.

Genau so, dachte er. *So schnell geht das.*

Der hölzerne Sarg lag auf dicken Seidenschnüren neben dem offenen Grab. Ben stand da und sah über das dunkle Loch zu dem Sarg hin, seine Füße nur wenige Zentimeter vor dem Abgrund.

Erde. Dunkle Erde. Es hatte geregnet, und winzige Wasserperlen hafteten an den Grasbüscheln, die ins Grab hingen. Im Sonnenlicht wirkten sie seltsam fehl am Platze.

Es kam ihm noch immer unwirklich vor. Oder noch nicht ganz wirklich. Er empfand noch keine Trauer, kein starkes Gefühl des Verlustes, nur eine innere Leere, seine eigene Unaufmerksamkeit. Als ob er nichts vermißte ...

Sie waren alle schwarz gekleidet, selbst Li Yuan. Schwarz für den Tod, nach alter westlicher Sitte. Seine Mutter stand mit verschleiertem Gesicht neben dem Sarg. Neben ihm stand seine Schwester und auf der anderen Seite Li Yuans Kanzler Nan Ho.

Ein kalter, salzig riechender Wind vom Meer toste über die Hügel und blies ihm die Haare in die Augen. Er kämmte sie mit den Fingern zurück und ließ seine Hand in dem schönen, kräftigen Haar vergraben, wo sie fest auf seine Stirn drückte. Die Pose eines Menschen, der unter Gedächtnisschwund litt. Eines Schlafenden.

Er fühlte sich wie ein Schauspieler, dessen äußere Erscheinung in keinem Zusammenhang mit seiner inneren Verfassung stand; der ›Junge in Schwarz‹ am Grabesrand. Ein Schwindler. Weder aus Liebe noch aus Pflichtbewußtsein hier. Ein Kuckuck im Nest. Zu fern von all dem, um wirklich der Sohn seines Vaters, der Bruder seines Bruders zu sein.

Hatte er ihm je gesagt, daß er ihn liebte?

Zwei von Li Yuans Männern traten heran und hoben den Sarg an den Seilen hoch.

Ben trat zurück, als sie den Sarg in die Erde versenkten. Ein Behältnis des Todes, das dem Hügel überantwortet wurde.

Und es gab kein Zurück ... keinen zweiten Durchgang. Hal Shepherd existierte jetzt nur noch in den Erinnerungen anderer. Und wenn sie mit dem Sterben an der Reihe waren? War all das einfach nur ein langer Vorgang des Vergessens, den erblindete Augen und verblassende Bilder bestimmten? Vielleicht ... aber es mußte nicht so sein.

Die Erde polterte hinab. Ben schloß die Augen und sah sie herabrieseln und das bleiche Holz des Sarges bedecken. Er hörte das Geräusch der Erde, die auf das Holz trommelte. Ein hohles, leeres Geräusch.

Er schlug die Augen auf. Das Loch war nur noch eine flache, dunkle Vertiefung. Die Männer des T'ang hatten mit dem Zuschaufeln aufgehört.

Er verspürte den Drang, sich zu bücken und die kalte, dunkle Erde zu berühren, ein Stück zwischen den Fingern zu zermalmen und seine körnige Struktur zu spüren, seine kühle, leblose Substanz. Statt dessen sah er zu, wie Li Yuan vortrat und den jungen Baum fest in den Haufen Erde drückte, ehe er zurücktrat und die Diener ihre Arbeit beenden ließ.

Keine Worte. Keine Grabsteine. Das hatte sein Vater ausdrücklich gewünscht. Nur ein Baum. Eine junge Eiche.

Ben zitterte, und seine Gedanken irrten ab. Wie war diese Dunkelheit auf der anderen Seite des Todes? War es wirklich *nur* ein Nichts? Nur eine nackte, leere Dunkelheit?

Schließlich gingen sie über den Spazierweg zum Landhaus unten an der Bucht zurück. Li Yuan hielt seine Mutter am Arm und tröstete sie, Nan Ho ging an der Seite seiner Schwester. Ben folgte in einigen Schritten Abstand allein.

Der Tod seines Vaters. Sie hatten längst damit gerechnet, und doch war er wie ein schrecklicher Schicksalsschlag über seine Mutter gekommen. Er hatte sie in der Nacht weinen gehört: ein Laut, den man nicht beschreiben, nur hören und im Gedächtnis behalten konnte, ein wortloses Klagen, das von dem verzweifelten Tier tief in der menschlichen Seele heraufdrang – aus der vorzeitlichen Dunkelheit der frühen Tage unserer Rasse. Ein schrecklicher, einsamer Laut. Einmal gehört, konnte man ihn nie mehr vergessen.

Ben drehte sich um und blickte zurück. Keine Spur von dem Grab und dem jungen Baum. Eisengraue Wolkenberge ballten sich über dem Hügel zusammen. Schon bald würde es wieder regnen.

Ben schaute über den Hang zum Landhaus und der Bucht hinunter und sah all das mit neuen Augen. Welches Muster lag dieser Landschaft zugrunde? Wer hatte sie entworfen? Welche Kraft hatte sie geformt?

Der Tod war es, der solche Fragen inspirierte und sein Gesicht unbarmherzig an die Scheibe drückte.

Ben seufzte und stieg langsam hinunter.

*   *   *

Li Yuan blieb mitten in Bens Zimmer stehen und schaute sich um. Ben kauerte über seinem Schreibtisch und machte Notizen in ein großes Buch mit losen Seiten, die mit rätselhaften Graphiken bedeckt waren.

Li Yuan hatte etwas anderes erwartet. Das Zimmer war unaufgeräumt und schmutzig, und es fehlte ihm offensichtlich völlig an einem organisatorischen Prinzip. Überall lagen Dinge aufgestapelt, als habe sie jemand weggelegt und vergessen, während eine ganze Wand von zahllosen halbfertigen Bleistiftskizzen beansprucht wurde, die Teile der menschlichen Anatomie skizzierten.

Li Yuan bemerkte, wie angestrengt Ben über dem großen, rechteckigen Buch hockte, und ein Anflug von Unbehagen erfaßte ihn. Es schien ihm irgendwie nicht richtig, wenn jemand am Tag der Beerdigung seines Vaters arbeitete. Li Yuan trat näher und betrachtete über Bens Schulter hinweg die Zeichnung, mit der er gerade beschäftigt war – für ihn nur ein heilloses Durcheinander aus Linien, Umrissen und codierten Anweisungen, wie von Kinderhand in einem Dutzend leuchtender Farben auf Millimeterpapier festgehalten.

»Was ist das?«

Ben setzte den Stift ab und wandte sich dem jungen T'ang zu.

»Es ist ein Entwurf.«

»Ein Entwurf?« Li Yuan lachte. »Ein Entwurf von was?«

»Hm ... so würde ich es bezeichnen. Dies hier sind alles Anweisungen. Die dunklen Linien – die braunen, orangefarbenen und roten vor allem sind Anweisungen an die Muskeln. Die kleinen blauen, schwarzen und malvenfarbenen Kreise – das sind chemische Eingangssignale; die Substanzen selbst und ihre Dosierungen sind in den Kreisen angeben. Die rechteckigen Blöcke bedeuten genau das – Blöcke. Sie zeigen an, daß durch den Knoten an dieser Stelle kein Signal kommt.«

»Knoten?« fragte Li Yuan verwirrt.

Ben lächelte. »*Pi pai.* Ihr kennt doch diese alten Experimente in künstlicher Realität. Ich habe die letzten fünfzehn Monate daran gearbeitet. Ich nenne sie Schalen. Dies hier ist eine graphische Darstellung der Input-Anweisungen. Ein Entwurf, wie ich schon sagte. Diese einundachtzig horizontalen Linien repräsentieren die Anschlußpunkte, und diese vierzig vertikalen Linien beschreiben die zeitliche Dimension – zwanzig Takte pro Sekunde.«

Li Yuan runzelte die Stirn. »Ich verstehe immer noch nicht, worum es geht. Anschlußpunkte wofür?«

»Für den Körper des Empfängers. Kommt mit nach unten. Ich werde es Euch zeigen.«

Sie gingen in die Werkräume im Kellergeschoß hinunter. Am anderen Ende des langen, flachen Raums, halb versteckt in einem Wirrwarr anderer Gerätschaften, stand die Schale. Er war eine große, reich verzierte Kapsel mit nachtschwarz lackiertem Deckel; es hätte das Wochenbett einer Kaiserfamilie sein können.

Ben blieb neben dem Ding stehen und schaute sich über die Schulter zu Li Yuan um. »Der Empfänger steigt hier ein und wird angeschlossen – die Leitungen werden mit einundachtzig speziellen Anschlußpunkten am Gehirn und an wichtigen Nervenzentren überall am Körper verbunden. Danach wird der Deckel versiegelt und der Empfänger auf diese Weise von allen äußeren Reizen abgeschnitten. Das Fehlen äußerer Reize ist ein unnatürlicher Zustand für den menschlichen Körper; wenn ihm zu lang sinnliche Reize vorenthalten bleiben, beginnt das Gehirn zu halluzinieren. Wenn wir uns diese häufig beschriebene Empfänglichkeit des Wahrnehmungsapparats für falsche Reize zunutze machen, können wir im Gehirn eine vollständige alternative Erfahrungswelt erzeugen.«

Li Yuan starrte den Apparat an, dann betrachtete er Shepherd nachdenklich. »Eine vollständige Alternative? Wie vollständig?«

Ben beobachtete ihn wie ein Falke ein Kaninchen. Ein intensiver, raubtierhafter Blick.

»So vollständig wie die Wirklichkeit. Wenn die Kunst ausgereift genug ist.«

»Die Kunst ... Ich verstehe.« Li Yuan legte die Stirn in Falten. Er hielt das für ein sehr merkwürdiges Vorhaben. Eine Kunst zu schaffen, die das Leben so detailliert imitierte. Eine Kunst, die das Leben *verdrängte*. Er streckte die Hand aus und berührte den skelettartigen Rahmen, der sich zu einer Seite neigte, und bemerkte die knopfartigen Kontakte in der Kopf-, Brust- und Leistengegend. Einundachtzig Inputs insgesamt. »Aber warum?«

Ben starrte ihn an, als begriffe er die Frage nicht, dann reichte er ihm ein Buch, das dem ähnelte, an dem er in seinem Zimmer gearbeitet hatte. »Dies sind, wie gesagt, die Skizzen, schematische Beschreibungen einer Ereignisfolge – einer Geschichte. Am Ende werden diese Linien, Schnörkel und Punkte zu Ereignissen, sinnlichen Tatsachen. Nicht die Wirklichkeit, aber doch ununterscheidbar von ihr.«

Li Yuan überflog die Seite und nickte, fand aber noch immer keine Erklärung. Welchen Nutzen hatten solche Fiktionen? Warum sollte man das, was war, einfach wegnehmen und durch etwas anderes ersetzen? Genügte das Leben an sich nicht?

Ben beugte sich zu ihm heran und schaute ihm ins Gesicht, in den Augen eine an Wahnsinn grenzende Intensität. Seine Stimme verebbte zu einem Flüstern.

»Es ist, als sei man ein Gott. Man kann tun, was immer man will. Man kann erschaffen, was immer man erschaffen möchte. Dinge, die nie geschehen sind. Dinge, die nie geschehen *könnten*.«

Li Yuan lachte unbehaglich. »Etwas, das nie geschehen ist? Aber was reizt dich daran? Ist die Welt, so wie sie ist, nicht abwechslungsreich genug?«

Ben musterte ihn argwöhnisch, dann sah er wie enttäuscht weg. »Nein. Ihr überseht den entscheidenden Punkt.«

Er sagte es ruhig, fast so, als käme es nicht darauf an. Als habe er sich in dem kurzen Moment zwischen diesem Blick und seiner Bemerkung danach irgend etwas anders überlegt.

»Was ist denn der entscheidende Punkt?« hakte Li Yuan nach und legte das Buch auf die gepolsterten Innereien der Kapsel.

Ben senkte den Blick und streckte eine Hand nach dem Apparat aus. Zum erstenmal bemerkte Li Yuan, daß er eine künstliche Hand hatte. Sie wirkte echt, aber eine tiefeingegrabene Hautfalte verriet es. Wer einmal darauf aufmerksam geworden war, konnte noch weitere Anzeichen entdecken. Li Yuan beobachtete eine gesteigerte Sensibilität der Berührung; die Hand bewegte sich flinker, als es eine Menschenhand normalerweise konnte.

»Die Antwort auf Eure Frage ist komplizierter als Ihr glaubt, Li Yuan. Sie stellt nicht nur meine Arbeit in Zweifel, sondern alle Kunst, alle Fiktionen, alle Träume von anderen Zuständen. Sie setzt voraus, daß ›das, was ist‹, ausreicht. Ich behaupte, daß ›das, was ist‹, unzureichend ist. Wir brauchen mehr als ›das, was ist‹. Sehr viel mehr.«

Li Yuan zuckte die Achseln. »Mag sein. Aber treibst du es damit nicht zu weit? Es kommt mir vor wie eine Art Spott. Das Leben ist gut. Warum nach dieser falschen Perfektion streben?«

»Glaubt Ihr das wirklich, Li Yuan? Seid Ihr sicher, daß meine Kunst einem Menschen nicht etwas geben könnte, was einem das Leben nicht bieten kann?«

Li Yuan fuhr wie von einem plötzlichen Schmerz getroffen herum. Er schwieg eine Weile, dann wandte er sich wieder um, und ein grimmiger Trotz färbte seine Züge. »Alles Illusionen, mein Freund. Nichts Echtes. Nichts Festes und Greifbares.«

Ben schüttelte den Kopf. »Ihr irrt Euch. Ich kann Euch etwas so Echtes, so Festes und Greifbares bieten, daß Ihr es in die Arme schließen könntet – daß Ihr es schmecken und riechen und an nichts erkennen könntet, ob Ihr nur träumt.«

Li Yuan starrte ihn an, dann senkte er den Blick. »Das glaube ich dir nicht«, sagte er schließlich. »So perfekt könnte es nie sein.«

»Doch, das wird es.«

Li Yuan hob wütend den Kopf. »Kann es dir deinen Vater zurückgeben? Kann es das leisten?«

Der Junge zuckte nicht einmal zusammen. Seine Blicke hielten Li Yuan fest. »Ja. Sogar das, wenn ich wollte.«

* * *

Li Yuan traf zwei Stunden später in Tongjiang ein und fand ein Chaos vor. Die Empfangshalle wimmelte vor Ministern und Beratern. Während der T'ang sich umzog, ging Nan Ho von einem zum anderen, um herauszufinden, was während ihrer kurzen Abwesenheit vorgefallen war.

Als Li Yuan in sein Arbeitszimmer zurückkam, erwartete ihn Nan Ho mit rotangelaufenem Gesicht. Er war sichtlich aufgeregt.

»Was ist los, Nan Ho? Was hat meine Minister so beunruhigt?«

Nan Ho machte eine tiefe Verbeugung. »Es sind nicht nur unsere Minister, *Chieh Hsia*. Die ganze Gemeinschaft der Oberen ist in Aufruhr. Es heißt, daß bereits zweihundert Personen erkrankt und über ein Dutzend gestorben sind.«

Li Yuan beugte sich vor. »Erkrankt? *Gestorben?* Was soll das heißen?«

Nan Ho blickte zu ihm auf. »Unter den Untergeordneten Familien ist eine Epidemie ausgebrochen, *Chieh Hsia*. Niemand weiß genau, worum es sich handelt...«

Li Yuan fuhr hoch und kam hinter seinem Schreibtisch hervor. »Das weiß niemand? Soll ich das glauben? Wo sind die Kaiserlichen Ärzte? Sie sollen sofort zu mir kommen.«

Nan Ho senkte den Kopf. »Sie sind draußen, *Chieh Hsia*, aber ...«

»Kein aber, Meister Nan. Führen Sie die Männer sofort herein. Wenn eine Epidemie ausgebrochen ist, müssen wir schnell handeln.«

Nan Ho brachte sie herein, trat zurück und ließ die Männer von seinem T'ang direkt befragen.

Acht alte Männer standen vor ihm, die ihre greisen Leiber zu einer ungeschickten Verneigung beugten.

»Nun?« fragte Li Yuan und wandte sich an den Ältesten. »Was ist geschehen, Doktor Yu? Warum ist es Ihnen nicht gelungen, die Quelle der Infektion aufzufinden?«

»*Chieh Hsia* ...«, begann der Alte mit bebender Stimme. »Verzeiht uns, aber die Fakten widersprechen einander.«

»Unfug!« knurrte Li Yuan. »Kennen Sie die Ursache der Krankheit oder nicht?«

Der Alte schüttelte gequält den Kopf. »Verzeiht mir, *Chieh Hsia*, aber das ist nicht möglich. Die Familien sind immun geboren. Seit mehr als hundertfünfzig Jahren ...«

Li Yuan schnaufte ungeduldig. »Unmöglich? *Nichts* ist unmöglich! Ich komme gerade von Hal Shepherds Beerdigung. Man hat ihn umgebracht, erinnern Sie sich? Mit einem Krebs. Etwas, das Ihrer Ansicht nach ganz unmöglich sein müßte. Also was ist diesen Schweinen diesmal eingefallen?«

Der Alte warf einen Seitenblick auf seine Kollegen, dann sprach er weiter. »Unseren ersten Tests zufolge leiden die Opfer an einer Krankheit, die wir *Yang mei ping* nennen. ›Pflaumenweidenkrankheit‹.«

Li Yuan lachte. »Ein lustiger Name, Doktor Yu, aber was bedeutet er?«

Nan Ho antwortete für den Alten. »Es ist Syphilis, *Chieh Hsia*. Eine durch Sexualkontakt übertragene Krankheit, die das Gehirn befällt und die Opfer in den Wahnsinn treibt. Womit wir es hier zu tun haben, ist offensichtlich eine besonders ansteckende und schnell wirkende Sorte von Erregern. Sie umgehen nicht nur die natürliche Immunität der Opfer, sondern weisen darüber hinaus eine erstaunlich kurze Inkubationszeit auf. Viele Opfer waren bereits dreißig Stunden nach der Infektion tot.«

Doktor Yu bedachte Nan Ho mit einem dankbaren Blick, dann nickte er. »Das ist richtig, *Chieh Hsia*. Außerdem scheint diese Variante nur Han zu befallen. Soweit wir feststellen konnten, ist nicht ein einziger *Hung Mao* betroffen.«

Li Yuan wandte sich ab und erkannte sofort, was das Ganze bedeutete. Pflaumenweidenkrankheit ... Er erinnerte sich vage daran, einmal etwas über diese Krankheit gelesen zu haben. Es war eine der vielen Krankheiten, die die *Hung Mao* im siebzehnten und achtzehnten Jahrhundert nach China eingeschleppt hatten. Aber diese Epidemie war schlimmer, weit schlimmer als alles, was jene alten seefahrenden Kaufleute unter den Hafenhuren verbreitet hatten, denn diesmal verfügte seine Rasse über keine natürliche Immunität mehr. Nicht die geringste.

»Sind Sie sicher, Doktor Yu?«

»So sicher wie nur möglich, *Chieh Hsia*.«

»Gut. Dann erwarte ich, daß Sie jeden Betroffenen isolieren und darüber ausfragen, mit wem er in den letzten dreißig Tagen Verkehr hatte. Auf Grundlage dieser Angaben sollen dann alle Sexualpartner aufgespürt und isoliert werden. Haben Sie verstanden?«

Er sah an Yu vorbei zu seinem Kanzler. »Nan Ho ... Ich möchte, daß Sie sofort mit allen Oberhäuptern der Untergeordneten Familien Kontakt aufnehmen und sie umgehend zu mir bestellen. Über meinen Express-Befehl.«

Nan Ho verbeugte sich. »*Chieh Hsia*...«

Und in der Zwischenzeit würde er die übrigen T'ang verständigen. Denn es mußte schnell gehandelt werden. Umgehend, bevor die Sache außer Kontrolle geriet.

* * *

Karr knöpfte seinen Uniformrock zu, als Chen das Zimmer betrat, sich nicht einmal die Zeit nahm, um anzuklopfen. Er wandte sich vom Spiegel ab und hielt verdutzt inne, als er den freudigen Ausdruck in Chens Gesicht bemerkte.

»Was ist los?«

Chen übergab Karr eine Akte. »Es ist unser Freund. Daran gibt es keinen Zweifel. Dies sind Standaufnahmen des Überwachungsfilms, den der Sicherheitsdienst vor zweiunddreißig Stunden im Raumhafen von Nantes aufgenommen hat.«

Karr schlug den Ordner auf und blätterte durch die Aufnahmen, dann sah er Chen mit merklich gehobener Laune an. »Jetzt haben wir ihn also, was?«

Chens Gesicht wurde ernst. Er schüttelte den Kopf.

»*Was?*«

»Ich fürchte nicht. Es scheint so, daß Lehmann, dieser Kerl dort, ihn rausgebracht hat.«

»Und niemand hat eingegriffen? Wo waren die Leute vom Sicherheitsdienst?«

»Sie haben auf Befehle gewartet.«

Karr wollte etwas erwidern, dann begriff er. »Bei allen Göttern... *Schon wieder?*«

Chen nickte.

»Und der Hauptmann? Hat er wieder Selbstmord begangen?«

Chen seufzte. »Allerdings. Es paßt ins Muster. Ich habe die Überwachungsarchive überprüft. Die Computer haben registriert, daß ein Mann, auf den DeVores Beschreibung paßt, im letzten Monat viermal den Raumhafen von Nantes durchquert hat.«

»Und niemand vom Sicherheitsdienst ist darauf aufmerksam geworden?«

»Nein. Das war auch gar nicht möglich. Das Gerät ist so umprogrammiert worden, daß es die Anweisung aus Bremen ignorierte. Außerdem trug er eine Netzhauttarnung, deshalb konnte er nur durch direkten Gesichtsvergleich identifiziert werden, und weil dieser wiederum stark von einem computergenerierten Alarmsignal abhängt, war die Chance, ihn zu entdecken, minimal.«

»Und wie kommen wir dann an diese Aufnahmen?«

Chen lachte. »Offenbar saß ein ziemlich hochrangiger Unterminister in derselben Rakete. Er meldete den Vorfall direkt in Bremen, und als sie entdeckten, daß ihnen keine Aufzeichnungen über das Geschehen vorlagen, ordneten sie eine sofortige Untersuchung an. Das Ergebnis ist dies hier.«

Karr setzte sich schwerfällig hin, legte die Akte zur Seite und begann sich die Stiefel anzuziehen. Für einen Moment verfiel er in nachdenkliches Schweigen, dann blickte er wieder auf.

»Wissen wir, wo er gewesen ist?«

»In Boston. Aber wen er dort traf und was er dort machte, haben wir noch nicht herausbekommen. Unsere Freunde vom nordamerikanischen Sicherheitsdienst stellen da gerade Nachforschungen an.«

»Und die Attentäter?« fragte Karr und zog sich den zweiten Stiefel an. »Wissen wir, wer sie waren?«

Chen zuckte die Achseln. »Die beiden Han sahen wie Triaden-Killer aus, aber der dritte ... nun, wir haben Informationen, daß er möglicherweise ein Sympathisant der *Ping Tiao* ist.«

Karr blickte auf und hob die Augenbrauen. »Der *Ping Tiao*? Aber die gibt es doch gar nicht mehr. Zumindest behaupten das unsere Kontaktleute auf den unteren Ebenen. Unser Freund Ebert hat sie angeblich ausgelöscht.«

Chen nickte. »Meinst du ...?«

Karr lachte. »Nicht einmal Ebert wäre so dumm, eine Zusammenarbeit mit den *Ping Tiao* zu riskieren. DeVore würde das nicht zulassen.«

»Und was vermutest du?«

Karr schüttelte den Kopf. »Wir wissen einfach noch nicht genug. Wer außer uns hätte noch Interesse daran, daß DeVore stirbt?«

»Jemand, dem er in die Quere gekommen ist?«

Karr lachte. »Ja. Aber das könnte jeder sein. Wem ist er noch nicht in die Quere gekommen?«

* * *

Li Yuan schaute durch die geräumige, marmorgetäfelte Halle der Sieben Ahnen und nickte zufrieden. Die Fläche zwischen den Drachensäulen war restlos ausgefüllt. Über zweitausend Männer – alle männlichen Erwachsenen der Neunundzwanzig – hatten sich heute nachmittag hier versammelt. Alle, die der Krankheit nicht schon erlegen waren.

Er saß auf dem Hohen Thron und trug die blaugesäumte, kaiserlich gelb gefärbte Drachenrobe. In einer Hand hielt er das Sonderedikt, in der anderen das Bambusrohr mit der Silberkappe, ein Geschenk seines Bruders an seinen Vater.

Von unten drang leises Gemurmel, aber als er aufstand, verfiel die Halle in Schweigen, wenige Sekunden später wurde die Stille unterbrochen von einem lauten Rascheln teurer Seide, als die Menge gemeinschaftlich niederkniete und zahllose Köpfe im *Liu k'ou*-Ritual dreimal den Boden berührten. Li Yuan lächelte traurig und erinnerte sich an einen Tag vor neun Jahren – dem Tag, an dem sein Vater die Anführer der Dispersionisten in eben dieser Halle vor sich versammelt und gedemütigt hatte, indem er ihren Anführer Lehmann dazu zwang, seinen Freund Wyatt aufzugeben. Seitdem hatte sich viel verändert, aber eines Tages würde der Wille des T'ang durchgesetzt werden müssen. Durch eine Übereinkunft, wie man hoffte, wenn nötig aber mit Gewalt.

Li Yuan stieg hinunter, blieb drei Stufen über dem Boden stehen und betrachtete die fünf älteren Männer, die vor der Menge standen. Sein Kanzler Nan Ho stand rechts von ihnen und hielt die zusammengerollte Liste fest in der Hand. Hinter ihm, unmittelbar hinter der nächsten Drachensäule wartete ein Trupp Elitewachen mit gesenktem Kopf.

Li Yuan sah über die fünf Familienoberhäupter hinweg auf die dichtgedrängte Masse hinter ihnen. Alle hielten den Kopf gesenkt, den Blick abgewandt, und anerkannten damit seinen überlegenen Rang. Im Augenblick waren sie noch gefügig, aber würde das so bleiben, wenn sie seine Absichten kannten? Würden sie begreifen, daß er nicht anders handeln konnte, oder würden sie gegen ihn aufbegehren? Er fuhr zusammen, dann widmete er sich den fünf Männern vor sich.

Er sah, wie die Hände seiner Neffen und Vettern Chun Wu-chi von hinten stützten und vor dem Niedersinken bewahrten. Wie zerbrechlich sein einstiger Schwiegervater Yin Tsu geworden war! Wie die ersten Anzeichen der Senilität sich in das dreiundachtzig Jahre alte Gesicht Pei Ro-hens geschlichen hatten! Nur An Sheng und Hsiang Shao-erh, beide bereits über fünfzig, wirkten robust. Dennoch waren die Untergeordneten Familien prächtig gediehen – ein Dutzend, fünfzehn Söhne waren unter ihnen keine Seltenheit –, während die Familien der Sieben immer kleiner wurden. Woran liegt das? fragte er sich zum erstenmal. Lag es nur an dem Druck der Vorschriften, den Verheerungen von Krieg und Politik, oder war es ein Symptom einer weit tiefer reichenden Krankheit?

In der Halle trat Stille ein, doch Li Yuan konnte den unsichtbaren Druck ihrer Erwartung spüren. Viele von ihnen hatten Gerüchte über die Krankheit gehört; dennoch hatten sich die meisten gewundert, warum er sie herbestellt hatte. Warum sie sich unter diesen einzigartigen Umständen in der Großen Halle in Tongjiang versammelt hatten und darauf warteten, daß er spräche.

Nun, sie würden es bald erfahren. Er würde allen Spekulationen ein Ende machen.

»*Ch'un tzu!*« begann er mit mächtiger, volltönender Stimme. »Ich habe Sie heute hier versammelt, weil wir eine Krise zu bewältigen haben – vielleicht die größte Krise, die die Untergeordneten Familien je heimgesucht hat.«

Li Yuan sah über das Meer der gesenkten Köpfe hinweg und spürte die Macht, die er über diese Männer ausübte, vergaß aber auch nicht, worauf diese Macht ruhte. Sie gehorchten ihm, weil sie darin übereingekommen waren, ihm zu gehorchen. Wenn man dieses Einverständnis – dieses Mandat – wegnahm, was blieb dann noch?

Er atmete tief ein, dann fuhr er fort.

»Mehr als fünfzig Ihrer Angehörigen sind tot. Weitere dreihundert sind, soweit ich erfahren habe, krank oder dem Tode nah. Und was ist die Ursache dieser mysteriösen Krankheit? Ein Erreger, gegen den wir uns schon seit langer Zeit immun geglaubt haben – *Yang mei ping*. Die Pflaumenweidenkrankheit!«

Murmeln erhob sich, und einige Köpfe ruckten aufgeregt hin und her, aber noch wagte es niemand, ihm in die Augen zu sehen. Er fuhr fort, hielt seine Stimme ruhig und ließ die ganze Autorität seines Amtes in ihr widerhallen.

»Damals, habe ich erfahren, hätte die Krankheit erst nach mehrjährigem Leiden zum Tode geführt, erst

Blindheit und schließlich geistige Verwirrung verursacht, aber hier haben wir es mit einer neuen und weit ansteckenderen Variante des Erregers zu tun – eine Variante, gegen die unsere Familien nicht mehr immun sind. Die Krankheit zerstört das Gehirn. Sie kann einen gesunden Mann – oder eine Frau – in weniger als dreißig Stunden niederstrecken, auch wenn es bei solchen Krankheiten vorkommt, daß nicht jeder sofort Symptome zeigt, sondern den Erreger erst weiterträgt. Das ist für sich genommen schon schlimm genug, doch dieser Erreger scheint besonders heimtückisch zu sein, denn er wirkt rassenspezifisch. Er befällt nur uns Han.«

Schockierte Gesichter blickten zu ihm auf; alle Schicklichkeit war vergessen. Li Yuan übersah diesen Lapsus und sagte, was gesagt werden mußte.

»So sind die Tatsachen. Nun haben wir uns zu fragen, wie wir vorgehen müssen, um diese Krankheit zu bekämpfen. Es gibt keine Heilung, und wir haben auch keine Zeit, Behandlungsmethoden zu entwickeln. Keine Heilung, das heißt, wir sind zu höchst drastischen Präventivmaßnahmen gezwungen.«

Hsiang Shao-erh blickte mit halbgeschlossenen Augen zutiefst mißtrauisch zu ihm auf. »Was meint Ihr damit, *Chieh Hsia?*«

Li Yuan hielt den Blick des Alten fest. »Ich meine damit, daß wir jeden einzelnen in dieser Halle testen müssen. Frauen und Kinder auch. Und wir müssen die Personen außerhalb der Familien ausfindig machen – Männer oder Frauen –, die mit Angehörigen der Familien Kontakt gehabt haben.«

»Kontakt, *Chieh Hsia?*«

Er sprach es höflich aus, doch Li Yuan entging Hsiangs Feindseligkeit nicht. Hsiang hatte seinen ältesten Sohn durch die Krankheit verloren, und offensichtlich ahnte er, in welche Richtung Li Yuans Ausführungen gingen.

Li Yuan antwortete unumwunden. »Ich spreche von

*Sexual*kontakten. Was meinen Sie denn, wie sich die Krankheit ausbreitet?«

Wieder durchlief eine Schockwelle die Halle. Trotz seiner Erwähnung der Pflaumenweidenkrankheit hatten viele bis jetzt einfach noch nichts begriffen. Ein leises Tuscheln erhob sich.

»Aber *Chieh Hsia*, sicher habt Ihr...«

Li Yuan verlor die Geduld und schnitt Hsiang das Wort ab. »Ruhe! Halten Sie jetzt alle den Mund! Ich bin noch nicht fertig.«

Das Auditorium verstummte, wieder wurden die Köpfe gesenkt, aber nur wenige Schritte vor ihm kochte Hsiang vor Wut und starrte ihn finster an. Li Yuan sah über ihn hinweg und wandte sich an die Menge.

»Wir müssen jeden testen. Wir müssen ausnahmslos alle Opfer dieser Krankheit ausfindig machen – insbesondere die Überträger der Krankheit.«

»Und dann?« Es war Hsiang Shao-erhs Stimme. Störrisch und trotzig.

Li Yuan sah ihn wieder an. »Und dann müssen sie sterben.«

Die Halle geriet in Aufruhr. Li Yuan schaute über die brodelnde Menge hinweg und stieß überall auf heftigen Widerstand, aber auch auf eifrige Zustimmung. Überall tobten Auseinandersetzungen. Direkt vor ihm protestierten Hsiang Shao-erh und An Sheng lautstark und gestikulierten wild, die Gesichter düster vor Zorn, während Yin Tsu und Pei Ro-han ihnen ihre Argumente entgegenhielten versuchten. Li Yuan griff eine Zeitlang nicht ein, weil er wußte, daß man dieser Flut heftiger Gefühle ihren Lauf lassen mußte, dann hob er die Hand. Allmählich wurde es in der Halle wieder leise.

Er sah auf Hsiang Shao-erh hinunter. »Wollten Sie etwas sagen, Vetter?«

Hsiang trat einen Schritt vor und setzte einen Fuß auf die erste Stufe des Hohen Throns. Seine Haltung grenzte an eine Drohung gegenüber dem T'ang. Er spuckte die Worte förmlich heraus.

»Ich protestiere, *Chieh Hsia*! Das dürft ihr nicht! Wir sind Angehörige der Untergeordneten Familien, keine *Hsiao jen*! Nie zuvor in unserer Geschichte sind wir derartig gedemütigt worden! Uns zu diesem Test zu zwingen, würde bedeuten, unser Wort, unsere Ehre als *Ch'un tzu* herabzuwürdigen! Ja, es kommt der Behauptung gleich, wir seien alle Wüstlinge und betrügen unsere Frauen!«

Li Yuan schüttelte den Kopf. »Und die Toten? Die Ausbreitung der Krankheit? Sind das nur Gerüchte und Hirngespinste?«

»Es gibt ein paar, das gebe ich ja zu. Junge Kerle... aber trotzdem...«

»*Ein paar?*« Li Yuan schnauzte ebenso genervt, fast geringschätzig zurück, trat so nah an Hsiang heran, daß sich fast ihre Nasenspitzen berührten, und zwang ihn so zum Zurückweichen. »Sie sind ein Idiot, Hsiang, unter solchen Umständen an Ihr Gesicht zu denken! Glauben Sie wirklich, ich würde solche Maßnahmen ergreifen, wenn es nicht unbedingt nötig wäre? Meinen Sie, ich würde das gute Verhältnis mit Ihnen, meinen Vettern, aufs Spiel setzen, wenn es nicht eine viel größere Bedrohung gäbe?«

Hsiang öffnete den Mund und machte ihn gleich wieder zu, eingeschüchtert von Li Yuans heftiger Retourkutsche.

»Wir führen einen Krieg«, erklärte Li Yuan, sah an ihm vorbei und richtete sich wieder an die versammelten Söhne und Vettern. »Und von seinem Ausgang hängt ab, wie Chung Kuo in den nächsten Jahren aussehen wird. Ob eine gute, stabile Herrschaft bestehen wird – die Herrschaft der Sieben und der Neunundzwanzig – oder Anarchie. Die Annahme, daß wir einen solchen Krieg ohne Verluste – ohne Opfer – ausfechten könnten, ist ebenso lächerlich wie unhaltbar.«

Er wandte sich direkt an Hsiang. »Verstehen Sie mich nicht falsch, Hsiang Shao-erh. Das Gesicht, die Ehre, das Wort eines Mannes – das sind die Dinge, die unsere Gesellschaft in Friedenszeiten zusammenhalten, und ich wäre der letzte, der sie nicht mit aller Entschiedenheit verteidigen würde, doch in Kriegszeiten müssen wir eben manchmal von unseren hohen Idealen abrücken, und sei es nur für kurze Zeit. Wir müssen uns biegen wie Schilf im Wind, sonst werden wir entwurzelt wie ein großer Baum im Sturm.«

Hsiang senkte den Blick. »*Chieh Hsia* ...«

»Gut. Sie unterzeichnen also das Papier, Hsiang Shao-erh?«

Hsiang blickte wieder auf. »Das Papier?«

Nan Ho brachte die Schriftrolle. Li Yuan hielt sie Hsiang hin. »Hier. Ich habe ein Dokument vorbereitet. Es soll nicht darin stehen, daß der Pakt zwischen den Sieben und den Neunundzwanzig gebrochen ist. Es muß auch in dieser Angelegenheit Übereinkunft zwischen uns herrschen.«

Li Yuan stand da und streckte Hsiang Shao-erh das Dokument entgegen. So wie einst sein Vater wirkte er nun wie eine Verkörperung der kaiserlichen Macht; unverrückbar wie jener berühmte Felsen im Gelben Fluß, der seit Jahrhunderten selbst den heftigsten Fluten widerstanden hatte.

Hsing starrte die Rolle an, dann blickte er zu seinem T'ang auf, und seine Stimme klang plötzlich viel schwächer und wehleidiger. »Und wenn sich jemand weigert?«

Li Yuan zögerte keinen Augenblick. »Dann ist unser Pakt gekündigt, das Große Rad gebrochen.«

Hsiang zitterte. Er verharrte und betrachtete das Dokument unschlüssig. Dann senkte er den Kopf. »Also gut, *Chieh Hsia*. Ich werde unterzeichnen.«

* * *

Als die Familienangehörigen hinterher in einer Schlange zum Test anstanden, ging Nan Ho mit Li Yuan in sein Arbeitszimmer.

»Verzeiht mir, *Chieh Hsia*«, sagte er und machte eine tiefe Verbeugung, »aber das habe ich nicht verstanden. Warum hat ausgerechnet Hsiang Shao-erh sich Euch widersetzt? Ich hätte gedacht, jetzt, da sein ältester Sohn tot ist, wäre er der erste, der Euer Vorgehen billigt – um den Tod weiterer Söhne zu verhindern.«

Li Yuan seufzte. »Das hätte er sicher auch, Meister Nan, aber das *Chao tai hui*, auf dem sich die Krankheit verbreitete, wurde auf Hsiangs Grundstück veranstaltet. Oh, mit der Organisation der Veranstaltung hatte er nichts zu tun – das war das Werk seines Sohnes K'ai Fan –, und auch für die Krankheit selbst war er nicht verantwortlich. Er *fühlt* sich allerdings verantwortlich. Viele Angehörige der Neunundzwanzig geben ihm die Schuld, wie irrational das auch sein mag. Die Konsequenz ist, daß er sein Gesicht verloren hat. Seine heutige Vorstellung war ein Versuch, den Schaden zu beheben. Leider konnte ich das nicht zulassen. Jetzt, fürchte ich, habe ich mir einen Feind gemacht...«

»Ihr könnt die Wogen doch sicher glätten, *Chieh Hsia*. Ein Geschenk vielleicht...«

Li Yuan schüttelte den Kopf. »Ich war dafür verantwortlich, daß er mir die Stirn geboten hat. Und dann habe ich ihm vor seinesgleichen das Rückgrat gebrochen. Es mußte sein, aber der Schaden läßt sich nicht mehr beheben. Von jetzt an müssen wir uns also vorsehen, was aus dieser Richtung kommt. Wang Sau-leyan wird sicher erfahren, was hier heute geschehen ist. Er wird den Konflikt zwischen Hsiang und mir auszunutzen versuchen.«

Der Kanzler schüttelte den Kopf, dann blickte er wieder auf. »Verzeiht mir, *Chieh Hsia*, aber haltet Ihr den Tod nicht für eine zu extreme Strafe? Schließlich war es nicht ihre Schuld, daß sie sich mit der Krankheit angesteckt haben. Vielleicht könnte man Träger des Erregers einfach kastrieren lassen. Das heißt, wenn sie nicht ohnehin daran sterben.«

»Nein, Meister Nan. Bei Dienern hätten wir so vorgehen können, aber dies sind Angehörige der Untergeordneten Familien. Eine derartige Demütigung wäre für sie schlimmer als der Tod. Außerdem, was sollten wir mit den Frauen machen? Sie in zwei Teile zersägen?«

Nan Ho lachte unbehaglich, dann ließ er den Kopf sinken. »Daran habe ich nicht gedacht, *Chieh Hsia*.«

Li Yuan lächelte. »Macht nichts. Jetzt lassen Sie mich bitte allein, Nan. Überwachen Sie die Testreihe. Ich erwarte in drei Stunden Ihren Bericht über die Maßnahme.«

»Chieh Hsia ...«

Li Yuan lehnte sich zurück. Es gab jetzt noch andere Dinge zu bedenken; andere Krankheiten, von denen die Welt befreit werden mußte. Die Jungen Söhne zum Beispiel, oder das Virus der Aristoteles-Datei. Er seufzte, beugte sich vor und tippte den Code ein, der ihn mit Tsu Ma in Astrakhan verband.

Es wurde Zeit, zu handeln. Zeit, um das Netz auszuwerfen und zu sehen, welche Fische darin hängenblieben.

* * *

Wu Shih, der T'ang von Nordmamerika, hob den Blick von dem kleinen, in seinen Schreibtisch eingelassenen Monitor und betrachtete Li Yuans übergroßes Gesicht an der Wand gegenüber.

Er gab ein tiefes Seufzen von sich, dann preßte er, sichtlich beunruhigt von dem, was er gesehen hatte, die Handflächen auf den Schreibtisch.

»Nun, Vetter, ich muß mich bedanken. Die Aufzeichnungen auf der Speicherfolie sind ziemlich aufschlußreich. Dennoch empfinde ich nichts als Traurigkeit, daß es so gekommen ist. Ich hatte gehofft, ich könnte sie irgendwie von ihren Dummheiten abbringen, aber es sind wohl keine Dummheiten mehr, nicht wahr? Keine Langeweile oder Übermut. All das kann nur zu einem führen – zu Rebellion und dem Sturz der Sieben. Ich muß handeln. Du verstehst das doch sicher.«

Li Yuan nickte. »Natürlich«, sagte er mitfühlend.

»Darum habe ich auch schon mit Tsu Ma gesprochen. Er ist einverstanden. Und je eher, desto besser. Die Söhne Benjamin Franklins sind nicht die einzige Gruppe. In den anderen Städte gibt es ähnliche Parteien, die mit den Jungen Söhnen in Verbindung stehen. Wenn wir handeln müssen, ist es doch wohl das beste, wenn wir uns dabei abstimmen, oder? Heute nacht, wenn möglich. Zur zwölften Stunde.«

»Und die anderen T'ang?«

Li Yuan schüttelte den Kopf. »Dafür ist keine Zeit. Außerdem, wenn Wang Sau-leyan davon erfährt, ist wahrscheinlich niemand mehr da, den wir festnehmen könnten. Er hat eine merkwürdige Art, mit ›Geheimnissen‹ umzugehen.«

Wu Shih sah zu Boden und überlegte, dann nickte er. »Also gut. Zur zwölften Stunde. Und ihr werdet anderswo eingreifen? Du und Tsu Ma?«

»Zur zwölften Stunde!« Er machte Anstalten, die Verbindung zu unterbrechen.

»Li Yuan! Warte! Was ist mit dem Jungen? Meinst du, sie werden seine Rolle nicht durchschauen?«

Li Yuan lachte. »Wie sollten sie? Er weiß ja nicht einmal selbst, welche Aufgabe er in den letzten Tagen erfüllt hat.«

Wu Shih lachte leise. »Soll ich mich trotzdem darum kümmern, daß er da rauskommt?«

Li Yuan schüttelte den Kopf. »Nein. Solche Maßnahmen könnten ihre Aufmerksamkeit erwecken. Sorge dafür, daß deine Männer ihm nicht irrtümlicherweise Schaden zufügen.«

Wu Shih senkte knapp den Kopf, ein Zeichen von Respekt, das er sich im Umgang mit Yuans Vater Li Shai Tung angeeignet hatte, und eine wortlose Anerkennung der Tatsache, wem innerhalb der Sieben die Führungsrolle zukam.

Li Yuan lächelte. »Dann gute Nacht, Vetter. Wir sprechen uns morgen früh. Wenn die Lage sich geklärt hat.«

* * *

Die Villa der Levers war ein großes, zweistöckiges Gebäude mit Giebeldach, das auf ihrem eigenen Waldgelände stand. Draußen war es dunkel, und die Lichter des Hauses glitzerten hell im düsteren Wasser des nahen Sees. Die imposante Fassade wurde von einem Portal mit Säulen dominiert, die zwei ausladende, offenstehende Doppeltüren rahmten, durch die Licht auf den kiesbedeckten Vorplatz fiel. Dunkle Sänften, einige antik, andere Reproduktionen, reihten sich auf der Straße aneinander. Ihre Träger trugen schwarze Livrees, die zu den alten Wappen auf den Seiten der Sänften paßten. Den ganzen Abend waren sie gekommen und gegangen und hatten Gäste zwischen dem Haus und dem Transitlift in gut einer *li* Entfernung hin- und hertransportiert.

Die Illusion war fast perfekt. Die Dunkelheit verbarg die Wände der umliegenden Decks, während dickes, dunkelblaues Tuch wie ein sternloser Nachthimmel das Eis des obersten Geschosses dieses Stocks verhüllte.

Kim stand im Düstern zwischen den Bäumen und schaute zum Haus zurück. Er hatte nun zum drittenmal die Lever-Villa in Richmond besucht, aber zum erstenmal das Haus bei Nacht gesehen. An diesem Abend fand ein Ball statt. Eine Party für die Elite ihrer Stadt – für die *Überirdischen*, wie sie sich nannten. Er hatte das erste Mal gehört, wie jemand diesen Begriff in den Mund nahm, und der Gedanke amüsierte ihn, sich als Mensch von so *niederer* Geburt in so *hohen* Kreisen aufzuhalten. Er war nicht betrunken – er achtete darauf, niemals mit Alkohol oder Drogen in Berührung zu kommen –, doch die bloße Atmosphäre in dem Haus konnte schon eine gewisse Euphorie auslösen. Die Luft war kühl und beißend. In den nahen Bäumen raschelte eine milde, künstliche Brise. Kim lächelte, genoß die ungewohnte Umgebung und streckte die Hand nach dem Stamm einer Kiefer aus.

»Kim?«

Ein hochgewachsener, eleganter junger Mann in altmodischer Abendgarderobe stand am Rande des Kiesweges und rief ihn. Es war Michael Lever.

»Ich bin hier«, antwortete er und trat unter den Bäumen hervor. »Ich habe nur ein wenig frische Luft geschnappt.«

Lever begrüßte ihn. Er überragte ihn fast um einen halben Meter, ein aufrechter, blonder *Amerikaner* ...

»Kommen Sie«, sagte er mit einem Lächeln. »Vater hat nach Ihnen gefragt.«

Kim ließ sich wieder ins Haus und durch das Empfangszimmer und den Ballsaal in einen kleineren und ruhigeren Raum dahinter führen. Lederbezogene Türen fielen hinter ihm zu. Das Zimmer war schwach beleuchtet und erfüllt von beißendem Zigarrenrauch. Am anderen Ende des Raums saß der alte Lever neben der einzigen Lampe und hatte seine Freunde in den hochlehnigen Lederstühlen um sich versammelt. Alte Männer wie er. Am Fenster stand eine Gruppe jüngerer Männer. Michael gesellte sich zu ihr, nahm einen Drink an und schaute zu Kim hinüber.

Charles Lever entzündete sich eine neue Zigarre, dann winkte er Kim heran. »Hier, Kim. Nehmen Sie Platz.« Er deutete auf einen leeren Stuhl neben sich. »Es sind einige Leute hier, die Sie kennenlernen sollten – Freunde von mir.«

Alte Männer. Der Gedanke blitzte Kim durchs Hirn. *Alte Männer, die Angst vor dem Sterben haben.*

Er setzte sich mit einem flauen Gefühl in den riesigen, ungemütlichen Stuhl und begrüßte die anderen Männer nacheinander mit einem Nicken, musterte jedes Gesicht und ordnete es ein. Es waren große Männer, mächtige Männer. Sie alle standen mit Lever auf einer Stufe. Und was hatte Lever ihnen erzählt? Was, hatte er versprochen, könne Kim für sie tun?

»Wir haben uns gerade unterhalten«, erklärte Lever und wandte sich Kim zu. »Wir haben immer wieder dieselben Dinge durchgekaut. Und ich habe meinen Freunden von Ihrer neuen Firma berichtet. Von *Chih Chu*. Potentiell ein netter kleiner Laden, aber zu klein und finanziell zu schwach ausgestattet.«

Kim war überrascht, daß Lever davon wußte.

Lever räusperte sich, dann nickte er, als sei er zufrieden damit, wie er die Lage einschätzte. »Und ich sagte, daß ich es für eine Schande halte. Denn ich habe schon andere wie Sie erlebt, Kim. Ein Reichtum an guten, aufregenden Ideen und eine Menge Unternehmungsgeist, aber kein solides Fundament. Dieses Muster wiederholt sich immer wieder. Ich habe Männer wie Sie etwas aufbauen sehen – und es ist wirklich schnell gewachsen. Bis zu einem gewissen Punkt. Und dann...« Er schüttelte den Kopf und betrachtete die Zigarre, die zwischen seinen Fingern glomm. »Dann haben sie versucht, in die nächsthöhere Liga aufzusteigen. In die Produktion. Denn es ist doch eine Schande, daß die Großindustriellen einem einen so großen Anteil wegschnappen. Im Grunde sogar eine Frechheit.«

Die jungen Männer am Fenster beobachteten ihn aufmerksam, fast mißtrauisch. Kim konnte ihre Blicke auf sich spüren; konnte beinahe fühlen, was sie dachten. Was würde das für sie bedeuten? Denn wenn ihre Väter ewig lebten...

»Ich habe zu oft erlebt, wie sie diesen Schritt zu gehen versuchten«, fuhr Lever fort. »Sie haben sich abgequält, weil sie mit der schieren Größe des Marktes nicht zurechtgekommen sind. Und dann haben sich die großen Konzerne wie Haie um die Brocken gestritten. Denn letztendlich geht es nur darum, Kim. Nicht um Ideen. Nicht um ein Potential. Nicht um Unternehmungsgeist. Sondern um Geld. Um Geld und Macht.«

Er machte eine Pause und nuckelte an seiner Zigarre. Ringsum nickten die alten Männer, ohne den Blick von Kim abzuwenden.

»Deshalb habe ich meinen Freunden hier gesagt, wollen wir doch dafür sorgen, daß es diesmal etwas anders läuft. Verwenden wir doch etwas von *unserem* Geld, von *unserer* Macht, um diesem Mann zu helfen. Schließlich wäre es doch eine Schande, wenn er sein Potential verschwendet. Eine elende Schande, wenn Sie mich fragen.«

Er lehnte sich zurück, zog an seiner Zigarre und paffte eine dichte Rauchwolke aus. Kim wartete ab und wußte nicht, was er sagen sollte. Er wollte nichts von diesen Männern. Weder Geld, noch Macht. Aber darum ging es nicht. Hier kam es darauf an, was sie von *ihm* wollten.

»CosTech hat ein Angebot für Ihren Vertrag gemacht. Stimmt's?«

Kim öffnete den Mund und ließ ihn gleich wieder zuschnappen. Natürlich wußte Lever davon. Schließlich hatte er doch wohl seine Spione. So ging es auf dieser Ebene zu. Man steckte nicht im Geschäft, wenn man nicht wußte, worum sich der Wettbewerb drehte.

»Ja. Aber ich habe mich noch nicht entschieden«, log er, um zu erfahren, welches Angebot sie ihm machen wollten. »Ich treffe mich in zwei Wochen wieder mit ihnen, um Näheres zu besprechen.«

Lever lächelte, aber es war ein säuerliches Lächeln.

»Sie wollen also für den Wettbewerb arbeiten, hm?« Er lachte. »Besser Sie als ich, Junge.«

Die versammelten Greise lachten. Nur am Fenster wurde geschwiegen.

»Aber wozu, Kim? Warum sollten Sie ein Jahr als Sklave von CosTech verschwenden, wenn Sie aus Eureka etwas Großes machen könnten?«

Machen Sie Ihr Angebot, dachte Kim. Spucken Sie's schon aus. Was wollen Sie? Was bieten Sie an? Machen Sie einen Handel, Alter. Oder wäre es Ihnen peinlich, so direkt zu sein?

»Wissen Sie, was sie mir angeboten haben?« fragte er.

Lever nickte. »Ein Witz. Eine Beleidigung für Ihr Talent. Außerdem legen Sie sich Fesseln damit an. In jeder Hinsicht.«

Ach so, dachte Kim, jetzt werden wir deutlicher. Wenn er für CosTech arbeitete, konnte er nicht für ImmVac arbeiten. Und sie brauchten ihn. Der Alte brauchte ihn, denn ab eines gewissen Alters konnte der Alterungsprozeß nicht mehr aufgehalten werden. Zumindest nicht auf dem gegenwärtigen Stand der Technik. Sie mußten dem molekularen Signal zuvorkommen. Später hatte es keinen Sinn mehr. ImmVacs Entwicklungen waren für diese Männer hier von keinem Nutzen. Das komplexe System der Zellreplikation brach allmählich zusammen, erst langsam, dann in exponentiellem Zuwachs immer mehr, bis der genetische Schaden nicht mehr zu beheben war. Und dann folgte die Senilität.

Und was sollten Geld und Macht gegen Senilität und Tod ausrichten?

»Ich bin Physiker«, sagte er. »Was nütze ich Ihnen? Sie brauchen einen Biochemiker. Jemanden, der auf die Synthese schadhafter Proteine, auf Zellreparatur spezialisiert ist. Keinen Ingenieur.«

Lever schüttelte den Kopf. »Sie sind gut. Die Leute sagen, Sie sind der Beste. Und Sie sind jung. Sie können lernen. Spezialisieren Sie sich auf Selbstheilungsmechanismen.« Er starrte Kim eindringlich an. Die Zigarre in seiner Hand war ausgegangen. »Wir werden zahlen, was Sie verlangen. Wir werden Ihnen alles zur Verfügung stellen, was Sie brauchen.«

Kim rieb sich die Augen. Sie brannten vom Zigarrenrauch. Er hätte am liebsten ein Ende gemacht und einfach abgelehnt, wußte aber, daß man ein Angebot solcher Männer eigentlich nicht abschlagen konnte.

»Zwei Wochen, *Shih* Lever. Lassen Sie mir noch zwei Wochen, dann gebe ich Ihnen Bescheid.«

Lever kniff die Augen zusammen und beäugte den jungen, fast kindlichen Mann mißtrauisch. »Zwei *Wochen?*«

»Ja. Schließlich erwarten Sie von mir, in meinem Leben eine andere Richtung einzuschlagen. Und darüber muß ich erst einmal nachdenken, *Shih* Lever. Ich muß mir durch den Kopf gehen lassen, was das bedeutet. Was ich gewinne und was ich möglicherweise verliere. Darüber bin ich mir jetzt noch nicht im klaren. Deshalb muß ich erst einmal darüber nachdenken.«

Aber er hatte schon darüber nachgedacht und das Angebot verworfen. Er wußte, was er wollte; er hatte es schon in jenem Moment gewußt, als er das Netz erblickte. Tod – was war der Tod, verglichen mit dieser Vision?

Lever wechselte Blicke mit den anderen alten Männern, dann nickte er. »In Ordnung, *Shih* Ward. In zwei Wochen also.«

* * *

Es war spät. Die Menge im Ballsaal hatte sich ausgedünnt, aber das Tanzen ging weiter. Auf dem Balkon, der auf die Halle hinausging, spielte ein Orchester von zehn Mann, die im zersplitterten Licht ihre Geigenbögen schwangen, einen langsamen Walzer. Kim stand im hinteren Teil der Halle neben Michael Lever, beobachtete die Paare, die über das Parkett schwebten, und erkannte, daß auch dies eine Illusion war: ein Traum der Alterslosigkeit. Als ob die Zeit angehalten und ihr Lauf umgekehrt werden könnte.

»Mir gefällt, wie sie angezogen sind«, sagte er und blickte an dem hochgewachsenen jungen Mann hinauf. »Sie sind wie Quallen.«

Lever lachte laut auf, dann wandte er sich seinen Freunden zu und wiederholte Kims Kommentar. Daraufhin grölten sie alle. Lever drehte sich wieder zu Kim um und wischte sich mit dem Handrücken über die Augen.

»Das ist köstlich, Kim. Herrlich! Wie Quallen!« Und wieder brach er in Lachen aus.

Kim schaute ihn erstaunt an. Was hatte er da gesagt? Stimmte es denn nicht? Die wabernde Bewegung ihrer Kleider erinnerte bis zu den gekräuselten Rändern an die Quallen im Ozean.

»Ich wollte nur sagen ...«, begann er, brachte den Satz aber nicht zu Ende. In diesem Moment ging die Hauptbeleuchtung an. Das Orchester spielte noch ein paar Takte, dann endete die Musik in einem plötzlichen Durcheinander. Die Tänzer erstarrten und blickten zur Tür am anderen Ende des Saals. Plötzlich wurde es in der Halle viel kühler. Von draußen drang Geschrei herein.

»Was, in Teufels Namen ...?« fragte Lever und wollte zur Tür laufen. Dann blieb er abrupt stehen. Auf dem Balkon über dem Tanzboden waren Soldaten herausgetreten. Durch die Tür kamen weitere in den Saal, Truppen des Sicherheitsdienstes in kobaltblauen Drillichuniformen, mit schwarzen Helmen und herabgelassenen Visieren.

Kim wurde der Mund trocken. Etwas stimmte hier nicht.

Die Soldaten stellten sich in einer Reihe am Rande

des Balkons und entlang der Wände auf und hielten die Tänzer mit ihren Waffen in Schach. Nur ein paar verteilten sich unter den Tänzern, klappten ihre Visiere hoch und gingen von Gast zu Gast. Oben auf dem Balkon begann ein Leutnant eine Vollmacht für die Verhaftung von fünfzehn Männern vorzulesen.

Im Ballsaal herrschte Ungläubigkeit und Empörung. Ein junger Mann rempelte einen Soldaten an und wurde mit einem Schlag mit dem Gewehrkolben niedergestreckt. Als die Soldaten den Saal verließen, nahmen sie mehr als ein Dutzend junger Männer mit, darunter Lever und seine Freunde.

Kim sah den Zorn in allen Gesichtern, als die Soldaten verschwunden waren. Einen größeren Zorn, als er ihn je erlebt hatte. Und anders, völlig anders als der Zorn im Lehm. Dieser Zorn schwelte wie rotglühende, von einem Atemhauch angefachte Asche. Es war ein tiefverwurzelter, anhaltender Zorn.

Das Gesicht eines jungen Mannes an Kims Seite war völlig verzerrt, dunkel vor Wut. »Dafür wird er bezahlen! Dafür wird dieser Mistkerl bezahlen!« Andere versammelten sich um ihn, schrien und schüttelten die Fäuste und hatten das Tanzen vergessen.

Kim verließ eilig den Saal. Die Lage hatte sich dramatisch geändert. Plötzlich und unerwartet galten andere Spielregeln, und er war hier nicht mehr sicher. Auf dem Weg nach draußen warf er nach rechts und links Seitenblicke und sah in den Gesichtern der Menschen, an denen er vorbeilief, nur nackte Wut. Vor dem Haus ging er an den wartenden Sänften vorbei und durch die Dunkelheit zum Transitlift.

In einem nüchternen Moment würden sie sich an ihn erinnern. Der alte Lever würde sich erinnern. Und was würde er tun, wenn er wütend war? Es wurde Zeit, Partei zu ergreifen, und Kim war Li Yuans Mann.

Er sah ein Stück weiter voraus Soldaten, die den Eingang des Transitlifts bewachten, und fing an zu laufen, weil er wußte, daß seine Sicherheit von ihnen abhing. Aber kurz vor der Schranke drehte er sich um und blickte zum Haus zurück, erinnerte sich an Kleider, die in der Musik wallten, das Rascheln von Spitze – und an eine Runde alter Männer, die ihm die Welt zu Füßen legen wollten.

KAPITEL • 3

In aller Offenheit

Tolonen stand an Haavikkos Bett und sah auf ihn hinunter. Seine Operation lag erst zwei Tage zurück, und noch fühlte er sich schwach, aber er hatte kommen müssen.

Eine Krankenschwester brachte ihm einen Stuhl, und er setzte sich und war entschlossen, zu warten, bis der junge Mann aufwachte. Trotz der Drogen schmerzte sein neuer Arm an der Schulter, aber er fühlte sich schon besser an.

Vor allem lebte er noch. Das verdankte er Haavikko.

Die Krankenschwester wollte noch im Zimmer bleiben, er schickte sie aber mit einem Wink weg und machte es sich bequem, um den schlafenden Mann zu beobachten.

Sein ganzes Leben lang hatte er auf sich selbst vertraut. Sein ganzes Leben lang hatte er seine eigenen Kämpfe ausgefochten und dafür gesorgt, daß er seinen Feinden immer einen Schritt voraus blieb. Aber jetzt wurde er alt. Dafür hatte er jetzt endlich einen Beweis. Seinen alten Augen war die Unstimmigkeit der Farbcodes auf der Brust der Soldaten entgangen, er hatte den Bruchteil einer Sekunde zu spät reagiert – und deshalb seinen Arm verloren. Und um ein Haar sein Leben.

Er betrachtete den jungen Mann mit einem Lächeln. Haavikko war dick bandagiert, und spezielle Heilameisen ließen neue Haut auf der schwer verbrannten Schulter und dem Rücken wachsen.

Tolonen schüttelte den Kopf, als wollte er seine Gedanken klären, und fühlte sich zugleich traurig und glücklich. Man hatte ihm erzählt, was Haavikko für ihn getan hatte, wie ein Sohn für einen Vater; er hatte sein Leben riskiert, obwohl alle Banden der Pflicht und Verbundenheit zwischen ihnen längst abgerissen waren.

Ja, er hatte dem Jungen bitter unrecht getan; er hatte ihn völlig falsch eingeschätzt.

Haavikko rührte sich und schlug die Augen auf. »Marschall...« Er wollte sich aufsetzen, zuckte aber zusammen und ließ sich zurücksinken. Er schloß vor Schmerz die Augen. Die Detonation hatte ihm den Großteil der Rückenhaut und ein Ohr abgerissen.

»Ruhig, Junge. Bitte. Sie brauchen Ruhe.«

Haavikko schlug nochmals die Augen auf und blickte zu dem Marschall auf. »Ihr Arm...«, sagte er, sichtlich geschockt von dem Anblick.

Tolonen lachte schroff. »Gefällt er ihnen? Tut noch ein bißchen weh, aber das macht nichts. Ich bin am Leben, das ist das wichtigste.« Er lehnte sich zurück und kratzte mit der Rechten seine Bartstoppeln; eine ungeschickte, verlegene Geste, die darauf hindeutete, wie schwer der Alte mit dieser Situation zurechtkam. Die Zuneigung für den anderen Mann – die Tiefe wiedererwachter Gefühle – brachte ihn den Tränen nah. Er sah kurz weg, um seine Beherrschung wiederzufinden, dann brachte er zu Ende, was er sagen wollte. »Danke, Alex. Ich danke Ihnen.«

Axel lächelte. Seine Hände lagen auf der Bettdecke. Lange, feingliedrige Hände, die den Vorfall unbeschadet überstanden hatten. Tolonen faßte eine und drückte sie fest.

»Ich habe Sie falsch eingeschätzt, Junge. Ich...«

Haavikko schüttelte den Kopf, und sein Gesicht verzog sich zu einer Grimasse des Schmerzes. »Das ist unwichtig. Wirklich, Sir. Ich...« Er drehte den Kopf ein Stück und sah zu seinen Kleidern hinüber, die am anderen Ende des Zimmers an einem Haken hingen. »Aber etwas sollten Sie wissen. Etwas Wichtiges.«

Tolonen lächelte. »Ruhig, mein Junge. Dafür ist noch genug Zeit ...«

»Nein ...« Haavikko schluckte trocken. »Da drüben in meiner Uniformjacke ist ein Päckchen. Ich wollte es Ihnen gerade bringen, als es passiert ist. Ich habe alles zusammengesammelt.«

Tolonen schüttelte verwirrt den Kopf. »Was zusammengesammelt?«

Haavikko blickte flehentlich auf. »Sehen Sie sich's an. Bitte, Sir. Sie brauchen nicht gleich alles zu lesen. Später vielleicht, wenn Sie sich besser fühlen. Aber versprechen Sie mir, daß Sie es lesen werden. Bitte, Marschall.«

Tolonen ließ Haavikkos Hand los, erhob sich schwerfällig und ging zum Kleiderhaken hinüber. Wie Haavikko versprochen hatte, fand er ein kleines Päckchen in der Innentasche des Uniformrocks. Er zerrte daran, bis er es losbekam, dann ging er an seinen Platz zurück.

Er hielt das Päckchen unschlüssig in den Händen. »Und was ist das?«

Haavikko schluckte, und Tolonen, der das als Hinweis deutete, legte das Päckchen weg und gab Haavikko aus dem Glas auf dem Nachttisch zu trinken.

»Nun?«

»Vor sehr langer Zeit haben Sie mich um etwas gebeten – ich sollte eine Liste von Personen zusammenstellen, die etwas mit dem Attentat auf Minister Lwo Kang zu tun haben könnten. Erinnern Sie sich?«

Tolonen lachte. »Bei allen Göttern! Das ist doch mindestens elf Jahre her. Und haben Sie es getan?«

Haavikko nickte unmerklich. »Damit hat es angefangen. Aber ich bin noch weitergegangen. Ich habe alles niedergeschrieben, was mich mißtrauisch gemacht hat – alles, was mir nicht ganz einleuchtend erschien. Vor kurzem dann habe ich mich mit Kao Chen und Karr, Ihrem Mitarbeiter, zusammengeschlossen.«

»Gute Männer«, sagte Tolonen und nickte anerkennend.

»Ja.« Haavikko lächelte, dann wurde er wieder ernst. »Nun, das da ist das Ergebnis unserer Nachforschungen. Meine ursprüngliche Liste, meine Notizen und einige andere Dinge. Computerdateien, holographische Aufnahmen.«

Tolonen nahm das Päckchen und drehte es in der Hand, dann legte er es sich auf die Knie und griff nach Haavikkos Hand. »Und Sie möchten, daß ich das Material durchsehe?«

»Ja...«

Tolonen überlegte kurz. Er hatte Jelka versprochen, später mit ihr essen zu gehen, aber vielleicht würde er diesen Termin absagen. Er konnte immer noch behaupten, er sei müde. Jelka würde das verstehen. Er lächelte Haavikko zu. »Natürlich. Das ist ja das mindeste.«

Haavikko erwiderte seinen Blick mit feuchten Augen. »Danke«, sagte er, und seine Stimme verebbte fast zu einem Flüstern. »Danke, Sir.«

Tolonen saß da und tätschelte dem jungen Mann die Hände. Der Schmerz in seiner linken Schulter war stärker geworden. Es wurde offenbar Zeit für seine Meditation, aber er wollte den jungen Mann nicht gern alleinlassen.

»Ich muß jetzt gehen«, sagte er sanft. »Aber ich verspreche Ihnen, daß ich Ihre Akten durchsehen werde. Später. Wenn alles ruhig ist.«

Haavikko lächelte mit geschlossenen Augen. Langsam entspannte sich sein Mund. Kurz darauf schlief er ein.

Tolonen ließ die Hand des jungen Mannes vorsichtig auf das Laken zurückgleiten, dann richtete er sich ungelenk auf. Ich habe doppeltes Glück gehabt, dachte er, als er sich auf die Angriffe auf den Raumhafen von Nanking erinnerte. Er ging durchs Zimmer, blickte noch einmal zurück und bemerkte zum erstenmal, wie blaß Haavikko war. Er stand noch eine Weile da und kratzte nachdenklich seine verbundene Schulter, dann ging er, wütend auf sich selbst, einige Schritte auf Abstand.

Er sah auf seinen Silberarm und seufzte, als er sich daran erinnerte, wie bestürzt Jelka über seinen Anblick gewesen war. Aber auch sie war hart. Sie war schon tapfer zur Welt gekommen. So wie dieser junge Mann. Oh, er würde schon alles richten. Dazu war er entschlossen. Er würde eine Möglichkeit finden, alles wieder in Ordnung zu bringen.

Tolonen gähnte, dann wandte er sich mit einem traurigen Lächeln ab und überließ den jungen Offizier seinem Schlaf.

* * *

Tsu Ma nahm den Teller in die Hand und strich mit dem Daumen über die seidenglatte, geprägte Oberfläche. Es war ein perfektes Stück: der schwarze Lack verhüllte eine Gravur, die zwei Wasserhühner vor einem Hintergrund aus Lotosblüten darstellte. Es stammte aus dem vierzehnten Jahrhundert, aus dem letzten Jahr der Yuan-Dynastie. Tsu Ma wandte sich Li Yuan zu.

»Damals brauchte man zwei Jahre, um ein solches Stück herzustellen. Zwei Jahre im Leben eines meisterhaften Handwerkers. Und heraus kam dies hier. Dieses kleine Fragment einer düsteren Perfektion.«

Li Yuan riß sich vom Anblick der Bucht und der wie Zuckerhüte geformten Berge dahinter los und sah zu ihm herüber. Er hatte nicht zugehört, sah aber den lackierten Teller in Tsu Mas Händen und nickte. »Es ist ein schönes Stück. Hou Ti hat viele schöne Dinge gemacht.«

Tsu Ma hielt seinen Blick für einen Augenblick fest. »Heutzutage hält man sie für primitive, ignorante Menschen. Für Barbaren. Aber schau dir das an. Ist das ein Werk von Barbaren?« Er schüttelte nachdrücklich den Kopf. »Als ob die verstrichene Zeit schon genügte, um unsere Spezies reifen zu lassen.«

Li Yuan lachte. »Worauf willst du hinaus, Tsu Ma?«

Hinter ihm, am anderen Ende des langen Saals, waren die übrigen Sieben versammelt und unterhielten sich.

Tsu setzte den Teller ab, ließ seine Finger in der Vertiefung liegen und blickte zu Li Yuan auf. »Nur daß es hier einige gibt, die die Zukunft nur deshalb für besser als die Vergangenheit halten, weil es eben die Zukunft ist; die glauben, daß Veränderung um ihrer selbst willen schon gut ist. Sie haben keine Zeit für Vergleiche, noch haben sie einen Sinn für die Werte, die die Schlichtheit dieses Tellers ausdrückt. Sie haben keine Zeit für Handwerk, Beherrschung oder Disziplin.« Er dämpfte geringfügig die Stimme. »Und das finde ich beunruhigend, Li Yuan. Geradezu gefährlich.«

Li Yuan musterte ihn kurz, dann gab er mit einem vagen Nicken zu verstehen, daß er zustimmte. Sie hatten am Vormittag schon eine Menge Arbeit geleistet, aber nichts von wirklicher Bedeutung. Was die Sache mit den Verwaltungsämtern und den neuen Unsterblichkeitsdrogen anging, hatte er sich wie Schilf im Wind gebogen, seinen eigenen Standpunkt zurückgehalten und lediglich darauf geachtet, daß keine unwiderruflichen Beschlüsse gefaßt wurden. Lassen wir ihnen doch ihre lächerlichen Bemühungen, dem Tod zu entgehen, dachte er; was immer ihnen auch gelang, am Ende würde der Tod sie doch erwischen. Was das andere anging, war noch genug Zeit, seinen Standpunkt durchzusetzen.

»Wie tief geht dieses Gefühl?«

Tsu Ma überlegte kurz, dann beugte er sich Li Yuan entgegen. »Tief, Vetter. Tief genug, um mich zu sorgen.« Er schaute an dem jungen Mann vorbei durchs Fenster und sah die weiße Mauer der Stadt, die ein Tal zwischen zwei Hügeln versperrte. »Wenn man sie im Zaum hielte, wären sie gar nicht so schlecht.« Er streckte den langen Hals und hob das Kinn. »Weißt du, heute nachmittag...«

Das Sonnenlicht des frühen Nachmittags fiel auf Li Yuans Arme und Schultern. »Es ist die Krankheit unserer Zeit. Veränderung und die Sehnsucht nach Veränderung. Aber ich hätte nicht gedacht...« Yuan verstummte, als er Chi Hsing, den T'ang von Australien und Ozeanien, näher kommen sah.

Die beiden Männer begrüßten den Neuankömmling mit einem Nicken.

»Wollt ihr nichts essen, Vettern?« Chi Hsiang winkte die Kellner herbei. »Ehe wir fortfahren, möchte ich etwas mit euch besprechen. Es ist eine Änderung der vorgesehenen Dienstreisen vorgeschlagen worden.«

»Eine *Veränderung*?« fragte Li Yuan und hob die Augenbrauen. Tsu Ma ließ sich seine Belustigung nicht anmerken und sah seinen T'ang-Kollegen mit maskenhaftem Gesicht an.

Chi Hsiang hatte weder den Ruf, besonders intelligent, noch besonders tiefsinnig zu sein. In dieser Hinsicht war er mehr ein Kind seiner Mutter als seines Vaters. Inzwischen war er natürlich selbst Vater. Zwei kleine Söhne, der ältere kaum zwei Jahre alt, hatten seine erste Ehe gesegnet und ihn merklich reifen lassen. Er handelte jetzt nicht mehr so unbesonnen, und obwohl er Li Yuans Vorgehen gegen die *Ping Tiao* insgeheim begrüßt hatte, mißbilligte er solche Maßnahmen doch in der Regel. Er hatte Angst um seine Söhne, wenn er sich daran erinnerte, was im Krieg mit den Dispersionisten geschehen war. Rache war gut, aber jetzt wünschte er sich nur noch Frieden.

Frieden. Schließlich wollte er erleben, wie seine Söhne zu Männern heranwuchsen. Zu guten, starken Männern wie sein Vater.

»Wang Sau-leyan hat einen Antrag gestellt«, begann er und sah zwischen beiden hin und her. »Und es sind hier noch ein paar, die dazu etwas sagen wollen.« Seine Augen konzentrierten sich auf Li Yuan.

»Weiter, Vetter.«

Chi Hsiang senkte den Kopf. »Er möchte über die Festnahmen diskutieren. Dein gemeinschaftliches Vorgehen mit Wu Shih gegen diese jungen Söhne.«

Chi Hsings Haltung war unmißverständlich zu entnehmen, daß er von Li Yuan eine Ablehnung erwartete. Li Yuan hatte, ebenso wie damals sein Vater, das Recht, Wangs Antrag abzulehnen. Aber Li Yuan lächelte nur freundlich.

»Ich habe keine Einwände. Du vielleicht, Tsu Ma?«

»Ich auch nicht.«

Li Yuan berührte Chi Hsing an der Schulter. »Schließlich ist es das beste, wenn solche Dinge zwischen uns zur Sprache gebracht werden. In aller Offenheit.«

Chi Hsing nickte, zögerte aber noch immer, als rechne er jeden Moment damit, daß Li Yuan es sich anders überlegte. Als er dann merkte, daß er sein Ziel erreicht hatte, sagte er:

»Gut. Das ist sehr gut, Li Yuan. Wie du sagtest, es ist das beste. In aller Offenheit.« Er nickte noch mal, diesmal entschiedener, dann wandte er sich ab und ging zu der Gruppe um Wang Sau-leyan und ihrem Gastgeber Hou Tung-po zurück, dem T'ang von Südamerika. Wang hörte kurz zu, dann sah er zu Li Yuan hinüber und deutete eine Verbeugung an.

»In aller Offenheit«, flüsterte Tsu Ma. »Du bist wie dein Vater, Yuan. Ein verschlagener Hund.«

Li Yuan fuhr überrascht herum und lachte, als ihm der amüsierte Unterton in Tsu Mas Stimme bewußt wurde. »Worte sind Worte, Tsu Ma. Wir müssen sie unseren Bedürfnissen entsprechend formen und biegen.«

Tsu Ma nickte zufrieden. »So ist es in diesen wirren Zeiten, Vetter. Aber die Geschichte soll uns nach unseren Taten beurteilen.«

* * *

Wang Sau-leyan beugte sich, die Hände im Schoß gefaltet, nach vorn, und sein großes mondbleiches Gesicht schaute von einem zum anderen, während er redete. Er wirkte ruhig und entspannt, seine Stimme klang sanft, tief und überzeugend. Bisher hatte er wenig geäußert, was nicht schon gesagt worden war, aber jetzt lenkte er das Gespräch in eine andere Richtung.

»In diesem Raum, so wie in den Villen der Neunundzwanzig und den Villen der Überirdischen, gibt es Personen, die mit den jüngsten Ereignissen nicht einverstanden, die teils zornig, teils traurig und von bösen Ahnungen erfüllt sind. Andere sind in großer Sorge, wenn sie sich an Dinge erinnern, die nicht lang her sind. Aber jeder einzelne fragt sich, wohin das alles führen mag. Ich selbst glaube, es ist schon zu weit gegangen.«

Wu Shih wollte ihn unterbrechen, aber Wang hob die Hand. »Du wirst noch zu Wort kommen, Wu Shih, und ich werde zuhören. Aber hör erst mich an. Eines muß gesagt werden, ehe es für Worte zu spät ist.«

Tsu Ma griff in seine Jackentasche und zog ein schmales, silbernes Kästchen heraus. »Dann rede, Vetter. Laß uns hören, was du zu sagen hast.«

In den Worten klang eine unverhüllte Feindseligkeit mit, die Li Yuan überraschte. Er sah zu, wie Tsu Ma einen Stumpen aus dem Kästchen nahm, es zuschnappen ließ und in die Tasche zurücksteckte.

»Danke, Vetter«, sagte Wang, während der Ältere den Stumpen entzündete und den ersten Zug tat. Er lächelte gepreßt, dann fiel sein Gesicht in die alte Ausdruckslosigkeit zurück. »Wie ich schon sagte, herrscht Zorn und Traurigkeit und sehr viel Angst. Ungesunde Symptome. Anzeichen einer tiefen und bitteren Feindseligkeit uns gegenüber.«

Wu Shih grunzte entrüstet, hielt aber den Mund. Seine Wangen glühten, und seine Blicke bohrten sich in Wangs weiches, rundes Gesicht.

»Wir haben Unzufriedenheit gesät«, fuhr Wang fort. »Und ich sage ›wir‹, weil uns das alle betrifft. Und doch zögere ich, diesen Plural zu benutzen, weil er Übereinstimmung auf unserer Seite suggeriert, eine von allen unterstützte Palette von Maßnahmen, die hier im Rat diskutiert und debattiert wurde, wie wir es immer getan haben.« Er machte eine Pause, sah in die Runde und schüttelte den Kopf. »Statt dessen wache ich auf und finde eine andere Welt vor als zu dem Zeitpunkt, da ich eingeschlafen bin. Und ich bin nicht weniger überrascht als jene, die um eine Audienz betteln und mich fragen, warum ihr Sohn in Haft ist.«

Hou Tung-po in dem Stuhl neben ihm nickte energisch. »So ist es mir auch ergangen. Ich bin nicht unterrichtet worden, Li Yuan. Du und Wu Shih habt gehandelt, ohne mich zu konsultieren. Und mir blieb nur eine zweifelhafte Wahl – als ein Schuft oder als ein Dummkopf dazustehen. Die Beziehungen zwischen uns und den Oberen haben sich verschlechtert. So schlecht waren sie in den letzten zehn Jahren noch nie. Wir müssen die Situation entschärfen, bevor sie uns aus den Händen gleitet. Wir müssen uns eine Geste einfallen lassen, die die Oberen versöhnlich stimmt.«

Für einen Moment herrschte Stille, dann ergriff Li Yuan das Wort. Er konnte seinen Ärger über Wang Sauleyans Kritik kaum zügeln.

»Wenn ein Mann seinem Bruder das Leben rettet, fragt er dann erst: ›Entschuldige, Bruder, hast du etwas dagegen einzuwenden, daß ich dein Leben rette?‹ Nein, er handelt und stößt seinen Bruder zur Seite, damit er nicht vom Felsblock erschlagen wird. Er *handelt!* Ich werde mich für meine Handlungen nicht entschuldigen. Auch nicht dafür, daß ich niemanden eingeweiht habe. Das Überraschungsmoment war der entscheidende Faktor. Ich konnte es nicht riskieren, überhaupt jemanden zu informieren.«

Er stand auf, trat in die Mitte der formlosen Runde und sah auf Wang Sau-leyan hinunter.

»Vielleicht hast du eine Vorliebe für den Tod, Vetter

Wang. Ich selbst würde allerdings gern alt werden, ohne daß mir jemand ein Messer an die Kehle hält.«

Wang lachte; ein kurzes, bitteres Lachen. »O ja, Li Yuan, du handelst wie jemand, dem bestimmt ist, lang zu leben. Denn während sich deine Feinde vermehren, werden deine Freunde immer weniger.«

Li Yuan erwiderte ein gezwungenes Lächeln. »So ist es in dieser Welt. Aber es ist besser, seine Feinde zu kennen und seinen Freunden zu vertrauen. Es ist besser, zu handeln, als die Wahrheit zu verdrehen.«

Wang Sau-leyan starrte Li Yuan finster an. Diese Bemerkung erboste ihn sichtlich und vertrieb alle vorgebliche Gelassenheit aus seiner Miene. »*Ai ya!* Aber müssen wir denn alle unter deiner Unbesonnenheit leiden, Vetter? Müssen *wir* abmähen, was *du* gesät hast? Du klingst wie dein toter Bruder – wie ein Hitzkopf!«

Einige Sekunden lang herrschte gespannte Stille, aber dann lachte Li Yuan leise. »Wie ein Hitzkopf, sagst du?« Er schüttelte den Kopf. »Nein, Vetter. Alles andere als das. Du bittest um eine Besänftigung für die Oberen, wie eine Frau um das Leben ihres Sohnes bettelt. Ist es schon soweit gekommen? Sind wir schon so schwach, daß wir um unser Fortbestehen *bitten* müssen? Warum zermalmen wir nicht einfach, was uns zu zerstören versucht? Du scheinst deine Haltung geändert zu haben, Wang Sau-leyan, denn es gab Zeiten, da wolltest du *uns* darüber belehren...«

Wang schüttelte den Kopf. »Junge Männer, Li Yuan, damit haben wir es hier zu tun. Fehlgeleitet und überenthusiastisch, aber nicht mehr.« Wang sah an Li Yuan vorbei. »Es würde die Lage entschärfen, wenn wir sie einfach weitermachen ließen. Mit der Zeit würde sich das Problem von selbst erledigen.«

»Von selbst erledigen?« Li Yuan schüttelte ungläubig den Kopf. »Was sollen sie noch tun, bevor du es begreifst, Vetter? Müssen sie dir eine Pistole an den Kopf halten? Das sind keine romantischen Schwärmer. Es sind *Revolutionäre*. Sie proben den offenen Aufstand. Begreifst du das nicht? Es fängt mit Ideen an und endet mit Blutvergießen.« Er machte eine Pause, trat einen Schritt näher und zeigte mit dem Finger auf Wang. »Sie würden dich umbringen, Wang Sau-leyan, T'ang von Afrika, und sich an deine Stelle setzen. So wie sie deinen ältesten Bruder umgebracht haben. Oder hast du das vergessen?«

Li Yuan stand da, atmete tief durch und zwang Wang Sau-leyan, ihm in die Augen zu sehen.

»Nun? Plädierst du immer noch für die weiche Welle?«

Wang nickte.

»Und wer noch?« Er sah zu Hou Tung-po hinüber, dann zu Chi Hsing. Beide nickten, auch wenn sie ihm nicht in die Augen sahen.

»Und du, Wei Feng? Was rätst du uns?« Er wandte sich dem betagten T'ang von Ostasien zu. »Du bist dir doch sicher über die Tiefe dieses Problems im klaren.«

»Du sprichst, als hinge alles von meiner Stimme ab, Li Yuan.«

»Das trifft zu.« Tsu Ma antwortete an Li Yuans Stelle. Wu Shih an seiner Seite schaute herüber und gab mit einem Nicken zu verstehen, daß er zustimmte.

Wei Feng seufzte und senkte den Blick. »Ihr wißt, was ich fühle«, begann er mit tiefer Stimme, die jedes Wort langsam und bedächtig artikulierte. »Ihr kennt meine Vorlieben und Abneigungen.« Er blickte zu Li Yuan. »Du weißt sicher, daß ich dein Vorgehen begrüßt habe.« Er lächelte säuerlich. »Aber das steht hier nicht zur Debatte. Es geht darum, wie wir miteinander umgehen, Li Yuan. Es geht nicht so sehr darum, was du getan hast – da stimme ich dir weitgehend zu und würde dich sonst jederzeit unterstützen –, sondern darum, *wie* du gehandelt hast. Wie Wang Sau-leyan schon sagte, hast du gehandelt, ohne dich mit uns zu beraten.«

Er machte eine nachdenkliche Pause, dann sprach er weiter. »Wir sind die Sieben, Li Yuan. Nicht einer, sondern sieben. Darin liegt unsere Stärke. Seit sieben Generationen hängt davon der Frieden in der Welt ab. Und die Stärke unserer Gesellschaft. Wenn sich dieser Zusammenhalt auflöst, bricht alles zusammen.«

»Du gibst also nach, Wei Feng?«

Wei Feng nickte. »Ich denke, wir sollten die jungen Männer freilassen. Und dann sollten wir Wangs Ratschlag folgen. Wir sollten das Beste aus einer schwierigen Lage machen und uns um Versöhnung bemühen.«

Li Yuan zuckte die Achseln. »So soll es geschehen«, sagte er und warf Wang einen Blick zu. »Ich werde dir meine Gefangenen übergeben, Vetter, und dann kannst du tun, was du für richtig hältst.«

Er schaute weg und beließ es dabei, aber in seinem Kopf klangen die Worte nach. *Nicht einer, sondern sieben. Darin liegt unsere Stärke.* Er hatte das noch nie in Frage gestellt, aber jetzt, da er unter seinesgleichen stand, fragte er sich, ob es wirklich so war.

Er warf Wu Shih einen Blick zu und bemerkte, wie der T'ang von Nordamerika zu Boden sah, sich seine Wut nicht anmerken ließ, und hatte seine Antwort. Die Tage der Einmütigkeit waren vorüber, und das, was die Sieben zu einer solchen Kraft gemacht hatte, gehörte damit der Vergangenheit an. Wei Fengs Behauptung hatte damals, in den Tagen seines Vaters einmal zugetroffen, aber jetzt?

Sieben... heute klang dieses Wort hohl, und das Große Rad war zerbrochen. Es war mit seinem Vater gestorben. Vier gegen drei – das war die neue Realität. Er sah zu Wang Sau-leyan hinüber, bemerkte den Glanz des Triumphes in seinen Augen und wußte Bescheid. Es war vorbei. Es hatte hier und heute ein Ende gefunden. Und jetzt mußten sie einen anderen Weg finden, eine neue Möglichkeit, sich selbst zu kontrollieren. Das war die Wahrheit. Aber die Wahrheit durfte nicht ausgesprochen werden. Zumindest jetzt noch nicht, und gewiß nicht hier im Rat.

Er fühlte sich plötzlich entspannt, als sei eine große Last von seinen Schultern genommen worden. Er wandte den Kopf, sah Tsu Ma in die Augen und entdeckte einen Funken des Begreifens.

»Können wir fortfahren?« fragte er und sah in die Runde. »Die Zeit drängt, und es ist noch viel zu tun.«

Ja, dachte er; aber all das ist unwichtig. Von jetzt an ist dies nur noch ein Spiel, eine Maske, um unsere wahren Absichten zu verbergen. Denn alle wichtigen Entscheidungen werden jetzt im geheimen getroffen.

In aller Offenheit. Er lachte insgeheim, als er die ganze Ironie seiner Bemerkung erkannte, dann drehte er sich lächelnd zu Tsu Ma um und fand sein Lächeln von ganzem Herzen erwidert. Ja. So würde es von jetzt an bleiben. *In aller Offenheit ...*

* * *

In Rio war Sommer gewesen. In Tongjiang herrschte der Winter.

Li Yuan stand auf der Terrasse und blickte auf den gefrorenen See hinaus. Er trug Fell und Handschuhe und dicke Lederstiefel, aber keine Kopfbedeckung, und Schneeflocken fielen auf sein feines schwarzes Haar. Der Hang unter ihm war weiß vor Schnee, während die Bäume des Obstgartens auf dem anderen Ufer ein starres, verwickeltes Muster vor dem weißen Hintergrund zeichneten.

Er blickte die sanften Hänge zu den fernen Bergen empor. Gewaltige, scharfkantige Felsabbrüche kratzten an einem farblosen Himmel. Li Yuan zitterte und wandte sich ab. Die trostlose Szenerie entsprach nur allzu sehr seiner gegenwärtigen Stimmung.

Er war zum letztenmal hier. Er sah sich um und spürte in allem, was er erblickte, in jedem Schritt, den er tat, dieselbe Endgültigkeit. Von jetzt an gab es kein Zurück mehr, kein Grübeln über das, was hätte sein können. Seine Zeit lag jetzt vor ihm, und er hatte alle Lektionen gelernt.

Er sah zum Palast hinüber und den Ställen dahinter. Seine Männer warteten auf der Veranda und unterhielten sich unter den geschlossenen Läden der großen Fenster. Es gefiel ihnen hier nicht, das wußte er. Der Raum, die Offenheit erschreckte sie. Sie fühlten sich nackt, all den elementaren Kräften ausgesetzt, die die Mauern der Stadt aussperrten, aber er empfand nur dies als wirklich. Alles andere war ein Spiel.

Er hatte erwartet, Fei Yen hier zu finden oder zumindest die Erinnerung an sie, aber da war nichts. Es gab nichts mehr als diese Landschaft, ihrer Gerüche, ihrer lebhaften Begrünung, aller menschlichen Gegenwart beraubt. Als habe alles, was hier geschehen war, nie stattgefunden.

Er fuhr zusammen und blickte auf seine Füße. Ein Blatt klebte an seinem linken Stiefelschaft. Er zog einen Handschuh aus, ging in die Hocke, um das feuchte und geschwärzte Blatt wegzuziehen, dann richtete er sich auf und spürte die eisige Kälte auf seiner Haut und die Feuchtigkeit in seiner Handfläche. Was bedeutete das alles? Er ließ das Blatt fallen und zog den Handschuh wieder an, bevor er sich auf den Rückweg zum Palast und dem Transitlift machte, der auf ihn wartete.

Nichts, entschied er. *Es bedeutet nichts.*

Er flog nach Südwesten über eine fleckenlos weiße Landschaft. Diesmal kein Schnee, sondern die endlose Stadt, dreitausend *li* ohne Unterbrechung, bis sie Kuang Chou erreichten, das einstige Kanton, an der Mündung des Pei. Dann überflogen sie eine Zeitlang das Blau des Südchinesischen Meeres bis Hong Kong und in südöstlicher Richtung bis zur Insel T'ai Yueh Shan, wo Yin Tsu sein Grundstück hatte.

Er hatte das lange aufgeschoben. Aber jetzt wurde es Zeit, das Kind zu sehen und dem Sohn seiner früheren Frau sein Geschenk zu überreichen.

Das Schiff und die Abwehranlage des Grundstücks wechselten codierte Signale, dann landete das Schiff, und Yin Tsu begrüßte ihn im Hangar. Er kniete sich hin und preßte seine Stirn auf das kalte Metall des Gitters, als Li Yuan hinunterstieg.

Li Yuan hatte sich während des Fluges umgezogen und seinen Pelz, die Handschuhe und schweren Stiefel gegen ein grell orangefarbenes, dünnes Satingewand und elegante Pantoffeln ausgetauscht. Vor dem alten Mann blieb er stehen und hob einen Fuß.

Yin Tsu ergriff vorsichtig den hingehaltenen Fuß und küßte ihn zweimal.

»Yin Tsu, mein einstiger Vater, bitte.« Er griff nach unten und half dem Alten auf die Beine. Erst danach sah Yin Tsu ihn an.

»Euer Besuch ehrt mich, *Chieh Hsia*. Was kann ich für Euch tun?«

»Fei Yen... Wohnt sie immer noch hier bei Ihnen?«

Der Alte nickte, und seine Lippen formten ein unmerkliches Lächeln. »Ja, *Chieh Hsia*. Sie ist hier. Und das Kind.«

»Gut. Gut.« Li Yuan zögerte, weil er sich unwohl fühlte. »Ich würde sie gern sehen. Und... das Kind auch. Wenn sie mich sehen möchte.«

»Bitte. Folgt mir.« Yin Tsu ging voran und bezeugte seinen Respekt, indem sich halb zu ihm umdrehte, die Hände ineinander preßte und tief gebeugt ging.

Während er auf sie wartete, überlegte Li Yuan, was er sagen würde. Er hatte sie seit dem Tag, als er auf die Tests bestanden hatte, nicht mehr gesehen. Hatte sie ihm das verziehen?

Er biß die Zähne aufeinander, als er daran dachte, und als er sich umdrehte, stand sie plötzlich vor ihm. Sie trug ein blaß zitronenfarbenes Kleid, und ihr dunkles Haar hing offen um ihre Schultern. Das Kind hatte sie nicht bei sich.

»Ich ...«, begann er, aber ihr Anblick verschlug ihm die Sprache. Sie wirkte schöner denn je. Ihr Gesicht und ihre Brüste waren voller, als er sie in Erinnerung hatte. Als er sich umdrehte, machte sie eine Verbeugung und stützte sich mit gesenktem Kopf auf ein Knie, während sie auf seine Befehle wartete.

»Fei Yen«, sagte er, aber die Worte klangen so leise, daß sie es nicht hörte. Er ging zu ihr und berührte sanft die Krone auf ihrem Kopf. Er wollte sie küssen, und seine Wangenmuskeln zuckten unter der Anspannung, die er in ihrer Gegenwart empfand. Er trat zurück und straffte sich. »Steh auf, Fei Yen. Bitte ...«

Sie stand langsam auf, und ihre dunklen Augen waren voller Ehrfurcht. Sie hatte gesehen, wie mächtig er war; wie seine Diener ihm den Hals als Fußstütze darboten. Und das machte ihr Angst. Dies war nicht mehr der Junge, den sie kannte. Nein, er war kein Kind mehr, sondern ein Mann: aus dem Grünschnabel war ein in Flammen gekleideter Löwe geworden.

»Du siehst gut aus«, sagte er und fand die Formulierung selbst völlig unangemessen.

»Ich habe mich gefragt, wann Ihr kommen würdet. Ich wußte, daß es irgendwann soweit sein würde.«

Er nickte und war überrascht, wie unterwürfig sie das sagte. Ganz anders als früher. »Und das Kind?«

»Ihm geht's gut.« Sie sah weg und biß sich auf die Lippe. »Er schläft gerade. Möchtet Ihr ihn sehen?« Sie warf ihm einen Blick zu und bemerkte sein Zögern. »Ihr braucht das nicht. Ich weiß, was Ihr fühlt.«

Wirklich? dachte er; aber er hielt den Mund und nickte bloß.

»Han«, sagte sie. »Ich nenne ihn Han. Wie Ihr gewünscht habt.«

Sie beobachtete ihn, versuchte herauszufinden, wie

hart er war. Seine Wangenmuskeln zuckten kurz, dann erstarrte sein Gesicht zu einer Maske.

»Komm«, sagte sie nach einer Pause und führte ihn durch einen hohen Korridor ins Kinderzimmer.

Ein Mädchen saß, die Hände im Schoß, neben der Wiege. Als ihre Herrin eintrat, stand sie auf und verbeugte sich. Dann sah sie Li Yuan und bezeugte auf dieselbe Weise ihre Demut wie Yin Tsu. Fei Yen entließ sie und wandte sich wieder Li Yuan zu.

»Weckt ihn bitte nicht auf, Yuan. Er braucht seinen Schlaf.«

Er nickte, trat an die Wiege und betrachtete den Säugling.

Das Kind lag auf der Seite, eine Hand am Mund, die andere an den Gitterstäben der Wiege. Ein feiner dunkler Haarflaum bedeckte seinen Kopf, während um seinen Hals ein Kontrollstreifen hing, ein milchig weißes Band, das im Einklang mit seinem Herzschlag blinkte.

»Aber er ist ja so ... so *winzig!*« Li Yuan lachte überrascht. Die Hände des Babys, seine kleinen, perfekt geformten Füße ähnelten zarten Skulpturen. Wie Miniaturen aus mattem Elfenbein.

»Er ist noch keinen Monat alt«, sagte sie, als erkläre das die Schönheit des Kindes. Li Yuan wollte diese winzigen Hände berühren und spüren, wie sich die Finger um seinen Daumen schlossen.

Er drehte sich zu ihr um, und plötzlich war die alte Bitterkeit und Liebe wieder da, ununterscheidbar vermischt in seinen augenblicklichen Gefühlen. Er haßte sie dafür. Er haßte es, daß sie eine solche Fülle an Gefühlen in ihm auslöste. Vor Frustration biß er die Zähne aufeinander und schob sich an ihr vorbei. Die Gefühle überwältigten ihn, und er hätte am liebsten vor Schmerz geweint.

So wie damals, erkannte er. Es hatte ihm immer weh getan, bei ihr zu sein. Sie nahm soviel und ließ so wenig von ihm zurück. Und das war falsch. Er konnte nicht T'ang sein und so empfinden. Nein, es war besser, nichts als zuviel zu empfinden. Er stand mit dem Rücken zu ihr da, atmete tief durch und versuchte sich zu beruhigen, den Aufruhr in seinem Innern zu besänftigen und die Gefühle wieder unter dem Eis zu begraben.

Wo sie hingehörten. Wo sie hingehören mußten.

Sie schwieg und wartete auf ihn. Als er sich wieder umdrehte, waren alle Spuren seiner Gefühle aus seinem Gesicht getilgt. Er sah zur Wiege und dem schlafenden Kind hinüber, und als er sich an Fei Yen richtete, klang seine Stimme ruhig und beherrscht.

»Ich möchte dir etwas schenken. Dir und dem Kind. Es soll ihm gehören, wenn er alt genug ist, aber bis dahin unterliegt es deiner Aufsicht.«

Sie senkte ergeben dem Kopf.

»Ich möchte, daß ihm Tongjiang gehört.«

Sie blickte mit weit aufgerissenen Augen zu ihm auf. »Li Yuan...« Aber er brachte sie mit einer Handbewegung zum Schweigen.

»Die Dokumente sind aufgesetzt. Ich will nicht darüber diskutieren, Fei Yen. Es ist nichts verglichen mit dem, was er hätte haben können.«

Sie wandte den Kopf ab, weil sie ihre momentane Bitterkeit nicht verbergen konnte, dann erklärte sie mit einem Nicken ihr Einverständnis.

»Gut.« Er sah ein letztes Mal zur Wiege. »Außerdem wird es eine Zuwendung geben. Für euch beide. Es wird an nichts mangeln, Fei Yen. Weder dir noch ihm.«

»Mein Vater...«, begann sie mit neuem Stolz in der Stimme, führte den Satz aber nicht zu Ende. Sie wußte, daß er zu nichts verpflichtet war. Ihre Scheidungspapiere waren eindeutig. Die Schuld lag bei ihr. Sie hatte die jetzige Situation durch ihr Handeln herbeigeführt.

»Also belassen wir es dabei«, sagte er schließlich. »Dein Vater wird die Dokumente erhalten. Und

Han ...« Er atmete tief durch, als er den Namen ausgesprochen hatte, und ein Wangenmuskel zuckte. »Han wird Tongjiang bekommen.«

* * *

Tolonen blickte auf. Sein langes Gesicht war blaß, und seine grauen Augen waren von einem tiefen Schmerz erfüllt. Eine Zeitlang starrte er ausdruckslos an die Wand, dann schüttelte er langsam den Kopf.

»Ich kann's nicht glauben«, sagte er leise und schob die Akte weg. »Ich kann's einfach nicht glauben. Hans ...« Der Schmerz verzerrte ihm den Mund. »Was soll ich sagen ... Was wird sein Vater sagen?« Dann dachte er an Jelka und die Verlobung und stöhnte. »Bei allen Göttern, was für ein Mist. Was für ein elender, dreckiger Mist!«

Die Akte über Hans Ebert war ein schmales Dossier, nicht genug, um einen Juristen zu überzeugen, aber unter jedem anderen Aspekt ein ausreichender Beweis. Ein Anwalt hätte das Ganze als ein Wirrwarr von Indizien abgetan, aber alle Hinweise deuteten in eine Richtung.

Tolonen seufzte und rieb sich die Augen. Hans war clever vorgegangen. Etwas zu clever, denn zusammengenommen lief seine ganze Klugheit auf einen großen Mangel hinaus: ein Schatten, wo man etwas Stoffliches erwartete. Diskrepanzen in den GenSyn-Finanzen. Zahlungen an Offizierskollegen. Unerklärliche Lücken in Eberts Überwachungsprotokollen – fehlende Stunden und Tage, die in drei Fällen mit den Datumsangaben zusammenfielen, die ihnen Reid, DeVores Mann, genannt hatte. Fehlgeleitete Akten über fünf der achtzehn, auf Li Yuans Befehl am Tag zuvor verhafteten jüngeren Söhne, die zu irgendeinem Zeitpunkt durch Eberts Hände gegangen waren. Dann gab es da noch die Aussage von Goldherz, dem Mädchen, das in

Eberts Haushalt arbeitete, und schließlich die Hologramme.

Die Hologramme bildeten, oberflächlich betrachtet, die überzeugendsten Beweise, doch vor dem Gesetz kam ihnen, das wußte er, keine wirkliche Bedeutung zu. Er selbst hatte vor langer Zeit bewiesen, daß photographische und holographische Beweise unzuverlässig waren, weil GenSyn von jedem ein perfektes Duplikat herstellen konnte. Dies und das ganze Problem der Überprüfung von Bildern hatten solche ›Informationen‹ vor dem Gesetz zu einem Schattendasein verurteilt.

Aber dies hier würde auch nie vor ein Gericht kommen. Hier standen wichtigere Dinge auf dem Spiel. Und ältere Führungscodices.

Auf einem der Hologramme stand Hans auf der Veranda einer Skihütte und sah auf eine Gestalt im Schnee unter ihm hinunter. Diese Gestalt war DeVore. Es waren verschwommene Aufnahmen mit einem sehr engen Blickwinkel – wahrscheinlich weniger als zwanzig Grad – und daher verschwamm der Hintergrund des dreidimensionalen Bildes in eine glatte, weiße Fläche, aber gerade diese Unsauberkeit deutete darauf hin, daß es sich um eine echte Aufnahme handelte, die mit zwei Handkameras aus einiger Entfernung geschossen worden war, zu welchem Zweck auch immer – vielleicht um ihn zu erpressen. Die Hologramme waren in den Speichern von DeVores Festung gefunden worden, und es schien fast so, als habe jemand gewollt, daß man sie finde. Dieser Verdacht hätte den Sicherheitsdienst vielleicht zu der Vermutung veranlaßt, sie stellten einen subtilen Versuch da, Eberts Position zu unterminieren, aber in Verbindung mit den anderen Hinweisen ließen sie einige Schlußfolgerungen zu.

Nein, es gab keinen *echten* Beweis, aber worauf die Umstände hindeuteten, war doch bemerkenswert. Ebert hatte mit den Rebellen zusammengearbeitet, sie finanziell unterstützt, sich mit ihnen getroffen, Informationen weitergegeben und, wenn nötig, ihre Spuren verwischt.

Tolonen schloß das Dossier und lehnte sich mit zitternden Händen zurück. Er hatte Ebert immer vertraut. Als er Haavikko um Nachforschungen gebeten hatte, waren ihm drei andere Offiziere durch den Kopf gegangen. Für ihn hatte Hans Eberts Loyalität nie in Frage gestanden. Bis zu diesem Moment.

Er schüttelte den Kopf. Tränen traten ihm in die Augen und rannen seine zerfurchten Wangen hinunter. Er biß die Zähne aufeinander, spannte die Gesichtsmuskeln an, konnte die Tränen aber nicht aufhalten. Er konnte nur eines tun. Es mußte Klaus einen Besuch abstatten. Schließlich ging es um seine Familie. Und um ihre Ehre.

Er atmete zittrig aus und schüttelte den Kopf, als er sich an Jelka erinnerte. Er hatte ihr versprochen, an diesem Abend mit ihr zu Hause zu speisen. Er warf einen Blick auf das Chronometer an der Wand, dann stemmte er sich aus dem Stuhl und warf das Dossier aufs Bett. Es war schon spät, aber sie würde es verstehen. Er würde Helga anrufen und alles erklären. Und Jelka vielleicht durch einen Boten eine Notiz schicken.

Er fühlte sich plötzlich älter, als er es war. Er hatte sich schrecklich geirrt. Und nicht bloß einmal. Erst mit DeVore und jetzt...

»Was soll ich nur tun...«, murmelte er, dann wirbelte er herum, wütend auf seine Schwäche, und drückte den Knopf, der seinen Assistenten herbeirief. Er würde baden, sich umziehen und dann seinen alten Freund besuchen. Denn ein Vater sollte seinen Sohn kennen. Was immer sich hinter seiner Fassade verbarg.

* * *

Es war kurz nach drei, als Jelka erwachte. In dem Apartment war es still und dunkel. Eine Zeitlang lag sie da und versuchte wieder einzuschlafen, dann gab sie es auf.

Sie warf einen Morgenmantel über, ging ins Zimmer ihres Vaters und vergaß es für einen Moment. Sein Bett war leer, das Zimmer aufgeräumt. Natürlich... Sie ging weiter, blieb vor dem Zimmer ihres Onkels und ihrer Tante stehen und hörte von drinnen ein leises Schnarchen. In der Küche fand sie eine handgeschriebene Notiz, die an der Kaffeemaschine lehnte. Das Blatt war in der Mitte gefaltet, auf der Vorderseite stand ihr Name in der sauberen, geraden Handschrift ihres Vaters. Sie setzte sich an den Tisch, las die Nachricht durch und lächelte beim Gedanken an ihn. Sie hatte immer schreckliche Angst um ihn, wenn er geschäftlich unterwegs war. Vor allem seit dem letzten Anschlag auf sein Leben.

Sie betrachtete die dunklen Umrisse der Kücheneinrichtung und empfand eine plötzliche Anspannung und Unruhe. Diese Ruhelosigkeit schien in den letzten Tagen zu ihrem natürlichen Grundzustand geworden zu sein. Dazu kam das unterschwellige Bedürfnis, etwas kaputtzuschlagen. Aber sie verriet niemandem etwas von diesen Gefühlen. Sie wußte, daß sie mit Hans und der bevorstehenden Heirat zu tun hatten, aber sie konnte wenig tun, um sie zu lindern.

Eines allerdings konnte sie tun, nämlich trainieren. Die Turnhalle war abgesperrt, aber ihrem Vater war entgangen, daß sie sich die Kombination gemerkt hatte. Sie tippte die Zahlen ein, trat ins Dunkel, und die Türen schlossen sich automatisch hinter ihr.

Seit dem Attentat auf sie waren die Mauern verstärkt und ein besonderes Schloßsystem eingebaut worden, aber ansonsten hatte sich die Turnhalle seit dem Attentat nicht sehr verändert. Sie ging zur Schalttafel an der Wand und schaltete die drei Spots über der Sprossenwand an, dann warf sie ihren Morgenmantel ab und begann mit ihren Übungen. Sie wußte, daß niemand sie hören konnte, wenn die Türen einmal geschlossen waren.

Am anderen Ende der Halle war ein wandlanger Spiegel befestigt. Während sie ihr Programm durchführte, erblickte sie eine nackte Gestalt zwischen drei Lichtstrahlen, deren Glieder wie Eisspeere aufblitzten und die ihren Körper kunstvoll bog und drehte. Während sie tanzte, spürte sie, wie die Anspannung von ihr abfiel, und bezog eine tiefe Freude aus den präzisen und disziplinierten Bewegungen ihres Körpers. Sie bewegte sich immer schneller, wie ein Tanzender Derwisch, und schrie vor Freude, als ihre Füße auf den Boden auftrafen und sie erst in einem Purzelbaum und dann in einem hohen Sprung sich emporkatapultierten.

Und hinterher stand sie da, atmete tief durch und versuchte nicht zu lachen. *Wenn er mich jetzt bloß sehen könnte...* Sie schüttelte den Kopf und strich sich die Haare aus dem Gesicht.

Sie hatte gerade eine zweite Übungsreihe angefangen, als etwas ihre Aufmerksamkeit erregte. Sie wurde langsamer, hielt dann inne und wandte sich zur Tür. Ihr ganzer Körper spannte an.

Die Lampe über der Tür blinkte unaufhörlich. Ein fiebriger, lautloser Puls, der nur eines bedeuten konnte. Jemand war ins Apartment eingedrungen.

* * *

Lehmann las die Notiz schnell durch, dann knüllte er sie zusammen und warf sie weg. Tolonens Leben wurde von einem Zauber geschützt. Dreimal hatten sie es auf ihn abgesehen gehabt und dreimal waren sie gescheitert. Heute abend zum Beispiel hatte Ebert ihm versichert, daß Tolonen zu Hause sein würde, aber aus irgendeinem Grund war er nicht gekommen. Lehmann fluchte leise, dann drehte er sich um und ging zu den beiden Gefangenen.

Sie lagen mit den Gesichtern nach unten auf dem Bett, und ihre plumpen, nackten Körper waren an Händen und Füßen gefesselt. Neben ihnen warteten zwei Han.

»Und?« fragte er, als er die breiten Striemen auf den Rücken der Gefangenen und die Verbrennungen an ihren Armen sah, wo man sie gefoltert hatte.

»Nichts«, antwortete einer der Han. »Nicht das geringste.«

Lehmann fragte sich, ob er nicht überzeugendere Methoden anwenden sollte, dann zuckte er die Achseln, ließ sie weitermachen und ging weg.

Draußen im Korridor blieb er stehen, schaute sich um und sog prüfend Luft ein. Etwas nagte an ihm. Sie hatten das Apartment gründlich durchsucht und keine Spur von dem Mädchen gefunden, vielleicht war sie also wirklich entkommen. Aber warum dann die Notiz?

Er drehte sich um und sah durch den Korridor zur Tür der Turnhalle. Da drin? hatte er sich gefragt. Es war unwahrscheinlich, aber das galt auch für die Möglichkeit, daß das Mädchen entkommen war. Jemand hatte in ihrem Bett geschlafen, auch wenn die Laken kalt waren.

Er ging an die Schalttafel und sah sie sich genau an. Es war ein neues, eigens verstärktes Türschloß. Ohne den Code gab es keine Möglichkeit, es zu öffnen. Er wollte sich gerade abwenden, als ihm klar wurde, daß er nicht in die Halle einbrechen mußte, um herauszufinden, ob sie sich dort aufhielt. Es gab einen Überwachungsmonitor. Was bedeutete, daß in der Halle Kameras installiert waren.

Er brauchte nur wenige Sekunden, um herauszufinden, wie man den Monitor bediente, dann starrte er ins Dunkel, und die Kamera durchsuchte die Schatten nach Formen. Er durchsuchte den ganzen Raum, dann wiederholte er die Prozedur. Nichts. Es hielt sich niemand dort auf.

Er schaltete den Monitor aus und war nun davon überzeugt, daß sie entkommen war. Es war eine Schande. Sie hätte eine perfekte Geisel abgegeben. Aber auch der Tod seines Bruders und seiner Schwägerin würde dem alten Tolonen sehr weh tun.

Er ging in das Zimmer zurück, wo seine Männer warteten. Sie waren jetzt fertig und bereit zu gehen. Er sah nüchtern auf die verstümmelten Leichen hinunter und empfand nichts für sie. Direkt oder indirekt hatten sie einem System gedient, das dem Untergang geweiht war. Deshalb war dies ihr Schicksal. Sie hatten nichts anderes verdient. Er beugte sich vor und spuckte dem Toten in die von Schmerz geweiteten Augen, dann blickte er auf und begegnete dem Blick des Han.

»Gut. Wir sind jetzt fertig hier. Gehen wir.«

Sie nickten, dann defilierten sie mit gezückten Waffen und abgewandten Blicken an ihm vorbei. Lehmann stand da und sah in die Runde, zog sein Messer und folgte ihnen in den Korridor.

* * *

Jelka wartete in der Dunkelheit und rechnete mit dem Schlimmsten. Ihre Wangen waren feucht, und die Angst hatte ihr den Magen zusammengekrampft. Der Alptraum war wieder über sie gekommen. Und diesmal war es viel schlimmer, denn sie konnte nichts tun. Nichts als hier an der verschlossenen Tür zu kauern und zu warten.

In der letzten Stunde hatte sie erfahren, wie schrecklich Handlungslosigkeit sein konnte – viel schlimmer als das Entsetzen, wenn man sich verstecken mußte. Irgendwie war es einfacher gewesen – sehr viel einfacher sogar –, auf der Stange über der Kamera zu balancieren, als in der Vorhölle der Ungewißheit zu verharren. Da hatte sie sich noch mit dem Gedanken trösten können, daß es gleich vorbei sei, daß die Kameras gleich wieder stillstehen und sie auf den Boden springen könne. Aber das Warten war anders. Schrecklicher. Der Charakter der Zeit änderte sich, wurde zu dem Werkzeug, mit dem sie sich selbst folterte, und erfüllte die Dunkelheit mit abstoßenden Phantasien.

Schließlich hatte ihre Geduld ein Ende, und obwohl sie fürchtete, daß man dort draußen immer noch lautlos auf sie lauerte, ging sie hinaus, weil sie es nicht mehr aushielt.

Draußen war es still und dunkel. Ein seltsamer Geruch hing in der Luft. Sie schlich durch den Korridor, ertastete sich ihren Weg und war bereit, sich mit Händen und Füßen ihrer Haut zu wehren, aber da war nichts. Nichts als ihre Furcht.

An der ersten Tür blieb sie stehen und schnüffelte. Der Geruch war hier viel stärker als im Korridor. Sie biß die Zähne aufeinander und trat ein, indem sie vorsichtig einen Fuß vor den anderen setzte, in die Dunkelheit starrte und etwas auszumachen versuchte.

Auf dem Boden vor sich machte sie einige vage Umrisse aus. Sie beugte sich zu ihnen hin, riß aber gleich wieder den Kopf zurück und konnte nicht verhindern, daß sie aufschluchzte. Selbst im Dunkeln konnte sie erkennen, was dort lag.

Sie wich entsetzt zurück, schnappte nach Luft, und ihr ganzer Körper zuckte unkontrolliert. Sie waren tot...

Sie drehte sich um und wollte davonlaufen, aber ihre Beine ließen sie im Stich. Sie stolperte, und ihre ausgestreckten Hände trafen nicht auf den glatten, harten Boden, sondern auf totes Fleisch. Sie kreischte und rappelte sich auf, stürzte wieder hin, und ihr Entsetzen erreichte einen Höhepunkt, als sie feststellte, daß unter ihr mehrere Leichen den Boden bedeckten.

Sie schloß die Augen, streckte die Hand aus und benutzte die Wand als Stütze, und Laute des nackten Entsetzens drangen aus ihrer Kehle, als sie sich zwang, über sie hinwegzusteigen.

Sie ging in den düster beleuchteten Korridor hinaus. An der Schranke draußen stand niemand, und der Lift war leer. Sie verharrte für einen Moment neben den offenen Türen, dann trat sie ein und drückte den Knopf. Auf dem untersten Geschoß des Decks verhielt es sich genauso. Nirgendwo sah sie einen Wachmann, so als sei das ganze Kontingent abgezogen worden. Sie ging in das Kontrollzentrum des Decks, setzte sich an die Konsole und versuchte herauszufinden, wie man das Pult bediente. Ihre ersten Versuche brachten kein Ergebnis, dann flammte der Bildschirm auf, und eine weiche MekVoc-Stimme fragte nach ihrem Zugangscode.

Sie stammelte die Nummer, die ihr Vater ihr eingebläut hatte, und wiederholte sie auf Anfrage der Maschine. Unmittelbar darauf erschien ein Gesicht auf dem zentralen Bildschirm.

»*Nu shi* Tolonen«, sagte der Offizier vom Dienst, der ihre Stimme sofort erkannt hatte. »Was ist los? Sie sehen so ...«

»Hören Sie zu!« unterbrach sie ihn. »Es sind keine Wachen hier. Das Apartment ist überfallen worden. Sie haben ...« Sie verschluckte den Rest, doch er schien zu begreifen.

»Bleiben Sie, wo Sie sind. Ich werde den General sofort informieren. Wir werden innerhalb von zehn Minuten eine Sondereinheit zu ihnen schicken.« Er beugte sich aus dem Blickfeld der Kamera, während er sprach, und tippte einen Code in die Maschine neben sich. Dann wandte er sich wieder an Jelka. »Alles klar. Sie sind unterwegs. Der General wird sich gleich mit Ihnen in Verbindung setzen. Bleiben Sie am Pult.« Er machte eine Pause und holte Luft. »Wie lang ist das her?«

»Etwa eine Stunde.« Sie erschauderte und versuchte nicht daran zu denken, was sie oben zurückgelassen hatte. »Ich glaube, sie sind jetzt weg. Aber da sind...« Sie schluckte trocken, dann stählte sie sich und fuhr fort. »Da liegen überall Leichen. Meine Tante und mein Onkel. Und einige andere, die ich nicht kenne.« Sie holte zittrig Luft und war den Tränen erneut so nahe, daß sie sich kaum beherrschen konnte.

»Hören Sie mir zu, Jelka. Tun Sie genau das, was ich sage. Im Aufenthaltsraum nebenan müßte ein Medizinschrank stehen. Darin finden Sie Beruhigungsmittel. Nehmen Sie zwei Tabletten. Aber wirklich nur zwei. Dann setzten Sie sich wieder ans Pult und bleiben dort. Alles klar?«

Sie nickte und wollte den Anweisungen folgen, hielt dann aber inne und sah auf den Monitor zurück. Warum war niemand hier? Wo war die Wachmannschaft? Das Muster kam ihr bekannt vor. Wie damals bei dem Überfall auf das Verdrahtungsprojekt.

Plötzlich fiel es ihr wie Schuppen von den Augen. Dieser Überfall war nicht so verlaufen wie die anderen. Er war von langer Hand vorbereitet. Und zwar von innen. Jemand hatte angeordnet, die Wachmannschaft abzuziehen. Jemand ganz oben.

Und das bedeutete, daß sie hier raus mußte. Sofort. Bevor sie ihnen in die Hände fiel.

In dem Moment, als sie noch mal hinsah, änderte sich das Bild auf dem Monitor. Hans Eberts rotäugiges und unrasiertes Gesicht erschien. Sie hatten ihn aus dem Bett geholt. »Jelka? Sind Sie das? Kommen Sie näher. Kommen Sie ans Pult.«

Wie in Trance ging sie zurück und sah auf den Monitor.

»Bleiben Sie, wo Sie sind. Und keine Sorge. Ich bin bei Ihnen, sobald ich kann.«

Eine eisige Ahnung lähmte sie. Als das Gesicht vom Bildschirm verschwand, unterbrach sie die Verbindung.

Sie lachte; ein kaltes, bitteres Lachen, und ohne sich noch einmal umzuschauen, rannte sie zum Transitlift, stieg ein und drückte den Knopf nach unten.

* * *

Es war zehn Minuten nach vier, als Tolonen in der Villa der Eberts eintraf. Eines der Ziegenwesen begrüßte ihn und führte ihn ins Arbeitszimmer. Es machte eine tiefe Verbeugung, dann entschuldigte es sich mit dunkler, gutturaler Stimme, daß es seinen Herrn holen ginge. Wenig später betrat ein weiteres dieser Wesen den Raum: größer und hagerer als das erste und in tadelloser Garderobe. Er trat an Tolonen heran und fragte ihn, was er trinken wolle.

»Nichts, danke«, antwortete er, ohne das Tier anzusehen.

»Möchten Sie etwas essen, Marschall?«

Es stand nah bei ihm, berührte ihn fast. Er konnte seinen Atem hören, den schweren, von Kölnischwasser übertünchten Moschusgeruch riechen.

»Nein. Laß mich jetzt allein«, sagte Tolonen und entließ es mit einem Wink.

»Kann ich sonst noch etwas für Sie tun, Exzellenz?« beharrte es, fast so, als habe es ihn weder gehört noch seine Geste bemerkt.

Tolonen drehte sich um, schüttelte den Kopf und sah dem Wesen in die rosa Augen. Ihm war bisher noch nicht aufgefallen, wie abstoßend diese Geschöpfe waren, wie widerwärtig ihre Mischung aus Kultiviertheit und Brutalität. »Es tut mir leid«, sagte er gezwungen und versuchte seinen Ärger zu beherrschen. »Aber ich möchte jetzt allein sein. Ich brauche nichts, ganz sicher.«

Er sah dem Wesen nach und fragte sich schaudernd, ob dies sein letzter Besuch sein würde; ob der heutige Tag einen Schlußstrich unter der Beziehung zwischen ihm und seinem ältesten Freund ziehen würde. Er versuchte sich abzulenken, indem er in die Runde schaute, konnte aber nicht verdrängen, daß der Moment immer näher heranrückte; was er heute zu sagen hatte, leierte wie eine schreckliche, unerbittliche Litanei in seinem Kopf.

Er mußte nicht lang warten. Klaus Ebert hatte sein Gesicht benetzt, ein weites Gewand übergezogen und kam von oben. Er schob die gegenüberliegenden Türen auf, trat ins Zimmer und kam seinem Freund mit einem Lächeln und ausgestreckten Armen entgegen.

»Du bist ziemlich früh dran, Knut, aber du bist natürlich wie immer willkommen.«

Ebert drückte Tolonen an sich, ließ ihn los und trat einen Schritt zurück.

»Was führt dich um diese Stunde her, Knut? Ich hoffe, dir und deinen Angehörigen geht's gut?«

Tolonen lächelte matt, mehr denn je gerührt von der Wärme und Offenheit seiner Begrüßung, aber es war ein brüchiges Lächeln. Es verbarg eine Bitterkeit, die er kaum unterdrücken konnte. Er nickte, dann fand er wieder Worte. »Bevor ich hierher kam, ging es ihnen noch gut.«

Er holte Luft, dann schüttelte er heftig den Kopf, und seine Gesichtsmuskeln verzogen sich zu einer Grimasse. »Ich habe vorher geprobt, was ich sagen wollte, aber ich schaffe es nicht ...« Er straffte sich und zügelte seine Gefühle. Dann zog er mit der Rechten das Dossier unter seinem künstlichen Arm hervor und reichte es seinem Freund.

Ebert runzelte die Stirn. »Was ist das, Knut?« Er suchte im Gesicht seines Freundes verwirrt nach einer Erklärung, fand aber keine. Seine breiten Lippen formten einen Ausdruck wie ein Achselzucken, dann setzte er sich an seinen Schreibtisch und nahm aus der obersten Schublade ein kleines Etui. Er legte die Akte auf die breite Tischplatte und entnahm dem Etui eine altmodische Brille, die er sich auf die Nase setzte.

Er schlug die Akte auf und fing an zu lesen.

Tolonen trat an den Schreibtisch und beobachtete Eberts Gesicht, während er las. Er hatte persönlich eine handschriftliche Kopie des Dossiers angefertigt, um die Verantwortlichkeit für diese Sache keinem anderen zu übergeben.

Wenig später blickte Ebert mit halb geschlossenen Augen zu ihm auf. »Ich verstehe das nicht, Knut. Das steht ja...« Er lachte unsicher, dann schüttelte er den Kopf und sah Tolonen prüfend an. »Du willst doch damit nicht sagen...«

Er schaute zu Boden, aber gleich wieder hoch, und sein Mund setzte zu einer Erwiderung an, brachte aber keinen Ton heraus. Ein seltsamer Ausdruck überflog sein Gesicht, als er sich dem entscheidenden Punkt näherte; seine Lippen spannten sich an, und für einen kurzen Moment hatte er Schmerz im Blick.

Tolonen stand ruhig da, die Rechte zur Faust geballt, die Nägel in die Handballen gegraben, das Gesicht starr vor Schmerz, und wartete.

Ebert widmete sich wieder dem Dokument, doch seine Hände zitterten jetzt merklich, als er mit dem Zeigefinger die Zeilen nachfuhr, und kurz darauf tropfte eine Träne auf das Blatt. Er blätterte um, las weiter, und das Zittern ging auf seine Oberarme und Schultern über. Als er fertig war, schloß er langsam den Ordner und nahm die Brille ab, bevor er zu Tolonen aufblickte. Seine Augen hatten sich gerötet, waren tränenfeucht, und sein Gesichtsausdruck hatte sich geändert.

»Wer weiß noch davon, Knut?«

Eberts Stimme klang weich. Seine Augen waren frei von jedem Zorn, jedem Vorwurf an seinen alten Freund, drückten nur einen tiefen, unermeßlichen Schmerz aus.

Tolonen schluckte. »Mit dir sind es drei.«

»Und Li Yuan? Weiß er es schon?«

Tolonen schüttelte den Kopf. »Das ist eine Familienangelegenheit, Klaus. Es geht um deinen Sohn.«

Der Mann hinter dem Schreibtisch dachte darüber nach, dann nickte er langsam, und ein trauriges Lächeln trat auf seine Lippen. »Ich danke dir, Knut. Ich ...« Seine Hände und Arme fingen wieder an zu zittern. Dann brach etwas in dem alten Mann entzwei, sein Gesicht fiel in sich zusammen, und sein Mund öffnete sich zu einem lautlosen Schmerzensschrei. Er drückte die Handflächen auf den Tisch, versuchte das Zittern zu unterdrücken und den Schmerz hinunterzuschlucken, der ihn zu zerreißen drohte. »*Warum?*« fragte er schließlich und blickte flehentlich zum Marschall auf. »Was kann er nur gewollt haben, was er nicht schon hatte?«

Tolonen zuckte die Achseln. Er wußte keine Antwort darauf. Es war ihm unbegreiflich.

In diesem Moment öffnete sich die Tür am anderen Ende des Arbeitszimmers. Eines des Ziegenwesen trat mit einem Tablett voller Getränke in den Händen ein. Einige Sekunden lag sagte Klaus Ebert nichts, dann wirbelte er herum und schrie das Tier an.

»Raus, du Mistvieh! *Raus hier!*«

Es duckte sich, dann drehte es sich um und lief davon. Aus dem Flur hörten sie Gläser klirren.

Mit zornrotem Gesicht wandte sich Ebert dem Marschall zu und atmete tief durch. »Wieviel Zeit habe ich, Knut? Wann wird Li Yuan davon erfahren?«

Tolonen fuhr zusammen. Sie wußten beide, was getan werden mußte. »Zwei Tage«, sagte er ruhig. »Ich kann dir zwei Tage geben.«

Ebert nickte, lehnte sich zurück und klatschte in die Hände. »Zwei Tage«, wiederholte er wie zu sich selbst, dann blickte er zu Tolonen auf. »Es tut mir leid, Knut. Um Jelka, meine ich.«

»Mir auch.«

Tolonen sah ihn einen Moment lang schweigend an, dann drehte er sich um und ging, weil er wußte, daß es nichts mehr zu sagen gab. Seine Arbeit war getan, seine Pflicht erfüllt, aber dieses eine Mal empfand er keine Befriedigung darüber.

* * *

Auf dem Hang des Hügels brannten Feuer. Reglose Körper lagen im Schnee. Am Himmel über den Bergen schwebten langsam die dunklen, messerartigen Umrisse der Kampfschiffe, die der Sicherheitsdienst entsandt hatte, nach Osten und suchten die eisige Einöde nach Spuren von Wärme ab.

In der Steuerkabine des Flaggschiffs saß Hans Ebert, Li Yuans General. Er war unrasiert und seine Augen von Mangel an Schlaf rotgerändert. Er hatte seine Uniform am Kragen aufgeknöpft und die Füße auf die Konsole gelegt. Über ihm zeigte eine Batterie von neun Monitoren verschiedene Ansichten der Landschaft, über die sie hinwegflogen. Über das Bild des Zentralmonitors liefen hellrote Datenzeilen. Von Zeit zu Zeit blitzte eine Landkarte auf. Sie zeigte den gegenwärtig überflogenen Geländeabschnitt.

Hans warf beiläufige Blicke auf die Monitore und fühlte sich todmüde. Er hatte darauf verzichtet, seine Verfassung mit entsprechenden Drogen zu verbessern, und kostete seine bittere Enttäuschung aus.

In der flachen Kabine hielten sich noch fünf Männer auf. Sie alle schwiegen und nahmen Rücksicht auf die düstere Stimmung ihres Kommandanten. Sie gingen ruhig und geschickt ihren Pflichten nach und bemühten sich, seine Aufmerksamkeit nicht zu erwecken.

Acht Festungen waren eingenommen worden. Weitere fünf hatten sie verlassen vorgefunden. DeVores Netzwerk lag in Trümmern, und mehr als dreitausend seiner Männer waren tot. Was Karr angefangen hatte, war von ihm innerhalb von sechs Stunden beendet worden. Außerdem war Jelka verschwunden, vielleicht sogar tot, und all seine Träume mit ihr. Seine Träume, ein König zu sein. Ein König der Welt.

»Wir nähern uns der Hütte, Sir!«

Er blickte auf und setzte die Füße auf den Boden. »Gut!« Er spuckte das Wort förmlich aus, dann riß er sich zusammen. Er wandte sich dem jungen Offizier zu, der ihm die Meldung gemacht hatte. »Danke ...«

Der Offizier salutierte und wirbelte auf den Hacken herum. Ebert saß noch einen Moment lang da, dann stemmte er sich hoch und ging durch den schmalen Korridor ins Cockpit. Durch den breiten, dick mit Brettern vernagelten Schirm konnte er die Berge sehen, und hoch auf dem westlichen Hang die Hütte.

Es war erst zwölf Monate her, seit er DeVore hier getroffen hatte, und nun war er gezwungen zurückzukehren und auf ausdrücklichen Befehl des T'ang seinen eigenen Untergang einzuleiten. Leise verfluchte er Li Yuan. Er verfluchte das ganze verdammte Geschäft, und sein Ärger und seine Frustration steigerten sich zu einem fiebrigen Höhepunkt, während er dastand und die Hütte heranrücken sah.

Sie setzten in weniger als einer halben *li* Entfernung so auf, daß die beiden Geschütztürme des Schlachtschiffs zur Hütte zeigten. Hans zog sich an, dann stieg er auf den Schnee hinaus. Er brauchte eine Weile, um die Strecke hinter sich zu bringen, eine einsame schwarze Gestalt, die die sperrige Waffe mit beiden Händen im Anschlag hielt. Fünfzig Schritte vor der Veranda blieb er stehen, balancierte den Lauf auf dem linken Unterarm und entsicherte die Waffe. Dann entleerte er ohne ein Wort das gesamte Magazin in die Seitenwand der Hütte.

Die Detonationen dröhnten ohrenbetäubend. Binnen Sekunden war die Hütte eine brennende Ruine.

Überall prasselte Schutt nieder, zischelte im Schnee, und die Erschütterungen hallten zwischen den Bergen hin und her. Er wartete noch einen Moment mit gesenkter Waffe und beobachtete die Flammen, dann drehte er sich um und ging zurück, die Waffe locker an der Schulter.

KAPITEL • 4

Das verheerte Land

Klaus Ebert wartete in seinem Arbeitszimmer auf seinen Sohn. Er hatte seine Diener entlassen und stand mit ausdrucksloser Miene in dem riesigen, schwach beleuchteten Zimmer. Die Akte lag auf dem Schreibtisch hinter ihm, der einzige Gegenstand auf der großen, lederbezogenen Tischplatte. Tolonens Besuch lag fünfzehn Stunden zurück, und er hatte in dieser Zeit viel getan; aber es waren lange, schreckliche Stunden voller übler Vorahnungen gewesen.

Hans war zweimal herbestellt worden. Das erste Mal hatte er mitgeteilt, daß er im Auftrag des T'ang unterwegs sei und nicht kommen könne, das zweite Mal hatte er angekündigt, in einer Stunde da zu sein. Dazwischen hatte der Alte seine knappe Nachricht geschickt. *»Komm sofort, sonst brauchst du nie mehr zu kommen.«*

Draußen im Korridor tönte eine Glocke zum Signal, daß sein Sohn eingetroffen war. Ebert wartete mit gespreizten Beinen und hinter dem Rücken verschränkten Händen. Er bot ein Sinnbild der Kraft und Autorität, hatte das kurze graue Haar streng aus der hohen Stirn gekämmt, aber seine graugrünen Augen wirkten leblos.

Draußen pochten Schritte über den gefliesten Boden, dann klopfte jemand an die große Eichentür. Hans trat ein, gefolgt von zwei jungen Leutnants. Er durchschritt das Zimmer und blieb eine Armlänge vor seinem Vater stehen. Die beiden Offiziere verharrten in lockerer Haltung an der Tür.

»Nun, Vater?« In der Stimme des jungen Mannes klang eine Spur Ungeduld, fast Überheblichkeit mit.

Klaus Ebert kniff die Augen zusammen und sah an seinem Sohn vorbei zu den beiden Leutnants. »Das ist eine Familiensache«, sagte er. »Bitte lassen Sie uns allein.«

Für einen Moment wirkten sie unsicher. Sie wechselten Blicke, machten aber keine Anstalten zu gehen. Ebert starrte sie einen Moment lang an, dann wandte er sich für eine Erklärung an seinen Sohn.

»Sie stehen unter meinem direkten Befehl, Vater. Sie werden mich nicht verlassen. Nicht für einen Augenblick.« Seine Stimme klang herablassend, als bequeme er sich zu einer Erklärung an einen Untergebenen.

Ebert bemerkte an seinem Sohn Dinge, die ihm nie zuvor aufgefallen waren: die Arroganz seiner Haltung; der leicht verdrießliche Zug um seine Lippen; der Mangel an echter Tiefe in seinen klaren blauen Augen. Es war, als ob er einen nur *an*sah, statt in einen *hinein*zusehen. Er sah nur Oberflächen, nur sich selbst, in anderen gespiegelt.

Tief in ihm verhärtete sich etwas. Dies war sein Sohn. Diese... *Kreatur*. Er atmete zischend aus, weil er eine Enge in seiner Brust spürte, dann preschte er vor und schrie die beiden Offiziere an. »*Raus*, verdammt noch mal! Sofort! Bevor ich euch rausschmeiße!«

Diesmal gab es kein Zögern. Sie zuckten zusammen wie geprügelte Hunde, dann eilten sie aus dem Zimmer. Klaus starrte kurz auf die geschlossene Tür, dann drehte er sich zu seinem Sohn um.

»Das war nicht nötig...«

»Das war mehr als nötig!« schnauzte er, und sein Sohn zuckte zusammen. »Ich bestelle dich her, und du entschuldigst dich. Und dann hast du die Nerven, deine arschgesichtigen Fatzken von Freunden mitzubringen...«

»Es sind Offiziere...«, entgegnete Hans, aber der Alte schnitt ihm mit einer barschen Geste das Wort ab.

»Deine... *Freunde*.« Inzwischen versuchte er seinen

Ärger nicht mehr zu verbergen. Er spuckte ihm die Worte förmlich entgegen. »Sie *hier* herzubringen, Hans...« Er deutete auf den Boden. »Hier, wo nur wir etwas zu suchen haben.« Er beruhigte sich, indem er tief durchatmete, dann trat er an den Schreibtisch.

Hans hatte sich abgewandt, war sichtlich gereizt. »Also? Was ist los, Vater?«

Seine Stimme klang scharf und kratzig. Er warf seinem Vater einen Blick zu, dann nahm er seine starre Haltung wieder an, durch und durch mürrisch und überheblich, als antworte er einem vorgesetzten Offizier, den er nicht mochte.

Ist es schon soweit gekommen? dachte Ebert und biß die Zähne aufeinander. Aber er brauchte die sorgfältig zusammengestellten Beweise des Marschalls nicht. Alles, was ihn überzeugen konnte, hatte er hier vor Augen.

»Also?« beharrte der junge Mann. »Du hast von mir verlangt, mich von meinen Pflichten freizumachen, hast mir angedroht, mir vorzuenthalten, was mir rechtens zusteht, und meine Offiziere beleidigt. Ich möchte wissen warum, Vater. Womit habe ich diese Behandlung verdient?«

Ebert lachte bitter. »Mein *Sohn*«, sagte er und legte auf das zweite Wort die ironischste Betonung, zu der er imstande war, auch wenn er nur Schmerz empfand – einen tiefen, fast überwältigenden Schmerz – und ein Gefühl der Desillusionierung, die seinen Verstand aus den Angeln zu heben drohte. Er stand auf und ging um seinen Sohn herum, bis er mit dem Rücken zur Tür stand.

»Was hast du getan, Hans? *Was hast du getan?*«

Die Fäuste in die Seiten gestemmt, wandte der junge Mann sich seinem Vater zu. Er schien sich kaum noch beherrschen zu können. »Ja, was habe ich denn getan?«

Ebert zeigte auf den Schreibtisch. »Siehst du diese Akte?«

»Und?« Hans verschwendete keinen Blick darauf.

»Die hättest du mir auch schicken können. Ich hätte sie gelesen.«

Ebert schüttelte den Kopf. »Nein, Hans. Ich will, daß du sie jetzt liest.«

Eine Spur Zweifel überflog das Gesicht des jungen Mannes, dann glättete es sich wieder. Er nickte und setzte sich an den Platz seines Vaters.

Ebert versperrte die Tür und steckte sich den Schlüssel in die Tasche.

Hans las die erste Seite. Alle Farbe war aus seinem Gesicht gewichen.

Warum? fragte der Alte sich zum hundertstenmal an diesem Tag. Aber eigentlich wußte er es schon. Egoismus. Habgier. Selbstsucht. All das war in seinem Sohn tief verwurzelt. Er sah an seiner Stelle zwei Personen auf einmal, zum einen seinen Sohn, zum anderen einen Fremden, der in der Uniform des T'ang am Schreibtisch saß. Und in einem Anflug von Bitterkeit erkannte er die Ursache.

Berta, dachte er. *Du bist Bertas Kind.*

Hans schlug die Akte zu. Ein Zeitlang schwieg er und starrte auf den leeren Einband des Ordners, dann sah er seinem Vater in die Augen. »So ist das also...«, sagte er. Er hatte etwas nüchtern Berechnendes im Blick, weder ein Schuldgefühl, noch Bedauern, nur Verschlagenheit. »Was jetzt, Vater?«

Ebert hielt seine Stimme von Abscheu frei. »Du streitest es nicht ab?«

»Würdest du mir glauben, wenn ich es täte?« Hans lehnte sich gelassen zurück.

Sein Vater schüttelte den Kopf.

Hans warf einen Blick auf die Akte. »Wer weiß außer Tolonen noch davon?«

»Sein ehemaliger Leutnant Haavikko.« Ebert bewegte sich langsam in einem Halbkreis durchs Zimmer, um hinter seinem Sohn wieder zum Stehen zu kommen.

»Dann ist Li Yuan nicht unterrichtet?«

Er nickte.

Hans schien beruhigt. »Das ist gut. Dann könnte ich heute abend noch verschwinden.« Er drehte sich in seinem Stuhl und verfolgte die langsame Annäherung seines Vaters. »Ich könnte ein Schiff nehmen und mich auf einem der Kolonialplaneten verstecken.«

Ebert blieb stehen. Nur noch wenige Schritte trennten ihn von seinem Sohn. »Ist es das, was du willst? Das Exil? Ein sicheres Geleit?«

Hans lachte. »Was sonst? Dagegen komme ich nicht an.« Er schob die Akte mit den Fingerspitzen der Linken weg. »Li Yuan würde mich umbringen, wenn ich bliebe.«

Ebert tat noch einen Schritt. Er stand fast unmittelbar vor seinem Sohn. »Und was ist, wenn ich meine, das sei nicht Strafe genug? Was ist, wenn ich nein sage? Was würdest du tun?«

Der junge Mann lachte unbehaglich. »Warum solltest du?« Er lehnte sich zurück und blickte unsicher zu seinem Vater hoch.

Ebert legte seinem Sohn eine Hand auf die Schulter.

»Ich habe dich als Kind in den Armen gehalten. Ich habe miterlebt, wie du deine ersten Schritte getan und deine ersten Worte gestammelt hast. Als du ein kleiner Junge warst, hast du mir mehr bedeutet als alles andere. Du warst mein Glück. Meine Freude. Als du ein Mann wurdest, war ich stolz auf dich. Ich glaubte, du seist das, wovon ich immer geträumt habe.«

Hans leckte sich die Oberlippe und senkte den Blick. Aber es gab keine Entschuldigung. »Soll ich gehen?«

Der Alte ignorierte seine Frage. Der Druck seiner Hand verstärkte sich. Seine Finger griffen zu und hielten fest. Dann legte er die andere Hand an Hans' Hals und drückte ihm den Daumen unters Kinn. Mit Gewalt drückte er Hans' Kopf nach oben und zwang ihn so, ihm ins Gesicht zu sehen. Als er weitersprach, klangen seine Worte scharf und säuerlich. »Aber jetzt bedeutet mir das alles nichts mehr.« Er schüttelte den Kopf, und sein Gesicht nahm einen brutalen, gnadenlosen Ausdruck an. »*Nichts! Verstehst du mich, Hans?*«

Hans versuchte sich aus dem Griff seines Vaters zu befreien, aber der alte Mann ließ nicht locker. Seine Linke rutschte über die Schulter, um sich mit der anderen um den Hals seines Sohnes zu schließen. Dabei beugte er sich vor, drückte den Jungen mit seinem Gewicht herunter, und seine Schultermuskulatur spannte sich an, als er den Druck seiner großen Hände verstärkte.

Zu spät begriff der junge Mann, was geschah. Er gab ein leises Würgen von sich, dann bäumte er sich auf, trat wild um sich, drosch mit den Fäusten zu und zerrte Armen und Händen seines Vaters, um den schraubstockartigen Griff zu lockern. Plötzlich kippte der Stuhl nach hinten. Für kurze Zeit kam Hans frei und lag unter seinem Vater ausgestreckt auf dem Boden, aber dann hatte der Alte wieder die Hände an seiner Kehle und drückte ihm mit seinem ganzen Gewicht die Luft aus der Lunge.

Für einen gefrorenen Augenblick sah er nichts als das Gesicht seines Vaters, den vor Anstrengung keuchenden Mund, die Speicheltröpfchen auf den Lippen. Die Augen waren vor Entsetzen weit aufgerissen, die Wangen rot angelaufen. Schweiß perlte von seiner Stirn. Dann, in einer mächtigen, dunklen Welle, wurde der Schmerz unerträglich. Hans' Lungen brannten und seine Augen drohten aus den Höhlen zu treten.

Und dann Entspannung. Dunkelheit...

Er schnappte aus einer wunden Kehle nach Luft, keuchte und schnaufte, und der Schmerz in seinem Hals war so heftig, daß er laut stöhnte; ein rauher, animalischer Laut.

Wenig später öffnete er die Augen und stützte sich auf einen Ellbogen. Sein Vater lag tot neben ihm. Blut spritzte aus einem Loch in seinem Hinterkopf.

Er sah umher, suchte nach den Leutnants, aber sie waren nicht im Zimmer. Die Tür zur Privatsuite seines Vaters stand allerdings offen, und jemand bewegte sich dahinter. Er rief etwas – oder versuchte es zumindest –, dann richtete er sich in eine sitzende Position auf. Er fühlte sich schwindelig, und ihm war übel.

Am anderen Ende des Zimmers trat eine Gestalt in die Tür, groß wie ein Mann, aber es war kein Mann. Ihre weiße Seidenjacke war ebenso blutbefleckt wie ihre Hose. Sie sah mit halb geschlossenen Augen auf den Mann, der auf dem Boden hockte; Augen so rot wie das Blut an seiner Kleidung. Über dem Arm trug es einen Anzug von Hans' Vater.

»Hier, ziehen Sie das an«, sagte das Ziegenwesen mit seiner weichen, animalischen Stimme. Es durchquerte das Zimmer und hielt ihm die Kleidung hin.

Er starrte die Wäsche und dann das Tier verständnislos an, ließ sich von ihm auf die Beine und durch das Arbeitszimmer seines Vaters helfen. In der Tür drehte er sich um und blickte zurück.

Sein Vater lag mit dem Gesicht nach unten neben dem umgestürzten Stuhl. Die Wunde an seinem Hinterkopf glänzte feucht im Halbdunkel.

»Wir müssen jetzt gehen«, sagte das Wesen. Sein Atem roch nach altem Malz.

Hans drehte sich um und sah ihm in die Augen. Es lächelte ihn an, zeigte seine schönen, geraden Zähne. Er konnte die Befriedigung spüren, die es empfand. Jahre des Unwillens hatten sich in diesem Akt entladen. Er schauderte und schloß die Augen, fürchtete gleich das Bewußtsein zu verlieren.

»Wir haben eine Stunde, höchstens zwei«, sagte das Wesen, und seine dreizehige Hand fuhr die saumartige Schramme an seinem Hals entlang, ohne sie zu berühren. Für einen Moment hatte sein Blick beinahe etwas Zärtliches.

Er nickte und ließ sich mitziehen. Hier konnte er jetzt nichts mehr tun. Nicht das geringste.

* * *

Karr sah dem jungen Offizier über den Rand seines Glases hinweg in die Augen. »Was ist los, Hauptmann?«

»Verzeihen Sie, Sir. Normalerweise würde ich mich mit einer solchen Sache nicht an Sie wenden, aber ich glaube, das wird Sie interessieren.«

Er hielt ihm ein schmales Dossier hin. Karr starrte es kurz an, dann nahm er es ihm ab. Er stellte sein Glas weg und schlug die Akte auf. Sekunden später fuhr er erschrocken hoch.

»Wann ist das eingetroffen?«

»Vor zwanzig Minuten. Jemand sagte, Sie seien hier unten in der Messe, Sir, deshalb dachte ich mir ...«

Karr grinste grimmig. »Das war genau richtig, Hauptmann. Aber wie sind Sie darauf gestoßen?«

»Der Name, Sir. Mikhail Boden. Es war einer derjenigen, die wir für den Mord an *Fu jen* Maitland vor sechs Monaten in Verdacht hatten. Es scheint, sie war eine Zeitlang mit Untersekretär Lehmann verheiratet. Sie ist in ihrem Apartment verbrannt. Brandstiftung. Boden hat sie kurz vor seinem Tod besucht. Sein Netzhautabdruck war in der Türkamera, die das Feuer überstanden hat. Als er wieder auftauchte, dachte ich mir, ich sehe mir mal das visuelle Abbild an, um festzustellen, ob es sich um denselben Mann handelt. Wie Sie sehen, war das nicht der Fall.«

»Nein ...« Karr stand auf. Die Standaufnahmen der Kameras zeigten zwei verschiedene Männer, doch die Netzhautabdrücke waren identisch. »Aber wie konnte der Computer das als Übereinstimmung durchgehen lassen?«

»Es scheint, daß das einzige Merkmal, das dem Computer eine hundertprozentig Identifizierung erlaubt, das Netzhautmuster ist. Es bleibt gleich. Der Rest – Gesichtsbehaarung, Fett- und Muskelproportionen im Gesicht – ändert sich mit den Jahren. Der Computer ist darauf programmiert, diese Variationen zu ignorieren. Solang die Knochenstruktur ungefähr gleich ist, erkennt der Computer es als dasselbe Gesicht.«

Karr lachte. »Und wissen Sie, wer das ist?«

Der junge Offizier lächelte Karr an. »Ich habe meine Akten durchgelesen, Sir. Es ist DeVore, richtig?«

»Ja. Und er hat vor fünfundzwanzig Minuten das *Hsien* Salzburg betreten, habe ich recht?«

»Ja, Sir.«

»Gut. Und Sie bleiben ihm auf der Spur?«

»Ja, Sir. Ich habe zwei meiner besten Männer auf ihn angesetzt.«

»Hervorragend.«

Karr warf noch einen Blick auf das Dossier. Die Götter wußten, warum DeVore einen derartig dummen Fehler gemacht hatte, aber es war nun einmal geschehen und man sollte ihnen dafür danken. Er zog das Handset aus seiner Tasche, tippte Chens Kombination ein, und als er Chen an der Leitung hatte, lachte er leise. »Hier ist Karr, Chen. Ich glaube, wir haben ihn. Ich glaube, diesmal haben wir ihn endlich erwischt.«

* * *

Tolonen kauerte mitten im Zimmer. Die Leichen waren inzwischen verschwunden. Seine Männer hatten ihre Arbeit beendet, aber noch immer roch es in dem Raum nach Tod. Er blickte zu dem jungen Offizier auf, das Gesicht starr vor Schmerz, der Blick ausdruckslos. »Ich hätte ihn umbringen sollen... als ich die Gelegenheit dazu hatte.« Er schauderte und betrachtete seine großen, kantigen Hände. »Wenn ich nur gewußt hätte, was für eine Schweinerei er vorhatte.«

»Wir werden ihn ausfindig machen, Sir. Er ist bald wieder in unseren Händen«, versprach der Offizier und sah seinen Marschall mit tiefer Sorge an.

Der Alte schüttelte den Kopf, dann senkte er den Blick. In den letzten Stunden war etwas in ihm entzweigebrochen. Seine Schultern waren herabgesackt, seine Hände – die künstliche und die echte – lagen kraftlos auf den Knien. All der Zorn, die blinde Wut, die ihn früher angetrieben hatten, waren verflogen. Es gab keine Rache für diese Tat, was immer er auch sagte. Der junge Offizier hatte erlebt, wie zerbrechlich und gequält der alte Mann ausgesehen hatte, als er sich bückte und vorsichtig die Drahtschlinge berührte, mit der man seinen Bruder erdrosselt hatte. Es war ein schrecklicher Anblick gewesen. Mehr als er ertragen konnte.

Der junge Mann schluckte, und seine Stimme sank zu einem Flüstern herab. »Kann ich Ihnen etwas bringen, Sir?«

Tolonen blickte auf und schien ihn jetzt erst wahrzunehmen. Ein schwaches Lächeln trat auf seine Lippen, aber es war nicht mehr als ein Aufflackern von Wärme in der Einöde seines Gesichts.

»Gibt es Neuigkeiten?«

Der junge Mann schüttelte den Kopf. Keine Spur von Jelka. Sie schien vom Erdboden verschluckt. Vielleicht war sie tot, oder Ebert hatte sie doch noch erwischt, denn sie hielt sich nirgendwo in der Stadt auf. Eine achtzehnstündige Fahndung des Sicherheitsdienstes hatte keine Spur von ihr entdeckt.

Der Offizier ging ins Wohnzimmer und kam mit zwei Brandies zurück. »Hier«, sagte er und gab dem Marschall ein Glas. »Das wird helfen.«

Tolonen nahm das Glas und starrte es an, dann kippte er einen Schluck hinunter. Er blickte den jungen Offizier mit ausdrucksloser Miene an.

»Es war schwer, Li Yuan darüber zu unterrichten.« Seine breite Stirn legte sich in Falten. »Ich hatte das Gefühl, ich hätte ihn enttäuscht. Ihn verraten. Es war schlimm. Schlimmer als Han Ch'ins Tod.«

»Es war nicht Ihre Schuld ...«

Tolonen sah ihm kurz in die Augen, dann wandte er den Blick ab und schüttelte den Kopf. »Wenn nicht meine, wessen dann? Ich wußte es und habe nicht gehandelt. Und das hier ...« Er holte tief Luft. »*Das hier* ist das Resultat.«

Der junge Offizier wollte etwas erwidern, um den Schmerz des alten Mannes zu lindern, doch ein Signalton in seinem Kopf hielt ihn davon ab. Es gab Neuigkeiten. Er kniff die Augen zusammen, hörte zu und lächelte am Ende; ein breites Grinsen.

»Was ist los?« fragte Tolonen und stand auf.

»Es ist Viljanen aus Jakobstad. Er wollte Ihnen mitteilen, daß Jelka aufgetaucht ist. Es ist ihr nichts passiert.«

* * *

Jelka stand am Ende der alten Steinmole und wartete auf ihn. Wellen brachen sich an den Felsen rund um die Bucht. Der schiefergraue Himmel über ihr hing voller schwarzer, bedrohlicher Gewitterwolken.

Der Winter hatte die Insel in Besitz genommen. Schnee bedeckte alles. Sie stand, gegen die Kälte in Pelz gehüllt, nur das Gesicht der frostigen Luft ausgesetzt, über den tiefgrünen Wogen des Meeres. Das Boot war klein und fern, hob und senkte sich bei seinem Kampf gegen die Elemente. Dahinter ragte, durch die Ferne geschrumpft, die klippenartige weiße Mauer der Stadt auf, deren oberste Ebenen in den tiefstehenden Wolken verschwanden.

Erst als das Boot näher kam, hörte sie das Geräusch seines Motors, ein dünner Faden der Regelmäßigkeit in dem wirbelnden Chaos von Wind und Wellen. Bei der

Einfahrt in die Bucht fiel das Geräusch um eine Oktave ab, als das Boot verlangsamte und sich der Mole zudrehte. Sie sah ihn auf dem Deck stehen und zu ihr herüberblicken und winkte ihm zu.

Sie umarmten sich auf dem Steg über dem Wasser. Der Alte hielt sie so fest, als wolle er sie nie wieder loslassen. Er schob ihre Mütze zurück und küßte sie auf den Scheitel, die Stirn, die Lippen. Seine heißen Tränen rannen ihr kaltes Gesicht hinunter und gefroren in ihren Wimpern und auf ihren Wangen.

»Jelka... Jelka... Ich habe mir solche Sorgen gemacht.«

Sie schloß die Augen und klammerte sich an ihn. Es hatte angefangen zu schneien, aber er war warm, nah und behaglich. Sein vertrauter Geruch streichelte ihre gequälte Seele. Sie ließ sich von ihm umdrehen und ins Haus zurückführen.

Er machte ein Feuer in dem alten Kamin und schürte es, bis es mit hoher Flamme brannte. Sie setzte sich und beobachtete ihn im Halbdunkel vom Fenster aus. Ihre Hände umklammerten den Anhänger um ihren Hals. Der kleine *Kuei*-Drache [2] schien in ihren Handflächen zu glühen.

Noch immer vor dem Kamin hockend wandte er sich ihr zu. Sein Gesicht war eine bewegliche Maske aus schwarzen und orangeroten Flecken, und sein graues Haar glitzerte im flackernden Licht.

»Wie bist du hierher gekommen?« fragte er sanft. »Meine Männer haben dich überall gesucht.«

Sie lächelte, antwortete aber nicht. Verzweiflung machte Kräfte frei, und sie hatte sich verzweifelt bemüht, es bis hierher zu schaffen. Außerdem wußte sie es nicht so genau. Sie schien ihre Reise nur geträumt zu haben. Sie hatte gewußt, daß zwar überall der Sturm tobte, sie aber hier in seinem Auge sicher aufgehoben sein würde. Und sie hatte das Auge des Sturms erreichen wollen. Hier, wo es warm und sicher war.

Ihr Vater betrachtete sie, und das Flackern des Feuers funkelte in seinen feuchten Augen, dann stand er auf. Er war alt. Alt und müde bis ins Mark. Sie ging zu ihm, legte einen Arm um seine Hüfte und die Wange an seinen Hals. Einige Sekunden stützte er sich auf sie, dachte und tat nichts, dann fand er sein Gleichgewicht wieder und sah ihr in die Augen.

»Aber warum hierher? Warum bist du hierher gekommen?«

In ihrem Kopf hatten Erinnerungen an Salzwasser, Leder und Motorenöl herumgespukt, an kräftigen Kieferngeruch; die Erinnerung an einen Kreis verbrannter Bäume in den Wäldern; an einen alten Steinturm, der über einer kochenden See aufragte. Diese Dinge hatten sie herbeigerufen wie Gespenster.

Sie lächelte. »Es gab keine andere Möglichkeit.«

Er nickte und seufzte tief. »Nun... Jetzt ist ja alles vorbei.«

»Vorbei?«

Seine Hand strich über ihr Gesicht, blieb auf dem Wangenknochen liegen, und sein Daumen streichelte die weiche Haut ihrer Wange. Sein Gesicht blieb starr, das Kinn unbeholfen gehoben.

»Ich habe Fehler gemacht, Jelka. In vielerlei Hinsicht, aber vor allem, weil ich versucht habe, dich zu etwas zu zwingen, das du nicht wolltest.«

Sie begriff sofort, was er meinte. Hans. Beim Gedanken an ihn fröstelte ihr.

»Ich war blind. Dumm.« Er schüttelte den Kopf. Seine Gesichtsmuskeln zuckten.

Sie wollte etwas sagen, aber ihr Mund war trocken. Sie nickte. Sie hatte versucht, es ihm zu sagen.

»Er ist verschwunden«, sagte er nach einer Weile. »Hans ist verschwunden.«

Im ersten Moment verschlug es ihr die Stimme. Ihr Gesicht war ausdruckslos, ihr Blick verwirrt. »Verschwunden?«

Ihr Vater nickte. »Und damit ist alles vorbei. Wir sind fertig mit ihm.«

Sie wagte sich noch nicht zu rühren, konnte ihm die Neuigkeit nicht glauben. Dann lachte sie plötzlich und spürte eine Welle der Erleichterung. Sie erzitterte und wandte den Blick von ihrem Vater ab. *Verschwunden. Hans war verschwunden.* Wieder lachte sie, aber dann brach das Lachen ab. Plötzlich war ihr etwas eingefallen.

»Er hat mir gesagt, ich solle dortbleiben. Er wollte etwas von mir.«

Sie erzitterte von neuem, diesmal heftiger, und klammerte sich krampfhaft an ihren Vater. Wie in Panik blickte sie in sein Gesicht.

»Er hätte mich umgebracht.«

»Ich weiß«, sagte er, drückte ihr Gesicht an seine Brust und schlang fest die Arme um sie. Seine Stimme klang besorgt, voller Kummer und Bedauern. »Ich habe mich geirrt, mein Schatz. Schrecklich geirrt. Die Götter mögen mir verzeihen, Jelka. Ich habe es nicht gewußt. Ich habe es einfach nicht gewußt ...«

* * *

In dieser Nacht träumte Jelka. Der Himmel lastete schwer und undurchdringlich auf ihrem Kopf. Stimmen zerrten an ihr mit Händen aus zerfetztem Metall, schrien ihren elementaren Zorn hinaus. Es war dunkel; eine mit Purpur durchwirkte Dunkelheit. Sie war allein auf dem geneigten, verwüsteten Land, und der Sturm tobte an jeder Ecke der Erde.

Jedesmal, wenn ein Blitz zuckte, spürte sie ein Zittern, das sie vom Kopf bis zu den Zehen durchfuhr, scharf wie splitterndes Eis. Und wenn der Donner grollte, spürte sie die Erschütterung in ihren Gliedern, heftige Detonationen, die sie erzittern ließen.

Durchs Dunkel, von den Blitzen stroboskopisch beleuchtet, sah sie den Turm mit Augen aus zertrümmerten Glasscheiben auf hölzernen, geknickten Spinnenbeinen heranstaksen.

Sie stand da und war unfähig, sich zu bewegen. Er wirkte ruchlos, böse, hatte ein Maul voller zersplitterter Knochen. Sie konnte ihn grunzen und schnaufen hören, während er sich über das zerklüftete Gelände schleppte. Er kletterte über den Hügel, durch die Dunkelheit zu ihr empor.

Im plötzlichen Licht sah sie ihn ganz nah und hörte ihn schrecklich lachen. Sein krummes Maul grinste sie gierig an. Sein fauliger Atem wehte ihr entgegen.

Als die Dunkelheit sie umschloß, schrie sie auf und wußte, daß sie verloren war. Ihr Schrei gellte lauter als der Sturm, und dann herrschte für einen Augenblick Stille. Langsam sickerte Licht in diese Stille, als habe ihr Schrei die Dunkelheit zerrissen.

Die Dinge nahmen eine schattige Form an. Der Turm hatte innegehalten. Er stand nicht weit unter ihr. Sie konnte ihn schnaufen hören und eine kratzige Stimme, als flüstere er vor sich hin. Ihr plötzlicher Schrei hatte ihn erschreckt. Und während sie ins Halbdunkel starrte, riß zwischen ihr und dem Turm die Erde auf. Eine Zeitlang blieb alles still, und dann kroch etwas Kleines und Dunkles aus dem Schlund der Erde. Ein gebücktes kleines Geschöpf mit Augen, die wie Kohlen glühten. Sein feuchte, dunkle Haut schimmerte von einem inneren Licht, und es hatte kurze, aber kräftige Glieder, als habe es sich seinen Weg an die Oberfläche graben müssen. Sie sah, wie es sich aufrichtete und sich dem Turm zuwandte. Mit einer Hand hielt es eine silbern hinterlegte, runde Glasscheibe hoch, während es auf den Turm zuschritt.

Licht blitzte von der Scheibe, und wo es auf den Turm fiel, erblühten kleine, strahlend rote Flammenkränze. Der Turm kreischte und stolperte zurück, doch das Wesen schritt weiter auf ihn zu. Licht blitzte von der Scheibe in seiner Hand, und die kleinen Flammen breiteten sich immer weiter aus.

Der Turm schrie, warf sich herum und begann mit seinen dünnen Beinen unbeholfen davonzustolpern. Kleine schwarze Rauchschwaden stiegen in die Luft auf und sammelten sich zu einer dichten Wolke unter dem starren Himmel. Der Lärm des brennenden, berstenden Turmes klang fürchterlich. Lautes Knallen und Krachen erfüllte die hell erleuchtete Stille.

Das Wesen drehte sich zu ihr um, hatte die Scheibe sinken lassen. Seine feurigen Augen wirkten freundlich und traurig zugleich. Sie schienen bis in die Dunkelheit tief in ihrem Innern hineinzusehen.

Sie starrte es an, während die Dunkelheit zurückkehrte und den Raum zwischen dem Himmel und dem rissigen und verheerten Land ausfüllte, bis sie nichts mehr sehen konnte als den umgestürzten Turm, das Lodern in der Ferne und, so nah, daß sie ihre Wärme spüren konnte, zwei Juwelen aus Feuer in dem weichen, flackernden Fleisch des Wesens.

Sie sah noch, wie es lächelte und eine Verbeugung machte. Dann lief es mit schnellen und flüssigen Bewegungen zu dem Spalt zurück und glitt in die Dunkelheit der Erde.

* * *

Seit achtzehn Stunden war DeVore pausenlos unterwegs, als wüßte er, daß sein einziges Heil in der Flucht bestand. Er hatte sich bestenfalls dürftig verkleidet und in seltener Skrupellosigkeit alte Freundschaften ausgenutzt, aber die ganze Zeit war Karr ihm knapp auf den Fersen geblieben. Dann hatte Karr ihn plötzlich verloren. Das war in Danzig geschehen. Damit hätte es vorbei sein können, aber DeVore war unvorsichtig geworden. Zum zweitenmal an diesem Tag hatte er eine falsche Identität angenommen.

Als Rückendeckung hatte Karr den Paß-Computer

des Sicherheitsdienstes dahingehend programmiert, daß alle bekannten Decknamen DeVores – acht insgesamt – mit einer speziellen Markierung erster Priorität versehen wurden. Wenn DeVore einen von ihnen benutzte, ertönen Alarmsignale. Die Aussichten waren denkbar gering und niemand rechnete damit, daß es wirklich funktionierte, aber dieses eine Mal funktionierte es doch. Einen Tag, nachdem Karr seine Spur verloren hatte, gab DeVore sich zu erkennen. Ein gewisser Joseph Ganz löste ein Alarmsignal aus, nachdem er in einen der Amsterdamer Stöcke hinaufgefahren war. Eine Patrouille des Sicherheitsdienstes hatte routinemäßig seine ID-Karte überprüft und ihn durchgelassen, ohne etwas von seiner ›Markierung‹ zu ahnen.

Karr war binnen einer Stunde vor Ort. Chen wartete mit einem ganzen Bataillon des Sicherheitsdienstes auf ihn. Er hatte alle umliegenden Stöcke versiegelt und alle Transitlifte mit Wachmännern besetzt. Die schnellen ›Pfeile‹ wurden angehalten, und man war bereit einzudringen.

DeVore konnte unmöglich weit gekommen sein. Alle lokalen Posten des Sicherheitsdienstes waren in Alarmbereitschaft. Wenn DeVore diesmal herauskam, dann mit Gewalt, nicht durch eine List. Er hatte sich das letzte Mal verkleidet.

Karr lächelte grimmig und rieb die großen Hände ineinander. »Jetzt habe ich dich, du altes Gespenst. Diesmal wirst du mir nicht entwischen.«

Es gab fünf Decks zu durchsuchen. Chen hatte vor, eins nach dem anderen von oben nach unten zu durchkämmen – fünfzig Ebenen insgesamt –, aber Karr wußte bereits, wo er DeVore finden würde. Ganz oben nämlich. Er überließ Chen die Suchaktion und fuhr mit dem Transitlift allein auf das oberste Deck.

Er bot einen beeindruckenden Anblick, als er aus dem Transitlift trat: eine Riese von sieben *ch'i* in voller Kampfmontur und beladen mit einem furchterregenden Waffenarsenal. Er ging langsam, sah in jedes Gesicht, wußte aber, daß er DeVore nicht hier draußen in den Korridoren finden würde. Seine Beute hatte sich irgendwo in einem der Penthouse-Apartments versteckt. Wahrscheinlich bei einem alten Freund.

Karr klappte das Visier herunter und tippte einen Code in das Komset an seinem Handgelenk. Auf dem transparenten Visier erschien eine Anzeige. Er tippte sich durch die Liste, während er weiterging, bis er auf einen Namen stieß, den er kannte. *Stefan Cherkassy.* Ein alter Verbündeter von DeVore und ein Offizier des Sicherheitsdienstes im Ruhestand. Karr stellte fest, wo genau er wohnte, und begab sich zu einem der Interebenenlifte. Cherkassys Apartment lag auf der höchsten Ebene am anderen Ende des Decks. Genau wie er vermutet hatte.

Dort würde er DeVore finden.

Karr atmete tief durch und überlegte. Es würde nicht einfach sein. DeVore war einer des besten. Er war im Sicherheitsdienst ein ausgezeichneter Major gewesen. Früher oder später wäre er General geworden. Aber er hatte ehrgeizigere Pläne verfolgt. Karr hatte seine Akte sorgfältig studiert und ihn in Trainingsfilmen in Aktion gesehen. Karr respektierte nur wenige Männer, aber DeVore verdiente Respekt. Schnelligkeit, Größe und Alter sprachen für Karr, aber DeVore war verschlagen. Und stark. Ein Fuchs mit der Kraft eines Tigers.

Die Leute gingen Karr eilig aus dem Weg. Auf seinen barschen Befehl hin leerte sich der Lift, und er fuhr nach oben. Er tippte mit dem Daumen einen Befehl ein, der ihm eine Karte anzeigte, dann rief er noch einmal Cherkassys Dienstakte ab. Der Mann hatte sich zwar zur Ruhe gesetzt, aber er war möglicherweise noch immer gefährlich. Es hatte keinen Sinn, sich mit Vermutungen zu begnügen.

Cherkassy, Stefan. Nach zwei Sekunden Verzögerung erschien ein Auszug der Akte. Karr nahm die Einzelheiten mit einem Blick in sich auf, dann löschte er die Visieranzeige und blieb stehen.

Das hatte er nicht erwartet ... Es machte die Lage um einiges komplizierter. Der Alte hatte eine besondere Ausbildung hinter sich. Er war wie Karr ein ausgebildeter Attentäter.

Karr überprüfte seine Waffen und starrte die ganze Zeit in den breiten, verwaisten Korridor. Zwischen ihm und Charkassys Apartment lagen nicht einmal mehr hundert *ch'i*. Wenn sie vorsichtig waren – und es gab keinen Grund, etwas anderes zu erwarten –, dann wußten sie, daß er kam. Nah beim Transitlift mußte ein ›Auge‹ lauern; jemand, der sie auf dem laufenden hielt.

Was nichts anderes bedeutete, als daß sie auf ihn warteten.

Er schaltete die Speziallinsen ein. Sofort veränderte sich sein Blickfeld. Mit Hilfe der Linsen konnte er ein winziges Insekt auf fünfhundert *ch'i* Entfernung ausmachen. Indem er sie mit den Augenwinkeln zusammendrückte, stellte er sie auf mittlere Entfernung ein und suchte alle Oberflächen nach Spuren von Fallen ab. Der Weg schien frei zu sein, aber diesmal entschloß er sich, der visuellen Überprüfung nicht zu trauen. Er stellte einen seiner Handlaser auf mittlere Spannung und fegte damit über Boden und Wände, dann über die Decke. Nichts. Doch er hatte immer noch ein schlechtes Gefühl. Irgendein Instinkt hielt ihn zurück. Er wartete, atmete flach und zählte im Kopf bis zwanzig, dann hörte er hinter sich ein Geräusch – so leise, daß man es leicht überhören konnte. Ein unmerkliches Klicken wie von einer Klaue, die sanft auf den Rand einer Porzellanschale tippte.

Er lauschte angespannt und machte sich bereit, dann warf er sich herum und rollte auf die Seite, genau in dem Moment, als die Maschine eine Salve abfeuerte. Die Wand hinter ihm explodierte, als die schweren Geschosse einschlugen. Er fluchte und feuerte zurück, erst wild und ziellos, dann mit tödlicher Präzision. Die Maschine spotzte, flog in Fetzen, und überall prasselten heiße Bruchstücke nieder. Ein Stück grub sich in seine Seite, ein anderes zerkratzte sein Visier.

Jetzt gab es keine Zeit mehr zu verlieren. Es war eine ähnliche Maschine, wie sie beim Attentat auf Tolonen zum Einsatz gekommen war, aber noch gefährlicher. Ein ferngesteuertes Geschütz. Das hieß, sie hatten ihn gesehen. Sie wußten, wie gut er war. Das beraubte ihn seines Vorteils.

Er durchdachte die Situation, als er loslief. Sie wußten, daß er kam. Und sie wußten, wie schnell und beweglich er war, aber es war ein Kampf einer gegen zwei. Ja, sie waren älter, aber erfahrener als er. Ein Major des Sicherheitsdienstes und ein Attentäter der Sondereinheiten, inzwischen achtundsechzig, aber immer noch fit und aktiv, daran zweifelte er nicht. Ein Gegner dieser Art allein hätte seine Erfolgsaussichten schon auf ein Minimum beschränkt. Aber es gab einen letzten Faktor; etwas, das sie nicht wußten; das DeVore nicht wissen konnte, weil er Karrs Dienstakte nie zu sehen bekommen hatte. In seiner Jugendzeit – bevor er ein Kämpfer wurde – war er Athlet gewesen; vielleicht der größte Athlet, den das Netz je hervorgebracht hatte. Und jetzt war er sogar noch besser. Mit neunundzwanzig war er fitter und schneller denn je.

Karr bremste ab, als er sich dem Ende des Korridors näherte. Diesmal gab es kein Band zu durchreißen, dennoch hatte er weniger als neun Sekunden Zeit. Sie würden nicht damit rechnen, daß er ...

Er feuerte nach vorn, ließ sich vom Rückstoß durch die Tür schleudern, rollte herum und sprang auf, um Cherkassy an der Decke über der Tür zu entdecken, wo er sich in der typischen Haltung eines Attentäters versteckte. Er wollte sich gerade mit den Füßen von der Wand abdrücken und so herumwälzen, war aber nicht schnell genug. Karr schoß die Seile weg, ließ ihn zu

Boden stürzen und schaute hier- und dorthin, um DeVore zu finden. Er hüpfte über den Schutt und warf sich auf seinen Gegner, der verdreht auf dem Boden lag.

»Wo ist er? Sag mir, wo er ist!«

Der Alte lachte, dann spuckte er Blut. Karr schoß ihm durch den Hals. DeVore war entkommen. Er hatte seine letzte Freundschaft aufs Spiel gesetzt. Aber er konnte nicht weit gekommen sein. Cherkassy hatte die Maschine nicht bedient. Also ...

Schnell und vorsichtig überprüfte er den Rest des Apartments. Keine Spur von der Fernsteuerung, also mußte DeVore sie anderswo versteckt haben. Irgendwo in der Nähe. Aber wo?

Er hielt seinen Helm in den Korridor, dann lugte er um die Ecke. Nein. Er hörte ein grelles Kreischen aus einem der benachbarten Apartments, ignorierte es aber und trat in den Korridor hinaus. Nach oben gab es kein Entkommen. Das Dach war hier versiegelt. Das hatte er vorher schon überprüft. Nein. Der einzige Ausweg führte nach unten.

Er warf einen Blick auf sein Chronometer. Es war erst drei Minuten und achtundvierzig Sekunden her, seit er am anderen Ende des Korridors gestanden hatte. Hatte das DeVore genügt, um zum Lift zu gelangen? Möglicherweise. Aber Karr hatte das Gefühl, daß er es nicht getan hatte. DeVore würde dafür sorgen wollen, daß er in Sicherheit war, und das bedeutete für ihn, seinen Verfolger auszuschalten.

Karr tastete sich langsam an der Wand entlang durch den Korridor, die größte seiner Waffen, eine alte Westingshouse-Howitzer, fest an seine Brust gepreßt. Er wollte dem Dreckskerl keine Chance lassen.

Er war schon im Begriff weiterzugehen, als ihm die Stille auffiel. Das Gekreisch war unvermittelt abgerissen. Es dauerte einige Sekunden, bis er darauf kam, dann aber traf es ihn wie ein Schlag. Er drehte sich um und ging in die Hocke, als wollte er einen Satz machen. Zwei Türen den Korridor hinunter. Von dort hatte er das Geschrei gehört. Er ging langsam zurück, und sein Finger zitterte am Abzug. Der Lauf seiner Waffe beschrieb einen kleinen Kreis auf der Tür, bis er auf der anderen Seite mit dem Rücken zur Charkassys Apartment stand.

Er hatte jetzt zwei Möglichkeiten: zu warten oder einzudringen. Was würde DeVore von ihm erwarten? Wartete er darauf, daß Karr hereinkam, oder würde er herauskommen? Karr stand einige Sekunden lang angespannt da und überlegte, dann lächelte er. Es gab eine dritte Möglichkeit: er konnte die Wand wegsprengen und sehen, was sich dahinter befand. Das gefiel ihm. Es bedeutete, daß er keine Tür benutzen mußte.

Er legte sich hin, baute das Geschütz vor sich auf, entfernte die Standardgeschosse und legte ein Magazin mit Patronen ein, die sogar Eis wegschmelzen konnten. Dann zog er den Abzug durch und feuerte eine Salve vom Boden bis zur Decke, eine zweite die Oberseite der Wand entlang. Das Wandstück bebte, schien lebendig zu werden und begann sich abzuschälen, wo die Patronen Löcher hineingerissen hatten. Es kam kein Laut von der anderen Seite der Wand; nichts als Stille und der wabernde Rauch.

Er zog immer wieder den Abzug durch und wartete, bis das Eis sich abgeschält und das verwüstete Zimmer dahinter enthüllt hatte. Karr nahm mit einem Blick alle Einzelheiten in sich auf, registrierte und hakte sie ab. Eine junge Frau lag tot auf dem Sofa, die Glieder bleich, der Kopf unnatürlich verdreht, offensichtlich das Genick gebrochen. Keine Spur von DeVore, aber er war hier gewesen. Die Frau hatte eben noch gelebt.

Karr kroch in das Zimmer. Im Korridor hatte eine Sirene zu heulen begonnen. Sie würde Chen verständigen und ihm Hilfe bringen. Aber Karr wollte das hier zu Ende bringen. DeVore gehörte ihm. Er war jetzt so lang hinter ihm her. Und diesmal würde er reinen Tisch machen, wie auch immer seine Befehle lauteten.

Er hielt inne und rief nach ihm.

»Ergeben Sie sich, DeVore. Heben Sie die Hände und kommen Sie raus. Sie bekommen einen fairen Prozeß.«

Es war eine Scharade. Ein Teil des Spiels, das sie spielen mußten. Aber DeVore würde das Angebot in den Wind schlagen. Sie beide wußten, daß diese Konfrontation nur mit dem Tod enden konnte. Aber es mußte gesagt werden. Wie das letzte Wort eines Rituals.

Die Antwort folgte wenig später. Die Tür zu seiner Rechten zischte einen Spaltbreit auf, und eine Granate wurde ins Zimmer geworfen. Karr sah sie durch die Luft wirbeln und erkannte gleich, worum es sich handelte. Er ließ seine Waffe fallen, preßte die Hände auf die Ohren und das Gesicht auf den Fußboden. Es war eine Druckgranate. Ihre Druckwelle riß ein Loch in den Fußboden und schien alles in dem Zimmer in die Luft zu heben.

In einem geschlossenen Raum wäre die Wirkung verheerend gewesen, aber die Wucht ging größtenteils in den Korridor. Karr klingelten die Ohren, als er betäubt, aber unverletzt aufstand. Und dann öffnete sich in einem Aufglühen die Tür.

Seine Reflexe übernahmen die Kontrolle. Karr sackte auf die Knie, rollte vornüber und hob dabei seine Waffe auf. DeVore war halb durch die Tür und feuerte bereits aus der Hüfte, als Karrs Gewehrkolben seinen Kopf traf. Er war ein schlecht gezielter Schlag, der nur knapp unter dem Ohr seinen Kiefer streifte, aber die Wucht reichte aus, um DeVore ausgestreckt auf den Boden zu werfen und ihm die Waffe aus der Hand zu schleudern. Karr wollte mit einer zweiten Schlag nachsetzen, aber es war bereits zu spät. DeVore war tot. Splitter seines gebrochenen Kiefers waren ihm ins Hirn gedrungen.

Karr stand eine Zeitlang da, sah auf seinen alten Feind hinunter, und all der leidenschaftliche Zorn und die Empörung, die er empfand, wallten wieder in ihm auf. Er erbebte, dann überwältigte ihn die Wut, und er ließ den Gewehrkolben ein-, zwei-, dreimal niederfahren, zertrümmerte DeVore den Schädel und verspritzte sein Gehirn über den Boden.

»Du Scheißkerl ... Du elender, dreckiger Scheißkerl!«

Dann nahm er den kleinen Stoffbeutel aus seiner Brusttasche, öffnete ihn und verstreute die Steine über den Toten. Dreihunderteinundsechzig schwarze Steine.

Für Haavikkos Schwester Vesa und Chens Freund Pavel; für Kao Jyan und Han Ch'in, Lwo Kang und Edmund Wyatt und all die anderen, für deren Tod diese Bestie verantwortlich war.

Karr erschauderte, dann steckte er den Beutel wieder ein. Es war geschafft. Jetzt konnte er nach Hause gehen und·schlafen.

* * *

Li Yuan stand im tiefen Schatten am Karpfenteich, und die Dunkelheit umhüllte ihn wie ein Mantel. Er hatte einen langen und anstrengenden Tag hinter sich, aber sein Geist war noch immer hellwach. Durch dunkle Schichten beobachtete er die trägen Bewegungen der Karpfen. Ihre langsamen, bedächtigen Regungen schienen die tiefsten Strömungen seiner Gedanken widerzuspiegeln.

Viel war geschehen. Dort draußen, in der kühlen Helligkeit seines Arbeitszimmers, hatte alles wie ein Chaos ausgesehen. DeVore war tot und sein Labyrinth von Bergfestungen zerstört. Aber auch Klaus Ebert war tot und sein Sohn, der General, geflohen. Das hatte Yuan wie ein Schlag getroffen und seine erst jüngst gewonnene Sicherheit unterhöhlt.

Hier draußen in der Dunkelheit glaubte er die Dinge jedoch schärfer wahrzunehmen. Er hatte die schlimmsten Schläge seiner Feinde überlebt. Fei Yen und der kleine Han waren in Sicherheit. Bald würde er einen

General haben, dem er vertrauen konnte. Solche Dinge beruhigten ihn. In ihrem Licht kamen ihm selbst Wang Sau-leyans Zugeständnisse an die Jungen Patrioten wie eine Kleinigkeit vor.

Eine Zeitlang ließ er diese Dinge von sich abgleiten, versenkte er sich in düsterer, trauriger Stimmung, das Herz schwer von den Lasten des Lebens, in die Tiefen der Erinnerung. Er hatte in Tsu Ma und drei Frauen Gefährten, um seine körperlichen Bedürfnisse zu stillen. Bald würde er ein Kind zeugen – vielleicht einen Erben. Aber all das genügte ihm nicht. Es fehlte so viel in seinem Leben. Fei Yen vor allem. Han Ch'in vermißte er manchmal so schrecklich, daß er mitten in der Nacht auf einem tränenfeuchten Kissen aufwachte. Am schlimmsten waren die Alpträume: Bilder des ausgemergelten, entblößten, in seiner Nacktheit schutzlosen Leichnams seines Vaters, dessen Haut sich bleich über das Knochengerüst spannte.

Das Schicksal der Kaiser.

Er drehte sich um und schaute zu der einsamen Lampe neben der Tür hinüber. Ihr Licht wurde durch das Grün des Farns und der Palmen, dem Rauchgrau der Verkleidung wie durch tiefes Wasser gefiltert. Er starrte sie an, weil sie ihn an etwas anderes erinnerte – an das Licht auf einem windigen Hang in der Domäne, wo sich eine kleine Gruppe um ein schmuckloses Grab versammelt hatte. Sonnenschein auf Gras und die Schatten in den Tiefen der Erde. Er war sich an diesem Tag so sicher gewesen: daß er den Lauf der Zeit nicht aufhalten und wieder neu mit der Vergangenheit konfrontiert werden wollte. Aber hatte Ben recht gehabt? War es nicht das, was Menschen am meisten wünschten?

An manchen Tagen hatte er heftige Sehnsucht, alles zurückzugewinnen, eine vollkommene Einheit wiederzuerlangen, sich durch die Jahre zurückfallen zu lassen und alles wiederzubekommen. Das Beste.

Bevor der Krebs es auffraß. Bevor der Verfall sich einschlich.

Er ließ den Kopf hängen und lächelte traurig bei dem Gedanken. Dieser Sehnsucht zu erliegen, war schlimmer als die Sehnsucht selbst. Es war eine Schwäche, die nicht toleriert werden konnte. Man mußte nach vorn, nicht zurückschauen.

Die Qualität des Lichts änderte sich. Chan Teng, sein neuer Meister der inneren Kammer, stand schweigend neben der Tür und wartete darauf, daß er zur Kenntnis genommen wurde.

»Was gibt's, Meister Teng?«

»Euer Gast ist eingetroffen, *Chieh Hsia*.«

»Gut.« Er hob schon die Hand, um den Mann zu entlassen, dann hielt er inne. »Sagen Sie mir eins, Chan. Wenn Sie einen beliebigen Augenblick Ihrer Vergangenheit zurückholen könnten – perfekt bis ins kleinste Detail –, würden Sie das wollen?«

Chan, ein Mann um die Fünfzig, überlegte eine Weile, bevor er antwortete.

»Es kommt tatsächlich vor, daß ich mir wünsche, etwas Vergangenes zurückholen zu können, *Chieh Hsia*. Wie alle Menschen. Aber es wäre schwierig, im Hier und Jetzt zu leben, wenn das Frühere immer noch greifbar wäre. Die Unvollkommenheit des menschlichen Gedächtnisses ist ein Segen.«

Es war eine gute Antwort. Eine befriedigende Antwort. »Danke, Chan. Weise Worte.«

Chan Teng machte eine Verbeugung und wandte sich zum Gehen, drehte sich aber an der Tür noch einmal zu seinem Herrn um.

»Noch eines, *Chieh Hsia*. Eine solche Gabe könnte sich als nützlich erweisen. Für *uns* könnte sie ein Segen sein.«

Li Yuan trat ins Licht. »In welcher Hinsicht?«

Chen senkte den Blick. »Könnte sie sich, wenn sie denn Vollkommenheit erreichte, nicht als ein Käfig, als Fessel für die Seele herausstellen? Könnten wir nicht unsere Feinde in diesem dichten Netz verstricken?«

Li Yuan kniff die Augen zusammen. Er glaubte zu verstehen, worauf Chan Teng hinauswollte, aber er wollte sicher sein. »Weiter, Chan. Was wollen Sie damit sagen?«

»Nur folgendes: Diese Sehnsucht ist eine Kette. Wenn es so etwas gäbe, könnte es nicht nur ein Segen, sondern genausogut ein Fluch sein. Ein vergiftetes Geschenk. Es wäre eine Sucht. Nur die wenigsten Menschen könnten ihren Verlockungen widerstehen. Noch weniger würden sie sie als das erkennen, was sie ist. Eine Droge. Eine Flucht aus dem Hier und Jetzt, der greifbaren Wirklichkeit.«

Li Yuan holte tief Luft, dann nickte er. »Wir sollten uns noch einmal darüber unterhalten, Chan. Jetzt bitten Sie erst einmal meinen Gast herein. Ich möchte ihn hier neben dem Teich empfangen.«

Chan Teng machte eine tiefe Verbeugung und wandte sich ab. Li Yuan starrte in den nackten Schein der Lampe, legte eine Hand nah an ihre Rundung und spürte Wärme, die sie verströmte. Welch ein Gefühl wäre das, in der Erinnerung zu leben? Wie das hier? Genauso real? Er seufzte. Vielleicht gab es, wie Chan spekulierte, eine Anwendung für Shepherds Kunstform: eine Möglichkeit, seine Illusionen in den Dienst der Realität zu stellen. Li Yuan zog seine Hand weg und sah, wie sich zwischen seinen Fingern Schatten bildeten, wie die glitzernden Linien der Handflächen matt und leblos wurden.

Er wollte Han und Fei wiederhaben, seinen Vater lächeln sehen.

Er schüttelte in einem Anflug von Bitterkeit den Kopf. Lieber nichts. Lieber den Tod als diese süße Folter.

Draußen im Korridor regte sich etwas. Eine Gestalt

trat in die Tür. Li Yuan blickte auf und sah Shepherd in die Augen.

»Ben ...«

Ben Shepherd sah in dem Raum umher, dann wandte er sich lächelnd dem jungen T'ang zu. »Wie geht es Euch, Li Yuan? Nach allem, was geschehen ist, war ich mir nicht sicher, ob Ihr Euch an unsere Verabredung erinnern würdet.«

Li Yuan erwiderte das Lächeln und trat vor, um ihn zu begrüßen. »Doch. Ich bin froh, daß du gekommen bist. Es ist sogar sehr günstig, daß wir heute verabredet waren, denn ich wollte dich etwas fragen. Etwas, bei dem nur du mir helfen kannst.«

Ben hob eine Augenbraue. »Als Spiegel?«

Li Yuan nickte und war wieder einmal von Ben Shepherds scharfem Verstand und seiner blitzschnellen Auffassungsgabe beeindruckt. Wenn überhaupt jemand, dann konnte nur er ihm helfen, Klarheit zu gewinnen.

Ben trat an den Rand des Teichs. Er starrte eine Weile ins dunkle Wasser und verfolgte die langsamen Bewegungen der Fische, dann blickte er wieder auf.

»Geht es um Fei Yen und das Kind?«

Li Yuan fuhr zusammen. »Wie kommst du darauf?«

Ben lächelte. »Weil es meiner Meinung nach sonst nichts gibt, bei dem ich Euch helfen kann. Wenn es um Politik geht, stehen Euch ein Dutzend fähiger Männer zur Verfügung, mit denen Ihr reden könnt. Was dagegen die Sache mit Eurer Exfrau und dem Kind angeht ... Nun, mit wem am Hof könntet Ihr darüber reden? Wem vertraut Ihr so sehr, daß Ihr nicht befürchten müßtet, er könne das, was er von Euch erfährt, zu seinem eigenen Vorteil ausnutzen?«

Li Yuan senkte das Kopf. Das stimmte. Er hatte das noch sie so kühl durchdacht, aber er hatte recht.

»Und?« sagte er und begegnete Bens Blick.

Ben schob sich an ihm vorbei und ging in die Hocke,

um den großen Schildkrötenpanzer mit den alten Markierungen zu untersuchen.

»Es hat seine Vorteile, die Dinge von außen zu betrachten«, sagte Ben und begutachtete die Oberfläche des Panzers, das feine Rißmuster unter der transparenten Glasur. »Man durchschaut die Ereignisse eher als jene, die an ihnen beteiligt sind. Außerdem lernt man, die richtigen Fragen zu stellen.« Er wandte den Kopf und blickte zu Li Yuan auf. »Ein Beispiel. Warum hat Li Yuan nicht entsprechend gehandelt, wenn er weiß, wer der Vater seines Kindes ist? Warum hat er nicht versucht, sich an dem Mann zu rächen? Natürlich ist immer vermutet worden, daß Li Yuan nicht der Vater des Kindes ist. Aber warum sollte das unbedingt der Fall sein? Fast jeder hat angenommen, daß Li Yuan sich von Fei Yen hat scheiden lassen, um sicherzustellen, daß nicht das Kind eines anderen Mannes einen legitimen Anspruch auf den Drachenthron hat, aber warum sollte das so sein? Was wäre, wenn das nur ein Vorwand ist? Schließlich kann man sich als T'ang nicht so ohne weiteres scheiden lassen. Untreue ist zwar eine ernste Sache, aber kein ausreichender Grund. Aber die Erbfolge zu sichern...«

Li Yuan hatte Ben wie gebannt angesehen und den Blick nicht abwenden können. Als Ben endlich von ihm abließ, wich er unsicher einen Schritt zurück.

»Du bist immer ganz offen, was, Ben?«

»Unbedingt.«

»Und habe ich nicht richtig gehandelt?«

»Was die Scheidung von Fei Yen angeht, meint Ihr? Ja. Aber das Kind... Nun, ich möchte offen sein und gestehe, daß mich diese Sache etwas verwirrt. Ich habe in letzter Zeit oft darüber nachgedacht. Er ist *Euer* Sohn, habe ich recht, Li Yuan?«

Li Yuan nickte.

»Warum habt Ihr ihn dann enterbt?«

Li Yuan senkte den Blick und dachte an den Abend

zurück, als er diese schreckliche Entscheidung gefällt hatte, an den Aufruhr seiner Gefühle. Er hatte mit dem Schlimmsten gerechnet – sich auf die furchtbare Bestätigung ihres Verrats vorbereitet –, aber als er herausgefunden hatte, daß es sein, nachweislich *sein* Kind war, fühlte er sich zu seiner eigenen Überraschung nicht erleichtert, sondern geschockt, denn innerlich hatte er sich längst von ihr losgesagt, sie weggeschoben wie eine beschmutzte Schale. Lange Zeit hatte er in einer Agonie der Unentschlossenheit dagesessen, unfähig einen klaren Gedanken zu fassen. Aber dann hatte er sich an Han Ch'in erinnert – an seinen toten Bruder, wie er neben ihm mit einem weißen Blütenzweig im pechschwarzen Haar im Obstgarten gestanden hatte – und mit düsterer Gewißheit gewußt, was er tun mußte.

Er sah Ben mit Tränen in den Augen an. »Ich wollte ihn schützen. Verstehst du, Ben? Ich wollte Schaden von ihm abwenden. Er ist Han, verstehst du. Der wiedergeborene Han Ch'in.« Er schüttelte den Kopf. »Ich weiß, das ergibt keinen Sinn, aber so habe ich es empfunden. So empfinde ich es immer noch, wann immer ich Zeit habe, an das Kind zu denken. Es ist ...«

Er wandte sich ab, rang für einen Moment darum, seinen unermeßlichen Schmerz zu beherrschen, einzumauern. Dann drehte er sich mit offenem Gesicht wieder um, bot seinen ganzen Kummer, seine Hoffnung und sein Leid Bens Augen dar.

»Ich hätte Han Ch'in retten können. Ich war zu jung, zu machtlos. Aber mein Sohn ...« Er schluckte, dann sah er zur Seite. »Wenn meine Beziehung mit Fei Yen etwas Gutes hatte, dann das: meine Sohn kann frei von aller Bedrohung aufwachsen.«

Ben senkte den Blick, tätschelte vertraulich den Schildkrötenpanzer und stand auf. »Ich verstehe.« Er trat wieder an den Rand des Teichs, dann wandte er sich Li Yuan zu. »Dennoch braucht Ihr Söhne, Li Yuan. Aus eben diesem Grund habt Ihr Euch Frauen genommen. Könnt Ihr sie alle retten? Könnte Ihr sie alle vor Schaden bewahren?«

Li Yuan starrte ihn an. »Es werden Söhne sein...«

»Und Feis Sohn Han? Ist er *so* anders?«

Li Yuan sah weg, eine leichte Bitterkeit im Gesicht. »Verspotte mich nicht, Ben. Ich dachte, wenigstens du würdest das verstehen.«

Ben nickte. »Oh, das tu ich. Aber ich wollte sichergehen, daß Ihr es versteht. Daß ihr nicht versucht, Euch über Eure eigenen Motive zu belügen. Ihr sagt, der Junge erinnere Euch an Han. Das mag sein, und ich kann verstehen, daß Ihr ihn vor Schaden bewahren wollt. Aber steckt nicht mehr dahinter? Ihr liebt Fei Yen immer noch, habe ich recht? Und das Kind... das Kind ist das einzige, was von Eurer Liebe geblieben ist.«

Li Yuan schenkte ihm einen dankbaren Blick.

Ben seufzte. »Oh, ich kann das sehr gut verstehen, Li Yuan. Ihr wolltet eins mit ihr werden, nicht wahr? Ihr wolltet mit ihr *verschmelzen*. Und das Kind... nun, näher werdet Ihr dem nie kommen.«

Li Yuan erkannte schaudernd, daß Ben die Wahrheit sagte. »Dann hatte ich recht, so zu handeln?«

Ben beobachtete den dunklen Umriß des Karpfens, der langsam durch die Tiefe glitt. »Erinnert Ihr Euch an das Bild, das ich Euch am Tag Eurer Verlobungszeremonie gemalt habe?«

Li Yuan schluckte. »Ja. Das Bild von Hou I und den zehn Sonnen – den zehn dunklen Vögeln im *Fu sang*-Baum.« [3]

»Ja. Ich sah es damals schon voraus. Ich wußte ganz genau, was kommen würde.«

»Daran habe ich keinen Zweifel.«

Ben blickte zu dem jungen T'ang auf und sah, daß er begriff. »Ja. Ihr erinnert Euch. Nun, der Fehler wurde damals schon gemacht. Ihr hättet sie nie heiraten dürfen. Sie hätte Euer Traum, Euer Ideal bleiben sollen.« Er zuckte die Achseln. »Der Rest, fürchte ich, war unausweichlich. Und leider gibt es Fehler, die man nicht wiedergutmachen kann.«

Li Yuan trat näher, bis er Ben Auge in Auge gegenüberstand, und legte ihm eine Hand auf den Arm. Er drang mit Blicken in Ben, die ihn um etwas anflehten, was er ihm nicht geben konnte.

»Aber was hätte ich denn tun können?«

»Nichts«, sagte Ben. »Ihr hättet nichts mehr tun können. Aber es war trotzdem nicht richtig. Ihr habt versucht, den Mond vom Himmel zu schießen, wie der große Lord Yi der Legende. Und was sonst als Kummer kann dabei herauskommen?«

* * *

Es dämmerte über den Ötztaler-Alpen, und ein kalter Wind blies von Norden ins Tal. Stefan Lehmann stand, den Pelz eng um sich geschlungen, die Kapuze über den Kopf gezogen, auf dem freien Hang. Er schielte in die Schatten unter sich und versuchte Einzelheiten auszumachen, aber es war schwer, etwas zu erkennen, so viel hatte sich verändert.

Anstelle der schneebedeckten Hänge und dichten Kieferwälder gab es nur noch nackten Fels – teils rußgeschwärzten und gläsern zerschmolzenen Fels. Wo sich der Eingang befunden hatte, gähnte jetzt ein Krater von einer *li* Durchmesser und einer halben *li* Tiefe.

Von dem Anblick wie betäubt, kletterte er hinunter. Vor einem flachen Bodenaufwurf lehnte und lehnte sich an einen Felsvorsprung. Ringsum ragten von der Explosion, die den Berg leergefegt hatten, verkohlte und zersplitterte Baumstümpfe aus dem Boden. Stefan bekam kaum Luft. »Alles weg«, stammelte er und sah, wie seine Worte sich in der kühlen Luft verflüchtigten.

Alles weg ...

Ein dünner Schleier aus Schnee hatte zu fallen begonnen und sprenkelte unten ihm die Dunkelheit mit hellen Flecken. Er kletterte weiter den tückischen Hang hinunter, bis er am Rande des Kraters stand und in die große Ascheschüssel hineinsehen konnte.

Schatten füllten den Krater wie eine Flüssigkeit aus. Schneeflocken trieben in diese Dunkelheit und schienen in einem Aufflackern, einem letzten feuchten Glitzern zu verschwinden. Er sah sie fallen und war seltsam gerührt. Eine Zeitlang weigerte sich seine Seele anzuerkennen, was er getan hatte. Es war einfacher, frei von allen Gedanken und Bestrebungen so dazustehen und die kühle, zarte Schönheit des Tages wie in einen Felsen in sich eindringen zu lassen. Aber er wußte, daß diese Schönheit eine herbe und schreckliche Maske war. Eine unmenschliche Maske. Denn er konnte zusehen, wie das Weiße sich langsam ausbreitete und die dunkle, glasige Oberfläche verhüllte.

In seinem Rücken stießen die Berge in die kühle, dünne Luft. Er blickte in den grauen Himmel empor, dann drehte er sich um und sah zu den nächsten Gipfeln hinüber. Das frühe Tageslicht verwandelte sie in scharfgeschnittene Silhouetten, mächtige, ausgezackte Formen wie die zerfurchten, von der Zeit entblößten Kieferknochen eines Riesen. Darunter lag alles in Schatten, in tiefblauen Abgründen, die in undurchdringliche Dunkelheit übergingen. Dazwischen trieben Wolken dahin und übertünchten ganze Hänge mit dunklen Tönen und verwischten die spröden, paläocristischen Formen. Er nahm die völlige Stille dieser verwüsteten Landschaft in sich auf, während sein Atem an der eisigen Luft gefror. Dann drehte er sich unvermittelt um und stieg wieder nach oben.

Die Öde rührte einen Teil in ihm an, der sich nach Wärme und Sicherheit sehnte, doch ein größerer Teil – den er sein ›wahres Ich‹ nannte – erkannte sich in all dem wieder. Es war kein Ort zum leben, und doch behauptete sich das Leben auch hier, vom extremen Klima aufs Reflexhafte reduziert, geschmeidig, wild und listig aus Notwendigkeit. So wie er. Lieber dies hier als jene tote Stadt – jener sterile Mutterleib, dem nichts neues entsprang.

Er erreichte den Kamm des Hügels, hielt inne und blickte zurück. Die Vergangenheit und all ihre komplizierten Zusammenhänge waren verschwunden. Sie lag jetzt hinter ihm. Von jetzt an würde er seinen Weg gehen, zu einer Art Geist werden, einem Boten von draußen, der einsam und tödlich zwischen den Ebenen umherspukte.

Eine freudlose Heiterkeit trat in seine Albinoaugen und berührte die Winkel seines schmallippigen Mundes. Er beklagte nicht, was geschehen war, spürte nur eine neuerliche Entschlossenheit. Das Geschehen hatte die Lage nicht verändert, sondern eher geklärt. Er wußte jetzt, was zu tun war; wie er all den Haß einspannen konnte, den er für diese Menschen empfand. Genug Haß, um ganz Chung Kuo dem Tod anheimfallen zu lassen.

Die Wolke trieb langsam nach Süden. Plötzlich stand er wieder im Sonnenlicht. Er wandte sich nach rechts und blickte zum Gipfel empor. Dort, über dem Dach der Welt, umkreiste ein Adler mit ausgebreiteten Schwingen die nackte Felsspitze. Der Anblick überraschte ihn, hatte etwas Bedeutungsvolles; ein weiteres Zeichen, das er deuten sollte. Er beobachtete den Vogel eine Weile, dann ging er weiter, stieg ins Tal hinab und wandte sich nach Süden in Richtung der behelfsmäßig eingerichteten Höhle. Ihm stand einiges bevor, aber im Frühling würde er magerer und hungriger denn je, aber auch gereinigt und geläutert wieder zum Vorschein kommen. Wie ein neu geschmiedetes Schwert, das man ins Feuer hielt und dann im Eis härtete.

Er lachte – ein kalter, humorloser Laut –, dann biß er die Zähne aufeinander und machte sich mit aller Vorsicht an den Abstieg.

INTERLUDIUM
WINTER 2207

Drachenzähne

»Ohne Vorbereitetsein ist Überlegenheit keine echte Überlegenheit und kann es auch keine Entschlossenheit geben. Wenn sie dies erkannt hat, kann eine Macht, die unterlegen, aber vorbereitet ist, oft durch den Überraschungseffekt einen überlegenen Gegner schlagen.«

– MAO TSE TUNG:
Über den hinausgezögerten Krieg, Mai 1938

Es dämmerte auf dem Mars. Auf der Elysium-Ebene herrschte eine Temperatur von minus siebenundsechzig Grad, und sie fiel weiter. Breite Schattenbänder erstreckten sich von Norden über die Hänge des Chaos und rückten langsam, unaufhaltsam auf die große Kuppel der Stadt Kang Kua zu. Die Erde hing als strahlend weiße, von hinten von der Sonne beschienene Scheibe über dem Horizont. Hier nannte man sie den Abendstern. Chung Kuo. Der Planet, von dem sie vor Jahrhunderten aufgebrochen waren.

DeVore stand am Fenster des Turms und schaute über die große Kuppel von Kang Kua zur Wüste und untergehenden Sonne im Norden. Vor einer Stunde hatte ein Bote Nachrichten von der Erde gebracht. Er lächelte. Es war also vorbei. Der Gegner hatte seine Gruppe eingekreist und seine Steine vom Brett genommen. Dennoch war er zufrieden damit, wie sein Spiel verlaufen war. Es kam nicht oft vor, daß man mit einem so kleinen Opfer so viel gewann.

Er drehte sich um und sah durchs Zimmer. Der Morph saß am Tisch, und die straff über seine Muskeln gespannte Haut glänzte im roten Licht. Er saß nach vorn gebeugt da, die Hände zu beiden Seiten des Bretts, als durchdächte er seinen nächsten Zug. Wie geduldig er war, beherrscht von einer übermenschlichen Aufmerksamkeit, einer unerschöpflichen Bereitschaft zum Warten.

DeVore nahm gegenüber dem gesichtslosen Wesen Platz. Es war seine jüngste Schöpfung, die einem echten Menschen bisher am nächsten kam, ihm intellektuell oder physisch jedoch weitgehend überlegen war.

Er nahm einen weißen Stein aus der Schale und setzte ihn im Shang, im Süden, womit er eine Reihe schwarzer Steine unterbrach, die von der Ecke ausging.

»Dein Zug«, sagte er und lehnte sich zurück.

Jeder Stein, den er setzte, aktivierte einen Schaltkreis unter dem Brett, der ein Signal an das Hirn dieses Wesens schickte. Dennoch war die Illusion, daß der Morph tatsächlich gesehen hatte, wie er den Stein setzte, äußerst überzeugend. Seine Schultern spannten sich an, als er sich vorbeugte und das Brett zu studieren schien, ehe er nickte und aufblickte, als schaue er ihm in die Augen.

Auch das war nur die Kopie – die Nachahmung – einer Geste, denn der glatten Rundung seines Kopfes fehlten jegliche Gesichtszüge; wie unbearbeiteter Ton oder eine Schale, die noch geformt werden mußte.

Ähnliches galt für seine Persönlichkeit.

DeVore wandte den Blick zum Fenster. In dieser kurzen Zeit war es schon viel dunkler geworden. Die vorher kaum sichtbaren Lichter der großen Kuppel glühten und erfüllten die kühle, öde Dunkelheit mit Wärme.

»Hast du auf meinen Tod angestoßen, Li Yuan?« fragte er leise ins Dunkle hinein. »Glaubst du, wir sind jetzt endlich miteinander fertig?«

Aber sie waren noch nicht fertig miteinander. Bei weitem nicht.

Er dachte an den Tag zurück, als er, zwei Wochen nach dem Mordkommando, seine ›Kopie‹ losgeschickt hatte. Sie hatte nichts davon gewußt, sich immer für echt gehalten. Sie hatte sich DeVore genannt und war immer davon überzeugt gewesen, wirklich DeVore zu sein. Und in gewisser Weise hatte sie damit sogar recht gehabt. Schließlich war es doch sein Genmaterial, das zu ihrer Herstellung gedient hatte. Schließlich waren es seine Gedanken und seine Eigenarten, die ihre Seele geformt hatten. In einem sehr konkreten Sinne war sie also tatsächlich mit ihm identisch. Eine unvollkommene Kopie vielleicht, aber gut genug, um alle zu täuschen, die mit ihr zu tun hatten; sogar sie selbst, wenn sie in einen Spiegel schaute.

Er sah zu, wie der Morph einen Stein setzte, mit dem er seine Reihe beschattete und gleichzeitig die Verbindungen zwischen seinen Gruppen stärkte. DeVore lächelte wohlwollend. Diesen Zug hätte er auch gewählt.

Beschatten... das war ein wichtiger Teil des Spiels. Vielleicht ebenso wichtig wie die entscheidenden Scharmützel. Man mußte sein eigenes Territorium frühzeitig umreißen und gleichzeitig versuchen, den Plänen seines Gegners zuvorzukommen; beide Ziele mußten sorgsam gegeneinander abgewogen werden.

DeVore nahm einen Stein aus der Schale, hielt ihn kurz zwischen den Fingern und fand die kühle, polierte Oberfläche angenehm, dann setzte er ihn im *P'ing*, im Osten, und begann damit ein neues Spiel.

Er stand auf, trat wieder ans Fenster und sah über die funkelnde Halbkugel der Kuppel in die Dunkelheit.

Er war nie vom Mars zurückgekehrt. Vor zehn Jahren war in Nanking eine Kopie gelandet – so perfekt, daß es eine Frage der Definition war, ob man sie als künstlich bezeichnen wollte –, während er hiergeblieben war und von dieser kalten, fernen Welt aus beobachtet hatte, wie dies von ihm geschaffene Ding an seiner Stelle agierte.

Es war beeindruckend. Genaugenommen hatte es alle Erwartungen übertroffen. Alle Zweifel an seinen Fähigkeiten waren rasch zerstreut worden. Den Berichten nach hatte es die Verschlagenheit und viele andere Eigenarten von ihm geerbt. Aber am Ende hatten sich seine Kapazitäten als unzureichend erwiesen. Es war nur ein einzelner Mann und eben in der Hinsicht anfällig, wie man es vom einzelnen Mann befürchten mußte. Karrs Gewehrlauf hatte seinen Schädel gespalten und all seinen Plänen ein Ende gesetzt. Und so konnte es nur einem *Einzel*wesen ergehen. Aber um das Wort des vergessen Dichters Whitman, er wolle aus einer Vielzahl von Ichs bestehen, zu korrigieren: er wollte sein wie die Drachenzähne aus dem abgeschlagenen Drachenkopf, die, wenn man sie in den Boden pflanzte, Wurzeln schlugen und eine Ernte von Drachen hervorbrachten, von denen jeder einzelne schrecklicher und gewandter war als ihr Ahne.

Er atmete tief durch, dann wandte er sich wieder dem Morph zu. Es wurde allmählich Zeit. Sie würden dieses formlose Geschöpf nehmen und in Körper und Geist so umgestalten, daß es den Menschen auf Chung Kuo als überlegenes Wesen gegenübertreten konnte. Ein schnelleres, listigeres Tier ohne die Fesseln der Liebe, Pflicht und des Mitleids.

Aber diesmal würde es ein anderes Gesicht haben.

Er legte dem Wesen eine Hand auf die Schulter. Seine Haut fühlte sich warm an, aber es war eine Wärme, die erst nach einigen Sekunden zu spüren war; im ersten Moment fühlte es sich kalt, fast tot an. Nun, das traf auch zu, aber wenn er mit ihm fertig war, würde es sich selbst für lebendig halten, würde Gott selbst entgegenhalten, er habe gesagt: »Ich habe dich *geschaffen!*«

Aber wessen Gesicht würde er ihm geben? Wessen Persönlichkeit konnte die leere Kammer seines Geistes einrichten? Er beugte sich über das Wesen, um einen weiteren Stein zu setzen, mit dem er seine Reihe im *P'ing* nach *Tsu*, dem Norden, ausweitete. Ein T'ang? Ein General? Oder noch raffinierter? Womit sie noch weniger rechneten?

DeVore lächelte, richtete sich auf und tätschelte dem Wesen vertraulich den Arm, bevor er wegging. Es wäre interessant zu beobachten, was sie mit diesem Ding anfingen, denn es hatte dem letzten etwas voraus. Es sollte werden, wovon seine eigene unvollkommene Kopie nur geträumt hatte. Ein *Erbe*. Der erste Vertreter einer neuen Spezies. Ein sauberes, reineres Wesen.

Ein Drachenzahn. Eine Saat der Verheerung, die durch die Leere des Alls schwebte. Der erste Stein in einem neuen, schrecklicheren Spiel. Er lachte und bemerkte, wie das Wesen im Halbdunkel hinter ihm auf den Laut reagierte. Ja, der erste ... aber nicht der letzte.

ZWEITER TEIL
FRÜHLING 2208

Der Weiße Berg

Chi K'ang Tzu wollte von Konfuzius erfahren, wie man regiere und fragte ihn: »Hältst du es für richtig, wenn ich, um mich jenen anzunähern, die den Weg kennen, jene töte, die dem Weg nicht folgen?«

Konfuzius antworte: »Welchen Grund zum Töten gibt es, um deinen Regierungsgeschäften nachzukommen? Strebe nur nach dem Guten in dir selbst, dann wird auch das gemeine Volk gut werden. Die Tugend des Edelmannes ist es, wie der Wind zu sein; die Tugend des kleinen Mannes ist es, wie das Gras zu sein. Laß den Wind über das Gras streichen, und es wird sich biegen.«

– Die Gespräche des Konfuzius, Lün Yü, Buch XII[4]

»Jede Kriegführung beruht auf Täuschung.«

– SUN TZU: *Die Kunst des Krieges*, Buch I, Bewertung

KAPITEL • 5

Zwischen Licht und Schatten

Chen kniete geduldig vor dem Spiegel, während Wang Ti über ihm stand, sein Haar ausbürstete und in Strähnen zerteilte. Er sah zu, wie ihre geschickten Finger drei davon mit kleinen Knoten an seiner Kopfhaut befestigten, bevor sie sich mit einem beiläufigen Lächeln auf sein Spiegelbild daran machte, die vierte zu einem straffen, glatten Zopf zu flechten. Wie stets erstaunte ihn die Kraft ihrer Hände, ihre Geschmeidigkeit. Was für eine gute Frau sie doch war. Eine bessere konnte ein Mann sich nicht wünschen.

»Woran denkst du?« fragte sie, fuhr mit den Fingern über die zweite Strähne und sah seinem Spiegelbild in die Augen.

»Nur daran, daß ein Mann eine Frau braucht, Wang Ti. Und daß dies eine bessere Welt wäre, wenn jeder eine so gute Frau hätte wie ich.«

Sie lachte; ein weiches Lachen mit einem etwas rauhen, bäuerlichen Unterton, das ihm, wie so vieles an ihr, tief im Innern ein wohlig-warmes Gefühl bereitete. Er senkte den Blick und dachte zurück. Er war tot gewesen, bevor er sie kennengelernt hatte. Oder so gut wie tot. Dort unten, unterm Netz, hatte er einfach nur existiert, an nichts gebunden, den Bauch voller Galle, wie ein hungriger Geist mühselig in den Tag hinein gelebt.

Und jetzt? Er grinste, als er die auffällige Wölbung ihres Bauchs im Spiegel betrachtete. In einem Monat – spätestens in sechs Wochen – würde ihr viertes Kind zur Welt kommen. Ein Mädchen, wie die Ärzte sagten. Ihre zweite Tochter. Er bekam eine Gänsehaut, drehte den Kopf und versuchte zu dem Geschenk hinüberzusehen, das er ihr mitgebracht hatte, aber sie drückte seinen Kopf energisch zurück.

»Halt still. Ich bin gleich fertig.«

Er lächelte, rührte sich nicht mehr und ließ sie ihre Arbeit beenden.

»Das wär's«, sagte sie schließlich und trat zufrieden einen Schritt zurück. »Jetzt zieh deinen Waffenrock an. Er liegt frisch gebügelt auf dem Bett. Ich komme gleich wieder und helfe dir mit den Beinkleidern.«

Chen drehte sich um und wollte etwas einwenden, aber sie war bereits gegangen, um nach den Kindern zu sehen. Er konnte aus dem Wohnzimmer ihre Stimmen mit dem 3D-Vid wetteifern hören. Sein zweiter Sohn, der sechsjährige Wu, stritt mit Ch'iang Hsin, dem ›Baby‹ der Familie, ärgerte sie wie so oft. Chen ging zum Tisch und nahm die lackierte Schale in die Hand, die er ihr geschenkt hatte, strich mit den Fingern über die glatte Oberfläche, tastete das Relief ab, das die Hausgötter darstellte, und erinnerte sich an ihren freudigen Gesichtsausdruck, als sie sein Geschenk ausgepackt hatte.

Es stand gut um ihn. Nein, das war untertrieben; es hatte nie besser um ihn gestanden. Es war, als hätten die Götter ihn gesegnet. Erst Wang Ti. Dann die Kinder. Und jetzt all das hier. Er sah sich in dem neuen Apartment um. Acht Zimmer standen ihnen zur Verfügung. Acht Zimmer! Und nur vier Stöcke von der Bremer Zentrale entfernt! Er lachte fassungslos und fürchtete, jeden Moment aufzuwachen und sich unter dem Netz wiederzufinden, wo ein alles durchdringender Geruch seine Nasenflügel ausfüllte und ein bleicher, blinder Käfer über seinen Körper krabbelte, während er schlief. Damals hatte er keinen anderen Ehrgeiz gehabt, als einfach nur dieser Hölle zu entkommen. Etwas wie dies hier – dieses Apartment, das er im oberen Drittel, auf der Ebene 224 gemietet hatte – war ihm damals so fern und unerreichbar wie die Stern am nächtlichen Himmel erschienen.

Er hielt den Atem an, als er zurückdachte, und schüttelte den Kopf. Jener Augenblick auf dem Dach des Solariums – wie lang war das her? Zehn Jahre? Nein, zwölf. Und doch erinnerte er sich so deutlich daran, als sei es gestern gewesen. Der Anblick der Sterne und der schneebedeckten Gipfel im Mondlicht. Und dann der Alptraum der Tage, die darauf folgten. Doch nun war er hier, nicht tot wie sein Gefährte Kao Jyan, sondern am Leben; ein Getreuer der T'ang, der für seine Loyalität belohnt wurde.

Er stellte die Schale weg, zog seinen Waffenrock über und betrachtete sich im Spiegel. Es war das erste Mal, daß er den azurblauen Zeremonienrock trug, und er kam sich reichlich unbeholfen darin vor.

»Wo steckt der alte Halunke, Kao Chen?« fragte er sein Spiegelbild und fand, daß sein Haar geflochten ziemlich seltsam aussah und sein Gesicht viel zu grobschlächtig und nichtssagend wirkte, verglichen mit so eleganter Kleidung.

»Du siehst gut aus«, sagte Wang Ti von der Tür her. »Du solltest deine Ausgehuniform öfter anziehen, Chen. Sie steht dir.«

Er fingerte unbehaglich an seinen Medaillen herum, betastete das gestickte Bild eines jungen Tigers darauf – sein Rangsymbol als Hauptmann in den Sicherheitskräften des T'ang – und schüttelte den Kopf. »Ich komme mir komisch vor, Wang Ti. Irgendwie zu aufgedonnert. Sogar meine Haare ...«

Er ahmte unbewußt den Marschall nach, indem er tief durchschnaufte, dann schüttelte er abermals den Kopf. Er hätte sich von Wang Ti nicht zu den Implantationen überreden lassen sollen. Sein ganzes Erwachsenenleben über hatte er sich gern den Kopf geschoren, seine Kahlheit wie eine Trophäe getragen, aber dies eine Mal hatte er ihr nachgegeben, weil er wußte, daß sie sonst wenig verlangte. Es war vier Monate her, seit eine Operation ihm zu langem, schwarzglänzendem Haar verholfen hatte. Wang Ti hatte es natürlich von Anfang an gefallen, und eine Zeitlang hatte ihm das genügt, aber jetzt drang seine Unzufriedenheit wieder durch.

»Wang Ti ...?« begann er und verstummte.

Sie trat näher, faßte ihn am Arm, und ausnahmsweise berührte ihn ihr stolzes Lächeln unangenehm. »Was ist, mein Mann?«

»Nichts ...«, antwortete er. »Es ist nichts ...«

»Dann halt still. Ich werde dir deine Beinkleider überziehen.«

* * *

Die Frau beugte sich über die freiliegende Leitung und fummelte an den feinen Drähten herum, um den Empfang zu verbessern, als Leyden, der ältere der beiden Sicherheitsleute, ihr eine bauchige Kanne mit *Ch'a* brachte. Sie richtete sich auf, ließ den Draht fallen und sah zu ihm hinüber, während er seine ellbogenlangen Handschuhe abstreifte.

»Danke«, sagte sie leise und nippte am dampfenden Rand der Schale.

»Wie lang noch, Chi Li?«

Ywe Hao reagierte auf den falschen Namen auf ihrer ID-Plakette, indem sie aufblickte und lächelte. Es war ein schönes Lächeln; ein warmes, herzliches Lächeln, das ihr einfaches, ziemlich schmales Gesicht verwandelte. Bei ihrem Anblick mußte der alte Wachmann unwillkürlich selber lächeln und wandte sich verwirrt ab. Sie lachte, weil sie wußte, was er dachte, aber ihr Lachen hatte nichts Spöttisches, und als er sich wieder umdrehte, noch immer eine leicht rötliche Tönung auf seinem blassen Hals, mußte auch er lachen.

»Wenn Sie meine Tochter wären...«, scherzte er.

»Was dann? Erzählen Sie schon.« Ihr Lächeln blieb, wurde aber schwächer und machte einem Ausdruck ehrlicher Neugier in den Augen der jungen Frau Platz. Noch immer den Blick auf ihn gerichtet, warf sie den Kopf zurück und fuhr sich mit einer Hand durchs kurze, dunkle Haar. »Erzählen Sie's mir, Wolfgang Leyden. Wenn ich Ihre Tochter wäre...« Und wieder lachte sie – als hätte sie dies nicht schon ein dutzendmal gesagt.

»Nun ja... Dann würde ich Sie einsperren, mein Mädchen! *Das* würde ich tun.«

»Dazu müßten Sie mich erst fangen!«

Er sah sie an, und die Faltenkränze um seine Augen schienen im hellen Licht von der Decke für einen Moment zu erstarren, dann nickte er und wurde leiser. »Das würde ich auch... Das würde ich auch...«

Als ihr allabendliches Ritual vorüber war, schwiegen sie. Sie leerte die Kanne, dann zog sie ihre Handschuhe an und machte sich wieder an die Arbeit, kauerte über der Leitung, während er in der Nähe kniete und zusah, wie ihre geschickten Finger das dicht gepackte Gewirr feiner Drähte abtastete und nach schwachen Signalen suchte.

Es herrschte eine Art natürlicher Kameradschaft zwischen ihnen. Hier im obersten Geschoß fühlten sie sich beide fehl am Platze; sie trugen beide Uniformen; er den blaßgrünen Drillich des Patrouillendienstes, sie die orangefarben-gelbe Uniform der Wartung. Von ihrer ersten Begegnung an – vor inzwischen fast drei Wochen – hatte er gespürt, daß sie irgendwie anders war; vielleicht lag es daran, wie sie ihn ansah. Oder vielleicht einfach daran, daß sie, zwanzig Jahre jünger als er, ihn überhaupt angesehen hatte; sie hatte ihn bemerkt und ihm ihr schönes Lächeln geschenkt, und er hatte sich danach zugleich jung und alt, glücklich und traurig gefühlt. An diesem ersten Tag schon hatte ihr Spiel begonnen – jene harmlose Neckerei, die zumindest für ihn zu bedeutungsschwanger war, um harmlos sein zu können.

»Da!« sagte sie und blickte auf. »Wieder eins von den fiesen kleinen Dingern geschafft!«

Leyden nickte, schwieg aber noch immer, weil er daran dachte, wie sich ihre Oberzähne in ihre blasse Unterlippe gruben, wenn sie sich konzentrierte; wie dann eine seltsame, fast leidenschaftliche Intensität ihren Blick färbte. Als ob sie die Dinge anders wahrnähme, schärfer und deutlicher sah als er.

»Wie viele noch?«

Sie hockte sich auf die Fersen, holte tief Luft und überlegte. »Siebenundachtzig Anschlüsse, einhundertsechzehn Leitungen, elf Schalter und vier Hauptschalttafeln.« Sie lächelte. »Zwei Wochen Arbeit. Drei Wochen draußen.«

Sie war Mitglied eines dreiköpfigen Teams – zwei Frauen und ein Mann –, das auf diesem Deck die alle zwei Jahre anstehende Wartung durchführen sollte. Die übrigen hatten anderswo zu tun – sie überprüften das Transportgitter auf Defekte, reparierten die Rohrleitungen und Versorgungssysteme und reinigten die riesigen Entlüftungsschächte, die diese oberen Decks wie ein gewaltiges Fadenknäuel durchwoben. Ihre Arbeit war wichtig, die Arbeit dieser Frau hier aber *lebens*wichtig. Sie war die Kommunikationsexpertin. In ihren Händen lag die Verantwortung für das komplizierte Computernetzwerk, das dieses Deck am Leben erhielt. Es gab natürlich Reserveanlagen, und es war schwierig, echten Schaden anzurichten, aber es war dennoch ein heikler Job – mehr Chirurgie als Technik. So hatte sie es selbst ausgedrückt.

»Das System ist wie ein riesiger Kopf«, hatte sie ihm erklärt. »Voller feiner Nerven, die Nachrichten übertragen. Und es muß wie die Seele eines lebendigen Wesens behandelt werden. Sanft und vorsichtig. Man kann es verletzen, wissen Sie.« Und er erinnerte sich daran, wie sie ihn angesehen hatte, aufrichtige Zärtlichkeit und Besorgnis im Gesicht, als ob das Ding wirklich lebendig sei.

Aber als er sie jetzt ansah, dachte er: *Drei Wochen. Ist das alles? Und was dann? Was soll ich tun, wenn du fort bist?*

Als sie bemerkte, daß er sie beobachtete, beugte sie sich herüber und berührte ihn sanft am Arm.

»Danke für den *Ch'a*, aber sollten Sie nicht schon zurück sein? Müssen Sie nicht schauen, ob alles in Ordnung ist?«

Er lachte. »Als ob jemals etwas passierte.« Aber er spürte, daß er nicht mehr willkommen war und wandte sich zum Gehen, blieb aber am anderen Ende des langen, dunklen Tunnels stehen, um zu ihr zurückzusehen.

Sie war weiter in das Verbindungsstück hineingekrochen. Die Lampe an der Schiene über ihr, mit einem netzartigen Stück Stoff an ihrer Hüfte befestigt, warf einen strahlend hellen, goldenen Lichtkreis über ihren dunklen, glatten Kopf, als sie sich herunterbeugte und an die nächste Leitungsader machte. Er sah noch eine Weile zu, wie ihr Kopf, dem eines Schwimmers gleich, zwischen Licht und Schatten auf- und abtauchte, dann wandte er sich mit einem Seufzen ab und stieg die Sprossen hinunter.

* * *

Chen saß da und sah auf den Bildschirm in der Ecke, während Wang Ti die Kinder anzog. Das Set war auf den lokalen MidText-Kanal eingestellt und zeigte eine Gruppe von etwa einem Dutzend Würdenträgern auf einer erhöhten Plattform, vor denen sich auf der Hauptstraße eine große Menschenmasse versammelt hatte. Es war eine Liveübertragung aus Hannover, zweihundert *li* südöstlich.

Vor der Gruppe stand Nan Ho, der Kanzler des T'ang, der im Auftrag seines Herrschers das erste der neuen Jadephönix-Gesundheitszentren eröffnete. Hinter ihm stand der *Hsien L'ing* Shou Chen-hai, der Chefmagistrat des *Hsien* Hannover, ein hochgeschossener Mann von aristokratischer Ausstrahlung und mit hoher Stirn, die im Deckenlicht feucht glänzte. Der Kanzler las von einer großen Schriftrolle seine Rede ab, die Li Yuans ›new deal‹ für die Unteren beschrieb und besonders ausführlich die Pläne des T'ang behandelte, das Gesundheitssystem im Laufe der nächsten fünf Jahre durch die Einrichtung hundertfünfzig neuer Gesundheitszentren im unteren Drittel erheblich auszubauen.

»Das wurde auch Zeit«, sagte Wang Ti, ohne von ihrem Platz aufzusehen, wo sie ihrer Tochter das Kleid zuschnürte. »Sie haben das viel zu lang vernachlässigt. Du weißt doch noch, welche Probleme wir hatten, als Jyan geboren wurde. Ich mußte ihn um ein Haar in der Empfangshalle entbinden. Und das ist schon eine Weile her. In den Jahren seitdem ist es noch viel schlimmer geworden.«

Chen grunzte, als er daran zurückdachte; doch die implizite Kritik an seinem T'ang behagte ihm nicht. »Li Yuan meint es nur gut«, sagte er. »Es gibt andere, die nicht ein Zehntel soviel tun würden wie er.«

Wang Ti warf ihm einen berechnenden Blick zu, dann schaute sie rasch weg. »Daran zweifle ich nicht, mein Mann, aber es gibt Gerüchte...«

Chen drehte den Kopf, und der steife Jackenkragen scheuerte an seinem Hals. »*Gerüchte?* Über den T'ang?«

Wang Ti lachte, band die Schnur zu und schob Ch'iang Hsin von sich. »Nein. Natürlich nicht. Aber seine Gefolgsleute...«

Chen runzelte die Stirn. »Seine Gefolgsleute?«

Wang Ti stand langsam auf und legte eine Hand in ihre Leistengegend. »Man sagt, daß einige durch die

Großzügigkeit des T'ang fett werden, während andere nur die Krümel von seinem Tisch bekommen.«

»Ich kann dir nicht folgen, Wang Ti.«

Sie neigte leicht den Kopf, deutete auf die Gestalten auf dem Bildschirm und senkte kaum merklich die Stimme. »Der Große da, unser Freund, der *Hsien L'ing*. Es wird erzählt, er habe sich in den letzten Monaten viel geleistet. Bronzeskulpturen und Statuen und Seidengewänder für seine Konkubinen. Ja, sogar eine Frau – eine gute Frau, die aus einer Erstebenenfamilie stammt. Und so einiges mehr ...«

Chens Gesicht wurde starr. »Woher weißt du das denn, Wang Ti? Bist du dir sicher?«

»Nein. Aber die Gerüchte ...«

Chen fuhr hoch. »Gerüchte! Kuan Yin bewahre uns! Würdest du all das hier für etwas belangloses Geschwätz aufs Spiel setzen?«

Die drei Kinder starrten ihn verdattert an. Wang Ti selbst senkte den Kopf und nahm unvermittelt eine unterwürfige Haltung ein.

»Verzeih mir, mein Mann, ich ...«

Die ruckartige Bewegung seiner Hand brachte sie zum Schweigen. Er fuhr wütend herum, ging zum Set und hämmerte mit einem Finger auf den An/Aus-Knopf. Sofort wurde es still im Zimmer. Er drehte sich wieder zu ihr um, und sein Gesicht war rot vor Zorn.

»Du erstaunst mich, Wang Ti. Einen so guten Mann wie Shou Chen-hai zu verleumden ... Wer hat dir diesen Blödsinn in den Kopf gesetzt? Weißt du denn sicher, was der *Hsien L'ing* gekauft hat und was nicht? Hast du seine Villa schon einmal von innen gesehen? Außerdem ist er ein reicher Mann. Warum sollte er sich nicht etwas leisten? Warum bist du bereit zu glauben, daß er das Geld des T'ang und nicht sein eigenes benutzt? Welche Beweise hast du dafür?«

Er schnaufte ungeduldig. »Begreifst du nicht, wie dumm diese Gerüchte sind? Wie gefährlich? Bei allen

Göttern, wenn das, was du gerade zu mir gesagt hast, ans falsche Ohr dringen würde, wären wir wirklich in Schwierigkeiten! Willst du das? Willst du, daß wir alles verlieren, wofür wir so lang und hart gearbeitet haben? Denn es ist immer noch ein Verbrechen, das Ansehen eines Mannes mit falschen Anschuldigungen zu schädigen, was immer deine Freunde auch denken mögen. Degradierung, darüber rede ich, Wang Ti. Degradierung. Zurück unters Netz.«

Wang Ti erschauderte und nickte. Als sie ihre Stimme wiederfand, klang sie leise und demütig. »Verzeih mir, Kao Chen. Es war falsch, so zu reden. Ich werde nichts mehr über den *Hsien L'ing* sagen.«

Chen starrte sie an und wartete, bis sein Zorn von ihm abgefallen war, dann nickte er zufrieden. »Gut. Dann kein Wort mehr darüber. Jetzt beeil dich, sonst kommen wir zu spät. Ich habe Karr versprochen, daß wir zur zweiten Glocke da sind.«

* * *

Shou Chen-hai sah nervös in die Runde, und als er sich vergewissert hatte, daß im Bankettsaal alles zu seiner Zufriedenheit vorbereitet war, zwang er sich zur Ruhe.

Der Kanzler des T'ang war vor einer Stunde gegangen, aber obwohl Nan Ho ein hohes Amt bekleidete, hoch genug, um in direktem Gedankenaustausch mit dem T'ang zu stehen, war Shous nächster Gast – ein Mann, den man in den Medien nie zu sehen bekam, dessen Gesicht den Massen der Stadt Europa unbekannt war – in vieler Hinsicht noch wichtiger.

Für Shou hatte es vor einem Jahr angefangen, als er zum Vorsitzenden des Finanzkomitees für das neue Gesundheitszentrum ernannt worden war. Er hatte damals schon begriffen, wie weit ihn dieses Amt bringen könnte ... *wenn* er klug und dreist genug vorging. Er hatte schon vor einiger Zeit von dem Kaufmann gehört und beschlossen, ihm aus dem Weg zu gehen, um seine Freundschaft zu gewinnen. Aber erst als *Shih* Novacek ihn schließlich angerufen hatte, mehr von seiner Beharrlichkeit als von Geschenken oder Hilfsangeboten beeindruckt, hatte er seine Chance gehabt, ihn für seinen Plan zu gewinnen. Und heute nachmittag würde diese Freundschaft ihre ersten Früchte tragen.

Shou klatschte in die Hände. Sofort nahmen die Serviermädchen ihre Positionen ein, während sich in der Küche die Köche daran machten, das Festessen zu arrangieren.

Novacek hatte ihn ausführlich darüber unterrichtet, wie er sich verhalten solle. Dennoch zitterten Shous Hände in einer Mischung aus Furcht und Aufregung beim Gedanken, einen Roten Pfahl zu bewirten, einen echten 426er, wie in der 3D-Vid-Serie. Er rief den Tafelmeister zu sich und trocknete sich, nachdem er nervös seine Stirn abgetupft hatte, die Hände an dem Handtuch ab, das der Mann ihm hinhielt. Anfangs hatte er sich ein Zusammentreffen mit dem 489er persönlich vorgenommen; hatte sich an einem großen Tisch irgendwo unterm Netz dem Big Boss gegenüber sitzen sehen, der eine besonders zarte Porzellanschale in Reichweite hatte, während er seinen Plan darlegte, aber Novacek hatte ihn bald desillusioniert. Die Triadenbosse trafen sich selten mit den Leuten, mit denen sie Geschäfte machten. Nein. Sie setzten in den allermeisten Fällen Zwischenmänner ein. Männer wie Novacek oder wie ihre Roten Pfähle, die ›Vollstrecker‹ der Triaden; kultivierte, diskrete Männer mit den Manieren eines Mandarins und den Instinkten eines Hais.

Während er noch an der Tischdekoration herumfingerte, wurden die Vorhänge am anderen Ende des langen Saals zurückgezogen und vier junge, muskulöse Männer traten mit Novacek im Gefolge ein. Sie trugen gelbe Stirnbänder mit einem über der Stirn aufgestickten Rad – dem Symbol der Triade des Großen Rades.

Novacek sah sich um und lächelte aufmunternd. Auch darauf war Shou vorbereitet – dennoch fand er den Gedanken, von dem Roten Pfahl ›gecheckt‹ zu werden, etwas beunruhigend. Er sah, wie die jungen Männer sich im Saal verteilten und nach Verdächtigem Ausschau hielten, unter die Tische schauten, die Wände nach falsche Paneelen absuchten, hinter denen sich Attentäter verstecken könnten, sogar die Blumenschalen hochhoben, um sich zu vergewissern, daß darunter nichts versteckt war. Sie arbeiteten beeindruckend gründlich, als ging es um mehr denn simple Vorkehrungen. Aber wenn *Shih* Novaceks Berichte zutrafen, war das dort unten eine gnadenlose Welt, in der nicht bloß die Stärksten, sondern nur die Vorsichtigsten von den Stärksten überlebten.

Novacek durchquerte den Saal und verbeugte sich vor Shou Chen-hai. »Sie haben gute Arbeit geleistet, *Hsien L'ing* Shou«, sagte er und zeigte auf das vorbereitete Festmahl.

Shou erwiderte Novaceks Verbeugung, zutiefst geschmeichelt vom Lob des Kaufmanns. »Es ist nur ein höchst bescheidenes Mahl, fürchte ich.«

Novacek trat näher und senkte die Stimme. »Denken Sie daran, was ich Ihnen gesagt habe. Lächeln Sie unseren Freund nicht an, wenn er eintrifft. Und keine Vertraulichkeiten bitte. Keine Anbiederungen. Yao Tzo ist wie die meisten Roten Pfähle ein stolzer Mann – er legt großen Wert darauf, sein Gesicht zu wahren – aus verständlichen Gründen. Man wird kein Roter Pfahl durch Empfehlung der Familie oder Absolvierung eines Examens. Die *Hung Mun*, die Geheimgesellschaften, sind eine andere Art von Schule – die härteste Schule überhaupt, könnte man sagen, und unser Freund, der Rote Pfahl, ist ihr bester Absolvent. Wenn ein anderer Mann für diesen Job qualifiziert wäre, dann wäre *er* der Rote Pfahl, und unser Freund Yao Tzu wäre tot. Verstehen Sie?«

Shou Chen-hai senkte den Kopf, schluckte nervös und fühlte sich wieder einmal auf unangenehme Weise an die Risiken erinnert, die er einging, wenn er sich mit einem solchen Mann auch nur traf. Sein Blick tastete sich zum Gesicht des *Hung Mao* hinauf. »Werden Sie neben mir sitzen, *Shih* Novacek?«

Novacek beruhigte ihn mit einem Lächeln. »Keine Sorge, *Hsien L'ing* Shou. Folgen Sie nur meinen Anweisungen und alles wird glatt laufen. Ich werde die ganze Zeit in Ihrer Nähe sein.«

Shou Chen-hai fuhr leicht zusammen, dann bedankte er sich mit einer weiteren Verbeugung dafür, daß der Kaufmann sich für ihn ausgesprochen hatte. Es würde ihn einiges kosten, das wußte er, aber wenn sein Plan Erfolg hatte, wäre das ein geringer Preis.

In der Tür zur Küche erschien einer der Laufburschen und gab einem seiner Kollegen ein kurzes Handzeichen. Sofort drehte sich der junge Mann um und verschwand hinter dem Vorhang.

»Sieht so aus, als sei alles in Ordnung«, sagte Novacek und drehte sich wieder um. »Kommen Sie, gehen wir rüber. Unser Freund, der Rote Pfahl, wird jeden Moment eintreffen.«

Während des Essens wurde wenig gesprochen. Yao Tzu saß Shou Chen-hai am Haupttisch mit ausdrucksloser Miene gegenüber, rechts und links von ihm je einer seiner Gefolgsleute. Wenn Novaceks Behauptung stimmte, war der Rote Pfahl selbst unbewaffnet, aber das bedeutete nicht, daß er nicht auf Ärger vorbereitet war. Seine Gefolgsleute waren große, bösartig wirkende Kerle, die einfach nur dasaßen und nichts aßen. Sie starrten Shou bloß an; so lang und eindringlich, bis sein anfängliches Unbehagen sich in etwas anderes verwandelte – eine kalte, schwächende Furcht, die in sein Innerstes sickerte. Darauf hatte Novacek ihn nicht vorbereitet, und er fragte sich warum. Aber er ließ sich nichts anmerken. Seine Furcht und sein Unbehagen, seine Unsicherheit und seine Selbstzweifel blieben hinter seinem feisten Gesicht versteckt.

Er beobachtete, wie der Rote Pfahl sich mit einer Serviette vornehm den Mund abtupfte, bevor er zu ihm herübersah. Yao Tzu hatte zarte, fast kindliche Gesichtszüge; seine Nase und seine Ohren waren zierlich wie die einer jungen Frau, die Augen wie zwei gemalte Murmeln in einem pockennarbigen Gesicht, das fast die Blässe eines *Hung Mao* hatte. Er starrte Shou Chenhai mit einer unpersönlichen Feindseligkeit an, die ein unlösbarer Teil seiner selbst zu sein schien. Als er seinem Blick begegnete, wurde Shou klar, daß es nichts gab, wozu dieser Mann nicht imstande war. Nichts, was ihm nachts auch nur für eine Sekunde den Schlaf rauben würde. Eben diese Eigenschaft machte ihn so gut in seinem Job als 426er, als Vollstrecker.

Er lächelte fast, beherrschte sich aber und wartete, wie Novacek ihm geraten hatte, bis Yao Tzu das Wort ergriff. Aber statt etwas zu sagen, drehte der Rote Pfahl sich halb um und bestellte einen seiner Laufburschen mit einem Fingerschnippen zu sich. Der Mann kam sofort herbeigeeilt und stellte ein schmales Kästchen neben Yao Tzus linke Hand auf den Tisch.

Yao Tzu blickte auf und schob das Kästchen zu ihm herüber.

Shou warf Novacek einen Blick zu, dann zog er das Kästchen zu sich heran und bat den Roten Pfahl wortlos um Erlaubnis, es öffnen zu dürfen. Auf sein knappes Nicken öffnete er die Verschlüsse und hob den Deckel. Es enthielt, auf ein hellrotes Seidenpolster gebettet, drei Reihen winziger Päckchen, auf deren schwarzer Umhüllung rote, blaue und gelbe Han-Piktogramme geprägt waren – jede Reihe in einer anderen Farbe. Er starrte sie einen Moment lang an, dann sah er dem Roten Pfahl in die Augen, und in ihm dämmerte das Begreifen. Wieder mußte er den Drang zum Lächeln unterdrücken – er durfte nicht versuchen, mit dem Mann gegenüber eine Art persönlichen Kontakt aufzunehmen –, aber im Innern triumphierte er. Wenn es sich um das handelte, was er vermutete, dann hatte er sein Ziel erreicht. Er bat Novacek mit einem Blick um Bestätigung, dann wandte er sich mit gesenktem Kopf wieder dem Roten Pfahl zu.

Zum erstenmal seit einer Stunde sagte Yao Tzu etwas.

»Haben Sie verstanden, Shou Chen-hai? Sie haben hier ein vollständiges Sortiment unserer neuesten Drogen, auf jedes Bedürfnis zugeschnitten, in unseren Laboratorien nach den höchsten Qualitätsmaßstäben produziert.« Er beugte sich vor. »Gegenwärtig gibt es in ganz Chung Kuo nichts Vergleichbares. Wir werden sie in den ersten zwei Monaten kostenlos mit allem versorgen, was Sie brauchen, und als Gegenleistung werden Sie die Kapseln ohne Bezahlung unseren Kontaktleuten unter den Oberen zur Verfügung stellen. Danach allerdings werden wir unsere Lieferungen in Rechnung stellen. Es wird natürlich nicht viel kosten – nicht annähernd soviel wie die Preise, die unsere Freunde Ihnen bezahlen werden, nicht wahr? –, aber genug, um uns beide zufriedenzustellen.«

Shou Chen-hai nickte andeutungsweise. Er hatte eine trockene Kehle, und seine Hände zu beiden Seiten des Kästchens zitterten. »Und meine Idee?«

Yao Tzu senkte den Blick. »Ihr Vorhaben findet unsere Zustimmung, *Hsien L'ing* Shou. Es paßt zu unseren Plänen für eine zukünftige Expansion. Genaugenommen haben wir uns schon seit einiger Zeit Schritte in dieser Richtung überlegt. Können wir uns nicht beide glücklich schätzen, daß unsere Pläne in dieser Hinsicht so weitgehend übereinstimmen?«

Shou durchfuhr ein Schauer der Erleichterung. »Und die anderen Bosse ... werden sie nicht mit Ihnen darum streiten?«

Das war seine größte Sorge – die ihn Nacht um

Nacht den Schlaf gekostet hatte –, und jetzt hatte er es unbesonnen ausgeschwatzt. Einige Sekunden lang glaubte er, das Falsche gesagt zu haben, aber Novacek an seiner Seite schwieg, und im Gesicht des Roten Pfahls gab es keine Anzeichen dafür, daß er sich von seiner Frage beleidigt fühlte; dennoch spürte Shou eine neue Anspannung am Tisch.

»Darum werden wir uns kümmern«, antwortete Yao Tzu steif und sah ihm in die Augen. »Wenn der Brunnen tief ist, können viele daraus schöpfen, nicht wahr? Außerdem ist es besser, Geld zu machen, als einen Krieg zu führen. Ich bin mir sicher, daß die anderen Bosse derselben Meinung sind.«

Shou holte tief Luft und ließ die Anspannung von sich abfallen. Dann waren sie sich also einig. Ein zweites Mal erfaßte ihn eine Welle der Hochstimmung.

Yao Tzu musterte ihn kühl. »Natürlich tragen Sie für Ihren Teil des Geschäfts die Verantwortung. Sie kümmern sich um das Personal und die Vermarktung. Außerdem zahlen Sie das gesamte Teegeld.«

Shou verbarg seine Enttäuschung, indem er den Kopf senkte. Er hatte gehofft, sie würden ihm helfen, was das ›Teegeld‹ – die Bestechungsgelder – anging; er hatte angenommen, daß sie gut dafür bezahlen würden, wenn er Kontaktleute kaufte, aber offensichtlich sahen sie das anders. Natürlich standen ihm beträchtliche Geldmittel zur Verfügung, seit er die Finanzierung der Gesundheitszentren verwaltete, aber sie waren alles andere als unbegrenzt, und er hatte im Umgang mit Beamten schon einige Erfahrungen gesammelt. Sie waren wie Huren – nur waren Huren billiger.

Er hielt den Blick gesenkt und dachte die Sache durch. Um den Engpaß zu überbrücken, würde er seine Mittel bis an die Grenze belasten müssen, aber er wollte es schaffen, selbst wenn er sich dafür in Schulden stürzte, denn wenn das Geschäft einmal liefe, hätten sich seine Investitionen mehr als gelohnt. Er wäre dann der Vertreter des Großen Kreises unter den Oberen, würde ihre Interessen vertreten, Freundschaften schließen, selbst dort Zutritt haben, wo Männer wie Novacek sich nicht hinwagten. Und auch dieses unerwartete Geschäft mit den Drogen konnte sich als recht lukrativ erweisen. Das wurde ihm jetzt klar. Er würde Spieler anheuern – unter der Bedingung für ihre Schulden aufzukommen, wenn sie sich bereiterklärten, in seinem Auftrag Geschäfte zu machen. Ja, er hatte es jetzt klar vor Augen; er sah ein großes Netz von Verbindungen voraus, in dessen Mittelpunkt er saß.

Er begegnete dem starren Blick des Roten Pfahls mit neuer Selbstsicherheit, weil er jetzt wußte, daß er in den vergangenen Monaten keinen Fehler gemacht hatte. Er, Shou Chen-hai, war für Großes bestimmt. Und auch seine Söhne würden große Männer werden. Vielleicht sogar Minister.

Als die Männer gegangen waren, saß er noch allein am Tisch und studierte den Inhalt des Kästchens. Wenn zutraf, was er gehört hatte, war allein dieses Kästchen eine halbe Million wert. Er fuhr sich mit der Zunge nachdenklich über die Vorderzähne, dann nahm er eins der kleinen Päckchen in die Hand.

Es war ebenso groß wie die anderen, seine wächserne, nachtschwarze Verpackung an beiden Enden mit dem blauen Rad-Logo des Großen Kreises hitzeversiegelt. Der einzige Unterschied war die Markierung auf der Vorderseite. In diesem Fall waren die Piktogramme rot. *Pan shuai ch'i* stand darauf zu lesen – ›Halbleben‹. Die anderen trugen ähnlich seltsame Namen: *Leng tuan* – ›kaltes Bein‹; *Ting tui* – ›Stillegung‹; *Hsian hsiao ying* – ›Fließgrenze‹. Er legte es wieder an seinen Platz, lehnte sich zurück und starrte nachdenklich ins Leere. Er saß immer noch da, als Novacek zurückkam.

»Was ist das?«

Novacek zögerte, dann lachte er. »Sie wissen doch, was das ist.«

»Ich weiß, daß es Drogen sind, aber warum sind sie so anders? Er sagte, es gibt in ganz Chung Kuo nichts Vergleichbares. Warum? Das muß ich wissen, wenn ich sie verkaufen soll.«

Novacek musterte ihn schweigend, dann nickte er. »Also gut, Shou Chen-hai. Lassen Sie mich erklären, was geschehen ist... was hier *wirklich* geschehen ist.«

* * *

»Alles voller Rohre«, hörte sie Vasskas Stimme aus der Dunkelheit nicht weit entfernt. »Die Scheiße rutscht runter und das Wasser steigt hoch. Wasser und Scheiße. Wachstum und Verfall. Die alten Prozesse, aber jetzt mechanisiert, in enge Rohre gezwungen.«

Vasskas Spruch wurde mit einem warmen, kehligen Lachen quittiert, doch in der Dunkelheit war nicht auszumachen, von wo es kam. »Das wußten wir doch schon«, sagte Erika. In der Enge rieb ihr Knie an dem von Ywe Hao entlang.

»Sie betrügen sich selbst«, fuhr Vasska fort. Das Thema lag ihm. »Aber es ist kein echter Lebensraum, es ist eine elende Maschine. Wenn man sie abschaltet, sterben sie, so gründlich sind sie von allem abgeschnitten.«

»Und sind wir so anders?«

Ywe Haos Bemerkung klang scharf, und ihre Verärgerung über Vasska mischte sich mit der Furcht, daß sie belauscht werden könnten. Sie befanden sich im obersten Geschoß des Stocks, unmittelbar unter dem Dach, aber wer wußte schon, welche Streiche einem die Akustik in den Ventilationsanlagen spielte? Sie warf einen Blick auf die schwach glimmende Ziffer an ihrem Handgelenk und biß die Zähne aufeinander.

»Ja, wir sind durchaus anders«, sagte Vasska und beugte sich so nah an sie heran, daß sie seinen Atem auf ihrer Wange spüren konnte. »Wir sind anders, weil wir es niederreißen wollen. Wir wollen das Ganze einebnen und zur Erde zurückkehren.«

Das grenzte an eine Beleidigung. Als hätte sie das vergessen – sie, die der Bewegung schon fünf Jahre länger angehörte als dieser ... dieser *Junge*. Außerdem hatte sie das ganz anders gemeint. Schließlich waren sie auch abgeschnitten. Auch sie hatten ihr Leben im Innern der Maschine verbracht. Vielleicht meinten sie bloß, daß sie anders waren?

Sie wollte etwas erwidern, aber Erika beugte sich vor und berührte sie am Arm, als wollte sie sagen: *Ärgere dich nicht über ihn. Wir kennen seinesgleichen.* Aber laut sagte sie: »Wie lang noch, Chi Li? Ich ersticke.«

Das stimmte. Die enge Nabe war nicht für drei Personen vorgesehen, und obwohl sie gut belüftet wurde, war sie heiß und erfüllt von einer Mischung ziemlich unangenehmer Gerüche.

»Noch fünf, mindestens«, sagte sie und bedeckte Erikas Hand mit ihrer eigenen. Sie mochte die Frau trotz all ihrer Fehler, wogegen Vasska ... Vasska war eine Plage. Sie hatte viele Leute wie ihn kennengelernt. Fanatiker, blinde Eiferer. Für sie war die *Yu*-Ideologie ein Vorwand, sich das Selberdenken zu sparen. Der Rest war geläufiges Gerede. Scheiße und Wasser. Enge Rohre. Das waren die Schlagwörter der alten *Ping Tiao*-Intelligenzia. Als ob *sie* solche Ermahnungen nötig hätte.

Sie schloß die Augen und dachte nach. Sie arbeitete mit den beiden jetzt seit sechs Wochen als Team zusammen – wovon die ersten drei, die in ihren Kreisen als ›Akklimatisierung‹ bezeichnet wurden, der Vorbereitung auf diese Mission gedient hatten. Vasska, Erika – das waren nicht ihre richtigen Namen, und sie selbst hieß auch nicht Chi Li, wie es auf ihrer ID-Plakette stand. Das waren die Namen toter Männer und Frauen im Wartungsservice; Männer und Frauen, deren Identität die *Yu* für ihre Zwecke gestohlen hatte. Und sie würde nie ihre richtigen Namen erfahren. Sie waren Fremde, aus anderen *Yu*-Zellen für diese Mission rekrutiert. Wenn sie hier erst fertig waren, würden sie sich nie wiedersehen.

Diese Verfahrensweise war unumgänglich und sie funktionierte auch, aber sie hatte ihre Nachteile. Vasska hatte sie von Anfang an gereizt. Er hatte es nie ausgesprochen, aber es war nicht zu übersehen, daß es ihm nicht paßte, unter ihrem Kommando zu arbeiten. Obwohl ihre Bewegung erklärtermaßen die Gleichstellung von Mann und Frau anstrebte, erwarteten die Männer immer noch, die Führungsrollen zu übernehmen – als Denker und Lenker, als Formulierer ihrer Politik und Ausführer ihrer Beschlüsse. Vasska war einer von dieser Sorte. Vor einer offenen Auseinandersetzung schreckte er stets zurück, doch nur so eben. Er war mürrisch, verdrossen und streitsüchtig. Immer wieder war sie gezwungen gewesen, ihm ausdrückliche Befehle zu erteilen. Er hatte sich revanchiert, indem er ihre Loyalität für die Ziele und das zugrunde liegende Dogma der *Yu*-Ideologie in Frage stellte; so hartnäckig, daß sie sich in ihren ruhigen Augenblicken selbst zu fragen begonnen hatte, ob sie wirklich an das glaubte, was sie tat, ob sie wirklich an Machs Vision einer neuen Ordnung glaubte, die an die Stelle der eingeebneten Stadt treten sollte. Und obwohl sie das bejahen konnte, fiel es ihr immer schwerer, es auch auszusprechen – als könnten solche Lippenbekenntnisse sie zu einem wie Vesska machen.

Eine Zeitlang war nichts zu hören, nur ihr Atem und das schwache, unaufhörliche Summen der Lebenserhaltungsanlagen. Dann meldete sich Vasska wieder zu Wort, nachdem er seine Bemerkung mit einem widerlich vieldeutigen Lachen vorbereitet hatte. »Wie geht's denn deinem Freund, Chi Li? Wie geht's ... *Wolf*-gang?« Er sprach den Namen des älteren Mannes so aus, daß er unbedeutend und lächerlich klang.

»Halt den Mund, Vasska«, fuhr Erika dazwischen. Und indem sie sich an Ywe hao heranbeugte, flüsterte sie: »Mach das Belüftungsloch auf. Schauen wir mal rein. Es ist fast soweit.«

Dankbar für Erikas Eingreifen, lächelte Ywe Hao im Dunkeln, drehte sich um und schob den Riegel zurück. Licht drang in die enge, dunkle Kammer und beleuchtete das Gewirr ihrer Glieder.

»Was kannst du sehen?«

Anfangs war es zu hell. Doch als ihre Augen sich an die Helligkeit gewöhnt hatten, stellte sie fest, daß sie aus einer Höhe von fünfzig oder sechzig *ch'i* auf die Hauptstraße hinunterblickte. Es war spät – weniger als eine Stunde bis zum ersten Dunkel –, und die Massen des Tages hatten sich von der Hauptstraße verlaufen, nur noch eine Handvoll Zecher und einige Arbeiter auf dem Weg zu ihrer Nachtschicht waren zu sehen. Ywe Hao sah über die hinweg zu einer kleinen Tür in einiger Entfernung auf der linken Seite der Hauptstraße. Sie war von ihrem Standort kaum zu erkennen, doch als sie sie entdeckt hatte, trat aus ihr eine Gestalt nach draußen und hob zum Abschied die Hand.

»Das ist er!« sagte sie in drängendem Flüstern. »Mach schnell, Vasska. Ich will, daß der Lift gesichert ist.« Sie drehte sich um und sah in das starke, weibliche Gesicht unmittelbar vor sich. »Nun? Was denkst du?«

Erika überlegte, dann nickte sie, und ein gepreßtes, angespanntes Lächeln erhellte ihre Züge. »Wenn's so läuft wie letztes Mal, haben wir dreißig, maximal vierzig Minuten Zeit. Zeit genug, um hier alles zu sichern und fertig zu werden.«

»Gut. Dann machen wir uns an die Arbeit. Eine so gute Gelegenheit werden wir nicht noch einmal haben.«

* * *

Ywe Hao sah sich um, dann nickte sie zufrieden. Die Zimmer sahen normal aus, von dem Kampf waren keine Spuren zurückgeblieben. Vier der Diener hatten sie, an Händen und Füßen gefesselt und betäubt, in die Speisekammer gesperrt. In einem anderen Zimmer hatten sie die Frauen und Kinder des Haushalts untergebracht; Shous zwei Frauen, die neue Konkubine und die zwei kleinen Jungen. Auch sie hatten sie unter Drogen gesetzt, wobei sie darauf acht gegeben hatten, den Jungen keine zu starke Dosis zu verabreichen. Jetzt wandte sie sich dem fünften Mitglied des Haushaltspersonals zu, dem Tafelmeister, der die Nummer *yi* – eins – schmuckvoll verziert in rot auf dem grünen Brustabzeichen seines strahlend weißen *Pau* trug. Er starrte sie mit vor Furcht weit aufgerissenen Augen an, den Kopf leicht gesenkt, als frage er sich, was sie als nächstes tun würde. Sie hatte ihm mit Klebeband eine Haftbombe am Nacken befestigt und ihm versprochen, daß sie bei der kleinsten falschen Bewegung hochgehen würde.

»Sie wissen ja«, beruhigte sie ihn. »Wir wollen nichts von Ihnen, Tafelmeister Wong. Gehorchen Sie und es wird Ihnen nichts geschehen. Aber entspannen Sie sich. Shou Chen-hai darf keinen Verdacht schöpfen. Er wird bald von seiner Verabredung mit dem Mädchen zurückkehren, also bereiten Sie ihm sein Bad und verhalten Sie sich wie üblich. Aber denken Sie daran, wir werden Sie jede Sekunde beobachten. Und beim kleinsten Zeichen...«

Der Tafelmeister nickte.

»Gut.« Sie überprüfte das Zimmer ein zweites Mal, dann griff sie an die Tasche ihres Uniformrocks. Sie hatte die Papiere eingesteckt – das Flugblatt, das die Gründe für die Hinrichtung erklärte, sowie das offizielle Todesurteil, unterzeichnet von allen fünf Mitgliedern des Hohen Rats der *Yu*. Diese würde der Sicherheitsdienst bei Shous Leiche finden. In der Zwischenzeit würden ihre Sympathisanten auf den unteren Ebenen Kopien des Flugblatts verteilen. Insgesamt über fünfzig Millionen, die sie aus den Schatzkammern der längst aufgelösten *Ping Tiao* finanziert hatten. Geld, das Mach nach dem Überfall auf Helmstedt zur Seite geschafft hatte, bevor das Debakel in Bremen den Untergang der *Ping Tiao* besiegelte.

»Gut. Sie wissen, was Sie sagen sollen? Gut. Dann machen Sie sich an die Arbeit. Ich will, daß alles vorbereitet ist, wenn er zurückkommt.«

Sie gesellte sich zu Erika am Schreibtisch in dem kleinen Überwachungsraum. Sie beobachtete die Gestalt des Tafelmeisters, der sich durch den Korridor ins Hauptbadezimmer begab. Indem sie sich ständig vergewisserte, was er tat, warf sie Blicke auf die anderen Monitore, wieder einmal erbost über den Luxus, die schiere Verschwendung, die sie erblickte. Shou Chenhais Familie war nicht größer als viele in den mittleren und unteren Ebenen, und doch hatte er all das: vierundzwanzig Zimmer, darunter nicht weniger als zwei Küchen und zwei private Bäder. Es war schändlich. Eine Beleidigung für alle, denen er diente. Aber deswegen waren sie nicht hier, denn es gab viele andere, die auf ebenso großem Fuße lebten wie Shou Chen-hai, ohne an die Not und das Leid zu denken, von denen ihre Gier zehrte. Nein, es gab besondere Gründe, um Shou Chen-hai auszusondern.

Sie erschauderte, so sehr schürte die Empörung ihren Zorn. Shou Chen-hai war ein Betrüger. Aber nicht bloß irgendein Betrüger. Seine Betrügereien spielten sich in großem Maßstab ab und hatten unsagbares Leid zufolge: Kinder, deren Mangelkrankheiten unbehandelt blieben; gute Männer, die in überfüllten Unfallkliniken verbluteten; Mütter, die bei der Geburt starben, weil die vom T'ang versprochenen Einrichtungen nicht gebaut worden waren. Sie lachte kalt. Die Zeremonie vorhin war ein fauler Zauber gewesen. Der Kanzler des T'ang war in den neuen Stationen und Operationssälen herumgeführt worden, als seien sie typisch für den Rest der Einrichtung. Aber sie hatte mehr gesehen. Mit eigenen Augen hatte sie die leeren Stationen, die ungebauten Operationssäle, die leeren Räume gesehen, wo einsatzfähige Anlagen stehen sollten. Nur ein Fünftel der versprochenen Anlage war gebaut worden. Der Rest existierte nicht – und würde nie existieren –, weil Shou Chen-hai und seine Freunde die bewilligten Gelder für eigene Projekte abgezweigt hatten. Sie schüttelte den Kopf, fassungslos über das Ausmaß der Täuschung. Es kam nicht selten vor, daß Beamte zehn, sogar fünfzehn Prozent eines Projektetats beiseiteschafften. Es wurde in dieser, ihrer verrückten Welt sogar von ihnen *erwartet*. Aber achtzig Prozent! Vier Milliarden *Yuan*! Ywe Hao biß die Zähne aufeinander. Nein. Das konnte nicht hingenommen werden. An Shou Chen-hai mußte ein Exempel statuiert werden, sonst würden viele leiden, während Shou an ihrem Leid fett wurde.

Sie wandte sich Erika zu. »Mit wem trifft sich Shou?«

Erika lächelte und ließ den Blick nicht vom Bildschirm ab. »Mit der Tochter eines seiner Untergebenen. Ein Mädchen von dreizehn Jahren. Die Mutter weiß davon, sieht aber darüber hinweg. Und wer kann es ihr vorwerfen?«

»Nein...« Doch Ywe Hao wurde schlecht bei dem Gedanken. Es war ein weiteres Beispiel für Shous Verkommenheit; für den korrupten Mißbrauch der ihm verliehenen Macht. Macht... das war das eigentliche Problem hier. Macht in den Händen unbedeutender, skrupelloser Männer. Männer, die nicht einmal fähig waren, ein Bordell zu verwalten, geschweige denn ein *Hsien*. Männer, die keinen Deut besser waren als ihr Onkel Chang.

Sie zog ihr Messer, starrte es an und fragte sich, was für ein Gefühl das wäre, es Shou Chen-hai durch die Kehle zu ziehen, und ob das ausreichen würde, um ihren Zorn zu befriedigen. Nein. Sie konnte eine Million Shous umbringen, und es würde nie reichen. Doch es war ein Anfang. Ein Zeichen für die Oberen und Unteren gleichermaßen.

Sie drehte das Messer, überprüfte die Schärfe der Klinge und steckte es in die Scheide zurück. »Bist du bereit?«

Erika lachte. »Mach dir keine Gedanken um mich. Frage dich lieber, ob Vasska seine Arbeit getan hat und die Lifte bewacht.«

»Ja...«, sagte sie und spannte sich an, als sie die unverkennbare Gestalt Shou Chen-hais vom Ende des Korridors näher kommen sah. »Ja. Aber erst kümmern wir uns um unseren Mann...«

* * *

Die Zeremonie war weit fortgeschritten. In dem kleinen, überfüllten Saal herrschte eine erwartungsvolle Stille, als der Neukonfuzianische Beamte sich dem Paar zuwandte.

Karr trug seine Galauniform, deren eng sitzender, azurblauer Rock seine stämmige Figur betonte. Er trug keine Kopfbedeckung auf dem kurzgeschorenen Schädel, aber um seinen Hals hing der riesige, goldene Drachenanhänger der *Chia ch'eng*. Er war ihm erst vor zwei Monaten vom T'ang persönlich in einer Privatzeremonie verliehen worden, und Karr trug ihn mit Stolz, weil er wußte, daß es die höchste Ehre war, die ein Gemeiner außerhalb der Regierung erreichen konnte, eine Auszeichnung, die ihn zu einem Ehrenangestellten des Kaiserlichen Haushalts machte.

Neben Karr stand seine künftige Ehefrau Marie Enge, die er vor sechs Monaten im Teehaus Drachenwolke kennengelernt hatte. Im Gegensatz zu Karr trug sie ein hell scharlachrotes, schlichtes, um die Hüfte gegürtetes Seidengewand. Die Wirkung dieser einfachen Aufmachung war trotzdem überwältigend. Sie schien die perfekte Gefährtin für den großen Mann zu sein.

Karr sah ihr kurz in die Augen und lächelte, dann wandte er sich wieder dem Beamten zu und hörte aufmerksam zu, wie das verschrumpelte Gesicht des Alten die Hochzeitsformel aufsagte.

»Ich muß euch in aller Öffentlichkeit daran erinnern, daß es weder schicklich noch angemessen ist, eure Liebe zu zeigen. Eure Äußerungen müssen zurückhaltend sein und auf die Gefühle derer Rücksicht nehmen, die um euch sind.« Der Alte sah mit strenger Miene in die Runde. »Die Liebe muß im Zaum gehalten werden. Es darf ihr nicht gestattet werden, auf die Arbeit des Ehemannes oder seine Pflichten gegenüber der Familie Einfluß zu nehmen.« Er nickte knapp, dann sah er die Braut an. »Was Sie angeht, Marie Enge, müssen Sie Ihre häuslichen Pflichten als gute Ehefrau ohne Klage oder Tadel erfüllen. Bei gesellschaftlichen Anlässen sollten Sie nicht bei Ihrem Mann sitzen, sondern sich im Hintergrund halten. Als Ehefrau sind alle Blutbanden für Sie gekappt. Sie werden ein Teil des Haushalts Ihres Ehemanns.«

Der Alte machte eine Pause, dann fuhr er weniger förmlich fort:

»Ich habe gehört, daß es unter den jungen Menschen aus der Mode gekommen ist, die Dinge in diesem Licht zu sehen, aber es gibt einiges zu unseren Traditionen zu sagen. Sie bringen Stabilität und Frieden, und Frieden schafft Zufriedenheit und Glück. In unserem Fall, Gregor Karr und Marie Enge, bin ich mir natürlich darüber im klaren, daß keine Familien im Spiel sind. Für euch ist die lange Kette der Familientradition abgerissen, aber das ist nicht eure Schuld. Und doch sind diese Traditionen auch in eurer Situation von Bedeutung, denn früher oder später werdet ihr Kinder haben. Ihr werdet eine Familie sein. Und so wird die Kette neu geschmiedet, die Banden neu geknüpft. Mit dieser Zeremonie tretet ihr in den großen Gezeitenstrom des Lebens auf Chung Kuo ein. Mit

eurer Teilnahme an diesen ältesten Ritualen bestätigt
ihr ihre Kraft und ihre Bedeutung.«

Chen, der Karr zur Linken stand, lief es bei diesen
Worten kalt den Rücken hinunter. So war es auch bei
ihm gewesen, als er Wang Ti geheiratet hatte. Er hatte
es wie eine zweite Geburt erlebt. Nicht mehr bloß
Chen, sondern *Kao* Chen, Oberhaupt der Familie Kao,
verbunden mit der Zukunft der Söhne, die er einmal
zeugen würde. Söhne, die sein Grab kehren und die Rituale vollziehen sollten. Mit der Heirat war er ein Ahne
geworden. Er lächelte und empfand in diesem Moment
eine tiefe Zuneigung für Karr, hatte seine Freude daran,
wie der große Mann seine Braut ansah, weil er wußte,
daß diese Ehe im Himmel geschlossen wurde.

Hinterher schloß er Karr fest in die Arme. »Ich freue
mich so für dich, Gregor. Ich habe immer gehofft ...« Er
brach ab und schluckte eine plötzliche Gefühlsaufwallung hinunter.

Karr lachte und schob ihn eine Armlänge von sich.
»Was ist denn das, mein Freund? Tränen? Nicht doch ...
dies ist ein Freudentag, denn von heute an ist mein
Herz reicher denn je zuvor.«

Er drehte sich um und hob die Hand. Auf das Zeichen hin wurden hinter ihm die Türen aufgestoßen und
öffneten sich in einen langen Saal mit hoher Decke, dessen Tische mit Kristall und Spitze für hundert Gäste
ausstaffiert waren.

»Nun, meine Freunde, tretet ein. Es gibt Speise und
Trank, und später Tanz.« Er sah zu seiner Braut hinüber, lächelte breit und streckte die Hand nach ihr aus.
»Und jetzt ... Seid alle willkommen. Heute abend wird
gefeiert!«

* * *

Das goldene Auge der Überwachungskamera drehte
sich in seinem drachenmaulförmigen Sockel und verfolgte Shou Chen-hai, während er näher kam. Wenig

später glitt mit einem Zischen die Tür auf. Hinter ihr, in der gefliesten Eingangshalle wartete mit gesenktem Kopf der Tafelmeister. Er trug einen seidenen Hausmantel über dem Arm.

Shou Chen-hai trat ein, blieb stehen und ließ sich von Wong Pao-yi seine Oberbekleidung ausziehen und in den leichten *Pau* helfen. Er atmete tief durch und genoß die kühle Stille des Vorraums, dann wandte er sich seinem Diener zu. »Wo sind sie denn alle?«

Wang Pao-yi senkte den Kopf und wiederholte die Worte, die man ihm eingebläut hatte. »Ihre erste Frau Shou Wen-lo besucht ihre Mutter, Exzellenz. Sie kommt morgen früh zurück. Ihre zweite Frau ist mit den Jungen neue Gewänder kaufen gegangen. Sie hat eben angerufen und Bescheid gesagt, daß sie noch eine Stunde unterwegs ist.«

Sou nickte zufrieden. »Und Yue Mi?«

Der alte Diener zögerte. »Sie schläft, Exzellenz. Soll ich sie wecken und in Ihr Zimmer schicken?«

Shou lachte. »Nein, Meister Wong. Später vielleicht. Jetzt brauche ich erst einmal ein Bad.«

Wong Pao-yi verbeugte sich nochmals. »Es ist bereits eingelassen, Exzellenz. Wenn Sie mir folgen möchten, werde ich mich persönlich um Ihre Bedürfnisse kümmern.«

Allein im Badezimmer, ließ er seine Unterhose fallen und schleuderte sie mit dem Fuß weg, dann setzte er die Weinschale ab und zog sich den *Pau* über den Kopf. Nackt streckte er sich, genoß das angenehme Gefühl und hatte Freude am Anblick seines muskulösen Körpers in dem Wandspiegel. Schließlich nahm er die Weinschale in die Hand und prostete sich selbst zu. Das Mädchen war gut gewesen. Weit weniger verkrampft als das letztes Mal. Und viel williger. Da hatte zweifellos ihre Mutter ihre Hände im Spiel gehabt. Nun, vielleicht würde er die Mutter belohnen, ihr ein kleines Geschenk schicken, um sie zu ermutigen. Oder vielleicht würde er das nächste Mal beide vögeln, Mutter und Tochter in einem Bett.

Der Gedanke brachte ihn zum Lachen, aber als er sich umdrehen wollte, verharrte er plötzlich, weil er spürte, daß sich jemand im Korridor aufhielt.

»Wong Pao-yi? Sind Sie das?«

Er trat einen Schritt vor, dann hielt er inne, und die schwere Porzellanschale fiel ihm aus den Händen und zerschellte an der Badewanne.

»Was, zum Teufel...?«

Vor ihm stand ein Mann im orange-gelben Drillichanzug der Wartungseinheiten und richtete eine Handfeuerwaffe auf ihn.

»Wong Pao-yi!« rief Shou und starrte den Mann fassungslos an. Er spürte überdeutlich, wie verwundbar er in seiner Nacktheit war. »Wong Pao-yi, wo sind Sie?«

Der Mann lachte leise und schüttelte den Kopf. »Haben Sie sich amüsiert, Shou Chen-hai? Kleine Mädchen gefickt, was?«

Vor Zorn machte Shou zwei weitere Schritte, ehe ihm die Waffe einfiel. Er verharrte und runzelte die Stirn, als er den seltsam freudigen Ausdruck im Gesicht seines Gegenübers sah.

»Was wollen Sie?« fragte er. »Alles, was ich habe, ist in dem Safe in meinem Arbeitszimmer. Karten, Bargeld und ein paar wertvolle Stücke...«

Der Mann schüttelte den Kopf. »Ich bin kein Dieb, Shou Chen-hai. Wenn, dann hätte ich Sie draußen im Korridor überfallen.«

Shou nickte und zwang sich, ruhig zu bleiben. Wenn hier einer der rivalisierenden Triadenbosse versuchte, sich in seine Abmachung mit dem Großen Kreis einzumischen, dann sollte er vermeiden, vor einem ihrer Laufburschen Furcht zu zeigen. Er blies die Brust auf und trug seine Nacktheit wie eine Tapferkeitsmedaille.

»Wer hat Sie geschickt? Der Dicke Wong? Der Lidlose Li? Oder war es der Bärtige Lu?«

Der Mann wedelte ungeduldig mit seiner Waffe und warf ihm ein Stück Papier zu. Shou Chen-hai drehte verständnislos den Kopf und hob das Papier erst auf eine zweite Aufforderung auf. Ein Blick darauf genügte, um ihm den Magen umzudrehen.

Es war ein Terroristen-Flugblatt. Es listete seine Verbrechen auf. Es nannte Gründe, warum sie ihn töten mußten.

»Hören Sie, ich...«, begann Shou. Aber es gab keine Diskussionen. Mit diesen Schweinen konnte man nicht verhandeln. Seine einzige Chance bestand darin, den Mann zu überraschen. Aber als habe er das geahnt, trat der Mann einen Schritt zurück und entsicherte seine Waffe. Er beobachtete Shou wachsam, und seine Augen weideten sich an seiner Angst.

»Haben Sie sich denn nun amüsiert?« hakte der Mann nach und entlockte Shou ein Aufkeuchen, indem er die Waffe nach vorn stieß. »Kleine Kinder gevögelt?«

Was sollte das? Hatte sein Untergebener Feng Shou diesen Kerl angeheuert? Und war die Sache mit dem Flugblatt bloß eine Tarnung? Er hob die Hand, als wollte er den Mann abwehren.

»Ich werde Sie bezahlen. Gut bezahlen. Mehr als Fang Shou Ihnen gezahlt hat. Hören Sie, ich bringe Sie jetzt zum Safe. Ich werde...«

»Halten Sie's Maul!«

Der Mann hatte die Zähne gefletscht, aber sein Blick war kalt und gnadenlos, und Shou Chen-hai wußte sofort, daß er sich geirrt hatte. Es war ein Terrorist. Dieser irre Glanz in den Augen, der kompromißlose Fanatismus waren kaum mißzuverstehen.

»Ihresgleichen kotzt mich an«, sagte der Mann und richtete die Waffe auf Shous Stirn. »Sie glauben, Sie könnten alles kaufen. Sie glauben...« Er brach ab, fuhr herum und folgte Shous Blick.

Hinter dem Mann war eine zweite Gestalt in den Korridor getreten. Auch sie trug den orange-gelben

Anzug der Wartungsarbeiter. Sie erfaßte mit einem Blick, was hier vor sich ging, riß ihre Waffe hoch und trat vor.

»Du verdammter Idiot! Was soll dieser Blödsinn?«

Der Mann fuhr sichtlich zusammen, dann wandte er sich wieder Shou Chen-hai zu. Dennoch hatte sich sein Gesichtsausdruck verändert, die widerliche Belustigung eingebüßt. Shou begriff sofort, wie es zwischen den beiden stand – er spürte den bohrenden Widerwillen in dem Mann –, und überlegte, wie er die Unstimmigkeit für sich ausnutzen konnte. Aber es war zu spät.

Ywe Hao zielte und feuerte zweimal, nach wenigen Sekunden dann ein drittes Mal, und stieg über den zusammengesackten, leblosen Körper, um sich zu vergewissern, daß er wirklich tot war. Aus einer Wunde im Bauch sprudelte Blut über die Keramikfliesen. Blut auch im Wasser der Badewanne. Sie wandte sich Vasska zu, und ihre Stimme klang vor Wut schrill.

»Du elender Idiot! Ich hätte Erika an deiner Stelle herschicken sollen. Und jetzt verschwinde! Schließ dich ihr an. Sofort!«

Der Mann schnaufte unwillig, senkte aber seine Waffe und wollte sich auf den Weg machen. Er war gerade zwei Schritte ins Zimmer gegangen, als er innehielt und herumfuhr.

»Es kommt jemand! Ich höre Schritte!«

Sie blickte zu ihm auf und schüttelte den Kopf. Was für ein Dummkopf. Was für ein blutiger Amateur. Warum mußte sie ausgerechnet ihn im Team haben? Sie beeilte sich, die Papiere an der Leiche unterzubringen. Dann richtete sie sich auf, um an Vasska vorbei in den Korridor zu gehen. Am anderen Ende war ein Mann erschienen, barfuß und offenbar in seiner Hauskleidung. Als er näher kam, erkannte sie ihn. Es war der alte Wachmann Leyden.

»Nein ...«, sagte sie leise. »Bitte nicht ...« Aber er kam immer näher. Ein paar Schritte vor ihr blieb er stehen.

»Chi Li... Was ist los? Ich glaube, ich habe Schüsse gehört. Ich...«

Seine Stimme versagte. Er verstummte, runzelte die Stirn und sah auf die Waffe in ihrer Hand. Ein Teil von ihm verstand, ein anderer weigerte sich zu verstehen.

Sie schüttelte den Kopf. Es blieb keine Zeit, ihn zu fesseln. Nicht einmal Zeit, mit ihm zu streiten. Ihre Ausbildung und ihr Instinkt rieten ihr, ihn zu erschießen und sich davonzumachen, aber etwas hielt sie zurück. Vasska, der an ihre Seite getreten war, sah den Mann und hob seine Waffe.

»Nein...«, sagte sie und streckte ihre Hand aus. »Laß ihn gehen. Er ist unbewaffnet.«

Vasska lachte. »Du bist verrückt. Und weich noch dazu«, höhnte er und vergaß, was sie ihm drinnen gesagt hatte. »Bringen wir ihn um und verschwinden.«

Leyden wirkte geschockt. Er sah zwischen Ywe Hao und Vasska hin und her und begann zurückzuweichen. Vasska preschte vor, stieß Ywe Haos Arm weg und legte an. Aber er bekam keine Gelegenheit, zu feuern. Zwei weitere Schüsse krachten, und er stürzte tot hin.

Leyden starrte Ywe Hao mit weit aufgerissenen Augen und offenem Mund an.

»Gehen Sie!« sagte sie mit flehentlichem Blick. »Fliehen Sie, bevor ich Sie auch töten muß!« Und sie richtete ihre Waffe auf ihn – die Waffe, die Shou Chen-hai und Vasska getötet hatte. Er zögerte einen Moment, dann drehte er sich um und lief durch den Korridor davon. Sie sah ihm nach bis er verschwunden war, dann stieg sie über Vasskas Leiche und ging langsam mit vorgehaltener Waffe durch den Korridor.

* * *

Im Empfangsraum waren die Lichter gedämpft und Platz zum Tanzen geschaffen worden. In einer Ecke hatte ein kleiner Trupp von Han-Musikern ihre Instrumente aufgebaut und spielte eine muntere Melodie. Ihre Gesichter strahlten, während die Tänzer über den Boden wirbelten.

Chen stand an der Seite und sah zu, wie Karr seine Ehefrau durch den Tanz führte. Er hatte den großen Mann noch nie so glücklich erlebt, diesen breiten Mund noch nie so viel lächeln, diese blauen Augen noch nie so lebhaft funkeln gesehen. Marie wirkte in seinen Armen fast atemlos vor Glück. Sie keuchte und lachte und warf den Kopf zurück. Und ringsum drängte sich die Menge zusammen und hatte Anteil an ihrem Glück. Chen grinste und sah zu seiner Familie hinüber. Jyan und der kleine Wu saßen am nächsten Tisch, leerten ihre Getränke mit Strohhalmen und sahen dem Treiben aufmerksam zu. Neben ihnen saß Wang Ti, von ihrem angeschwollenen Bauch zu einer aufrechten Haltung gezwungen, die Beine gespreizt. Dennoch schien sie sich nicht unwohl zu fühlen, während sie Ch'iang Hsins Hände hielt und ihre kleine Tochter im Rhythmus der Musik hin- und hertanzen ließ.

Chen genehmigte sich einen großen Schluck Bier. Es war eine Wohltat, sich gehenlassen zu können, sich zu entspannen und keine Sorgen über das Morgen machen zu müssen. Die letzten sechs Monate, in denen er den neuen Trupp auf den Dienst vorbereitet hatte, waren mörderisch anstrengend gewesen, aber nun hatten Karr und er eine Woche Urlaub. Chen gähnte, dann fuhr er sich mit der Hand über den Kopf und war überrascht, einen weichen Schopf zu fühlen. Er senkte den Kopf und runzelte die Stirn. Die Angewohnheiten eines ganzen Lebens waren schwer abzulegen. Er vergaß immer wieder, daß...

Chen leerte sein Glas, dann ging er zur Bar, um es nachfüllen zu lassen, und warf im Vorbeigehen einen Blick auf den mit Geschenken vollgepackten Tisch. Tolonen hatte einen Ballen feinster Seide geschickt, der T'ang ein silbernes, vom Hof-Silberschmiedemeister graviertes Tablett. Daneben gab es noch Hunderte andere Geschenke – ein Zeichen für die hohe Wertschätzung, die Karr genoß.

Chen nahm sein Bier und ging zurück. Als er Karr, der auf der Tanzfläche seine Runden drehte, kurz zu sehen bekam, hob er zum Gruß sein Glas.

»Alles in Ordnung?« fragte er Wang Ti und kauerte sich an ihre Seite. »Wenn du müde bist...«

Sie lächelte. »Nein, mir geht's gut. Achte nur etwas auf die Jungen. Paß auf, daß sie nichts trinken, was sie nicht trinken dürfen. Vor allem Wu. Er ist ein boshafter kleiner Kerl.«

Chen grinste. »Gut. Aber wenn du etwas brauchst, sag mir Bescheid, hm? Und wenn du müde wirst...«

»Nörgle nicht so, mein Mann. Wer trägt denn dieses Kind im Bauch – du oder ich? Ich werde dir schon früh genug Bescheid sagen, wenn ich gehen will, ja?«

Chen nickte zufrieden, dann richtete er sich auf. Als er das tat, schwang die Tür am anderen Ende des Saals auf und ein uniformierter Wachmann trat ein. Chen kniff die Augen zusammen, weil ihm sofort auffiel, daß es sich um einen Eilboten der Sondereinheiten handelte. In einer Hand hielt er eine Mappe des Sicherheitsdienstes. Als er eintrat, schaute er umher und zog beim Anblick Karrs seine Mütze ab.

Chen schnitt ihm den Weg ab. »Ich bin Hauptmann Kao«, sagte er und stellte sich zwischen Karr und den Mann. »Was wollen Sie hier?«

Der Kurier verneigte sich. »Verzeihen Sie, Hauptmann, aber ich überbringe versiegelte Befehle für Major Karr. Von Marschall Tolonen. Ich bin angewiesen, sie dem Major persönlich zu übergeben.«

Chen schüttelte den Kopf. »Aber dies ist sein Hochzeitsabend. Sind Sie sicher, daß...?« Erst da kam ihm zu Bewußtsein, was der Mann gesagt hatte. *Von Tolonen...* Er runzelte die Stirn. »Was ist passiert?«

Der Kurier zuckte die Achseln. »Tut mir leid, Hauptmann, aber über den Inhalt weiß ich nichts, nur daß es eine Angelegenheit von höchster Dringlichkeit ist.«

Chen ließ den Mann vorbei und sah zu, wie er sich durch die Tänzer zu Karr vorarbeitete.

Karr runzelte die Stirn, dann riß er mit einem Achselzucken den Umschlag auf und entnahm die gedruckten Dokumente. Einige Sekunden lang las er aufmerksam; dann kam er mit grimmiger Miene herüber.

»Was ist los?« fragte Chen, beunruhigt über Karrs plötzlichen Stimmungsumschwung.

Karr seufzte, dann gab er Chen die Photokopie des Terroristen-Flugblatts, die zwischen den Unterlagen steckte. »Es tut mir leid, Chen, aber für uns ist die Feier vorbei. Wir haben zu arbeiten. Es sieht so aus, als seien die *Ping Tiao* wieder aktiv. Sie haben einen höheren Beamten ermordet. Einen Mann namens Shou Chen-hai.«

»Shou Chen-hai...« Chen blickte mit offenem Mund von dem Flugblatt auf. »Der *Hsien L'ing* von Hannover?«

»Genau der. Kennst du ihn?« fragte Karr.

Aber Chen hatte sich umgedreht, sah zu Wang Ti hinüber und dachte an das zurück, was sie am Morgen gesagt hatte – an ihren Streit über Chous angebliche Korruptheit. Und jetzt war der Mann tot; von Attentätern umgebracht. »Aber es ist deine Hochzeitsnacht...?«

Karr lächelte und streckte kurz die Arme aus. »Marie wird Verständnis haben. Außerdem macht das Warten die Sache nur reizvoller, nicht wahr?« Mit diesen Worten ging er zu seiner Braut zurück.

* * *

Der erste Leichnam lag dort, wo er hingestürzt war, mit dem Gesicht nach unten auf dem Badezimmerboden. Sein Gesicht war unverletzt, die Augen geschlossen, als schliefe er, aber die Brust war völlig zerfetzt.

Die ersten beiden Hochgeschwindigkeitsgeschosse hatten den Brustkasten aufgerissen und das Herz und den Großteil des linken Lungenflügels über die gegenüberliegende Wand verspritzt, aber wer immer ihn umgebracht hatte, wollte auf Nummer Sicher gehen. Ein dritter Schuß hatte den Mann in den Bauch getroffen, die Blutzufuhr zum Magen und einem großen Teil der Eingeweide durchtrennt und die linke Niere zerstört.

Chen hatte bereits die Computersimulation gesehen, die die Medizinische Spurensicherung von der Szene angefertigt hatte, aber er hatte sich die Verletzungen selbst ansehen wollen; um sich selbst ein Bild davon zu machen, was geschehen war. Er kniete noch einen Moment da und untersuchte den Toten, betastete die feine Seide seines Bademantels, dann betrachtete er die zerschmetterte Weinschale und das leicht rosige Wasser in der flachen Marmorwanne. Der medizinische Bericht gab an, daß Shou Chen-hai kürzlich Sex gehabt hatte. Er hatte keine Zeit zum Waschen gehabt, bevor man ihn umgebracht hatte. Was den Wein anging, hatte er gerade einmal daran genippt, bevor die Schale, wahrscheinlich vor Schreck, seinen Händen entglitten war, denn die Scherben lagen ein Stück von der Leiche entfernt.

Chen stand auf, trat zurück und nahm die ganze Szene in sich auf, dann drehte er sich um und sah in den Flur hinaus, wo die zweite Leiche mit dem Gesicht nach unten lag. Der orange-gelbe Wartungsanzug war auf dem Rücken in Form einer Acht, wo die Wunden sich überlappten, rot befleckt. Chen schüttelte den Kopf und versuchte die Puzzlesteine zusammenzusetzen, aber es ergab keinen Sinn. Der zweite Leichnam war vermutlich einer der Terroristen. Seine ID-Karte war gefälscht, und, wie erwartet, hatten sie einen Fisch-Anhänger um seinen Hals gefunden und eine Kopie des Flugblatts in seiner Tasche. Aber hatten sie das nicht finden sollen? War das

Ganze nicht vielleicht ein Triaden-Mord und der Rest eine raffinierte Täuschung, die sie auf die falsche Fährte führen sollte? Das erklärte unter anderem, warum das Flugblatt Shous Geschäfte mit dem Großen Kreis ausdrücklich erwähnte. Wenn ein rivalisierender Triadenboss den Eisernen Mu in Mißkredit bringen oder, was wahrscheinlicher war, jene abschrecken wollte, die mit dem Gedanken an eine Geschäftsbeziehung mit ihm spielten, welche bessere Möglichkeit dafür gab es, als die alte Furcht vor fanatischen Terroristen wiederzubeleben, die wie Gespenster zwischen den Ebenen herumspukten?

Denn die *Ping Tiao* waren Gespenster. Sie waren vernichtet – ihre Zellen zerschlagen, ihre Anführer getötet – vor mehr als sechs Monaten. Es war undenkbar, daß sie sich in so kurzer Zeit neu formiert hatten.

Chen zog die Kopie des Flugblatts aus seinem Uniformrock und faltete sie auseinander. Die *Ping Tiao* wurden auf dem Flugblatt an keiner Stelle erwähnt, aber das Han-Piktogramm für das Wort ›Fisch‹ – *Yu* –, das Symbol der alten *Ping Tiao* –, war an einigen Stellen hervorgehoben, und der Druck und Stil des Flugblatts kam ihm bekannt vor. Auch wenn die *Ping Tiao* selbst nicht überlebt hatten, war ein bedeutender Teil – ein Mann vielleicht, das Gehirn und Auge hinter der ursprünglichen Organisation – erhalten geblieben. Es sei denn, es handelte sich hier um einen ausgeklügelten Schwindel: eine Maske, die sie verwirren und von der rechten Spur abbringen sollte. Aber warum sollten sie das tun?

Er ging durch die Tür und um die Leiche herum. Die Erste Ebene galt gemeinhin als immun gegen solche Attentate – ein sicherer Hafen, der vor solchen Überfällen schützte. Aber dieser Mythos war nun zerstört worden. Wer dafür die Verantwortung trug, *Ko Ming* oder Triaden, hatte mit dieser Tat in der ganzen Stadt Europa eine Lawine der Furcht losgetreten.

Karr trat aus dem Zimmer zu seiner Rechten. Als er Chen sah, zog er ihn herein.

Sie hatten hier am Haupteingang einen Operationssaal eingerichtet. Der Raum war ursprünglich eine Abstellkammer gewesen, aber sie hatten sie leergeräumt und ihre eigene Ausrüstung hereingeschafft. Karrs Schreibtisch stand am Ende der engen Kammer, vollgestapelt mit Speicherfolien und Papieren. In dem Stuhl davor saß ein Mann mittleren Alters in der Uniform des Decksicherheitsdienstes.

»Das ist Wolfgang Leyden«, erklärte Karr und setzte sich in einen Stuhl rechts vom Schreibtisch. »Er kennt vermutlich das Team, das für diesen Überfall verantwortlich ist. Mehr noch, er war Zeuge bei einem der Morde.«

Chen starrte den Mann ungläubig an. »Das verstehe ich nicht.«

Langsam und mit einem leichten Zittern in der Stimme wiederholte Leyden seine Geschichte.

»Nun?« fragte Karr. »Hast du so etwas schon einmal gehört?«

Chen schüttelte den Kopf. »Nein. Aber es ergibt Sinn. Ich dachte schon, irgendeine Triade hätte ihre Hände im Spiel. Irgendein Big Boss, der sich in die Geschäfte eines anderen einmischt, aber jetzt ...«

Jetzt begriff er. Die *Ping Tiao* waren wirklich wieder da. Oder zumindest etwas ihnen Vergleichbares.

»Was haben wir noch?«

Karr blickte auf. »Erstaunlich wenig. Die Frau hat an den Kommunikationsanlagen des Decks gute Arbeit geleistet. Von den drei Wochen, die sie hier waren, liegen keine visuellen Aufzeichnungen vor.«

Cheen lachte. »Das ist unmöglich.«

»Das habe ich auch gedacht. Die Monitore werden ständig von Wachmännern des Sicherheitsdienstes überwacht. Ihnen wäre aufgefallen, wenn jemand etwas gelöscht hätte, stimmt's? Aber so sind sie nicht vorgegangen. Die Kameras funktionierten, aber von den Deckcomputern wurde nichts gespeichert. Man nennt das eine ›Leerspur‹. Es fällt nur auf, wenn jemand etwas auf einem älteren Band überprüfen will, aber auf einer Ebene, wo so wenig passiert, kommt es selten vor, daß der Sicherheitsdienst etwas überprüfen muß. Ich habe mir ihre Protokolle angesehen. Es ist fast neun Wochen her, seit sie etwas aus dem Speicher abgerufen haben. Verstehst du, hier oben gibt es keine Verbrechen. Jedenfalls keine, die als Verbrechen zu erkennen sind. Das heißt, solange der Sicherheitsdienst die Ebene von unliebsamen Elementen frei hält ...«

Chen legte die Stirn in Falten. »Du sagtest, eine ›Sie‹ habe an dem Computersystem herumgepfuscht. Woher wissen wir das?«

Leyden meldete sich zu Wort. »Sie war gut. Ich habe sie oft gesehen, aber keiner von ihnen war so gut wie sie. Ich habe mich hingesetzt und sie bei der Arbeit beobachtet. Sie war wie ein Teil des Systems.« Er machte eine Pause und sah in plötzlicher Wehmut weg. »Sie war so ein nettes Mädchen. Ich kann nicht glauben, daß ...« Er sah auf seine zitternden Hände. »*Warum?* Ich verstehe das nicht ...«

Chen beugte sich zu ihm hinunter. »Sind Sie ganz sicher, daß es so abgelaufen ist? Dieser andere – Vasska hieß er doch, oder? –, er hatte bereits seine Waffe gezogen, als sie ihn erschoß?«

Leyden nickte. »Er wollte mich umbringen, aber sie hat es nicht zugelassen. Seine Waffe war auf mich gerichtet. Auf meinen Kopf.« Er leichter Schauder durchfuhr ihn, dann blickte er wieder auf und sah Chen flehentlich an. »Sie werden sie töten, stimmt's? Sie werden sie aufspüren und töten.«

Chen senkte den Blick, erstaunt über den Ton der Anklage in Leydens Stimme.

»Ich habe ihr Flugblatt gelesen«, fuhr Leyden fort,

»und es sagt die Wahrheit. Ich habe diese Leute hier eintreffen sehen. Geschäftsleute. Und andere. Männer, die hier eigentlich nichts zu suchen hatten. Und ich habe gesehen, was er sich in diesen acht Monaten gekauft hat. Bei weitem mehr, als er sich leisten konnte. Vielleicht hatten sie also recht...«

Karr unterbrach ihn, indem er eine Hand hob. »Hüten Sie Ihre Zunge, mein Freund. Hauptmann Kao hier und ich... wir haben Verständnis für Ihre Gefühle. Das Mädchen hat Ihr Leben gerettet, und Sie sind ihr dankbar dafür. Aber es gibt andere, die weniger verständnisvoll sein werden. Sie werden Ihre Dankbarkeit für Solidarität mit den Idealen des Mädchens halten. Ich würde Ihnen raten, Ihre Meinung über den *Hsien L'ing* für sich zu behalten, *Shih* Leyden. Was Ihre Aussage angeht...«

Karr zögerte, weil ein Wachmann sich der Tür näherte. »Ja?«

Der Mann ging in Habachtstellung und senkte den Kopf. »Verzeihen Sie, Major, aber ein Beamter von der *T'ing Wei* ist eingetroffen.«

»Scheiße«, fluchte Karr unterdrückt. »So früh?«

Die *T'ing Wei* war die oberste Gerichtsbehörde, und seine eigene Abteilung trug die Verantwortung dafür, daß das Rad der Justiz sich in der Stadt Europa weiterdrehte, doch am aktivsten ging sie ihrer zweiten Aufgabe nach – als offizielles Sprachrohr des Staates zu fungieren.

Karr wandte sich Leyden zu. »Verzeihen Sie, aber ich muß mich darum kümmern. Aber was ich noch sagen wollte: Ihre Aussage wird in die offizielle Akte aufgenommen, und wir werden sie, wenn die Angelegenheit vor Gericht kommt, als mildernder Umstand für die Frau vorbringen. Das heißt, ich fürchte, ich kann mich nicht dafür verbürgen, daß sie jemals vor Gericht kommt. Der Staat geht mit eiserner Hand gegen den Terrorismus vor, und so muß es auch sein. Shou Chen-hai bloßzustellen wäre eine Sache gewesen, ihn umzubringen ist eine andere.«

Leyden erschauderte, dann stand er auf und verbeugte sich erst vor Karr und dann vor Chen. Als er ging, sah Chen zu Karr hinüber.

»Die *T'ing Wei* hat ja verdammt schnell jemanden hergeschickt. Was, meinst du, wollen die hier?«

Karr schnaufte unwillig. »Sich einmischen, wie üblich. Dreck aufwirbeln und alles vernebeln. Wozu sind sie sonst gut?«

Chen lachte. »Dann werden wir ihnen ohne Einschränkung unsere Zusammenarbeit anbieten?«

Karr lachte. »Und die Hosen runterlassen, damit sie uns tüchtig eins draufgeben können, häh?«

Die beiden Männer lachten laut. Sie lachten noch immer, als der Beamte der *T'ing Wei* mit vier jungen, weibisch wirkenden Assistenten im Gefolge eintrat. Alle fünf waren Han, und alle umgab diese unmißverständliche Aura reservierter Arroganz, die die Mitarbeiter der *T'ing Wei* kennzeichnete – eine Art viehische Eleganz, die sich in ihrer Kleidung und ihrem Auftreten widerspiegelte.

Der Beamte schaute sich mit herablassender Miene um, dann ergriff er das Wort, ohne Karr eines Blickes zu würdigen.

»Ich habe gehört, daß ein Flugblatt im Umlauf ist, das den *Hsien L'ing* mit gewissen verbrecherischen Organisationen in Verbindung bringt.«

Karr nahm eine Kopie des Flugblatts und hielt sie ihm hin, aber der Beamte ignorierte ihn.

»Unsere Aufgabe hier besteht darin, dafür zu sorgen, daß die Wahrheit zu ihrem Recht kommt. Daß dieses schmutzige Gespinst von Lügen als das entlarvt wird, was es ist, und das Ansehen des verstorbenen Shou Chen-hai wieder seinen früheren Glanz zurückerhält.«

Karr musterte den Beamten spöttisch. »Dann fürchte

ich, Sie haben sich schon vorher überlegt, was zu tun ist, *Shih* ...?«

»Mein Name ist Yen T'ung«, antwortete der Beamte kalt und ließ sich von einem seiner Assistenten eine Aktenmappe reichen, »und ich bin der Dritte Sekretär von Minister Peng Lu-Hsing.«

»Gut, Dritter Sekretär Yen, ich muß Sie darüber unterrichten, daß die Anschuldigungen offensichtlich zutreffen. Unser Freund, der *Hsien L'ing*, hat sich mit Leuten getroffen, mit denen ein Mann von seiner ... seiner Reputation ... nichts zu tun haben sollte. Was die Gelder für das Phönix-Gesundheitszentrum angeht ...«

Yen T'ung trat vor und legte den Ordner vorsichtig, fast taktvoll auf den Rand von Karrs Schreibtisch.

»Tut mir leid, Major Karr, aber darin finden Sie den offiziellen Bericht über den Mord an Shou Chen-hai. Er beantwortet alle offenen sowie einige andere Fragen. Außerdem zeichnet er ein vollständiges und positives Bild des Toten.« Yen T'ung trat zurück und strich mit der Linken über sein Seidengewand, als wollte er es säubern. »Kopien des Berichts werden morgen zur zwölften Stunde an die Medien verteilt. Kurz darauf werde ich die Festnahme der Verantwortlichen für dieses abscheuliche Verbrechen bekanntgeben.«

»*Was* wollen Sie bekanntgeben?« Karr hatte einen seiner seltenen sprachlosen Momente. »Soll das heißen, daß wir bis morgen zur zwölften Stunde die Täter finden sollen?«

Yen T'ung schnippte mit den Fingern, worauf einer seiner Assistenten den Aktenkoffer öffnete, den er trug, und dem Dritten Sekretär eine Schriftrolle übergab. Mit einer schwungvollen Bewegung öffnete er die Rolle und las sie vor.

»Von unseren Sicherheitskräften sind wir davon unterrichtet worden, daß in den frühen Morgenstunden ein vierköpfiges Mordkommando einer Triade, das für den Mord an dem *Hsien L'ing* von Hannover, Shou

Chen-hai, verantwortlich ist, von lokalen Einheiten des T'ang eingekreist und nach kurzem Kampf überwältigt und festgenommen worden ist.«

»Ich verstehe«, sagte Karr nach einer Pause. »Dann sollen wir die Sache fallenlassen?«

»Ganz und gar nicht, Major Karr. Sie werden Ihre Untersuchungen wie bisher fortsetzen, aber von jetzt an werden alle Ergebnisse von meinem Büro gedeckt. Die entsprechende Befugnis kann ich Ihnen vorlegen.« Er ließ sich von einem anderen Assistenten ein Dokument reichen und gab es an Karr weiter.

Karr überflog die Befugnis und stellte fest, daß Nan Ho, der Kanzler des T'ang, sie unterzeichnet und Tolonen sie gegengezeichnet hatte. »Dann sollen wir Schwarzweißmalerei betreiben, ja?«

Yen T'ung schwieg und hatte ein starres Lächeln auf den Lippen.

»Und was ist mit der Aussage von Leyden, dem Wachmann?«

Yen T'ung hob fragend eine Augenbraue.

»Wir haben einen Zeugen, der genau gesehen hat, was geschehen ist. Seine Aussage...«

»... wird von unserem Büro zurückgehalten. Wenn Sie mich jetzt entschuldigen möchten, Major Karr. Es ist viel zu tun.«

Karr sah dem Dritten Sekretär und seinem Gefolge nach, dann ließ er sich schwer zurücksinken und blickte zu Chen auf.

»Ist denn das zu glauben? Was für ein arroganter kleiner Scheißer. Und sie hatten schon alles vorbereitet. Bis ins kleinste Detail.«

Chen schüttelte den Kopf. »Es wird nicht funktionieren. Diesmal nicht.«

»Warum nicht? Die *T'ing Wei* macht ihre Arbeit ziemlich gut, und selbst wenn dir oder mir nicht gefällt, wie sie vorgehen, ist es unumgänglich. Der Propaganda der Terroristen muß entgegengewirkt werden. Das stimmt die öffentliche Meinung günstiger und macht uns die Arbeit leichter.«

»Vielleicht, aber diesmal habe ich das Gefühl, daß sie sich mit Leuten anlegen, die besser darin sind als sie.«

Karr kniff die Augen zusammen. »Was meinst du damit?«

Chen zögerte, dann sprach er aus, was ihm die ganze Zeit durch den Kopf ging. »Wang Ti. Sie wußte, was mit Shou Chen-hai los ist. Als wir uns heute früh fertig gemacht haben, erzählte sie, wie korrupt er sein soll. Das sah ihr gar nicht ähnlich. Normalerweise gibt sie nichts um solchen Klatsch, aber diesmal scheinen die Gerüchte außergewöhnlich hartnäckig gewesen zu sein. Ich nehme an, jemand hat sie schon lang vor dem Attentat in Umlauf gebracht. Und dann sind da noch die Flugblätter.«

Karr nickte. Es wäre wirklich schwer, die Wirkung der Flugblätter aufzuheben. In der Vergangenheit haben sie nur in kleinen Kreisen kursiert, aber den Berichten nach waren diesmal auf den unteren Ebenen Millionen Exemplare in Umlauf gebracht worden. All das sprach für Aktivitäten in weit größerem Maßstab. Und der Mordanschlag selbst war viel raffinierter, viel besser geplant als frühere *Ping Tiao*-Überfälle. Viel kühner. Wer immer dahinter steckte, hatte eine Menge aus früheren Fehlern gelernt.

Chen ging zur Tür, zog sie zu und drehte sich wieder zu Karr um. »Und was jetzt? Wo sollen wir anfangen?«

Karr hielt das Flugblatt hoch. »Wir fangen damit an. Ich will wissen, wieviel davon der Wahrheit entspricht und wie unsere Freunde, die Terroristen, an die Informationen gekommen sind.«

»Und die beiden Frauen?«

Karr lächelte. »Wir haben von verschiedenen Zeugen gute Beschreibungen von ihnen erhalten – von Leyden, den Frauen und Dienern und den drei Wachen, die sie am Lift zu stellen versuchten. Wir werden einen unserer Experten einen Gesichtsabgleich vornehmen lassen und sehen, was die Akten hergeben. Dann können wir etwas tiefer bohren. Mal sehen, was dabei herauskommt.«

»Und dann?«

Die Frage klang harmlos, aber Karr wußte, was Chen meinte. Was würden Sie tun, wenn Sie das Mädchen hatten? Würden sie sie töten? Würden Sie sie ausliefern, damit sie nach Gutdünken der *T'ing Wei*-Beamten Yen T'ung gefoltert und beseitigt wurde? Oder konnten Sie etwas anderes tun? Etwas, das nicht streng den Vorschriften entsprach?

Karr lehnte sich zurück und seufzte schwer. »Ich weiß nicht, Chen. Erst wollen wir sie mal finden, ja? Dann werden wir weitersehen.«

* * *

Er war ein leeres, dunkles Gewölbe, in dem ein leises Echo hallte. Die Decke verlor sich in der Dunkelheit über ihnen. Sie hatten sich an einem Ende auf einem Kreis von Stühlen um eine einzelne Lampe versammelt. Es waren neun, darunter Ywe Hao, und sie sprachen leise, beugten sich über die Lampe. Ihre Gesichter tauchten aus der Dunkelheit ins Licht, aus der Anonymität der Schatten bildeten sich Gesichtszüge. Im Moment redete der Mann, der sich Edel nannte.

»Gibt es irgendeinen Zweifel?« fragte er und sah dabei zu Ywe Hao hinüber. »Viele haben die Geschichte des Wachmanns gehört. Wie sie meinen Bruder umbrachte – in den Rücken schoß – und den Wachmann verschonte.«

»Das sagen Sie«, erwiderte Mach, und sein langes, schmales Gesicht streckte sich ins Licht. »Aber haben Sie Zeugen vorzubringen? Schriftliche Aussagen?«

Edel lachte ätzend und glitt in den Schatten zurück. »Als ob die hierher kämen! Als ob sie riskieren würden, ihren Namen aufs Papier zu setzen, um ein *Yu*-Gericht zufriedenzustellen!«

»Nicht einmal ein *Yu?*« hakte Mach nach. »Oder sagen Sie das nur so daher? Chi Li hier bestreitet Ihre Anklage. Ohne Beweis steht ihr Wort gegen Ihres. Ihr toter Bruder hat hier keine Stimme.«

»Schicken Sie jemanden. Bringen Sie Beweise.«

Eine Frau beugte sich vor, eine aus dem Rat der Fünf. Ihr Gesicht, im schwachen Licht einem Holzschnitt ähnlich, zeigt starke, entschlossene Züge. Ihre Stimme klang hart und kompromißlos. »Sie wissen, daß wir das nicht tun können. Sie wissen auch, daß Sie mit Ihrem Alleingang unsere strengsten Befehle mißachtet haben.«

»Er war mein *Bruder*!«

»Wir sind alle Brüder.«

»Offenbar nicht *alle*. Einige sind Mörder.«

Es herrschte für einen Moment Schweigen, dann beugte sich Mach vor. »Sie haben um diese Anhörung gebeten, Edel. Das war Ihr gutes Recht. Aber Sie haben Anklage erhoben, ohne entsprechende Beweise vorzulegen. Sie haben das Ansehen einer guten und bewährten Kameradin in Frage gestellt. Sie hat alle Ihre Behauptungen entkräftet, und Sie bestehen immer noch darauf. Man könnte sagen, das ist Ihre Pflicht Ihrem Bruder gegenüber. Aber schreiben Sie nicht Überheblichkeit auf die Liste der Dinge, die gegen Sie sprechen.«

Edel stand auf. Seine Stimme dröhnte durch die leere, dunkle Halle. »Dann also ist es *falsch*, wenn ich Gerechtigkeit erwarte? Ist es *falsch*, diese mordlüsterne Hexe zu entlarven?«

Sein Finger deutete unumwunden durch den Kreis auf Ywe Hao, die den Kopf gesenkt hielt, so daß die Lampe ihren dunklen, glatten Haarschopf beleuchtete. Einige Sekunden lang erstarrte diese Szene, dann lehnte sich Edel ohne ein weiteres Wort zurück und verschränkte die zitternden Hände über den Knien. Der haßerfüllte Ausdruck seiner Augen ließ keinen Zweifel, daß er glaubte, was er gesagt hatte.

»Chi Li?« fragte die Frau und sah zu ihr hinüber. »Stehen Sie zu Ihrer Aussage?«

Ywe Hao blickte auf, und das Lampenlicht glänzte in ihren dunklen, feuchten Augen. »Vasska war ein Idiot. Erika und ich sind gerade noch lebend davongekommen. Eine Patrouille stand am Lift, der hätte gesichert sein sollen. Wir mußten uns unseren Weg freischießen. Erika ist schwer verwundet worden. Das sind die Tatsachen. Wenn ich könnte, hätte ich ihn dafür umgebracht. Weil er das Leben anderer gefährdet hat. Aber ich hab's nicht getan. Shou Chen-hai war es. Er hat ihn getötet, bevor ich eingreifen konnte.«

So lautete, den Medien nach, der offizielle Bericht des Sicherheitsdienstes. Edel hatte nichts getan, nichts vorgelegt, um diese Version überzeugend zu widerlegen. Seine Behauptung beruhte auf Gerüchten und Hörensagen, romantischen Legenden von der Art, wie sie sich häufig um solche Ereignisse rankten. Die Fünf fällten ihre Entscheidung und gaben sie bekannt.

»Sie haben mich nicht überzeugt«, sagte Mach und stand auf. »Sie müssen sich entschuldigen, Edel, oder die *Yu* verlassen. So ist unser Gesetz.«

Auch Edel stand auf, aber es gab keine Entschuldigung. Statt dessen beugte er sich vor und spuckte über die Lampe in Ywe Haos Richtung. Um ein Haar hätte er sie getroffen, aber Veda, das weibliche Ratsmitglied, sprang sofort auf und stieß Edel zurück. Sie sprach schnell und barsch.

»Jetzt reicht's. Sie haben bewiesen, daß hier kein Platz für Sie ist. Gehen Sie! Und denken Sie daran: sagen Sie nichts. Versuchen Sie nicht, den *Yu* zu schaden. Nur ein Wort, und wir werden davon erfahren. Und dann...« Sie hob einen Finger und fuhr sich damit über die Kehle. »Also halten Sie den Mund und gehen Sie.«

Mit einem letzten finsteren Blick auf Ywe Hao verließ Edel mürrisch die Runde und marschierte langsam über den Boden der Fabrikhalle, um in der hellen Tür am anderen Ende noch einmal stehenzubleiben, als wolle er damit andeuten, daß es noch nicht vorüber sei.

Als er gegangen war, bedeutete Mach einem der Männer an seiner Seite, Edel zu folgen. »Tun Sie's besser gleich, Klaus. Vedas Warnung wird ihn nicht interessieren. Er ist für kein vernünftiges Wort mehr zu erreichen.«

Der Mann nickte, dann lief er Edel mit gezogenem Messer hinterher. Mach wandte sich Ywe Hao zu.

»Tut mir leid, Chi Li. Das war ein trauriger Tag für uns alle.«

Aber Ywe Hao sah dem Mann hinterher, der Edel nachsetzte, und fragte sich, ob ihre Lüge das Leben eines weiteren Mannes wert gewesen war, ob dieses Tauschgeschäft, ihr Leben gegen seines, überhaupt irgendwie zu rechtfertigen war. Und als sei dies die Antwort, sah sie plötzlich wieder Leyden erschrocken vor Edels Bruder stehen, dem Mann, den sie nur als Vasska gekannt hatte, und wußte, daß sie recht daran getan hatte, den Wachmann zu verschonen und ihren Kameraden zu töten. Es war genauso richtig gewesen wie der Mord an Shou Chen-hai.

Veda trat an ihre Seite, nahm ihre Hand, und ihre Stimme klang weich und beruhigend. »Schon gut, Chi Li. Es war nicht Ihre Schuld.«

Aber das Problem war, daß es ihr Freude gemacht hatte, Vasska zu töten. Sie hatte ihn umbringen *wollen*. Und wie konnte sie damit leben?

»Hören Sie zu«, sagte Mach, trat näher und drehte sie sich zu. »Ich habe noch eine Aufgabe für Sie. Es gibt ein Lokal, das die jüngeren Söhne gerne aufsuchen. Es nennt sich der Libellen-Club...«

KAPITEL · 6

Libellen

Der Pavillon der Geschmeidigen Klänge stand auf einem großen, blassen Felsgrat. Die sorgfältig beschnitzten Spitzen seiner sechs geschwungenen Giebel breiteten sich aus wie die Arme eines weißgewandeten Riesen, der sich in demütiger Haltung zum Himmel emporreckte. Zu beiden Seiten überspannten Zwillingsbrücken den Hohlweg. Das uralte Holz ihrer Geländer war von den Händen von Millionen Pilgern glatt wie Jade poliert.

Dunkles, üppiges Grün verhüllte den Hang des Mount Emei[5] rings um das alte Gebäude, filterte die frühe Morgensonne, während darunter lange, verdrehte Felsarme zu einer schattigen Schlucht hinunterlangten, deren dunkles, verwittertes Gestein von der Gischt zweier kleiner Wasserfälle glänzte, die sich an ihrem Ende in einem weißen Wirbel vereinten. Weiter draußen ruhte ein großer, herzförmiger Felsen, so schwarz wie die Nacht, friedlich in dem kühlen, kristallklaren Strom.

Von seinem Platz an der niederen, hölzernen Balustrade aus sah Li Yuan ins Wasser hinunter. Seit mehr als tausend Jahren hatten Reisende auf ihrem langen Weg hinauf zum heiligen Berg hier innegehalten, um sich auszuruhen und die Vollkommenheit dieser Landschaft in sich aufzunehmen. Hier trafen sich zwei Flüsse, der schwarze Drache verschmolz mit dem weißen, bildeten einen zweifarbigen Wirbel – ein perfektes, natürliches *Tai Ch'i*.

Er drehte sich um und sah hinüber. Tsu Ma stand am Tisch am anderen Ende des Pavillons und goß Wein

ein. Sie waren allein, die nächsten Diener fünfhundert *ch'i* entfernt, wo sie die Neuankömmlinge empfingen. Aus der Schlucht drang das kräftige Rauschen der Wasserfälle, aus den umgebenden Bäumen der süße, flötenartige Gesang der Wildvögel. Li Yuan atmete tief durch, inhalierte den schweren Geruch von Kiefern und Zypressen, Zimtbäumen und Paulownien. Es war schön hier: ein Ort vollkommener Harmonie und Ruhe. Er lächelte. Es war an Tsu Ma gewesen, einen Ort für ihre Zusammenkunft auszusuchen.

Tsu Ma kam herüber und gab Li Yuan einen der Becher. Für einen Moment stand er da und sah an Li Yuan vorbei in die malerische Schlucht, dann wandte er ihm das Gesicht zu und legte sanft eine Hand auf seine Schulter. »Das Leben ist schön, was, Yuan?«

Li Yuans Lächeln wurde breiter. »Hier könnte man von einem älteren, schlichteren Zeitalter träumen.«

Tsu Ma grunzte. »Für die, die herrschen, sind die Dinge nie einfach gewesen. Einige Probleme bleiben immer bestehen, meinst du nicht? Warum wohl wird erzählt, daß sogar der große Hung Wu[6], der Gründer der Ming-Dynastie, bei Nacht schlecht schlafen konnte? Bevölkerungsdruck, Hungersnöte, Unruhe im Volk, die Korruption der Minister, Intrigen am Hof, der Ehrgeiz der Rivalen – das waren ebenso seine Probleme wie unsere. Und auch er war nicht sehr viel erfolgreicher darin, sie zu lösen.«

Li Yuan runzelte die Stirn. »Meinst du also, wir sollten nichts tun?«

»Im Gegenteil. Als T'ang ist es unsere Lebensaufgabe, das Unmögliche zu versuchen – dem Chaos der Welt so etwas wie eine Ordnung aufzuprägen. Wir hätten keine Existenzberechtigung, wenn es nicht so wäre. Und wo stünden wir dann?«

Li Yuan lachte, dann probierte er einen Schluck des blaßgelben Weins und wurde wieder ernst. »Und morgen im Rat? Wie sollen wir da vorgehen?«

Tsu Ma lächelte. Morgen fand eine wichtige Sitzung statt, vielleicht die wichtigste seit Li Shai Tungs Tod vor neun Monaten.

»Was GenSyn angeht, glaube ich, daß du recht hast, Yuan. Wang Sau-leyans Vorschlag muß entgegengetreten werden. Seine Idee eines leitenden, siebenköpfigen Komitees – zu dem jeder T'ang ein Mitglied ernennt – hört sich zwar gut an, ist aber praktisch nicht durchführbar. Der von Wang ernannte Mann wäre nur vorgeschoben, um seinen eigenen Einfluß zu kaschieren. Er würde jede denkbare Gelegenheit ergreifen – die kleinsten internen Unstimmigkeiten über die Politik –, um sein Veto anzubringen. Es käme der Schließung von GenSyn gleich, und da wenige GenSyn-Anlagen in der Stadt Afrika angesiedelt sind, würde unser Vetter ziemlich ungeschoren davonkommen, während du großen Schaden davontragen müßtest. Deshalb werde ich deinen Gegenvorschlag eines einzelnen, unabhängigen Vorsitzenden unterstützen.«

»Und meinen Kandidaten?«

Tsu Ma lächelte. »Ich sehe keinen Grund, warum Wang etwas dagegen haben sollte, daß Wei Fengs Kandidat Sheng die Verantwortung übernimmt. Nein. Er ist perfekt für diesen Posten. Wang würde es nicht wagen anzudeuten, daß Minister Sheng für den Posten ungeeignet ist.« Er lachte heiter. »Nun, das käme einer Verunglimpfung von Shengs Herrn gleich, dem T'ang von Ostasien! Und das würde nicht einmal unser mondgesichtiger Vetter riskieren.«

Li Yuan fiel in Tu Mas Lachen ein, aber tief im Innern war er nicht so sicher. Wang Sau-leyan nutzte seine Macht vor allem dafür, um Anstoß zu erregen. Sein Gefühl für *Hsiao* – die Unterwürfigkeit eines Kindes – war nur schwach ausgebildet. Wenn dieser Mann es tatsächlich gewagt hatte, seinen Vater umzubringen, seinen Bruder in den Selbstmord zu treiben, wozu war er noch imstande? Und doch war das Problem GenSyn noch der unbedeutendste Tagesordnungspunkt. Wie Tsu Ma wußte, war Li Yuan bereit, in diesem Fall Kompromisse einzugehen, wenn Wang ihm seinerseits bei wichtigeren Themen entgegenkam.

»Meinst du, daß der Rat, was die anderen Maßnahmen angeht, auf unserer Seite sein wird?«

Tsu Ma starrte in seinen Becher, dann zuckte er die Achseln. »Schwer zu sagen. Ich habe versucht, Wu Shih und Wei Feng für die vorgeschlagenen Änderungen zu gewinnen, aber sie waren seltsam zurückhaltend. Was die andere Sache anbetrifft – die Neueröffnung des Hauses –, können wir, glaube ich, auf ihre Unterstützung zählen, aber in diesem Punkt, fürchte ich, sehen Sie die Dinge anders.«

Li Yuan schnaufte verärgert. Ohne diese Zugeständnisse, in Form von Eingriffen in das Edikt und einer Neueröffnung des Hauses, hatten sie keine Chance, sich mit den Oberen auf bevölkerungspolitische Maßnahmen zu einigen. Diese drei Punkte funktionierten als Einheit oder gar nicht. Die Änderungen am Edikt waren das Lockmittel in dem Paket, schufen neuen Wohlstand und neue Möglichkeiten für die Klasse der Kaufleute, während die Neueröffnung des Hauses nicht bloß die wachsenden Forderungen nach angemessener Beteiligung der Oberen an der Regierung befriedigte, sondern zugleich als Vehikel für die Durchsetzung neuer Gesetze fungieren würde. Gesetze, die die Anzahl von Kindern bestimmte, die ein Mann zeugen durfte. Gesetze, die die Sieben ohne Unterstützung der Oberen nur schwer durchsetzen konnten.

Tsu Ma sah Yuan trübselig an, weil er wußte, was er dachte. »Und das Perverse daran ist, daß Wang Sauleyan nicht gegen uns opponieren wird, weil er anderer Meinung ist – schließlich hat er deutlich zu verstehen gegeben, daß er das Edikt gern modifiziert und das Haus neueröffnet sähe –, sondern weil er einfach gegen uns opponieren will.«

Li Yuan nickte. »Vielleicht. Aber da ist noch etwas, Vetter Ma. Etwas, das ich noch nicht erwähnt habe.«

Tsu Ma lächelte fasziniert, weil ihm ein dunklerer Unterton in Li Yuans Stimme aufgefallen war. »Und was?«

Li Yuan lachte leise, aber seine Miene blieb ernst, fast reuevoll. »Füll erst mal meinen Becher, dann werde ich dir eine Geschichte über einen Ehrenmann und einen T'ang erzählen und wie sie einen Plan schmiedeten, gegen den meine Pläne nur müßiges Gerede sind.«

* * *

Es war sehr viel schmutziger hier, als sie es in Erinnerung hatte. Schmutziger und viel voller. Ywe Hao stand mit dem Rücken zur Schranke und atmete langsam aus. Zwei Jungen, die ihr gerade bis zu den Knien reichten, standen neben ihr und blickten zur ihr hoch. Ihre Gesichter waren schwarz vor Schmutz, ihre Köpfe mit Schorf und Stoppeln bedeckt. Sie streckten ihr ihre kleinen Hände entgegen und bettelten. Sie gaben keinen Laut von sich, aber ihre Blicke sagten mehr als tausend Worte. Dennoch scheuchte sie sie weg, weil sie wußte, daß es hundert weitere anlocken würde, wenn sie einem zu essen gab.

Die Hauptstraße war zu einer Art Lager geworden. Die Geschäfte, an die sie sich aus ihrer Kindheit erinnerte, hatten sich in Schlafquartiere verwandelt, und ihre leeren Fensterscheiben waren mit Laken verhängt. Es gab jetzt primitive Stände an der Hauptstraße, doch was sie verkauften, schien das Geld nicht wert. Überall lag Abfall, und die glatten, sauberen Wände, die sie in Erinnerung hatte, waren mit Graffiti bemalt und mit Plakaten für zahllose politische Gruppierungen beklebt. Und zuweilen entdeckte sie ein in blutroter Farbe hingesprühtes Fischsymbol.

Hier stank alles. Kleine Jungen mit geschorenen Köpfen liefen zwischen den Erwachsenen umher. Sie sah zu, wie eine alte Frau einen leeren Suppenkarren zu den Liften zurückschob. Lose Drähte hingen aus dem Fahrwerk, und ein abgenutztes Schild auf der zerkratzten und zerbeulten Seite deutete darauf hin, daß die Frau es von einem Oberen-Konzern geschenkt bekommen hatte.

Vom Sicherheitsdienst war nirgends etwas zu sehen, aber es gab andere Gruppen hier. Männer, die Armbänder trugen und besser genährt aussahen als die anderen, standen an den Kreuzungen und an der Hauptstraße selbst und fuchtelten mit häßlichen Keulen herum. An den Mauern kauerten oder lagen Familien, Mütter und Väter außen, die Kinder dazwischen. Bei letzteren handelte es sich vornehmlich um Han. Man nannte sie hier unten die ›kleinen T'ang‹, eine recht boshafte Ironie, denn diese T'ang besaßen nichts – nur die Almosen von oben.

Es lag acht Jahre zurück, seit sie das letzte Mal hiergewesen war. Wie hatte sich alles in so kurzer Zeit verändern können?

Ywe Hao drängelte sich über die Hauptstraße und wurde von griesgrämigen Männern mit kränklichen Gesichtern angerempelt, die sie unverhohlen berechnend ansahen. Sie schreckte sie mit finsteren Blicken ab. Auf der anderen Seite kam einer auf sie zu und packte sie am Arm. Sie schüttelte ihn ab und entglitt ihm mit einer flüssigen Bewegung, die ihn überraschte. »Wag's nicht...«, warnte sie ihn und stieß ihn weg. Er ging auf respektvollen Abstand, als ihm klar wurde, wen er vor sich hatte. Andere begriffen es auch, und ein Flüstern erhob sich, doch da war sie schon in einen Seitenkorridor verschwunden, der sich im Gegensatz zum Rest wenig verändert zu haben schien. Am anderen Ende wohnte ihre Mutter.

Das Zimmer war verwahrlost. Drei Familien drängten sich darin zusammen. Sie kannte keine von ihnen.

Wütend und besorgt ging sie in den Korridor hinaus und blieb mit pochendem Herzen stehen. *Sie hätte nicht geglaubt ...*

Vom anderen Ende des Korridors rief ihr ein alter Mann etwas zu. »Bist du das, Ywe Hao? Bist du das wirklich?«

Sie lachte und lief ihm entgegen, indem sie über ein Kind stieg, das im Korridor kauerte und seine Notdurft verrichtete. Zu beiden Seiten beobachteten sie Leute, die in den Türen oder draußen im Korridor standen. Hier unten gab es nichts Privates.

Es war ihr Onkel Chang. Der Bruder ihrer Mutter. Sie schloß ihn fest in die Arme und war im ersten Moment so froh, ihn zu sehen, daß sie vergaß, wie sie sich im Streit getrennt hatten.

»Komm, mein Mädchen! Komm mit rein!« Er sah fast hochmütig in die Gesichter der anderen und rümpfte laut die Nase, bevor er Ywe Hao hineinschob und die Tür zudrückte.

Drinnen war es leiser. Während ihr Onkel sich vor den *Kang* hockte und *Ch'a* kochte, sah sie sich um. Der Großteil des Fußboden wurde von drei sauberen und ordentlich zurechtgemachten Bettrollen eingenommen. Zur ihrer Linken, neben der Türplatte stand ein kleiner Tisch mit Holo- und 2D-Aufnahmen der Familie. Davor klebte in einer Untertasse der Stummel einer abgebrannten Kerze. Das Zimmer roch nach billigem Räucherwerk.

»Wo ist Mutter?« fragte sie, weil sie in allem ihre Gegenwart spürte.

Ihr Onkel schaute über die Schulter zu ihr herüber und lächelte. »Auf dem Markt. Mit Su Chen.«

»Su Chen?«

Er sah verlegen weg. »Meine Frau«, erklärte er. »Hast du nicht davon gehört?«

Sie lachte fast. Wie bitte? Wie sollte sie davon gehört haben? Sie war seit Jahren nicht mehr auf dem laufenden. Sie hatte immer befürchtet, daß jemand etwas über ihre Familie herausfand. Aber sie hatte nie aufgehört, an sie zu denken, sich immer gefragt, wie es ihren Verwandten ging.

»Und wie geht es ihr?«

»Sie ist älter geworden«, antwortete er achselzuckend und grunzte zufrieden, als er den *K'ang* angefacht hatte. Ywe Hao erkannte, daß er hier selten etwas tat. In der Ecke stand ein Videogerät, aber es funktionierte nicht mehr. Sie sah es an und fragte sich, wie er seine Tage verbrachte.

Es war richtig gewesen, von hier zu verschwinden. Das Leben hier kam dem Tod gleich. Es war wie ein langsames Ersticken. Der Gedanke weckte die Erinnerung an ihren letzten Besuch. Den Streit. Sie wandte ihr Gesicht ab und biß die Zähne aufeinander. Wie konnten sie nur so leben?

Der winzige Silberfisch hing an einer Kette um ihren Hals zwischen ihren Brüsten, und das Metall berührte kühl ihre Haut. In dieser Umgebung war er wie ein Talisman; die Verheißung eines besseren Lebens. Und obwohl es verrückt war, ihn zu tragen, hätte sie nicht ohne ihn hierher kommen können.

Ihr Onkel war mit seinem Herumwerkeln fertig und setzte sich auf den Rand der nächsten Bettrolle. »Und wie geht's dir?« Er musterte sie von Kopf bis Fuß. Schwache, wäßrige Augen betrachteten sie aus einem alten Gesicht. Er war jünger und stärker gewesen, als sie ihn das letzte Mal gesehen hatte, aber der Ausdruck in seinen Augen war derselbe. Sie drückten Verlangen aus.

Er war ein schwacher Mann, und seine Schwäche machte ihn boshaft. Sie hatte ihre Kindheit damit zugebracht, seiner Boshaftigkeit aus dem Weg zu gehen – und dem Verlangen in seinen Augen. Seiner Kleinheit verdankte sie ihre innere Stärke.

»Mir geht's gut«, sagte sie. Was sollte sie sonst sagen?

Daß sie jetzt als Profi-Killerin arbeitete? Daß sie eine der meistgesuchten Personen in der Stadt war?

»Kein Mann? Auch keine Kinder?«

Wieder wollte sie über ihn lachen. Er hatte es nie begriffen. Aber etwas von ihrer Geringschätzung mußte sich in ihr Gesicht geschlichen haben, denn er sah verletzt weg.

»Nein. Kein Mann. Keine Kinder«, erklärte sie nach einer Pause. »Nur ich selbst.«

Sie hockte sich neben den Tisch und studierte die kleine Sammlung von Portraits. Eines zeigte sie selbst in jüngeren Jahren, fast unmerklich jünger, an der Seite ihres Bruders, der kurz darauf gestorben war.

»Ich dachte, Mutter brauche das nicht.«

Ihr Onkel atmete tief aus. »Es ist ihr angenehm so. Gönnst du ihr das etwa nicht?«

Ein Holo zeigte ihren Vater; sie hatte es noch nie gesehen. Ganz sicher hatte ihre Mutter das Bild den öffentlichen Archiven abgekauft. Eine Datumsangabe am Fuß des Bildes verriet ihr, daß das Holo fast acht Jahre vor ihrer Geburt entstanden war. Er mußte damals – wieviel? – zwanzig gewesen sein. Sie erschauderte und richtete sich auf, dann drehte sie sich um und sah auf ihren Onkel hinunter. »Brauchst du Geld?«

Sie erkannte sofort, daß sie zu direkt gewesen war. Er wich ihrem Blick aus, doch er hatte eine neugierige Anspannung an sich, die ihr verriet, daß er seit ihrem Auftauchen nur daran gedacht hatte. Aber es zuzugeben – das war etwas anderes. Er war immer noch ihr Onkel. In seinem Kopf war sie immer noch ein kleines Mädchen, das von ihm abhing. Er zuckte die Achseln, ohne ihr in die Augen zu sehen. »Na ja... ich könnte schon ein paar Sachen gebrauchen.«

Sie wollte gerade etwas sagen, als das Brett hinter ihr zurückgeschoben wurde und ihre Mutter, eine Han-Frau mittleren Alters, hinter ihr das Zimmer betrat.

»Chang, ich...«

Die alte Frau verstummte und wandte sich verwirrt Ywe Hao zu. Zuerst begriff sie nicht, dann machte ihr Gesicht eine plötzliche Verwandlung durch und erstrahlte. Sie ließ das Päckchen fallen, das sie trug, und breitete die Arme aus. »Hao! Meine kleine Hao!«

Ywe Hao lachte und mußte sich bücken, um sie in die Arme zu schließen. Sie hatte vergessen, wie klein ihre Mutter war. »Mama...«, sagte sie und sah ihr in die Augen. »Wie ist es dir ergangen?«

»Wie es *mir* ergangen ist?« Die alte Dame schüttelte den Kopf. Ihre Augen liefen vor Tränen über, und sie zitterte vor Rührung. »Oh, liebe Götter! Hao, es tut so gut, dich zu sehen. All die Jahre...« Die schluchzte leise, dann lachte sie auf und deutete, indem sie die Nase hochzog, auf die Betten. »Setz dich. Ich koche dir etwas. Du mußt hungrig sein.«

Ywe Hao hockte sich neben ihren Onkel auf die Bettrolle. Von der Tür sah Su Chen, die ihr nicht vorgestellt worden war, verwirrt zu ihr herüber. Aber niemand erklärte ihr etwas. Nach einer Weile zog sie die Tür zu und nahm ihrem Mann gegenüber Platz. In der Zwischenzeit werkelte die alte Dame am *K'ang*, sah sich hin und wieder zu ihrer Tochter um und wischte ihre Augen ab, bevor sie sich mit einem leisen Lachen wieder an die Arbeit machte.

Später, nach dem Essen, saßen sie beisammen und unterhielten sich über Dinge, die vor langer Zeit in ihrer Kindheit geschehen waren; von glücklicheren, schlichteren Zeiten, als es ihr noch genügt hatte, einfach am Leben zu sein. Und wenn ihr Gespräch einen Kurs um die dunkleren Dinge steuerte – diese großen Unaussprechlichkeiten, die wie gezackte Felsen im Strom der Zeit lagen –, dann hatte das gute Gründe, denn warum sollten sie die Zufriedenheit dieses Augenblicks zerstören? Warum das Wasser mit dem Absud alter Schmerzen trüben?

Eine Zeitlang schien es fast so, als hätten die langen

Jahre der Trennung nicht stattgefunden; als sei dieser Tag mit dem ihres letzten Besuchs wie Punkte in einem gefalteten Stück Stoff zusammengenäht. Aber als Ywe Hao sie schließlich verließ und versprach, sie bald wieder zu besuchen, begriff sie endlich, daß es keine Rückkehr gab. Sie hatte all das hinter sich gelassen und war an einen Ort geflohen, wo die Liebe ihrer Mutter sie nicht festhalten konnte.

Wieder auf der Hauptstraße, traf ihr Blick überall auf Veränderungen. Die Zeit hatte diesen Ort verwundet, und es schien keine Möglichkeit der Heilung zu geben. Das beste also würde es sein, die Stadt Ebene um Ebene niederzureißen. Vielleicht hätten sie dann eine Chance, wenn sie sich der Städte entledigt hätten.

Zitternd, weil sie sich so einsam fühlte wie seit Jahren nicht mehr, wandte sie sich ab, bestieg den Lift und fuhr hinauf, ließ ihre Vergangenheit hinter sich.

* * *

Der dunkle, herzförmige Felsen war tief in die Erde neben dem Teich eingegraben, wie der letzte Zahn in einem vorsintflutlichen Unterkiefer. Seine Oberfläche war versengt und zerfurcht, an manchen Stellen dunkler als an anderen, und wo seine breite Flanke sich dem Pavillon zuwandte, war sie glatter als auf der gegenüberliegenden Seite; wie dunkles, poliertes Glas, benetzt von der Gischt der kleinen Wasserfälle. Am seinem Fuß wirbelte das kalte, klare Wasser des Teichs über eine unebene Felszunge, die das weiß-schäumende Wildwasser der beiden Flußarme in einen einzigen ruhigen Strom vereinte.

Vom Felsen aus konnte man die beiden Gestalten in dem Pavillon erkennen, ihr Gestikulieren verfolgen und vielleicht das Murmeln ihrer Worte unter dem Zischen und Rauschen des herabstürzenden Wassers hören. Tsu Ma unterhielt sich gerade, fuhr sich ständig mit der Hand über den Mund, und ein dünner, dunkler Rauchfaden stieg in die Luft. Tsu Ma schien sehr aufgeregt, sogar wütend zu sein, und seine Stimme erhob sich zuweilen über die Geräusche der Wasserfälle.

»Es ist alles wohlbekannt, Yuan, aber wie willst du es beweisen? Wenn es stimmt, ist es sehr ernst. Wang Sauleyan muß Rechenschaft darüber ablegen. Sein Betragen ist empörend! Nicht zu akzeptieren!«

Li Yuan wandte sich seinem T'ang-Kollegen zu. »Nein, Vetter Ma. Überlege einmal, welchen Schaden es anrichten würde, Wang offen mit dieser Angelegenheit zu konfrontieren. Bestenfalls wäre er zum Abdanken gezwungen, und das würde uns vor das Problem stellen, wer sein Nachfolger werden sollte – ein Problem, das die Frage des GenSyn-Erbes zu einer Kleinigkeit schrumpfen ließe, und die Götter wissen, daß diese Sache schon schwierig genug ist! Schlimmstenfalls würde er uns die Stirn bieten. Wenn er das täte und Hou Tung-po und Chi Hsing ihm den Rücken stärkten, würde unter den Sieben ein Krieg ausbrechen.«

»Das darf nicht sein.«

»Nein. Aber dies eine Mal könnte die Drohung, Wang bloßzustellen, wirksamer sein als eine tatsächliche Maßnahme. Wenn ja, könnten wir das zu unserem Vorteil ausnutzen.«

Tsu Ma rümpfte die Nase. »Du meinst, als eine Verhandlungsbasis?«

Li Yuan lachte; ein schroffes, klares Lachen. »So subtil nicht. Ich meine, wir sollten den Mistkerl erpressen. Wie sollten ihn zwingen, uns zu gehorchen.«

»Und wenn er nicht will?«

»Er wird wollen. Wie uns allen gefällt es ihm, T'ang zu sein. Außerdem weiß er, daß er zu schwach und seine Freunde im Rat auf einen solchen Krieg nicht vorbereitet sind. Oh, er wird kämpfen, wenn wir ihn dazu drängen, aber nur wenn er muß. In der Zwischenzeit spielt er sein Spiel und wartet den rechten Augenblick ab, in der Hoffnung, von unseren Kräften zu profitieren, an Kraft zuzulegen, während er uns schwächt. Aber diesmal hat er sich überschätzt. Diesmal haben wir ihn.«

Tsu Ma nickte. »Gut. Aber wie planst du, dieses Wissen einzusetzen?«

Li Yuan schaute nach vorn, und sein Gesicht verhärtete zu einer vor Konzentration angespannten Miene. »Zuerst müssen wir die Dinge ihren Lauf nehmen lassen. Hsiang Shao-erh trifft sich in einer Stunde mit unserem Vetter Wang auf seinem Grundstück in Tao Yuan. Mein Freund in Wangs Haushalt wird dem Treffen beiwohnen. Bis heute abend werde ich wissen, was durchgesickert ist. Und morgen, nach der Ratssitzung, können wir Wang Sau-leyan mit dem konfrontieren, was wir wissen. Das heißt, wenn es sein muß. Falls wir unsere Ziele nicht durch andere, direktere Maßnahmen schon erreicht haben.«

»Und dein... *Freund*? Ist er sicher? Kann Wang nicht Verdacht schöpfen, daß sich ein Spion in seinem Haushalt aufhält?«

Li Yuan lachte. »Das ist der Kniff an der Sache. Ich habe dafür gesorgt, daß Hsiang Shao-erh bei seiner Heimkehr festgenommen wird. Es wird so aussehen, als habe er *freiwillig* Auskunft gegeben. Und das wird er auch.«

Tsu Ma nickte nachdenklich. »Gut. Dann laß uns zurückgehen. Das ganze Gerede hat mich hungrig gemacht.«

Li Yuan schaute sich um und bewunderte noch einmal die Schönheit der schattigen Schlucht, die Harmonie von Bäumen, Felsen und Wasser. Und doch erschien ihm diese Schönheit irgendwie als unzureichend. Es genügte nicht, seine Seele zu befriedigen. Zuviel geschah im Innern der Stadt. Nein. Er konnte die Gewohnheiten seines Daseins nicht abschütteln; konnte sich nicht von dem Aufruhr seiner Gedanken losreißen und in die Schönheit des Tages versinken lassen.

Er ergriff das glatte Holz des Geländers, sah auf den großen, herzförmigen Felsen hinaus, der so fest und unverrückbar mitten im Fluß ruhte, und ein leichter Schauer durchfuhr ihn. Dieser Ort, die Morgensonne schenkten ihm ein Gefühl tiefen Friedens, eines Einsseins mit den Dingen, und doch erfüllte ihn gleichzeitig ein siedender Aufruhr von Ängsten, Hoffnungen und Erwartungen. Und diese beiden gegensätzlichen Ströme in seinem Blut bereiteten ihm ein seltsames Gefühl, entfernten ihn von sich selbst. War es nicht seltsam, einen solchen Frieden zu genießen und doch zugleich eine solche Ungeduld zu empfinden? Aber war dies nicht eine Grundbedingung des Seins? Lehrte dies nicht das große Tao? Vielleicht, aber es kam selten vor, daß man diesen Gegensatz so deutlich in seinem eigenen Innern spürte.

Wie eine Libelle, die über einem Fluß schwebte.

Tsu Ma beobachtete ihn von der Brücke. »Yuan? Kommst du?«

Für einen Moment von der Szene abgelenkt, drehte sich Li Yuan um, trat dann mit einem vagen Nicken vom Geländer zurück und folgte seinem Freund.

Und vielleicht würde es nie Frieden geben. Vielleicht war der Frieden wie das Leben selbst nur eine Illusion, wie die alten Buddhisten behauptet hatten. Oder vielleicht lag es an ihm selbst. Vielleicht war sein Leben aus dem Gleichgewicht geraten. Auf der Brücke drehte er sich um, blickte zurück und sah einen großen weißen Wirbel, der an etwas Schwarzem brandete und dessen ungestüme Kraft von dem Felsen gebändigt und in Bahnen gelenkt wurde.

Dann wandte er sich ab, schritt durch den Schatten der Bäume, und das Bild eines dunklen Felsens stahl sich in den Mittelpunkt seiner Gedanken.

* * *

Es war Mittag, und über Nord-Hunan strahlte der wolkenlose, blaue Himmel der ersten Frühlingstage. Im Palastgarten von Tao Yuan saß Wang Sau-leyan auf einem hohen Thron und probierte müßig Delikatessen aus den Schalen auf dem Tisch an seiner Seite, während er dem Mann zuhörte, der mit gesenktem Kopf vor ihm stand.

Der Thron ruhte auf einer antiken Sänfte, deren lange Tragestangen in Form sich aufbäumender Drachen beschnitzt waren. Ihre wuchtige Basis hatte die Form einer Karte des alten Chung Kuo in den Tagen, bevor die Welt sich verändert hatte. Wang hatte sich in den Mittelpunkt des Gartens tragen lassen, wo er zur Rechten die elegante, weißgestrichene, dreistöckige Pagode des Tiefen Wissens hatte und zur Linken, halb verborgen hinter einer Ansammlung alter Wacholderbäume, das Flüßchen mit den acht sanft geschwungenen Brücken.

Ein Stück abseits stand, die Arme in den kobaltblauen Ärmeln verschränkt und den Kopf gesenkt, der neuernannte Meister des Kaiserlichen Haushalts Sun Li Hua und wartete auf die Befehle seines Herrn.

Vor Wang stand ein hochgeschossener, eleganter Han Mitte fünfzig. Er trug teure dunkelgrüne, mit Blumen und Schmetterlingen gemusterte Kleider; unmoderne, *traditionelle* Kleider, die ihn als Angehörigen einer der Neunundzwanzig Untergeordneten Familien auswiesen. Seine Name lautete Hsiang Shao-erh, und er war Oberhaupt der Familie Hsiang für die Stadt Europa, Li Yuans Leibeigener – sein Blutvasall. Aber heute war er hier, um mit dem Feind seines Herrn zu sprechen, ihm seine Freundschaft anzubieten. Und mehr ...

Seit einer Stunde hatte Hsiang um den heißen Brei herumgedruckst, von vielen Dingen geredet, aber nicht zur Sprache gebracht, weshalb er eigentlich hergekommen war. Allmählich wurde Wang Sau-leyan seiner freundlichen Umschweife müde, hob den Blick und wischte sich die Finger an einem quadratischen roten Seidentuch ab, als er das Wort ergriff.

»Ja, Vetter, aber warum sind Sie gekommen? Was wünschen Sie?«

Zum zweitenmal an diesem Tag verschlug es Wang die Sprache. Vorhin war er schrecklich erschrocken gewesen, als Wang ihn zum Reden in den Garten gebeten hatte. Seine Kinnlade war herabgesackt, und er hatte Worte zu finden versucht, die den T'ang nicht beleidigten; die ihn davon überzeugen konnten, daß diese Angelegenheit am besten hinter geschlossenen Türen oder gar nicht besprochen wurde. Aber Wang hatte darauf bestanden, und Hsiang hatte den Kopf senken, ihm folgen und sein Unbehagen verhehlen müssen.

Jetzt allerdings empfand Hsiang weit mehr als schlichtes Unbehagen. Er blickte auf, dann sah er weg, beunruhigt über Wang Sau-leyans Direktheit. Für ihn war dies ein schwerer Schritt, denn er konnte nicht mehr rückgängig gemacht werden. Heute auch nur hier zu sein, grenzte an einen Verrat. Aber was jetzt kam...

Mit einem leichten Schaudern kam Hsiang zur Sache.

»Verzeiht mir, *Chieh Hsia*, aber ich bin hier, weil ich Euch einen großen Dienst erweisen kann.« Er hob den Kopf und sah Wang zaudernd in die Augen. »Es gibt jemanden, der uns beiden... sehr unsympathisch ist; der uns beide schwer beleidigt hat. Er...«

Wang hob eine Augenbraue, dann langte er nach einer weiteren, kränklich duftenden Scheibe Zibetfrucht und kaute sie schmatzend. »Fahren Sie fort, Hsiang Shao-erh...«

Hsiang senkte den Blick. »Wißt Ihr, was geschehen ist, *Chieh Hsia?*«

Wang nickte lächelnd. Das wußte er durchaus. Und es gehörte sogar zu den wenigen Dingen, für die er Li Yuan bewunderte. Unter ähnlichen Umständen – beim Aufkommen einer tödlichen Variante des Syphilis-Erregers – hätte er genauso gehandelt wie Li Yuan, auch wenn das bedeutete, die Oberhäupter seiner Familien gegen sich aufzubringen. Aber darum ging es nicht. Hsiang Shao-erh war hier, weil er – ganz zu recht – annahm, daß Wang Li Yuan ebenso haßte wie er. Und obwohl Hsiang vor seinesgleichen einen erheblichen Gesichtsverlust erlitten hatte, war das nichts, verglichen mit diesem Verrat.

Hsiang blickte auf, stählte sich, und seine Stimme klang hart, als er sich an seine Erniedrigung erinnerte; und für einen Moment überwand sein Zorn die Furcht, die er empfand. »Dann versteht Ihr, warum ich hier bin, *Chieh Hsia*.«

Wangs Lächeln wurde breiter. Er schüttelte den Kopf. »Sie sollten etwas deutlicher werden, Vetter. Sie reden von jemandem, der uns beide beleidigt hat. Sagen Sie mir, worum es geht.«

Hsiang starrte ihn an. Aber Wang wandte sich bloß zur Seite, nahm eine Lychee aus einer der Schalen und kaute genüßlich auf dem weichen, feuchten Fruchtfleisch, bevor er Hsiang wieder ansah.

»Nun?«

Hsiang schüttelte wie benommen den Kopf, als wache er gerade auf, dann stammelte er seine Antwort. »Li Yuan. Ich meine Li Yuan.«

»Aha...« Wang nickte. »Aber ich kann Ihnen immer noch nicht folgen, Vetter. Sie sagten, Sie könnten mir einen großen Dienst erweisen.«

Hsiangs Kopf sackte herab. Er hatte offensichtlich nicht erwartet, daß es so schwer sein würde. Eine Zeitlang schien er gegen einen inneren Dämon anzukämpfen, dann straffte er sich, reckte die Brust vor und sah Wang in die Augen.

»Wir sind gefesselt, Ihr und ich. Gefesselt von unserem Haß auf diesen Mann. Gibt es denn keine Möglichkeit, sich diesen Haß zunutze zu machen?«

Wang kniff die Augen zusammen. »Möglich. Ich mag meinen Vetter nicht. Haß ist vielleicht ein zu hartes

Wort, aber...« Er beugte sich vor und spuckte die Samen aus. »Lassen Sie's mich einfach ausdrücken, Hsiang Shao-erh. Li Yuan ist ein T'ang. Ihr T'ang, um genau zu sein. Meinesgleichen und Ihr Herr. Also, worauf wollen Sie hinaus?«

Es hätte nicht deutlicher gesagt werden können, und Wang sah, wie Hsiang erschrocken die Augen aufriß, bevor er wieder zu Boden blickte. Wang griff nach einer weiteren Frucht und kostete den Augenblick aus. Würde Hsiang den nächsten Schritt wagen oder doch einen Rückzieher machen?

»Ich...« Hsiang bebte, und sein Unbehagen zeigte sich daran, wie sein Körper schwankte und seine Hände sich in die Seide über seinen Oberschenkeln krallte. Schließlich hob er, nach einem inneren Kampf, wieder den Blick.

»Ich habe da von einer Substanz gehört. Eine illegale Substanz, die meines Wissens nach in den Laboratorien von SimFic entwickelt wurde.«

»Eine Substanz?«

Hsiang ruckte unbehaglich mit dem Kopf hin und her. »Ja, *Chieh Hsia*. Sie nimmt Frauen die Fähigkeit, Eizellen zu produzieren.«

»Aha...« Wang lehnte sich zurück und schaute ins Blaue hinauf. »Und was ist mit dieser Substanz? Sie haben sie, ich soll Sie bekommen?«

Hsiang schüttelte den Kopf. »Nein, *Chieh Hsia*. Soviel ich weiß, wurde sie bei einer Razzia in einem von *Shih* Berdichows Unternehmen beschlagnahmt. Ich glaube, die Sicherheitskräfte Eures verstorbenen Vaters haben die Razzia durchgeführt, aber die Substanz...«

»Wurde vernichtet, nehme ich an«, sagte Wang brüsk. »Aber sagen Sie mir eins, Vetter. Wenn es diese Substanz noch gäbe – wenn entgegen den Bestimmungen des Edikts ein Rest irgendwo aufbewahrt wäre –, was würden Sie damit anfangen?«

Auch das war wieder zu direkt. Erneut schreckte

Hsiang wie ein scheues Pferd zurück. Doch die Sehnsucht nach Rache – dieser bohrende innere Drang, die unter Li Yuan erlittene Schmach heimzuzahlen – trieb ihn weiter, half ihm, seine Furcht zu überwinden. Er sprach schnell und hastig, preßte die Worte hervor, bevor ihn der Mut verlassen konnte.

»Ich habe vor, eine Party zu veranstalten, *Chieh Hsia*. Zur Feier von Li Yuans zwanzigstem Geburtstag. Er wird natürlich zusagen, und seine Frauen werden ihn begleiten. Bei dieser Gelegenheit möchte ich seinen Frauen die besagte Substanz verabreichen.«

Wang Sau-leyan hatte sich vorgebeugt und aufmerksam zugehört. Jetzt ließ er sich zurücksinken und lachte. »Meinen Sie etwa, sie werden ruhig dasitzen, während Sie ihnen das Zeug reinlöffeln?«

Hsiang schüttelte nervös den Kopf. »Nein, *Chieh Hsia*. Ich ... die Substanz wird in ihren Getränken sein.«

»Oh, natürlich!« Wang brach erneut in Gelächter aus. »Und die *She t'ou*, die offiziellen Vorkoster – wie werden wir die in der Zwischenzeit beschäftigen?«

Hsiang senkte den Blick und schluckte seinen offenkundigen Ärger über Wang Sau-leyans Spott hinunter. »Ich habe gehört, daß diese Substanz geschmacklos ist, *Chieh Hsia*, daß nicht einmal ein *She t'ou* sie aufspüren könnte.«

Wang rümpfte die Nase, beruhigte sich und nahm unvermittelt eine versöhnlichere Haltung ein. Er sah zu Sun Li Hua hinüber, dann wandte er sich mit einem Lächeln wieder Hsiang Shao-erh zu.

»Damit das ganz klar ist, Hsiang Shao-erh: Sie wollen damit andeuten, daß ich Ihnen eine Substanz beschaffen soll – eine illegale Substanz –, die Sie dann heimlich Li Yuans drei Frauen verabreichen wollen. Eine Substanz, die bei ihnen den Eisprung verhindert.«

Hsiang schluckte schwer, dann nickte er. »So ist es, *Chieh Hsia*.«

»Und wenn unser junger Freund wieder heiratet?«

Hsiang lachte nervös. »*Chieh Hsia?*«

»Wenn Li Yuan diese drei Frauen fallen läßt und wieder heiratet?«

Hsiangs Lippen bewegten sich tonlos.

Wang schüttelte den Kopf. »Wie auch immer. Kurzfristig gesehen wird Ihr Plan verhindern, daß Li Yuan Söhne zeugt. Auf diese Weise töten wir sie schon vor ihrer Geburt, nicht wahr?«

Hsiang erbebte. »So wie er meine getötet hat, *Chieh Hsia*.«

Das stimmte nicht ganz. Hsiangs Söhne hatten Selbstmord begangen. Oder genaugenommen hatten sie sich mit der *Yang mei ping* – der Pflaumenweidenkrankheit – angesteckt, die nach der Gesellschaft auf Hsiangs Grundstück unter den Untergeordneten Familien ausgebrochen war. Wenn Li Yuan Hsiangs Söhnen geholfen hatte, ihr wertloses Leben einige Tage früher zu beenden, dann sprach das mehr für ihn als für sie. Ihr Schicksal war ohnehin besiegelt gewesen. Ihr Tod hatte anderen das Leben gerettet. Aber Wang gab nichts um solche Spitzfindigkeiten. Ihn interessierte ausschließlich, wie er sich diese Umstände zunutze machen konnte. Hsiangs verletzter Stolz machte ihn nützlich, zum fast perfekten Werkzeug, um mit Li Yuan abzurechnen. *Fast* perfekt.

Wang Sau-leyan beugte sich vor und streckte seine rechte Hand aus, das Mattschwarz des *Ywe Lung*, des Rings der Macht, wie ein Sattel auf seinem Zeigefinger.

Hsiang starrte ihn an, dann sah er Wang in die Augen, ging rasch in die Knie und zog den Ring an seine Lippen, um ihn einmal, zweimal und ein drittes Mal zu küssen, bevor er ihn wieder losließ. Den Kopf hielt er vor dem T'ang von Afrika gesenkt.

* * *

Karr hatte sich gewaschen und für die Zusammenkunft eine frische Uniform angezogen. Marie stand vor dem hohen Spiegel im anderen Zimmer. Im Lampenlicht glich ihre Haut hellem Elfenbein. Die geschwungene Linie ihres Rückgrats trat hervor, als sie sich vorbeugte.

Einen Moment lang stand er bewegungslos da und betrachtete sie, und ein leiser Schauer der Freude durchfuhr ihn. Sie war so stark, so perfekt gebaut. Er schloß die Augen, umarmte sie von hinten und berauschte sich an ihrer warmen, weichen Haut. Sie wand sich in seinen Armen und hob ihr Gesicht zu einem Kuß.

»Du mußt gehen«, sagte sie mit einem Lächeln.

»Muß ich das?«

»Ja, du mußt. Hast du denn nicht genug gehabt?«

Er schüttelte den Kopf, und sein Lächeln wurde breiter. »Nein. Aber du hast recht. Ich muß gehen. Es ist viel zu tun.«

Ihr Lächeln wich einer besorgten Miene. »Du hättest schlafen sollen...«

Er lachte. »Hättest du mich gelassen?«

Sie schüttelte den Kopf.

»Nein. Und ich hätte es auch gar nicht geschafft, an deiner Seite zu schlafen.«

»Die Zeit wird kommen...«

Er lachte. »Mag sein. Ich kann's mir kaum vorstellen, aber...«

Sie hob die Hand. »Hier.«

Er nahm die beiden Pillen und schluckte sie hinunter. Sie würden ihn für weitere zwölf, fünfzehn Stunden wach und aufmerksam halten – lang genug, um alles zu erledigen. Dann konnte er schlafen. Wenn sie es zuließ...

»Ist es wichtig?« fragte sie, und eine Spur Neugier stahl sich in ihre Stimme.

»Ein Auftrag des T'ang«, antwortete er vage, dann lachte er. »Du mußt lernen, geduldig zu sein, mein Liebling. Es gibt Dinge, die ich tun muß... nun ja, und die sind nicht immer angenehm...«

Sie legte einen Finger an die Lippen. »Ich verstehe. Und jetzt geh. Ich werde hier auf dich warten.«

Er trat auf eine Armeslänge von ihr zurück, und seine Hände massierten sanft ihre Schultern, ehe er sich vorbeugte und ihre Brüste küßte. »Bis dann...«

Sie erhob sich auf Zehenspitzen, um ihn auf die Nasenwurzel zu küssen. »Paß auf dich auf, mein Liebling, worum es auch geht.«

* * *

»Gut, Major Karr. Sie können die Augenbinde abnehmen.«

Karr nahm das grüne Seidenstirnband ab, sah sich um und war überrascht. »Wo sind wir? Auf der Ersten Ebene?«

Der Diener senkte respektvoll den Kopf. Er war zu aufmerksam, zu erfahren in den Diensten seines Herrn, um auf einen so offenkundigen Versuch hereinzufallen, ihm Informationen zu entlocken, aber er wußte auch, daß Karr selbst mit verbundenen Augen mitbekommen haben mußte, daß er nach unten und nicht nach oben gebracht worden war.

»Wenn Sie mir folgen möchten...«

Karr war verblüfft über die Eleganz der Zimmer, durch die sie gingen. Er hätte nicht erwartet, daß unmittelbar unter dem Netz solch luxuriöse Unterkünfte existierten, aber andererseits war das auch nicht so überraschend. Er hatte den Bericht über den Vereinten Bambus gelesen und die finanziellen Schätzungen für die letzten fünf Jahre gesehen. Mit einem jährlichen Umsatz von hundertfünfzehn Milliarden *Yuan* konnte der Dicke Wong, der Big Boss des Vereinten Bambus, sich solchen Luxus leisten. Dennoch überraschte es ihn, dergleichen in einer solchen Umgebung vorzufinden, so sehr, wie die Entdeckung einer Oase auf dem Mars.

Natürlich war es nicht mit dem Palast eines T'ang zu

vergleichen; dennoch beeindruckten diese Räumlichkeiten, und sei es nur, weil sie von solcher Verwahrlosung umgeben waren.

Karr senkte den Blick und bemerkte, daß das Mosaik auf dem Boden dem an der Decke entsprach. Neun lange, dicke Schilfrohre wurden von einer einzigen riesigen Hand umschlossen. Das Elfenbeingelb der Rohre und der Hand kontrastierten das strahlende Smaragdgrün eines Reisfeldes. Karr lächelte, als er sich daran erinnerte, wie oft er dieses Symbol gesehen hatte, auf den Stirnbändern toter Laufburschen, die in Hinterhalte des Sicherheitsdienstes geraten waren, oder auf den Verpackungen illegal geschmuggelter Waren, die aus dem Netz stammten. Und jetzt sollte er den Kopf hinter dieser zugreifenden Hand kennenlernen – den 486er persönlich.[7]

Der Diener war stehengeblieben. Jetzt wandte er sich wieder Karr zu und machte eine tiefe Verbeugung. »Entschuldigen Sie, Major Karr, aber ich muß Sie hier allein lassen. Wenn Sie bitte hineingehen, wird mein Herr Sie sogleich empfangen.«

Karr ging weiter, durch ein komfortabel eingerichtetes Vorzimmer in eine lange, geräumige Galerie mit einer Mondtür an jedem Ende. Hier waren beide Seitenwände mit den Banner von mindestens dreißig kleineren Triaden geschmückt, die der Vereinte Bambus im Laufe der Jahrhunderte unterworfen oder geschluckt hatte. Karr schritt an der Reihe vorbei und blieb vor dem letzten Banner stehen.

Er streckte die Hand aus, betastete die alte Seide vorsichtig und spürte gleich, daß dieses Banner sehr viel älter war als die anderen, die hier hingen. Sein Pfauenblau war verblaßt, doch das goldene Dreieck in seiner Mitte hatte noch etwas von seiner einstigen Pracht. Der blaue Stoff neben jedem Schenkel war mit einem Han-Wort bestickt, ursprünglich rote Piktogramme, die wie Blutflecken mit der Zeit zu einem stumpfen, malvenfarben bis braunen Ton verblaßt waren. Er sprach die Worte leise ins Leere.

»Tian. Nan Jen. Tu.«

Himmel. Mensch. Erde. Er drehte sich in der Absicht um, die Banner an der gegenüberliegenden Wand zu studieren, als er die Gestalt bemerkte, die am anderen Ende der Galerie in der Mondtür stand.

»Sie gehen so leise, Wong Yi-sun. Wie ein Vogel.«

Der Dicke Wang lächelte, dann trat er vor, und seine tuchumwickelten Füße machten dabei keinen Laut auf den Fliesen.

»Es freut mich, Sie kennenzulernen, Major Karr. Ihr Ruf eilt Ihnen voraus.«

Karr verneigte sich und als er wieder aufblickte, bemerkte er, daß sein Gegenüber ihn von Kopf bis Fuß musterte und einzuschätzen versuchte.

Seinem Namen zum Trotz war der Dicke Wong überhaupt nicht dick. Ganz im Gegenteil – er war ein kompakter, drahtiger Mann, der in seinen pfirsischfarbenen Seidenkleidern und mit den weiß umwickelten Füßen mehr wie ein erfolgreicher Erstebenen-Geschäftsmann aussah als wie der seinem Ruf nach brutale Anführer einer der sieben größten Triaden in der Stadt Europa. Karr hatte die Akte gelesen und Holographien des Mannes gesehen; dennoch war er nicht vorbereitet auf die gewinnende Art dieses Mannes, die Aura von Kultiviertheit, die er ausstrahlte.

»Es ehrt mich, daß Sie mich empfangen haben, Wong Yi-sun. Tausend Segenswünsche für Ihre Söhne.«

»Ihren auch, Major. Ich habe gehört, daß Sie frisch verheiratet sind. Eine gute, starke Frau, sagte man mir.« Wongs Lächeln wurde breiter. »Ich freue mich für Sie. Übermitteln Sie ihr meine besten Wünsche. In diesen unglücklichen Zeiten braucht ein Mann eine starke Frau, nicht wahr?«

Karr senkte den Kopf. »Danke, Wong Yi-sun. Ich freue mich, sie von Ihnen grüßen zu dürfen.«

Der Dicke Wong lächelte und ließ zum erstenmal, seit Karr die Galerie betreten hatte, den Blick von seiner Gestalt ab. Unbehelligt von seiner Aufmerksamkeit hatte Karr eine bessere Gelegenheit, den Mann zu begutachten. Von der Seite betrachtet, fielen Karr die Qualitäten auf, die aus Wong Yi-sun einen 489er machten. Es war eine gewisse Schärfe seiner Züge, eine gebändigte Anspannung, die den Berichten über ihm entsprach. Er hatte den Namen ›der Dicke Wong‹ angenommen, weil er die Ansicht vertrat, daß dies eine Welt war, wo Würmer andere Würmer fraßen und nur der größte, dickste Wurm durchkam. Von da an hatte er Tag und Nacht daran gearbeitet, um dieser Wurm zu werden – der dickste von allen. Und das war er jetzt. Zumindest fast.

»Mir ist aufgefallen, wie Sie den alten Seidenstoff bewundert haben, Major. Kennen Sie die Geschichte des Banners?«

»Ich habe einiges über Ihre Geschichte erfahren, Wong Yi-sun, aber was das Banner angeht, bin ich ziemlich ahnungslos. Es sieht sehr alt aus.«

»Allerdings. Mehr als vierhundert Jahre alt, um genau zu sein. Sie sagen, Sie kennen unsere Geschichte, Major Karr, aber wissen Sie eigentlich, wie alt wir sind? Uns gab es schon, bevor die Stadt erbaut wurde. Uns wird es noch geben, wenn die Stadt untergegangen ist.«

Wongs Lächeln wurde breiter, und Karr, der ihn beobachtete, erinnerte sich daran, was Novacek ihm berichtet hatte – daß die höheren Beamten der Triaden *niemals* in Gegenwart von Fremden lächelten –, und hatte ein weiteres Mal das Gefühl, daß etwas nicht stimmte.

Wong Yi-sun schritt die Reihe der Banner entlang und wandte sich wieder Karr zu.

»Die Leute bezeichnen uns als Kriminelle. Sie behaupten, wir wollten die Gesellschaftsstruktur von Chung Kuo zerstören, aber das ist eine Lüge. Wir sind tief verwurzelt. Unsere Ursprünge reichen zurück ins siebzehnte Jahrhundert zu den fünf Mönchen des Fu-Chou-Klosters – ehrbare, *loyale* Männer, die nur die Sehnsucht hatten, die Ch'ing, die Mandschu zu stürzen – und an ihre Stelle die rechtmäßigen Herrscher von Chung Kuo, die Ming, einzusetzen. Das war hundert Jahre lang auch unser Ziel, bis die Mandschu uns in den Untergrund trieben, unsere Mitglieder verfolgten und unser Vermögen beschlagnahmten. Danach blieb uns keine Wahl mehr. Wir mußten improvisieren.«

Karr lächelte. *Improvisieren*. Welch ein wundervoll subtiler Euphemismus für ein derart schmutziges Geschäft: Mord und Prostitution, Glücksspiel, Drogen und Schutzgelder.

»Verstehen Sie, Major Karr, wir sind den Traditionen Chung Kuos immer loyal verbunden geblieben. Das ist der Grund, weshalb wir mit den Sieben jederzeit gern Geschäfte machen. Wir sind nicht ihre Feinde, verstehen Sie. Wir wollen nicht mehr, als in diesen gesetzlosen Regionen, die dem langen Arm der T'ang entgangen sind, eine Ordnung aufrechtzuerhalten.«

»Und das Banner?«

Der Dicke Wang lächelte, dann senkte er leicht den Kopf. »Das Banner stammt aus dem Fu-Chou-Kloster. Es ist der große Ahne all dieser Banner. Und wer immer dem Großen Rat vorsitzt, hält das Banner.«

Wong lächelte wirkte plötzlich gespannt.

»Und Sie ...« Aber er brauchte es nicht auszusprechen. Karr verstand. Aber warum hatte Wong ihm davon erzählt? Doch sicher nicht, um ihn zu beeindrucken. Es sei denn ...

Wang wandte sich ab, und seine Haltung bedeutete Karr, sich ihm anzuschließen. Karr zögerte, bevor er ihm folgte, und seine Gedanken überschlugen sich. Der Dicke Wong wollte etwas. Einen großen Gefallen. Aber es war unmöglich für ihn, unumwunden um Hilfe zu bitten: denn eine Schwäche zu zeigen – zuzugeben, daß es *irgend etwas* gab, das sich außerhalb seiner Reichweite befand –, wäre für ihn einem enormen Gesichtsverlust gleichgekommen. Und das Gesicht war hier unten das einzige, was zählte. So wie oben.

Erfüllt von einer plötzlichen Gewißheit, erzitterte Karr. Ja. Irgend etwas ging hier unten vor. Mit seiner verschwommenen Anspielung an den Triadenrat und das Banner hatte der Dicke Wong mehr verraten als beabsichtigt. Karr betrachtete ihn im Profil und wußte, daß er recht hatte. Der Dicke Wong stand unter Druck. Aber von welcher Seite? Aus den Reihen seiner eigenen Triade oder von außerhalb – von einem anderem 489er? Von wem auch immer, er hatte die Gelegenheit ergriffen, das Thema anzuschneiden – sich ihm langsam anzunähern, ohne es direkt anzusprechen.

Aber um was genau ging es?

Wong betrachtete die Banner und ging mit einem kurzen Lächeln weiter. »Kommen Sie, Major«, sagte er. »Wir haben eine Menge zu besprechen, und da drin ist es viel bequemer.«

Er folgte Wong durch eine breite Treppenflucht in ein großes, dezent beleuchtetes Raum.

Eine Treppe führte in einen vertieft angelegten Garten, in dessen Zentrum sich ein kleiner, kreisrunder Teich befand. In dem Teich schienen, wie in Glas eingegossen, sieben goldene Fische zu schweben. Aber der Garten und der Teich waren nicht einmal das Bemerkenswerteste an diesem Raum, denn dahinter wurde der Blick von einer einzigen Wand – einer Wand von fünfzig *ch'i* Länge und zehn *ch'i* Höhe – angezogen, die scheinbar auf den Westsee von Hang Chou [8] hinausging und eine Panorama-Aussicht auf seine hellen, wie aus Spitze geformten Brücken und Pagoden, seine weidenbestandenen Inseln und antike Tempel erlaubte. Hier herrschte ewiger Frühling, und der Duft von Jasmin und Apfelblüten hing schwer in der kühlen, feuchten Luft.

Irgendwo in der Ferne tönte Musik und wurde von

einer Brise herangetragen. Im ersten Moment erschien ihm die Illusion so perfekt, daß Karr wie verzaubert innehielt. Als er schließlich bemerkte, daß Wong ihn beobachtete, ging er die Treppe hinunter und trat an den Rand des Teichs.

»Wissen Sie, warum ich hergekommen bin, Wong Yi-sun?«

»Soviel ich weiß, benötigen Sie Informationen. Über die *Ko Ming*, die den *Hsien L'ing* umgebracht haben.«

»Wir haben vermutet, Sie könnten etwas über diese Gruppe wissen – zum Beispiel, ob sie etwas mit den *Ping Tiao* zu tun haben oder nicht.«

»Weil sie unter demselben Symbol agieren?« Wong rümpfte die Nase und verzog das Gesicht. »Ich weiß nicht, was Ihre Untersuchungen ergeben haben, Major Karr, aber lassen Sie mich Ihnen sagen, daß der *Hsien L'ing* sich in Dinge eingemischt hat, von denen er besser die Finger gelassen hätte.«

Karr trug sein Gesicht wie eine Maske, die eine heftige Neugier verbarg. Wie konnte Shou Chen-hai es geschafft haben, der Dicken Wong gegen sich aufzubringen? Denn es gab keinen Zweifel, daß Wong Yi-sun außer sich war.

»Und die *Ko Ming*?«

Der Dicke Wong nahm einige kräftige Schlucke von seinem Drink, dann atmete er tief durch, um sich zu beruhigen. »Die Attentäter, die Sie suchen, nennen sich die *Yu*. Mehr kann ich nicht sagen. Nur daß ihr Name bei den Unteren in aller Munde ist.«

Karr nickte nachdenklich. »Das ist ungewöhnlich, wie?«

»Sie haben recht, Major Karr. Es ist etwas anders. Wir haben dergleichen seit Jahren nicht erlebt. Ich ...«

Wong sah an Karr vorbei zum Türbogen. »Kommen Sie rein«, befahl er brüsk und winkte den Diener herbei.

Der Diener übergab Wong etwas, beugte sich zu ihm

herab und flüsterte ihm etwas zu. Dann zog er sich mit gesenktem Kopf und abgewandtem Blick zurück.

Einige Sekunden lang starrte Wong auf die drei kleinen Päckchen, und seine Hände zitterten vor Wut, dann hielt er Karr seine Hände unter die Nase.

»Die sind von Ihnen, nehme ich an.«

Karr nickte, machte aber keine Anstalten, dem 489er die drei kleinen, in Wachspapier gehüllten Päckchen abzunehmen. »Wir haben sie im Apartment des *Hsien L'ing* gefunden. Ich dachte, sie könnten Sie interessieren.«

Wong kniff die Augen zusammen. »Wissen Sie, was sie enthalten?«

Karr nickte. Sie hatten sie analysiert und wußten, daß es sich um etwas Besonderes handelte. Aber was wußte der Dicke Wong darüber? Karr beobachtete die Regungen in seinem Gesicht und begann zu verstehen. Wong war sich nicht sicher gewesen. Bis die Päckchen eingetroffen waren, hatte er nur einen Verdacht gehabt. Aber jetzt wußte er Bescheid.

Wong wandte sich ab und stand da, als starre er über den See hinaus. Eine Strähne seines pechschwarzen Haars wehte in der sanften Brise. »Diesmal haben sie sich übernommen. Sie haben versucht, das Gleichgewicht zu zerstören ...«

Dann, als sei ihm klar geworden, daß er zuviel gesagt hatte, drehte er sich um und zuckte unmerklich die Achseln. Doch obwohl der Dicke Wong lächelte, verrieten ihn seine Augen. Das war es also, was ihm Sorgen bereitete. Das war die große Sache, die er nicht allein bewältigen konnte. Bisher war er der größte, dickste Wurm gewesen, der Hüter des alten Banners. Aber jetzt machte der Große Kreis Anstrengungen, ihn zu verdrängen – Anstrengungen, die mit den Erlösen neuer Drogen, neuer Märkte finanziert wurden.

Aber was wollte Wong von ihm? Wollte er Hilfe, um den Großen Kreis zu zerschlagen? Oder wollte er etwas anderes – vielleicht eine Vereinbarung, die den Großen Kreis im Zaum hielt und ihm seine Führungsposition sicherte? Und darüber hinaus: was würde Karrs Meister Li Yuan von einer solchen Vereinbarung verlangen? Das hieß, falls er etwas anders wünschte, als die Triaden auf ihren jetzigen Einflußbereich beschränkt zu halten.

Li Yuans Vater Li Shai Tung hatte ein Arrangement zu treffen versucht, das auf den unteren Ebenen Ordnung schaffen sollte, indem es Männern wie dem Dicken Wong Zugeständnisse machte. Aber würde es funktionieren? Würde es ihnen nicht einfach zuviel Macht verleihen? Und würden sie am Ende nicht doch gegen die Vereinbarung verstoßen? Bevor andere sie verdrängten.

Wong schloß die Hand um die drei kleinen Päckchen, dann warf er sie ins Wasser. Aus seinem Seidengewand zog er einen schmalen Umschlag.

»Geben Sie das Ihrem T'ang«, sagte er und übergab ihn Karr.

»Und was soll ich ihm sagen?«

»Daß ich sein Freund bin. Ein sehr guter Freund.«

* * *

Auf dem Nachttisch stand ein Holo-Sockel. Mach ging in die Knie und legte eine Hand auf die Schaltfläche. Nichts. Er drehte sich ein Stück und blickte neugierig zu Ywe Hao auf. Sie beugte sich herüber und legte die Fingerspitzen auf die Schaltfläche. Sofort erschienen in der Luft über dem Sockel zwei winzige Gestalten.

»Mein Bruder«, erklärte sie. »Er ist bei einem Industrieunfall umgekommen. Zumindest ist die offizielle Untersuchung zu diesem Ergebnis gekommen. Aber seine Freunde haben mir damals eine andere Geschichte erzählt. Er war ein Gewerkschaftsfunktionär. Achtzehn Jahre damals, vier Jahre älter als ich. Mein großer Bruder. Sie behaupten, der *Pan chang* habe ihn vom Balkon gestoßen. Er ist acht Ebenen tief in die Maschinen gestürzt. Es war nicht mehr viel von ihm übrig, was sie herausziehen konnten. Nur noch Fetzen.«

Mach holte Luft, dann nickte er. Ywe Hao starrte die beiden kleinen Bilder an, dann zog sie ihre Hand zurück, und ihre Augen verrieten, daß die Jahre den Schmerz nicht gemildert hatten.

»Ich wollte Sie sehen«, sagte er und schaute sich um. »Ich wollte sicher sein.«

»Sicher?«

»Was Sie angeht.«

»Ach so ...«

Er lächelte. »Außerdem mußte ich Sie über etwas informieren.«

Sie runzelte die Stirn, stand auf und trat ein Stück zurück. »Worüber?«

»Den Überfall auf den Libellenclub. Wir kommen voran.« Er stand auf, ging zu seinem Rucksack und zog einen schweren Ordner heraus, den er ihr hinhielt.

Sie betrachtete den Ordner. »Was ist das?«

»Ein vollständiges Dossier über alle Beteiligten.« Er zog eine Grimasse. »Keine angenehme Lektüre, fürchte ich, aber das soll's auch nicht sein. Sie müssen verstehen, warum wir dazu gezwungen sind. Warum wir diese Männer umbringen müssen.«

»Und der Überfall? Wann soll er stattfinden?«

»Heute abend.«

»*Heute abend?* Aber sagten Sie nicht, es würde mindestens eine Woche dauern, um die Sache vorzubereiten?«

»Das dachte ich auch. Aber unser Mann hat heute abend Dienst. Und es findet ein Treffen statt.«

Sie erschauderte, als sie begriff. »Das ändert nichts daran, daß wir zu wenig Zeit zur Vorbereitung hatten. Wir werden blind zuschlagen müssen.«

Mach schüttelte den Kopf, setzte sich auf die Bettkante und bedeutete ihr, neben ihm Platz zu nehmen. »Ich will's Ihnen erklären. Als ich mich neulich mit Ihnen unterhalten habe – als ich Ihnen diesen Auftrag gab –, hatte ich bereits jemanden zum Einsatzleiter ernannt. Aber nach allem, was geschehen ist, wollte ich Ihnen eine Chance geben. Eine Gelegenheit, sich zu bewähren.«

Sie wollte etwas sagen, aber er brachte sie mit einer Geste zum Schweigen.

»Lassen Sie mich ausreden. Ich weiß, was neulich geschehen ist. Ich weiß, daß Sie Vasska getötet haben. Aber das macht nichts. Sie haben das Richtige getan. Die andere Sache... sein Bruder... nun, das ist bedauerlich, aber das werden wir regeln. Wichtig ist, daß Sie das Richtige getan haben. Wenn Sie zugelassen hätten, daß er den Wachmann umbringt... das hätte uns doch wohl sehr geschadet, nicht wahr?«

Sie zögerte erst, dann nickte sie, aber er sah ihr an, daß sie mit seiner allzu einfachen Zusammenfassung der Ereignisse nicht zufrieden war. Und das war gut so. Es bewies, daß sie nicht gefühllos gehandelt hatte. Er nahm den Ordner von ihrem Schoß, schlug ihn auf und zeigte ihr eines der Standphotos.

»Das ist der Grund, warum wir schon heute abend zuschlagen. Um solchen Dingen ein Ende zu bereiten. Aber wir müssen sorgfältig vorgehen. Deshalb habe ich Sie in die engere Wahl als Anführerin des Teams gezogen. Nicht um den Überfall zu organisieren – Ihr Team weiß genau, was es zu tun hat; es hat den Einsatz Hunderte Male geprobt. Nein, Sie haben dafür zu sorgen, daß die Sache nicht aus dem Ruder läuft. Es sollen die richtigen Leute bestraft werden. Ich möchte nicht, daß jemand überreagiert. Wir müssen alles richtig machen. Wenn wir's versauen, sind wir erledigt, verstehen Sie mich?«

Sie nickte, aber ihr Blick blieb an dem Photo des verstümmelten Kindes haften. Nach einer Weile blickte sie auf, und in ihre Abscheu mischte sich aufrichtige Traurigkeit. »Was treibt diese Menschen dazu, Jan? Wie in aller Götter Namen kann jemand einem kleinen Jungen so etwas antun?«

Er schüttelte den Kopf. »Ich weiß es nicht. So sind sie einfach.« Er legte sanft eine Hand an ihre Wange. »Ich weiß nur, daß all der Zorn, den Sie empfinden, die Abscheu und Empörung... nun, daß das etwas Gesundes ist. Ich möchte diese Gefühle nutzbar machen, ihnen eine Gelegenheit geben, sich auszudrücken.«

Er ließ seine Hand sinken und lachte leise. »Wissen Sie, Sie erinnern mich an eine alte Freundin. Sie war wie Sie. Stark, sicher in allem, was sie tat.«

Ywe Hao erschauderte und senkte den Blick. »Was ist mit meiner Tarnung?«

Mach lächelte, beeindruckt von ihrer Professionalität, dann drehte er sich um und deutete auf den Rucksack neben der Tür. »Da ist alles drin. Sie brauchen nur die Akte durchzulesen. Um elf wird Sie jemand abholen kommen. Sie dringen zur zweiten Stunde ein.«

Er lehnte sich zurück. »Es ist eine ganze Menge, aber lesen Sie alles. Besonders die Aussagen der Eltern. Wie ich schon sagte, sollten Sie wissen, warum Sie dort sind. Das macht Ihnen Ihre Aufgabe leichter.«

Sie nickte.

»Gut. Ich muß jetzt gehen. In einer Stunde fängt meine Schicht an, und ich muß zurück und mich umziehen. Viel Glück, Ywe Hao. Möge Kuan Yin Ihnen heute abend zulächeln.«

* * *

In der fackelbeleuchteten Stille der Halle des Ewigen Friedens kniete Li Yuan auf den kalten Steinfliesen vor dem Hologramm seines Vaters. Dünne Rauchfäden stiegen von den Opferstäbchen zur Decke auf, und ihr Rosenholzduft mischte sich unter die kühlen Muffigkeit der alten Halle. Hinter den geisterhaften Umrissen des toten T'ang schien der rote Lack der geschwungenen Stellwand zu schimmern, als teile sie etwas von der Substanzlosigkeit des alten Mannes. Der *Ywe Lung* in ihrer Mitte flackerte, als könne er sich wie ein Rauchring jeden Moment in Luft auflösen.

Li Shai Tung stand wie zu Lebzeiten vor ihm, nicht so hinfällig wie in seinen letzten Tagen, und seine frühere Selbstgewißheit drückte sich in jeder geisterhaften Geste aus, während er redete.

»Deine Träume haben eine Bedeutung, Yuan. Als ich ein kleiner Junge war, hat mein Vater mir geraten, meine Träume zu ignorieren, mich ausschließlich auf die Wirklichkeit zu konzentrieren. Aber Träume haben eine Wirklichkeit für sich. Sie sind wie die loyalsten Minister. Sie sagen uns nicht, was wir ihnen vorgeschrieben haben, sondern was der Wahrheit entspricht. Wir können sie zurückweisen, in die fernsten Winkel unserer Seele verbannen, aber wir können sie nicht abtöten, ohne uns selbst zu töten.«

Li Yuan blickte in die toten Augen seines Vaters empor. »Und haben wir das getan? Ist das der Grund, weshalb alles so schlecht läuft?«

Li Shai Tung rümpfte die Nase, dann stützte er sich schwerfällig auf seinen Stock, als ließe er sich die Fragen seines Sohnes durch den Kopf gehen, aber an diesem Abend war Li Yuan empfänglicher dafür, was sich hinter der Illusion verbarg. In dem schmalen Kästchen hinter der Projektion hatten logische Schaltkreise bald aufgrund vorprogrammierter Richtlinien eine Anzahl möglicher Antworten ausgesucht. Sie klangen spontan, waren aber ebenso vorherbestimmt wie der Sturz eines Felsens oder der Zerfall eines Atoms. Und die Verzögerung? Auch die trat absichtlich ein – eine maschinengeschaffene Mimikry eines einst realen Vorgangs.

Dennoch hatte Yuan das deutliche Gefühl, seinem Vater gegenüberzusitzen. Und obwohl diese ausdruckslosen Augen – bei denen es sich nicht einmal um

Augen, sondern um Projektionen von Licht auf eine Rauchwand handelten – ihn nicht sehen konnten, schienen sie doch geradewegs ins Herz der Unrast hineinzustarren, die ihm den Schlaf geraubt und zu dieser unirdischen Stunde hergeführt hatte.

»Vater?«

Der Alte hob den Kopf, als habe er sich für einen Moment in seinen Gedanken verloren. Dann lachte er unvermittelt.

»Träume. Vielleicht gibt es nichts anderes, Yuan. Träume. Ist die Stadt selbst nicht auch ein Traum? Der greifbar gewordene Traum unserer Ahnen. Und unser alter Glaube an Frieden, Ordnung und Stabilität, war das nicht auch ein Traum? Wer etwas von all dem jemals real?«

Verwirrt über die Worte seines Vaters, runzelte Li Yuan die Stirn. Für einige Sekunden führten ihn seine Gedanken an den Abend zurück, als sein Vater gestorben war, und er erinnerte sich, wie schmächtig sein Körper gewesen war, in welch schwachem und verletzlichem Zustand der Tod ihn vorgefunden hatte. Li Yuan erschauderte, als ihm klar wurde, daß der Same, dem die Krankheit seines Vaters erwachsen war, schon lang gesprossen hatte, bevor das Virus ihn hinwegraffte. Sein Vater war schon lang vor dem letzten Schlag seines Herzens gestorben. Vielleicht schon an jenem Tag, als man seinen Bruder Han Ch'in ermordet hatte. Oder vielleicht noch früher? War er schon tot seit jener Nacht, als er, Yuan, sich vorzeitig einen Weg aus dem Leib seiner Mutter gebahnt hatte? War das Leben seines Vaters von diesem Tag an nur noch ein Schattenspiel gewesen, nicht wirklicher als dieses Schattenspiel hier?

»Aber was bedeutet er, Vater? Wie soll ich meinen Traum deuten?«

Der tote T'ang starrte seinen Sohn an, dann erbebte er leicht. »Du sagst, du träumst von Libellen?«

Li Yuan nickte. »Von großen, smaragdgrünen Libellen, die in Schwärmen über dem Flußufer schweben. Abertausende davon. Wunderschöne Geschöpfe mit Flügeln wie Glas und Körpern wie Jade. Die Sonne schien auf sie herab, doch es blies ein kalter Wind. Während ich hinsah, begann eine nach der anderen herabzustürzen, bis der Fluß mit ihren zappelnden Körpern übersät war. Und ich sah auch noch, wie sie steif wurden und das strahlende Grün aus ihren Körpern gewaschen wurde, bis sie von einem schmutzigen Grau waren und ihr Fleisch wie zu Asche zerfiel. Und der Wind trug die Asche mit sich, bis sie die Felder bedeckte, jeden Teich und jeden Fluß erstickte und alles grau und in Asche dalag.«

»Und dann?«

»Und dann bin ich erschrocken und mit pochendem Herzen aufgewacht.«

»Mhm ...« Der T'ang legte eine Hand an seinen Bart, zupfte mit langen Fingern an den fest geflochtenen Strähnen und schüttelte schließlich den Kopf. »Ein sehr seltsamer und eindrucksvoller Traum, *Erh tzu*. Du fragst mich, was dies bedeutet, aber ich glaube, du weißt es schon.« Er blickte auf und sah seinem Sohn in die Augen. »Diese gläsernen Geschöpfe sind ein Symbol des Sommers, nicht wahr? Und die Farbe Grün symbolisiert den Frühling. Außerdem heißt es, wenn die Farbe Grün in einem Traum auftaucht, wird der Traum glücklich enden. Doch in deinem Traum wird das Grün zur Asche. Der Sommer stirbt. Der kalte Wind bläst. Kann man darunter etwas anderes verstehen als ein böses Omen?«

Li Yuan blickte ruckartig auf, und eine kalte Furcht durchfuhr ihn. Er hatte entgegen aller Vernunft gehofft, daß der Traum auch auf andere Weise gedeutet werden konnte, aber das Urteil seines Vaters bestätigte nur seine schlimmsten Befürchtungen. Die Libelle, zwar ein Symbol des Sommers, stand auch für Schwäche und Instabilität, für die schlimmsten Exzesse eines schwachen und einfachen Lebens. Außerdem hieß es, daß sie unmittelbar vor einem Unwetter in großen Schwärmen auftraten.

Doch spiegelte der Traum nicht einfach nur seine tiefsten Ängste wider? Er dachte an die Worte seines Vaters – daß Träume sich wie loyale Minister verhalten, Wahrheiten aussprechen, denen er anders nicht ins Gesicht sehen konnte. War das hier der Fall? Hatte sein Traum den Zweck, ihm die Wahrheit vor Augen zu führen?

»Was soll ich also tun?«

Der tote T'ang sah ihn an und lachte. »*Tun*, Yuan? Nun, du mußt dich warm anziehen und mit dem Wind zu pfeifen lernen. Du mußt deine Frauen und Kinder betrachten. Und dann...«

»Und dann, Vater?«

Der alte Mann schaute weg, als sei er fertig mit ihm. »Der Frühling wird kommen, *Erh tzu*. Denke immer daran, auch in deinen dunkelsten Stunden. Immer wieder kommt der Frühling.«

Li Yuan zögerte und wartete auf mehr, aber sein Vater hatte die Augen geschlossen und schwieg. Yuan beugte sich vor und nahm die brennenden Splitter aus dem Gefäß. Sofort schrumpfte die Projektion zusammen und nahm ihren Platz neben den anderen kleinen, glühenden Bildern seiner Ahnen ein.

Er stand auf, sah im fackelbeleuchteten Halbdunkel der Halle umher – auf den grauen Stein des riesigen Begräbnisschreins, auf die gemeißelten Säulen, Tafeln und die lackierten Stellwände –, dann wandte er sich ab, wütend auf sich selbst. Es gab so viel zu tun – die Notiz von Minister Heng, das Paket vom Dicken Wong, die letzten Vorbereitungen für die Ratssitzung –, doch er war hier und jammerte wie ein Kind vor dem Bild seines toten Vaters. Und zu welchem Zweck?

Er ballte die Fäuste und lockerte sie langsam wieder.

Nein. Sein Zorn durfte nicht anhalten. Noch durfte er seinen Traum so einfach ignorieren. Wenn er die Augen schloß, sah er die Szene vor sich – Tausende von hellen, flackernden Schatten in der Morgensonne mit Schwingen wie aus feinster Spitze. Schicht um Schicht aus flackernder, sonnenbeschienener Spitze ...

»*Chieh Hsia* ...«

Li Yuan fuhr herum, stolperte fast, und sammelte sich, als er unerwartet seinem Kanzler gegenüberstand.

»Ja, Kanzler Nan. Was ist los?«

Nan Ho machte eine tiefe Verbeugung. »Es sind Neuigkeiten eingetroffen, *Chieh Hsia*. Die Nachrichten, auf die Ihr gewartet habt.«

Er war von einem Moment zum anderen hellwach. »Von Tao Yuan? Haben wir sein Wort?«

»Mehr noch, *Chieh Hsia*. Er hat eine Speicherfolie geschickt. Eine Aufzeichnung des Treffens zwischen Wang und Hsiang.«

»Eine Aufzeichnung ...« Li Yuan lachte, nun erfüllt von freudiger Erregung, die ebenso machtvoll war wie seine verzweifelte Stimmung von eben. »Dann haben wir ihn, ja? Wir haben ihn da, wo wir ihn haben wollten.«

* * *

Der Türsteher hatte seine Arbeit getan. Die Außentür glitt auf ihre Berührung hin zurück. Drinnen war es stockdunkel, die Überwachungskameras außer Betrieb. Ywe Hao drehte sich um, nickte und ließ den Rest des Teams lautlos an sich vorbei.

Der Türsteher lag in der Kabine zu ihrer Linken mit dem Gesicht nach unten und hinter dem Kopf verschränkten Händen auf dem Boden. Ein Mitglied des Teams hockte bereits über ihm und fesselte ihn an Händen und Füßen.

Sie lief ans Ende des Flurs und bekam mit, wie die anderen sich zu beiden Seiten der Tür aufstellten. Sie wartete, bis der letzte sich ihr angeschlossen hatte, dann trat sie vor und klopfte laut an die Innentür.

An der Oberkante der verstärkten Tür befand sich ein kleines Guckloch. Sie schaltete ihre Helmlampe an und hielt ihre ID-Karte vor das Loch. Der Anruf war vor einer halben Stunde erfolgt, als die externe Stromversorgung ›ausgefallen‹ war, also erwartete man sie.

Der Deckel des Gucklochs wurde angehoben, und der Teil eines Gesichts erschien in dem hellen Rechteck.

»Halten Sie die Karte näher ran.«

Sie gehorchte.

»Scheiße ...« Das Gesicht verschwand; hinter der Tür sagte jemand etwas. »Ausgerechnet eine Frau.«

»Ist das ein Problem?«

Das Gesicht musterte sie wieder. »Nun, es ist so: dies ist ein Männerclub. Frauen haben hier keinen Eintritt.«

Sie holte tief Luft, dann nickte sie. »Ich verstehe. Aber sehen Sie, ich muß in dem Kasten da drin nur die Stromzufuhr unterbrechen. Die Reparaturen kann ich draußen im Flur ausführen.«

Der Wachmann wandte ihr den Rücken zu, beriet sich mit jemandem und drehte sich wieder um. »Also gut, aber machen Sie schnell, ja? Und kümmern Sie sich um Ihren eigenen Kram, sonst geht eine Beschwerde an Ihren Vorgesetzten.«

Langsam glitt die Tür zurück, und Licht drang in den Flur. Der Wachmann trat zurück, ließ Ywe Hao vorbei und hob die Hand, um auf den Kasten zu deuten, aber er brachte die Geste nicht zu Ende. Ihr Schlag schickte ihn wie einen nassen Sack zu Boden.

Sie verschaffte sich sekundenschnell einen Überblick über die Lage. Es war ein großer, sechseckiger Saal, von dem zu allen Seiten Korridore abzweigten. In seinem Mittelpunkt befand sich ein vertieft angelegtes, kreisrundes Becken aus hellroten Fliesen, in das fünf Stufen hinabführten.

Die jungen Männer in dem Becken schienen ihr Eintreten nicht zu bemerken. Es waren acht, nackt wie Neugeborene. Einer von ihnen stand mit gespreizten Beinen am Rand des Beckens. Er hielt einen anderen umschlungen, und seine Hinterbacken zuckten heftig, aber niemand schien es zu bemerken. Hinter ihm spielten und lachten die anderen mit einer Ausgelassenheit, die auf Drogen hindeutete.

Sie nahm alles mit einem Blick in sich auf, aber wonach sie eigentlich suchte, war der zweite Wachmann, mit dem der andere gesprochen hatte. Ihr sträubten sich die Nackenhaare, weil sie ihn nicht auffinden konnte, dann sah sie zwischen den Scharnieren des Schirms zu ihrer Rechten etwas Grünes aufblitzen.

Sie feuerte zweimal durch den Schirm. Der Knall wurde von den dicken Teppichen unter ihren Füßen und schweren Wandbehängen gedämpft, war aber doch laut genug, um die jungen Männer aus ihrer Träumerei zu reißen.

Die anderen standen jetzt hinter ihr, von Kopf bis Fuß schwarz vermummte, maskierte Gestalten. Auf ihr Signal hin schwärmten sie in die abzweigenden Korridore aus.

Sie durchmaß langsam mit erhobener Waffe den Saal, bis sie am gefliesten Rand des Beckens stand. Sie waren vor ihr zurückgewichen, und der berauschte Ausdruck in ihren Augen verflog, als sie begriffen, was hier geschah. Das kopulierende Paar hatte sich getrennt und starrte sie verwirrt mit weit aufgerissenen Augen an. Ihre erigierten Glieder erschlafften zusehends. Andere hatten die Hände in einer Geste allgemeiner Unterwerfung gehoben.

»Raus!« knurrte sie und riß unmißverständlich die Waffe hoch.

Sie zuckten beim Klang ihrer Stimme zusammen, dann krochen sie davon, schämten sich nun ihrer Nacktheit, und Furcht schlich sich in die drogenbedingte Trübheit ihres Blicks.

Ywe Hao sah die Jungen unbeholfen die gegenüberliegenden Treppe hochklettern. Sie wagten es nicht wegzusehen. Einer stolperte und fiel ins Wasser zurück. Er tauchte keuchend und mit weit aufgerissenen Augen wieder auf.

»Raus!« scheuchte sie ihn auf. Er tastete hastig nach der Treppe in seinem Rücken, bevor er davonkroch.

Sie kannte sie alle, ihre Namen, Gesichter und ihre Geschichten. Sie sah von Gesicht zu Gesicht und zwang sie, sich ihrem Blick zu stellen. Sie waren so jung. Fast noch Kinder, schien es. Dennoch empfand sie kein Mitleid für sie, nur Abscheu.

Aus dem übrigen Club drangen nun Geräusche; dumpfe Aufschläge, wütendes Geschrei und ein kurzes Gekreisch, das abrupt abriß. Wenig später erschien das Team am Eingang zu einem der Korridore.

»Chi Li! Kommen Sie schnell ...«

»Was ist los?« sagte sie so ruhig wie möglich und deutete mit dem Kinn auf ihre Gefangenen.

Der Mann begriff, was sie meinte, kam herüber und senkte die Stimme. »Es geht um Hsao Yen. Er hat den Verstand verloren. Sie sollten ihn besser aufhalten.« Er zog die Waffe aus seinem Gürtel. »Gehen Sie. Ich bewache die hier inzwischen.«

Sie konnte Hsao Yen hören, lang bevor sie ihn sah. Er stand über dem jungen Mann in der Tür, und eine Sturzflut von Obszönitäten kam von seinen Lippen, während er dem Gefangenen immer wieder mit dem Gewehrlauf über Kopf und Schultern drosch.

»Hsao Yen!« brüllte sie. »*Aiya!* Was machen Sie da?«

Er drehte sich mit zornentbrannter Miene zu ihr um und zeigte mit ausgestrecktem Arm auf den Mann, der vor ihm zu Boden gestürzt war.

Sie schob sich an ihm vorbei, sah in das Zimmer und wich gleich wieder zurück, um Hsao Yen fast ängstlich in die Augen zu sehen. »War er das?«

Hsao Yen nickte. »Ja ...«

Er wollte noch mal zuschlagen, aber Ywe Hao packte seine Hand und redete sanft auf ihn ein. »Ich verstehe. Aber wir wollen das richtig machen, ja? Schließlich sind wir deshalb hier. Um all dem ein Ende zu bereiten.«

Hsao Yen sah auf die blutige Gestalt hinunter und fuhr zusammen. »Schon gut. Wie Sie wünschen.«

Sie nickte, sah an ihm vorbei und war von dem Anblick erschüttert. »Und der Junge? Ist er tot?«

Hsao Yen erbebte, und plötzlich schlug sein Zorn in Schmerz um. »Wie konnte er das tun, Chi Li? Wie konnte er das einem Kind antun?«

Sie schüttelte fassungslos den Kopf. »Ich weiß es nicht, Hsao Yen. Ich weiß es einfach nicht.«

Sie standen in einer Reihe neben dem Becken, als Ywe Hao zurückkam, drei Dutzend insgesamt, einschließlich der Dienerschaft. Die maskierten Gestalten der *Yu* standen in einigem Abstand mit erhobenen Automatikwaffen neben ihnen. Sie zwang zwei Gefangene, einen verletzten Gefährten zu stützen, dann ging sie die Reihen entlang und sonderte die Diener aus.

»Tu Li-shan, Rooke ... bringt sie in die Küchen. Ich will, daß sie gefesselt und geknebelt werden. Aber ihr dürft sie nicht verletzen. Verstanden?«

Ywe Hao wandte sich den übrigen zu. Es waren dreiundzwanzig Männer. Weniger als sie zu finden gehofft hatte. Als sie die Reihe entlangblickte, stellte sie fest, daß einige Gesichter aus den Akten fehlten. Eine Schande, dachte sie, und sah die Männer kühl an. Sie hätte gern alle erwischt; jeden einzelnen von diesen dreckigen kleinen Scheißern. Aber das hier genügte schon.

»Ausziehen!« befahl sie wütend, auch wenn die meisten bereits nackt waren, dann zog sie den dickgepolsterten Umschlag aus ihrem Uniformrock. Er enthielt die Urteile. Sie faltete sie auf und blätterte sie durch, sortierte die nicht vollstreckbaren aus und steckte sie in den Umschlag zurück, dann wandte sie sich wieder den Gefangenen zu.

Die Männer beobachteten sie ängstlich, einige weinten gar und zitterten heftig. Sie ging langsam die Reihe entlang und übergab jedem einzelnen ein kleines Stück Papier; sie bemerkte, wie sie die Papiere mit offenem Mund und neuerlicher Furcht in den Augen durchlasen.

Es waren individuell ausgestellte Todesurteile, und jedem einzelnen war ein Photo beigeheftet. Sie übergab das letzte Blatt, trat zurück, wartete und fragte sich dabei, ob einer von ihnen wenigstens den Mumm haben würde, etwas zu sagen, sich irgendwie herauszureden, vielleicht sogar zu kämpfen. Aber ein Blick die Reihe entlang belehrte sie eines besseren. Hsao Yen hatte recht. Sie waren Ungeziefer. Ja, nicht einmal das.

Für einen Moment versuchte sie ihre Perspektive zu ändern, es aus ihrer Sicht zu sehen, den Tiefen ihrer Seele vielleicht sogar eine Spur Mitleid für diese Männer zu entlocken. Aber es hatte keinen Sinn. Sie hatte zuviel gesehen, zuviel gelesen, und ihre Wut war zu einer dunklen, undurchdringlichen Masse geronnen. Es waren bösartige, feige kleine Dreckstücke. Und was sie hier getan, das Leid, das sie verschuldet hatten, war zu schrecklich, zu ungeheuerlich, um Vergebung finden zu können.

Ywe Hao zog ihre Maske vom Kopf, ließ die Männer zum erstenmal ihr Gesicht sehen, die Abscheu, die sie empfand, dann trat sie am Ende der Reihe dem ersten gegenüber. Indem sie ihm das Papier abnahm, begann sie, ohne den Blick von seinem Gesicht abzulassen, ohne das Papier zu konsultieren, aus dem Gedächtnis den Satz des inneren Rats der Yu zu rezitieren, bevor sie die Waffe an seine Stirn setzte und den Abzug betätigte.

* * *

Die fünfte Glocke tönte, als Wang Sau-leyan oben auf der Treppe stand und in den schwach beleuchteten Keller hinabsah. Es war ein großer, dunkler Raum, schwach belüftet und voller übler Gerüche. Aus seiner Tiefe drang ein beständiges Stöhnen, nicht aus einer, sondern aus mehreren Kehlen, ein unverkennbar menschlicher Laut, vor Schmerz fast unartikulierte Schuldbekenntnisse. Die Wolke aus Worten trieb zu ihm hinauf, mischte sich mit dem fauligen Geruch in seinem Mund, ließ ihn vor Ekel erschaudern. Er mußte den Fächer vor seinem Mund ausbreiten.

Als Hung Mien-lo ihn dort erblickte, riß er sich von der Bank los und eilte herbei.

»*Chieh Hsia*«, sagte er mit einer tiefen Verbeugung. »Eure Anwesenheit ehrt uns.«

Der T'ang stieg langsam, mit fast affektierter Vorsicht die unebenen Stufen hinunter. Unten angekommen, sah er seinen Kanzler finster an, als fände er keine Worte für die Verkommenheit dieses Ortes.

Es war ein altmodisches und barbarisches Gefängnis, aber eben deshalb so wirksam. Folter war Folter. Kultiviertheit spielte dabei keine Rolle. Auf den puren Schrecken kam es an. Und dieses Gewölbe mit seinem klammen, fauligen Miasma war die perfekte Umgebung für eine Folterung. Es stank nach Hoffnungslosigkeit.

Die Folterbank war eine einfache Werkbank aus einem früheren Zeitalter. Ihre harte Holzpritsche war sauber geschrubbt, und an allen vier Ecken ragten dunkle Eisenstacheln – lang wie ein Männerarm – aus dem gelblichen Holz, stark und glattpoliert, doch nadelspitz. Hände und Füße des Gefangenen waren mit Schlingen aus dünnen, kräftigen Ketten, die sich ins Fleisch gruben und es zum Bluten brachten, an diesen Stacheln gefesselt. Um seine nackte Brust war eng eine Anzahl erhitzter Drähte gewickelt, die noch im Abkühlen die Haut versengten und die Gefangenen um jeden Atemzug japsen ließen; mit jeder schmerzhaften Bewegung schnitten die Drähte tiefer ins verbrannte Fleisch.

Von einem Auge, das man ihm ausgebrannt hatte, war nur eine verkohlte Höhle zurückgeblieben. Den geschorenen Kopf bedeckte ein Zickzackmuster feiner Narben. Beide Ohren waren abgetrennt. Unzählige Schnitte und Wunden bedeckten die vier Gliedmaßen, und an einigen Stellen hatten gebrochene Knochen die Haut durchstoßen. An Händen und Füßen hatte er keine Nägel mehr, und die Sehnen jedes Fingers waren mit der Sorgfalt eines Chirurgen einzeln durchgetrennt worden. Am Ende hatten sie dem Mann auch die Genitalien amputiert, und die Wunde mit einem Klecks heißem Teer versiegelt.

Wang Sau-leyan betrachtete ihn, dann wandte er sich ab, indem er heftig mit dem Fächer vor seinem Gesicht herumwedelte, aber Hung Mien-lu hatte mitbekommen, daß sich in sein Entsetzen, seine Abscheu ein Ausdruck echter Befriedigung geschlichen hatte.

Der Gefangene blickte auf und sah mit seinem verbliebenen Auge zwischen den beiden Männern hin und her. Die Bewegung wirkte automatisch, und seine Aufmerksamkeit schien nur der Frage zu gelten, von wo der nächste Schmerz kam. Dieses Auge schien niemanden mehr zu erkennen. Es sah nur Blut, rotes Glühen und gebrochene Knochen. Wang Sau-leyan kannte dieses Auge von seiner Kindheit an. Es gehörte zu Sun Li Hua, dem Meister des Kaiserlichen Haushalts seines Vaters.

»Haben Sie sein Geständnis?«

»Ja, *Chieh Hsia*«, antwortete Hung, eine Hand auf dem Kante der Bank. »Er hatte drauflos gebrabbelt wie ein erschrockenes Kind, als ich mit ihm anfing. Er konnte nicht viele Schmerzen ertragen. Der Gedanke reichte schon, und er hat gesungen wie ein Vögelchen.«

Und doch lebt er noch, dachte Wang. *Wie kann er noch leben, nachdem wir ihm all das angetan haben?*

Der Gedanke verhalf ihm zu einer neuen Einsicht, und sein Zorn auf den Mann wurde durch neuen Re-

spekt abgemildert. Dennoch verdiente er kein Mitgefühl. Sun Li Hua hatte ihn an jemand anderen verkauft. An Li Yuan, seinen Feind.
So wie er meinen Vater an mich verkauft hat.
Wang beugte sich vor und spuckte auf den geschundenen, blutigen Leib. Doch das Auge, das der Bewegung folgte, blieb passiv, teilnahmslos, als wolle es sagen: »Ist das alles? Werden mir diesmal keine Schmerzen zugefügt?«
Sie gingen weiter zu den anderen Bänken. Einige Männer waren weniger geschunden als Sun Li Hua, einige andere kaum noch am Leben – Stück für Stück zerlegt wie ein Tier auf dem Tisch eines Metzgers. Es waren ausnahmslose alte, vertrauenswürdige Diener; sie alle hatten dem Haushalt seines Vaters lange Zeit ›loyal‹ gedient. Und Li Yuan hatte sie alle gekauft. Kein Wunder, daß dieser Scheißkerl es die letzten Male geschafft hatte, ihm im Rat zuvorzukommen.
Wang wandte sich seinem Kanzler zu.
»Nun, *Chieh Hsia?*« fragte Hung Mien-lo. »Seid Ihr zufrieden?«
Der Kanzler hatte ein widerliches Grinsen auf den Lippen, als wolle er zu verstehen geben, daß ihm nichts mehr Freude bereitete, als anderen Schmerzen zuzufügen. Und Wang Sau-leyan nickte, wandte sich ab und lief, indem er jeweils zwei Stufen auf einmal nahm, die Treppe hinauf, damit sein Gesicht nicht seine wahren Gefühle verriet.
Es war eine Seite von Hung Mien-lo, die ihn völlig überraschte. Oder gab es einen anderen Grund dafür? Es wurde erzählt, daß Hung und Sun nie miteinander ausgekommen waren. Vielleicht lag es daran. Wie auch immer, die Zeit der Abrechnung würde noch kommen. Und dann erst würde Hung Mien-lo richtig zu grinsen lernen. So wie ein Leichnam grinste.

* * *

Li Yuan stand am Fenster und ließ sich anziehen. Der Garten draußen lag halb im Schatten, halb im Licht, und die taubenetzten Blattspitzen der Rhododendronbüsche glitzerten im ersten Schein der Dämmerung. Yuan versuchte sich nicht zu bewegen, während die Magd die Schärpen eng um seine Hüfte schlang, dann wandte er sich seinem Meister der Inneren Kammern zu.

»Und Sie haben keine Ahnung, was die Männer wollen, Meister Chan?«

Chan Teng machte eine tiefe Verbeugung. »Nein, *Chieh Hsia*. Nur daß der Marschall sagte, es sei äußerst dringend. Daß ich Euch aufwecken sollte, wenn Ihr nicht schon wach wäret.«

Li Yuan drehte sich zur Seite, um das Lächeln zu verbergen, daß beim Gedanken an Tolonens Ungehobeltheit auf seine Lippen trat. Dennoch lief ihm ein Schauer der Angst den Rücken hinunter. Was konnten Kanzler Nan und der Marschall um diese Stunde von ihm wollen?

Sie warteten in seinem Arbeitszimmer. Als er eintrat, verbeugten sie sich, Tolonen steif, Nan Ho etwas eleganter. Voller Ungeduld, zu erfahren, was geschehen war, durchmaß Li Yuan das Zimmer und baute sich vor ihnen auf.

»Nun, Knut? Was ist los?«

Tolonen hielt ihm eine Akte hin. Li Yuan nahm sie ihm ab und blätterte sie durch. Nach einer Weile blickte er auf und gab ein seltsames, leises Lachen von sich. »Wie merkwürdig. Erst gestern nacht habe ich von Libellen geträumt. Und jetzt das...« Er musterte Tolonen einige Sekunden lang mit zusammengekniffenen Augen. »Aber warum zeigen Sie mir das? Natürlich, es ist eine üble Sache, aber doch kaum so wichtig, um einen T'ang deswegen aufzuwecken, oder?«

Tolonen senkte den Kopf und mußte zustimmen. »Unter gewöhnlichen Umständen schon, *Chieh Hsia*.

Aber dies ist eine Angelegenheit von größter Wichtigkeit. Der Anfang einer Entwicklung, die wir unbedingt ernst nehmen sollten.«

Li Yuan wandte sich seinem Kanzler zu. »Und was macht diesen Fall so anders?«

Nan Ho senkte wieder den Kopf. »Das hier, *Chieh Hsia*.«

Li Yuan legte die Akte auf einen Stuhl und nahm seinem Kanzler das Flugblatt ab. Es war ein einziger, in vier Abschnitte gefalteter, ungleichmäßig bedruckter Bogen aus nur wenigen Moleküllagen starkem Eispapier. Ihm fiel sofort auf, daß der Text von Hand gesetzt war; daß derjenige, der ihn verfaßt hatte, nicht das geringste Risiko eingehen wollte, durch das Computernetzwerk aufgespürt zu werden.

Er zuckte die Achseln. »Interessant, aber ich verstehe es immer noch nicht.«

Nan Ho lächelte gepreßt. »Verzeiht mir, *Chieh Hsia*, aber es ist nicht so sehr das Flugblatt selbst, sondern die Anzahl, in der es verteilt wurde. Es ist schwer zu schätzen, wie viele Exemplare im Umlauf sind, aber die jüngsten Schätzungen des Sicherheitsdienstes bewegen sich zwischen einer Viertel und einer vollen Milliarde.«

Li Yuan lachte. »Unmöglich! Wie hätten sie eine solche Menge drucken sollen? Und dann noch vertreiben? Und ganz zu schweigen davon: wie hätten sie es finanzieren sollen?«

Doch die ernste Miene des Alten gab ihm zu denken.

»Das ist eben das Neue daran, *Chieh Hsia*. Eine große Gefahr. Deshalb müssen wir uns sofort damit befassen. Aus diesem Grunde bin ich hier. Ich brauche Eure Erlaubnis, um der Ausmerzung dieser neuen Gruppe allererste Priorität einzuräumen.«

Li Yuan starrte seinen Kanzler an, dann wandte er sich ab. Eine Milliarde Flugblätter. Wenn das stimmte, gab es wirklich einen Grund, sich Sorgen zu machen. Vielleicht hatte Tolonen aber einfach nur überreagiert.

Li Yuan setzte sich an seinen Schreibtisch und überlegte.

»Was macht Major Karr im Moment?«

Tolonen lächelte. »Karr ist ihnen bereits auf der Spur, *Chieh Hsia*. Ich habe ihm die Ermittlungen zum Mord an *Hsien L'ing* Shou Chen-hai übertragen.«

»Und?«

Tolonen schüttelte den Kopf. »Noch nichts, fürchte ich. Bislang sind unsere Untersuchungen erfolglos geblieben.«

»Nicht einmal etwas von unseren Triadenfreunden?«

»Ich fürchte nicht, *Chieh Hsia*.«

Li Yuan senkte den Blick. »Ich verstehe.« Dann hatte Karr Tolonen nichts über sein Treffen mit dem Dicken Wong erzählt. Über die Nachricht, die er von dem Triadenoberhaupt überbracht hatte. Das war interessant. Ein beredtes Zeugnis dafür, wem Karrs Loyalität letztendlich galt.

»In Ordnung. Aber ich möchte, daß Karr die Sache übernimmt, Knut, und ich will täglich einen Bericht auf meinem Schreibtisch, der mich über alle Entwicklungen auf dem laufenden hält. Sie werden dafür sorgen, daß ihm alle Mittel zur Verfügung stehen, die er benötigt.«

»Natürlich, *Chieh Hsia*.«

Er sah Tolonen nach, dann wandte er seine Aufmerksamkeit seinem Kanzler zu.

»Noch etwas?«

Der Kanzler zögerte, als müsse er erst etwas abwägen, dann trat er vor, zog ein kleines Paket aus seinem Gewand und hielt es seinem T'ang mit gesenktem Kopf und abgewandtem Blick hin. »Ich war mir nicht sicher, ob ich Euch dies geben sollte, *Chieh Hsia*.«

Li Yuan nahm das Päckchen in die Hand, dann verschlug es ihm fast den Atem. Aus der Seidenumhüllung drang ein schwacher Duft. Der Duft von *Mei hua*. Von Pflaumenblüten.

»Danke, Nan Ho. Ich ...«

Aber der Kanzler war bereits gegangen. In dem Moment, als Li Yuan aufblickte, fiel am anderen Ende des Raums die Tür zu.

Er lehnte sich zurück und starrte das winzige Paket auf seinem Schreibtisch an. Es kam von ihr. Von Fei Yen. Obwohl auf der Verpackung nichts stand, wußte er, daß niemand sonst diesen Duft benutzte. Niemand sonst hätte seinen Kanzler als Boten eingesetzt.

Er schauderte, erstaunt über die Intensität seiner Empfindungen. Dann beugte er sich vor und begann mit zitternden Händen die Verpackung zu öffnen, neugierig und doch bange, was das Päckchen enthalten könne.

Er fand eine Nachricht und darunter ein Stück Speicherfolie. Er faltete das Blatt auseinander, las die kurze Notiz und nahm behutsam die Folie in die Hand. Seine Aufmerksamkeit wurde von den ins schwarze Kästchen geprägten Blattgoldpiktogrammen gefesselt. *Han Ch'in* bedeuteten sie. Sein Sohn.

Er schluckte und schloß die Augen. Was wollte sie von ihm? Warum tat sie ihm das an? Für einen Moment schloß er die Hand fest um die kleine Kassette, als wollte er sie zermalmen, dann lockerte er seinen Griff und ließ die Anspannung von sich abfließen. Nein. Er mußte es sehen. Plötzlich wurde ihm klar, wie sehr er sich wünschte, das Grundstück bei Hei Shui aufzusuchen und, irgendwo versteckt, dem Kind beim Spielen zuzusehen.

Dennoch stellte sich die Frage weiterhin. Was wollte sie? Er trat ans lange Fenster. Die Sonne stand schon viel höher, und die Schatten auf dem östlichen Rasen waren geschrumpft. Er atmete tief durch, sah das Sonnenlicht auf dem Teich glitzern und schüttelte schließlich den Kopf. Vielleicht wußte sie es nicht. Vielleicht begriff sie nicht, welche Macht sie über ihn hatte, selbst jetzt noch. Vielleicht war es wirklich nur eine freundliche Geste...

Er lachte leise. Nein. Das ganz sicher nicht. Oder nicht nur. Er drehte sich um, sah zu dem Stück Folie, der Notiz hinüber, und starrte wieder hinaus. Was auch immer, es würde warten müssen. Im Moment mußte er sich bereit machen, seinen Geist von allen Gedanken befreien, die nicht den bevorstehenden Kampf betrafen. Heute abend, nach der Ratssitzung, konnte er sich immer noch entspannen, sich auch, wenn es sein mußte, seiner Schwäche hingeben. Aber vorher nicht. Nicht bevor er mit Wang Sau-leyan fertig war.

Er seufzte, wandte sich vom Fenster ab und begab sich in seine Gemächer und zu den Mägden zurück, die auf ihn warteten.

Draußen auf dem Teich schwebte in der frühen Morgensonne eine Libelle über dem Wasser. Ihre Flügel glitzerten wie geschmolzenes Sonnenlicht, ihr Körper glänzte in einem schillernden Grün.

KAPITEL · 7

In einem
dunklen Auge

Es war kurz nach sieben Uhr morgens, aber im Schwarzen Herzen herrschte noch lebhafter Betrieb. Um den großen Tisch in der Mitte des Lokals drängten sich zahlreiche Männer zusammen und schlossen Wetten auf die beiden winzigen Kontrahenten ab, die im grellen Lichtstrahl eines Spots kauerten.

Es handelte sich um Gottesanbeterinnen aus dem Lehm, die ihre langgezogenen, durchsichtigen Körper drohend erhoben hatten und die messerscharfen Vorderbeine vor ihren kleinen, boshaften Köpfen ausgestreckt hielten, während sie einander langsam umrundeten. Für Chen, der vom Rande der Menge zuschaute, war es ein häßlicher, frösteln machender Anblick. Er hatte Menschen erlebt – Triaden-Gangster –, die sich ebenso verhielten, in jeder Bewegung die Andeutung einer tödlichen Stille; Menschen mit toten Augen, für die es kein anderes Ziel als die Perfektion des Tötens gab. Hier, in diesen kalten, mitleidlosen Geschöpfen, entdeckte er ihren Prototyp; das Muster ihres Verhaltens. Er erschauderte. Sich solche Wesen zum Vorbild zu nehmen – wie konnte ein Mensch so tief sinken?

Während er zusah, preschte das größere der beiden Wesen vor, vollführte eine blitzartige Bewegung mit den Vorderbeinen, als versuche es seinen Gegner in die Klauen zu bekommen. Die Zuschauer jubelten, doch der Angriff mißlang und die kleinere Gottesanbeterin kämpfte sich frei. Sie wich zurück, zuckte zusammen und konterte mit einigen Scheinangriffen ihrer Beinscheren.

Chen sah in die Runde, angeekelt von der Erregung in allen Gesichtern, bevor er an den Tisch in der Ecke zurückging.

»Und? Was ist passiert?«

Karr blickte von der Karte auf und lächelte müde. »Die Fährte ist kalt. Und diesmal können uns nicht einmal unsere Triaden-Freunde helfen.«

Chen beugte sich über die Karte und legte einen Finger auf eine rote Markierung – eine Linie, die am Eingang des Stocks, in dem sich das Schwarze Herz befand, endete. »Bis hierhin haben wir sie verfolgt, richtig? Und dann nichts mehr. Schuld daran ist – wie hast du's ausgedrückt? – eine Totallöschung, richtig?«

Karr nickte. »Die Kameras haben funktioniert, aber jemand hat am Speichersystem herumgepfuscht. Es ist nichts als weißes Licht aufgezeichnet worden.«

»Richtig. Und es gibt auch keine Anzeichen dafür, daß einer von beiden den Stock verlassen hat, stimmt's? Die Aufzeichnungen sind auf Gesichtsmuster hin überprüft worden?«

Karr nickte erneut.

»Und was noch? Es sind keine Versiegelungen aufgebrochen worden, und es hat sich auch niemand ins Netz abgesetzt, und niemand hat ein Flugzeug benutzt. Das heißt, sie *müssen* noch hier sein.«

Karr lachte. »Aber sie sind nicht hier. Wir haben den Stock von oben bis unten durchsucht und nichts gefunden. Wir haben den Stock buchstäblich auseinandergenommen.«

Chen lächelte vielsagend. »Und welche Erklärung könnte es noch geben?«

Karr zuckte die Achseln. »Vielleicht waren es Gespenster.«

Chen nickte. »Oder vielleicht waren die Bilder auf den Bändern bloß Täuschungen. Was wäre, wenn jemand die Speichersysteme auf einer tieferen Ebene manipuliert hätte?« Er zeichnete mit der Fingerspitze die rote Linie nach und hielt an der Stelle an, wo sie in einem 60°-Winkel abknickte. »Was wäre, wenn sich unsere Freunde früher davongemacht hätten? Oder gleich nach unten gefahren wären? Haben wir die Aufzeichnungen aus den umliegenden Stöcken überprüft?«

Karr schüttelte den Kopf. »Habe ich. Sechzig Stöcke insgesamt. Nichts. Sie sind einfach spurlos verschwunden.«

Am Spieltisch war eine dramatische Wende eingetreten. Im strahlenden Scheinwerferlicht schien die kleinere Gottesanbeterin zu gewinnen. Sie hatte die Vorderbeine des größeren Geschöpfes in den Untergrund gestoßen und sie auf diese Weise festgeklemmt, konnte aber ihre Position nicht ausnutzen, ohne ihre Gegnerin loszulassen. Eine ganze Zeit verharrte sie in dieser Haltung und bewegte sich nur, um ihre Kontrahentin am Aufstehen zu hindern. Dann, mit einer Plötzlichkeit, die die verstummten Zuschauer überraschte, sprang sie zurück und machte Anstalten, sofort zuzuschlagen und ihre Feindin ernsthaft zu verwunden. Aber die Größere hatte auf diesen Augenblick gewartet. In dem Moment, als sie den unnachgiebigen Druck der anderen nachlassen spürte, schnellte sie hoch und stieß mit einem wuchtigen Hieb ihrer Hinterbeine das kleinere Insekt um. Auf das Zuschnappen ihrer Vorderbeine folgte das Knirschen spröden Fleisches, als sie ihrer Gegnerin den schutzlosen Brustkorb durchbiß. Es war vorbei. Die kleine Gottesanbeterin war tot.

Einige Sekunden lang schauten sie hinüber, abgelenkt vom Lärm am zentralen Tisch, dann drehte sich Karr wieder um, die blauen Augen voller Zweifel.

»Komm... machen wir uns auf den Rückweg. Hier ist nichts.«

Sie standen gerade auf, als ein Bote an ihren Tisch trat; einer der Triaden-Vertreter, die sie vorhin getroffen hatten. Er übergab Karr mit einer Verbeugung eine Seite von einem Computer-Printout – eine Kopie eines Berichts des Sicherheitsdienstes von 16 Uhr 24.

Karr überflog ihn kurz, dann lachte er. »Gerade dachte ich noch, wir steckten fest. Schau dir das an, Chen! Schau, was die Götter uns geschickt haben!«

Chen nahm den Printout. Es war eine Kopie der ersten Meldung über einen neuen Terroranschlag. Auf ein Lokal, das sich Libellenclub nannte. Die Details waren spärlich, aber eine Tatsache stach hervor – der Computer hatte ein Gesicht wiedererkannt. Chen sah Karr an und schüttelte fassungslos den Kopf. »Es ist diese Frau! Chi Li oder wie immer sie wirklich heißt!«

»Ja«, erwiderte Karr lachend, und zum erstenmal seit zwei Tagen lichtete sich seine trübe Stimmung. »Also, fahren wir hin? Bevor die Fährte kalt wird.«

* * *

Ywe Hao erwachte mit pochendem Herzen und warf die Decke zurück. Irritiert setzte sie sich auf und starrte ins Leere. Was, in aller Götter Namen...?

Dann sah sie es – das rote Blinklicht des Warnschaltkreises. Ein hochfrequenter Alarmton mußte sie aufgeweckt haben. Sie reckte sich hinüber und warf einen Blick auf die Uhr. 7 Uhr 13. Sie hatte nicht einmal eine Stunde geschlafen.

Das Anziehen dauerte fünfzehn Sekunden, das Auffinden und Überprüfen der Waffe weitere zehn. Dann stand sie schwer atmend an der Tür und machte sich bereit, während die Tür langsam aufglitt.

Der Korridor war leer. Sie ging rasch und mit vorgehaltener Waffe, weil sie wußte, daß jemand, der hinter ihr her war, diesen Korridor benutzen mußte.

An der ersten Kreuzung wurde sie langsamer, als sie Schritte hörte, aber sie kamen von links. Die Warnung war von ihren Freunden gekommen – den beiden Jungen am Lift –, was bedeuten mußte, daß ihre Angreifer nur aus einer Richtung kommen konnten: aus dem Korridor, der unmittelbar vor ihr lag. Sie steckte die Waffe in die Tasche ihres Einteilers und ließ den alten Mann mit einer Verbeugung vorbei, bevor sie nach links in Richtung der Zwischenebenentreppe lief.

Sie hatte sie gerade erreicht, als sie im Korridor hinter sich – von der Kreuzung – aufgeregtes Geflüster hörte. Sie drückte sich an die Wand und hielt den Atem an. Dann waren die Stimmen verstummt, und zwei, drei Personen unterwegs zu ihrem Apartment.

Vasskas Bruder Edel war einer davon. Daran hatte sie keinen Zweifel.

Sie war acht, neun Stufen hinaufgestiegen, als ihr der Aktenkoffer einfiel.

»Scheiße!« zischte sie und blieb stehen, wütend auf sich selbst. Aber sie hatte keine Zeit gehabt. Wenn sie sich Zeit genommen hätte, ihn hinter dem Schrank hervorzukramen, wären ihr wertvolle Sekunden verlorengegangen. Dann wäre sie ihnen im Korridor in die Arme gelaufen.

Dennoch durfte sie den Koffer nicht hier lassen. Er enthielt sämtliche Einzelheiten über den Überfall; wichtige Informationen, die Mach ihr anvertraut hatte.

Über die Treppe kamen ihr jetzt Leute entgegen; eine Gruppe von Han-Studenten auf dem Weg zu ihren Morgenseminaren. Sie gingen an ihr vorbei, und ihr melodisches Geplapper erfüllte für kurze Zeit die Treppenflucht. Dann war sie wieder allein. Sie zögerte noch einen Moment, dann lief sie zum Wartungsraum auf der obersten Ebene des Decks hinauf.

* * *

Karr sah sich unter den Trümmern um. Das vertraute Muster – zertrümmerte Überwachungskameras, verwüstete Wachposten, gesicherte Lifte, durch Totallöschungen geschickt verwischte Spuren der Terroristen. Das alles sprach für eine wohlorganisierte, von langer Hand geplante Operation, durchgeführt mit einer Professionalität, mit der sich selbst die Eliteeinheiten des T'ang nur schwer messen konnten.

Außerdem suchten die *Yu* ihre Ziele sorgfältig aus. Selbst hier, in diesem Chaos, hatten sie darauf geachtet, ihre Opfer zu identifizieren. Vierundzwanzig Männer waren hier gestorben, alle bis auf einen – ein Wachmann – offizielle Mitglieder des Clubs. Jeden einzelnen hatten die *Yu* mit einer um den Hals gebundenen kurzen Geschichte ihres wertlosen Lebens ›gebrandmarkt‹. Der zweite Wachmann war einfach niedergeschlagen und gefesselt worden, während sie die Dienerschaft wiederum unbehelligt zurückgelassen hatten. Ein solches Unterscheidungsvermögen beeindruckte, und Gerüchte darüber – den ausdrücklichen Warnungen der *T'ing Wei* zum Trotz von Mund zu Ohr gegangen – hatten bisher alle Anstrengungen des Ministeriums unterlaufen, die Terroristen als gedankenlose, sadistische Killer hinzustellen, die unschuldige Menschen töteten.

Karr schüttelte den Kopf, dann ging er hinüber. »Was Neues?« fragte er und sah an Chen vorbei auf eine der Leichen.

»Nichts«, antwortete Chen und wandte sich ihm zu, ein müdes Lächeln auf den Lippen, das ihn daran erinnerte, daß er seit über dreißig Stunden im Dienst war. »Das einzig Bemerkenswerte ist die Ähnlichkeit der Verletzungen. Ich nehme an, daß hier eine Art Ritual eine Rolle gespielt hat.«

Karr zog eine Grimasse. »Ja. Diese Männer wurden nicht einfach umgebracht, sondern hingerichtet. Und das, wenn unsere *Ko Ming*-Freunde recht haben, aus guten Gründen.«

Chen sah weg, und ein Schauer des Ekels durchfuhr ihn. Auch er hatte die Hologramme gesehen, die die Attentäter zurückgelassen hatten – Studien ihrer Opfer, wie sie mit kleinen, aus den unteren Ebenen heraufgeholten Jungen zugange waren. Szenen der Erniedrigung und Folter. Szenen, die die *T'ing Wei* der Öffentlichkeit sicher vorenthalten würde.

Weshalb sie auch nichts über die verstümmelte Kinderleiche verlauten würden, die sie in dem Zimmer am anderen Ende des Clubs gefunden hatten.

Karr beugte sich vor und berührte Chen am Arm. »Es wird eine Weile dauern, bis wir genug wissen, um weiterarbeiten zu können. Wir warten auf die Laborberichte und Meldungen von unseren Kontaktleuten in den Triaden. Im Moment können wir nur wenig tun, also warum fährst du nicht einfach nach Hause? Nimm dir etwas Zeit für deine Frau oder besuche mit dem kleinen Jyan den Palast der Träume. Ich habe gehört, es steht ein neues Historical auf dem Programm.«

Chen lachte. »Und Marie? Eigentlich sollten das doch eure Flitterwochen sein.«

Karr grinste. »Marie versteht das. Deshalb hat sie mich geheiratet.«

Chen schüttelte den Kopf. »Und ich dachte, *ich* sei verrückt.« Er lachte. »Gut. Aber gib mir Bescheid, wenn etwas passiert.«

Karr nickte. »Natürlich. Und jetzt verschwinde.«

Er sah Chen nach, stand noch eine Weile da und spürte das emotionale Gewicht dessen, was hier geschehen war, auf sich lasten. Es kam selten vor, daß ihm solche Szenen nahe gingen, und noch seltener empfand er Mitleid für die Täter, aber diesmal konnte er nicht anders. Die *Yu* hatten der Gesellschaft heute abend einen großen Dienst erwiesen. Sie hatten Chung Kuo von einer Art Abschaum befreit, wie er ihm unter dem Netz oft begegnet war.

Er atmete schwer aus, als er sich an Chens Ekel erinnerte, und wußte im tiefsten Innern, daß alle ehrbaren Bürger ebenso empfinden *sollten*. Und doch würde die *T'ing Wei* die Tatsachen solang verdrehen, bis diese nichtsnutzigen Perversen, diese Parasiten, die sich als Menschen verkleidet hatten, als strahlende Vertreter des Bürgertums dastünden.

Ja, er hatte die Holographien gesehen. Die Qual in den Augen der kleinen Jungen, ihr hilfloses, unbeantwortetes Flehen hatte ihm den Magen umgedreht. Er schauderte. Jetzt gehörten sie dem Ofenmann. Und nichts blieb zurück, bis auf diese kleinen, bemitleidenswerten Toten und diese Mementos – diese perversen Zeugnisse eines verderbten Verlangens.

Und sollte er zusehen, wie all das weißgewaschen, von einem Paket an Lügen in ein strahlendes Licht gerückt wurde? Er spuckte aus, so sehr empörte ihn diese Ungerechtigkeit. War er deswegen in Tolonens Dienste getreten? Für *das hier*?

Er sah sich um. In einem gläsernen Kasten stand ein Tablett mit getrockneten Insekten, wie jene, die sie unter dem Netz gefunden hatten, aber diese hier funkelten hell und waren lebhaft gefärbt. Daneben stand ein altes Radiogerät, geformt wie die intimen Körperteile einer Frau. Er schüttelte den Kopf, dann griff er nach oben und zog ein schweres, ledergebundenes Buch aus einem Regal.

Er starrte auf den Einband und versuchte sich zusammenzureimen, was das Zeichen bedeutete – ein um einen Fisch gewundener gelber Aal –, dann begriff er und hielt den Atem an. Es war ein Warenkatalog; und bei der fraglichen Ware handelte es sich um junge männliche Prostituierte.

Er blätterte mit dem Daumen durch den Band. Auf jeder Seite befand sich das Bild eines nackten jungen Mannes – Han und *Hung Mao* –, ausnahmslos gutaussehend, athletisch und gut gebaut. Schöne junge Männer von aufrechtem Wuchs und dem Aussehen antiker Helden, doch trotz ihrer Schönheit wirkten sie irgendwie verdorben. Man sah es an den verächtlich geschürzten Lippen oder einem gewissen Ausdruck in den Augen. Diese Schönheit war rein äußerlicher Natur. Neugierig fuhr Karr mit den Fingern über die Seiten und war erstaunt festzustellen, daß sich die Haut der Models warm, doch der Hintergrund kalt anfühlte. Als er seine Finger wegzog, knisterte eine leichte statische Entladung.

Er schlug das Buch zu, stellte es aufs Regal zurück und wischte sich die Finger am Hemd ab, als seien sie beschmutzt, dann ging er in die Mitte des Raums zurück. Er hatte genug gesehen. Genug, um zu wissen, daß er sich in diesen jungen Männern nicht geirrt hatte. Es war nicht Überspanntheit, sondern der sanfte Luxus, die Korruptheit des Ganzen, die ihn abstießen – die tief in ihm einen heftigen Widerwillen hervorriefen. Diese Menschen hatten keine Ahnung. Nicht die geringste.

Überall, wo er hinsah, stieß er auf die typischen Anzeichen von Dekadenz; auf Söhne, die von ihren Vätern alles bekommen hatten – alles bis auf Zeit und Aufmerksamkeit. Kein Wunder, daß ihnen, wie sich herausgestellt hatte, jedes Gefühl für Werte abging. Kein Wunder, daß sie ihre Zeit vergeudeten, tranken, spielten und herumhurten und noch Schlimmeres taten – denn in ihrem Innern war nichts. Zumindest nichts *Reales*. Einige von ihnen waren immerhin so klug, dies zu erkennen, doch all ihre Bemühungen, diese Leere auszufüllen, schlugen fehl. Dieses Nichts war unermeßlich und grenzenlos. Es auffüllen zu wollen bedeutete, mit einem Sieb Wasser zu schöpfen.

Karr seufzte, weil ihn das Ganze hoffnungslos anmutete. Er hatte genug gesehen, um zu wissen, daß es nicht ihre Schuld war; sie hatten gar keine Möglichkeit gehabt, anders zu werden – als verdorben und korrupt, hohl, grausam und zynisch. Sie hatten keinem anderen Vorbild nacheifern können, keinen Einfluß gehabt, der sie anders geformt hätte, und jetzt war es zu spät.

Er fand die schiere Pracht dieses Raums abstoßend. Er selbst bevorzugte das Einfache, Nüchterne. Hier, mit

dem Gegenteil konfrontiert, bleckte er die Zähne, als
stünde er einem Feind gegenüber. Und als ihm klar
wurde, was er da tat, lachte er unbehaglich, wandte
sich ab und zwang sich zur Ruhe.

Es würde nicht einfach sein, die *Yu* aufzuspüren,
denn sie unterschieden sich von den anderen *Ko Ming*-
Gruppen, die zur Zeit in der Stadt Europa aktiv waren.
Sie wurden nicht einfach von bloßem Haß angetrieben
– nicht von dieser obsessiven Lust an der Zerstörung,
die die *Ping Tiao* und ihresgleichen motiviert hatte –,
sondern von einer tiefen Empörung und einem starken
Gefühl für Ungerechtigkeiten. Der erste *Ko Ming*-Kaiser
Mao Tse-tung hatte den wahren Revolutionär einmal
als einen Fisch beschrieben, der im großen Meer des
Volkes schwamm. Nun, diese *Yu* – diese ›Fische‹ –
waren genau das. Sie hatten aus früheren Exzessen gelernt. Sie wußten, daß die Menschen mitbekamen, wer
starb und wer verschont wurde. Unterscheidungen –
moralische Unterscheidungen – waren ihr mächtigstes
Werkzeug, und sie verwendeten großen Aufwand darauf, im Recht zu sein. Zumindest sah es von seinem
Standpunkt so aus, und der gescheiterte Versuch der
T'ing Wei, die öffentliche Meinung zu beeinflussen,
schien seine instinktive Ahnung zu bestätigen.

Und jetzt das. Karr schaute sich um. Der Überfall am
vergangenen Abend – dieser verheerende Direktschlag
ins korrupte Herz der Oberen – würde das Ansehen
der *Yu* bei den Massen erheblich steigern. Er lächelte,
als er sich das Gesicht von Yen T'ung vorstellte, dem
Dritten Sekretär der *T'ing Wei*, wenn er das Flugblatt
der *Yu* zu sehen bekam. Er würde wissen, daß die Flugblätter längst im Umlauf waren; in Millionen Exempla-
ren, wenn die Berichte stimmten. Karr lachte, dann verstummte er, denn sein Lachen wie der Gang seiner
Gedanken deuteten auf eine tiefe innere Spaltung hin.

Sein Pflicht war klar. Als Tolonens Untergebener
schuldete er ihm uneingeschränkte Loyalität. Wenn der

Marschall ihm befahl, die *Yu* aufzuspüren, würde er sie aufspüren. Bis zum letzten Mann. Aber zum erstenmal fühlte er sich innerlich zerrissen, denn sein Instinkt war auf seiten der *Yu*, nicht gegen sie. Wenn einer dieser grausam mißbrauchten und verstümmelten Jungen *sein* Sohn gewesen wäre... Er schauderte. Ja, und er teilte ihre Empörung und ihren leidenschaftlichen Glauben an Gerechtigkeit.

Aber er unterstand Tolonen; er war durch den denkbar stärksten Eid gebunden. Er hatte geschworen, die Sieben gegen *Ko Ming*-Aktivitäten jeglicher Art zu verteidigen.

Er sprach leise in das leere Zimmer hinein. »Deshalb muß ich dich finden, Chi Li. Dich und all deine *Yu*-Freunde. Selbst wenn ich insgeheim bewundere, was ihr hier getan habt. Denn ich bin ein Mann des T'ang, und du bist eine Feindin des T'ang. Eine *Ko Ming*.«

Und wenn er sie fand? Karr senkte besorgt den Blick. Wenn er sie fand, würde er sie töten. Schnell und schmerzlos, ein ehrenvoller und gnädiger Tod.

* * *

Der erste stand Ywe Hao gegenüber, als sie in die Tür trat, drehte halb den Kopf und lachte über etwas. Er fiel zurück, faßte sich an den zerfetzten Bauch, und der Lärm der Detonation hallte draußen durch den Korridor. Der zweite kam aus der Küche. Sie schoß ihm zweimal in die Brust, als er nach seiner Waffe langte. Edel stand hinter ihm. Er stürzte mit einem kleinen Schlachtermesser, das Gesicht von Haß entstellt, auf sie zu. Sie schoß ihm die Hand weg, dann in die Schläfe. Er stürzte vor ihr hin und zuckte unkontrolliert mit den Beinen.

Sie sah umher. Ihren Spähern zufolge waren es fünf gewesen. Also wo steckten die anderen?

Draußen rief jemand etwas. Jeden Moment konnte

der Sicherheitsdienst nach dem Rechten sehen. Sie ging in die Küche, kam wieder zurück und bemerkte den Aktenkoffer auf dem Bett. Gut. Sie hatten nichts mitgenommen. Erst als sie den Koffer öffnete, mußte sie feststellen, daß sie sich geirrt hatte. Sie hatten doch etwas mitgenommen. Der Koffer war leer.

»Scheiße ...«

Sie hatte sie also umsonst umgebracht. Sie erbebte, versuchte nachzudenken, sich zu überlegen, was zu tun sei. Wo konnten sie die Dossiers hingeschafft haben? Welche Verwendung hätten sie dafür?

Durch den Korridor näherten sich Schritte.

Sie warf den Koffer weg, lief durchs Zimmer und stellte sich neben die offene Tür, indem sie das leere Magazin ihrer Waffe auswarf. Die Schritte hielten vor ihrer Tür inne.

»Edel? Sind Sie das?«

Sie nickte bei sich und steckte ein neues Magazin ein. Je länger sie warteten, desto eher würden die Männer durchdrehen. Es mochte aber auch sein, daß sie nur darauf warteten, bis Ywe Hao selbst den Kopf aus der Tür steckte.

Sie lächelte. Ein solches Dilemma war ihr verständlich.

Sie zählte. Bei acht wirbelte sie herum, ging in die Hocke, und die Waffe in ihrer Hand brüllte auf, als sie in den Korridor stürzte.

* * *

Über ihren Köpfen fochten Armeen aus zehntausenden winzigen Soldaten vor einem dunstigen Berghintergrund eine Schlacht aus, doch ihr Kampfgetöse vermochte den Tumult der überfüllten Hauptstraße kaum zu durchdringen. Das riesige Hologramm schwebte über dem Eingang zum Goldenen Kaiserpalast der Ewigen Träume in der Luft.

Menschenmassen drängten aus dem Holo-Palast ins

Freie, während andere vor dem Eingang Schlange standen und Alte wie Junge den Hals reckten, um die Schlacht zu verfolgen. Als Kao Chen seinen Sohn vor sich herschob, lächelte er über die Art, wie Jyan den Kopf in den Nacken legte, um etwas von der Lichtshow mitzubekommen.

»Na, Jyan? Wie fandest du das?«

Der Zehnjährige blickte zu seinem Vater auf und strahlte. »Das war toll! Wie Liu Pang das Banner hochgehoben und die ganze Armee seinen Namen gebrüllt hat. Wirklich toll!«

Chen lachte und drückte seinen Sohn kurz an sich. »Nicht wahr? Und wenn man bedenkt, daß er bloß ein Ch'en She, ein armer Mann war, bevor er Sohn des Himmels wurde! Liu Pang, der Begründer der großen Han-Dynastie!« [9]

Jyan nickte eifrig. »So was sollte man uns in der Schule zeigen. Das ist viel interessanter als die ganzen Gedichte.«

Chen bahnte sich lächelnd einen Weg durch die Menge. »Vielleicht, aber nicht alle Gedichte sind schlecht. Das wirst du verstehen, wenn du älter bist.«

Jyan zog ein Gesicht und brachte Chen zum Lachen. Auch er hatte Geschichte der Dichtung immer vorgezogen, aber nie Jyans Möglichkeiten und Ausbildung gehabt. Nein, für Jyan würde es anders sein. Völlig anders.

Er verlangsamte den Schritt und beugte sich zu seinem Sohn hinunter. »Willst du etwas essen, Jyan, oder sollen wir nach Hause fahren?«

Jyan zögerte, dann lächelte er. »Fahren wir zurück, ja? Mutter wartet bestimmt, und ich will's ihr unbedingt erzählen. Diese Schlacht zwischen Liu Pang und dem Hegemonial-König war toll. Wie in Wirklichkeit. Die vielen Reiter und alles!«

Chen nickte. »Ja ... wirklich gut, was? Ich frage mich, wie sie das hingekriegt haben.«

»Oh, das ist ganz einfach«, sagte Jyan und zog ihn an der Hand weiter. »Das haben wir in der Schule schon längst gelernt. Das wird alles mit Computergraphik und Animationen gemacht.«

»Animationen?« Chen lachte und ließ sich durch die Menge in einen der ruhigeren Korridore ziehen. »Sieht trotzdem ziemlich lebensecht aus. Bei den Großaufnahmen einiger Kampfszenen bin ich schon ein paarmal zusammengezuckt.«

Jyan lachte, verstummte unvermittelt und blieb stehen.

»Was ist los?« fragte Chen und schaute nach oben.

»Die beiden da ...«, flüsterte Jyan. »Komm, gehen wir zurück. Wir nehmen den südlichen Korridor.«

Chen sah Jyan kurz an, dann schaute er wieder in den Korridor. Die beiden jungen Männer – Han im Teenager-Alter – lehnten an der Wand und gaben vor, sich zu unterhalten.

Chen ging in die Hocke und senkte den Stimme. »Wer sind die?«

Jyan sah ihm in die Augen. »Das sind Jungen aus der Oberstufe in meiner Schule – sie gehören zu einer *Tong*, einer Bande. Sie nennen sich die Wächter der Grünen Banner.«

»Und was wollen sie?«

»Ich weiß nicht. Ich weiß nur, daß sie immer Ärger machen.«

»Du hast doch nichts angestellt, Jyan, oder? Gibt's da etwas, das ich wissen sollte?«

Jyan sah ihn mit klaren Augen an. »Nichts, Vater. Ich schwör's.«

»Gut. Dann haben wir nichts zu befürchten, oder?« Er schüttelte den Kopf. »Möchtest du, daß ich deine Hand halte?«

Jyan schüttelte den Kopf.

Chen lächelte verständnisvoll. »Gut. Dann gehen wir.«

Sie hatten die beiden Jungen fast erreicht, als sie sich umdrehten und ihnen den Weg verstellten. »Wo wollt ihr denn hin, ihr Schwachköpfe?« fragte der Größere und grinste Jyan an.

»Was willst du?« fragte Chen und unterdrückte den Zorn in seiner Stimme.

»Halt den Mund, *Lao jen*«, sagte der zweite und trat näher. »Wir haben mit dem Jungen was Geschäftliches zu besprechen. Er schuldet uns Geld.«

Chen entspannte sich. So war das also. Ihnen war das Geld ausgegangen, und sie versuchten, einen der Unterklässler auszunehmen. Er lächelte und aktivierte das winzige Auge auf dem Aufschlag seines Uniformrocks mit einer Berührung. »Ich glaube nicht, daß mein Sohn mit Euch etwas Geschäftliches zu besprechen hat, Freunde. Also kümmert euch um euren Kram.«

Der erste Junge lachte; ein falsches, hohes Lachen, das deutlich als Signal zu verstehen war. Auf dieses Zeichen hin traten vier weitere Jungen aus den Türen hinter ihm.

»Wie ich schon sagte, schuldet uns der Junge Geld. Zwanzig *Yuan*.«

Chen schob Jyan mit dem linken Arm hinter sich. »Habt ihr einen Beweis dafür?«

»Habe ich nicht«, sagte der erste mit häßlich verzogener Miene und nahm eine bedrohlichere Haltung ein. »Aber es stimmt. Und ich will's wiederhaben. Wenn du behaupten willst, ich bin ein Lügner ...«

Chen lächelte und veränderte unmerklich seine Position, damit die Kamera alle Gesichter einfing. »Oh, ich glaube, das ist nicht nötig, mein Freund. Aber ich fürchte, mein Sohn hat nicht einen *Fen* bei sich, geschweige denn zwanzig *Yuan*.«

Der Junge schaute nervös zur Seite, dann sah er Chen wieder an, und ein Lächeln trat auf seine Lippen. Ihn amüsierte das Spielchen. »Und was ist mit dir, *Lao jen*? Es heißt, daß ein Vater für die Schulden seines Sohnes aufkommen muß. Ich schätze, du bist für zwanzig *Yuan* gut.«

Chen lächelte, schüttelte den Kopf und trat einen Schritt zurück. »Ich habe mein Geld ausgegeben, Freunde. Und jetzt laßt uns vorbei. Wir wohnen da hinten.«

Hinter den beiden Jugendlichen kratzte höhnisches Gelächter. Die Größere trat vor und legte Chen eine Hand auf die Schulter.

»Tut mir leid, *mein Freund*... aber das geht nicht. Weißt du, ich glaube dir nicht. Ich habe gesehen, womit du vorhin im Bilderhaus bezahlt hast. Du hast doch bestimmt nicht alles ausgegeben, habe ich recht?«

Chen betrachtete die Hand auf seiner Schulter. Es war eine dünne, häßliche Hand. Es wäre jetzt ganz einfach – und immens befriedigend – gewesen, die Hand von seiner Schulter zu nehmen und zu zermalmen. Aber er durfte das nicht tun. Er war ein Offizier des T'ang. Und außerdem wollte er Jyan ein gutes Vorbild sein.

Chen holte Luft, dann senkte er den Kopf, zog die zerknüllte Banknote aus seiner Tasche und drückte sie dem Jungen in die Hand.

»Gut ...« Der Junge drückte Chen beruhigend die Schulter und trat grinsend zurück. Er drehte sich zu seinen Freunden um und hielt den Geldschein triumphierend in die Höhe. Sie johlten und spotteten und veralberten Chen mit Gesten und Grimassen. Dann wandte sich der Junge mit einer letzten höhnischen Verbeugung ab und schlenderte arrogant davon. Die Reihe seiner Freunde öffnete sich vor und schloß sich hinter ihm, und einer von ihnen drehte sich noch einmal für eine letzte geringschätzige Geste zu Chen um.

Chen sah ihnen nach, drehte sich um und sah auf seinen Sohn hinunter. Jyan stand mürrisch da und hatte den Kopf abgewandt, wollte ihn nicht ansehen.

»Ich konnte nicht anders...«, versuchte er zu erklären, aber Jyan schüttelte heftig den Kopf.
»Du hast zugelassen, daß sie uns anpinkeln!«
Chen erstarrte. Jyan hatte noch nie in seiner Gegenwart geflucht. Und er hatte ihn noch nie in so zornigem Ton reden hören – so voller Schmerz und tiefem Mißfallen.
»Es waren sechs. Irgend jemand wäre verletzt worden.«
Jyan blickte finster zu ihm auf. »*Du*, meinst du!«
Das hatte er nicht gemeint, aber er wollte nicht streiten. Er holte Luft und sprach ganz deutlich, damit sein Sohn ihn auf jeden Fall verstand. »Ich bin ein Offizier in den Sicherheitskräften des T'ang, Jyan, und ich bin zur Zeit nicht im Dienst. Ich bin nicht berechtigt, mich in den Korridoren herumzuprügeln.«
»Sie haben uns angepinkelt«, wiederholte Jyan und starrte seinen Vater düster an, den Tränen nahe. »Und du hast es ihnen durchgehen lassen. Du hast ihnen einfach das Geld gegeben wie irgendein Dummkopf von unten!«
Chen hob abrupt die Hand und ließ sie wieder sinken. »Du verstehst das nicht, Jyan. Die Kameras haben alles aufgezeichnet. Ich...«
Jyan schnaufte höhnisch, drehte sich um und lief davon.
»*Jyan*! Hör mir doch zu!«
Der Junge schüttelte den Kopf, ohne zurückzuschauen. »Sie haben uns angepißt!«
Chen stand noch einige Sekunden da und schaute ihm kopfschüttelnd hinterher, dann setzte er ihm nach.
Zu Hause im Apartment ging er gleich ins hintere Schlafzimmer. Wang Ti saß auf dem Bett und packte seine Sachen.
»Wo ist er?« fragte er leise.
Sie blickte zu ihm auf und zeigte auf die geschlossene Tür zu Jyans Zimmer. *Da drin*, las er von ihren Lippen ab. *Aber laß ihn.*

Er sah sie an, dann senkte er den Blick und seufzte schwer. Als sie es hörte, unterbrach sie ihre Arbeit, kam herüber und nahm ihn in die Arme. »Was ist los?« fragte sie ruhig.

Er schloß die Tür, dann erzählte er ihr, was geschehen war, und erklärte, was er vorhatte. Wenn er jetzt handelte, konnte er die Jungen mit Hilfe der Banknote auffinden. Dies und die Aufzeichnungen der Kameras würden als Beweismittel genügen, um die Jungen auf eine tiefere Ebene zu degradieren. Das war die einzig vernünftige Reaktion, die wirksamste Antwort, denn auf diese Weise wurde die Ebene von solchem Abschaum gesäubert. Aber diesmal war er damit zutiefst unzufrieden.

»Du hattest recht, Chen«, flüsterte sie, ihr Gesicht nah an seinem. »Und du hast das Richtige getan. Es muß Gesetze geben. Wir können nicht so leben, wie sie es in den alten Tagen getan haben. Sonst würde es hier wie im Netz zugehen.«

»Ich weiß«, sagte er, »aber ich habe ihn enttäuscht. Das habe ich ihm angesehen. Jetzt hält er mich für einen Feigling. Er glaubt, ich hätte nicht den Mumm gehabt, mir die Jungs vorzunehmen.«

Wang Ti schüttelte den Kopf und hatte für einen Moment Schmerz in den Augen. »Und du, Chen? Hältst du dich für einen Feigling? Nein. Und ich auch nicht. Du bist ein *Kwai*, mein Mann. Welche Kleider du auch trägst, darunter bleibst du immer ein *Kwai*. Aber manchmal ist es richtig, einen Schritt zurückzutreten und Ärger auszuweichen. Das hast du selbst gesagt. Manchmal muß man sich biegen wie ein Schilfrohr im Wind.«

»*Ai ya* ...« Er wandte den Kopf ab, aber sie drehte ihn sich vorsichtig wieder zu.

»Laß ihn, Chen. Er wird es schon noch begreifen. Im Moment ist sein Kopf voller Helden. Du hast dir doch mit ihm diesen Film angesehen. Er hat seine Phantasie angeheizt. Aber das wirkliche Leben ist anders. Manchmal muß man Zugeständnisse machen, um ans Ziel zu kommen.«

Er starrte sie an und wußte, daß sie recht hatte, aber etwas in ihm konnte nicht anders, als ihm vorzuhalten, daß er hätte handeln sollen. Er hätte dem Jungen die Hand zermalmen und einigen von ihnen eins auf die heißen Köpfe geben sollen. Um ihnen eine Lektion zu erteilen.

Und seinen Sohn zu beeindrucken...

Er senkte den Blick. »Es tut weh, Wang Ti. Wie er mich angesehen hat. Was er gesagt hat...«

Sie streichelte zärtlich seine Wange, eine Tröstung wie ihre sanfte Stimme. »Ich weiß, mein Liebling. Aber ist das nicht auch ein Zeichen von Tapferkeit, hm? Sich diesem Schmerz zu stellen und ihn zu besiegen. Weil es besser so ist. Weil du weißt, daß es richtig so ist.« Sie lächelte. »Er wird es noch begreifen, Chen. Da bin ich mir ganz sicher. Er ist ein guter Junge, und er liebt dich. Laß ihm einfach etwas Zeit, ja?«

Er nickte. »Na gut... Am besten setzte ich den Sicherheitsdienst dieses Decks darauf an. Ich muß mich in ein paar Stunden wieder melden, also bleibt nicht viel Zeit.«

Sie lächelte und machte sich wieder ans Packen. »Und Chen...?«

»Ja?« sagte er und drehte sich in der Tür zu ihr um.

»Mach keine Dummheiten. Denk dran, was ich dir gesagt habe. Du weißt, was du bist. Das sollte genügen.«

Er zögerte, dann nickte er. Doch als er sich wieder umdrehte, wußte er, daß es nicht genügte.

Zum Teufel mit ihnen! dachte er und fragte sich, was die Seele der Menschen so tief spaltete, daß sie nicht existieren konnten, ohne andere zu quälen.

* * *

In dem langen, breiten Flur, der in die Halle der Höchsten Reinheit führte, war es kühl und still. Aus den dunklen Mäulern der hoch an den blutroten Mauern angebrachten Stocklaternen verströmten nackte, ölgespeiste Flammen ein schwaches, wäßriges Glühen, das auf dem Fliesenmosaik des Bodens flackerte und wabernde Schatten auf die schlanken Säulen warf, die den Gang zu beiden Seiten säumten. Langgestreckte, abwechselnd rote und grüne Drachenleiber wanden sich um diese Säulen und strebten dem Himmel an der Decke entgegen, wo auf einem Basrelief ein Kampf zwischen Göttern und Dämonen tobte.

Zwischen den Säulen standen, in regloser Habachtstellung, sieben Reihen zu je acht Wachmännern. Die Variationen ihrer Zeremonienuniformen waren auf den ersten Blick ersichtlich. Das Licht funkelte schwach auf ihren polierten Waffen, und nur die Feuchtigkeit in ihren Augen zeigte, daß sie lebten. Sie standen den Außentüren zugewandt und bildeten eine lebende Mauer zum Schutz ihrer Herren und Meister.

Hinter ihnen befand sich eine zweite, im Moment verschlossene Doppeltür. Dahinter hielten die Sieben eine Konferenz ab. Dort war es wärmer und heller. Jeder T'ang saß entspannt in einem gepolsterten Stuhl. Ihre seidenen Zeremoniengewänder waren die einzigen äußeren Anzeichen für ein feierliches Ereignis. Wang Sau-leyan, der Gastgeber der Sitzung, diskutierte gerade das Paket von Vorschlägen, die Li Yuan vorgelegt hatte.

Li Yuan saß Wang gegenüber und spürte einen Knoten der Anspannung in der Brust. Vorhin hatte ihn die unerwartet warme Begrüßung des jungen T'ang von Afrika verblüfft. Er hatte mit Kälte gerechnet, gar mit offener Feindschaft, aber Wangs Umarmung und sein heiteres Lachen hatten ihn in Verlegenheit gebracht. Und jetzt schon wieder. Denn obwohl das, was er sagte, sich vernünftig anhörte – und Li Yuans Plan für die nächsten Tage zu unterstützen, gar zu begrüßen schien –, konnte Li Yuan sein instinktives Mißtrauen nicht ablegen. Wang Sau-leyan war ein so meisterhafter Schaupieler – eine solche *Naturbegabung* von einem Politiker –, daß man sich schutzlos seiner nächsten Laune aussetzte, wenn man irgend etwas, das er tat oder sagte, unbesehen ernst nahm.

Li Yuan ließ sich in die Polster zurücksinken und zwang sich zu entspannen, versuchte durch den Schleier von Wangs Worten hindurchzusehen. Er bekam mit, wie Tsu Ma neben ihm in seinem Stuhl hin- und herrückte. Er hatte ihm einen Seitenblick zugeworfen und in seinem Gesichtsausdruck sein eigenes Unbehagen wiedergefunden.

»Und deshalb«, sagte Wang und sah mit einem ungetrübten Lächeln zu Li Yuan hinüber, »habe ich das Gefühl, daß wir Li Yuans Ideen unterstützen sollten. Alles andere könnte sich als unklug, vielleicht sogar verhängnisvoll herausstellen.« Er sah in die Runde und hob die plumpen Hände zu einer bejahenden Geste. »Ich weiß, daß ich früher eine andere Auffassung vertreten habe, aber in den letzten sechs Monaten habe ich einsehen müssen, daß wir uns diesen Problemen *jetzt* stellen müssen, bevor es zu spät ist. Daß wir rigoros mit ihnen aufräumen müssen, in aller Entschlossenheit, die Schwierigkeiten zu bewältigen.«

Li Yuan senkte den Blick. Wang sprach ganz ähnlich wie sein Vater. Aber machte er das absichtlich oder rührte er ungewollt an eine Erinnerung Yuans? Yuan holte tief Luft und empfand eine tiefe Ungewißheit. Er hatte sich auf einen Kampf mit Wang eingestellt, seine Festung belagern und die Tür einschlagen wollen, aber Wang hatte keinen Kampf gewollt. Seine Festung war unbemannt, die große Tür stand weit offen.

Er blickte auf und bemerkte, wie Wang ihn beobachtete, dann nickte er.

»Gut«, sagte Wang und wandte sich Wu Shih und

Wei Feng zu, weil er wußte, daß nur diese zwei noch überzeugt werden mußten. »In diesem Fall schlage ich vor, daß wir ein sehr viel umfangreicheres Dokument aufsetzen, das in der nächsten Ratssitzung verabschiedet werden sollte.«

Li Yuan warf Tsu Ma einen überraschten Blick zu. War das alles? Hatte die Sache keinen Haken?

Tsu Ma beugte sich vor, und ein leises Lachen leitete seine Stellungnahme ein. »Ich bin froh, daß wir uns in dieser Angelegenheit einig sind, Vetter, aber damit wir uns nicht mißverstehen: schlägst du vor, daß wir Li Yuans Maßnahmenkatalog annehmen, oder sollen wir ... *Eingriffe* in ihre Substanz vornehmen?«

Wang Sau-leyans Lächeln war entwaffnend. »Im Prinzip sehe ich nichts Negatives an Li Yuans Vorschlägen, aber bei Angelegenheiten dieser Größenordnung sollten wir uns vergewissern, daß auch die Details – die Formulierung der Gesetze selbst – zu unserer Zufriedenheit ausfallen, nicht wahr? Zu wenig zu erlauben, wäre ebenso schlecht, wie zuviel zu erlauben. Die Änderungen des Edikts müssen fein abgestimmt sein, ebenso wie die Gesetze zur Bevölkerungspolitik. Das *Gleichgewicht* muß stimmen, würdest du da nicht zustimmen, Wei Feng?«

Wei Feng, unerwartet angesprochen, mußte erst etwas darüber nachdenken. Er sah in letzter Zeit sehr alt aus, sichtlich müde, und bei der letzten Sitzung hatte er sich durch seinen ältesten Sohn Wei Chan Yin vertreten lassen. Aber diesmal, angesichts der Wichtigkeit dieser Sitzung, hatte er sich persönlich herbemüht. Er beugte sich erkennbar mühsam vor und nickte.

»Ganz richtig, Wang Sau-leyan. Und ich bin dankbar dafür, daß du über Gleichgewicht gesprochen hast. Ich habe heute viele Dinge gehört, von denen ich nicht dachte, daß ich in meinem Leben jemals hören würde, aber ich kann nicht behaupten, daß ihr unrecht habt. In den letzten zehn Jahren hat sich viel verändert. Und wenn diese Maßnahmen erforderlich sind, um die Dinge zu regeln, sollten wir den Weg einschlagen, den mein Vetter Wang vorgeschlagen hat, beherzt und fest entschlossen, alle Schwierigkeiten zu überstehen. Doch wir täten gut daran, unsere Bedenken über Natur und Umfang dieser Veränderungen nicht zu ignorieren, bevor wir sie in die Tat umsetzen. Wir müssen die möglichen Resultate unserer Handlungen abschätzen.«

Wang senkte respektvoll den Kopf. »Da bin ich deiner Meinung, verehrter Vetter. Deine Worte zeugen von großer Weisheit. Und das ist der Grund, weshalb ich für einen gemischten Ausschuß plädiere, der die wahrscheinlichen Konsequenzen dieser Maßnahmen untersuchen sollte. Außerdem möchte ich gleich vorschlagen, daß mit Minister Sheng ein Untergebener meines Vetters Wei Feng zum Vorsitzenden dieses Ausschusses ernannt wird, der dem Rat unmittelbar Bericht über die Ergebnisse zu erstatten hat.«

Li Yuan starrte Tsu Ma verblüfft an. Minister Sheng! Es war auch Chen, den er und Tsu Ma für den Posten des neuen Verwalters von GenSyn hatten vorschlagen wollen – er war die Schlüsselfigur in ihrem Plan, den Konzern vor dem finanziellen Ruin zu bewahren –, aber irgendwie hatte es Wang Sau-leyan herausgefunden und war ihnen nun zuvorgekommen, hatte ihnen ihren Kandidaten geraubt, weil er wußte, daß sie keinen weiteren in Reserve hatten. Wei Feng nickte, höchst erfreut über den Vorschlag. Wenig später war der Vorschlag einstimmig angenommen, was sie zum nächsten Punkt der Tagesordnung brachte, der Frage, wie GenSyn verwaltet werden sollte.

»Aber laßt uns erst essen«, schlug Wang vor und stemmte seine massige Figur aus dem Stuhl. »Ich weiß nicht, wie es euch geht, Vettern, aber ich könnte einen Ochsen verspeisen, einen rohen, wenn's sein müßte.«

Die meisten lachten, nur Li Yuan und Tsu Ma hatte Wangs jüngste Finte die Sprache verschlagen. Li Yuan sah Wang über den Tisch hinweg in die Augen. Bis vor kurzem waren sie noch ganz klar gewesen, aber inzwischen hatte sich ein Schimmer grimmiger Befriedigung in seinen Blick geschlichen.

Li Yuan schluckte seinen Ärger hinunter und nahm den seidengebundenen Aktenordner fest in die Hand, bevor er sich auf den Balkon hinaus begab. Noch vor wenigen Minuten hatte er sein Wissen nicht verwenden, seine letzte Karte nicht ausspielen wollen, aber jetzt war er fest entschlossen.

Nein. Er war noch nicht fertig. Sollte Wang Sau-leyan seinen kleinen Triumph ruhig genießen. Er würde heute noch zu Kreuze kriechen und seinen Einfluß im Rat für immer verlieren.

Und nicht – *nichts* – konnte Li Yuan jetzt noch aufhalten.

* * *

Zu diesem Zeitpunkt entstieg in zwanzigtausend *li* Entfernung, auf dem Raumhafen von Nanking ein hochgeschossener, in der außerirdischen Mode der Marskolonie gekleideter Han den interplanetaren Kreuzer *Wuhan*. Er hatte bereits eine anstrengende Überprüfung an Bord des Schiffs hinter sich, aber eine weitere lag vor ihm. Seit dem Attentat auf Marschall Tolonen wurde in Nanking Sicherheit groß geschrieben.

Er stellte sich an und starrte gelangweilt über die mächtige Landegrube hinaus. Die Tests innerhalb des Schiffs interessierten ihn. Man suchte nach Abnormitäten, nach auffälligen Abweichungen der Rippenstruktur und des oberen Brustkastens, nach ungewöhnlichen Hirnstrommustern. Er hatte eine Urin- und eine Stuhlprobe abgeben müssen. Außerdem hatte er in einen kleinen Keramikteller spucken müssen. Und hinterher hatte der Wachmann zu ihm aufgeblickt und gelächelt. »Alles in Ordnung«, hatte er gesagt und gelacht, als habe er den Witz schon tausendmal gerissen. »Sie sind ein Mensch.«

Als ob das etwas bedeutete.
»Tuan Wen-ch'ang ...«
Er trat vor und hielt seine Papiere hin. Der Wachmann ignorierte sie, nahm seine Hand und legte sie auf eine beleuchtete Platte auf dem Schreibtisch vor sich. Wenig später ließ er seine Hand wieder los und schob einen Schwenkarm herum. Tuan hielt sein Auge vor die Vertiefung am Ende und blieb etwas länger in dieser Haltung, als die Maschine benötigte, um das Netzhautmuster zu überprüfen.
»Gut«, sagte der Wachmann, beugte sich herüber und nahm Tuans Papiere. Indem er sie unter einen stark gebündelten Lichtstrahl hielt, suchte er nach Spuren von Fälschungen und Manipulationen. Schließlich steckte er den Paß in den schmalen schwarzen Kasten an seiner Seite. Einige Sekunden später wurde er wieder ausgespuckt. In der Zentrale des Sicherheitsdienstes in Bremen hatte der Computer Tuan Wen-ch'angs persönliche Angaben in den Hauptrechner abgelegt.
»Alles klar. Ihnen ist der uneingeschränkte Zugang zu allen vier Städten gestattet, in denen sie Geschäftskontakte haben, zwischen der ersten und der hundertfünfzigsten Ebene.«
Tuan verbeugte sich andeutungsweise, dann ging er weiter und steckte die Papiere weg.
Tief im Innern empfand er leichte Belustigung. Es war viel einfacher gewesen als erwartet. Aber er verstand warum. Diese ganze Gesellschaft war daraufhin erzogen, nicht in die Zukunft zu sehen; die Dinge so zu betrachten, wie sie jetzt und immer schon gewesen waren, und nicht ihr Potential zu erkennen. Ihre Sicherheitsprozeduren zum Beispiel. Sie suchten nach etwas, das von niemandem mehr benutzt wurde; ihre Tests waren so altmodisch wie das, wonach sie suchten. Auf dem Mars ging es anders zu. Dort herrschte ein höheres Lebenstempo. Die Dinge mußten weitergehen.
Er bestieg den Servicezug, suchte sich einen Platz

und wartete. Seine Geduld war schier unerschöpflich, und er hatte seinen Weg durch das große Labyrinth der Stadt so deutlich im Kopf, als habe er die Reise schon hinter sich. Mit dem Pfeil dauerte die Fahrt nach Luo Yang vier Stunden, weitere anderthalb nach Yang Ch'ian am nördlichen Rande der Stadt, nur hundert *li* von Wang Sau-leyans Palast in Tao Yuan. Aber die zentralen Computerarchive würden etwas anderes anzeigen; ihnen zufolge würde er die Küste entlang nach Süden reisen, um die Interkontinentalfähre von Fuchow nach Darwin zu erwischen. Und wenn der Zentralcomputer etwas behauptete, wer würde es in Zweifel ziehen? Wer würde schon überprüfen, ob die Daten den Tatsachen entsprachen – ob sie eine Entsprechung in der physischen Welt hatten?

Äußerlich blieb Tuan Wen-ch'angs Gesicht ruhig, fast unergründlich maskenhaft, doch tief im Innern lächelte er. Ja, da unten hatten sie aus ihresgleichen allerlei Wesen gezüchtet. Wesen, die die Spezies brauchte, als seien sie ausersehen, ihre Fortentwicklung zu sichern. Und aus diesem Grund war er hier. Um sie daran zu erinnern, was möglich war. Um sie ein wenig aufzurütteln.

Und um die Entwicklung einen Schritt weiter zu bringen.

* * *

Hinter dem Einwegspiegel saßen die beiden Jungen mit gefesselten Händen an der Wand. Das erste Verhör war vorüber, die Vorwürfe erhoben und abgestritten. Nun wurde es Zeit, etwas zuzulegen.

Chen folgte dem Sergeant in die Zelle und sah, wie die beiden Jungen zu der Uniform emporblickten und die Augen aufrissen, als sie ihn erkannten.

»*Aiya*...«, murmelte der Jüngere unterdrückt, doch der hochgeschossene, dünne Bursche – der Rädelsführer – schwieg.

»Nun, meine Freunde«, sagte der Sergeant in einem warmen, ironischen Ton. »Ihr habt euren Ankläger schon einmal getroffen, aber ich glaube nicht, daß ihr seinen Namen kennt. Deshalb möchte ich euch Hauptmann Kao aus den Elitesondereinheiten des T'ang vorstellen.«

Der Dünne sah Chen kurz in die Augen.

Gut, dachte Chen. *Dann verstehst du ja wohl ...*

»In Ordnung«, sagte er schroff. »Ihr hattet Gelegenheit zu gestehen. Jetzt werdet ihr vor ein eigens einberufenes Gechworenengericht gestellt, das eine Entscheidung fällen wird.« Er machte eine Pause. »Eure Familien werden anwesend sein.«

Er sah die plötzliche Bitterkeit im Gesicht des Dünnen. »Du Scheißkerl«, sagte der Junge leise. »Du elender Scheißkerl.«

Er ließ ihm auch das durchgehen. Schließlich war er ein Untergebener der T'ang. Es war seine Pflicht, vorschriftsgemäß zu handeln.

Eine bewaffnete Eskorte brachte sie nach unten in den Versammlungssaal am anderen Ende des Decks. Dort warteten die drei Richter hinter ihren hohen Pulten auf eine geschlossene Sitzung. Etwas abseits, an einer Seite der Halle saßen die vier Komplizen. Dahinter standen die Familien – Männer, Frauen und Kinder –, insgesamt einige hundert Personen.

All das, dachte Chen, sah sich um und war erstaunt über die Größe der Versammlung. *All das, weil ich es will. Weil ich wollte, daß es richtig gemacht wird.*

Und doch hatte er ein ungutes Gefühl. Er hätte dem kleinen Scheißer die Hand brechen, eine einfache Lektion erteilen sollen, was Macht anging. Wogegen dies ...

Es fing an. Chen saß an der Seite, während die Richter die Beweise durchgingen, die Jungen befragten und ihre Antworten notierten. Es war ein kalter, fast klinischer Vorgang. Doch als Chen aufstand, um seine Stellungnahme abzugeben, konnte er fast den schweigenden Druck all dieser Blicke spüren, die ihn dafür anklagten, daß er das Gleichgewicht ihres Lebens gestört hatte. Er spürte, wie sein Gesicht taub wurde und sein Herz zu klopfen anfing, doch er ließ sich nicht davon beirren. Schließlich war er ein *Kwai*. Außerdem hatte nicht er jemanden bedroht; *er* hatte niemandem Geld abgeknöpft und dann darüber gelogen.

Er starrte die beiden Jungen an, und das Bedürfnis, einfach zuzuschlagen – ihre häßlichen kleinen Gesichter zu zerschmettern –, drohte ihn zu überwältigen. Die Dunkelheit, die folgte, war eine willkommene Erleichterung, und während er dasaß, bekam er kaum etwas von dem Film mit, der auf dem Bildschirm hinter den Richtern gezeigt wurde – einen vor wenigen Stunden aufgezeichneten Film. Aber als er zu Ende war und das Licht anging, fiel es ihm schwer, den Kopf zu drehen und sich wieder dieser Mauer feindseliger Gesichter zuzuwenden.

Er hörte aufmerksam zu, als der Hauptrichter den Fall zusammenfaßte, dann straffte er sich und stand zur Urteilsverkündung auf. Für einen Moment herrschte Stille, dann erhob sich empörtes Stimmengewirr, als die beiden Rädelsführer um fünfzig Ebenen degradiert, ihre Familien und ihre Komplizen zu schweren Geldbußen und letztere zudem zu hundert Tagen gemeinnütziger Arbeit verurteilt wurden.

Chen sah hinüber und bemerkte, daß mit Fingern auf ihn gezeigt wurde, unzählige Blicke ihm die Schuld gaben, und selbst als der Hauptrichter sie ermahnte, die Geldstrafen anhob und schließlich die Familienoberhäupter zu sich rief, um ihre Sippen zur Ordnung zu mahnen, fühlte er sich nicht besser. Vielleicht hatten sie recht. Vielleicht waren die Strafen zu streng. Aber darum ging es eigentlich nicht. Es war die Art der Bestrafung, nicht ihr Maß, die er für falsch hielt.

Als die Familien gingen, stand Chen an der Tür, ließ sich von ihnen anrempeln, als sie vorbeiströmten, und starrte seine Ankläger an, versuchte sie zum Verständnis zu zwingen.

Ihr habt gesehen, was Eure Söhne getan haben. Ihr habt gesehen, was aus ihnen geworden ist. Warum gebt ihr mir die Schuld an den Fehlern eurer Kinder?

Und doch taten sie es.

Ts'ui Wei, der Vater des Rädelsführers, kam herüber und beugte sich drohend über ihn. »Und, Hauptmann Kao, sind Sie denn zufrieden mit dem, was Sie heute angerichtet haben?«

Chen starrte ihn schweigend an.

Ts'ui Wei schürzte die Lippen und setzte dasselbe höhnische Lächeln auf wie sein Sohn. »Sie sind sicher stolz auf sich, Hauptmann. Sie haben das Gesetz hochgehalten. Aber Sie müssen hier leben, häh? Sie haben doch auch Kinder, *oder?*«

Chen fröstelte vor Wut. »Wollen Sie mir drohen, *Shih* Ts'ui?«

Ts'ui richtete sich lächelnd auf; ein abscheulich zynisches Lächeln. »Sie haben mich mißverstanden, Hauptmann. Ich bin ein Mann, der das Gesetz achtet. Aber man muß leben, nicht wahr?«

Chen wandte sich ab, schluckte seinen Ärger hinunter und ging, bevor er etwas tat, das er später bereuen würde. Wie Wang Ti schon gesagt hatte, sollte er damit zufrieden sein, seinen Teil getan und zur Säuberung der Ebene beigetragen zu haben. Doch als er sich auf den Heimweg machte, empfand er nur Zorn, keine Befriedigung. Zorn und das unabweisbare Gefühl, etwas Falsches getan zu haben. Und während er ging, fuhr er sich mit der Hand an den Zopf, ertastete das dicke Haarbündel und zog daran, als wollte er es sich ausrupfen.

* * *

Es war nach drei, als sie Karr aus dem Bett holten. In einem der Stöcke ost-südöstlich des *Hsien* Augsburg hatte eine Schießerei stattgefunden. Fünf Männer waren tot, ausschließlich Besucher des Stocks. Für sich genommen wäre das nicht wichtig genug gewesen, um ihn aufzuwecken, aber einige Stunden später war unweit eines Zwischendecklifts ein Sack gefunden worden. Dieser Sack enthielt ein handgeschriebenes Dossier, das vollständige Auskunft über die Planung für den Überfall auf den Libellenclub gab.

Jetzt, kaum dreißig Minuten später, stand Karr im Schlafzimmer des Zweizimmerapartments und versuchte sich zusammenzureimen, was geschehen war.

Während er vor sich hingrübelte, klopfte der zuständige Deckoffizier und trat ein. Er ging in Habachtstellung, senkte den Kopf und übergab Karr zwei Printouts.

»Ywe Hao...«, flüsterte Karr und studierte das schwarzweiße 2D-Aufnahme der Apartmentbewohnerin; ihm fiel sofort auf, wie sehr sie dem Eindruck ähnelte, den der Künstler von dem Mädchen – der *Yu*-Terroristin Chi Li – gewonnen hatte. Das war sie, kein Zweifel. Aber wer waren die anderen?

Die Standbilder der fünf Opfer waren wenig aufschlußreich. Die Männer stammten aus verschiedenen Teilen der Stadt – aber vornehmlich aus dem nördlich-zentralen *Hsien*. Es waren ausnahmslos Ingenieure oder Techniker in der Wartungsindustrie; ein Gewerbe, das ihnen freien Zugang auf diese Ebene erlaubte. Außerdem hatten sie sich beispielhaft gut geführt. Ihren Unterlagen zufolge handelte es sich um anständige, aufrechte Bürger, aber vermutlich waren diese Unterlagen gefälscht.

Also, was ging hier vor? Eine rivalisierende Gruppe, die die Muskeln spielen ließ? Oder hatten die Reihen der *Yu* sich gespalten – fand ein interner Machtkampf statt, der in diesem Vorfall seinen Höhepunkt fand? Nach allem, was er mit solchen *Ko Ming*-Gruppen erlebt hatte, hätte ihn das nicht überrascht, aber diesmal schien diese Erklärung nicht zuzutreffen.

»Was zeigen die Kameras?«

»Die Aufgaben werden gerade zusammengestellt. Sir. Wir müßten sie in den nächsten zehn bis fünfzehn Minuten bekommen.«

»Und ist die Frau – diese Ywe Hao – darauf zu sehen?«

»Ich habe einen Trupp dahingeschickt, wo die Kameras sie zuletzt aufgenommen haben, aber man hat keine Spur von ihr gefunden, Sir. Sie ist verschwunden.«

»Verschwunden?« Karr schüttelte den Kopf. »Wie meinen Sie das?«

Der Mann sah unsicher weg. »Unsere Kameras haben aufgezeichnet, wie sie den Wartungsraum auf dem obersten Deck betreten hat. Danach gab's keine Spur mehr von ihr. Die Kameras in dem Hauptleitungsrohr haben sie auch nicht entdeckt.«

»Also muß sie noch da sein, ja?«

»Nein, Sir. Ich habe das von meinen Leuten sofort überprüfen lassen. Der Raum ist leer, und in dem Rohr ist auch keine Spur von ihr zu finden.«

Karr seufzte. Er mußte also wieder selbst nachschauen. »Sie haben vorhin gesagt, daß sie möglicherweise gewarnt worden ist – daß jemand für sie Ausschau gehalten hat...«

»Zwei kleine Jungen, Sir.«

»Ich verstehe. Und haben Sie sie gefunden?«

»Sie sind in Haft, Sir. Möchten Sie sie sehen?«

Karr betrachtete das Durcheinander. »Ich nehme an, ihre Leute sind hier fertig?«

Der Hauptmann nickte.

»Gut. Dann räumen Sie hier erst einmal auf. Bringen Sie die Leichen weg und bringen Sie ein paar Decken. Ich möchte doch nicht, daß unsere jungen Freunde sich aufregen, verstehen Sie?«

»Sir!«

»Oh, und Hauptmann ... lassen Sie einen Ihrer Männer eine Akte über Ywe Haos Aufenthaltsorte im Laufe der letzten drei Monate anfertigen. Mit Schwergewicht auf die Situationen, da sie von keiner Kamera aufgezeichnet werden konnten.«

Der Hauptmann runzelte die Stirn, nickte aber. »Wie Sie wünschen, Major.«

»Gut. Und bringen Sie mir etwas *Ch'a*. Eine große *Chung*, wenn Sie eine finden. Es kann sein, daß wir noch eine ganze Zeit hier zu tun haben.«

* * *

Chen blieb in der Tür stehen und betrachtete das Blutbad. »Kuan Yin! Was ist denn hier passiert?«

Karr lächelte müde. »Scheint eine Auseinandersetzung zwischen zwei Gruppen gewesen zu sein. Ob's zwei verschiedene Gruppierungen waren oder ein Streit zwischen zwei Flügeln der *Yu*, das werden wir vielleicht noch herausfinden, wenn und falls wir die Frau auffinden. Was die Frau selbst angeht, bin ich mir sicher, daß sie sowohl an dem Attentat in Hannover wie an dem Überfall auf den Libellenclub beteiligt war. Ich lasse mir gerade eine Akte über ihre Aufenthaltsorte im Laufe der letzen drei Monate zusammenstellen. Wenn ich mich nicht irre, müßte es in den Daten über sie Lücken geben, die mit den Totallöschungen im Umfeld der Anschläge zusammenfallen. Wir haben keine Angaben über ihre nächsten Verwandten, was ungewöhnlich ist, aber du könntest da doch sicher ein paar Nachforschungen anstellen, ja? Ach ja, und der zuständige Offizier bringt die beiden Jungen her. Sie haben für die Frau Wache gehalten. Ich möchte, daß du sie verhörst und herausfindest, was die beiden über sie wissen. Aber sei nicht zu grob. Ich glaube, sie haben nicht die geringste Ahnung, in was sie verwickelt sind.«

»Und du, Gregor? Was machst du jetzt?«

Karr richtete sich auf und lachte. »Erst einmal trinke

ich diesen vorzüglichen *Ch'a* aus, dann werde ich mir darüber Gedanken machen, wie eine ausgewachsene Frau sich in Luft auflösen kann.«

* * *

»Und nun, Vettern, wollen wir uns der Frage des Gen-Syn-Erbes zuwenden.« Wang sah in die Runde, und sein Blick blieb kurz an Li Yuan und Tsu Ma hängen, bevor er sich Wei Feng, dem betagten T'ang von Westasien zuwandte. »Wie ich das sehe, ist diese Sache schon zu lang hinausgeschoben worden. Das hat der Firma geschadet, und ihr Aktienpreis ist auf dem Index schon dramatisch gefallen. Unser dringlichstes Anliegen müßte daher sein, GenSyn mit einem stabilen administrativen Rahmen zu versehen und so die Ungewißheiten auszumerzen, die den Konzern gegenwärtig belasten. Danach ...«

Li Yuan räusperte sich. »Entschuldige die Unterbrechung, Vetter, aber bevor wir näher darüber diskutieren, möchte ich um eine weitere Verschiebung bitten.«

Wang lachte ungläubig. »Entschuldige, Vetter, aber habe ich dich richtig verstanden? Eine *weitere* Verschiebung?«

Li Yuan nickte. »Wenn meine Vettern damit einverstanden sind. Ich denke, für eine zufriedenstellende Lösung brauchen wir unbedingt noch etwas Zeit. Noch ein oder zwei Monate.«

Wang beugte sich vor. Sein Gesichtsausdruck wurde plötzlich hart. »Verzeihung, Vetter, aber das verstehe ich nicht. Seit Klaus Eberts Tod ist die Sache schon zweimal vor den Rat gebracht worden. Beide Male wurde einstimmig eine Verschiebung beschlossen. Aus gutem Grund, denn es war keine Lösung in Sicht. Aber jetzt haben wir die Antwort. Hou Tung-pos Vorschlag ist die Lösung, nach der wir gesucht haben.«

Tsu Mas schwerfälliges Lachen wurde spöttisch.

»Das nennst du eine Lösung, Vetter? Für mich klingt das wie ein bürokratischer Alptraum – kein Rezept für Stabilität, sondern für eine sichere finanzielle Katastrophe.«

Hou Tung-po beugte sich vor, das Gesicht rot vor Zorn, aber Wang brachte ihn mit einer Geste zum Schweigen.

»Wäre diese Angelegenheit nicht schon einmal vorgebracht worden, Tsu Ma, und läge uns nicht eine zufriedenstellende Lösung vor – zu der du noch eine ausführliche Stellungnahme abgeben kannst –, dann könnte ich verstehen, warum du noch nach einer Antwort suchen willst, aber die Zeit für Ausflüchte ist vorbei. Wie ich schon sagte, müssen wir sofort handeln, wenn der Konzern nicht irreparablen Schaden erleiden soll.«

Wang machte eine Pause und wandte sich mit einem Blick direkt an den alten Wei Feng. Wie die Dinge standen, konnte Wang mit Hu Tung-pos und Chi Lings Unterstützung rechnen, während Tsu Ma und Wu Shih vermutlich Li Yuan den Rücken stärken wollten. Wenn es zu einer Auseinandersetzung kam, hing alles von Wei Fengs Stimme ab.

Wang lächelte und wurde wieder lockerer.

»Welche Einwände könnten meine Vettern denn überhaupt gegen ein verantwortliches Komitee haben? Würde das nicht jedem ein Mitspracherecht bei der Leitung der Firma einräumen? Würde das nicht – deutlicher als alles andere – demonstrieren, daß die Sieben volles Zutrauen in das erfolgreiche Weiterbestehen von GenSyn haben?«

Li Yuan sah weg. Auch wenn GenSyn den Anteilen nach hinter dem gigantischen MedFac-Konzern nur den zweiten Platz auf dem Hang-Seng-Index belegte, handelte es sich doch zweifellos um das wichtigste kommerzielle Unternehmen von Chung Kuo, und wie Tsu Ma richtig bemerkt hatte, würde ihn eine

Schwächung des Konzerns stärker treffen als Wang Sau-leyan.

Aber das konnte er nicht sagen. Nicht offen. Denn das zuzugeben, würde Wang die Gelegenheit verschaffen, Li Yuan die besondere Beziehung seiner Familie zu GenSyn vorzuhalten – eine Beziehung, die zwar seit über einem Jahrhundert bestand, aber eigentlich gegen den Geist der Sieben verstieß.

Li Yuan lehnte sich zurück und sah Tsu Ma in die Augen. Sie würden nachgeben müssen. Minister Sheng war ihre Trumpfkarte gewesen, und Wang hatte sie ihnen aus der Hand genommen.

»Vetter Wang«, sagte er kühl. »Ich gebe nach. Nehmen wir Hous Vorschlag an. Wie du schon sagtest, was könnten wir gegen einen solchen Plan haben?«

Er atmete durch und tröstete sich mit dem Gedanken an die seidengebundene Aktenmappe, die in seinem Schoß lag – und an die Demütigung, die er Wang bald versetzen würde. Dann kam ihm plötzlich – scheinbar aus dem Nichts – ein neuer Gedanke. Er lehnte sich wieder vor, und mußte fast laut lachen über die schiere Unverschämtheit dieses Gedankens.

»Allerdings möchte ich noch einen eigenen Vorschlag machen«, sagte er leise. »Wenn der Rat erlaubt, möchte ich, daß Marschall Tolonen von seinem Posten abgelöst und zum Vorsitzenden des verantwortlichen Komitees von GenSyn ernannt wird.« Er sah Wang direkt an. »Wie mein Vetter so überzeugend dargelegt hat, müssen wir das Vertrauen des Marktes stärken, und was könnte dafür ein deutlicheres Signal sein, als wenn wir einen Mann von solcher Erfahrung und Integrität zum Vorsitzenden unseres Komitees ernennen würden?«

Er sah die Regungen in Wangs Gesicht und wußte, daß er ihn in der Hand hatte. Wang konnte natürlich Einwände erheben, aber auf welcher Grundlage? Wollte er die Eignung des Kandidaten in Frage stellen? Nein. Denn das hieße, es sei schon damals ein Fehler unterlaufen, als sie Tolonens Ernennung zum Marschall bestätigt hatten. Das konnte er unmöglich behaupten – und das würde er auch nicht tun.

Li Yuan schaute in die Runde, sah alle zustimmend nicken – selbst Wangs Verbündete – und wußte, daß es ihm gelungen war, den Schaden in Grenzen zu halten. Wenn Tolonen die Verantwortung übernahm, würde er viel größere Chancen haben, die Dinge zu regeln. Er würde zwar im Rat der Generäle an Einfluß verlieren, aber das war nichts verglichen mit dem möglichen Verlust öffentlicher Einnahmen aus GenSyn.

Er sah Wang triumphierend in die Augen, aber Wang war noch nicht fertig.

»Es freut mich, daß mein Vetter eingesehen hat, wie dringend diese Angelegenheit ist. Ich habe allerdings Zweifel, ob mein Vetter ernst meint, was er da sagt. Es wäre schließlich nicht das erste Mal, daß er diesem Rat einen Vorschlag gemacht hätte, um dann nicht zu seinem Wort zu stehen.«

Li Yuan fuhr hoch. Ringsum erhob sich erstauntes und empörtes Getuschel. Aber es war Wei Feng, der sich als erster zu Wort meldete. Er saß aufrecht in seinem Stuhl, und sein Gesicht hatte eine felsartige Strenge angenommen. Seine barsche Stimme dröhnte durch den Saal, klang nicht mehr im mindesten schwächlich.

»Das solltest du uns näher erklären, Wang Sau-leyan, oder dich für deine Bemerkung entschuldigen. So etwas habe ich noch nie gehört!«

»Nein?« Wang stand, in zerzauster Seide gehüllt, da und sah trotzig in die Runde. »Das hättest du auch nie, Vetter, wenn es dafür nicht gute Gründe gäbe. Ich rede von Li Yuans Versprechen vor dem Rat, die jungen Söhne zu entlassen – ein Versprechen, dem sich auch meine Vettern Wu Shih und Tsu Ma angeschlossen haben.« Er rückte seine massige Leibesfülle zurecht und sah sich im Kreise der übrigen T'ang um. »Es ist sechs Monate her, seit sie dieses Versprechen abgegeben haben, und was ist geschehen? Sind die Söhne wieder bei ihren Vätern? Ist die Sache erledigt, hat sich der Groll der hohen Bürger gelegt? Nein. Die Väter bleiben unversöhnlich und sind zurecht darüber erzürnt, daß ihre Söhne – entgegen unseres Versprechens – weiterhin inhaftiert sind.«

Li Yuan stand auf und wandte sich Wang zu. »Es gibt einen guten Grund dafür, warum die Söhne nicht entlassen worden sind, und das weißt du genau.«

»Das weiß ich?« Wang lachte geringschätzig. »Ich weiß nur, daß du dein Wort gegeben hast. Unverzüglich, hast du gesagt.«

»Und das wäre auch geschehen, wäre der Papierkram zügig erledigt worden.«

»Der *Papierkram* ...« Wangs spöttisches Lachen veranlaßte Wu Shih, neben Li Yuan mit geballten Fäusten und wutentbrannter Miene hochzufahren.

»Du weißt so gut wie wir alle, warum Verzögerungen eingetreten sind, Wang Sau-leyan! Unter so ernsten Begleitumständen waren die Bedingungen für eine Entlassung lachhaft. Wir haben von den Vätern nicht mehr verlangt, als ihre Söhne schriftlich zu einwandfreiem Benehmen zu verpflichten. Das war das mindeste, was wir verlangen konnten, und doch haben sie sich geweigert und am Wortlaut des Papiers herumgekrittelt.«

»Mit gutem Recht, wenn zutrifft, was ich gehört habe ...«

Wu Shih sträubten sich die Nackenhaare, und seine Entgegnung ätze wie Säure. »Was *hast* du denn gehört, *Vetter?*«

Wang Sau-leyan wandte sich ihm kurz zu, dann trat er einen Schritt näher und drückte sein Gesicht fast in das von Wu Shih. »Daß es nicht die Väter, sondern deine Beamten gewesen sind, die am genauen Wortlaut dieser ... dieser *Verpflichtungen* herumgekrittelt haben. Daß sie mit den Füßen gescharrt und die Geduld selbst der besten Männer solang strapaziert haben, bis ihnen der Kragen geplatzt ist. Sie haben immer neue Entschuldigungen gefunden – wie absurd auch immer –, um eine Einigung zu verhindern. Kurz gesagt, sie waren angewiesen, eine Einigung hinauszuzögern.«

»*Angewiesen?*« Wu Shih bebte vor Zorn und hob die Hand, wie um Wang zu schlagen, aber Li Yuan ging dazwischen.

»Vettern ...«, rief er, »vergeßt nicht, wo ihr hier seid.« Er wandte den Kopf und starrte Wang finster an. »Wir kommen nicht weiter, wenn wir uns gegenseitig Beleidigungen an den Kopf werfen.«

»Du hast dein Wort gegeben«, beharrte Wang trotzig und sah ihm kühl in die Augen. »Ihr drei. Unverzüglich, hast du gesagt. Ohne Bedingungen.« Er holte tief Luft, dann drehte er sich um und nahm wieder Platz.

Wu Shih warf Wang noch einige giftige Blicke zu, dann trat er zurück und konnte seinen Abscheu vor seinem Vetter nicht mehr verbergen. Li Yuan stand da, konnte die Spannung wie elektrische Ströme in der Luft spüren und wußte – zum erstenmal mit völliger Gewißheit –, daß hier ein Bruch eingetreten war, der nie wieder heilen würde. Er nahm Platz und bückte sich, um den Aktenordner aufzuheben.

»Wang Sau-leyan«, begann er und sah zu seinem mondgesichtigen Vetter hinüber. Er war jetzt ganz ruhig, nachdem er den ersten Schritt getan hatte. »Ich wollte noch eine Kleinigkeit vorbringen, ehe wir fortfahren. Eine Frage der ... Etikette.«

Wang Sau-leyan lächelte. »Wie du wünschst, Vetter.«

Li Yuan schlug den Ordner auf und betrachtete das hauchdünne Stück schwarzes Plastik. Es war die Schablone einer Holographie: eine Aufnahme von Wang Sau-leyan im Garten von Tao Yuan, wo er sich mit Li Yuans Untergebenen Hsiang Shao-erh getroffen hatte. Der Ordner enthielt weitere Dinge – eine Kopie ihres Gesprächs auf Speicherfolie, und die Zeugenaussage Sun Li Huas, Wangs Meister des Kaiserlichen Haushalts, aber dem Hologramm kam die größte Beweislast zu.

Er wollte es Wang hinhalten, aber Wang schüttelte den Kopf. »Ich weiß, was das ist, Li Yuan. Du brauchst es mir nicht zu zeigen.«

Li Yuan lachte verblüfft. Was bedeutete das? Gab Wang seinen Verrat zu?

In scheinbarer Resignation stemmte sich Wang aus dem Stuhl und ging zu den Doppeltüren, öffnete das Schloß und stieß sie auf. Auf seinen Wink trat mit gesenktem Kopf ein Diener ein, der einen großen weißen, lackierten Kasten trug. Wang nahm ihn entgegen und wandte sich den übrigen T'ang zu.

»Ich habe mich gefragt, wann du damit ankommen würdest«, sagte er und trat auf eine Armlänge an Li Yuan heran. »Hier. Das habe ich für dich aufgehoben. Was den Verräter Sun angeht, er hat Frieden gefunden. Natürlich erst, nachdem er mir alles gesagt hat.«

Li Yuan nahm den Kasten mit pochendem Herzen in die Hand.

Er öffnete den Deckel und starrte entsetzt hinein. Aus dem hellroten Futter des Kastens starrte Hsiang Shao-erh ihn an, die Augen wie blaßgraue, aufgedunsene Monde unter den aufgerissenen Lidern in einem unnatürlich weißen Gesicht. Und dann begannen sich langsam, ganz langsam, wie in einem Traum, die Lippen zu bewegen.

»Verzeiht mir... *Chieh Hsia*... Ich... ich gestehe... meinen Verrat... und flehe Euch an... meine Sippe... nicht für... für die... Verworfenheit eines... Unwürdigen zu betrafen...« Der abgeschlagene Kopf erbebte leicht, und als er fortfuhr, klang das flache, wie aus einer Grabkammer hallende Flüstern wie die Stimme eines Steins. »Verzeiht ihnen... *Chieh Hsia*... Ich... ich flehe Euch an... Verzeiht... ihnen...«

Li Yuan blickte auf und fand in allen Gesichtern bis auf

eins sein eigenes Entsetzen wieder. Dann ließ er in einem heftigen Aufwallen von Widerwillen den Kasten fallen und sah den erstarrten Kopf über den dicken Teppich kollern, bis er neben Wang Sau-leyans Fuß auf der Wange liegen blieb. Der T'ang von Afrika hob ihn auf und hielt über den Kopf in Li Yuans Richtung, ein Lächeln auf den Lippen wie eine Wunde an einem Leichnam.

»Ich glaube, der gehört dir, Vetter.« Dann fing er an zu lachen, so daß es in dem ganzen Saal widerhallte. »Dir ...«

* * *

»Wie ist dein Name?«

»Kung Lao.«

»Und deiner?«

»Kung Yi-lung.«

»Ihr seid also Brüder, ja?«

Der neunjährige Yi-lung schüttelte den Kopf. »Vettern ...«, sagte er leise. Er wußte noch immer nicht, wie er den Mann, der trotz seiner freundlichen Aura die Uniform des T'ang trug, einschätzen sollte.

Chen lehnte sich etwas zurück und lächelte. »Gut. Ihr wart Ywe Haos Freunde, stimmt's? Gute Freunde. Ihr habt ihr geholfen, als diese Männer gekommen sind, richtig? Ihr habt sie vor ihnen gewarnt.«

Er bemerkte, wie Lao, der jüngere der beiden, seinem Vetter einen Blick zuwarf, bevor er nickte.

»Gut. Wahrscheinlich habt ihr zwei ihr damit das Leben gerettet.«

Darauf senkten sie den Blick; ein weiteres Mal sahen sie einander an, als wüßten sie noch immer nicht, worum es überhaupt ging.

»Ihr müßt also sehr gute Freunde gewesen sein, daß ihr das für sie getan habt, Yi Lung. Wie kam das? Wie seid ihr Freunde geworden?«

Yi-lung hielt den Kopf fast störrisch gesenkt. »Sie war freundlich zu uns«, murmelte er widerwillig.

»Freundlich?« Chen lachte leise, als er sich erinnerte, was Karr über den Wachmann Leyden gesagt hatte, und wie sie wahrscheinlich sein Leben verschont hatte. »Ja, das kann ich mir vorstellen. Aber wie habt ihr sie kennengelernt?«

Keine Antwort. Er versuchte es auf anderem Wege.

»Sie hatte da eine tolle Maschine. Eine MedRes Network-6. So eine hätte ich auch gerne, wißt ihr das? Eine absolute Spitzenmaschine. Aber es war schon komisch. Sie hat sie verwendet, um Nachrichten aufzuzeichnen. Einzelheiten über die Transportsysteme.«

»Das war unser Projekt«, sagte Lao, der Jüngere, ohne nachzudenken, und verfiel wieder in Schweigen.

»Euer Projekt? Für die Schule, meinst du?«

Beide nickten. Yi-lung sprach für sie. »Sie hat uns damit geholfen. Das hat sie immer gemacht. Sie hat sich die Zeit genommen. Nicht so wie die anderen. Immer wenn wir ein Problem hatten, konnten wir zu ihr kommen.«

Chen holte tief Luft. »Und deshalb habt ihr sie gemocht?«

Wie sie ihn jetzt ansahen, hatten beide Jungen eine seltsame Ernsthaftigkeit in ihren jungen Gesichtern.

»Sie war lustig«, sagte Lao nachdenklich. »Mit ihr war nicht alles Arbeit. Sie hat Spaß daraus gemacht. Als wäre alles ein Spiel. Wir haben viel von ihr gelernt, aber sie war nicht wie die Lehrer.«

»Das stimmt«, fügte Yi-lung versonnen hinzu. »Bei denen kam uns alles grau und langweilig vor, aber bei ihr wurde es lebendig. Bei ihr hat alles einen Sinn ergeben.«

»Einen Sinn?« Chen spürte, wie sich ihm leicht der Magen zusammenzog. »Wie meinst du das, Yi-lung? Was für Sachen hat sie euch denn erzählt?«

Yi-lung senkte den Blick, als spürte er, daß Chens Frage einen tieferen Sinn hatte. »Nichts«, wich er aus.

»Nichts?« Chen lachte, hakte aber nicht nach, weil er

wußte, daß er nichts erreichen würde, wenn er die Jungen unter Druck setzte. »Hört mal, es interessiert mich einfach nur. Ywe Hao wird vermißt, und wir würden sie gern finden. Um ihr zu helfen. Wenn wir herausfinden, was für eine Frau sie war...«

»Wollen Sie sie aufspüren?«

Chen betrachtete die Jungen einen Moment lang, dann beugte er sich vor und beschloß, sie ins Vertrauen zu ziehen. »Ywe Hao ist in Schwierigkeiten. Diese Männer haben versucht, sie umzubringen, aber sie ist entkommen. Also ja, Kung Lao, wir müssen sie finden. Wir müssen sie aufspüren, wenn du's so ausdrücken willst. Aber je mehr wir wissen – je mehr positive Dinge wir über sie wissen –, um so besser wird es für sie sein. Das ist der Grund, weshalb ihr mir alles über sie sagen müßt, was ihr wißt. Um ihr zu helfen.«

Lao sah seinen Vetter an, dann nickte er. »Gut. Wir werden Ihnen alles sagen. Aber Sie müssen eines versprechen, Hauptmann Kao. Versprechen Sie, daß Sie ihr helfen werden, so gut Sie können, wenn Sie sie gefunden haben.«

Er musterte die beiden Jungen und sah für einen Moment seine eigenen Söhne in ihnen, dann nickte er. »Das verspreche ich. Alles klar? Und jetzt erzählt's mir. Wann habt ihr Ywe Hao kennengelernt, und wie seid ihr Freunde geworden?«

* * *

Der Wartungsraum war leer, die Luke an der Rückwand verschlossen, die Warnlampe daneben glühte rot im Halbdunkel. Kar ging geduckt durch die niedere Tür, dann verharrte er bewegungslos und sog prüfend Luft ein. Es roch kaum merklich nach Schweiß. Und nach etwas anderem... aber er konnte es nicht identifizieren. Er ging durch den Raum und legte ein Ohr an die Luke. Nichts. Oder fast nichts. Er hörte ein schwaches Summen – eine tiefe, pulsierende Vibration –, dasselbe Geräusch, das man überall in der Stadt hörte.

Er machte eine kurze Pause, untersuchte die Luke und stellte fest, daß es sehr eng werden und er für einen Moment verwundbar sein würde, wenn sie am anderen Ende wartete. Aber aller Wahrscheinlichkeit nach war sie bereits weit weg.

Er kroch mit dem Kopf voran in die Öffnung, mußte seine Schultern quer stellen, um sie hindurchzuwängen, dann packte er die Haltestange über seinem Kopf und zog sich, indem er den Körper verdrehte, nach oben. Er ließ sich fallen und wirbelte mit vorgehaltener Waffe herum, mußte aber gleich darauf achten, daß er nicht das Gleichgewicht verlor, denn die Plattform war nur fünf *ch'i* breit, und darunter ...

Darunter ging es eine halbe *li* in die Tiefe.

Er wich zurück und atmete langsam. Das Leitungsohr maß fünfzig *ch'i* im Durchmesser, eine mächtige Ader von rautenförmigem Profil, eine der sechs hohlen Säulen an den Ecken des Stocks, die alles aufrecht hielten. Rohre vom zwanzig-, dreißigfachen Durchmesser eines Menschen führten in die Dunkelheit über ihm hinauf, jedes einzelne wie ein großer Baum, von dem zu allen Seiten dicke Äste abzweigten und im Zickzack die Leere durchwoben. Betriebslichter sprenkelten die Wände des großen Schachts, vermochte die Szenerie aber nicht zu erhellen, sondern betonten die Dunkelheit nur.

Es war ein kalter, düsterer Raum, ein Ort der Schatten und der Stille. So schien es anfangs zumindest. Aber dann hörte er es – jenes Geräusch, das alle anderen Geräusche in der großen Stadt begleitete –, das Geräusch riesiger Turbinen, die Wasser aus den großen Reservoirs am Boden die Ebenen hinaufpumpten, und von anderen, die Abwässer filterten, die zurückkamen. Es war ein durchdringendes Summen, eine Vibration in der Luft selbst. Und er nahm eine Spur desselben undefinierbaren Geruchs wahr, den er vorhin in den Kammer aufschnappt hatte, aber stärker hier. Sehr viel stärker.

Er streckte den Kopf über den Rand der Plattform und sah hinunter, dann trat er zurück, legte den Kopf in den Nacken und versuchte in die Schatten hinaufzuspähen.

Wo lang? War sie auf- oder abgestiegen?

Er sah umher, entdeckte die Kameras und runzelte die Stirn. Es war unmöglich, daß die Kameras sie beim Klettern auf die Plattform nicht beobachtet hatten. Völlig ausgeschlossen. Was nur bedeuten konnte, daß sie die Wartungskammer überhaupt nicht betreten oder daß jemand an den Kameras herumgepfuscht hatte. Und sie hatte die Kammer ganz sicher betreten.

Karr starrte in die Kamera vor seinem Gesicht, dann lachte er, so absurd kam es ihm auf einmal vor. Es war so furchtbar einfach. Seit dem Bau der Stadt hatte der Sicherheitsdienst sich auf seine Augen – die Überwachungskameras – verlassen, diesen Wachhunden, die den Großteil der Aufsichtsarbeit für ihn übernahmen, und nie hatte sich dort jemand gefragt, wie zuverlässig ein solches System funktionierte. Die Wachleute hatten es einfach benutzt, wie es ihnen beigebracht worden war. Aber andere hatten darüber nachgedacht. Die *Yu* zum Beispiel. Sie hatten gleich erkannt, wie schwach, wie verwundbar ein solches Netzwerk war – und wie leicht es manipuliert werden konnte. Sie hatten ausprobiert, wie einfach ein solches Auge geblendet und mit Fehlinformationen getäuscht werden konnte. Sie brauchten nur einen Zugang. Und wer hatte diesen Zugang? Techniker. Wartungstechniker. Wie die fünf Toten. Und das Mädchen. Und andere. Hunderte von anderen. Hunderte, die an dem Netzwerk herumfummelten und Lücken in die Wahrnehmung der Welt rissen.

Sie hatten falsche Augen geschaffen. Falsche Augen.

Wie beim *Wei Chi*, wo eine Gruppe von Steinen nur dann sicher war, wenn sie über zwei Augen verfügte, und wo das Ziel darin bestand, ein Auge zu blenden und eine Gruppe zu erobern, oder den Gegner in einem trügerischen Gefühl der Sicherheit zu wiegen, indem man ihn glauben ließ, er habe ein Auge, während er in Wirklichkeit...[10]

Karr klappte sein Visier herunter, beugte sich vor und suchte die Wände nach Hitzespuren ab.

Nichts. Die Wände waren wie erwartet kalt. Er hob das Visier und seufzte schwer. Was er wirklich brauchte, war Schlaf. Zwölf Stunden, wenn möglich; vier Stunden, wenn er Glück hatte. Die Drogen, die er schluckte, um sich wachzuhalten, büßten nach einiger Zeit an Wirkung ein. Die Denkvorgänge wurden beeinflußt, die Reflexe langsamer. Wenn er sie nicht bald fand...

Er verlagerte sein Gleichgewicht, stützte sich mit einer Hand ab und sah hinunter. An seinen Fingern klebte etwas Weiches und Klebriges. Er hielt sie sich an den Mund und probierte, wonach es schmeckte. Es war frisch geronnenes Blut.

Ihres? Es konnte nicht anders sein. In den letzten Stunden war niemand sonst hier durchgekommen. Vielleicht war sie bei dem Schußwechsel verletzt worden. Er schüttelte verwirrt den Kopf. Wenn es sich so verhielt, warum hatten sie draußen in den Korridoren kein Blut gefunden? Vielleicht weil sie nicht danach gesucht hatten.

Er hockte sich an den Rand der Plattform, tastete nach unten und fand an der Wartungsleiter, drei Sprossen unter sich, einen zweiten feuchten Fleck.

Sie war hinuntergeklettert.

Karr lächelte, dann zog er seine Waffe, schwang sich über den Rand der Plattform und tastete mit den Stiefeln nach der Leiter.

* * *

Knapp über dem Boden des Schachts wurde es schwieriger. Die kleineren Leitungsrohre, die bündelweise von den mächtigen Arterien abzweigten, zwangen Karr, sich von der Wand zu entfernen und nach einem anderen Weg hinunter zu suchen.

Die Blutspur hatte auf einer Plattform dreißig Ebenen unter der ersten aufgehört. Er hatte zwanzig Minuten nach weiteren Spuren gesucht, aber nichts gefunden. Erst als er, seinem Instinkt vertrauend, weiter hinuntergestiegen war, hatte er etwas gefunden – die Umhüllung eines Verbandpäckchens, eng in eine Nische in der Rohrwand eingeklemmt.

Es war möglich, daß sie durch eine der Wartungsluken in das Deck dahinter eingestiegen war. Möglich, aber unwahrscheinlich. Nicht wenn der Sicherheitsdienst in allen umliegenden Stöcken im Alarmzustand war. Sie konnte auch nicht kehrtgemacht haben. Dazu hatte sie zuviel Blut verloren. In diesem geschwächten Zustand wäre der Wiederaufstieg zuviel für sie gewesen.

Außerdem verriet ihm sein Instinkt, wo er sie finden würde.

Karr arbeitete sich weiter nach unten und achtete auf die kleinsten Bewegungen, die leisesten Störungen des langsamen, rhythmischen Pulsierens, das die Luft erfüllte. Dieses Geräusch schien an Intensität zuzunehmen, je weiter er hinabstieg, eine tiefe Vibration, die den Körper ebenso durchdrang wie die Luft. Er machte eine Pause und sah durch das Leitungsgewirr nach oben, stellte sich das riesige, zwei *li* hohe Rohr als eine gewaltige Flöte vor – eine übergroße *K'un-ti*[2] –, die am Rande der Hörbarkeit widerhallte, eine einzige endlose Note in einem für Titanen komponierten Lied hervorbrachte.

Die nächsten Meter mußte er sorgfältiger acht geben, weil er wußte, daß der Boden nicht weit sein konnte. Deshalb war er überrascht, als er sich durch ein Nest einander kreuzender Leitungen hinabhangelte, daß seine Füße auf keinen Grund trafen. Einige Sekunden lang hielt er sich mit angespannten Muskeln in dieser Haltung und pendelte hilflos mit den Füßen hin und her, dann stemmte er sich wieder empor.

Er hockte sich auf ein Rohr und starrte durch das Leitungsgewirr hinunter. Unter ihm war nichts. Nichts als Dunkelheit.

Aller Wahrscheinlichkeit nach wartete sie dort in der Dunkelheit auf ihn. Aber wie weit unten? Zwanzig *ch'i*? Dreißig? Er klappte sein Visier herunter und schaltete auf Infrarot um. Sofort wurde sein Gesichtsfeld von einem intensiven Glühen ausgefüllt. Natürlich... er hatte es vorhin schon gespürt – diese Wärme stieg von unten empor. Von dort, wo sich die großen Pumpen befanden – direkt unter ihm. Karr klappte das Visier hoch und schüttelte den Kopf. Es hatte keinen Zweck. Vor dem Hintergrund heller, warmer Luftströmungen konnte sie sich bewegen, wohin sie wollte, ohne gesehen zu werden. Seine Lampe konnte er auch nicht gebrauchen. Damit würde er nur seine eigene Position verraten, lang bevor er die Möglichkeit hatte, sie aufzufinden.

Was sonst? Eine Blitzbombe? Ein lähmendes Gas?

Letzteres konnte funktionieren, aber er zögerte trotzdem. Schließlich faßte er einen Entschluß, drehte sich um und kletterte zur Wand.

Es mußte einen Weg nach unten geben. Eine Leiter. Er würde sie finden und in die Dunkelheit hinabsteigen.

Er kletterte angespannt hinunter und lauschte den leisesten Geräuschen von unten. Trotz der schweren Stiefel an den Füßen stieg er mit einer für einen so großen Mann erstaunlichen Behutsamkeit in die Sprossen. Sein Körper war halb dem dunklen Schacht zugedreht, und er hielt die Waffe im Anschlag. Dennoch ging er ein großes Risiko ein, und das wußte er. Sie hatte kein Nachtsichtgerät – daran hatte er kaum einen Zweifel –, aber wenn sie sich tatsächlich da unten versteckte, bestand die Gefahr, daß sie ihn zuerst sah, wenn auch nur als Schatten vor den Schatten.

Er hielt inne und drückte sich an die Leiter, indem er mit einer Hand nach unten langte. Sein Fuß war auf etwas getroffen. Etwas Hartes, aber Nachgiebiges.

Es war ein Netz. Ein kräftiges, quer durch den Schacht gespanntes Netz. Er streckte den Arm aus und tastete es ab. Ja, dort! – der wulstige Rand einer ins Netz gespannten Luke. Er tastete die runde Kante ab. Gegenüber der Leiter entdeckte er eine leichte Vertiefung, in die ein Schraubenschlüssel paßte, aber sie war verschlossen. Schlimmer noch, von unten steckte ein Bolzen. Wenn er weiter wollte, würde er das Schloß aufbrechen müssen.

Er richtete sich auf, umklammerte die Sprosse und sammelte kurz seine Kräfte, bevor er mit Wucht zutrat. Mit einem scharfen Knacken gab die Luke nach, er verlor den Halt und stürzte durch die Öffnung.

Er fiel tief. Instinktiv zog er, um den Aufprall abzufangen, Arme und Beine an, aber er prallte früher als erwartet, aber hart auf.

Er rollte auf die Seite, setzte sich auf und schnappte zittrig nach Luft. Seine linke Schulter schmerzte.

Wenn sie da war ...

Er schloß die Augen und unterdrückte gewaltsam den Schmerz, dann richtete er sich auf die Knie auf. Für einen Moment schwindelte ihm, rang er um Orientierung, dann wurde sein Kopf wieder klar. Seine Waffe ... er hatte seine Waffe verloren.

In der stillen Dunkelheit wartete er angespannt darauf, das Klicken einer entsicherten Waffe oder das Rasseln einer Granate zu hören, aber er hörte nichts, nur das tiefe, rhythmische Pulsieren der Pumpen unmittelbar unter ihm. Und etwas anderes – so schwach, daß er anfangs meinte, es sich nur einzubilden.

Karr richtete sich unsicher auf, dann tastete er sich blind auf die Quelle der Geräusche zu.

Die Wand war näher als erwartet. Einige Sekunden lang tasteten seine Hände ziellos umher, dann fanden sie, was er gesucht hatte. Einen Durchgang – einen kleinen, niederen Tunnel, kaum breit genug, daß er sich hineinzwängen konnte. Karr stand für einen Moment da und lauschte. Ja, es kam von dort. Er konnte es jetzt deutlich hören.

Er mußte quer einsteigen und arbeitete sich langsam durch den engen Gang, wobei er mit dem Kopf an der Decke entlangschrammte. Auf halbem Wege blieb er stehen und lauschte wieder. Der unmißverständlich regelmäßige Laut klang jetzt deutlich näher. Als er die Hand ausstreckte, stießen seine Finger an ein Gitter. Er erkannte es sofort. Es war ein in die Wand eingelassener Vorratsschrank wie jene in den Schlafsälen.

Indem er die Finger durchs Gitter steckte, hob er es an und schob es vorsichtig in den Schlitz an der Oberseite. Er machte eine Pause, horchte wieder, während seine Hand auf dem unteren Rand der Nische lag, dann fingerte er vorsichtig hinein ...

Gleich darauf fühlte er etwas Warmes. Er zog die Finger zurück, als er bemerkte, wie sich das Atmen der Frau geringfügig beschleunigte. Er wartete darauf, bis er wieder einen regelmäßigen Rhythmus annahm, dann streckte er ein zweites Mal die Hand aus und ertastete die Form. Es war eine Hand, deren Finger nach links zeigten. Er tastete darüber hinweg und lächelte, als sich seine Finger um einen härteren, kälteren Gegenstand schlossen. Ihre Waffe.

Für einen Moment ließ er sie dort liegen, schloß die Augen und lauschte dem schlichten Rhythmus des Atems der Frau und dem tiefen Widerhall der Pumpen. In der Dunkelheit bildeten sie eine Art Kontrapunkt, und für kurze Zeit fühlte er sich völlig entspannt, weil die beiden Geräusche an etwas tief in ihm rührten, Yin und Yang in ein Gleichgewicht brachten.

Dieser Moment ging vorbei. Karr schlug in der Dunkelheit die Augen auf und zitterte. Es war eine Schande. Er hätte es gern anders zu Ende gebracht, aber es war unausweichlich. Er überprüfte seine Waffe, dann klappte er das Visier hinunter und knipste die Lampe an. Sofort erfüllten Licht und Schatten die enge Nische.

Karr hielt den Atem an und betrachtete die Frau. Sie lag auf der Seite, das Gesicht dem Eingang zugewandt, eine Hand über den Brüsten. Im perlweißen Glühen der Lampe wirkte sie sehr schön. Der Schlaf ließ ihre asiatischen Züge weicher erscheinen, was ihre Kraft – den perfekten Knochenbau ihres Gesichts und ihrer Schultern – noch betonte. Wie Marie, dachte er, überrascht von dem Gedanken. Während er sie ansah, wurde sie unruhig, bewegte leicht den Kopf, und ein Traum bewegte ihre Augen unter den Lidern.

Er zitterte erneut, als er sich erinnerte, was er in den letzten Tagen über sie erfahren hatte – was der Wachmann Leyden über sie gesagt und was Chen von den beiden Jungen erfahren hatte. Gleichzeitig hatte er die ermordeten Jugendlichen im Libellenclub und den sanften, abscheulichen Überfluß dieses Etablissements vor Augen, und einen Moment lang fühlte er sich verwirrt. War sie *wirklich* seine Feindin? Unterschied sich dieses starke, schöne Geschöpf wirklich so sehr von ihm?

Er sah weg und dachte an den Eid, mit dem er seinem T'ang Loyalität geschworen hatte. Dann straffte er sich, hielt seine Waffe eine Fingerlänge vor das schlafende Gesicht und löste die Sicherung.

Das Klicken weckte sie. Sie lächelte, streckte sich und wandte sich ihm zu. Ihre dunklen Augen sahen ihn einige Sekunden lang schlaftrunken an, dann erkannte sie blitzartig, was geschah, und wurde ganz ruhig.

Er zögerte, wollte sich rechtfertigen, wollte dies eine Mal um Verständnis für sich werben. »Ich...«

»Nicht...«, sagte sie ruhig. »Bitte...«

Diese Worte fügten ihm etwas zu. Er zog die Waffe zurück, starrte sie an, und nachdem er die Einstellung seiner Waffe geändert hatte, setzte er sie ihr an die Schläfe.

Hinterher stand er draußen in der Dunkelheit des Hauptschachts, wo das Netz über ihm im Licht seines Visiers glitzerte, und versuchte, mit sich selbst darüber einig zu werden, wie er seine Tat beurteilen sollte. Er war entschlossen gewesen, sie zu töten; ihr ein gnädiges und ehrenvolles Ende zu bereiten. Aber als er ihr gegenüberstand und ihre Stimme hörte, hatte ihn der Mut verlassen – und er war unfähig gewesen, es zu tun.

Er sah in die schattige Öffnung des Durchgangs zurück. Die ganze Zeit war es ihm verwehrt gewesen, sich mitzuteilen, deshalb konnte er sie theoretisch noch immer töten oder gehen lassen, und niemand wäre der Klügere. Aber er wußte jetzt, daß er tun würde, was die Pflicht ihm gebot, und sie betäubt, an Händen und Füßen gefesselt, der Gefangenschaft überantworten mußte.

Ob er es richtig fand oder nicht. Denn das war seine Aufgabe – dafür hatte Tolonen ihn vor vielen Jahren rekrutiert.

Karr seufzte, dann hob er die rechte Hand, indem er die beiden Bläschen an den Handgelenken gedrückt hielt und das implantierte Komset aktivierte.

»Kao Chen«, fragte er leise, »kannst du mich hören?«

Einen Moment lang blieb es still, dann hörte er direkt in seinem Kopf die Antwort. »Gregor... den Göttern sei Dank. Wo steckst du?«

Er lächelte. Chens Stimme tat ihm gut. »Hör zu. Ich habe sie. Sie ist gefesselt und bewußtlos, aber ich glaube nicht, daß ich sie hier allein wegschaffen kann. Ich brauche Unterstützung.«

»Gut. Ich werde mich sofort darum kümmern. Aber wo bist du? Fast zwei Stunden lang warst du spurlos verschwunden. Wir haben uns Sorgen gemacht.«

Karr lachte leise. »Warte. Hier hängt irgendwo eine Plakette.« Er klappte das Visier herunter, sah sich um und ging hinüber. »In Ordnung. Du wirst zwei Männer und etwas zum Hochziehen brauchen – Flaschenzüge und dergleichen.«

»Ja«, sagte Chen, zunehmend ungeduldig. »Ich kümmere mich drum. Aber sag mir erst, wo du bist. Du mußt doch irgendeinen Hinweis haben.«

»Ebene 31«, sagte Karr und vergewisserte sich, indem er den Lichtstrahl auf die Plakette richtete. »Ebene 31, *Hsien* Dachau.«

KAPITEL · 8

Der tote Bruder

Li Yuan stand auf der hohen Terrasse in Hei Shui und sah über den See hinaus. Er war direkt von einem Treffen mit seinen Ministern unangemeldet hierher gekommen. Hinter ihm standen seine acht Gefolgsleute, deren schwarze Seidengewänder mit den Schatten verschmolzen.

Eine schwache Brise strich über die Oberfläche des Sees, bog das hohe Schilf am Ufer und ließ die Kormorane im Wasser leicht auf- und niederhüpfen. Der Himmel war von einem perfekten Blau, die fernen Berge gestochen scharfe, schwarze Silhouetten. Sonnenlicht lag wie ein honigfarbener Flor auf allen Dingen, glitzerte auf der langen, geschwungenen Treppe und den weißen Steinbögen der Brücke. Am anderen Ufer, hinter dem üppigen Grün der Feuchtwiese, gingen Fei Yens Mägde unter den Bäumen des Obstgartens umher und bereiteten ihre Herrin auf die bevorstehende Audienz vor.

Von seinem Standort aus konnte er die Wiege sehen – ein großes, sänftenartiges Ding mit pastellfarbenen Kissen und Vorhängen. Der Anblick ließ sein Herz schneller schlagen, und die Dunkelheit in seiner Magengrube verhärtete sich wie zu einem Stein.

Er warf seinen Leuten einen ungeduldigen Blick zu. »Los!« befahl er schroff, ehe er die breite Treppe hinabschritt. Seine Männer folgten ihm wie Schatten auf dem weißen Stein.

Sie trafen sich auf der schmalen Brücke, kaum zwei Armlängen voneinander getrennt. Fei Yen stand mit gesenktem Kopf vor ihm. Die vier Mägde, die ihr folgten, balancierten die Wiege.

Als Li Yuan einen Schritt näher trat, ging Fei Yen in die Knie und berührte mit der Stirn den Boden. Die Mägde taten dasselbe.

»*Chieh Hsia* ...«

Sie trug einen schlichten, blaß zitronenfarbenen, mit Schmetterlingen verzierten *Chi pao*. Ihr Kopf war unbedeckt, ihr feines, schwarzes Haar am Scheitel zu einem engen Knoten geflochten. Als sie wieder aufblickte, bemerkte er eine schwache Rötung auf ihrem Hals.

»Dein Geschenk...«, begann er und verstummte, als er aus der Wiege einen Laut hörte.

Er sah sie an, ohne sie recht wiederzuerkennen, dann schaute er zur Wiege hinüber. Indem er an ihr vorbeitrat, schob er sich zwischen die knienden Mägde, ging in die Hocke und zog den Schleier an der Seite der Wiege zurück. In einem flaumigen Nest aus Kissen wachte der jungen Han gerade auf. Er lag auf der Seite und hatte seine winzige Hand nach dem Rand der Wiege ausgestreckt. Seine Augen – zwei kleine, wie flüssige, tiefschwarze Murmeln – schauten zu ihm auf.

Li Yuan hielt den Atem an, so sehr erstaunte ihn die Ähnlichkeit. »Han Ch'in...«, sagte er leise.

Fei Yen kniete sich neben ihn, lächelte das Kind an, und dieses gluckste fröhlich, als es sie erkannte. »Möchtet Ihr ihn halten, *Chieh Hsia?*«

Er zögerte, starrte das Kind an und wurde von einer so heftigen, schmerzhaften Sehnsucht übermannt, daß er die Beherrschung zu verlieren drohte, dann nickte er bloß, weil er kein Wort herausbrachte.

Ein Hauch ihres Parfüms und die Wärme einer kurzen Berührung, als sie an ihm vorbeistrich, um sich vorzubeugen, brachten ihn wieder zur Besinnung und erinnerten ihn daran, daß sie es war, die neben ihm saß. Er zitterte, erschrocken über die Stärke seiner Empfindungen, und sah plötzlich ein, daß es ein Fehler gewesen war herzukommen. Ein Zeichen von Schwäche. Aber jetzt hatte er keine Wahl mehr. Als sie das Kind aus der Wiege nahm und es ihm hinhielt, kehrte der Schmerz zurück, noch heftiger als zuvor.

»Euer Sohn«, sagte sie so leise, daß nur er es hören konnte.

Das Kind kuschelte sich vertrauensvoll in seine Arme, so klein, zerbrechlich und verwundbar, daß er bei dem Gedanken, jemand könne ihm Leid zufügen, schmerzhaft das Gesicht verzog. Neun Monate war es alt – gerade einmal neununddreißig Wochen –, und doch ein Ebenbild von Li Yuans schon zehn Jahre toten Bruder Han Ch'in.

Li Yuan stand auf und trat, indem er dem Kind in seinen Armen liebevoll zuredete, zwischen den knieenden Mägden an die Brüstung. Von dort sah er mit halb geschlossenen Augen auf das Ufer hinunter und versuchte etwas zu sehen. Aber da war nichts. Kein jüngeres Ich stand mit pochendem Herzen da und sah zu, wie ein jugendlicher Han Ch'in zielstrebig wie ein stolzes, junges Tier durch das kurze Gras auf die Brücke und seine Verlobte zumarschierte.

Li Yuan runzelte die Stirn, dann drehte er sich um und starrte auf die Feuchtwiese hinaus, aber auch dort entdeckte er nichts. Kein Zelt, kein angebundenes Pferd und keine Zielscheibe. Es war alles verschwunden, als habe es diese Dinge nie gegeben. Und doch gab es dieses Kind, das seinem lange toten Bruder so ähnlich sah, daß es den Anschein hatte, als sei er nicht gestorben, sondern nur auf einer langen Reise gewesen.

»*Wo bist du gewesen, Han Ch'in?*« fragte er leise, fast unhörbar, und spürte die warme Brise auf seiner Wange, die das feine, schwarze Haar auf der ebenmäßigen, elfenbeinartigen Stirn des Kindes aufwirbelte. »*Wo bist du all die Jahre gewesen?*«

Doch kaum hatte er die Worte gestammelt, begriff er schon, daß er sich Illusionen hingab. Dies war nicht Tongjiang, und sein Bruder Han Ch'in war längst tot. Er hatte selbst geholfen, ihn zu beerdigen. Und dies hier war jemand anderer. Ein Fremder in der großen Welt; ein Angehöriger eines neuen Schöpfungszyklus. Sein Sohn, den das Schicksal dazu verdammt hatte, ein Fremder zu sein.

Er schauderte, als ihm schmerzhaft klar wurde, was er tun mußte, dann wandte er sich Fei Yen wieder zu.

Sie beobachtete ihn mit feuchten Augen, die Hände am Hals, gerührt von dem Anblick, wie er das Kind hielt, und wirkte nicht im mindesten mehr berechnend. Das überraschte ihn – sie war auf diese Situation so wenig vorbereitet wie er. Was immer sie mit ihrem Geschenk bezweckt hatte – ob sie ihn hatte verletzen oder ein Schuldgefühl bewirken wollen –, damit hatte sie nicht gerechnet.

Hinter ihr standen seine Männer wie düstere Statuen in der Morgensonne und warteten schweigend auf die Befehle ihres Herrn.

Er gab ihr das Kind zurück. »Er ist doch ein gutes Kind, ja?«

Sie sah ihm, plötzlich neugierig geworden, in die Augen und fragte sich, warum er gekommen war, dann senkte sie den Kopf. »Wie sein Vater«, sagte sie leise.

Er sah weg, weil ihm zum erstenmal auffiel, wie schön sie immer noch war. »Du wirst mir jedes Jahr zum Geburtstag des Kindes eine Aufzeichnung schicken. Ich wünsche ...« Er zögerte, und sein Mund wurde trocken. Schließlich sah er sie wieder an. »Wenn er krank ist, will ich verständigt werden.«

Sie verbeugte sich knapp. »Wie Ihr wünscht, *Chieh Hsia.*«

»Und Fei Yen ...«

Sie blickte auf, und er erwischte sie in einem unaufmerksamen Moment. »*Chieh Hsia?*«

Er zögerte, betrachtete ihr Gesicht und spürte, knapp unter der Oberfläche, einen Widerhall seiner früheren Empfindungen für sie, dann schüttelte er den Kopf. »Ich wollte nur sagen, daß du sonst zu nichts verpflichtet bist. Was zwischen uns war, gehört der Vergangenheit an. Du brauchst es nicht neu zu entfachen. Habe ich mich deutlich ausgedrückt?«

Einen Moment lang hielt sie seinen Blick fest, als wollte sie sich weigern, dann sah sie weg, eine vertraute kleine Kopfbewegung, und ihre Stimme klang härter als zuvor.

»Wie Ihr wünscht, *Chieh Hsia*. Wie Ihr wünscht.«

* * *

Eine Stellwand war zwischen den Säulen am anderen Ende der Halle aufgebaut worden, aufgespannt wie ein großes weißes Banner zwischen den Zähnen der Drachen. Wang Sau-leyans Audienzstuhl stand, mit goldenen Seidenkissen ausgepolstert, etwa zwanzig *ch'i* davor. Wang nahm seinen Platz ein und sah zu seinem Kanzler hinüber.

»Nun?«

Hung Mien-lo erbebte, dann wandte er sich der Halle zu und hob eine zitternde Hand.

Sofort wurde es dunkel. Wenig später erstrahlte der Schirm in blendendem Weiß. Erst als die Kamera ein Stück zurückfuhr, bemerkte Wang, daß es dort etwas zu sehen gab – eine blasse Steinfassade. Dann, als der grüne, graue und blaue Rand scharfgestellt wurde, erkannte er, worum es sich handelte. Um eine Gruft. Den Eingang zu einer Gruft.

Und nicht bloß irgendeine Gruft, sondern die Gruft seiner Familie in Tao Yuan, in dem ummauerten Garten hinter dem östlichen Palast. Er schauderte, drückte sich eine Hand an den Bauch, und ein Gefühl düsterer Anspannung wurde mit jedem Moment spürbarer.

»Was ...?«

Er brachte die Frage nicht zu Ende. Während er hinsah, überzog ein Netz feiner Risse die reine weiße Oberfläche des Steines. Für einen kurzen Moment wurden sie dunkler und breiter, und kleine weiße Splitter rieselten herab, als der Stein zerbröckelte. Dann zersplitterte die Tür so plötzlich, daß Wang zusammenzuckte, und enthüllte das finstere Innere.

Er starrte entsetzt auf den Schirm. Seine Kehle zog sich zusammen, und sein Herz schlug ihm bis zum Hals. Einige Sekunden lang geschah nichts, dann regte sich in der Dunkelheit etwas, und ein Schatten fiel auf die ausgezackte Steinkante. Es war eine Hand.

Wang Sau-leyan zitterte jetzt am ganzen Körper, aber er konnte nicht wegsehen. Langsam, wie in seinem schlimmsten Alptraum zog sich die Gestalt aus der Dunkelheit der Gruft, wie ein Ertrunkener, der sich aus den Tiefen des Ozeans an Land zog. Eine Zeitlang stand sie von der Morgensonne schwach erhellt da, ein verschwommener dunkler Umriß vor der völligen Finsternis, dann stolperte sie heraus ins strahlende Sonnenlicht.

Wang stöhnte. »Bei *Kuan Yin*...«

Es war sein Bruder Wang Ta-hung. Sein Bruder, der in den letzten zwanzig Monaten in einem steinernen Bett gelegen hatte. Aber er war in der Gruft zu dem Mann ausgewachsen, der er im Leben nie hatte sein können. Die Gestalt streckte sich im Sonnenlicht, und Erde fiel vom Totenhemd herunter, während sie sich umschaute und in den neuen Tag blinzelte.

»Das kann nicht sein«, keuchte Wang Sau-leyan atemlos. »Ich habe ihn umbringen und seine Kopie zerstören lassen.«

»Das Gewölbe war aber leer, *Chieh Hsia*.«

Der Leichnam schwankte leicht und hatte das Gesicht zur Sonne emporgereckt. Dann stakste er wie ein Betrunkener los und zog eine Spur von Erde hinter sich her.

»Und die Erde?«

»Es ist echte Erde, *Chieh Hsia*. Ich habe sie analysieren lassen.«

Wang starrte entsetzt auf den Schirm und beobachtete die langsamen, unbeholfenen Schritte, die der Leichnam seines Bruders tat. Es gab keinen Zweifel. Dies war sein Bruder, wenn auch größer und muskulöser, seinen älteren Brüdern ähnlicher als der Schwächling, der er zu Lebzeiten gewesen war. Während er über das Gras auf das verschlossene Tor und die Überwachungskamera zustapfte, wurden die Geräusche, die er von sich gab – ein heiseres Schnaufen –, mit jedem Schritt lauter.

Das Tor stürzte um, das ausgetrocknete Holz splitterte wie verrottet, als der Leichnam es scheinbar mühelos aus den kräftigen eisernen Angeln trat. Gleich darauf wechselte das Bild zu einer anderen Kameraperspektive, von wo Wang die Gestalt über den breiten Weg neben dem östlichen Palast näher kommen und über die Treppe in die östlichen Gärten staksen sah.

»Hat niemand versucht, ihn aufzuhalten?« fragte Wang mit trockenem Mund.

Hung sprach zaghaft. »Niemand hat etwas bemerkt, *Chieh Hsia*. Der Alarm tönte zum erstenmal, als er das Haupttor niederriß. Die Wachmänner dort waren zu Tode erschrocken. Sie sind vor ihm davongelaufen. Und wer kann ihnen das verdenken?«

Dies eine Mal verzichtete Wang Sau-leyan darauf, sich mit seinem Kanzler zu streiten. Als er die Gestalt daherstapfen sah, spürte er den Drang, sich zu verstecken – an irgendeinem tiefen, dunklen Ort, wo er in Sicherheit war – oder davonzulaufen, immer weiter davonzulaufen, bis ans Ende der Welt. Seine Nackenhaare sträubten sich, und seine Hände zitterten wie bei einem Greis. Er hatte noch nie solche Angst gehabt. Nicht einmal als Kind.

Und doch konnte es nicht sein Bruder sein. So sehr er ihn fürchtete, ein Teil von ihm weigerte sich, es zu glauben.

Er klammerte sich an die Armlehnen und versuchte

sich zu beruhigen, aber es war schwierig. Das Bild auf dem Schirm hatte eine gewaltige Macht, eine viel größere Macht, als sein Verstand ertragen konnte. Sein Bruder war tot – er hatte sich mit eigenen Augen davon überzeugt, das kalte, leblose Fleisch berührt – und doch stand er hier neugeboren vor ihm – ein neuer Mensch, dessen Augen vor Leben glühten und dessen Körper von einer seltsamen, unirdischen Kraft erfüllt war.

Er schauderte, riß sich von dem Anblick los und sah ins bleiche, verängstigte Gesicht seines Kanzlers.

»Und wo ist er jetzt, Hung? Wo, in aller Namen, ist er jetzt?«

Hung Mien-lo blickte mit weit aufgerissenen Augen zu ihm empor und zuckte unmerklich die Achseln. »In den Bergen, *Chieh Hsia*. Irgendwo in den Bergen.«

* * *

Ywe Hao stand nackt mit dem Rücken zu Karr, die Hände hinter dem Rücken zusammengebunden, an den Knöcheln gefesselt. Zu ihrer Rechten, an der kahlen Wand, stand eine leere Untersuchungsliege. Hinter der Frau, am anderen Ende der Zelle, bereiteten zwei Angehörige des medizinischen Personals an einem langen Tisch ihre Instrumente vor.

Karr räusperte sich verlegen, war sogar etwas wütend darüber, wie sie behandelt wurde. Er hatte sich nie Gedanken darüber gemacht – normalerweise verdiente der Abschaum, mit dem er zu tun hatte, eine solche Behandlung –, aber diesmal war es anders. Er warf der Frau einen unsicheren Blick zu, verwirrt von ihrer Nacktheit, und als er an ihr vorbeiging, sah er ihr kurz in die Augen und spürte ein weiteres Mal ihre Kraft, ihren Trotz, ja sogar eine Ausstrahlung moralischer Überlegenheit.

Er blieb am Tisch stehen und betrachtete die auf dem weißen Tuch ausgebreiteten Instrumente. »Wofür sind die, Doktor Wu?«

Er wußte, wozu sie dienten. Er hatte sie schon hundert, vielleicht tausendmal gesehen. Aber so hatte er das nicht gemeint.

Wu blickte überrascht zu ihm auf. »Entschuldigung, Major. Ich verstehe nicht ...«

Karr wandte sich ihm zu. »Hat jemand Sie angewiesen, das Zeug mitzubringen?«

Der Alte lachte kurz auf. »Nein, Major. Niemand hat mich angewiesen. Aber es ist die übliche Praxis bei einem Verhör. Ich habe angenommen...«

»Sie haben nichts anzunehmen«, sagte Karr wütend, weil seinen ausdrücklichen Anweisungen zuwidergehandelt worden war. »Sie packen das Zeug zusammen und verschwinden. Aber erst nachdem sie die Gefangene einer gründlichen medizinischen Untersuchung unterzogen haben.«

»Das widerspricht den Vorschriften, Major...«, quittierte der Alte sein Ansinnen, aber Karr fuhr ihn wütend an.

»Dies ist *mein* Verhör, Doktor Wu, und Sie werden tun, was ich sage! Und jetzt an die Arbeit. Ich will in zwanzig Minuten einen unterschriftsreifen Bericht vorliegen haben.«

Karr blieb mit dem Rücken zu dem Mädchen in der Tür stehen, während der Alte und sein Assistent ihre Arbeit taten. Erst als sie fertig waren, drehte er sich wieder um.

Das Mädchen lag nackt auf der Liege, und ihre starre Haltung sowie der Ausdruck in ihren Augen bildeten eine einzige Geste des Trotzes. Karr starrte sie an, dann sah er weg, weil ein Gefühl des Unbehagens an ihm nagte. Wenn er ehrlich war, bewunderte er sie. Er bewunderte die Art, wie sie nackt dalag, all die Demütigungen über sich ergehen ließ und doch ihre Selbstachtung bewahrte. In dieser Hinsicht erinnerte sie ihn an Marie.

Er sah weg, weil seine Gedanken eine höchst sonderbare Richtung einschlugen. Marie war schließlich keine Terroristin. Und doch traf der Gedanke zu. Er brauchte das Mädchen nur anzusehen – so wie sie sich hielt – und konnte Gemeinsamkeiten entdecken. Es war keine physische Ähnlichkeit, sondern eine innere Qualität, die sich in jeder Bewegung, jeder Geste verriet.

Er öffnete einen der Lagerschränke am anderen Ende des Raums, kam zurück und bedeckte ihre Nacktheit mit einem Laken. Sie blickte überrascht zu ihm auf, dann sah sie weg.

»Sie werden in eine andere Zelle verlegt«, sagte er und sah in dem entsetzlich kahlen Raum umher. »Irgendwo, wo es bequemer ist.«

Er sah sie an und bemerkte, wie sich ihr Körper unter dem Laken angespannt hatte. Sie traute ihm nicht. Und warum sollte sie auch? Er war ihr Feind. Er hätte ihr jetzt eine kleine Freundlichkeit erweisen können, aber letztlich war es seine Aufgabe, sie zu zerstören, und das wußte sie.

Vielleicht war das ebenso grausam. Vielleicht hätte er diesen Metzger Wu die Sache erledigen lassen sollen. Aber irgendein Instinkt in ihm protestierte dagegen. Sie war nicht wie die anderen, gegen die er hatte vorgehen müssen – nicht wie DeVore oder Berdichow. Da hatte er genau gewußt, wo er stand, aber hier ...

Er drehte sich um, wütend auf sich selbst. Wütend, daß er soviel Mitgefühl für sie empfand; daß sie ihn so sehr an seine Marie erinnerte. War es bloß das – diese tiefe Ähnlichkeit? Wenn ja, dann hatte er einen guten Grund, darum zu bitten, daß ihm der Fall abgenommen wurde. Aber er wußte nicht recht, ob das zutraf. Es ging wohl eher um eine Ähnlichkeit mit sich selbst; vermutlich dasselbe, was er in Marie gesehen hatte – was in ihm das Verlangen geweckt hatte, sie zur Frau zu nehmen. Doch wenn es so war, was sagte das über ihn aus? Hatten sich die Dinge so verändert – hatte er sich selbst so sehr verändert –, daß er mit den Feinden seines Herrn sympathisierte?

Er sah wieder zu ihr hinüber – zu den klaren, weiblichen Formen unter dem Laken – und spürte, wie ihn ein leichter Schauer durchfuhr. Machte er sich etwas vor – machte er es sich selbst so schwer –, indem er in sie etwas von seinem eigenen tiefverwurzelten Unbehagen projizierte? War es das? Denn dann ...

»Major Karr?«

Er drehte sich um. Doktor Wu hatte den medizinischen Bericht neben ihn auf den Tisch gelegt.

Karr nahm ihn zur Hand und studierte ihn, dann griff er zufrieden nach einem Stift, setzte seine Unterschrift darunter und gab dem Arzt den Durchschlag zurück.

»Gut. Sie können jetzt gehen, Wu. Ich erledige den Rest.«

Wus Lippen verzogen sich zu einem wissendes Lächeln. »Wie Sie wünschen, Major Karr.« Dann zog er sich mit einer Verbeugung zurück, und sein Assistent – schweigend und farblos wie ein bleicher Schatten des alten Mannes – folgte in zwei Schritten Abstand.

Karr wandte sich wieder der Frau zu. »Brauchen Sie etwas?«

Sie sah ihn kurz an. »Meine Freiheit? Eine neue Identität vielleicht?« Dann, als sei das schon zuviel gewesen, verfiel sie in Schweigen und hatte einen Ausdruck erschöpfter Resignation im Gesicht. »Nein, Major Karr. Ich brauche nichts.«

Er zögerte, dann nickte er. »Sie werden innerhalb der nächsten Stunde verlegt, sobald eine andere Zelle vorbereitet ist. Später komme ich zurück, um Sie zu befragen. Es geht nicht anders, deshalb sollten Sie es sich nicht so schwer machen. Wir wissen ohnehin schon sehr viel, deshalb wäre es das beste für Sie ...«

»Das *beste* für mich?« Sie starrte ihn mit einem ungläubigen Ausdruck in den Augen an. »Tun Sie, was

Sie tun müssen, Major Karr, aber sagen Sie mir nie, was das beste für mich ist. Denn das wissen Sie einfach nicht. Sie haben nicht die geringste Ahnung.«

Er nickte. Sie hatte recht. Das war Schicksal. Wie ein Drehbuch, dem sie beide folgen mußten. Aber das beste ...? Er wandte sich ab. Dies war ihr Schicksal, aber wenigstens konnte er es ihr einfach machen, wenn sie es erst hinter sich hatten – rasch und schmerzlos. Dafür konnte er sorgen, so wenig es auch war.

* * *

In Tao Yuan, auf dem ummauerten Gräberfeld der Sippe Wang, regnete es. Unter einem Himmel aus dichten grauschwarzen Wolken stand Wang Sau-leyan vor der offenen Gruft, den Mantel eng um sich geschlungen, und starrte mit weit aufgerissenen Augen in die Dunkelheit.

Hung Mien-lo, der ihn aus einigen Schritten Entfernung beobachtete, sträubten sich die Nackenhaare. Es stimmte also. Die Gruft war von innen aufgebrochen worden, der steinerne Sarg, in dem Wang Ta-hung gelegen hatte, zerschmettert. Und der Inhalt?

Er schauderte. Auf der Erde hatten sie Fußabdrücke gefunden und Faserspuren, aber nichts Überzeugendes. Nichts, was den fehlenden Leichnam mit der Beschädigung der Gruft in Verbindung brachte. Es sei denn, man glaubte dem Film.

Während des Fluges von Alexandria hatten sie die Sache durchdiskutiert. Der Starrsinn des T'ang grenzte an Wahnsinn. Tote standen nicht auf, argumentierte er, also mußte es etwas anderes sein. Jemand hatte hier getrickst und versuchte ihn auf diese Weise zu erschrecken und allmählich mürbe zu machen. Aber wer?

Li Yuan war der Naheliegendste – er konnte durch einen solchen Schritt am meisten gewinnen –, andererseits hatte er die wenigste Gelegenheit dazu. Hungs

Spione hatten den jungen T'ang von Europa aufmerksam beobachtet, und es gab keine Anzeichen dafür, daß er mit dieser Sache etwas zu tun hatte – nicht den geringsten Hinweis.

Tsu Ma vielleicht? Auch er hatte genug Motive, und es traf zu, daß Hungs Spione in Tsus Haushalt weniger effektiv waren als die in den anderen Palästen, aber irgendwie entsprach es nicht Tsu Mas Wesen. So etwas tat er nicht. Selbst Tsu Mas Verschlagenheit hatte eine direkte Qualität.

Also, wer blieb übrig? Mach? Der Gedanke war absurd. Was die anderen T'ang anging, sie hatten keine wirklichen Motive – nicht einmal Wu Shih. Sun Li Hua hatte ausreichend Motive, aber er war tot und seine Familie bis in die dritte Generation ausgelöscht.

All das machte diesen Vorfall – die zerschmetterten Steinplatten, den leeren Sarg – um so verwirrender. Außerdem trieb sich das Ding irgendwo dort draußen herum, ein starkes, machtvolles Geschöpf, das Stein zertrümmern und eine Platte vom vierfachen Gewicht eines Mannes hochheben konnte.

Etwas Unmenschliches.

Er sah den T'ang eintreten und wandte sich ab, indem er über die Anlage der regendurchschwemmten Gärten hinaussah. Wenn es nicht der echte Wang Ta-hung war, hatte das Wesen irgendwie in die Gruft eindringen müssen, um dann so spektakulär ausbrechen zu können, aber wie war ihm das gelungen?

Hung Mien-lo schritt langsam auf und ab und versuchte zu einem Schluß zu gelangen. Es war möglich, daß das Ding schon lange dort gelegen hatte – seit Wang Ta-hungs Beisetzungszeremonie oder noch länger. Aber das war unwahrscheinlich. Wenn es nicht eine Maschine war, mußte es essen, und er hatte noch nie eine so lebensechte Maschine wie die gesehen, die aus der Gruft ausgebrochen war.

Also was? Wie konnte etwas in die Gruft eingedrungen sein, ohne daß sie es bemerkt hatten?

Er rief den Leiter des Teams zu sich und befragte ihn. Es schien, daß die Überwachungskameras hier nach einem einfachen Prinzip funktionierten. Die meiste Zeit blieben die Kameras inaktiv, doch auf das leiseste Geräusch und die Spur einer Bewegung hin richteten sie sich auf die Quelle der Störung und folgten ihr, bis sie ihr Blickfeld verließ. Im Dunkeln waren sie darauf programmiert, auf die Hitzespuren eines Eindringlings zu reagieren.

Der Vorteil eines solchen Systems bestand darin, daß es einfach war, die Aufzeichnungen jeder Kamera zu überprüfen. Es war nicht nötig, Stunden statischer Filmaufnahmen zu überprüfen; man mußte nur die Aufnahmen ansehen, auf denen wirklich etwas vor sich ging.

Hung sah ein, daß diese Vorgehensweise einen Sinn hatte ... normalerweise. Doch was war, wenn dieses eine Mal etwas Kaltes und Lautloses durch die Dunkelheit gekrochen war?

Er warf einen Blick in die Gruft. Am Fuß der Treppe, im kerzenbeleuchteten Innern, starrte Wang in den leeren, zerschmetterten Sarg. Als er Hungs Anwesenheit spürte, drehte er sich um und blickte auf. »Er ist tot. Ich spüre ihn. Er war kalt.«

Hung Mien-lo nickte, aber die Worte des T'ang ließen ihm einen eisigen Schauer den Rücken hinunterrieseln. *Etwas Kaltes...* Er wich mit einer tiefen Verbeugung zurück, als Wang Sau-leyan die Treppe heraufkam.

»Sie werden herausfinden, wer dafür verantwortlich ist, Meister Hung. Und Sie werden dieses Ding finden ... was immer es ist. Aber bis dahin können Sie sich als degradiert und ohne Titel betrachten. Haben Sie mich verstanden?«

Hung sah dem T'ang in die Augen, dann ließ er den Kopf sinken und nickte schweigend.

»Gut. Dann machen Sie sich an die Arbeit. Die Sache bereitet mir eine Gänsehaut.«

Und mir erst, dachte Hung Mien-lo und ließ sich seinen bitteren Zorn nicht ansehen. *Und mir erst.*

* * *

Die Zelle war sauber, die Laken auf dem Bett frisch. In einer Ecke stand eine Schale und ein Krug Wasser, in der anderen ein Topf. Auf dem schmalen Schreibtisch lagen Papier, Feder und ein Tintenblock. Dies und noch etwas – die Holoplatte aus ihrem Apartment.

Ywe Hao saß am Schreibtisch, die Feder in der Hand, die Augen geschlossen, blickte zurück und versuchte zu rekonstruieren, was geschehen war, aber es fiel ihr schwer, bereitete ihr Schmerzen. Dennoch empfand sie das starke Bedürfnis, es zu tun. Um einen Sinn in das Ganze zu bringen. Sie mußte versuchen, es dem großen Mann zu erklären.

Sie ließ die Feder sinken, lehnte sich zurück und drückte die Knöchel vor die Augen. Das erste morgendliche Gespräch mit dem Major lag schon über drei Stunden zurück, doch sie hatte nicht mehr als drei kurze Seiten zustandegebracht. Sie seufzte, hob das erste Blatt vom Schreibtisch, las es noch einmal durch und war überrascht von der Trockenheit ihrer Schilderungen, von der Art, wie die Worte vor Schmerz knisterten, als habe sie sie irgendwie verändert.

Sie erzitterte, dann legte sie das Blatt wieder hin und fragte sich, welchen Unterschied es eigentlich machte. Am Ende würde man sie doch schuldig sprechen und sie hinrichten lassen, was immer sie auch sagte oder tat. Die Beweise sprachen zu deutlich gegen sie. Und selbst wenn nicht ...

Ja, aber der große Mann – der Major – war bisher außerordentlich fair zu ihr gewesen. Sie schaute weg und wunderte sich über die Richtung, die ihre Gedanken einschlugen. Dennoch konnte sie sich nicht weigern. Etwas an ihm war anders. Etwas, das sie bei einem Diener des T'ang nicht zu finden gehofft hatte. Es war, als habe er verstanden, als stimme er sogar vielem von dem zu, was sie gesagt hatte. Vor allem als sie über den Libellenclub gesprochen hatte, war ihr aufgefallen, wie er sich ihr zugebeugt und genickt hatte, als teile er ihre Verachtung. Und doch war er ein Major im Sicherheitsdienst, ein hoher Offizier, der seinem T'ang loyal zu dienen hatte. Vielleicht spielte er ihr also bloß etwas vor, vielleicht war es ein Trick, um sie zu überlisten. Doch wenn, warum hatte er sich ihn nicht zunutze gemacht? Oder spielte er ein längeres Spiel? Versuchte er durch sie größere Fische zu fangen?

Wenn ja, dann brauchte er die Geduld der Unsterblichen, denn sie wußte so wenig wie Karr, wenn es darum ging. Mach allein wußte, wer die Zellen anführte, und Mach war zu gerissen, um sich von Karr und seinesgleichen verhaften zu lassen.

Auch dieser Gedanke beunruhigte sie. Sie machte eine nachdenkliche Pause und betrachtete ihre Hände.

Karr hatte ihr etwas zum Anziehen gebracht und dafür gesorgt, daß sie gut zu essen bekam und von ihren Wachen anständig behandelt wurde. Mit all dem hatte sie nicht gerechnet. Sie war geschult, nur das Schlimmste zu erwarten. Aber dies hier gab ihr zu denken. Er hatte das Äußere eines Barbaren – eines großen, klotzigen Roboters –, doch wenn er redete, bewegten sich seine Hände mit erstaunlicher Grazie. Und seine Augen ...

Sie schüttelte verwirrt den Kopf. Wie auch immer, sie war so gut wie tot. Seit dem Moment, als er sie erwischt hatte, wußte sie das.

Warum also hatte sie dieses intensive Bedürfnis, sich zu rechtfertigen? Warum konnte sie ihre Taten nicht für sich selber sprechen lassen?

Sie zog die holographische Platte zu sich herüber. Vielleicht war das der Grund. Weil er gefragt hatte.

Wegen dem Ausdruck in seinen tiefblauen Augen, als sie ihm von seinem Bruder erzählt hatte. Und weil er ihr dies hier wiedergegeben hatte. Also vielleicht...

Was vielleicht? meldete sich unerwartet eine zynische Seite in ihr zu Wort. Was konnte sein Verständnis mehr bewirken, als *ihn* zu verändern? Was würde sie mit all ihren Erklärungen anderes erreichen, als ihn zu besser zu machen? Besser darin, Leute wie sie aufzuspüren und zu töten und so dafür zu sorgen, daß sich nichts änderte.

Was hatte dieser Ausdruck in seinen Augen besagt? Ach ja: »*Ich bin ein Werkzeug in den Händen meines Herrn.*« Er gehörte also zu ihnen. Und so würde es bleiben. Und nichts, was sie sagen konnte, würde je etwas daran ändern.

Sie schob die Holographie und die Papiere zur Seite und stand auf, wütend und verärgert über sich selbst, weil sie nicht schneller und stärker war, wie sich letztlich herausgestellt hatte. Sie hätte den *Yu* soviel zu bieten gehabt, doch jetzt hatte sie das alles zerstört.

Ich hätte es wissen müssen, sagte sie sich. Ich hätte ahnen können, daß Edel mir jemanden auf den Hals hetzen würde. Ich hätte von dort verschwinden sollen. Aber es war nicht genug Zeit. Mach hat mir keine Zeit gelassen. Und ich war so müde.

Sie warf sich aufs Bett und ließ sich zum dutzendsten Male alles durch den Kopf gehen. Doch einer Antwort kam sie keinen Schritt näher. Welche Antwort sollte ihr jetzt auch helfen? Und doch blieb der Drang bestehen. Der Drang, sich zu rechtfertigen. Ihm zu erklären, was sie antrieb.

Aber warum? Warum sollte ich das?

Sie hörte von draußen Schritte und das Geräusch der elektronischen Schlösser, bevor die Tür zurückglitt. Wenig später trat Karr in den Raum. Er mußte sich ducken, um unter der Oberschwelle hindurchzukommen.

»Ywe Hao«, sagte er in dieser zaghaften Betonung, die ihm zu eigen war. »Stehen Sie bitte auf. Es ist Zeit für unser Gespräch.«

Sie drehte sich um, sah ihn an und nickte. »Ich habe gerade nachgedacht«, sagte sie, »mich an die Vergangenheit erinnert...«

* * *

Seit das Feuer es zerstört hatte, war Deck 14 des Bremer Zentralstocks neu erbaut worden, wenn auch nicht nach dem alten Muster. Aus Respekt gegenüber den Verstorbenen war es in einen Gedächtnispark umgewandelt worden, dessen Landschaften an die alten Wassergärten – die Chou Cheng Yuan – von Suchow erinnerten. Wachen marschierten, allein oder von ihren Frauen und Kindern begleitet, über die schmalen Gehwege und genossen die friedvolle Harmonie des Sees, der Felsen, der zierlichen Brücken und auf Pfählen errichteten Pavillons. Von Zeit zu Zeit blieben einige neben dem großen *T'ing*, nach seinem Vorbild ›Schöner Schnee, Schöne Wolken‹ genannt, stehen und sahen an dem großen Stein hinauf – den Stein des Dauernden Kummers –, der von dem jungen T'ang vor einigen Monaten dort aufgestellt worden war, und lasen die rotgemalten, in die breite, blaßgraue Flanke eingemeißelten Namen. Die Namen aller elftausendachtzehn Männer, Frauen und Kinder, die hier von den *Ping Tiao* umgebracht worden waren.

Weiter unten, am anderen Ufer des Lotus-Sees, ragte eine steinerne Schüssel ins Wasser. Dies war das Teehaus ›Seereisen‹. Auf einer der steinernen Bänke nah dem Bug saß Karr allein. Eine *Chung* mit dem besten *Ch'a* des Hauses stand vor ihm auf dem Tisch. Unweit achteten zwei seiner Wachmänner darauf, daß er nicht gestört wurde.

Von dort, wo Karr saß, konnte er den Stein sehen, der teilweise von den Weiden am anderen Ufer verdeckt wurde. Sein oberer Rand war stumpf wie ein abgefeilter Zahn. Karr starrte ihn an und versuchte ihn in den Zusammenhang der jüngsten Ereignisse einzufügen.

Er nippte an seinem *Ch'a*, und sein Unbehagen kehrte stärker als zuvor zurück. Welche Begründungen er auch fand, er fühlte sich nicht gut dabei. Ywe Hao hätte so etwas nie getan. Sie hätte nicht für einen Moment den Tod so vieler Unschuldiger in Kauf genommen. Nein. Er hatte ihre Erzählung über ihren Bruder gelesen und war gerührt davon gewesen. Außerdem ging ihm nicht aus dem Kopf, was der Wachmann Leyden über sie gesagt hatte. Er hatte die Aufzeichnung von Chens Interview mit den beiden Jungen – ihren jungen Wächtern – gesehen, und ihre Blicke hatten ihm verraten, welch intensive Zuneigung sie für sie hegten. Und schließlich hatte er mit eigenen Augen gesehen, was sich im Libellenclub abgespielt hatte, und tief im Herzen hatte er nichts Falsches an ihrem Vorgehen finden können.

Sie war eine Mörderin, ja, aber dann war er es auch, und wer hatte die Berechtigung, einen Tötungsakt zu rechtfertigen, ihn für rechtens oder falsch zu erklären? Er tötete auf Befehl, sie aus Gewissensgründen, und wer konnte schon sagen, was davon richtig und was falsch war?

Und jetzt das – diese letzte Wendung. Er sah auf die Schriftrolle, die auf dem Tisch neben der *Chung* lag, und schüttelte den Kopf. Er hätte die Frau töten sollen, solang er noch die Gelegenheit gehabt hatte. Niemand hätte davon erfahren. Nur er hätte es gewußt.

Er setzte wütend die Schale ab und verschüttete den *Ch'a*. Wo, zur Hölle, steckte Chen? Was, in aller Götter Namen, hielt ihn auf?

Aber als er sich umdrehte, sah er Chen schon, der sich durch die Wachmänner drängte und ihm zuwinkte.

»Was ist denn passiert?« fragte er atemlos und nahm Platz.

»Das...«, sagte Karr und schob ihm die Schriftrolle zu.

Chen rollte sie auf und fing an zu lesen.

»Sie haben es uns aus den Händen genommen«, sagte Karr mit tiefer, zorniger Stimme. »Sie haben uns zur Seite geschoben, und ich will wissen, warum.«

Chen blickte auf. Die Reaktion seines Freundes verwirrte ihn. »Hier steht nur, daß wir sie der *T'ing Wei* übergeben müssen. Das ist schon seltsam, aber es kommt gelegentlich vor.«

Karr schüttelte den Kopf. »Nein. Schau mal weiter unten. Der vorletzte Absatz. Lies den mal. Und dann laß dir durch den Kopf gehen, was er besagt.«

Chen schaute auf die Rolle, las den betreffenden Absatz kurz durch und blickte mit gerunzelter Stirn wieder auf. »Das kann doch nicht stimmen, oder? SimFic? Sie wollen sie SimFic übergeben? Was denkt sich Tolonen dabei?«

»Dafür ist nicht der Marschall verantwortlich. Schau mal am Ende der Rolle. Das ist das Siegel des Kanzlers. Das heißt, Li Yuan hat das Ganze persönlich autorisiert.«

Chen lehnte sich erstaunt zurück. »Aber warum? Es ergibt keinen Sinn.«

Karr schüttelte den Kopf. »Doch. Es ergibt einen Sinn. Wir wissen bloß noch nicht, wie das alles zusammenpaßt.«

»Und du willst es wissen?«

»Ja.«

»Aber liegt das nicht außerhalb unserer Befugnis? Ich meine...«

Karr beugte sich ihm entgegen. »Ich habe ein wenig nachgeforscht, und es sieht so aus, als wollte der *T'ing Wei* sie an die afrikanische Filiale vom SimFic übergeben...«

Chen hob die Augenbrauen. »Die afrikanische?«

»Ja. Schon komisch, wie? Aber hör dir das an. Offensichtlich ist sie für eine Sondereinheit in Ostafrika vorgesehen. Für einen Ort namens Kibwezi. Die Götter allein wissen, was sie da machen und warum sie das Mädchen dort haben wollen, aber es ist sicher wichtig – wichtig genug, daß der T'ang persönlich eine Vollmacht unterschrieben hat. Und deshalb habe ich dich rufen lassen, Chen. Weißt du, ich habe eine Aufgabe für dich – noch einen Auftrag für deinen Freund Tong Chou.«

Tong Chou war Chens Deckname. Der Name, den er auf den Plantagen verwendet hatte, als er hinter DeVore her war.

Chen atmete tief durch. Wang Ti war fast soweit: die Niederkunft wurde in den nächsten Wochen erwartet, und er hatte gehofft, bei der Geburt des Kindes dabeizusein. Aber dies war seine Pflicht. Dafür wurde er bezahlt. Er sah Karr in die Augen und nickte. »Alles klar. Wann soll ich anfangen?«

»Morgen. Die Dokumentation wird vorbereitet. Du wirst von der europäischen Zweigstelle von SimFic nach Kibwezi versetzt. Alle erforderlichen Hintergrundinformationen werden dir noch heute abend zugehen.«

»Und die Frau? Ywe Hao? Soll ich sie begleiten?«

Karr schüttelte den Kopf. »Nein. Das wäre doch zu auffällig, oder? Außerdem wird die Versetzung noch einige Tage dauern. Dann hast du genug Zeit, um herauszufinden, was dort drüben vor sich geht.«

»Und wie werde ich dir Bericht erstatten?«

»Keine Berichte. Erst wenn du von dort verschwinden mußt.«

Chen überlegte. Es hörte sich gefährlich an, aber nicht gefährlicher als frühere Einsätze. Er nickte. »Und was ist, wenn ich verschwinden muß – was mache ich dann?«

»Du wirst eine Nachricht schicken. Einen Brief an Wang Ti. Und dann kommen wir und holen dich raus.«

»Ich verstehe...« Chen lehnte sich zurück und sah nachdenklich an dem großen Mann vorbei. »Und was ist mit Ywe Hao? Soll ich eingreifen?«

Karr ließ den Blick sinken. »Nein. Unter keinen Umständen. Du sollst beobachten, mehr nicht. Niemand darf erfahren, daß wir uns da eingemischt haben. Wenn dem T'ang zu Ohren käme...«

»Ich verstehe.«

»Gut. Dann gehe jetzt nach Hause, Kao Chen. Du möchtest doch sicher bei Wang Ti und den Kindern sein, hm?« Karr lächelte. »Und mach dir keine Sorgen. Wang Ti wird nichts geschehen. Ich werde ein Auge auf sie haben, solang du fort bist.«

Chen stand auf und lächelte. »Das wäre sehr nett. Das wird mir die Sache einfacher machen.«

»Gut. Oh, und bevor du gehst... was hast du da unten herausgefunden? Mit wem hat sich Ywe Hao getroffen?«

Chen griff in seinen Uniformrock und zog zwei gerahmte Bilder hervor, die er aus dem Apartment des Onkels mitgenommen hatte; ein Portrait von Ywe Haos Mutter und ihrem Mann, und eins von Ywe Hao und ihrem Bruder. Er sah sie kurz an, dann gab er sie Karr.

Karr starrte die Bilder verdattert an. »Aber sie sind doch tot. Sie hat mir gesagt, sie seien tot.«

Chen seufzte. »Der Vater ist tot. Der Bruder auch. Aber die Mutter lebt noch, und ein Onkel auch. Die wollte sie besuchen. Ihre Familie.«

Karr betrachtete die Bilder, dann nickte er. »Alles klar. Dann mal los. Ich melde mich noch bei dir.«

Als Chen gegangen war, stand Karr auf, trat an den Bug des steinernen Schiffs und starrte über das Wasser zum Stein hin. Er konnte sie nicht retten. Nein. Das lag nicht mehr in seinen Händen. Aber er konnte etwas für sie tun: eine kleine, aber bedeutsame Geste, nicht um die Dinge zu richten, sondern um sie zu bessern – vielleicht um ihr letztlich doch etwas Trost zu spenden.

Er warf einen letzten Blick auf die Portraits, dann ließ er sie ins Wasser fallen und lächelte, weil er wußte, was zu tun war.

* * *

Li Yuan schaute in den leeren Ställen umher und schnüffelte in der warmen Düsternis. Aus einer Laune heraus hatte er sich vom Haushofmeister des Ostpalastes die Schlüssel bringen lassen, dann war er allein hineingegangen und hatte sich erinnert, daß er seit dem Tag, als er die Pferde getötet hatte, nicht mehr hier gewesen war.

Obwohl die Ställe gereinigt und desinfiziert, das Stroh von den Fliesen gefegt worden waren, roch es noch intensiv nach Pferden; der Geruch haftete an jedem Ziegel, jeder Fliese und jeder Holzverstrebung des alten Gebäudes. Und wenn er die Augen schloß...

Wenn er die Augen schloß...

Er schauderte, sah sich nochmals um und bemerkte, wie das Mondlicht das große Rechteck des Eingangs versilberte; wie es, Tautröpfchen gleich, auf den Endpfosten der Ställe glitzerte.

»Ich brauche Pferde...«, flüsterte er zu sich selbst. »Ich muß wieder reiten und mit meinen Falken jagen. Ich habe mich zu sehr in mein Büro verkrochen. Ich hatte vergessen...«

Was vergessen? fragte er sich.

Wie man lebt, kam die Antwort. *Du hast sie weggeschickt, aber sie hält dich immer noch gefangen. Du mußt die Ketten sprengen, Li Yuan. Du mußt lernen, sie zu vergessen. Du hast Frauen, Li Yuan – gute Frauen. Und bald wirst du Kinder haben.*

Er nickte, lief zur Tür hinüber, hielt sich am großen hölzernen Türpfosten fest und blickte zum Mond empor.

Der Mond stand hoch und war beinahe voll. Während Li Yuan hinaufsah, schob sich ausgefranstes

Wolkenbüschel davor. Er lachte, erstaunt über die Freude, die er plötzlich empfand, und sah nach Nordosten in Richtung von Wang Sau-leyans Palast in Tao Yuan, fünfzehnhundert *li* entfernt.

»Wer haßt dich mehr als ich, Vetter Wang? Wer haßt dich genug, um dir den Geist deines Bruders auf den Hals zu hetzen?«

Hing sein plötzliches Wohlempfinden vielleicht damit zusammen? Nein, denn diese Stimmung schien mit keinem konkreten Ereignis zusammenzuhängen – wie wenn das Meer nach dem Aufruhr des Sturms wieder glatt und friedlich im Sonnenlicht dalag.

Er trat auf den kiesbestreuten Exerzierplatz hinaus, beschritt mit ausgestreckten Armen und geschlossenen Augen einen geschlossenen Kreis und dachte zurück. Es war an dem Morgen seines zwölften Geburtstags gewesen, als sein Vater alle Diener zusammengerufen hatte. Wenn er die Augen schloß, sah er sie vor sich; er sah dort die imposante Gestalt seines Vaters und in einer Reihe vor der Tür die Knechte stehen. Der Oberstallknecht Hung Feng-chan beruhigte das Pferd und hielt ihm den Halfter hin.

Er blieb stehen und hielt die Luft an. War das wirklich geschehen? War er das an jenem Morgen gewesen, der das Pferd nicht hatte besteigen wollen, das sein Vater ihm anbot, und statt dessen das Pferd seines Bruders verlangte? Er nickte. Ja, das war er gewesen.

Er ging weiter, blieb an der Stelle stehen, wo der Pfad unter der hohen Mauer der Ostgärten abfiel, schaute auf die Hügel und die Tempelruine hinaus und dachte zurück.

Lange Zeit hatte er alles aus Angst unterdrückt. Aber es gab nichts, wovor er Angst zu haben brauchte. Nur Gespenster. Und mit denen konnte er leben.

Über ihm, zu seiner Linken erschien eine Gestalt auf dem Balkon der Ostgärten. Er drehte sich um und sah hinauf. Es war seine Erste Frau Mien Shan. Er ging hinüber, stieg die Treppe hinauf und traf sie oben.

»Verzeiht mir, Herr«, begann sie und senkte in einer unterwürfigen Geste den Kopf. »Ihr wart so lange fort. Ich dachte...«

Er lächelte und faßte sie an den Händen. »Ich habe es nicht vergessen, Mien Shan. Es war nur eine so vollkommene Nacht, daß ich mir dachte, ich sollte etwas im Mondlicht spazieren gehen. Komm mit mir.«

Eine Zeitlang spazierten sie schweigend über die duftenden Wege und hielten sich unter dem Mond an der Hand. Dann drehte er sich plötzlich um und drückte sie fest an sich. Sie war so klein, so zierlich gewachsen, duftete so süß, daß ihm heiß wurde. Er küßte sie, preßte ihren Körper an seinen, dann hob er sie hoch und lachte über ihre überraschten Aufschrei.

»Komm, meine Frau«, sagte er, lächelte sie an und sah zwei winzige Monde in der Dunkelheit ihrer Augen schweben. »Ich war zu lange fern von deinem Bett. Heute nacht werden wir einiges nachholen, ja? Und morgen... morgen werden wir Pferde für unsere Ställe kaufen.«

* * *

Der Morph stand im Eingang der Höhle und sah auf die mondbeschienene Ebene hinaus. Die flackernden, über die dunklen Felder verstreuten Fackeln verrieten die Standorte der Suchtrupps. Den ganzen Tag über hatte er beobachtet, wie sie kreuz und quer die große Ebene durchstreiften, jeden Busch und jeden Fluß auf dem Grundstück durchsuchten. Sie mußten inzwischen müde und hungrig sein. Wenn der Morph sein Gehör verstärkte, konnte er ihre Stimmen ausmachen, leise und fern im Wind – die kehligen Aufforderungen eines Sergeants oder die brummigen Beschwerden eines Wachmanns.

Er konzentrierte sich auf die Hänge unterhalb seines

Standorts. Dort unten zwischen den Felsen, weniger als eine *li* entfernt, suchte ein sechsköpfiger Trupp mit Hilfe von Wärmesensoren ein Labyrinth von Höhlen in den unteren Hängen ab. Aber sie würden nichts finden. Nichts als hier und dort einen Fuchs oder ein Kaninchen. Denn der Morph war kalt, fast so kalt wie die umgebenden Felsen, und seine innere Wärme wurde durch dicke Schichten von Fleisch isoliert.

Im Mittelpunkt der Ebene, etwas dreißig *li* entfernt, stand der Palast von Tao Yuan. Der Morph zoomte ihn heran, stellte das Bild scharf und suchte nach etwas – bis er schließlich die Gestalt des Kanzlers im südlichen Garten entdeckte, wo er, von seinen Männern umgeben, im unruhigen Glimmen einer Kohlenpfanne über einem Kartentisch kauerte.

»Such weiter, Hung Mien-lo«, sagte er leise, von all den Aktivitäten auf eine kühle Art amüsiert. »Denn dein Herr wird nicht schlafen, ehe du mich gefunden hast.«

Bestimmt nicht, und das kam seinen Zwecken sehr entgegen. Denn er war nicht hier, um Wang Sau-leyan zu verletzen, sondern um seine Vorstellungskraft anzuregen, um eine Saat in die weiche Erde der Seele des jungen T'ang zu pflanzen. Er nickte bei sich, als er an DeVores letzte Worte auf dem Mars zurückdachte.

Du bist der erste Stein, Tuan Wen-ch'ang. Der erste in einem ganz neuen Spiel. Und auch wenn es Monate, sogar Jahre dauern mag, bis ich wieder auf diesem Teil des Brettes aktiv werde, spielst du dennoch eine entscheidende Rolle in meinem Spiel, denn du bist der Stein, den ich in das Territorium meines Gegners setzen will – ein einzelner weißer Stein, der in der Düsternis seines Schädels wie ein winziger Mond scheinen wird.

Es stimmte. Er war ein Stein, ein Drachenzahn, ein Same. Und in der Zwischenzeit würde der Same keimen und sprießen, dunkle Ranken im Kopf des jungen T'ang ausbilden. Und dann, wenn es Zeit wurde...

Der Morph drehte sich um, und seine Muskeln spannten sich unter der silbrig glitzernden Haut, als er die glatte Wölbung seines fast gesichtslosen Kopfes in den Nacken legte, mit farblosen Augen nach den Haltegriffen suchte und sich an den Aufstieg machte.

KAPITEL • 9

Weißer Berg

Die Rakete landete in Nairobi auf einem von Bergen umgebenen Landstreifen. Es war spät am Nachmittag, aber nach der Kühle an Bord des Schiffes war die Luft trocken und fast unerträglich heiß. Chen stand für einen Moment da, dann begab er sich eilig in den Schutz des Gebäudes, das hundert *ch'i* entfernt stand. Dort keuchte er vor Anstrengung, und sein Hemd war bereits von Schweiß durchnäßt.

»Willkommen in Afrika!« sagte einer der Wachmänner und lachte, als er Chens ID-Karte entgegennahm.

Sie flogen in einem Eilkopter über die alte, verlassene Stadt südöstlich in Richtung Kibwezi. Chen starrte durchs Seitenfenster und nahm den ungewohnten Anblick in sich auf. Unter ihm erstreckte sich eine grünbraune, zerklüftete Wildnis in alle Richtungen bis zum Horizont. Mächtige Felsen mit faltigen, verwitterten Seiten wie die Flanken riesiger, schlummernder Bestien ragten aus der Ebene empor. Chen erschauderte und holte tief Luft. Es war alles so rauh. Er hatte etwas wie die Plantagen erwartet. Etwas Sauberes und Ordentliches. Er hätte nicht damit gerechnet, etwas so Primitives vorzufinden.

Die Kibwezi-Station war eine Ansammlung niedriger Gebäude, umgeben von einem hohen Drahtzaun, über dem an jeder Ecke wie ein mechanischer Wächter ein Wachtturm aufragte. Der Eilkopter flog tief über dem zentralen Komplex ein und setzte auf einer kleinen, sechseckigen Landeplattform auf. Neben der Plattform stand ein Gebäude, das zu dem Rest nicht passen wollte; eine langgestreckte, altmodische Holzkonstruktion mit einem hohen, steilen Dach. Zwei Männer standen auf der Veranda und beobachteten die Landung. Als der Eilkopter aufsetzte, kam einer die offene, aus Latten gezimmerte Treppe herunter und stieg auf die Plattform; ein schmächtiger *Hung Mao* Ende Zwanzig. Er trug einen breitkrempigen Hut und einen mit dem Doppelhelix-Logo von SimFic versehenen Drillichanzug. Als Chen ausstieg, trat der Mann zwischen den Wachen hervor, nahm ihm sein Gepäck ab und hielt ihm eine Hand hin.

»Willkommen in Kibwezi, Tong Chou. Ich bin Michael Drake. Ich werde Ihnen zeigen, was hier so los ist. Aber kommen Sie rein. Diese verdammte Hitze...«

Chen nickte und warf einen Blick auf das flache, glatte Gebäude. Dann sah er es. »*Kuan Yin!*« rief er und trat aus dem Schatten des Kopters. »Was ist das?«

Drake trat an seine Seite. »Man nennt ihn Kilimandscharo. Der Weiße Berg.«

Chen starrte in die Ferne. Hinter dem Zaun fiel das Gelände ab. Am später Nachmittag schien es blau gefärbt, wie ein Meer. Dichter Nebel verhüllte es, aber aus dem Nebel erhob sich ein gewaltiger blauweißer Umriß mit flacher Krone. Er ragte höher über den Nebel hinaus als alles, was Chen je gesehen hatte. Höher als die Stadt selbst, wie es schien. Chen wischte sich die Stirn mit dem Handrücken ab und fluchte.

»Komisch, irgendwie gewöhnt man sich nie richtig daran.«

Chen drehte sich um, überrascht von dem sehnsüchtigen Ton in der Stimme seines Begleiters. Aber bevor er dazu etwas anmerken konnte, lächelte Drake und berührte ihn vertraulich am Arm. »Wie auch immer, kommen Sie. Es ist viel zu heiß, wenn man hier draußen steht. Besonders ohne Kopfbedeckung.«

Im Innern des Hauses blinzelte Chen in die Schatten

und entdeckte den zweiten Mann, der am anderen Ende des Raums hinter einem Schreibtisch saß.

»Kommen Sie rein, Tong Chou. Ihre Ernennung hat uns schon überrascht – gewöhnlich werden wir ausführlicher informiert –, aber natürlich sind Sie trotz allem willkommen. Also ... nehmen Sie Platz. Welchen Stoff brauchen Sie?«

»Was ...?« Dann begriff er. »Nur ein Bier, wenn Sie eins haben. Danke.« Er nahm den Stuhl, der dem Schreibtisch am nächsten stand, und fühlte sich mit einemmal desorientiert, vom üblichen Lauf der Dinge abgetrennt.

Hinter dem Schreibtisch befand sich ein Fenster, doch wie alle Fenster in dem Raum hatte es eine Jalousie, und diese Jalousie war heruntergezogen. Es war kühl, fast frostig nach der Hitze draußen, und Hintergrundgeräusche beschränkten sich auf das tiefe Summen der Klimaanlage. Der Mann beugte sich vor, bedeutete Drake, das Getränk zu holen, dann schaltete er die altmodische Schreibtischlampe ein.

»Wenn ich mich vorstellen darf: Mein Name ist Laslo Debrencini, und ich bin Amtierender Verwalter der Station Kibwezi.«

Der Mann richtete sich halb auf und streckte ihm die Hand entgegen.

Debrencini war ein großer, breitschultriger *Hung Mao* Ende Vierzig, der die letzten Strähnen seines dünnen Blondschopfs über den sonnengebräunten Schädel gekämmt hatte. Er hatte einen breiten, freundlichen Mund, sanfte grüne Augen und eine gerade Nase.

Drake kam mit den Getränken zurück und reichte Chen ein mit kühlen Wassertröpfchen beschlagenes Glas. Chen hob prostend das Glas, dann genehmigte er sich einen kräftigen Schluck und fühlte sich hinterher erfrischt.

»Gut«, bemerkte Debrenceni, als habe er etwas gesagt. »Als erstes sollten Sie sich akklimatisieren. Sie sind an die Stadt gewöhnt. An Korridore, Ebenen und das gleichmäßige Muster jeden Tages. Aber hier ... nun, hier sind die Dinge anders.« Er lächelte vieldeutig. »Ganz anders.«

* * *

Der Weiße Berg füllte den Himmel aus. Während der Eilkopter sich ihm näherte, schien er aus den Eingeweiden der Erde emporzuwachsen und sich über sie hinauszurecken. Chen drückte das Gesicht an die Cockpitscheibe und versuchte den Gipfel auszumachen, doch die Felswand türmte sich immer weiter über ihm auf, bis in unabsehbare Höhen.

»Wie hoch ist er?« flüsterte Chen aus Ehrfurcht vor der gewaltigen Felsmasse.

Drake blickte von den Instrumenten auf und lachte. »Am Gipfel ungefähr zwölf *li*, aber das Plateau ist weniger hoch ... höchstens zehn.« Er sah wieder auf die Instrumente. »Man kann ihn aus bis zu vierhundert *li* Entfernung sehen. Wenn Sie wissen, wo Sie suchen müssen, können Sie ihn noch aus Nairobi erkennen.«

Chen schaute hinaus und sah den Berg wachsen. Sie befanden sich jetzt über seinen unteren Hängen, wo die mächtigen Felsfäuste wie Pickel auf der Flanke des schlafenden Berges wirkten.

»Wie alt ist er?«

»Sehr alt«, sagte Drake leiser als zuvor, als ob auch ihn die schiere Größe des Berges beeindruckte. »Er entstand lang vor der Ankunft des Menschen. Vermutlich haben unsere fernen Ahnen ihn von den Ebenen aus gesehen und sich gefragt, was das sei.«

Chen kniff die Augen zusammen.

»Wir werden dort oben Atemgeräte brauchen«, fuhr Drake fort. »Die Luft ist dünn, und man läßt es besser nicht darauf ankommen, wenn man an Klimaanlagen und Korridore gewöhnt ist.«

Wieder hatte Drakes Stimme diesen schwachen, aber

gutgelaunten Unterton, der zu sagen schien: »Du wirst schon noch merken, Junge, daß hier draußen alles anders ist.«

* * *

Chen stand maskiert auf dem Kraterrand von Kebo und sah über den dunklen Schlund des inneren Kraters zur Kraterwand hinüber und auf die hohen Klippen und Terrassen des nördlichen Gletschers dahinter. Nein, dachte er, als er den Anblick in sich aufnahm, kein Fluß, sondern eine Stadt. Eine gewaltige, stufenförmige Stadt aus Eis, die in der Mittagssonne glitzerte.

Er hatte schon reichlich Wunder gesehen: vollkommene, zarte Eisblumen in schattigen Höhlen unter den verwitterten Felsen des Kraterrandes, und die gelblichen, dampfenden Fumerolen, die unangenehm rochen und um jedes Bodenloch obszöne Muster aus gelben Schwefelkristallen abschieden. An einer Stelle war er auf frischen Schnee gestoßen, aus dem Wind und Kälte ein seltsames Feld kniehoher und rasiermesserscharfer Blätter geformt hatten. *Niege penitant*, hatte Drake es genannt. *Schnee beim Gebet.* Er hatte auf dem inneren Kraterrand gestanden, in den aschfarbenen, vierhundert *ch'i* tiefen Schlund hinabgestarrt und sich die Kräfte vorzustellen versucht, die diesen gewaltigen Bau geformt hatten. Doch es gelang ihm nicht. Ja, er hatte Wunder gesehen, aber dies, diese alles überragende Eiswand, zwang ihn in die Knie.

»Noch fünf Minuten, dann sollten wir uns auf den Rückweg machen«, sagte Drake und trat an seine Seite. »Es gibt noch einiges zu sehen, aber das wird warten müssen. In Kibwezi gibt es einige Dinge, die sie zuerst sehen sollten. Dies...« Er deutete mit einer ausladenden Geste auf die mächtige Berglandschaft. »Dies hier ist eine Lektion, die einem zu einer anderen Perspektive verhilft, wenn Sie so wollen. Das macht den Rest einfacher. Sehr viel einfacher.«

Chen starrte ihn verständnislos an. Aber er entdeckte einen Ausdruck im maskierten Gesicht seines Gegenübers, der auf Unbehagen, sogar Schmerz hindeutete.

»Wenn Sie es je nötig haben, kommen Sie hierher. Setzen Sie sich eine Weile hin und denken Sie nach. Dann machen Sie sich wieder an die Arbeit.« Drake wandte sich ab und starrte in die dunstige Ferne. »Es hilft. Das weiß ich. Ich habe es selbst schon ein paarmal gemacht.«

Chen musterte ihn schweigend. Dann, als sei er des Anblicks plötzlich müde, berührte er Drake am Arm. »Gut. Fliegen wir zurück.«

* * *

Die Wachmänner traten zuerst ein. Wenig später folgten ihnen zwei Diener in die Zelle, die einen hochlehnigen Sänftenstuhl und seinen Passagier trugen. Vier weitere – junge Han in den blauen Uniformen für offizielle Anlässe – folgten, und der starke, beißend süße Geruch ihres Parfüms füllte die Zelle aus.

Die Sänfte wurde am anderen Ende des Raums abgesetzt, ein Dutzend Schritte von dort, wo Ywe Hao an Händen und Füßen gefesselt saß.

Sie beugte sich angespannt ein Stück vor. An seiner Kleidung – dem Schnitt seiner Gewänder und dem kunstvollen Muster seines Brustabzeichens – konnte sie erkennen, daß es sich um einen hohen Beamten handelte. Und sein Auftreten – seine schroffe Eleganz – gab ihr einen Hinweis, welches Ministerium er repräsentierte. Die *T'ing Wei*, die oberste Gerichtsbehörde.

»Ich bin Yen T'ung«, sagte der Beamte, ohne sie anzusehen. »Der Dritte Sekretär des Ministers, und ich bin hier, um über Ihren Fall ein Urteil zu fällen.«

Sie hielt die Luft an, überrascht von der plötzlichen Ankündigung, und nickte andeutungsweise, denn nun war ihr Kopf von allen Illusionen frei. Sie hatten bereits in ihrer Abwesenheit über ihr Schicksal entschieden. Das hatte Mach ihr vorausgesagt. Nur die Sache mit Karr – seine Freundlichkeit und der Respekt, den er ihr erwiesen hatte – hatten die klaren Gewässer ihres Begreifens getrübt. Aber jetzt wußte sie Bescheid. Es herrschte Krieg. Zwischen ihnen und ihren Leuten. Und Kompromisse waren nicht möglich. Das wußte sie seit dem Tod ihres Bruders. Seit dem Tag der Anhörung, als der Aufseher trotz der vielen Aussagen von aller Schuld freigesprochen worden war. Trotz der eidlichen Aussagen von sechs guten Männern – Augenzeugen des Vorfalls.

Sie wandte den Kopf, musterte den Beamten und bemerkte, wie er sich ein Seidentuch vor die Nase hielt und wie seine Lippen sich zu einem angewiderten Schmollmund verzogen.

Der Dritte Sekretär schnippte mit den Fingern. Einer der vier jungen Männer brachte ihm auf der Stelle eine Schriftrolle. Yen T'ung rollte sie mit einer schwungvollen Bewegung auseinander. Und indem er sie das erste Mal direkt ansah, begann er vorzulesen.

»Ich, Ywe Hao, gestehe hiermit, daß ich am siebten Tag im April des Jahres 2208 in vollem Bewußtsein meiner Handlungen den ehrenwerten Shou Chen-hai, *Hsien L'ing* seiner durchlauchtigsten Eminenz Li Yuan, Großrat und T'ang der Stadt Europa, ermordet habe. Außerdem gestehe ich, daß ich am neunten Tag desselben Monats für den Überfall auf den Libellenclub und die damit zusammenhängende Ermordung von fünf unbescholtenen Bürgern schuldig geworden bin ...«

Sie schloß die Augen, hörte die Namensliste und sah noch einmal lebhaft ihre Gesichter vor sich, die Furcht oder Resignation in ihren Augen, während sie nackt und zitternd vor ihr standen. Und zum erstenmal seit diesem Abend empfand sie eine Spur von Bedauern – Mitgefühl für ihr Leid in diesen letzten Augenblicken.

Als er mit der Liste am Ende war, machte Yen T'ung

eine Pause. Sie blickte auf und fand seinen Blick auf sich gerichtet; seltsam grausame und harte Augen in diesem weichen Gesicht.

»Und weiter«, fuhr er fort, ohne noch einen Blick auf die Schriftrolle zu werfen. »Ich, Ywe Hao, Tochter von Ywe Kai-chang und Ywe Sha ...«

Es drehte ihr den Magen um. Ihre Eltern... Kuan Yin! Wie hatten sie das nur herausgefunden?

»... gestehe außerdem, einer illegalen Organisation anzugehören und an Plänen zum Sturz seiner durchlauchtigsten Eminenz mitgewirkt zu haben...«

Sie stand auf und schrie ihn an. »Das ist eine Lüge! Ich habe nichts gestanden!«

Die Wachen drückten sie wieder in den Stuhl. Yen T'ung starrte sie an wie, als sei sie ein Insekt, das tiefen Ekel in ihm hervorrief.

»Was Sie zu sagen haben, ist hier ohne Bedeutung. Sie sind lediglich hier, um sich Ihr Geständnis anzuhören und es anschließend zu unterschreiben.«

Sie lachte. »Sie sind ein Lügner, Yen T'ung, und werden von Lügnern bezahlt, und nichts im Himmel oder auf der Erde könnte mich dazu bringen, diesen Fetzen Papier zu unterschreiben.«

In seinen Augen blitzte Wut. Er hob nervös die Hand. Auf dieses Signal hin baute sich einer der beiden jungen Männer vor ihr auf und schlug ihr einmal, dann noch einmal ins Gesicht; peitschenartige Schläge, die ihre Augen zum Tränen brachten. Mit einer Verbeugung vor seinem Meister entfernte sich der Mann hinter die Sänfte.

Yen T'ung lehnte sich etwas zurück und atmete tief durch. »Gut. Und jetzt halten Sie den Mund, Frau. Wenn Sie noch ein Wort von sich geben, werde ich Sie knebeln lassen.«

Sie starrte ihn finster an und steigerte sich in eine wilde Wut hinein, ein vollkommener Ausdruck ihres Trotzes. Doch er war noch nicht fertig.

»Außerdem«, sagte er ruhig, »ist es nicht unbedingt nötig, daß Sie unterschreiben.«

Er drehte das Dokument um und zeigte es ihr. Am unteren Rand stand ihre Unterschrift – oder zumindest eine perfekte Kopie.

»Jetzt verstehen Sie wohl. Sie müssen gestehen, wir müssen Ihnen Ihr Geständnis vorlesen und dann müssen Sie es unterschreiben. So lautet das Gesetz. Und jetzt ist alles erledigt, und Sie, Ywe Hao, existieren nicht mehr. Das gleiche gilt für Ihre Familie. Alle Daten sind aus den offiziellen Archiven gelöscht worden.«

Sie starrte ihn an, von einer plötzlichen Taubheit erfaßt. Ihre Mutter ... sie hatten ihre Mutter umgebracht. Das merkte sie seinem Gesicht an.

In einer Art Betäubung sah sie zu, wie die jungen Männer den Stuhl anhoben und den Beamten aus dem Zimmer trugen.

»Sie Dreckskerl!« schrie sie mit schmerzerfüllter Stimme. »Sie hat nichts gewußt ... nicht das geringste.«

Die Tür schlug zu. *Nichts ...*

»Kommen Sie«, sagte einer der Wachmänner sanft, fast zärtlich. »Es wird Zeit.«

* * *

Draußen herrschte die Hitze – fünfzig *ch'i* Hitze. Durch ein Tor in dem Drahtzaun führte eine Flucht aus einem Dutzend flacher Treppen in die Bunker hinunter. Nach den achtunddreißig Grad draußen kam die Kühle wie ein Schock. Beim Eintreten schien man für einen Moment seinen Gesichtssinn zu verlieren. Chen blieb knapp hinter der Tür stehen und sein Herz pochte vor Anstrengung, während er darauf wartete, daß sein Augenlicht wiederkehrte, dann ging er langsam weiter und hörte das Echo seiner Schritte auf dem harten Betonboden. Er betrachtete die kahlen Wände, die nackten, unlackierten Metalltüren und runzelte die Stirn. An den langen, niederen Wänden glommen Spotlampen, vermochten die tiefen Schatten aber kaum zu durchdringen. Anfangs hatte er den Eindruck, das Gewölbe sei leer, doch auch dies war wie der Verlust des Augenlichts nur vorübergehend. Ein Geschoß tiefer – wohin man durch ein dunkles, kreisrundes Loch im Boden gelangte – befanden sich die Zellen. Dort waren tausend Gefangene untergebracht, fünfzig pro Zelle, mit so kurzen Ketten an Händen und Füßen gefesselt, daß sie gezwungen waren, wie Tiere auf allen vieren zu kriechen.

Chen war das erste Mal hier unten. Drake stand schweigend neben ihm und ließ ihn sein eigenes Urteil fällen. Die Zellen waren simple Unterteilungen des geräumigen Stockwerks, nicht mit Wänden, sondern mit Gittern von den anderen abgetrennt und durch Gittertüren zugänglich. Alles war auf einen Blick zu erkennen, all das Elend und die Verwahrlosung dieser halb verhungerten, nackten Menschen. Und das war vermutlich das schlimmste daran – die Offenheit, die scheinbare Offenheit. Zwei Reihen von Zellen, eine zur Linken und eine zur Rechten. Und dazwischen, was er erst entdeckte, als er sie erreichte, die Hydranten. Um die Zelle auszuwaschen und Kot und Blut, Pisse und Kotze die tiefen, mit Rosten versehenen Rinnen zu beiden Seiten des Zellengangs hinabzuspülen.

Chen nahm all das stumm und fassungslos in sich auf, dann wandte er sich Drake zu. Aber Drake hatte eine Wandlung durchgemacht. Oder eher sein Gesicht; es war härter, brutaler geworden, als habe er mit dem Abstieg nach unten die Maske des sozialen Umgangs abgeworfen, die er oben trug, und sein wahres Gesicht enthüllt; ein älteres, dunkleres, barbarischeres Gesicht.

Er wollte weitergehen, weder innehalten noch sich umdrehen. Er drehte den Kopf, sah von einer zur anderen Seite, während er die Zellen entlangging und bemerkte, wie die Gefangenen sich zurückzogen – so weit es ihre Ketten erlaubten. Sie kannten ihn nicht, fürchteten ihn aber. In ihren Augen war er ein Wachmann, nicht ihresgleichen.

Am Ende drehte er sich um, trat ans nächste Gitter und starrte ins Halbdunkel. Schmerz und Schrecken verzerrten sein Gesicht zu einer Grimasse. Er hatte anfangs geglaubt, es handele sich nur um Männer, doch es waren auch Frauen mit entsetzlich ausgemergelten Gliedern, angeschwollenen Bäuchen und Spuren von Folter und Schlägen darunter. Die meisten hatte kahlgeschorene Köpfe. Einige standen gekrümmt da oder lagen auf dem Boden, hatten sichtlich Schmerzen, doch keine gab auch nur den leisesten Laut von sich. Es war, als sei ihnen die Fähigkeit, zu klagen, vor Schmerz über das, was ihnen angetan wurde, laut aufzuschreien, genommen worden.

Er hatte so etwas noch nie gesehen ... hätte sich nie vorgestellt ...

Mit einem Schaudern wandte er sich ab, doch wo er auch hinschaute, starrten ihn ihre blassen, ausdruckslosen Augen an. Sein Blick suchte Drake und fand ihn am anderen Ende des Gangs.

»Ist ...?« begann er, lachte gequält und verstummte. Aber die Frage lag ihm noch auf der Zunge, und er meinte, sie stellen zu müssen, ob ihn diese tausend Zeugen hörten oder nicht. »Sind wir *dafür* zuständig?«

Drake trat näher. »Ja«, sagte er leise. »Das ist unsere Arbeit. Dazu sind wir vertraglich verpflichtet.«

Chen zitterte heftig, sah in die Runde, und das stumme Leid der Gefangenen, die unverständliche Hinnahme in ihren verzerrten Gesichtern ließ ihn ein weiteres Mal erschaudern. »Ich begreife das nicht«, sagte er nach einer Weile. »Warum? Was versuchen wir hier zu erreichen?«

Seine Stimme verriet die wahre Tiefe seiner Bestürzung. Er war mit einem Male wieder ein Kind, unschuldig und dem Schrecken dieser Szene hilflos ausgesetzt.

»Es tut mir leid«, sagte Drake und kam noch etwas näher. Sein Gesicht wirkte jetzt weniger roh, fast mitleidig; aber sein Mitgefühl erstreckte sich nur auf Chen. Für die anderen hatte er nichts übrig. »Es gibt keine andere Möglichkeit. Man muß selbst hier heruntersteigen und es sich unvorbereitet ansehen.« Er zuckte die Achseln. »Was Sie jetzt empfinden – das haben wir alle empfunden. Tief im Innern empfinden wir es noch immer so. Aber man braucht diesen ersten Schock. Es ist ... unumgänglich.«

»*Unumgänglich?*« Chen lachte, aber es klang unpassend. Der Laut erstarb in seiner Kehle. Chen fühlte sich elend und schmutzig.

»Ja. Und hinterher – wenn es einmal eingedrungen ist – dann können wir anfangen, alles zu erklären. Und dann begreift man es.«

Aber Chen konnte es einfach nicht begreifen. Er sah Drake in einem neuen Licht, als habe er ihn bis zu dieser Sekunde noch nie gesehen, und wollte an ihm vorbei auf die Treppe und in die saubere Hitze draußen fliehen, und als Drake versuchte, ihn am Arm zu berühren, zog er sich zurück, als sei die Hand, die nach ihm griff, etwas Schmutziges und Fremdes.

»Das ist abstoßend. Es ist ...«

Aber er fand keine Worte dafür. Er drehte sich um und lief davon, die Treppe hinauf und nach draußen – durch die eisige Kühle in die brennende Hitze.

* * *

Es war spät in der Nacht. Eine einzige Lampe brannte in dem langen, holzgetäfelten Saal. Chen saß Debrenceni gegenüber in einem flachen Stuhl, brütete schweigend vor sich hin und hatte den Drink in seiner Hand nicht angerührt. Er schien dem älteren Mann nicht zuzuhören, dennoch galt jedem Wort seine volle Aufmerksamkeit.

»Sie sind tot. Offiziell jedenfalls. Sie sind bereits aus den Archiven gelöscht. Aber hier haben wir Verwendung für sie, können einige Theorien überprüfen. Solche Dinge eben.« Er räusperte sich. »Wir machen das genaugenommen schon seit Jahren. Zuerst lief alles ziemlich inoffiziell. Damals, als Berdichow die Verantwortung trug, bestand sehr viel mehr Veranlassung, in diesen Dingen Diskretion zu bewahren. Aber jetzt...«

Debrenceni zuckte die Achseln, dann langte er nach dem Weinkrug und füllte seinen Becher nach. In seinen Worten klang eine schreckliche Ironie mit – ein tiefes Unbehagen über seine eigenen Worte. Er nippte an seinem Becher, dann ließ er sich wieder zurücksinken, und seine blaßgrünen Augen hingen an Chens Gesicht.

»Wir könnten uns natürlich weigern, den Vertrag brechen und uns eines Morgens nach einer Gehirnwäsche hilflos im Netz wiederfinden. Das ist die eine Möglichkeit. Die moralische, wenn Sie so wollen. Aber diese Wahl haben wir eigentlich nicht, oder was meinen Sie?« Er lachte; ein scharfes, humorloses Lachen.

»Wie auch immer... wir tun es, weil wir es tun müssen. Weil ›unsere Seite‹ verlangt, daß es jemand tut, und wir am kürzeren Hebel sitzen. Die, mit denen wir hier zu tun haben, sind natürlich Mörder – allerdings habe ich festgestellt, daß auch das nicht viel hilft, wenn man darüber nachdenkt. Sind wir denn etwas anderes? Ich glaube, es liegt einfach daran, daß sie damit angefangen haben. Sie haben zuerst getötet. Und was uns angeht... nun, ich schätze, wir bringen lediglich zu Ende, was sie angefangen haben.«

Er seufzte. »Wissen Sie, wenn man hier ist, findet man haufenweise vernünftige Begründungen. Es gibt Hunderte Möglichkeiten, den Tatsachen nicht ins Auge zu sehen und sich selbst zu betrügen. Aber man sollte seinem Instinkt und seiner ersten Reaktion vertrauen. Stellen Sie die nie in Frage – was immer Sie auch tun. Ihre erste Reaktion war richtig, natürlich. Woran wir uns hier gewöhnen, das ist unnatürlich. Es mag einem nach einer Weile natürlich *vorkommen*, aber das ist es nicht. Denken Sie in den nächsten Wochen immer daran. Halten Sie den Gedanken fest.«

»Ich verstehe.«

»Einige vergessen es«, sagte Debrenceni, beugte sich vor und senkte die Stimme. »Einige haben sogar Spaß daran.«

Chen holte tief Luft. »Wie Drake, meinen Sie?«

»Nein. Sie irren sich. Michael empfindet es sehr stark, vermutlich stärker als jeder andere von uns. Ich habe mich oft gefragt, wie er das aushält. Natürlich hilft der Berg. Er hilft uns allen. Dort kann man hingehen. Dort kann man sich hinsetzen und die Dinge durchdenken, *über* der Welt und all ihren kleinlichen Problemen.«

Chen nickte unmerklich. »Wer sind sie? Die Gefangenen, meine ich. Woher kommen sie?«

Debrenceni lächelte. »Ich dachte, sie hätten das verstanden. Es sind Terroristen. Hitzköpfe und Störenfriede. Und nun werden sie hierher geschickt. Alle Feinde des Staates.«

* * *

Die Kibwezi-Station war größer, als Chen es sich anfangs vorgestellt hatte. Sie erstreckte sich über die oberflächliche Begrenzung des Zauns hinaus bis tief in die Erde, Schicht um Schicht. Dunkle Zellen lag neben grell beleuchteten, mit Abfall übersäten Räumen, während weite, flache Hallen in überfüllte, mit Monitoren zugestellte und vom roten und grünen Flackern der Kontrollämpchen erfüllte Wachräume führten. Alles war irgendwie verbunden, von einem Labyrinth aus schmalen Korridoren und engen Wendeltreppen durchwoben. Auf den ersten Blick sah alles ganz anders aus als in der Stadt, ein Ort, der die große Welt der Ebenen vergleichsweise geräumig und offen erscheinen ließ, doch trotz ihrer Kontraste und Begrenztheit glaubte man bei näherem Hinsehen eine konzentrierte Version der Stadt vor sich zu haben. Im untersten Geschoß befanden sich die Laboratorien und Operationssäle – das ›dunkle Herz der Dinge‹, wie Drake es nannte, was er stets mit jenem scharfen, kratzigen Lachen begleitete, das an Chens Nerven zerrte. Der Ausdruck eines düsteren, kranken Humors.

Es war Chens erste Schicht in den Operationssälen. Er stand in Arbeitskleidung und maskiert im Schein der Operationslampen und wartete, ohne recht zu wissen worauf, während er zusah, wie die hochgewachsene Gestalt von Debrenceni sich im Becken die Hände wusch. Etwas später traten zwei weitere Personen ein, nickten ihm zu und wuschen sich ebenfalls die Hände, bevor sie anfingen. Als dann alle maskiert und bereit waren, drehte sich Debrenceni um und nickte in die Deckenkamera. Wenig später schoben zwei Wachmänner einen Karren herein.

Der Gefangene war mit Riemen fest auf den Wagen geschnallt und mit einem einfachen grünen Tuch bedeckt, das nur seinen geschorenen Kopf freiließ. Von seinem Standort aus konnte Chen seine Gesichtszüge nicht erkennen, nur die durchscheinende Haut und den straffen Strick über seiner Schädeldecke im grellen Deckenlicht. Dann durchfuhr ihn ein Schock, der die entsetzliche Unwirklichkeit vertrieb, in die er seit dem Betreten des Saals versunken war, als er erkannte, daß der Mann noch immer bei Bewußtsein war. Er drehte etwas den Kopf, als versuche er auszumachen, was sich hinter ihm befand. Für einen Sekundenbruchteil glitzerte etwas Feuchtes, ein bohrendes blaues Auge, das etwas zu sehen versuchte, dann entspannten sich die Nackenmuskeln, und der Kopf lag wieder still in den Bändern, die ihn wie eine Rüstung festhielten.

Chen wurde Zeuge, wie einer der anderen sich über ihn beugte und die Gurte fester anzog, einen losen Riemen über den Mund zog und zuband, dann einen zweiten über der Stirn befestigte, so daß der Kopf vollkommen festgespannt wurde. Zufrieden arbeitete sich der Mann um den Körper herum und zog alle Riemen fest, damit sich nichts mehr rührte, wenn es losging.

Mit trockenem Mund beobachtete Chen Debrenceni dabei, wie er systematisch seine Skalpelle auf dem Tuch ausbreitete. Als er damit fertig war, blickte der Verwalter auf und bedeutete mit den Augen, daß er bereit war.

Für einen Moment drohte Chen die schiere Irrealität des Geschehens zu überwältigen. Sein ganzer Körper wurde kalt, und sein Blut schien in Kopf und Händen heftig zu pulsieren. Dann quittierte er mit einem leisen, verlegenen Lachen, was ihm jetzt erst auffiel. Es war kein Mann. Der Gefangene auf dem Wagen war eine Frau.

Debrenceni arbeitete schnell und sicher, führte die Nadel an vier verschiedenen Stellen in den Schädel ein und injizierte eine kleine Dosis eines Betäubungsmittels. Dann, mit einem Geschick, das Chen ihm nicht zugetraut hätte, begann Debrenceni mit einem Bohrer die Schädeldecke aufzubohren. Die langen, blassen Hände strichen sanft, fast zärtlich über den nackten Schädel der Frau, suchten und fanden die genauen Stellen, wo er die Haut aufschneiden und bis zum weichen Hirngewebe bohren mußte. Chen stand am Kopf des Wagens und beobachtete, wie einer der Assistenten das Blut wegwischte und die Blutung stoppte, während die anderen die Instrumente herumreichten. Es wirkte alles so kunstfertig und sanft. Und als es geschafft war, saßen zwölf zarte Drähte an Ort und Stelle und waren fertig, um angeschlossen zu werden.

Debrenceni betrachtete den Schädel und überprüfte mit den Fingern seine Arbeit. Dann nickte er, nahm eine kleine Spraydose vom Tuch und überzog den Schädel mit einem dünnen, plastikartigen Film, der im grellen Licht feucht glänzte. Er verströmte den süßen, hier vollkommen unerwarteten Geruch einer exotischen Frucht.

Chen ging um den Tisch und sah der Frau ins Gesicht. Sie hatte keinen Laut von sich gegeben und sich kaum bewegt, nicht einmal als das hohe, nervenzerfetzende Sirren des Bohrers einsetzte. Er hatte mit Schreien, äußeren Zeichen ihres Aufbäumens gerechnet, aber nichts dergleichen; nichts als ihre Stille und dieses bedrückende Schweigen.

Ihre Augen waren geöffnet. Als er sich über sie beugte, traf ihn ihr Blick, und die Pupillen weiteten und richteten sich auf ihn. Er zog ruckartig den Kopf zurück. Er konnte kaum glauben, daß sie bei Bewußtsein war und nicht unter Drogen stand, und warf Debrenceni einen fassungslosen Blick zu. *Sie hatten ihr den Schädel aufgebohrt...*

Er schaute mit einemmal entsetzt zu. Das Ganze paßte nicht zusammen. Ihre Reaktionen stimmten nicht. Als sie den spinnenartigen Helm aufsetzten und seine Drähte mit denen verbanden, die aus ihrer bleichen, vernarbten Schädeldecke sprossen, suchten seine Gedanken fieberhaft nach einer Erklärung. Er sah auf seine Hände und bemerkte zum erstenmal, wie sie zuckten, als reagierten sie auf einen inneren Reiz. Einen Moment lang schien es etwas zu bedeuten – auf etwas *hinzudeuten* –, dann ließ es wieder nach und es blieb nur das Gefühl, daß etwas nicht stimmte – daß die Dinge nicht recht zusammenpaßten.

Als der Helm saß, ließ Debrenceni den Wagen herunterkurbeln und die Frau aufsetzen, stellte den Rahmen ein und unterstützte ihre neue Position mit Kissen. Dabei rutschte die Decke herunter und entblößte ihre blassen Schultern und Arme, ihre festen kleinen Brüste und ihren glatten Bauch. Sie hatte einen jungen Körper. Ihr Gesicht dagegen wirkte alt und teilnahmslos, eingerahmt von den Beinen der metallischen Spinne wie von einem Käfig.

Chen starrte sie an, als sehe er sie in einem neuen Licht. Bisher hatte er sie nur wie einen leblosen Gegenstand betrachtet. Jetzt erst bemerkte er, wie zerbrechlich und verwundbar sie war; von welch individueller und besonderer Qualität ihre Haut. Aber da war noch etwas anderes – etwas, das ihn veranlaßte, sich verlegen von ihr abzuwenden. Sie hatte ihn erregt. Ihr bloßer Anblick hatte in ihm sofort eine heftige Reaktion hervorgerufen. Er schämte sich, aber die Tatsache war nicht von der Hand zu weisen, und er mußte sich ihr stellen, auch wenn er sich umdrehte. Ihre hilflose Entblößung weckte sein Begehren. Kein beiläufiges oder kühles, sondern ein heftiges Begehren, das ihn völlig unvorbereitet traf.

Hinter seinem Mitleid mit ihr verbarg sich Begehren. Selbst jetzt wollte er sich noch umdrehen und sie ansehen – um sich an ihrer hilflosen Nacktheit zu weiden. Er schauderte und empfand Ekel vor sich selbst. Es war widerlich, um so mehr, weil es so unerwartet kam, so schwer zu unterdrücken war.

Als er sich wieder umdrehte, vermied er es, die Frau anzusehen. Aber Debrenceni hatte etwas bemerkt. Er hatte die Maske vom Gesicht gezogen und betrachtete ihn nachdenklich. Er sah Chen unverwandt in die Augen.

»Es heißt, eine Arbeit wie diese entmenschlicht die Leute, die sie tun, Tong Chou. Aber die Erfahrungen hier werden Sie eines Besseren belehren. Ich bemerke an Ihnen dasselbe wie an den anderen, als sie hergekommen sind. Stück für Stück wird es uns klar. Was wir *wirklich* sind. Nicht dem Ideal nach, sondern in Wirklichkeit. Tiere, die denken können, und nicht mehr. Tiere, die denken können.«

Chen wandte verletzt den Blick ab. Ohne zu wissen warum. Als sei Debrencenis Verständnis plötzlich mehr, als er ertragen konnte. Und zum zweitenmal seit seiner Ankunft konnte er nur in den Korridor hinausstolpern beim Versuch, vor etwas zu fliehen, dem er doch nicht entkommen konnte.

* * *

Oben war der Tag zur Nacht geworden. Es war feuchtwarm, und ein voller Mond tauchte die freie Fläche neben dem Komplex und die Hütten in ein intensives, silbriges Licht. In der Ferne schwebte die dunkle Masse des Kilimandscharo am Himmel, ein tiefschwarzer Umriß vor dem samtigen Blau.

Debrenceni stand da und atmete in tiefen Zügen die warme, belebende Luft ein. Das Mondlicht schien ihn in Silber zu kleiden, und für einen kurzen Moment wirkte er immateriell, wie eine auf schwarzen Hintergrund geworfene Projektion. Chen wollte die Hand ausstrecken, ließ es aber bleiben, weil es ihm albern vorkam.

Debrencenis Stimme wurde zu ihm herübergetragen. »Sie hätten bleiben sollen. Sie hätten es interessant gefunden. Ich führe solche Operationen nicht oft durch, und diese war ein Erfolg. Sehen Sie, ich habe sie verdrahtet.«

Chen runzelte die Stirn. Viele höhere Offiziere waren verdrahtet – das heißt, sie verfügten über einen Anschluß für eine Verbindung mit einem Komset – oder hatten sich hinter dem Ohr einen Schlitz implantieren lassen, in den Speicherfolien direkt eingeschoben werden konnten. Aber das traf in diesem Fall nicht zu.

Debrenceni sah Chens zweifelndes Gesicht und lachte. »Oh, nichts so etwas Primitives wie die üblichen Sachen. Nein, dies ist der nächste evolutionäre Schritt. Ein recht naheliegender, den wir aber – aus ebenso naheliegenden Gründen – bisher nicht vollziehen konnten. Diese Art von Verdrahtung braucht keine Eingangsverbindungen. Sie verwendet ein Impulssignal. Das heißt, die Verbindungen können über Entfernungen hinweg hergestellt werden. Man braucht nur den richtigen Zugangscode.«

»Aber das hört sich an, als ...« Chen verstummte. Er hatte sagen wollen, daß es sich nach einer hervorragenden Idee anhörte, aber ihm waren gleich einige Konsequenzen in den Sinn gekommen. Das Vorhandensein einer Eingangsbuchse ließ dem Betroffenen die Wahl. Er konnte sich anschließen oder nicht. Ohne diese hatte er keine Wahl. Er – oder sie – wurde selbst zu einer Maschine, über die andere die Kontrolle ausübten.

Er schauderte. *Darum* also drehte sich hier die Arbeit. Deshalb experimentierten sie mit verurteilten Gefangenen und nicht mit Freiwilligen. Er sah Debrenceni bestürzt an.

»Gut«, sagte Debrenceni, doch Chens Erkenntnis schien ihn aufrichtig zu schmerzen.

Chen senkte den Blick, mit einem Male müde der Scharade, und wünschte sich, er könne Debrenceni sagen, wer er wirklich war und was er hier wollte; erbost darüber, daß er an solchen Widerwärtigkeiten mitwirken mußte. Einen Moment lang erstreckte sich sein Zorn sogar auf Karr, der ihn ahnungslos hierher geschickt hatte; weil er dafür verantwortlich war, daß er sich nun aus einem Labyrinth aus Halbwahrheiten heraustasten mußte. Schließlich schüttelte er aber solche Gedanken von sich ab.

Debrenceni drehte sich zu Chen um. Das Mondlicht versilberte seinen Schädel und reduzierte sein Gesicht auf eine Maske aus Licht und Schatten. »Eine Idee hat zwei Gesichter. Das eine ist annehmbar, das andere nicht. Hier forschen wir nicht nur nach einer Vervollkommnung der Verdrahtungstechnik, sondern versuchen aus der Idee auch etwas Annehmbares zu machen.«

»Und wenn die Technik erst vervollkommnet ist?« fragte Chen, und in seiner Magengrube staute sich Beklemmung an.

Debrenceni starrte ihn eine Weile an, dann wandte er sich ab, und seine mondbeschienene Silhouette zeichnete sich gegen den Hintergrund der fernen Berge ab. Aber er schwieg. Und Chen, der ihn beobachtete, fühlte sich plötzlich allein, ängstlich und winzig klein.

* * *

Chen sah zu, wie die Wachen sie zwischen sich vorantrieben: drei Männer und zwei Frauen mit kahlgeschorenen Köpfen und in schmutzigen Kleidern, mit dünnen Ketten lose aneinandergefesselt.

Sie war natürlich darunter, schlurfte hinter den beiden Männern her und hatte den Kopf abgewandt, den Blick zu Boden gerichtet.

Drake nahm dem Wachmann das Klemmbrett ab und blätterte durch die dünnen Blätter, warf aber kaum einen Blick darauf. Mit einem zufriedenen Nicken kam er schließlich zu Chen herüber und gab es an ihn weiter.

»Die Namen sind falsch. Von dem Rest können wir wahrscheinlich nichts gebrauchen. Der Sicherheitsdienst meint immer noch, daß es möglich ist, unter Druck Tatsachenmaterial zu gewinnen, aber das wissen wir besser. Verletze einen Menschen, und er gesteht dir alles. Er würde seine eigene Mutter beschuldigen, um den Schmerz loszuwerden. Aber darauf kommt es eigentlich nicht an. Uns interessiert im Grunde nicht, wer sie waren und was sie getan haben. Das gehört der Vergangenheit an.«

Chen grunzte, blickte von dem Klemmbrett auf und bemerkte, wie die Gefangenen ihn beobachteten, als habe Drake ihn durch die Übergabe des Bretts zu dem gemacht, der hier das Sagen hatte. Er gab das Brett zurück und trat einen Schritt näher an die Gefangenen heran. Sofort traten die Wachen vor und hoben ihre Waffen, wie um jeden Moment einzugreifen, doch ihre

Gegenwart vermochte ihn kaum zu beruhigen. Er hatte nicht unbedingt Angst – er war oft genug in viel gefährlicheren Situationen gewesen –, doch er hatte sich noch nie einer solchen geballten, einer solch offenen Feindseligkeit gegenübergesehen. Er spürte sie von den fünf Gefangenen buchstäblich ausströmen, sah sie in ihren Augen brennen. Und das, obwohl sie ihn nie zuvor gesehen hatten.

»Wer zuerst?« fragte Drake und trat an seine Seite.

Chen zögerte. »Das Mädchen«, sagte er schließlich. »Die sich Chi Li nennt.«

Seine Stimme klang stark und volltönend. Ihr bloßer Klang verhalf ihm zu etwas mehr Selbstsicherheit. Er konnte feststellen, daß seine äußere Ruhe, der Klang seiner Stimme sie beeindruckte. Ihr Haß wurde jetzt von Furcht und Respekt verdrängt. Er wandte sich ab, als sei er fertig mit ihnen.

Er hörte, wie die Wachmänner das Mädchen losbanden und wegzerrten, unwilliges Gegrummel und die Geräusche einer kurzen Auseinandersetzung, doch als Chen sich wieder umdrehte, stand sie ein Stück von den anderen am Ende der Zelle.

»Gut«, sagte er. »Um die anderen kümmere ich mich später.«

Die anderen wurden hinausgeführt, und ein Wachmann blieb mit dem Rücken zur Tür in der Zelle.

Er musterte das Mädchen. Ohne die Ketten wirkte sie weniger trotzig, verletzlicher. Als spüre sie seine Gedanken, richtete sie sich auf und sah ihn an.

»Kein Blödsinn, sonst breche ich dir beide Beine«, sagte er, als er bemerkte, wie sie die Lage mit Blicken einzuschätzen versuchte. »Niemand außer dir selbst kann dir jetzt noch helfen. Arbeite mit uns zusammen, und alles ist in Ordnung. Lehn dich gegen uns auf, und wir werden dich vernichten.«

Die Worte klangen ungekünstelt – obwohl er von Drake auswendig gelernt hatte, was er in dieser Situation sagen sollte – und doch bedrohlich, nun da er tatsächlich in dieser Lage war. Beim Auswendiglernen waren sie ihm melodramatisch vorgekommen, wie Zeilen aus einer alten Han-Oper, doch jetzt, wo er mit der Gefangenen allein war, verliehen sie ihm eine Macht, die ihn frösteln machte, als er sie aussprach. Er sah, wie sie auf die Frau wirkten, bemerkte ihr Zögern, als sie sich versteifte und wieder entspannte. Er wollte lächeln, schaffte es aber nicht. Karr hatte recht. Sie war eine attraktive Frau, auch noch mit diesen Verletzungen im Gesicht. Ihre Zähigkeit verlieh ihr eine Schönheit eigener Art.

»Was wollen Sie machen?« fragte Drake.

Chen trat einen Schritt näher. »Im Moment nur reden.«

Das Mädchen beobachtete ihn unsicher. Sie war schwer mißhandelt worden, hatten Schrammen an den Armen und im Gesicht und unverheilte Schnitte an der linken Halsseite. Chen empfand einen plötzlichen Zorn. All das war ihr seit der Übergabe an SimFic angetan worden. Außerdem deutete der starre Zug um ihren Mund darauf hin, daß man sie vergewaltigt hatte. Er erbebte innerlich, dann sprach er aus, was ihm in den Sinn gekommen war.

»Hat man dir gesagt, daß du tot bist?«

Drake hinter ihm hielt den Atem an. Dieser Satz kam aus dem Stegreif. Für dieses erste Gespräch war er nicht vorgesehen.

Das Mädchen senkte den Blick und lächelte, doch als sie wieder aufblickte, musterte Chen sie noch immer mit unveränderter Miene.

»Hast du geglaubt, dies sei auch nur eine Zelle des Sicherheitsdienstes?« fragte er nun in einem rauherem Ton, und sein Zorn war direkt auf sie gerichtet – auf die kindliche Verletzlichkeit hinter der oberflächlichen Stärke; auf die schlichte Tatsache, daß sie vor ihm stand und ihn zwang, so mit ihr umzuspringen.

Das Mädchen zuckte die Achseln und sagte nichts,

aber Chen sah den Schweiß von ihrer Stirn perlen. Er trat einen Schritt näher; nah genug, daß sie ihn schlagen konnte, wenn sie es wagte.

»Wir machen hier Experimente. Wir nehmen dich auseinander und setzen dich wieder zusammen. Aber anders.«

Sie starrte ihn jetzt an, und ihre Neugier gewann die Oberhand. Seine Stimme klang ruhig, sachlich, als rede er über ganz gewöhnliche Dinge, aber seine Worte deuteten Schreckliches an, und die Normalität, mit der er sie aussprach, wirkte daher um so grausamer.

»Lassen Sie diese Sprüche«, sagte sie leise. »Tun Sie einfach, was Sie für richtig halten.«

Ihre Augen flehten ihn an, wie der Schmerz in den Augen eines Kindes; derselbe Ausdruck, den Ch'iang Hsin manchmal aufsetzte, wenn er sie neckte. Diese Ähnlichkeit – zwischen dieser Fremden und seinem jüngsten Kind – ließ ihn zurückschrecken und erkennen, daß seine Ehrlichkeit sie verletzte. Doch er war hier, um zu verletzen. Das war seine Aufgabe. Ob er eine Rolle spielte oder nicht, der Schmerz war echt.

Er wandte sich von ihr ab, und ein leichter Schauer lief ihm den Rücken hinunter.

Drake sah ihn aus halb geschlossenen Augen seltsam an. *Was hast du vor?* schien er zu fragen.

Chen begegnete seinem Blick. »Die wird gehen.«

Drake runzelte die Stirn. »Aber Sie haben die anderen noch nicht gesehen...«

Chen lächelte. »*Sie wird gehen.*« Das Lächeln verging ihm, als sie ihm in die Nieren trat.

* * *

Sie wurde verprügelt, ausgezogen und in eine Zelle geworfen. Fünf Tage siechte sie dort in völliger Dunkelheit dahin. Morgens und abends sah ein Wachmann nach ihr, schob ihr eine Mahlzeit durch die Luke und nahm das kalte Tablett wieder mit. Ansonsten wurde sie allein gelassen. Es gab kein Bett, kein Waschbecken, keinen Topf für die Notdurft, nur in einer Ecke ein Gitter im Boden. Sie benutzte es anfangs widerwillig, dann mit zunehmender Gleichgültigkeit. Was machte das schließlich noch? Es gab schlimmere Dinge im Leben, als in ein Loch scheißen zu müssen.

In den ersten Tagen machte es ihr nichts aus. Ihr ganzes Leben hatte sie in enger Gemeinschaft mit anderen Menschen verbracht, so daß sie es als eine Wohltat, fast einen Luxus empfand, allein gelassen zu werden. Aber vom dritten Tag an wurde es schwierig.

Am sechsten Tag brachten sie sie aus der Zelle an einen hell erleuchteten Ort, wo sie die Augen fest zusammenkneifen mußte und winzige Speerspitzen ihre Schädeldecke zu durchbohren schienen. Draußen spülte man sie ab und desinfizierte sie, bevor sie in eine weitere Zelle geworfen und mit Händen und Füßen an den Boden gekettet wurde.

Sie lag eine Weile da und gab ihren Augen Zeit, sich an das Licht zu gewöhnen. Nach der Dunkelheit in der winzigen Zelle spähte sie um sich, doch als sie schließlich aufblickte, fand sie sich in Gegenwart eines nackten Mannes. Er kauerte auf allen vieren vor ihr. Seine Augen strahlten in einem barbarischen Glanz, und sein Penis ragte steif zwischen den Beinen hervor. Sie wich zurück und wurde von den Ketten festgehalten. Und dann sah sie die anderen.

Sie sah erschrocken in die Runde. Außer ihr befanden sich vierzig, fünfzig nackte Menschen in der Zelle, Männer wie Frauen. Alle waren an Händen und Füßen an den Boden gefesselt. Einigen sahen ihr in die Augen, doch ohne Neugier, fast ohne sie zur Kenntnis zu nehmen. Andere lagen einfach teilnahmslos da. Sie wurde Zeuge, wie einer sich auf die Fersen setzte und einen hellen Strahl Urin ausschied, dann still dalag wie ein Tier, das sich ausruhte.

Sie erschauderte. So lief das also. Dies war ihr Schicksal, ihre letzte Demütigung: so wie diese armen Seelen zu werden. Sie drehte sich wieder um und sah ihren Nachbar an. Er beugte sich ihr entgegen und ächzte, das Gesicht verzerrt vor Verlangen, legte sich in die Ketten und versuchte sie zu erreichen. Er umklammerte seinen Penis und begann sich zu wichsen.

»Hör damit auf«, sagte sie leise. »Bitte ...« Aber ihn schienen keine Worte erreichen zu können. Sie beobachtete ihn entsetzt; sah, wie er sein Gesicht verzerrte, seine Bewegungen heftiger wurden, bis er schließlich unter lautem Aufstöhnen einen Erguß hatte, der zwischen ihnen auf den Boden klatschte.

Sie sah zu Boden. Ihr Gesicht brannte und ihr Herz pochte. Für einen Moment – für einen winzigen Augenblick – hatte sie auf ihn reagiert; hatte sie gespürt, wie etwas in ihr empordrängte, wie als Antwort auf das wilde, animalische Begehren in seinem Gesicht.

Sie lag da und wartete, bis ihr Puls langsamer wurde, ihre Gedanken sich beruhigten, dann hob sie den Kopf und hatte dabei fast Angst, ihn wieder anzusehen. Er lag jetzt ruhig, nicht mehr als zwanzig *ch'i* vor ihr da, und seine Schultern hoben und senkten sich sanft in Einklang mit seinem Atem. Sie betrachtete ihn genauer, empfand tiefes Mitleid und fragte sich, wer er war und für welches Verbrechen man ihn hergeschickt hatte.

Eine Zeitlang lag er still da, und sein leises Schnarchen verriet, daß er schlief. Schließlich wälzte er sich mit einem unterdrücktem Wimmern auf die Seite. Da sah sie die Brandwunde an seinem Oberarm, hielt den Atem an, und ihre Seele schien in ihr zusammenzuschrumpfen.

Es war ein Fisch. Ein stilisierter Fisch.

* * *

Chen stand in der Tür zur Messe und schaute in den schattigen Raum. Er hörte das tiefe Murmeln der Konversation und roch schwache euphorisierende Drogen. Debrenceni saß allein an der Bar, ein Glas in Reichweite. Als er Chen erblickte, winkte er ihn zu sich heran.

»Wie geht's Ihren Nieren?«

Chen lachte. »Schmerzhaft, aber keine schwere Verletzung. Sie hat nicht voll getroffen.«

»Ich weiß. Ich hab's gesehen.« Debrenceni wurde für einen Moment ernst, dann lächelte er. »Aber Sie haben gute Arbeit geleistet. Es sah so aus, als machten Sie diesen Job schon seit Jahren.«

Chen ließ den Kopf sinken. Er hatte die letzten sechs Tage im Lazarett gelegen und die ersten beiden davon schlimme Schmerzen gehabt.

»Was möchten Sie trinken?«

Chen blickte auf. »Am besten nichts.«

»Na ja, vielleicht haben Sie recht.« Debrenceni prostete Chen zu. »Aber mit dem Mädchen haben Sie recht gehabt.«

»Ich weiß.« Dann zögerte er. »Haben Sie sie schon verdrahtet?«

»Nein, noch nicht.« Debrenceni lehnte sich zurück und musterte ihn. »Wissen Sie, Sie hatten Glück, daß die Frau Sie nicht umgebracht hat. Wenn die Sicherheitskräfte sie nicht etwas bearbeitet hätten, bevor sie zu uns kam, wäre ihr das wahrscheinlich gelungen.«

Chen nickte. Die Ironie war ihm nicht entgangen. »Was ist mit ihr geschehen?«

»Nichts. Ich dachte mir, wir warten, bis Sie wieder im Dienst sind.«

Damit hatte Chen nicht gerechnet. »Soll ich mit ihr weitermachen? Nach diesem Zwischenfall?«

»Ja. Genau deshalb.« Debrenceni legte ihm eine Hand auf die Schulter. »Wir bringen hier die Dinge zu Ende, Tong Chou. Bis zum bitteren, unausweichlichen Ende.«

»Unausweichlich?«

»Unausweichlich«, wiederholte Debrenceni ernst. »Es nützt nichts, sich dagegen aufzubäumen.«

»Mhm ...« In Gedanken sah Chen das Mädchen vor sich und stellte sich die langsame Erfüllung ihres Schicksals vor. *Unausweichlich.* Wie die Schwerkraft eines Schwarzen Lochs oder der lange, langsame Prozeß der Entropie. Dinge, von denen ihm sein Sohn Jyan erzählt hatte. Er gab ein leises, bitteres Lachen von sich.

Debrenceni lächelte gepreßt und zog seine Hand von Chens Schulter weg. »Sie verstehen das also?«

»Habe ich eine Wahl?«

»Nein. Hier hat niemand eine Wahl.«

»Dann verstehe ich es.«

»Gut. Dann fangen wir morgen früh an. Um Punkt sechs. Ich möchte, daß Sie sie aus der Zelle holen. Sie werden mich im Operationsaal finden. Alles klar?«

* * *

Es war spät, als Chen in sein Zimmer zurückkam. Er fühlte sich entnervt und gereizt. Mehr noch, er empfand Scham und – zum erstenmal seit seiner Ankunft in Kibwezi – Schuld an schrecklichen Vorgängen, die nur eine lebenslange Buße aufwiegen konnten. Er ließ sich schwer aufs Bett fallen und den Kopf in die Hände sinken. Der heutige Tag hatte eine entscheidende Wende gebracht. Bisher war er imstande gewesen, sich von dem Geschehen zu distanzieren. Selbst vor einigen Tagen, als er ihr in der Zelle gegenüberstand, hatte es ihn nicht wirklich berührt. Es war etwas Abstraktes gewesen; etwas, das jemand anderem zustieß – Tong Chou vielleicht –, der in seiner Haut steckte. Aber jetzt wußte er es. Er selbst war es. Kein anderer hatte sie hergebracht, festgebunden und auf die Ärzte gewartet. Es war kein Fremder, der auf sie herabgesehen hatte, während man sie aufschnitt und elektronische Teile in ihren Kopf einpflanzte.

»Das war *ich*«, sagte er schaudernd.

Er setzte sich auf die Fersen und schüttelte ungläubig den Kopf. Und doch mußte er es glauben. Es war zu real – zu *persönlich* –, um es in Zweifel zu ziehen.

Er schluckte tief. Drake hatte ihn gewarnt. Drake hatte vorhergesagt, wie es ihm ergehen würde. Der eine Tag lief gut, der nächste wieder völlig anders; als werde man von einer dunklen, bösen Täuschung genarrt, die einen nichts als den Tod erkennen ließ. Ja, Drake hatte recht. Das begriff er jetzt. Tod. Überall Tod. Und er war sein Diener.

Jemand klopfte an die Tür.

»Verschwinden Sie!«

Erneut Klopfen. Dann eine Stimme. »Tong Chou? Sind Sie in Ordnung?«

Er drehte sich mit dem Gesicht zur Wand. »Verschwinden Sie...«

* * *

Ywe Hao war noch nie so weit gelaufen, noch hatte sie je solche Angst gehabt. Während sie rannte, schien sie zwei widerläufige Ängste in ihrer Magengrube auszubalancieren: die Angst vor dem, was hinter ihr lag, und vor der Dunkelheit, in die sie hineinlief, wogen einander auf. Ihr Instinkt zog sie zur Stadt. Noch im Dunkeln konnte sie ihren lichterübersäten Umriß vor dem samtschwarzen Hintergrund aufragen sehen.

Es war kälter, als sie es je für möglich gehalten hätte. Und dunkler. Sie wimmerte beim Laufen und wagte nicht zurückzuschauen. Als das erste Morgenlicht hinter ihr den Himmel färbte, stieg sie gerade einen flachen Hang hinauf. Ihr Tempo hatte sich verlangsamt, doch noch immer hatte sie Angst auszuruhen. Die Wachen konnten jeden Moment ihre Abwesenheit entdecken. Und dann würden sie hinter ihr her sein.

Während die Helligkeit zunahm, wurde sie langsamer, blieb schließlich stehen und schaute zurück. Eine

Zeitlang stand sie mit offenem Mund da. Und als ihr die Kälte, die kahle Offenheit des Geländes zu Bewußtsein kam, zitterte sie heftig. Es gab soviel Platz. So erschreckend viel Platz. Eine andere Furcht, weit größer als jede andere, die sie bisher kennengelernt hatte, ließ sie einen Schritt zurückweichen.

Der ganze ferne Horizont stand in Flammen. Sie sah zu, wie der Rand der Sonne sich in den Himmel schob; so gewaltig und so bedrohlich, daß es ihr den Atem verschlug. Sie wandte sich entsetzt davon ab, dann sah sie im ersten Licht, was vor ihr lag.

Zuerst stieg das felsübersäte Gelände sanft an. Dann stieg es noch steiler an, bis es so plötzlich, daß sie bis ins Innerste erschrak, in einem dichten, erstickend weißen Schleier endete. Ihr Blick glitt nach oben... Nein, kein Schleier, eine *Wand*. Eine feste, weiße Wand, die weich, fast immateriell wirkte. Wieder erschauerte sie, ohne zu wissen warum, und in einer Anwandlung tiefverwurzelter, primitiver Furcht vor solchen Dingen duckte sie sich zusammen. Und sie schaute noch weiter hinauf, über die Unterkante hinaus bis zum Gipfel des Massivs, auf das sie durch die Nacht zugelaufen war. Die Stadt...

Wieder spürte sie, daß an dem Anblick etwas nicht stimmte. Die Form wirkte irgendwie... Wie was? Ihre Arme zuckten seltsam, und ihre Beine fühlten sich schwach an. Sie biß die Zähne aufeinander und versuchte ihre Gedanken in Gang zu bringen, über die düstere, richtungslose Furcht zu triumphieren, die über sie hinwegging. Einen Moment lang schien sie wieder zu sich zu kommen.

Was stimmte nicht? Was, in aller Götter Namen, war es?

Und dann begriff sie. Die Form stimmte nicht. Dieses rauhe, ausgezackte, unregelmäßige Aussehen. Wogegen... Aber wenn es nicht die Stadt war – was, in Teufels Namen, war es dann?

Sie stand noch eine Zeitlang so da, schwankte und

wußte nicht, welchem Impuls sie gehorchen sollte, dann blickte sie zögernd auf den anschwellenden Feuerball zurück und lief weiter. Und während sie lief – das dunkle Nachbild der halben Sonne vor Augen – umfing sie die Nebelwand.

* * *

Es war kurz nach Sonnenaufgang, als die beiden Kreuzer von der Plattform aufstiegen und in Schräglage Richtung Nordwesten über das Gelände flogen. Chen saß in dem zweiten Flugzeug, Drake neben ihm am Steuer. Ums Handgelenk, kaum größer als ein Standard-Feldkomset des Sicherheitsdienstes, hatte Chen ein Spürgerät geschnallt. Er warf einen Blick darauf, dann starrte er unbewegt durchs Frontfenster und sah die grasbewachsene Ebene fünfzig *ch'i* unter ihnen hinweggleiten.

»Wir werden sie töten, richtig?«

Drake warf ihm einen Blick zu. »Sie war tot, bevor sie herkam. Vergessen Sie das nicht.«

Chen schüttelte den Kopf. »Das sind nur Worte. Nein, was ich sagen wollte, ist, daß *wir sie* töten werden. Wir. Persönlich.«

»Sozusagen.«

Chen sah auf seine Hände. »Nicht sozusagen. Das hier ist die Wirklichkeit. Wir sind unterwegs, um sie umzubringen. Ich habe versucht, nicht daran zu denken, aber ich kann nicht anders. Es scheint ...« Er schüttelte den Kopf. »Es ist nur so, an manchen Tagen kann ich nicht glauben, daß ich es bin, der so etwas tut. Ich bin ein guter Mensch. Zumindest habe ich mich bisher immer dafür gehalten.«

Drake schwieg und hockte über dem Instrumenten, als müsse er sich konzentrieren, aber Chen sah, was er dachte; ihm ging immer wieder durch den Kopf, was er gesagt hatte.

»Und jetzt?« hakte Chen nach.

»Und jetzt werden wir landen, unsere Arbeit tun und zurückfliegen. Was sonst?«

Chen starrte Drake die ganze Zeit an, wußte aber nicht, worauf er wartete. Was immer es war, es trat nicht ein. Er schaute auf den kleinen Bildschirm. Unter dem Schirm befanden sich zwei Knöpfe. Sie sahen recht harmlos aus, aber er traute ihnen nicht. Nur Drake wußte, wozu sie dienten.

Er sah weg und hielt den Mund. Vielleicht war es besser, die Dinge so zu sehen, wie Drake sie sah. Wie einen weiteren Job, den er zu erledigen hatte. Doch er war noch immer beunruhigt, und während der Berg vor der Frontscheibe wuchs, wuchs auch sein Gefühl der Unwirklichkeit.

Es war alles so unpersönlich. Als ob es sich bei dem, was sie aufzuspüren versuchten, um ein Ding handelte; auch nur eine Maschine – wenn auch eine, die laufen konnte. Aber Chen hatte sie aus der Nähe gesehen, ihr in die Augen geschaut und in ihr Gesicht hinabgestarrt, während Debrenceni sie operierte. Er hatte einfach gesehen, wie verletzlich sie war.

Wie menschlich ...

* * *

Er hatte die Anzugheizung angestellt und das Helmvisier heruntergeklappt – dennoch fühlten sich seine Füße wie Eis an, und seine Wangen froren. Von den Bergen blies eine kalte Brise, lockerte hier und dort den Nebel auf, doch zumeist blieb er so dicht, daß man das Gefühl hatte, einem sei das Augenlicht getrübt.

Aus seinem Helmfunkgerät kam ein leises Summen, dann eine Stimme. »Hier oben klart's auf. Wir können jetzt bis zum Berggipfel hinaufsehen.«

Chen starrte den Hang hinauf, als wollte er den dichten Nebel durchdringen. »Was jetzt?« fragte er.

Drake nickte verwirrt, dann sprach er in sein Lippenmikrophon. »Nähert euch bis auf hundert *ch'i* an. Es siehst so aus, als sei sie stehengeblieben. Gustaffson, du gehst nach Norden, wo sie ist. Palmer, du kommst von Osten. Tong Chou und ich nehmen die übrigen Positionen ein. So haben wir sie in der Zange.«

Drake drehte sich um und blickte den Berg hinauf. »Gut. Probieren wir's mal.«

»Man sollte das Spürgerät in eine Sichtanzeige einbauen«, sagte Chen. »Das Ding nützt wenig, wenn man klettern muß. Außerdem ist es unhandlich.«

»Da haben Sie recht«, antwortete Drake und machte sich ans Klettern. »Es ist völliger Unfug. Man sollte es in die Standard-Kopfgarnitur des Sicherheitsdienstes einbauen, mit einem direkten Computerinput aus der Entfernung.«

»Sie meinen, man sollte die Wachmänner auch verdrahten?«

Drake blieb stehen, und die Nebelschwaden wanden sich um seine Gestalt. »Warum nicht? Auf diese Weise könnte der Koordinator aus der Entfernung operieren, ohne selbst in Gefahr zu geraten. Das Team wäre dann weniger verwundbar. Der Flüchtige könnte den Anführer nicht treffen – den Kopf hinter allem. Das macht doch Sinn, oder?«

Auf halber Höhe des Hangs drehte sich Drake um und deutete hinüber. »Dort entlang. Gehen Sie weiter, bis sie südlich von Ihnen ist. Dann warten Sie. Ich werde Ihnen durchgeben, was zu tun ist.«

Chen bewegte sich langsam quer über das unwegsame Gelände und blieb stehen, als sein Monitor anzeigte, daß er sich unmittelbar südlich, etwa hundert *ch'i* unterhalb der Signalquelle befand. Er gab ein Zeichen und wartete, während die anderen bestätigten, daß sie ihre Positionen erreicht hatten. Hier oben hatte sich der Nebel gelichtet, und Chen hatte Sichtkontakt mit Gustaffson und Palmer. Keine Spur von der Flüchtigen.

Er hörte Drakes Stimme in seinem Kopfgerät. »Sie müßten jeden Moment freie Sicht haben. Wir fangen an, wenn's soweit ist.«

Chen wartete, während ringsum der Nebel ausdünnte. Dann sah er ganz plötzlich den Berg über sich, die weißen Zwillingsgipfel Kebo und Mawensi vor dem strahlenden Blau des Himmels. Er fuhr zusammen und schaute über den Hang zu den anderen hinüber.

»Ich sehe Sie«, fügte Drake hinzu, bevor er etwas sagen konnte. »Gut. Jetzt kommen Sie ein Stück den Hang herauf. Wir rücken bis auf fünfzig *ch'i* auf. Palmer und Gustaffson, ihr tut dasselbe.«

Chen ging langsam weiter und spürte die anderen näher kommen. Über ihm befand sich ein nackter, steiler Felsvorsprung. Er verstellte ihm beim Näherkommen die Sicht, erst auf Drake, dann auf die anderen beiden.

»Ich werde hochklettern müssen«, sprach er in sein Lippenmikro. »Von hier unten kann ich nichts sehen.«

Er kletterte hinauf und blieb auf dem ebenen Grund vor dem Vorsprung stehen, wo der dichte Grasbewuchs begann. Zwischen ihm und der Signalquelle lagen jetzt nur noch zwanzig *ch'i*. Die anderen standen in fünfzig *ch'i* Abstand und beobachteten ihn.

»Wo ist sie?« fragte er leiser als vorher.

»Genau dort, wo das Spürgerät es anzeigt«, sprach Drake in seinen Kopf. »In dieser Vertiefung unmittelbar vor Ihnen.«

Er hatte die Mulde bemerkt, aber sie schien zu flach, als daß sich eine Frau darin verstecken könnte.

»Palmer?« Es war wieder Drake. Chen lauschte. »Ich möchte, daß du das linksseitige Signal an deinem Handgerät testest. Dreh den Knopf langsam nach links.«

Chen wartete und beobachtete die flache Mulde vor sich. Es schien sich nichts verändert zu haben.

»Gut«, sagte Drake. »Jetzt du, Gustaffson. Ich will,

daß du beide Knöpfe gleichzeitig drückst. Halte sie zwanzig Sekunden lang fest. Alles klar?«

Diesmal war etwas aus der Vertiefung zu hören. Ein tiefes Stöhnen, das Sekunde für Sekunde lauter wurde. Dann brach es abrupt ab. Chen erschauderte. »Was war das?«

»Nur ein Test«, antwortete Drake. »Unsere Signale haben eine doppelte Funktion. Sie senden, aber sie tun auch etwas anderes. Palmer unterdrückt alle motorischen Aktivitäten in der Hirnrinde. Gustaffson arbeitet an der Schmerzgrenze, wie wir das nennen. Er stimuliert Nerven am Hirnstamm.«

»Und was tun Sie?« fragte Chen. Er konnte das Atmen der anderen hören, die mithörten.

»Meine Arbeit ist die subtilste. Ich kann mit unserer Flüchtigen reden. Direkt in ihr Gehirn.«

Das Funkgerät verstummte. Aus der Mulde drang jetzt ein Winseln reinster Furcht. Dann sprach Drake wieder. »Gut. Ihr könnt das Signal in seine Anfangseinstellung zurückführen. Unsere Flüchtige ist bereit herauszukommen.«

Ein Moment gespannten Wartens, dann streckte jemand den Kopf aus der Grube. Angestrengt und mit offenkundigen Schmerzen zog sich die Frau über den vorderen Rand der Vertiefung. Als sie den Kopf hervorsteckte, sah sie Chen direkt an. Für einen Moment stand sie schwankend da, dann fiel sie nach hinten um, und Schmerz und Müdigkeit zeichneten ihr verzerrtes Gesicht. Sie war völlig erschöpft. Ihre Arme und Beine waren mit Quetschungen und nässenden Wunden übersät.

Drake mußte wieder auf sie eingeredet haben, denn sie zuckte sichtlich zusammen, schaute umher und entdeckte ihn. Dann sah sie sich um und bemerkte die anderen. Ihre Kopf sackte herab, und einige Sekunden lang saß sie einfach nur da, atmete schwer, und ihre Arme hingen schlaff an den Seiten herunter.

»Gut«, sagte Drake. »Bringen wir's zu Ende.«

Chen drehte sich um und sah zu Drake hinüber. Im strahlenden Sonnenlicht wirkte er nun wie ein kühles, fremdartiges Wesen. Sein Anzug, wie die der anderen, reflektierte kein Licht. Nur das Visier funkelte bedrohlich. Im Moment arbeitete er sich weiter heran. Zwanzig *ch'i* von der Frau hielt er inne. Chen sah zu, wie Drake Palmer bedeutete, das Signal noch einmal zu testen. Als er es ausschaltete, fiel die Frau verkrümmt auf die Seite. Wenige Sekunden später rappelte sie sich auf, sah umher und schien sich zu fragen, was geschehen war. Dann war Gustaffson an der Reihe. Chen sah, wie die Frau das Gesicht verzerrte, die Zähne aufeinanderbiß und ihr ganzer Körper sich aufbäumte, während sie in wilder Panik um sich trat.

Als sie sich wieder aufsetzte, verzerrte sich ihr Gesicht. Etwas war in ihr entzweigebrochen. Ihr Blick, als sie aufschaute, wirkte verloren.

Er sah erschrocken zu Drake hinüber, aber Drake redete wieder auf sie ein. Seine Lippen bewegten sich, und als Chen sich zu der Frau umblickte, preßte sie die Hände auf die Ohren und hatte einen Ausdruck schieren Entsetzens im Gesicht.

Langsam und mit qualvollen Bewegungen stand sie auf, sah Chen geradewegs an, kletterte über den Rand der Senke und taumelte auf ihn zu. bei jeder Berührung ihrer verletzten Beine mit dem Boden verzerrte sich ihr Gesicht vor Schmerz. Und dennoch kam sie Schritt für Schritt näher.

Er wollte zurückweichen, doch plötzlich klang Drakes Stimme über den persönlichen Kanal in seinem Kopf. »Sie sind an der Reihe«, sagte sie. »Drücken Sie den linken Knopf und tippen Sie auf den rechten.«

Sie war nur noch zwei Körperlängen von ihm entfernt und streckte die Arme nach ihm aus. Er sah auf den winzigen Monitor, dann drückte er den Knopf und tippte auf den daneben.

Das weiche, feuchte Geräusch explodierender Materie erfüllte die Luft. So als hätte jemand in eine riesige Frucht gefeuert. Und dort, wo sich die Signalquelle befunden hatte, war nichts mehr.

Er blickte auf. Der Leichnam war bereits zu Boden gestürzt, Schultern und obere Brusthälfte von der Explosion zerfetzt, die den Kopf abgerissen hatte. Er wandte sich angeekelt ab, aber der Geruch von verbranntem Fleisch haftete in seinen Nasenlöchern und blutige Fleischfetzen klebten überall an seinem Anzug und seinem Visier. Er strauchelte und rutschte um ein Haar die steile, nackte Felszunge hinunter, blieb aber schwankend am Rand stehen, fand sein Gleichgewicht wieder und redete sich unermüdlich ein, daß ihm nicht schlecht werden durfte.

Einige Zeit später drehte er sich um und sah an der Leiche vorbei Drake in die Augen. »Sie Mistkerl... warum ist sie auf mich losgegangen? Was haben Sie ihr gesagt?«

Drake setzte den Helm ab und warf ihn zu Boden. »Ich habe ihr gesagt, Sie würden ihr helfen«, sagte er und lachte meckernd. »Und das haben Sie doch auch. Verdammt gut sogar.«

KAPITEL • 10

Flammen
in einem Glas

»Wang Ti?« Chen stand in der Tür und war überrascht, das Apartment dunkel vorzufinden. Er streckte die Hand aus, tastete an der Wand entlang und schaltete nacheinander die Lampen an. Alles sah normal aus, alles war an seinem Platz. Er ließ Atem ab. Einen Augenblick lang...

Er ging in die Küche, füllte seine Kanne und steckte das Kabel ein. Als er sich umdrehte, um nach dem *Ch'a*-Topf zu langen, hörte er ein Geräusch. Ein Husten.

Er ging ins hellerleuchtete Wohnzimmer. »Wang Ti?« fragte er sanft und sah zur offenen Schlafzimmertür. »Bist du das?«

Wieder hörte er das Husten, ein bellendes, gequältes Husten, das in ein leises Stöhnen überging.

Er trat an die Tür und schaute ins Zimmer. Er erkannte sofort, daß Wang Ti dort unter der Decke lag. Aber eine Wang Ti, wie er sie noch nie gesehen hatte; mit wirrem Haar und von Schweißperlen bedeckter Stirn. Wang Ti, die doch noch nie in ihrem Leben an einer Krankheit gelitten hatte.

»*Wang Ti?*«

Sie stöhnte und drehte den Kopf auf dem Kissen. »Mmmm...«

Er sah sich um und spürte, daß etwas fehlte, wußte aber nicht was. »Wang Ti?«

Sie schlug langsam die Augen auf. Als sie ihn sah, stöhnte sie, wandte sich ab und zog die Decke über den Kopf.

»Wang Ti?« fragte er ruhig und trat näher. »Wo sind die Kinder?«

Ihre Stimme klang schwach, gedämpft durch die Laken. »Ich habe sie runtergeschickt. Zu Onkel Mai.«

»Mhm ...« Er kauerte sich hin. »Und was ist mit dir, mein Schatz?«

Sie zögerte, dann antwortete sie mit derselben schwachen, erschrockenen Stimme. »Mir geht's gut, mein Mann.«

Etwas an der Art, wie sie das aussprach – wie ihre Entschlossenheit, eine pflichtschuldige, klaglose Ehefrau zu sein, vor dem Ausmaß ihres Leidens dahinschwand – ließ ihn frösteln. Etwas Furchtbares mußte geschehen sein.

Er schlug die Decke zurück und musterte im Halbdunkel ihr Gesicht. Es war fast nicht wiederzuerkennen. Ihr Mund – ihr starker, zum Lachen geschaffener Mund – war zu einer schmallippigen Schmerzgrimasse verzerrt. Ihre Augen – sonst so warm und tröstend – waren zusammengekniffen, als sollten sie all den Kummer in ihr einschließen, den sie empfand, die Lider schwer und farblos. Erschrocken von dem Anblick, legte er die Finger an ihre Wange, wollte sie trösten, zog sie aber erstaunt zurück. Sie hatte geweint.

Einen Moment lang empfand er nichts, dann zog es ihm den Magen zusammen. »Das Kind ...«

Wang Ti nickte, vergrub ihr Gesicht ins Kissen und fing an zu schluchzen. Ihr Körper zuckte konvulsivisch unter den Laken.

Er setzte sich neben sie aufs Bett, umarmte sie und versuchte sie zu trösten, doch der Schock hatte seine Gedanken gelähmt. »Nein«, sagte er nach einer Weile. »Du warst immer so stark. Und dem Kind ging es gut. Das hat Doktor Fan gesagt.«

Sie lag ruhig da – so bewegungslos, daß er Angst bekam. Dann stimmte es also. Sie hatte ihr Kind verloren.

»Wann ist das geschehen?« fragte er entsetzt.

»Vor einer Woche.«

»Vor einer Woche! *Aiya!*« Er lehnte sich zurück, starrte ins Leere und dachte an ihren Schmerz, ihr Leid und daß er nicht bei ihr gewesen war. »Aber warum hat man mich nicht verständigt? Warum hat Karr mir nicht Bescheid gesagt? Ich hätte hier sein sollen.«

Sie streckte die Hand aus und berührte seine Brust. »Das wollte er auch. Er hat mich angefleht, aber ich habe es ihm nicht erlaubt. Deine Arbeit ...«

Er sah sie wieder an. Sie beobachtete ihn, die aufgequollenen, blutunterlaufenen Augen voller Mitgefühl. Ihr Anblick – ihre Sorge *um ihn* – bereitete ihm ein Gefühl, als würde ihm seine Liebe die Luft abschnüren. »Oh, Wang Ti, meine kleine Taube ... was, in aller Götter Namen, ist passiert?«

Sie fuhr zusammen und schaute weg. »Niemand ist gekommen«, sagte sie leise. »Ich habe gewartet, aber niemand ist gekommen ...«

Er schüttelte den Kopf. »Aber der Arzt ... Wir haben ihn eigens dafür bezahlt.«

»Es gab Komplikationen«, sagte sie und scheute, ihm in die Augen zu sehen. »Ich habe gewartet. Drei Stunden lang, aber er ist nicht gekommen. Jyan hat versucht ...«

»Nicht gekommen?« rief Chen außer sich. »Er war verständigt und ist nicht gekommen?«

Sie nickte erschöpft. »Ich habe Jyan zum Medizinischen Zentrum geschickt, aber niemand war frei.« Sie sah ihm kurz in die Augen, dann schaute sie wieder weg und zwang sich mit leiser, erschrockener Stimme weiterzureden. »Aber Jyan hat erzählt, daß sie in einem Zimmer hinter dem Empfangsbereich saßen und lachten – *Ch'a* tranken und lachten –, während mein Baby starb.«

Chen wurde innerlich wieder kalt; aber diesmal erfaßte ihn die Kälte des Zorns. Eines heftigen, fast blinden Zorns. »Und niemand ist gekommen?«

Sie schüttelte den Kopf, und wieder schien ihr Gesicht Risse zu bekommen. Er drückte sie fest an sich und ließ sie in seinen Armen weinen, bis sein eigenes Gesicht feucht von Tränen war. »Mein armer Liebling«, sagte er. »Mein armer, armer Liebling.« Aber tief in ihm war sein Zorn zu etwas anderem geronnen – zu einer kühlen, klaren Entschlossenheit. Er sah sie vor sich sitzen, lachen und *Ch'a* trinken, während seine kleine Tochter starb. Er sah ihre wohlgenährten, lachenden Gesichter und wollte in sie hineinschlagen, ihre Wangenknochen mit der Faust zermalmen.

Und der kleine Jyan... Wie war es für ihn gewesen, zu wissen, daß seine Mutter Qualen ausstand, seine kleine Schwester starb, und doch nichts tun zu können? Was hatte er dabei empfunden? Chen stöhnte. Sie hatten solche Hoffnungen gehabt. So viele Pläne. Wie konnte alles so schiefgegangen sein?

Er sah sich in dem vertrauten Zimmer um, und der Gedanke an das tote Kind brannte wie ein unerträglicher Schmerz in seiner Brust. »Nein«, sagte er leise und schüttelte den Kopf. »*Neeeeeiiiin!*«

Er stand auf und stemmte die Fäuste in die Seiten. »Ich werde zu Doktor Fan gehen.«

Wang Ti blickte erschrocken auf. »Bitte nicht, Chen. Das nützt doch nichts mehr.«

Er schüttelte den Kopf. »Der Dreckskerl hätte kommen müssen. Es ist nur zwei Decks unter uns. Drei Stunden... Wo kann er drei Stunden lang gesteckt haben?«

»Chen...« Sie streckte die Hand aus, versuchte ihn zurückzuhalten, aber er wich vor ihr zurück.

»Nein, Wang Ti. Diesmal nicht. Diesmal mach ich es so, wie ich es für richtig halte.«

»Du verstehst nicht...«, begann sie. »Karr weiß alles. Er hat alle Beweise. Er wollte sich mit dir treffen...«

Sie verfiel in Schweigen, als sie erkannte, daß er nicht mehr zuhörte. Sein Gesicht war wie zu dem einer Statue erstarrt.

»Er hat meine Tochter umgebracht«, sagte er leise. »Er hat sie sterben lassen. Und du, Wang Ti ... du hättest auch sterben können.«

Sie zitterte. Es entsprach der Wahrheit. Sie war fast gestorben, als sie das Baby aus sich herausgepreßt hatte – nein, sie *wäre* gestorben, wenn Jyan nicht auf den Gedanken gekommen wäre, Karr zu verständigen und den großen Mann zu ihr zu bringen.

Sie ließ den Kopf zurücksinken. Vielleicht hatte Chen also recht. Vielleicht war es diesmal richtig, zu handeln – sich an jenen zu rächen, die ihnen geschadet hatten, ohne Rücksicht auf die Konsequenzen. Es war vielleicht besser, als die Wut tief im Innern gären zu lassen. Besser als ein zweites Mal vor seinem Sohn als Versager dazustehen.

Sie schloß die Augen. Die Erinnerung an das, was ihr zugestoßen war, schmerzte sie. Es war schrecklich gewesen ohne ihn. Über alle Maßen entsetzlich.

Sie spürte seinen Atem auf ihrer Wange, den sanften Druck seiner Lippen auf ihrer Stirn und zitterte.

»Ich muß jetzt gehen«, sagte er leise und ließ eine Hand locker auf ihrer Seite liegen. »Verstehst du mich?«

Sie nickte, hielt ihre Tränen zurück und wollte dieses eine Mal für ihn tapfer sein. Aber es fiel ihr schwer, und als er gegangen war, brach sie erneut in Tränen aus, schluchzte laut, und die Erinnerung an seine Berührung glühte in der Dunkelheit warm in ihr nach.

* * *

Der Raum war kühl und hell erleuchtet. Weiße Fliesen an den Wänden und auf dem Boden betonten seine Kahlheit. Mitten in dem Raum stand ein Seziertisch. Neben dem Tisch standen mit gesenkten Köpfen die drei Ärzte, die die Obduktion durchgeführt hatten, und warteten.

Die Leiche auf dem Tisch war fast völlig verbrannt, ihre Glieder verkrümmt, Kopf und Oberleib zerschmettert; dennoch konnte der Körper auch jetzt noch als ein GenSyn-Produkt identifiziert werden. An drei verschiedenen Stellen hatte sich das Fleisch vom Knochen gelöst und das charakteristische GenSyn-Kennzeichen enthüllt – ein hellrotes ›G‹, das mit dem kleinen blauen ›S‹ darin einen nicht ganz geschlossenen Kreis bildete.

Sie hatte das Ding schließlich in den Höhlen im Norden des Grundstücks in die Enge getrieben. Dort hatten Hung Mien-lo und eine kleine Gruppe von Elitewachen es eine Stunde lang bekämpft, bis es ihnen mit einer gut gezielten Granate gelungen war, das Gegenfeuer des Wesens zum Verstummen und das Höhlendach zum Einsturz zu bringen. So lautete jedenfalls Hungs Geschichte.

Wang Sau-leyan sah auf den Leichnam, und seine Augen nahmen jede Einzelheit in sich auf. In seinem Gesicht rangen Hoffnung und Zynismus miteinander, aber als er seinen Kanzler wieder ansah, war es ein Ausdruck tiefen Mißtrauens. »Sind Sie sicher, daß es das Ding ist, Hung? Das Gesicht ...«

Das Gesicht war fast formlos, nur noch die Andeutung eines Gesichts.

»Man hat mir erzählt, daß einige Modelle so gefertigt wurden, *Chieh Hsia*. Eine gewisse Anzahl wird für dringende Einsätze zurückgehalten, und die Gesichtszüge werden erst im letzten Moment hinzugefügt. Ich habe in den Akten von GenSyn recherchiert und herausgefunden, daß dieses besondere Modell vor acht Jahren hergestellt wurde. Es wurde aus der Filiale in Ostasien gestohlen – aus einer Plantage in Karanganda – vor fast fünf Jahren.«

Wang erwiderte seinen Blick und schüttelte den Kopf. »Trotzdem ...«

»Verzeiht mir, *Chieh Hsia*, aber wir haben noch andere Dinge in der Höhle gefunden.« Hung Mien-lo drehte sich um, holte ein Kästchen aus dem Sekretär und übergab es geöffnet dem T'ang. »Unter anderem dies hier.«

Wang Sau-leyan starrte auf das Gesicht und nickte. Es war zerrissen, verschmutzt und mit kleinen Löchern übersät, aber dennoch zu erkennen. Es war das Gesicht seines Bruders. Oder besser eine perfekte Kopie davon. Er legte es auf die Brust des Leichnams.

»So haben sie's also gemacht. Mit einem falschen Gesicht und einem kalten Körper.«

»Nicht kalt, *Chieh Hsia*. Jedenfalls nicht ganz. Seht Ihr, dieses Modell wurde entworfen, um bei Temperaturen unter dem Nullpunkt oder in der Hitze der Minen zu arbeiten. Es verfügt über eine besonders harte und widerstandsfähige Haut, die die inneren Prozesse des Wesens vor extremer Hitze oder Kälte schützt. Das ist der Grund, weshalb es von unseren Kameras nicht registriert worden ist. Sie sind darauf programmiert, bei Nacht nur auf Wärmemuster zu reagieren, und da das Ding nicht die geringsten Spuren davon abgab, wurden die Kameras nie aktiviert.«

Wang nickte. Sein Mund war trocken geworden. Dennoch war er nicht restlos überzeugt. »Und die Haut- und Blutreste, die auf dem Stein zurückgeblieben sind?«

Hung senkte den Kopf. »Wir sind davon überzeugt, daß sie von dem Wesen dort hinterlassen wurden, *Chieh Hsia*. Absichtlich, um uns glauben zu machen, es handele sich wirklich um Euren Bruder.«

Wang senkte den Blick, dann lachte er säuerlich. »Das würde ich gern glauben, Kanzler Hung, aber es ist einfach nicht möglich. Ich habe mich bei GenSyn erkundigt. Dort sagte man mir, es sei ausgeschlossen, ohne Vorgabe DNA zu duplizieren.«

»Ohne Vorgabe, ja, *Chieh Hsia*. Aber heißt das, daß sie es wirklich so gemacht haben? Um DNA zu duplizieren, ist nichts weiter erforderlich als ein einziger Strang des Originals. Man hat mir versichert, das sei sogar mit Gewebeproben eines Leichnams möglich.«

»Und was wollen Sie damit andeuten? Daß jemand in die Gruft eingebrochen ist, bevor das Wesen wieder daraus ausbrach? Daß sie vom Leichnam meines Bruders eine Gewebeprobe genommen und seine DNA dupliziert haben?«

»Das ist die eine Möglichkeit, *Chieh Hsia*, aber es gibt noch eine andere. Was wäre, wenn jemand, der Eurem Bruder nahestand, noch vor seinem Tod Blut- und Gewebeproben von ihm genommen hätte? Und sie dann aufbewahrte?«

Wang schüttelte den Kopf: »Das ist absurd. Ich weiß, daß mein Bruder ein Schwächling und ein Dummkopf war, aber nicht einmal er hätte stillgehalten und sich von einem Diener eine Blutprobe abzapfen lassen.«

»So habe ich das auch nicht gemeint, *Chieh Hsia*. Euer Bruder könnte ja einen Unfall gehabt haben und wurde von einem Diener versorgt. Vielleicht hat dieser Diener das Material aufbewahrt, mit dem er die Wunde Eures Bruders behandelte – ein Stück blutiger Gaze vielleicht, oder eine Schüssel blutiges Wasser.«

Wang kniff die Augen zusammen. »Und Sie meinen, das sei passiert?«

Hung nickte. »Genau das ist geschehen, *Chieh Hsia*. Wir haben ein unterzeichnetes Geständnis.«

»Ein Geständnis? Und wie sind Sie an dieses Geständnis gekommen? Mit Hilfe Ihrer ungewöhnlichen Methoden?«

Hung wandte sich ab, nahm von seinem Sekretär eine Schriftrolle entgegen und reichte sie ihm.

»Wu Ming!« Wang lachte ungläubig. »Und ist das Ihr einziger Beweis – Wu Mings Geständnis?«

Hung Mien-lo schüttelte den Kopf. »Ich fürchte, nein, *Chieh Hsia*. Ich habe die Haushaltsarchive daraufhin durchgesehen, ob irgendwelche kleineren Unfälle Eures Bruders verzeichnet sind. Es scheint während der fünf

Jahre einige solcher Vorfälle gegeben zu haben, aber in allen Fällen bis auf einen ist das Material, mit dem die Wunde versorgt wurde, ordnungsgemäß verbrannt worden.«

»Und dieser eine Fall, als das nicht geschah – da hatte Wu Ming seine Hände im Spiel, sehe ich das richtig?«

»Ja, *Chieh Hsia*. Wu Ming und ein anderer. Der Verräter Sun Li Hua.«

Wang gab einen überraschten Laut von sich. »Ist das sicher?«

»Vollkommen, *Chieh Hsia*. Wir haben eine Aufzeichnung des Vorfalls, die Wu und Sun bei der Behandlung Eures Bruders zeigt, aber keine daraufffolgende, die die Vernichtung der Textilien beweist.«

»Mhm...« Wang drehte sich um, betrachtete noch einmal den Leichnam und betastete die Gesichtszüge seines Bruders. »Dann hat mein Vetter an den Fäden gezogen«, sagte er leise. »Das war Li Yuans Werk.«

»Sieht so aus, *Chieh Hsia*.«

»Sieht so aus...« Doch etwas nagte an ihm. Er wandte sich wieder seinem Kanzler zu. »Wie lang ist das her?«

»Zwei Jahre, *Chieh Hsia*.«

»Zwei Jahre oder fast zwei Jahre? Ich muß das genau wissen, Hung Mien-lo.«

»Zweiundzwanzig Monate, um genau zu sein, *Chieh Hsia*.«

»Ein Monat vor seinem Tod?«

»So ist es, *Chieh Hsia*.«

Wang atmete zufrieden durch. Nur ein Monat früher und das Ganze hätte keinen Sinn mehr ergeben, denn Li Yuans Vater war zu diesem Zeitpunkt noch am Leben gewesen, und er hätte kein Motiv für ein solches Vorgehen gehabt. Wie die Dinge lagen...

Er lächelte. »Sie haben gute Arbeit geleistet, Kanzler Hung. Sie haben mein Vertrauen in Sie mehr als gerechtfertigt. Aber es gibt immer noch zwei Fragen, die beantwortet werden müssen. Erstens: wie ist dieses Geschöpf in die Gruft gelangt, ohne daß die Kameras etwas bemerkt haben? Zweitens: wo ist der Leichnam meines toten Bruders?«

Hung Mien-lo machte eine tiefe Verbeugung. »Beide Fragen haben mich sehr beschäftigt, *Chieh Hsia*, und ich glaube, ich kenne die Antwort.«

Er straffte sich, zog etwas aus der Tasche und hielt es seinem T'ang hin. Es war eine kleine, kreisrunde Glasscheibe wie die Linsenkappe einer Kamera.

Wang drehte sie in der Hand. »Was ist das?«

»Es ist ein Bildspeicher, *Chieh Hsia*. Vor eine Kamera gesetzt, hält er das Bild in der Kamera für eine vorher eingestellte Zeitspanne fest. Danach zerstört sich der Bildspeicher selbst – auf molekularer Ebene – und verflüchtigt sich zu einem Gas. Während er auf der Linse sitzt, kann man sich ziemlich unbehelligt vor der Kamera bewegen, ohne befürchten zu müssen, daß man auffällt, und hinterher hinterläßt er keine Spuren.«

»Ich verstehe. Und Sie meinen, etwas in der Art – vielleicht auch mehrere solcher Vorrichtungen – wurden verwendet, um die Kameras rings um die Gruft zu blenden?«

Hung lächelte. »Das würde erklären, wie die Grufttür geöffnet werden konnte, ohne daß die Kameras etwas registrierten.«

»Und der Leichnam meines Bruders?«

»Keine Spur von ihm, *Chieh Hsia*. Allerdings haben wir in einer Senke am Fluß nördlich des Palastes einen Rest Asche gefunden. Auf halbem Wege zwischen hier und den Vorbergen.«

»Also hat dieses Wesen den Leichnam verbrannt?«

Hung zuckte die Achseln. »Ich bin mir nicht sicher. Wenn ja, warum haben wir nichts davon bemerkt? Es erfordert eine enorme Hitze, um einen menschlichen Körper einzuäschern, und von dem Moment an, da das

Alarmsignal tönte, haben alle Wachen im Palast nach Verdächtigem Ausschau gehalten. Wenn die Kreatur den Leichnam tatsächlich verbrannt hätte, wäre uns das aufgefallen. Also nein, *Chieh Hsia*. Ich würde annehmen, daß die Asche von etwas anderem stammte – einer kleinen religiösen Zeremonie vielleicht. Was den Leichnam angeht, glaube ich, daß er noch immer irgendwo dort draußen versteckt ist.«

Wang überlegte, dann lachte er. »Ist das nicht ein guter Grund, ihn dort ruhen zu lassen? Zwischen Felsen und Flüssen wie einen Minister im Exil.« Er lachte erneut, ein volleres, reicheres Lachen diesmal, genährt von Erleichterung und einem alten, erbarmungslosen Groll. Er drehte sich um, betrachtete die Leiche und den Kasten mit dem Gesicht seines Bruders. »Lassen Sie diese Sachen verbrennen, Kanzler Hung. Draußen vor den Palasttoren, wo wir es alle sehen können.«

* * *

Es war ruhig in der Lobby des Medizinischen Zentrums. Als Chen eintrat, blickte die Krankenschwester hinter dem Schreibtisch auf und lächelte, aber Chen marschierte einfach weiter, schob sich durch das Tor in der niedrigen Schranke und ging auf den Raum zu, wo seines Wissens nach das Archiv untergebracht war.

Die Schwester rief ihm etwas hinterher, aber Chen ignorierte es. Er hatte keine Zeit für Formalitäten. Er wollte sofort wissen, wer sein Kind umgebracht hatte und warum.

Zwei Männer blickten hinter den Monitoren auf, als er den Archivraum betrat, und waren erstaunt, ihn zu sehen. Einer wollte protestieren, verstummte aber, als er die Waffe sah.

»Ich brauche nähere Informationen über den Mord an einem Kind«, sagte Chen ohne Einleitung. »Der Name lautet Kao. K – A – O. Es ist eine Woche her. Ein kleines Mädchen. Eine Neugeborene. Ich brauche die registrierte Todeszeit, den genauen Zeitpunkt, wann in diesem Büro der Notruf einging, und einen Dienstplan einschließlich aller Einträge in diesen Plan.«

Die Sekretäre sahen einander an und wußten nicht recht, was sie tun sollten, aber bei Chens schroffem Befehl sprangen sie auf. Er richtete die Waffe auf den älteren der beiden. »Na los. *Sofort!* Ich brauche einen Printout. Und denken Sie nicht einmal daran, mich reinzulegen. Wenn ich nicht bekomme, was ich will, jage ich Ihnen eine Kugel in die Brust.«

Der Mann schluckte nervös, ließ den Kopf sinken und tippte die Angaben in sein Komset.

Als der Ausdruck aus der Maschine glitt, hörte Chen von draußen ein Geräusch. Er fuhr herum. Drei Krankenpfleger – große, schwer gebaute Männer – waren gekommen, um nach dem Rechten zu sehen. Danach zu urteilen, wie sie ihm den Weg verstellten, hatten sie nicht die Absicht, ihn durchzulassen.

»Geht zurück an die Arbeit«, sagte Chen ruhig. »Damit habt ihr nichts zu tun.«

Er warf einen Blick über die Schulter. Der jüngere der beiden Sekretäre hatte die Finger auf der Tastatur. Chen schüttelte den Kopf. »Das würde ich an Ihrer Stelle nicht tun...«

Der Mann zögerte. Wenig später verstummte der Drucker.

Chen streckte die Hand aus und nahm den Ausdruck aus dem Auffangkorb. Ein Blick darauf bestätigte seinen Verdacht. Jyan hatte recht gehabt. Zu dem Zeitpunkt, als seine Tochter gestorben war, hatten nicht weniger als vier Angehörige des medizinischen Personals frei gehabt. Warum also hatten sie den Notruf nicht beantwortet? Oder besser: wer hatte sie angewiesen, ihn zu ignorieren?

Er würde Doktor Fan, den leitenden fachärztlichen Berater des Zentrums, einen Besuch abstatten – den

Mann, der auf Wang Tis Notruf hätte kommen müssen. Er würde ihn finden und einen Namen aus ihm herausprügeln. Und den betreffenden Mann würde er umbringen. Wer immer es war.

Chen wandte sich nochmals den Krankenpflegern zu. »Haben Sie mich nicht verstanden, *Chun tzu*? Gehen Sie wieder an die Arbeit. Das hier geht Sie nichts an.«

Er merkte, wie sehr sie der Anblick seiner Waffe reizte. Und sie waren entschlossen. Sie glaubten, sie könnten mit ihm fertigwerden. Nun, sollten sie es versuchen. Aber sie irrten sich, wenn sie annahmen, mit schierer Entschlossenheit über ihn triumphieren zu können.

Er steckte die Waffe in seinen Halfter und ging in die Hocke, um das lange, scharfgeschliffene Messer aus seinem Stiefel zu ziehen.

»Ihr wollt mich aufhalten, sehe ich das richtig? Nun, versucht's doch mal. Wollen wir doch mal sehen ...«

* * *

Minuten später hämmerte er an der Tür von Fan Tseng-lis Apartment und vergaß für keinen Augenblick, daß der Sicherheitsdienst längst alarmiert sein mußte. Er hörte, wie sich drinnen etwas regte, und das Gemurmel von Stimmen – erschrockener, panischer Stimmen. Er brüllte durch die Tür und bemühte sich, entschlossen zu klingen.

»Hier ist der Sicherheitsdienst! Sofort aufmachen! Ich bin Leutnant Tong und zu Ihrem Schutz abgestellt!«

Die Türkamera schwenkte herum, und er hielt seine Ausweiskarte hoch, wobei er mit dem Daumen den Namen verdeckte. Wenig später glitt zischend die Tür auf, und er wurde von drei Dienern hereingeführt, die ihn dankbar anlächelten.

Ihr Lächeln erstarrte, als er seine Waffe zog.

»Wo ist er? Wo ist das kleine Rattengesicht?«

»Ich weiß nicht, wen Sie meinen«, begann der Älteste, ein Greis mit der Nummer zwei auf der Brust, aber Chen brachte ihn mit einem Schlag mit der flachen Hand zum Schweigen.

»Sie wissen verdammt gut, wen ich meine. Fan. Ich will wissen, wo er ist, und ich will es sofort wissen, nicht erst in zwei Minuten. Ich werde Sie zuerst erschießen, *Lao tzu*, dann dich, du kleiner Scheißer.«

Der ältere – Nummer zwei – senkte den Blick und hielt den Mund, aber der jüngste der drei begann plötzlich draufloszureden. Die Furcht löste auf wunderbare Weise seine Zunge. Chen hörte aufmerksam zu und merkte sich, was er sagte.

»Und da ist er jetzt?«

Der junge Mann nickte.

»Gut.« Er sah an dem Mann vorbei auf das Komset des Hauses; ein großes, verschnörkeltes und mit Drachen geschmücktes Gerät. »Hat schon jemand mit ihm geredet?«

Der junge Mann schüttelte den Kopf und ignorierte den Seitenblick des Alten.

»Wunderbar.« Chen trat an ihm vorbei und feuerte zweimal in das Gerät. »Nur damit ihr nicht in Versuchung kommt. Aber ich warne euch. Wenn ich erfahre, daß ihr ihm etwas verraten habt, komme ich wieder. Also seid brav, ja? Ganz brav.«

* * *

Der Hausdiener lächelte und senkte den Kopf. »Wenn Sie hier warten möchten, Hauptmann Kao, werde ich meinem Herrn Bescheid sagen...«

Eine Gerade in die Magengrube ließ den Mann keuchend zusammensacken. Chen stieg über ihn und lief auf die Stimmen und das Klirren der Gläser zu.

Ein Diener versuchte ihn am Betreten des Speisesaals zu hindern. Chen schlug ihm mit der Handkante gegen den Hals.

Er warf die Türen auf, sah in die Runde, ignorierte die erschrockenen Gesichter und knurrte furchterregend, als er den Doktor Fan entdeckte, der auf der anderen Seite des Tisches saß.

Fan Tseng-li fuhr hoch und stolperte mit blassem Gesicht und weit aufgerissenen Augen zurück. Die anderen schrien jetzt empört durcheinander, sahen zwischen Chen und Fan hin und her und suchten nach Anhaltspunkten, was hier vor sich ging. Einige Sekunden lang herrschte Aufruhr, dann trat eine kalte, angsterfüllte Stille ein.

Chen hatte sein Messer gezogen.

»*Aiya!*« rief Fan heiser und sah ängstlich umher. »Wer ist denn dieser Verrückte?«

»Sie wissen verdammt gut, wer ich bin«, knurrte Chen und kam um den Tisch. »Und ich weiß, wer Sie sind, Fan Tseng-li. Sie sind das Dreckschwein, das meine ungeborene Tochter hat sterben lassen.«

Fans Gesicht erstarrte mit offenem Mund, dann fing er an zu stammeln. »Sie irren sich. Ich bin aufgehalten worden. Ein alter Mann ... einer meiner Kunden ...«

Fan verstummte. Chen stand jetzt nur mehr eine Armlänge vor ihm und starrte ihn finster an, und der Ausdruck von Haß, von schierer Abscheu in seinem Gesicht genügte, um den Widerstand seines Gegenübers zu brechen.

»Ich weiß, was für ein Ungeziefer Sie sind, Fan. Ich will nur wissen, wer Sie dafür bezahlt hat, meine Tochter sterben und meine Frau leiden zu lassen.« Er packte Fan am Schopf, zog ihn auf die Knie und hielt ihm das große Messer an die Kehle. »Wer war es, Fan Tseng-li? Sagen Sie es.«

Rings um den Tisch erhob sich empörtes Gemurmel, aber Chen ignorierte es. Er sah in Fans Gesicht, und ein mörderischer Haß ließ ihn die Zähne fletschen.

»Sie verraten es mir besser«, sagte er ruhig und zog fester an Fans Haar, »und am besten tun Sie es gleich,

Fan Tseng-li. Es sei denn, Sie hätten gern einen zweiten Mund unter Ihrem Kinn.«

Fan zog eine Grimasse, dann sah er Chen in die Augen. »Es war Ts'ui Wei. Ts'ui Wei hat mich dazu gezwungen.«

»Ts'ui Wei?« Chen runzelte die Stirn und versuchte den Namen einzuordnen. »Hat er ...?«

Er verstummte, als ihm der Zusammenhang klar wurde. *Ts'ui Wei*. Natürlich! So hieß der Vater dieses Jungen. Der große, dünne Mann, der ihn nach der Degradierung des Jungen bedroht hatte. Chen fuhr zusammen. So war das also. Deshalb hatte sein Kind sterben müssen.

Chen sah auf Fan hinunter, dann stieß er das Gesicht mit einem tierischen Knurren auf sein Knie.

Er ließ Fan auf die Seite rollen, ging um den Tisch und sah, wie sich alle vor ihm verkrochen. An der Tür machten ihm die Diener Platz und wagten es nicht, ihn aufhalten zu wollen. Sie hatten gesehen, was geschehen war, und wußten Bescheid. Einige bezeugten sogar ihren Respekt, indem sie sich verneigten. Hinter ihm im Speisesaal erhoben sich allerdings die Stimmen; wütende, entrüstete Stimmen, die nach Hilfe riefen.

* * *

Er stand in der Dunkelheit am anderen Ende des Restaurants und sah hinüber. Es waren sieben insgesamt, von denen fünf an einem Tisch unweit der Zahltheke saßen; von hinten beleuchtete Gestalten mit dunklen Gesichtern. Die anderen saßen an Nachbartischen; große Männer, deren Wachsamkeit und Körpermaße Chen verrieten, um wen es sich handelte. Die fünf hatten die Köpfe zusammengesteckt und redeten.

»Sie sollten verschwinden, Ts'ui Wei«, sagte einer von ihnen. »Sie können sich doch wohl eine Zeitlang bei Verwandten verstecken, bis der Ärger vorbei ist.«

Ts'ui Wei beugte sich ihm aggressiv entgegen. »Ich laufe vor diesem Scheißer nicht davon. Er hat meinen Sohn nach unten schicken lassen. Von so einem lasse ich mich doch nicht einschüchtern.«

»Wie Sie wollen, Ts'ui Wei, aber mir ist zu Ohren gekommen, daß der Sicherheitsdienst die Deckarchive durchforscht und eine Akte zusammengestellt hat.«

Ts'ui lehnte sich arrogant zurück. »So? Er kann nichts beweisen. Und Doktor Fan wird den Mund halten.«

Der Dicke nahm eine drohende Haltung an. »Fan Tseng-li ist die Verschwiegenheit in Person. Wenigstens hört er auf meinen Rat und macht sich davon, bis die Sache ausgestanden ist...«

Ts'ui Wei schnaubte verächtlich. »Das ist typisch für diesen Absahner! Ich hätte nie auf Ihren weinerlichen Quatsch hören sollen. Wir hätte *ihm* eins auswischen können. Ihm persönlich. Und nicht bloß ein mickriges ungeborenes Kind. Wir hätten ihm einen schweren Schlag versetzen können. Das kleine Mädchen...«

Chen zitterte, und seine Wut erreichte ihren Siedepunkt. Sie rechneten nicht mit ihm. Daher hatte er das Überraschungsmoment auf seiner Seite. Aber es gab noch die Leibwächter. Um die mußte er sich zuerst kümmern.

Er hörte zu, wie sie ihre Pläne schmiedeten, und spürte, wie sein Zorn in eine tiefe Abscheu umschlug. Vor ihnen, aber auch vor sich selbst – denn was hatte *er* getan, während all dies geschehen war?

Er ließ langsam Atem ab. Nein. Es konnte nie wieder derselbe sein. Denn wo er auch hinblickte, würde er immer wieder diese hilflose junge Frau schutzsuchend auf sich zustolpern sehen und dann das berstende Geräusch der Explosion hören, die ihr den Kopf wegsprengte...

Und das Kind? Er schloß die Augen, und der Schmerz kehrte zurück wie ein eisernes Band, das sich um seine Brust schloß. Es war so, als habe er das Kind getötet. Als habe er einen kleinen Knopf gedrückt und...

Chen trat aus der Dunkelheit. Einer der Lakaien blickte zu ihm auf, als er näher kam, nahm ihn aber nicht weiter wichtig – er schien nur ein Nachtarbeiter zu sein, der vor der Nachtschicht noch eine Schale *Ch'a* trinken wollte. Darauf hatte Chen gehofft.

Ihn trennten nur noch drei Schritte von dem Mann, als er handelte. Er holte aus und brach dem Kerl mit einem gezielten Schlag das Nasenbein. Als er nach hinter fiel, wirbelte Chen herum und erwischte den zweiten Mann mit einem Tritt gegen die Brust, noch bevor er ganz aufgestanden war. Mit zwei weiteren schnellen Schlägen hatte er ihn erledigt.

Chen wandte sich den Männern am Tisch zu. Sie waren zurückgewichen und hatten ihre Stühle umgestoßen. Jetzt starrten sie ihn mit vor Angst weit aufgerissenen Augen an.

»Sagen Sie mir eins«, sagte Chen ruhig und trat einen Schritt näher. »Mein kleines Mädchen... Was hätten Sie getan, Ts'ui Wei? Sagen Sie mir, was Sie geplant haben.«

Mit aschfarbenem Gesicht versuchte Ts'ui Wei weiter zurückzuweichen, aber die Rückwand war direkt hinter ihm. Er drehte ängstlich den Kopf, suchte nach einem Ausweg, aber er konnte nirgendwo durch.

Chen hob den schweren Tisch und warf ihn zur Seite, dann bückte er sich und zog das große Jagdmesser aus seinem Stiefel.

»Ich habe kein Lust, zu kämpfen. Sie etwa, Ts'ui Wei?« Er lachte kalt, und all der Haß und die Selbstverachtung, die er plötzlich empfand, bündelten sich in seinem Unterarm und ließen das große Messer im Licht zittern.

Ts'ui Wei starrte ihn an, und seine Lippen bewegten sich tonlos, dann fiel er auf die Knie, preßte vor Chen die Stirn auf den Boden, und sein ganzer Körper zitterte vor Furcht. »Gnade«, bettelte er. »Bei allen Göttern, Gnade!«

Chen holte zittrig Luft und dachte zurück, wie Wang Ti ihn angesehen, was er bei dem Gedanken empfunden hatte, nicht für sie da gewesen zu sein – und Jyan, der arme Jyan... was hatte er gefühlt, als ihm klar geworden war, daß er nichts tun konnte? Und dieses... dieses Stück Dreck verlangte *Gnade*?

Er hob das Messer, und sein ganzer Körper bereitete sich auf den Stoß vor...

»Vater! Nein!!! *Bitte*...«

Er fuhr herum und ließ das Messer fallen. Es war Jyan. Sein Sohn Jyan.

Der Junge lief herbei, umarmte ihn und hielt ihn so fest, daß er etwas in sich entzweibrechen spürte. Er fing an zu schluchzen und konnte nicht mehr beherrschen, was er sagte. »Oh, Jyan... Jyan... Es tut mir so leid... Ich habe es nicht gewußt... Ich habe es einfach nicht gewußt. War es schlimm, Junge? War es sehr schlimm?«

Jyan klammerte sich noch fester an seinen Vater. Sein Gesicht war tränenfeucht, als er zu ihm aufblickte. »Alles in Ordnung, Vater... Es ist wieder alles in Ordnung. Du bist wieder da. Du bist jetzt hier.«

Er küßte seinen Sohn auf die Stirn, dann hob er ihn hoch und schloß ihn fest in die Arme. Ja. Aber es würde nie wieder dasselbe sein.

Er drehte sich um und schaute in die Schatten. Dort stand Karr in Begleitung eines Trupps von Wachleuten. »Alles klar, Chen?«

Chen nickte. »Ich...« Er lachte seltsam. »Ich hätte ihn umgebracht.«

»Ja«, sagte Karr ruhig. »Und ich hätte dich nicht daran gehindert. Aber Jyan... Nun, Jyan wußte es besser. Schließlich hast du noch ein ganzes Leben vor dir, Kao Chen. Ein gutes Leben.«

Chen zitterte, drückte seinen Sohn noch fester an sich und nickte. Karr ließ kurz eine Hand auf Chens Schulter liegen, dann ging er an ihm vorbei und übernahm das Kommando. »Na los!« schnauzte er und baute sich vor den verängstigten Männern auf. »Dann wollen wir hier mal Ordnung schaffen! Sie – Sie alle! – verschränken die Hände hinter dem Kopf und stellen sich da vorn an die Wand! Sie sind verhaftet. Sie stehen unter dem Verdacht, als Haupt- und Mitschuldige ein Kind ermordet und eine Verschwörung gegen die Justiz geplant zu haben.«

* * *

Karr saß am Rande des steinernen Bootes und starrte zu der von Flutlicht beleuchteten Silhouette des Gedächtnissteins hinüber. Es war nach neun, und der Lotossee lag im Dunkeln da. Liebespaare gingen unter den Laternen spazieren, die die schmalen Gehwege säumten, sprachen leise miteinander und ließen einen angemessenen Abstand zwischen sich. Hinter Karr, im Schatten des Teehauses, saß mit hängendem Kopf Chen. Er hatte seine Geschichte erzählt.

Karr saß noch eine Zeitlang bewegungslos da, dann seufzte er und schüttelte den Kopf, als erwache er aus einem düsteren und bedrohlichen Traum.

»Und das ist die Wahrheit?«

Chen schwieg.

Karr schloß die Augen, so tief empfand er den Schmerz. Natürlich war es die Wahrheit. Eine solche Geschichte – so etwas dachte sich niemand einfach so aus. Nein. Aber nicht bloß Chen tat ihm leid. Er hatte die Frau sehr gemocht, sie respektiert. Wenn er nur einen Augenblick lang geahnt hätte, daß ...

Er stand auf, drehte sich um und sah zu seinem Freund hinüber. »Das ist nicht richtig, Kao Chen. Einfach nicht richtig.«

Chen blickte auf und nickte.

»Und was werden wir tun?«

»Tun?« Chen lachte kalt. »Was *können* wir tun?«

Karr schwieg lange und fingerte an dem Drachenanhänger um seinen Hals herum, dann zog er ihn aus und betrachtete ihn genauer. Karr war ein *Chia ch'eng*, Ehrenmitglied des Kaiserlichen Haushalts. Er hatte das Recht, eine Audienz mit seinem T'ang zu beanspruchen.

Er warf Chen über den Tisch hinweg einen Blick zu. »Ich werde bei Li Yuan vorsprechen. Ich werde ihm alles erzählen, was du mir eben gesagt hast.«

»Meinst du, er weiß nichts davon?«

Karr nickte. »Davon bin ich überzeugt. Er ist ein guter Mann. Jemand enthält ihm diese Informationen vor. In diesem Fall müssen wir seine Augen und Ohren sein, nicht wahr? Er sollte von uns erfahren, was in seinem Namen getan wird.«

Chen drehte den Kopf. »Und Tolonen? Er wird bis morgen früh den Bericht über meinen Einsatz erhalten. Was ist, wenn er sagt, du sollst nichts tun?«

Karr senkte den Blick. Der Einwand war richtig. Er war Tolonens Untergebener, und von Rechts wegen sollte er zuerst mit dem Alten reden. Aber es gab wichtigere Dinge als solche Loyalitäten.

»Dann muß ich es sofort tun.«

* * *

Die Wand hatte sich verändert. Sie zeigte jetzt eine Ansicht des Tai Shan [11], des heiligen, vom frühen Morgennebel verschleierten Berges. Der große Tempel am Gipfel war nur ein winziger roter Fleck vor dem Blau des Himmels. Durch den Raum wehte eine schwache Brise und verbreitete den Geruch von Kiefern und Akazien.

Der Dicke Wong wandte sich von der Wand wieder seinen Gästen zu und hob seine Tasse. »Brüder ...«

Es saßen fünf Männer um den flachen Tisch, jeder einzelne auf derselben Stufe wie Wong Yi-sun, jeder der Big Boss einer der großen Triaden, die die unterste

Ebene der Stadt Europa dominierten. Es hatte ihn einiges gekostet, sie hier zu versammeln, aber sie waren da. Alle. Darauf kam es an.

Sie starrten ihn aus kalten Augen an und erwiderten sein Lächeln nur mit dem Mund, wie Alligatoren.

»Ich bin froh, daß Sie alle gekommen sind. Mir ist klar, was Sie opfern mußten, um auf eine so kurzfristige Einladung hier zu erscheinen, aber nachdem Sie erfahren haben, was ich zu sagen habe, werden Sie mir sicher zustimmen, daß ich recht damit tat, diese Ratssitzung einzuberufen.«

»Wo ist der Eiserne Mu?«

Wong wandte sich dem alten Mann zu, der am Ende des Tisches saß. »Verzeihen Sie, General Feng, aber darauf komme ich noch zu sprechen.«

Der Big Boss der 14K starrte ihn mißmutig an. »Der Rat hat sieben Mitglieder, Wong Yi-sun, aber ich sehe nur sechs an diesem Tisch.«

»Hören Sie Wong erst einmal zu Ende an, Feng Shang-pao«, sagte der kleine, kahlgeschorene Mann, der zwei Plätze weiter saß, und beugte sich vor, um eine Cashew-Nuß aus der Schale zu fischen. »Ich bin mir sicher, daß alle Ihre Fragen eine Antwort finden werden.«

Feng lehnte sich zurück und sah den Zwischenrufer finster an. »Wir können untereinander nicht auf Vorschriften verzichten, Li Chin. Wir müssen uns an gewisse Verhaltensrichtlinien halten.«

Li Chin – der aus offenkundigen Gründen Li der Lidlose genannt wurde – wandte seinen knöchernen Kopf und visierte den Älteren mit übergroßen Augen an. »Das will ich nicht in Abrede stellen, Feng Shang-pao. Aber Wu Shih Wo möchte wissen, was der Dicke Wong zu sagen hat, und wenn Sie ihm diese Gelegenheit nicht lassen ...«

Feng senkte den Blick, sein mächtiger Brustkasten hob und senkte sich, dann nickte er.

»Gut«, sagte Wong. »Dann lassen Sie mich erklären. Heute nachmittag habe ich einen Brief erhalten.«

Der Bärtige Lu, Boss der Kuei Chuan, beugte sich vor, und die geschmolzene Maske seines Gesichts wandte sich Wong zu. Sein heiles Auge glänzte. »Ein Brief, Wong Yi-sun?«

»Ja.« Wong zog den Brief aus seinem Seidengewand und warf ihn vor Lu auf den Tisch. »Aber bevor Sie ihn öffnen, lassen Sie mich ein paar Worte sagen.«

Wong straffte sich, und sein Blick tastete von Gesicht zu Gesicht. »Wir von den *Hung Mun* sind stolz auf unser Erbe. Mit Recht. Seit unserer Gründung durch die fünf Mönche des Fu Chou-Klosters haben wir unsere Streitigkeiten stets freundschaftlich beigelegt. Und ist das nicht gut so? Schließlich ist es besser, Geld zu machen, als einen Krieg zu führen.« Er lächelte und ließ sein Lächeln verblassen. »Diesmal allerdings war die Bedrohung zu groß. Der Eiserne Mu war auf mehr als bloßen Profit aus. Er wollte sich eine Machtgrundlage schaffen – eine Grundlage, von der er diesen Rat aushebeln und sich an seine Stelle setzen konnte.« Er nickte mit strenger Miene. »Verstecken wir uns nicht mehr hinter Worten. Der Eiserne Mu hat versucht, uns zu vernichten.«

Der Tote Yun von der Roten Gang räusperte sich. »Ich habe Ihnen zugehört, Wong Yi-sun, aber es kommt mir merkwürdig vor. Sie sprechen von Dingen, die wir schon wissen, doch Sie sprechen davon, als gehörten sie der Vergangenheit an. Aus welchem Grund?«

Wong lächelte, dann wandte er sich ab und trat an den kleinen Teich. Eine Zeitlang stand er da und beobachtete die sieben goldenen Fische, die träge durchs kristallklare Wasser schwammen, dann griff er mit einer blitzschnellen Bewegung einen aus dem Wasser, drehte sich um und hielt ihn den anderen hin. Einen Moment lang zappelte er an der Luft, dann ließ Wong ihn auf die trockenen Steinplatten fallen.

Das Gemurmel vom Tisch bewies, daß sie ihn verstanden hatten.

»Der Eiserne Mu ist also tot. Aber wie ist er umgekommen?« fragte Dreifinger-Ho und beäugte Wong argwöhnisch.

Wang trat näher, und eine Spur Selbstzufriedenheit stahl sich in seine Mundwinkel. »Ich will Ihnen verraten, wie. Alle siebenunddreißig Decks des Kerngebiets des Großen Kreises wurden vor dreißig Minuten gleichzeitig angegriffen. Eine Streitmacht von hundertzwanzigtausend *Hei* ist einmarschiert, mit einer Rückendeckung von fünfzehnhundert etatmäßigen Wachmännern.«

Hei ... Dieses Wort allein schickte einen Schauer der Furcht durch die Männer. Sie hatten auf ihren Monitoren die *Hei* in Aktion erlebt, jene großen, von GenSyn produzierten Halbmenschen, die Decks mit der Skrupellosigkeit von Aufrührern räumten, mit der sich nicht einmal ihre fanatischsten Handlanger messen konnten. Einige Sekunden lang schwiegen sie, tauschten Blicke und fragten sich, was das bedeutete, dann beugte sich der Lidlose Li zum Bärtigen Lu hinüber und nahm den Brief. Er faltete ihn auseinander und begann ihn laut vorzulesen, verstummte aber, als ihm plötzlich klar wurde, was hier vor sich ging.

Dieser Brief von Li Yuan – seine knappe schriftliche Zustimmung – änderte alles. Nie zuvor hatten sie von oben eine derartige Zuwendung erfahren. Nie zuvor hatten die *Hung Mun* Hand in Hand mit den Sieben zusammengearbeitet. Heute hatte sich der Dicke Wong Respekt verschafft und seine Position als Großer Vater der Bruderschaften neu etabliert. Li schaute in die Runde und bemerkte den verständigen Ausdruck in jedem Gesicht, dann wandte er sich wieder Wong zu und bezeugte mit einem Senken des Kopfes seinen Respekt.

* * *

Die Wandteppiche brannten. Flammen leckten an den alten Fasern empor, verzehrten Berge und Wälder, verwandelten die Reiter in Sekundenbruchteilen in Asche. Die Luft war erfüllt von Rauch und den gellenden Schreien der sterbenden Männer. *Hei* rannten durch die erstickende Dunkelheit. Ihre langen Schwerter blitzten, ihre tiefliegenden Augen suchten nach allem, was rannte, lief oder kroch.

Die Tür zur Villa des Eisernen Mu war vor zehn Minuten aufgebrochen worden, doch eine kleine Gruppe aus Mus Elite konnte sich noch halten. *Hei* schwärmten an der letzten Barrikade aus und warfen sich ohne Gedanken an das eigene Wohlergehen gegen das Hindernis. Auf der anderen Seite trieb Yao Tzu, der Rote Pfahl des Großen Kreises, seine Männer zu einer letzten Anstrengung an. Er blutete aus Wunden an Kopf und Brust, kämpfte aber noch immer weiter und drosch auf alles ein, was sich über der Barrikade zeigte. Der große Stapel hielt noch einige Sekunden, dann erbebte er und rutschte langsam herunter. Ein Geheul war zu hören, dann brachen die *Hei* durch. Yao Tzu wich zurück. Das Messer wurde ihm aus der Hand gerissen, und drei seiner Männer erlagen dem Ansturm. Als der erste *Hei* auf ihn losging, preschte er vor, kreischte schrill und erwischte den Halbmenschen im Sprung mit einem Tritt, der ihm das riesige Brustbein zerschmetterte. Davon angestachelt, setzen seine Männer mit einem Trommelfeuer von Faustschlägen und Tritten nach, aber es genügte nicht. Die erste Welle der *Hei* ging nieder, aber dann hörten sie das ohrenbetäubende Rattern eines Maschinengewehrs, und der *Hei*-Kommandant eröffnete von der zusammengefallenen Barrikade aus mit einer großen Automatikwaffe das Feuer.

Für einen Moment trat Stille ein, und Rauchschwaden wirbelten umher, dann drangen sie weiter vor, hinein ins innere Heiligtum.

* * *

Seine Frauen waren tot, seine drei Söhne wurden vermißt. Von draußen konnte er die Schreie der sterbenden Männer hören. Es konnte nur noch Sekunden dauern, bis sie in seine Zimmer einbrachen. Dennoch durfte er nichts übereilen.

Der Eiserne Mu hatte sich gewaschen und bereit gemacht. Jetzt saß er mit verschränkten Beinen und offnem Umhang da und hatte das Ritualmesser vor sich auf der Matte liegen. Sein Diener wartete hinter ihm und hatte das speziell geschärfte Schwert zum letzten Schlag erhoben.

Mu beugte sich vor, nahm das Messer und richtete die Klinge auf seinen nackten Bauch. Im Kopf war er seltsam klar, seine Gedanken rein. Dieser Kaufmann, Novacek, mußte für den Überfall verantwortlich sein. Es gab keine andere Erklärung. Niemand sonst hatte genug gewußt. Aber darauf kam es nicht mehr an. Er würde gut sterben. Das war alles, was jetzt noch zählte.

Als er sich anspannte, erschütterte ein Aufprall die Tür, dann wurden die großen Schlösser aufgebrochen. Zwei *Hei* standen vor der Tür und sahen zu ihm herein. Sie wollten hereinkommen, aber eine Stimme rief sie zurück. Wenig später trat ein Mann ein, ein kleiner, adretter Han in der stahlblauen Uniform und mit dem Brustabzeichen eines Oberst. Eine Gasmaske bedeckte seine untere Gesichtshälfte.

Der Eiserne Mu sah dem Oberst in die Augen und hielt seinen Blick trotzig fest. Jetzt, in seinen letzten Augenblicken, empfand er keine Furcht, kein Bedauern, nur eine Klarheit des Wollens, die an Erhabenheit grenzte.

Nichts, nicht einmal ein *Hei* konnte ihn jetzt noch aufhalten.

Ein Atemzug, ein zweiter langer Atemzug, und dann...

Der Oberst riß die Augen auf, biß die Zähne aufeinander und wandte sich ab, um die *Hei* in diesem Zimmer den Rest erledigen zu lassen. Er schauderte, trotz allem beeindruckt, und empfand neuen Respekt für den Mann. Der Eiserne Mu war einen aufrechten Tod gestorben. Sehr aufrecht. Doch es durfte nicht bekannt werden, wie der Eiserne Wu gestorben war. Nein. Man würde sich erzählen, daß er geweint, um Gnade gebettelt und sich hinter seinen Frauen versteckt hätte. Denn das hatten die *T'ing Wei* verlangt. Und was die *T'ing Wei* verlangte, wurde auch befolgt.

Ja, aber solang er lebte, würde er den Tod des Eisernen Mu im Gedächtnis behalten. Und eines Tages, wenn es die *T'ing Wei* vielleicht nicht mehr gab, würde er seine Geschichte erzählen: wie einer der großen Herren der Unterwelt gestorben war, voller Würde, ohne Furcht vor der Dunkelheit.

* * *

Der Dicke Wong stand an der Tür und beendete die Sitzung, indem er den übrigen Bossen für ihr Kommen dankte. Und als sie gingen, bewegte er jeden einzelnen dazu, in die Hocke zu gehen und das antike Banner zu küssen, womit sie die alte Tradition bekräftigten, an die sie sich gebunden fühlten, und anerkannten, daß er, Wong Yi-sun, 489er des Vereinten Bambus, noch immer der größte und fetteste Wurm von allen war.

Es hätte genügen müssen. Doch als sie gegangen waren, empfand er keine Erleichterung, sondern ein überraschendes Gefühl der Leere. Dieser Sieg war nicht seiner. Nicht *wirklich* seiner. Er kam ihm vor wie etwas Gekauftes.

Er trat an den kleinen Teich, starrte ins Wasser und versuchte die Dinge klar zu sehen. Einige Sekunden lang stand er bewegungslos da, als meditiere er, dann zog er den Brief aus der Tasche, riß ihn langsam mittendurch, dann noch einmal und ließ ihn fallen. Nein. Er wollte niemandem Dank schulden, nicht einmal einem Sohn des Himmels. Er sah es jetzt mit offenen Augen. Warum war Li Yuan zum Handeln bereit gewesen, wenn nicht aus Furcht? Und wenn es sich so verhielt ...

Er atmete tief durch, dann krempelte er einen Ärmel hoch, griff ins Wasser und packte einen Fisch nach dem anderen, bis fünf der aufgedunsenen, goldenen Geschöpfe am Rand lagen und an der feindlichen Luft hilflos zappelten.

Sein Weg lag deutlich vor ihm. Er mußte die Unterwelt vereinen, seine Brüder einen nach dem anderen vernichten, bis nur er übrig blieb. Und wenn das geschafft war, konnte er wieder den Kopf heben und ins Licht schauen.

Er sah zu Boden, beobachtete die letzten Japser der Fische und wandte sich mit einem Lächeln ab. Nein. Sein Weg lag deutlich vor ihm. Er würde nicht ruhen, bis die Unterwelt ihm gehörte. Bis ihm alles gehörte.

* * *

Li Yuan stand auf der Terrasse unter einem strahlenden, vollen Mond, sah über das Palastgrundstück hinaus und bemerkte, wie ruhig, wie leer der Palast zu dieser späten Stunde wirkte. Keine Gärtner knieten auf der dunklen Erde unter den Spalieren der unteren Gärten, keine Mägde gingen über den schmalen, dunklen Weg, der zur Palastwäscherei führte. Er drehte sich um und schaute zu den Ställen. Dort warf eine einzige Lampe ein schwaches, bernsteinfarbenes Licht über den leeren Übungsplatz.

Er zitterte, blickte zum Mond empor und starrte die große weiße Steinkugel an, während er über Karrs Worte nachdachte.

Als er dort im flackernden Lampenlicht gestanden und sich den Bericht des großen Mannes angehört hatte, war er zutiefst bewegt gewesen. Er hatte nicht gewußt, was in Kibwezi vor sich ging, und gerührt von der leidenschaftlichen Anklage Karrs, hatte er versprochen, Kibwezi zu schließen und sich selbst ein Bild davon zu machen, wie die verurteilten Terroristen dort behandelt wurden.

Verwirrt von Karrs Schilderungen und den Fragen, die sie aufwarfen, war er zum Empfang zurückgekehrt. Und während er zwischen seinen Vettern umherging, lächelte und unverbindliche Höflichkeiten austauschte, kam ihm das alles auf einmal wie ein großer Schwindel vor, ein Nichts, so als befände er sich in Gesellschaft einer Ansammlung von Hologrammen. Je mehr er lächelte und redete, um so mehr spürte er das Gewicht von Karrs Bericht auf sich lasten.

Doch zumindest jetzt, unter dem blinden Auge des Mondes, hatte er die Zusammenhänge klar vor sich.

Bis zu diesem Moment hatte er nicht wahrhaben wollen, daß es ein moralisches Problem mit dem Verdrahtungsprojekt gab. Er hatte behauptet, es sei nur eine Frage der Haltung. Aber es gab ein Problem, denn Freiheit war – wie Tolonen von Anfang an betont hatte – keine Illusion, und selbst die Freiheit zu rebellieren sollte – nein, *mußte* – irgendwie bewahrt werden, wenn auch nur des Gleichgewichts wegen.

Wenn es bloß eine Frage der Philosophie wäre – der *Worte* –, dann wäre alles in Ordnung gewesen. Aber so verhielt es sich nicht. Das Bevölkerungsproblem bestand wirklich. Es konnte nicht einfach von der Hand gewiesen werden.

Er senkte den Blick und starrte auf seine Hände – auf den großen eisernen Ring am Zeigefinger seiner rechten Hand. Für Männer wie Kao Chen war eine gebräuchliche Phrase wie ›Wir sind in den Händen unseres Herrn‹ in viel wörtlicherem Sinne wahr, als er es sich je vorgestellt hatte. Und von weit größerer Bedeutung. Denn was war ein Mensch? Ein selbstbestimmtes Wesen, das sein eigenes Schicksal formte, oder bloß ein

Stein auf dem Brett, der von jemand anderem bewegt wurde, der größer war als er selbst?

Und vielleicht machte ihm das mehr zu schaffen als das Schicksal dieser Frau. Diese tiefgreifende Frage der Selbstbestimmung.

Er drehte sich um, schaute in sein Zimmer und sah Minister Hengs Bericht auf dem Schreibtisch, wo er ihn liegengelassen hatte.

Es war ein vollständiger Bericht über die ›Polizeiaktion‹ gegen die Triade des großen Kreises; ein Bericht, der sich von der offiziellen Stellungnahme der *T'ing Wei* grundlegend abwich. Die *Hei*-Sturmtruppen waren dort unten Amok gelaufen. Mehr als zweihunderttausend Menschen hatten sie getötet, darunter viele Frauen und Kinder.

Und das war ein weiteres Argument für eine Verdrahtung. Und sei es nur, um solche Massaker zu verhindern, so ›notwendig‹ dies hier auch gewesen sein mochte.

Er drehte sich um, stand einen Moment mit geschlossenen Augen da und spürte den kühlen Nachtwind auf seinem Gesicht. Dann ging er noch einmal auf die Terrasse hinaus.

Der Mond stand hoch. Er blickte erstaunt zu ihm hinauf und nahm ihn auf einmal ganz umgekehrt wahr, so als strahle er wie ein gewaltiges, glühendes Loch in der Schwärze des Himmels. Ein großer Kreis des Todes. Li Yuan zitterte heftig, senkte den Blick und bemerkte, wie das Licht die Gärten wie herabgesunkener Staub versilberte.

Bis heute hatte er immer danach gestrebt, das Richtige zu tun, ein guter Mensch zu sein – der gütige Herrscher, der er Konfuzius' Idealen nach sein sollte –, aber jetzt sah er es ein. Was diese Dinge anging, gab es keine ›richtige‹ Handlungsweise, keine klaren Lösungen, nur falsches Handeln in unterschiedlichem Ausmaß.

Und deshalb würde er die schwere Entscheidung

treffen. Natürlich würde er Karr gegenüber sein Wort halten. Die Kibwezi-Station mußte geschlossen werden. Was die andere Sache anging, hatte er keine Wahl. Jedenfalls keine wirkliche Wahl. Das Verdrahtungsprojekt mußte fortgesetzt werden, und so würde es auch geschehen, irgendwo anders, fern von neugierigen Blicken. Bis die Arbeit getan war und das System perfekt funktionierte.

Er seufzte, kehrte der Dunkelheit den Rücken und ging wieder hinein. Ja. Denn bald war es an der Zeit, daß es gebraucht wurde.

* * *

Die Terrasse vor dem Wachhaus war mit Glasscherben übersät, die im Mondlicht wie reifüberzogene Blätter glitzerten. Unweit lag mit zertrümmertem Gesicht und blutgetränktem, zerrissenem Uniformrock der erste Leichnam. Durchs leere Fenster konnte man eine zweite, auf einem Stuhl nach vorn gesackte Leiche mit grotesk verdrehtem Kopf sehen, deren unverletztes Gesicht ausdruckslos auf einen eingeschlagenen Bildschirm starrte.

Hinter ihr, am anderen Ende des Raums, ging es durch eine Tür weiter. Auf einem Bett im Pausenraum lag, nackt und zerschunden, die letzten Leiche. Die Augen traten aus ihrem Gesicht und die Zunge ragte obszön zwischen den Zähnen hervor.

Am Ende des unbeleuchteten Korridors, in der Stille der Signalkammer, stand der Morph, ein nackter, geschlechtsloser Körper im Halbdunkel, am Sender. Eine seiner Hände lag wie eine gestrandete Krabbe mit den Fingern nach oben auf dem Schreibtisch.

Der Morph drückte das durchtrennte Gelenk seiner Linken gegen den Input-Sockel, und als die zarten Drähte ihre Gegenstücke gefunden und die Verbindungen mit dem Pult hergestellt hatten, entspannte sich das Wesen, und auf Augenhöhe mit ihm glühte das

Pult in einem weichen, bernsteinfarbenen Licht auf. Für einen Moment trat Stille ein, dann durchfuhr ein leichtes Zittern das Geschöpf. Bei zwölf hörte es so plötzlich auf, wie es angefangen hatte. Die Nachricht war übermittelt worden.

Der Morph verharrte, während die Minuten dahingingen, in unnatürlicher Stille wie eine Maschine, und dann kam die Antwort.

Etwas erschütterte ihn, dann brach die Verbindung ab, er zog das Handgelenk ruckartig aus dem Sockel, und ein seltsam zischendes Seufzen, das an das Rauschen des Windes in den Bäumen erinnerte, entfuhr seinen schmalen Lippen.

Er griff nach der Hand, paßte sie sorgfältig an sein Handgelenk an und ließ die zwölf kräftigen Plastikriegel – sechs in der Hand, sechs im Handgelenk – einrasten. Die Hand zuckte, die Finger zitterten, dann kamen sie zur Ruhe.

Der Morph schaute durchs dunkle Rechteck des Fensters. In fünfzig *ch'i* Entfernung, am Rande des Betonwalls, stand ein Drahtzaun. Hinter dem Zaun fing der Wald an. Eine Zeitlang stand der Morph da und starrte in die Dunkelheit, dann drehte er sich um und machte sich auf den Rückweg.

Die letzten Nächte hatte er geträumt. Träume von einem schwarzen Wind, der aus dem Jenseits blies; Träume von einem düsteren, schweigenden Druck in seinem Rücken. Ein Traum, der ihm wie ein Schauer des Erkennens durch die Glieder gegangen war; der seine Nervenenden in einer plötzlichen Ekstase vibrieren ließ. Und mit dem Traum war eine Vision gekommen – eine helle, klare Vision von einer Welt unter der Oberfläche dieser Welt. Einer Welt, die von dem Spiel beherrscht wurde. Ein Spiel von Dunkelheit und Licht. Von Sonnen und Monden. Von Raum und Zeit selbst. Ein Spiel, das den dunklen Schleier von der Wirklichkeit wegriß und das Weiße der Knochen entblößte.

Auf der Terrasse blieb er wieder stehen und überlegte. Zwischen Tao Yuan und Taschkent lagen sechstausend *li*. Wenn er im Dunkeln reiste, konnte er in den ersten zehn Tagen etwa achtzig, vielleicht hundert *li* pro Nacht schaffen. Später, wenn er die große Wüste durchquerte, konnte er zulegen und in der Mittagshitze reisen, wenn keine Patrouillen flogen. Mit etwas Glück würde er in fünfzig Tagen am Ziel sein.

Er lächelte, als er sich an DeVores Anweisungen erinnerte. In Taschkent würde er sich mit jemandem treffen und neue Papiere erhalten. Von dort würde er nach Westen fliegen, erst nach Odessa, dann nach Nantes. In Nantes würde er ein Schiff nehmen – eines der großen Schiffe, die die großen schwimmenden Städte im mittleren Atlantik versorgten. Dort würde er sich eine Weile die Zeit vertreiben, indem er für den großen ImmVac-Konzern von Nordamerika arbeitete, und in dieser Organisation Wurzeln schlagen, bis der Befehl kam.

Er stand noch eine Zeitlang da, groß, mächtig und elegant wie ein versilberter Gott im Mondlicht, dann sprang er hinunter und lief durch den Lichtkreis auf den Zaun zu und in die Dunkelheit dahinter.

* * *

DeVore blickte vom Fernmeldepult auf und starrte in die finstere Marsnacht. Es war kurz nach zwei Uhr Ortszeit, und die Lichter der fernen Stadt glühten gedämpft. Dahinter erhob sich eine Mauer der Dunkelheit.

Jetzt, nachdem die Nachricht eingetroffen war, konnte er endlich schlafen, stand mit einem Gähnen auf und sah zu dem Schlafenden hinüber.

Hans Ebert lag angekleidet auf dem Feldbett, und seine Ausrüstungstasche lag neben ihm auf dem Boden. Vor vier Tagen war er völlig verängstigt und verzweifelt auf der Suche nach Hilfe aufgetaucht und hier untergekommen, von DeVore vor den Zellen des Gouverneurs ›gerettet‹.

DeVore trat an das Bett und sah auf den Schlafenden hinunter. Ebert sah krank aus, abgehärmt vor Erschöpfung. Er hatte eine Menge Gewicht verloren und – dem Geruch nach zu urteilen – Strapazen durchlitten, wie er sie nie zuvor erlebt hatte. Sein Körper hatte gelitten, aber sein Gesicht war immer noch vertraut genug, um überall im System erkannt zu werden.

Nun, vielleicht war das ein Problem, vielleicht auch nicht. Ein vertrautes Gesicht konnte sich in den kommenden Tagen als Vorteil erweisen. Vor allem, wenn sich hinter diesem Gesicht ein junger Prinz versteckte, der danach gierte, sich zu rächen. Und das war der Grund, weshalb DeVore – trotz der offenkundigen Gefahr – Ebert aufgenommen hatte. Er wußte, daß etwas, was jetzt nutzlos erschien, sich später als äußerst nützlich erweisen konnte.

Er bückte sich und zog die Decke über Eberts Brust, dann wandte er sich ab, sah hinaus und spürte ein weiteres Mal die Gegenwart der Wachen, die die frostigen Umgrenzungen entlang patrouillierten, während die winzige blauweiße Scheibe Chung Kuos über ihnen am Marshimmel stand.

* * *

Chen kauerte an der Bergflanke und sah ins Tal hinunter, wo die dunklen, steilen Hänge an eine flache, weiße Pfeilspitze stießen. Sie wirkte wie eine gewaltige, gut zwei *li* hohe, ins Talende gepfropfte Mauer, deren halb durchscheinende, perlfarbene Oberfläche wie von innen leuchtete. *Ch'eng* nannte man sie. Die Stadt und die Mauer.

Der Mond stand hoch, eine vollkommen runde, weiße Scheibe vor dem samtschwarzen Hintergrund. Chen starrte ihn wie hypnotisiert an, gebannt von diesem strahlenden, blinden Auge, dann senkte er den Blick und durchsuchte mit den Fingern die Asche.

Er drehte sich um, sah zu Karr hinüber, dann hob er die Glasscherbe auf, drehte sie in der Hand und dachte zurück.

»War es hier?« fragte Karr und trat näher. Schatten verhüllten sein Gesicht.

Chen starrte ihn an, dann schaute er weg.

»Hier hat es angefangen. Hier auf dem Hang mit Kao Jyan. Wir haben ein Feuer entzündet, gleich da vorn, wo du jetzt stehst. Und Jyan... Jyan brachte eine Flasche und zwei Gläser. Ich weiß noch, wie ich ihm zugeschaut habe.«

Ein schwacher Windstoß wirbelte Staub und Asche um seine Füße und trug den Geruch der Wildnis heran.

Er stand auf und wandte sich nach Norden. Nicht weit von ihrem Standort begann die Stadt, die die große nördliche Ebene von Europa ausfüllte. Vorhin, als sie darüber hinweggeflogen waren, hatten sie das neuerbaute Kaiserliche Solarium gesehen, an dessen Sprengung er vor einem Dutzend Jahren beteiligt gewesen war. Chen holte tief Luft, dann wandte er sich wieder Karr zu.

»Hast du das Rasiermesser mitgebracht, um das ich gebeten habe?«

Karr starrte ihn an, dann zog er die edle Klinge aus seinem Uniformrock. »Wofür brauchst du es?«

Chen sah ihm in die Augen. »Ich mache schon keine Dummheiten, das verspreche ich dir.«

Karr zögerte noch einen Moment, dann gab er ihm das Messer. Chen betrachtete es eine Weile, drehte es im Mondlicht und prüfte mit dem Daumen die Schneide. Zufrieden hockte er sich wieder hin, hielt mit der anderen Hand seinen Zopf und durchschnitt das kräftige, schwarze Haar nah an den Wurzeln.

»Kao Chen!«

Er blickte zu dem großen Mann auf und brachte die Arbeit ohne ein weiteres Wort zu Ende. Als er damit fertig war, hielt er Karr das Messer hin und fuhr sich mit der anderen Hand über die kurzen Stoppeln auf seinem Schädel.

Karr nahm das Rasiermesser und betrachtete seinen Freund. Im Mondlicht hatte Chen dasselbe grobschlächtige, anonyme Gesicht wie tausend Generationen von Han-Bauern vor ihm. Ein Gesicht, wie es einem auf den unteren Ebenen überall begegnete. Ein einfaches, nichtssagendes Gesicht. Bis man ihm in die Augen sah...

»Warum sind wir hier, mein Freund? Wonach suchen wir?«

Chen sah in die Runde und nahm alles in sich auf: die Berge, den Himmel, die große Stadt, die sich wie ein gewaltiger Gletscher unter dem strahlenden Mond erstreckte. Es war derselbe Anblick. Zwölf Jahre hatten an dieser Szene wenig ändern können. Und doch wirkte sie irgendwie anders. Die Art, wie er sie betrachtete, veränderte sie grundlegend. Damals hatte er nichts anderes gekannt als das Netz. Er hatte diese Szene mit Augen betrachtet, die nur die Oberfläche der Dinge kannten. Doch jetzt sah er durch die Oberflächen. Bis ins Mark.

Er nickte langsam, als er begriff, warum er hergekommen war, warum er Karr gebeten hatte, den Kopter nach Süden zu lenken und zu den Vorbergen der Alpen zu fliegen. Manchmal mußte man zurück – ganz zurück –, um etwas zu verstehen.

Er schauderte und war erstaunt, mit welcher Macht die Erinnerung zurückkehrte. Es war seltsam, wie deutlich er selbst jetzt noch, nach fast dreißig Jahren, alles vor sich sah. Ja, er hatte den alten Meister, der ihn zum *Kwai* ausgebildet hatte, ganz deutlich vor Augen; ein hochgewachsener, gertenschlanker alter Han mit einem langen, ausdruckslosen Gesicht und einem büscheligen Bart, den er immer rot färbte. Den Alten Shang hatten sie ihn genannt. Sie waren zu fünft gewesen, angefangen von Chi Shu, dem Ältesten, einem breitschultrigen Sechzehnjährigen, bis hin zu ihm selbst, einem abgemagerten, häßlichen kleinen Jungen von sechs Jahren. Ein Waisenkind, das Shang bei sich aufgenommen hatte.

Für die nächsten zwölf Jahre war das Apartment des Alten Shang sein Zuhause gewesen. Er hatte den *Kang* mit zwei anderen geteilt, seine Schlafmatte zur sechsten Glocke zusammengerollt und bei Mitternacht wieder hervorgeholt. Und dazwischen hatten lange Arbeitstage gelegen; er hatte damals so schwer gearbeitet wie nie zuvor und nie mehr danach. Er seufzte. Es war seltsam, wie er die Erinnerung in all diesen Jahren in sich versteckt hatte, als sei all dies nie geschehen. Und doch hatte es ihn geformt, so wie ein Baum von seinem Samen geformt wird. Shangs Worte, Shangs Gesten waren seine eigenen geworden. So lief es in dieser Welt. So mußte es sein. Denn ohne solche Einflüsse blieb ein Mensch form- und gestaltlos, gerade noch dafür geeignet, sich in der uteralen Dunkelheit des Lehms zu suhlen.

Er drehte sich um und sah Karr in die Augen. »Er hatte geschickte Hände. Ich habe ihn von dort beobachtet, wo du jetzt stehst. Er hat in sein Glas geschaut und die Flammen wie winzige Schlangen in der Dunkelheit seines Weins zucken und sich winden sehen. Damals habe ich nicht begriffen, was er dort sah. Aber jetzt weiß ich es.«

Karr senkte den Blick. Chen redete über Kao Jyan, seinen Gehilfen bei dem Attentat vor zwölf Jahren.

»Eine Nachricht ist eingetroffen«, wagte er einen Versuch. »Von Tolonen.«

Chen sah ihn noch immer an, aber so, als sei er plötzlich ganz woanders, als würden seine Augen Dinge sehen, für die Karr blind war.

»Er bestätigt, daß Li Yuan die Schließung von Kibwezi angeordnet hat.«

»Mhm...« Chen senkte den Blick.

Karr betrachtete schweigend seinen Freund und versuchte zu begreifen, nachzuempfinden, was in ihm vorging, doch diesmal fiel es ihm schwer. Er ging in die Knie und strich mit einer Hand nachdenklich durch den Staub. »Dein Freund Kao Jyan... Was hat er denn gesehen?«

Chen lachte auf, als sei er überrascht, daß Karr es nicht wußte, und fuhr sich mit der Hand über den kahlen Schädel.

»Veränderung«, sagte er leise, und ein leichter Schauer durchfuhr ihn. »Und Flammen. Flammen, die in einem Glas tanzen.«

ANHANG

NACHBEMERKUNG
DES VERFASSERS

Die Transkription des Standard-Mandarin in eine europäische alphabetische Form wurde erstmals im siebzehnten Jahrhundert von dem Italiener Matteo Ricci vorgenommen, der 1583 die erste Jesuiten-Mission in China gründete und bis zu seinem Tod im Jahre 1610 leitete. Seitdem sind Dutzende Versuche unternommen worden, die Lautstruktur des Chinesischen, die von mehreren zehntausend unterschiedlichen Piktogrammen repräsentiert wird, auf eine leicht verständliche Phonetik für den westlichen Gebrauch zu reduzieren. Geraume Zeit dominierten drei Systeme – jene, die von den drei bedeutendsten westlichen Mächten benutzt wurden, die im korrupten und zerfallenden Chinesischen Kaiserreich des neunzehnten Jahrhunderts um Einfluß wetteiferten: Großbritannien, Frankreich und Deutschland. Bei diesen Systemen handelte es sich um das Wades-Giles (Großbritannien und Amerika – manchmal bekannt als das Wade-System), das École Française de l'Extreme Orient (Frankreich) und das Lessingsche (Deutschland).

Seit 1958 haben sich aber auch die Chinesen selbst um eine einheitliche phonetische Form bemüht, die auf dem deutschen System beruht und als *Hanyu pinyin fang'an* (Schema für ein chinesisches phonetisches Alphabet) bezeichnet wird, allgemein als *Pinyin* bekannt, und in allen fremdsprachigen Büchern, die seit dem ersten Januar 1979 in China veröffentlicht wurden, ist *Pinyin* gebraucht worden. Außerdem wurde es neben den chinesischen Standard-Buchstaben in Schulen gelehrt. Für dieses Werk habe ich allerdings auf das ältere und, meiner Ansicht nach, elegantere Transkriptions-System zurückgegriffen, das Wade-Giles (in modifizierter Form). Für jene Leser, die an die härteren *Pinyin*-Laute gewöhnt sind, mag Folgendes als eine einfache Orientierung für die Umwandlung dienen, zuerst das Wade-Giles, danach das *Pinyin*.

p für b	ch' für q
ts' für c	j für r
ch' für ch	t' für t

t für d	hs für x
k für g	ts für z
ch für j	ch für zh

Auf diese Weise hoffe ich der weicheren, poetischeren Seite des originalen Mandarin gerecht worden zu sein, der mit dem modernen *Pinyin* meinem Empfinden nach schlecht gedient ist.

Das Spiel *Wei Chi*, das in diesem Band immer wieder erwähnt wird, ist übrigens besser unter seinem japanischen Namen *Go* bekannt und nicht bloß das älteste, sondern auch das eleganteste Spiel der Welt.

David Wingrove, Februar 1991

GLOSSAR
DER MANDARIN-BEGRIFFE

Die meisten im Text verwendeten Mandarin-Begriffe erklären sich aus dem Zusammenhang. Da einige allerdings als selbstverständlich vorausgesetzt werden, halte ich es für nützlich, hier eine kurze Erläuterung anzufügen.

Ai ya! – gebräuchlicher Ausdruck der Überraschung oder des Entsetzens.

Ch'a – Tee. Es sei angemerkt, daß die *Ch'a shu*, die Kunst des Tees, ein früher Vorläufer der japanischen Teezeremonie *Chanoyu* ist.

Chen yen – Wahre Worte; die chinesische Entsprechung eines Mantras.

ch'i – ein chinesischer Fuß; ungefähr 37 cm.

Ch'i – ein Begriff für vitale Energie, der auch die Psyche oder den Geist eines Menschen einschließt.

Chi ch'i – Arbeiter; damit sind hier die ameisenartigen Arbeiter des Ministeriums für Güterverteilung gemeint.

Chi chu – Spinne.

Chi pao – ein einteiliges, gewöhnlich ärmelloses Gewand, das von Frauen getragen wird.

Chieh hsia – bedeutet ›Euer Majestät‹ und leitet sich von dem Ausdruck ›Unter den Stufen‹ ab. Es war die förmliche Anrede der Minister, die ›unter den Stufen‹ standen, gegenüber dem Kaiser.

Chou – der Staat; hier auch der Name eines Kartenspiels.

Chow mein – ähnlich wie das Chop suey ist dies weder ein chinesisches noch ein westliches Gericht, sondern eine Speise, die von Chinesen in Amerika für den westlichen Gaumen erfunden worden ist und gewisse Ähnlichkeiten mit dem *Liang mian huang hat*, das in Suchow serviert wird. Eine Umschrift von *Chao mian* (gebratene Nudeln).

Ch'un tzu – ein alter chinesischer Begriff aus der Zeit der Streitenden Reiche, der eine bestimmte Klasse von Edelmännern bezeichnet, die von einem Codex der Moral und Ritterlichkeit – bekannt als die *Li* oder Riten – bestimmt wurde. Häufig wird dieser Begriff grob (und manchmal ironisch) als

›Gentlemen‹ übersetzt. *Ch'un tzu* ist ebenso ein idealer Verhaltenszustand – wie er von Konfuzius in den *Lün Yü* beschrieben wurde –, als auch eine tatsächliche Klasse in Chung Kuo, obwohl ein gewisses Maß an finanzieller Unabhängigkeit und ein hoher Ausbildungsstandard als Voraussetzung betrachtet werden.

Chung – eine Porzellanschale für *Ch'a* mit Deckel.

Erhu – ein zweisaitiges Streichinstrument mit einem mit Schlangenhaut überzogenen Resonanzkörper.

Erh tzu – Sohn.

Fen – Währungseinheit; einhundert *Fen* ergeben ein *Yuan*.

Fu jen – ›gnädige Frau‹, hier gebraucht im Gegensatz zu *T'ai t'ai* – ›Frau‹.

Fu sang – der ›hohle Maulbeerbaum‹; der antiken chinesischen Kosmologie zufolge steht dieser Baum dort, wo die Sonne aufgeht, und ist der Aufenthaltsort für Herrscher. *Sang* (Maulbeere) ist im Chinesischen allerdings lautgleich mit *Sang* (Kummer).

Hei – wörtlich ›schwarz‹ – das chinesische Piktogramm für diesen Begriff stellt einen Mann mit Kriegsbemalung und Tätowierungen dar. Hier bezieht er sich auf die von GenSyn gentechnisch produzierten Halbmenschen, die als Polizeikräfte eingesetzt werden, um Aufstände auf den unteren Ebenen niederzuschlagen.

Hsiao – kindliche Ergebenheit. Das Schriftzeichen für *Hsiao* besteht aus zwei Teilen; der obere bedeutet ›alt‹, der untere ›Sohn‹ oder ›Kind‹. Diese pflichtbewußte Unterordnung der Jungen unter die Alten ist der Kern des Konfuzianismus und der chinesischen Kultur überhaupt.

Hsiao chi – eine unverheiratete Dame.

Hsiao jen – ›kleiner Mann/kleine Männer‹. In den *Lun Yü*, Buch XIV, schreibt Konfuzius: »Der Gentleman erreicht das, was oben ist; der kleine Mann erreicht das, was unten ist.« Diese Unterscheidung zwischen ›Gentlemen‹ (*Ch'un tzu*) und ›kleinen Männern‹ (*Hsiao jen*), die schon in Konfuzius' Zeit nicht stimmte, ist dennoch eine Frage der sozialen Perspektive in Chung Kuo.

Hsien – historisch ein Verwaltungsbezirk von variabler Größe. Hier bezeichnet der Begriff ein besonderes administratives Gebiet: eines aus zehn Stöcken, von denen jeder aus dreißig Decks besteht. Jedes Deck ist ein sechseckiger Wohnbereich aus zehn Ebenen, zwei *li* oder annähernd ein Kilometer im Durchmesser. Ein Stock kann man sich als eine Honigwabe im gewaltigen Bienenkorb der Stadt vorstellen.

Hung Mao – wörtlich die ›Rotköpfe‹, die Bezeichnung, die die Chinesen den holländischen (und später den englischen) Seefahrern gegeben haben, die im siebzehnten Jahrhundert mit China Handelsbeziehungen zu knüpfen versuchten. Weil ihre Aktivitäten (darunter die Plünderung chinesischer Schiffe und Häfen) einen seeräuberischen Charakter hatten, hat der Name die Nebenbedeutung der Piraterie.

Hung mun – die Geheimgesellschaften, vor allem die Triaden.

Jou tung wu – wörtlich ›Fleischtier‹.

Kan pei! – ›auf eure Gesundheit‹ oder ›Prost‹ – ein Trinkspruch.

Kang – der chinesische Herd, der auch als Ofen dient und in einem kalten Winter als Schlafstelle.

Ko ming – ›Revolutionär‹. Das ›T'ien Ming‹ ist das Mandat des Himmels und wird angeblich von Shang Ti, dem Höchsten Ahnen, an sein irdisches Gegenstück, den Kaiser (*Huang Ti*) weitergereicht. Dieses Mandat konnte nur solange ausgeübt werden, wie der Kaiser dieses Mandats würdig war, und die Rebellion gegen einen Tyrannen – der durch seinen Mangel an Gerechtigkeit, Wohltätigkeit und Aufrichtigkeit gegen das Mandat verstieß – wurde nicht als kriminell, sondern als rechtmäßiger Ausdruck des Himmlischen Zorns betrachtet. In diesem Sinne bedeutet *Ko Ming* ein Bruch des Mandats.

K'ou t'ou – siehe *Liu k'ou*.

Kuan Yin – die Göttin der Gnade. Ursprünglich der männliche Bodhisattva Avalokitsevera (von den Han übersetzt als ›der den Klängen der Welt lauscht‹ oder *Kuan Yin*). Die Han hielten die wohlentwickelten Brüste des Heiligen für die einer Frau und verehrten Kuan Yin seit dem neunten Jahrhundert als eine solche. Bildnisse von Kuan Yin zeigen sie gewöhnlich als die Madonna des Ostens, die ein Kind in ihren Armen wiegt. Sie wird außerdem gelegentlich als die Frau von Kuan Kung betrachtet, dem chinesischen Gott des Krieges.

Kuo-yun – Mandarin, die im chinesischen Hauptgebiet gesprochene Sprache.

Kwai – eine Abkürzung für *Kwai tao*, ein ›scharfes Messer‹

oder eine ›schnelle Klinge‹. Es kann auch bedeuten, scharf oder schnell sein (wie ein Messer). Eine Nebenbedeutung ist ein ›Klumpen‹ oder ein ›Krümel Erde‹. Hier bezeichnet der Begriff eine Klasse von Kämpfern unter dem Netz, deren Fähigkeiten und Selbstbeherrschung sie von den üblichen angeheuerten Killern unterscheidet.

Lao jen – ›Alter‹ (auch *Weng*); gewöhnlich ein Ausdruck des Respekts.

li – eine chinesische ›Meile‹, ungefähr ein halber Kilometer oder eine Drittel Meile. Bis 1949, als in China metrische Maße eingeführt wurden, konnte die *li* von Ort zu Ort variieren.

Liu k'ou – laut dem ›Buch der Zeremonien‹ die siebte Stufe der Ehrerbietung, zwei Stufen über dem bekannteren *K'ou t'ou*. Für einen *Liu k'ou* geht jemand in die Knie, stößt dreimal mit der Stirn auf den Boden, steht wieder auf, kniet sich erneut hin und wiederholt die Unterwerfungsgeste mit drei Berührungen der Stirn auf den Boden. Nur der *San kuei chiu k'ou* – drei symbolische Unterwerfungen – war noch komplizierter und dem Himmel und seinem Sohn, dem Kaiser vorbehalten (siehe auch *San k'ou*).

Mui tsai – im Kantonesischen ›mooi-jai‹. Die gebräuchliche Bedeutung ist ›kleine Schwester‹ oder ›Sklavenmädchen‹, hier gewöhnlich das letztere. Andere Mandarin-Begriffe für den selben Status sind *Pei-nu* oder *Yatou*. Die Vormundschaft über das betreffende Mädchen kann durch eine Vertragsunterzeichnung und Zahlung einer vereinbarten Summe an einen anderen übergeben werden.

Nu shi – eine unverheiratete Frau; gleichbedeutend mit ›Fräulein‹.

Pan chang – Aufseher.

Pau – ein schlichtes langes Gewand, das von Männern getragen wird.

P'i p'a – eine viersaitige Laute, die in der traditionellen chinesischen Musik verwendet wird.

Pi pai – ›hundert Stifte‹; Bezeichnung für die Experimente in künstlicher Realität, die von Ben Shepherd mit dem neuen Begriff Schalen versehen wurden.

ping tiao – ›einebnen‹; niederreißen oder planieren.

Sam fu – Oberbekleidung (halb Hemd, halb Jacke), die ursprünglich von Männern wie Frauen getragen wurde und den Stil der Mandschu imitiert; später eine weitärmelige, wadenlange Ausführung, die ausschließlich von Frauen getragen wurde.

San k'ou – laut dem ›Buch der Zeremonien‹ die sechste Stufe der Ehrerbietung; für einen *San k'ou* stößt man dreimal mit der Stirn auf den Boden, bevor man sich auf die Knie erhebt (beim *K'ou t'ou* berührt die Stirn nur einmal den Boden). Siehe auch *Liu t'ou*.

Shih – ›Meister‹. Hier verwendet als Ausdruck des Respekts, der ungefähr unserer Anrede ›Herr‹ entspricht. Der Begriff wurde ursprünglich für die untersten Ränge der Staatsbeamten verwendet, um sie von den gewöhnlichen ›Herren‹ (*Hsieng sheng*) unter und den ›Gentlemen‹ (*Ch'un tzu*) über ihnen zu unterscheiden.

Ta ts'in – der chinesische Name für das Römische Reich. Sie kannten Rom auch als *Li Chien* und als ›das Land westlich des Meeres‹. Die Römer selbst bezeichneten sie als die ›Großen Ts'in‹ – während der Ts'in-Dynastie (265–316 n. Chr.) war dies der Name, den die Chinesen sich selbst gaben.

Tai ch'i – der chinesischen Kosmologie zufolge das Eine oder Ursprüngliche, dem die Dualität aller Dinge (Yin und Yang) entspringt. Im allgemeinen verbinden wir mit *Tai ch'i* das taoistische Symbol, ein von einer Wellenlinie geteilter Kreis mit einer schwarzen und einer weißen Hälfte.

T'ing – ein offener Pavillon in einem chinesischen Garten; als Brennpunkt in der Anlage eines Gartens soll er die bevorzugte Stellung des Menschen in der natürlichen Ordnung der Dinge symbolisieren.

Wei Chi – das ›Umgebungsspiel‹, im Westen besser unter seinem japanischen Namen ›Go‹ bekannt. Angeblich wurde das Spiel im Jahre 2350 v. Chr. von dem legendären chinesischen Kaiser Yao erfunden, um den Verstand seines Sohnes Tan Chu zu schulen und ihm beizubringen, wie ein Kaiser denkt.

Yang mei ping – wörtlich ›Pflaumenweidenkrankheit‹; dieser chinesische Begriff für die Syphilis liefert eine angemessene Beschreibung für das männliche Geschlechtsorgan im Extremfall dieser Krankheit.

Yu – wörtlich ›Fisch‹, doch weil dieses Wort lautgleich mit dem Begriff für ›Überfluß‹ ist, symbolisiert der Fisch Reichtum. Allerdings gibt es auch ein Sprichwort, das besagt, daß ein Fisch, der den Fluß hinaufschwimmt, ein Vorzeichen für Aufruhr und Rebellion ist.

Yüan – die Grundwährung von Chung Kuo (und des heutigen China). Umgangssprachlich (wenn auch nicht hier) auch als *Kwai* – ›Stück‹ oder ›Klumpen‹ – bezeichnet. Zehn *Mao* (oder förmlich *Jiao*) ergeben ein *Yüan*, während ein *Yüan* aus 100 *Fen* (oder ›Cents‹) besteht.

Ywe lung – wörtlich der ›Monddrache‹, das Rad der Sieben Drachen, das in CHUNG KUO die herrschenden Sieben symbolisiert: ›In der Mitte trafen sich die Schnauzen der fürstlichen Bestien und bildeten einen Zirkel wie die Blütenblätter einer Rose, und in jedem Auge glühte ehrfurchtsgebietend ein riesiger Rubin. Ihre geschmeidigen, kräftigen Körper waren wie die Speichen eines mächtigen Rades nach außen gebogen, während am Rande ihre miteinander verschlungenen Schwänze den Radkranz bildeten.‹ (aus *Der Monddrache*, Kapitel 4 von DAS REICH DER MITTE).

DANKSAGUNG
DES VERFASSERS

Den folgenden Personen gebührt Dank für ihre Hilfe: meinen Lektoren – Nick Sayers, Brian DeFiore, John Pearce und Alyssa Diamond – für ihre Freundlichkeit und (natürlich) für ihren anhaltenden Enthusiasmus, und Carolyn Caughey, früher Fan, heute Lektorin, die darauf geachtet hat, wo man den Kuchen anschneidet.

Mike Cobley Dank nicht bloß für seine Ermutigung, sondern auch für seine gute Laune im Angesicht der Not. Ich hoffe, deine Geduld und dein Talent werden eines Tages belohnt. Und Andy Sawyer für eine nachdenkliche Lektüre des Textes. Ich hoffe, ich kann mich irgendwann für einen dieser Tage erkenntlich zeigen.

Meinem ersten Kritiker und Rettungsseil, meinem treuen Anhänger Brian Griffin möchte ich noch einmal versichern, wie sehr ich das alles zu schätzen weiß. Aus den Notizen, die du angefertigt hast, wird eines Tages ein wundervolles Buch werden!

Meiner Familie und meinen Freunden – besonders meinen Mädchen Susan, Jessica, Amy und Georgia – gilt der übliche Dank angesichts meiner zuweilen monomanischen Zurückgezogenheit. Und diesmal habe ich besonders allen zu danken, mit denen ich auf meinen Reisen zu den Universitäten von Leeds, Manchester, Oxford, Cambridge, Southampton, Brighton, Canterbury und Dublin zusammengetroffen bin. Und natürlich der Gruppe in Glasgow. Slainte Mhath!

Dank auch allen Musikern dort draußen, die (unwissentlich) zum klanglichen Unterfutter beigetragen haben, das für die Vollendung dieses Bandes unerläßlich war, vor allem Tim Smith and the Cardiacs, Peter Hammill, King Swamp und all die Burschen bei IQ. Und dem unvergleichlichen Christian Vander. Hamatai!

ÜBER DEN VERFASSER

David Wingrove wurde 1954 in Battersea im Süden Londons geboren und besuchte die Battersea Grammar School. Er verließ die Schule 1972 für eine Karriere im Bankgewerbe und wurde eines der jüngsten Mitglieder im Institute of Bankers überhaupt. Erfolgreich, aber zutiefst enttäuscht verließ er die Bank 1979 am Tag vor seinem fünfundzwanzigsten Geburtstag und setzte seine Ausbildung fort, die er 1982 mit einem Abschluß in englischer und amerikanischer Literatur an der University of Kent in Canterbury beendete. Vom Erfolg berauscht, bewarb er sich um und erhielt eines von nur zehn Forschungsstipendien, die in diesem Jahr vom Ministerium für Bildung und Wissenschaft Großbritanniens vergeben wurden, und arbeitete die nächsten drei Jahre an seiner Doktorarbeit, die eine Würdigung der Werke von Thomas Hardy, D. H. Lawrence und William Golding enthielt. Nach dem Erwerb des Magister-Titels verfranste er sich in verschiedenen Projekten – der Renovierung eines alten viktorianischen Hauses, diversen Bänden SF-Kritik, einer Teilzeittätigkeit als Herausgeber, der Pflege seiner drei kleinen Töchter Jessica, Amy und Georgia und einem Roman mit dem Titel A SPRING DAY AT THE EDGE OF THE WORLD (später in CHUNG KUO umbenannt) – was dazu führte, daß er 1986 seine Doktorarbeit abbrach. In diesem Jahr erschien auch der umfangreiche und gewichtige Band THE TRILLION YEAR SPREE: THE STORY OF SCIENCE FICTION (dt. DER MILLIARDEN-JAHRE-TRAUM: DIE GESCHICHTE DER SCIENCE FICTION), den er zusammen mit Brian Aldiss verfaßte – ein Buch, das im selben Jahr, neben anderen Auszeichnungen, den begehrten Hugo Award für das beste Sachbuch im Science Fiction-Bereich erhielt. Er lebt heute in Stoke Newington im Norden Londons.

KOMMENTAR
DES ÜBERSETZERS

Folgender Kommentar soll dem Verständnis des Lesers nicht vorgreifen, sondern lediglich Hilfestellungen zum Verständnis der historischen und kulturellen Bezüge leisten, die David Wingrove in seinem Roman reichlich verwendet. Er umfaßt sowohl Erläuterungen zu den symbolischen Bedeutungen, die bestimmte Gegenstände, Tiere, Farben etc. im chinesischen Kulturkreis haben, als auch biographische Anmerkungen zu historischen Personen, geographische Angaben, Nebenbedeutungen verwendeter Mandarin-Begriffe, sowie diverse Zitatnachweise. Die Quellen und Übersetzungen, auf die ich zurückgegriffen habe, werden an den entsprechenden Stellen genannt oder sind im Literaturverzeichnis von Band 1, DAS REICH DER MITTE, aufgeführt.

Meine Erläuterungen können keinen Anspruch auf Vollständigkeit und, da sie von keinem Fachwissenschaftler stammen, wissenschaftliche Exaktheit erheben, sondern hoffen lediglich, dem interessierten Leser anhand eines ausschnitthaften Bildes Anregungen für eine eingehendere Beschäftigung mit diesem Romanwerk zu geben. David Wingrove, der mir in langen Gesprächen für ein besseres Verständnis der Zusammenhänge hilfreich war, schulde ich an dieser Stelle besonderen Dank.

Michael Iwoleit, Herbst 1994

ANMERKUNGEN

1 Bambusflöten in den verschiedensten Ausführungen als Quer- und Längsflöten fanden in der chinesischen Musik seit der Chou-Dynastie Verwendung. Die Querflöten, die unter der Bezeichnung *Ti* zusammengefaßt werden (im Gegensatz zu den *Hsiao*, den Längsflöten), stammen wahrscheinlich aus Tibet und zeichnen sich durch einen wehmütig-melancholischen Klang aus. Die Flöte trägt neben symbolischen Bedeutungen, die mit den in Europa gebräuchlichen vergleichbar sind (sie wird mit dem männlichen Geschlechtsteil verglichen und taucht in Redewendungen mit sexuellem Inhalt auf), eine besondere Bedeutung als Sinnbild der legendären Acht Unsterblichen, die auf Bildern häufig Flöte spielend dargestellt werden.

2 Die *Kuei* sind aus Jade gefertigte rituelle Gegenstände aus der Shang- und Chou-Zeit in verschiedenen Ausführungen. Sie wurden bevorzugt aus grüner Jade hergestellt, der Farbe des Frühlings, und verweisen auch in ihrer Form auf frühe phallische Fruchtbarkeitskulte, auf die die Religion der ersten chinesischen Dynastien zurückgeht. Sie gehören zu einer Reihe heiliger Jadegegenstände, die als Anhänger getragen wurden, um die Tugend des Trägers zu stärken und sind häufig als Grabbeigaben zu finden.

3 Der *Fu sang*-Baum, der als eine Art Maulbeerbaum beschrieben wird, steht der Legende nach dort, wo die Sonne aufgeht. Die Vögel, die auf seinen Zweigen hocken, stellen die Sonnen am Himmel dar. Ursprünglich waren es zehn, bis der gottgleiche Held Hou I (auch Shen I) neun davon mit Pfeil und Bogen aus dem Geäst schoß, weil ihre Hitze die Erde zu versengen drohte. Diese Legende weist Gemeinsamkeiten mit Mythen südchinesischer und taiwanesischer Ureinwohner auf.

4 Diese Stelle ist ein typisches Beispiel für Konfuzius' Forderung, ein Herrscher müsse für sein Volk ein Beispiel an Tugendhaftigkeit sein und es dadurch formen (mehr dazu am Ende der Anmerkungen).

5 Der Emei gehört zu den von Taoisten und Buddhisten als heilig verehrten Bergen und liegt am Fluß Min, einem Nebenlauf des Yangtse, in der Provinz Szechuan im Nordwesten Chinas. Die Verehrung für solche Orte rührt daher, daß beide Religionen, wiewohl sie auf unterschiedliche Weise Einfluß auf Staat und Gesellschaft gewannen, das Ideal eines asketischen Rückzugs in die Natur anstrebten und ihre Weisen viele Jahre an abgelegenen Orten verbrachten.

6   Chu Yüan-chang (geb. 1328 n. Chr.), der wie andere chinesische Kaiser auch unter seinem Regierungsmotto ›Hung Wu‹ (›umfassendes Kriegertum‹) bekannt ist, ein ehemaliger Mönch und Sproß einer armen Bauernfamilie, gelang es in den Bürgerkriegswirren am Ende der Mongolenherrschaft zunächst ein proletarisches Rebellenheer, dann auch Intellektuelle und begüterte Schichten um sich zu versammeln, die unter seiner Führung die Fremdherrscher aus dem Land vertrieben. 1368 ließ er sich in seiner Hauptstadt Nanking zum Kaiser erheben und machte sich in der Folgezeit daran, nach dem Vorbild der Sung-Dynastie die zentrale Reichsverwaltung neu aufzubauen. Unter seinem strengen Regime wurden Agrarreformen durchgeführt, das Finanzwesen durch Einführung einer neuen Währung konsolidiert und fremde Bevölkerungsgruppen zwangsweise an die chinesische Kultur angepaßt. Er verlieh dem Kaiseramt eine vordem ungekannte Macht, die er in seinen letzten Amtsjahren mit geradezu paranoider Besessenheit verteidigte. Chu Yüan-chang, der als T'aitsu in die Geschichte einging, starb 1398 und prägte Strukturen des Ming-Staates, die Jahrhunderte Bestand hatten.

7   In der chinesischen Zahlenmystik verbinden sich mit der Zahl Neun, einer Potenzierung der Drei (die wiederum auf die Trinität von Himmel, Erde und Mensch anspielt) zahlreiche Bedeutungen. Im Zusammenhang dieser Szene dürfte ihr Nebensinn als starkes Männlichkeits- und Machtsymbol am wichtigsten sein. Von dem mythischen Urkaiser Yü wird berichtet, er habe neun Provinzen bereist, sie in rechteckige Parzellen und diese wiederum in jeweils neun kleinere Quadrate unterteilt. In der Han-Dynastie wurde am neunten Tag des neunten Monats das Fest des doppelten Yang, also des potenzierten männlichen Prinzips gefeiert.

8   Hang Chou ist die Hauptstadt der Provinz Chekiang. Sie liegt im Norden der Provinz an der Spitze der Bucht von Hang Chou und ist über Wasserwege mit dem Süden von Chekiang verbunden. Der berühmte Große Kanal hat hier sein

südliches Ende, und ein Netzwerk von Kanälen und Wasserwegen verbindet die Stadt mit dem Delta des Yangtse im Norden. Hang Chou war die Hauptstadt der Südlichen Sung-Dynastie und eine bedeutende Präfektur während der Ming- und Ch'ing-Dynastien.

9 Die von Shih Huang Ti gegründete Ch'in-Dynastie, die erstmals in der chinesischen Geschichte über ein vereintes Reichsgebiet regierte, hatte nicht lang Bestand. Sein Ansinnen, alle Überreste der alten feudalen Ordnung auszumerzen, brachte ihm insbesondere die Feindschaft der früheren Aristokratie ein. Als auch die Situation der Landbevölkerung unter dem autoritären Gebaren der neuen Machthaber immer kritischer wurde, brachte ein Volksaufstand mit Liu Pang (195 v. Chr. an einer Kriegsverletzung gestorben), dem Begründer der Han-Dynastie, erstmals einen Mann aus dem gemeinen Volk an die Spitze des Reiches. Obwohl er Zugeständnisse an die alte Aristokratie machte, war die Neuordnung des Reiches nicht mehr rückgängig zu machen. Liu Pang bemühte sich um eine Förderung des Bauernstandes. Der Adel wurde durch eine gebildete Klasse abgelöst. Eine neue Schicht reicher Kaufleute stieg auf. In dieser Zeit entstand auch eine neue Form des Konfuzianismus, die zur Staatslehre der kommenden Dynastien wurde (siehe unten).

10 Als ›Augen‹ bezeichnet man beim Wei Chi einzelne Spielpunkte, deren vier Freiheiten, also die von ihnen ausgehenden Linien, von Steinen einer Farbe besetzt sind. Auf ein ›Auge‹ kann kein gegnerischer Stein gesetzt werden, da er damit automatisch umgrenzt wäre und die Spielregeln die freiwillige Opferung eines Steins verbieten. Augen spielen in der Taktik des Wei Chi eine große Rolle, denn sie ermöglichen es, umfangreiche Gebiete des Brettes durch Formationen diagonal gesetzter Steine so zu sichern, daß diese nur noch schwer vom Gegner zurückerobert werden können. ›Ein Auge blenden‹ würde bedeuten, durch ein geschicktes Manöver, beispielsweise durch die Entfernung eines gegnerischen Steins, das bisherige Auge doch noch mit einem eigenen Stein zu besetzen.

11 Der T'ai Shan ist der Hauptgipfel des gleichnamigen Gebirgszuges nördlich der Stadt T'ai-an in der Provinz Shantung in Ostchina. Er war in der Han- und T'ang-Dynastie Schauplatz der selten durchgeführten Opferrituale Feng und Shan, mit denen der Kaiser persönlich um göttlichen Beistand für

seine Regentschaft bat. Beide Rituale entstanden, obwohl sie angeblich schon von den Urkaisern durchgeführt wurden, als Teile des neuen Staatskultes während der Han-Dynastie. Der T'ai Shan spielte außerdem im taoistisch beeinflußten Volksglauben eine Rolle und wurde als lokale Gottheit verehrt, deren Anrufung vor Fluten und Erdbeben schützen könne.

Einige Bemerkungen zur kulturellen und politischen Bedeutung des Konfuzianismus

Im Nachwort zum ersten Band von David Wingroves Romanwerk habe ich bereits auf den Hang zur Uminterpretation der Vergangenheit hingewiesen, der ein charakteristischer Zug der chinesischen Geschichtsschreibung ist. Es hat absurde Züge, daß auch jene Lehre, die die politische Entwicklung des Reiches am stärksten beeinflußt hat, der Konfuzianismus nämlich, in der Form, in der er schließlich die Staatsführung bestimmte, auch nur eine Umdeutung, ja geradezu eine Verfälschung und Umkehrung des Ur-Konfuzianismus darstellte, die sicher niemals Konfuzius' Zustimmung gefunden hätte. Konfuzius' Lehre entstand zu einer Zeit, als das Feudalreich bereits im Zerfall begriffen war. Sie idealisierte die feudale Vergangenheit in einem Maße, daß man kaum von einem realistischen Bild sprechen kann. Der Idealzustand, der laut Konfuzius unter den Urkaisern geherrscht habe, kannte weder Gesetze noch Staatsdenken. Sein Hauptprinzip war Loyalität. Das Volk war dem herrschenden Adel und der Adel dem Kaiser bedingungslos verpflichtet. Rang und Macht konnte nur über das Geburtsrecht der Sippenzugehörigkeit erworben werden. Konfuzius versprach sich wahre Wunderdinge von der moralischen Autorität der Herrscherpersönlichkeit. Wenn der Kaiser sich seinen Pflichten als würdig erweise, strahle er damit auf das ganze Reich aus und erziehe auch den Niedrigsten zum Gehorsam. In der Zeit der Hundert Philosophenschulen hatte Konfuzius mit dieser Lehre keinen sonderlichen Erfolg. Zwar war er in seinem Heimatland Lu als Minister tätig, doch Lu war bereits ein schwacher und dekadenter Staat und der Herrscher, mit dem Konfuzius zu tun hatte, nur mehr ein Spielball dreier Familien, die um die Macht stritten. Die konfuzianische Schule war nur eine von vielen und machte wenig Eindruck auf die Machthaber ihrer Zeit.

Der Konfuzianismus der Han-Dynastie ist nun einer für die chinesische Geschichte typischen Fälle, in denen die Vergangenheit in Begriffen der Gegenwart interpretiert wurde. Der Reichseiniger Shih Huang Ti hatte versucht, alle Spuren der Vergangenheit auszutilgen und ihre Schriften verbrennen zu lassen. Die Nachfolger des Han-Dynastie-Gründers Liu Pang gingen subtiler vor. Sie ließen die alten Schriften rekonstruieren, nahmen die Konfuzianer in die Pflicht und stülpten ihrer Lehre die neue zentralistische Staatsordnung über. Neue Ideen wie das geeinte Reich oder der zentral gelenkte Staat erschienen nun plötzlich als Erbe der Antike. Die Loyalität, die Konfuzius als höchsten Wert gepriesen hatte, wurde zur Loyalität aller Untertanen dem Staat gegenüber. Dieser Staat war jedoch gänzlich anderer Natur als Konfuzius' ideales Feudalreich. Die feudale Sippenordnung war zerschlagen. Sozialer Rang und Macht wurden nicht mehr durch Geburtsrecht bestimmt, sondern durch Bildung und Ausbildung erworben. Es entstand eine für alle verbindliche Recht- und Gesetzesordnung. Die Umdeutung des Konfuzianismus gelang so gründlich, daß die konfuzianischen Beamten fortan alle Abweichungen von der Staatslinie heftig angriffen, obwohl der Gründer ihrer Schule eine völlig andere Reichsordnung im Sinn gehabt hatte.

Eine weitere Metamorphose machte die Lehre im Neokonfuzianismus der Sung-Epoche durch. Hier wurden philosophische Strömungen einbezogen, die mit der orthodoxen Lehre eigentlich nicht vereinbar waren. Es erfolgten Auseinandersetzungen mit dem Taoismus und dem Buddhismus. Im Zuge technischer und sozialer Fortschritte öffnete sich der Konfuzianismus der vordem verachteten Naturforschung. Mensch und Natur wurden in einem größeren Zusammenhang gesehen, es entstanden kosmologische und metaphysische Denkmodelle. Doch obgleich für die konfuzianische Ethik neue Begründungen gefunden wurden, blieben deren Inhalte gleich. In der Sung-Epoche wurde der Staatskult neu belebt und ausgebaut. Die Prinzipien Hierarchie, Pflichtenteilung und Gehorsam blieben ein verbindlicher Zug des Konfuzianismus.

NACHBEMERKUNG
DES ÜBERSETZERS

Aufmerksame Leser werden bemerkt haben, daß die Übersetzung des vorliegenden Romans in einigen Details von den bisherigen Bänden abweicht. Obwohl dies gegen das Prinzip verstößt, zusammenhängende Texte einheitlich zu übersetzen, gibt es dafür gute Gründe. Wie für den Verfasser ist auch für den Übersetzer die Arbeit an CHUNG KUO eine jener Tätigkeiten, an denen man wachsen muß. Kleinere Fehler in den ersten Etappen des Projekts sind da unvermeidlich, und sie wurden hier ebenso korrigiert wie gewisse Unsauberkeiten im Vokabular, die sich bei näherem Hinsehen nicht bewährt haben. Auf den ersten Blick mag es spitzfindig erscheinen, wenn z. B. ›royal‹ nun mit ›kaiserlich‹ statt mit ›königlich‹ übersetzt wird; in einem Roman über die chinesische Kultur besteht aber zwischen beidem ein erheblicher Unterschied. Da diverse Recherchen und Erkundigungen die Kenntnisse des Übersetzers von Band zu Band vertieft haben, wurde außerdem der Kommentar um einige Punkte ergänzt, die schon in früheren Teilen hätten erläutert werden können. Ich denke, der Qualität des Textes damit einen größeren Dienst erwiesen zu haben, als auf eine strikte Vereinheitlichung aller Bände zu beharren. In späteren Bänden könnten sich weitere Verbesserungen und Korrekturen ergeben. Es sei erwähnt, daß ich damit die Geduld meines Lektorats wohl auch in Zukunft arg strapazieren werde. Wolfgang Jeschke und seinen Mitarbeiterinnen Friedel Wahren und Gisela Frerichs sei daher nochmals für ihr Verständnis gedankt. Vielen Dank auch dem Wahl-Chinesen Thorsten Lauf und seiner Frau Wen, die mir eine Ahnung vom Umfang meiner Ahnungslosigkeit verschafft haben. David Wingrove, der sein Möglichstes zu dieser Übersetzung beigetragen hat, werde ich freundschaftlich verbunden bleiben.

DAVID WINGROVE

Die Chronik des Chung Kuo
Nach dem Untergang der westlichen Zivilisation der
Aufstieg Chinas zur Weltherrschaft

Im 22. Jahrhundert ist die Welt der Hung Mao, der »Westmenschen«, vergangen. Das große Reich der Han, der Chinesen, ist wiedererstanden. Chung Kuo, das Reich der Mitte, umspannt die ganze Erde. Sieben gewaltige Städte, Hunderte von Ebenen hoch, überwölben die Kontinente, um die riesigen Bevölkerungsmassen zu beherbergen. Sieben T'ang, Kaiser von gottgleicher Macht, herrschen über sie.

Das Reich der Mitte
06/5251

Die Domäne
06/5252

Die Kunst des Krieges
06/5253

Schutt und Asche
06/5254

Wilhelm Heyne Verlag
München

Top Hits der Science Fiction

Man kann nicht alles lesen – deshalb ein paar heiße Tips

Ursula K. Le Guin
Die Geißel des Himmels
06/3373

Poul Anderson
Korridore der Zeit
06/3115

Wolfgang Jeschke
Der letzte Tag der Schöpfung
06/4200

John Brunner
Die Opfer der Nova
06/4341

Harry Harrison
New York 1999
06/4351

Wilhelm Heyne Verlag
München